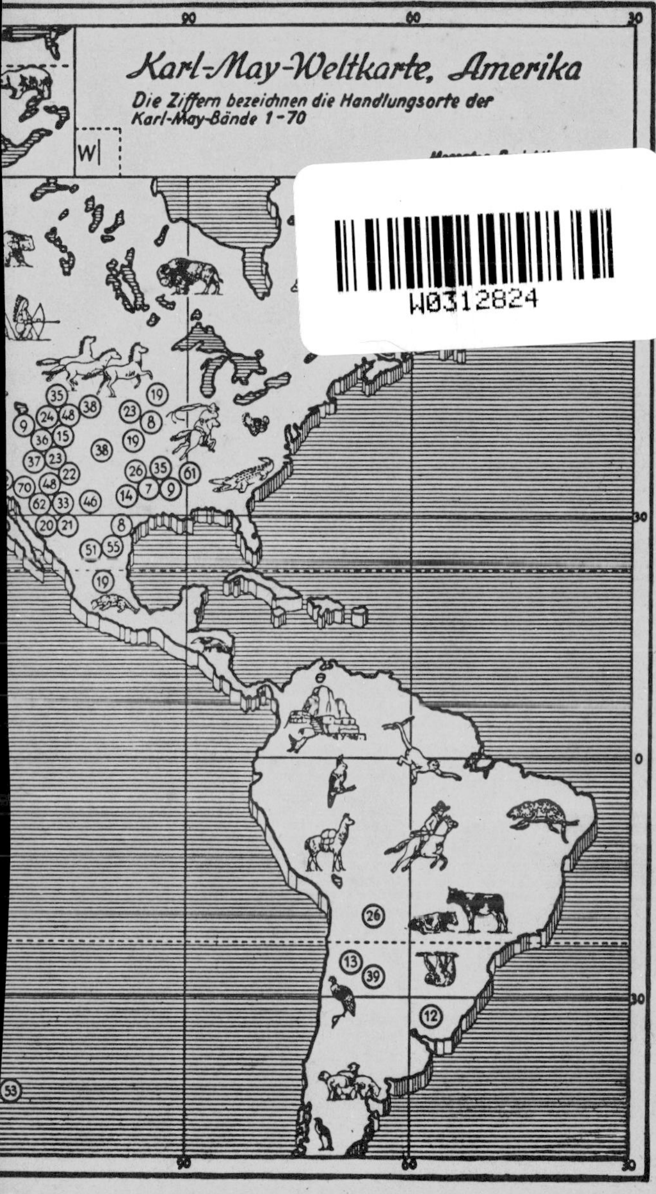
Karl-May-Weltkarte, Amerika
Die Ziffern bezeichnen die Handlungsorte der Karl-May-Bände 1–70
90
60
30
30
0
30
90
60
30

KARL MAY'S GESAMMELTE WERKE

BAND 48

DAS ZAUBERWASSER

KARL-MAY-VERLAG BAMBERG

DAS ZAUBERWASSER

UND ANDERE ERZÄHLUNGEN

VON

KARL MAY

152. TAUSEND

KARL-MAY-VERLAG BAMBERG

INHALT

Das Zauberwasser 5
Phi-Phob, der Schutzgeist 91
Am „singenden Wasser“ 103
Schwarzauge 117
Das Hamaïl 131
Die Söhne des Upsaroka 141
Das Kurdenkreuz 181
Schefakas Geheimnis 241
Eine Weihnachtsfeier in Damaskus 271
Old Shatterhand a. D. 283
Der Zauberteppich 315
Abdahn Effendi 329
Merhameh 417
Schamah 445

Herausgegeben von Dr. E. A. Schmid

Satz und Druck: St. Otto-Verlag, Bamberg

ISBN 3-7802-0048-1

Das Zauberwasser

1. *Aqua benedetta*

Friedrich II. hatte Preußens Thron bestiegen. Seine Politik führte er nach den Satzungen des heute noch geheimnisvollen „Testaments des Großen Kurfürsten“. Zunächst richtete er sein Augenmerk auf einen Neutralitätsvertrag mit Frankreich. Zu diesem Zweck sandte er 1755 den Baron von Langenau nach Versailles, um Ludwig XV. für seine Pläne günstig zu stimmen.

Der Baron war zwar noch jung, besaß aber das vollste Vertrauen seines Königs und sah auch seine Bemühungen von einem solchen Erfolg gekrönt, daß eine baldige Unterzeichnung des Vertrages in Aussicht stand. Heute war er wieder zu einem Empfang nach Versailles befohlen und deshalb zu Wagen von Paris herbeigekommen, um womöglich seine Aufgabe mit einer letzten Entscheidung zu Ende zu bringen.

Er fuhr nicht bis an das Schloß selbst heran, sondern ließ bereits in ziemlicher Entfernung davon halten und stieg aus. Darauf begab er sich zu Fuß unbemerkt nach der Umzäunung des Parks und schritt an ihr entlang bis zu einer Pforte. Dort räusperte er sich halblaut. Sofort klirrte ein Schlüssel im Schloß; die Tür wurde von innen geöffnet, und er sah sich einer Dame gegenüber, deren Schönheit geeignet erschien, einen so außergewöhnlichen Schritt zu erklären.

„Amély!“

„Charles!“

Er nahm ihre kleine Hand, bückte sich auf diese nieder und küßte zart die Fingerspitzen ihrer seidenen Handschuhe.

„Tausend Dank, ma belle amie, daß Sie so gütig sind, meine Bitte zu erfüllen! Schließen wir die Pforte?"

„Ja, wir schließen sie, mon ami. Sie können unmöglich ohne Wagen an der Auffahrt erscheinen und müssen also durch den Park kommen. Freilich begebe ich mich durch die Erfüllung Ihres Wunsches in große Gefahr, denn der König lustwandelt soeben dortselbst. Doch schien es mir nötig, Ihnen vor Ihrer Unterredung mit dem Herrscher Nachricht über die Erfolge meiner Tätigkeit zu geben."

„So haben Sie wirklich Erfolge zu verzeichnen, Amély?" fragte er, während er ihren Arm nahm und in einen schmalen Seitenpfad einbog.

„Jawohl, wenn auch nicht nach der Seite hin, auf die Sie mein Augenmerk zu richten strebten. Zwar ist meine Tante als Freundin und erste Hofdame der Marquise de Pompadour nicht ohne Einfluß auf diese, und ma chère tante hat mich zu lieb, als daß sie mir einen erfüllbaren Wunsch abschlagen könnte, doch — doch — — —"

„Nun, meine Teure, doch — doch — — —?"

„Tante kann nichts für Sie tun, weil die allmächtige Marquise eine Abneigung zu hegen scheint, deren Gegenstand —"

„Deren Gegenstand ich bin: ist es nicht so?"

„Gewiß, mein Freund! Sie haben das Unglück gehabt, die Hand der Marquise beim Empfangskuß mit drei statt nur mit zwei Fingern zu berühren, und für solche Dinge hat sie ein Gedächtnis, das nur selten zum Vergeben geneigt ist."

„Bien! Ich werde also auf Ihre Zuneigung verzichten müssen. Aber, sprachen Sie nicht von einer anderen Seite?"

„Von einer Seite, die einen Einfluß auf den König zugunsten Ihres Auftrags geltend zu machen sucht — — — gegen die Ansicht der Marquise. — Sie verstehen mich?"

Der Baron machte eine zustimmende Gebärde, und die Dame sprach leise weiter: „Freilich hat sich der König so sehr von der Marquise abhängig gemacht, daß schließlich ihre Stimme doch siegen könnte. Schlagen wir nun eine andere Richtung ein, mein Lieber. Dieser Pfad führt nach dem großen Springbrunnen, und wenn wir ihm weiter folgen, so laufen wir Gefahr, der Majestät mit sämtlichen Herren und Damen des Hofes zu begegnen."

Sie hatte mit diesen Worten recht, denn von dem berühmten Bosquet de Fosan aus bewegte sich eine lange Reihe einzelner Gruppen nach dem großen Springbrunnen zu, voran der König, neben ihm die Marquise de Pompadour und zunächst hinter ihm in der Mitte einiger hervorragender Hofdamen die erste Dame der Marquise, Madame d'Hausset. Ihr zur Seite ging die durch ihre weiten Reisen und ihre diplomatische Vergangenheit wohlbekannte Gräfin von Gergy.

Die Marquise ging am Arm des Königs. Sie war in eine Robe von schwarzer Soie de Lyon gekleidet, trug ein rundes Jagdmützchen auf dem Kopf und stützte sich mit der Hand auf einen massiv elfenbeinernen Stock, dessen Griff reich mit Brillanten und Rubinen verziert war. Ihr Gespräch mit Louis Quinze schien einen Gegenstand zu betreffen, der die volle Teilnahme der beiden hochgestellten Personen in Anspruch nahm.

„Kennen Sie seine Abstammung, Madame?" fragte der König.

„Sie ist ein Geheimnis, Sire, über das er tiefste Verschwiegenheit beobachtet, und ich glaube, daß selbst Eurer Majestät Fragen hier ohne Erfolg sein würden", entgegnete die berüchtigte Frau, die ihren Einfluß auf einen minderwertigen und genußsüchtigen Herrscher so klug zu verwenden verstand, daß sie die eigentliche Gebieterin Frankreichs war.

„Dann hat er sicherlich Gründe, seine Vergangenheit

zu verbergen. Er ist aber trotzdem ein sehenswerter Abenteurer."

„Der dem Staat von unendlichem Nutzen sein kann", fügte die Pompadour angelegentlich hinzu. „Es scheint sicher zu sein, daß er edle Steine und Metalle anzufertigen weiß. Er hat während der kurzen Zeit seines Hierseins die bewundernswertesten Kuren vollbracht und besitzt ein Mittel, das die Einwirkungen des Alters aufhebt."

„Also ein Wunderdoktor?"

„Mehr, viel mehr als dies, Sire! Er zeichnet und malt großartig, ist Künstler auf verschiedenen musikalischen Instrumenten, singt zum Entzücken, modelliert gleich einem Künstler und spricht außer Französisch, Englisch, Deutsch, Italienisch, Spanisch, Portugiesisch und den sämtlichen alten Sprachen auch Arabisch, Türkisch, Persisch und Chinesisch. Der Mann ist auf alle Fälle ein Rätsel."

„Und zwar eins von denen, deren Bewunderung dann schließlich in Enttäuschung übergeht."

Die Marquise schüttelte den Kopf; sie war sichtlich bemüht, die Zweifel des Königs zu beseitigen. „Dann müßte die Enttäuschung längst eingetreten sein, Sire, denn der Graf von Saint-Germain ist eine Berühmheit, die nicht erst seit zwanzig oder dreißig Jahren von sich reden macht."

„Ah! Dann besitzt er ein hohes Alter?"

„Nein, denn er wird nie alt. Ich hatte bereits die Ehre, sein Mittel zu erwähnen, das ewige Jugend und Gesundheit verleiht. Man berichtet von ihm, daß er bereits vor mehreren hundert Jahren, ja vielleicht schon vor tausend Jahren gelebt habe."

„Madame!" rief Ludwig in verweisendem Ton. „Hat er selbst es gewagt, Ihnen diese Unwahrheiten zu erzählen?"

„Unwahrheiten, Sire? Der Graf gibt niemals irgendwie Auskunft über sich und seine Verhältnisse; alles, was man von ihm weiß, ist erst durch andere, und zwar durch vollgültige Zeugen bekanntgeworden."

„Nach dem, was ich von Ihnen hörte, Madame, dürfen sich diese Zeugen wohl keiner allzugroßen Zuverlässigkeit rühmen."

„Doch, doch, Sire! Mir wenigstens gilt zum Beispiel das Wort der Gräfin von Gergy als höchst vertrauenswert."

„Gräfin Gergy?"

„Deren verstorbener Gemahl vor nun bereits fünfzig Jahren Gesandter in Venedig war."

„Sie ist mir gewissermaßen selbst ein Rätsel. Ich kenne sie seit beinahe zwei Jahrzehnten und sehe nicht, daß sie in dieser langen Zeit nur einen Tag gealtert hätte."

„Gestatten Eure Majestät, die Gräfin zu rufen!"

Sie wandte sich zu dem Gefolge zurück und winkte. Die Witwe des einstigen venezianischen Gesandten beeilte sich, der Aufforderung Folge zu leisten, und trat mit einer tiefen Verneigung an die linke Seite des Königs.

„Seine Majestät wollen Näheres über Ihr Zusammentreffen mit dem Grafen von St. Germain in Venedig erfahren, meine Liebe", erklärte die Marquise.

Die Gräfin verbeugte sich zustimmend. „Darf ich fragen, wie alt mich Eure Majestät schätzen?" begann sie ihren Bericht.

Der König lächelte über diese Frage, die eine Dame nur in der sicheren Erwartung einer Schmeichelei auszusprechen pflegt. Er befand sich bei gnädiger Laune und beschloß, die Gräfin durch eine möglichst hohe Ziffer zu necken. Er schätzte sie fünfzig und hielt es für unmöglich, daß ihr Gemahl vor eben dieser Zeit in Venedig gewesen sein könnte, antwortete aber schnell und kurz:

„Sechzig!"

Jetzt war es Frau von Gergy, die lächelte. „Sire, mein erstes Zusammentreffen mit dem Grafen von St. Germain fällt um volle fünfzig Jahre zurück", erklärte sie, „und damals zählte ich einige Jahre über dreißig."

„Nicht möglich!" rief Ludwig. „Dann wären Sie ja über achtzig Jahre alt!"

„Das bin ich auch, Sire. Ich habe in bezug auf mein Äußeres jenes Alter von dreißig Jahren ein volles Vierteljahrhundert hindurch unverändert behalten, und zwar infolge eines Tranks, den mir der Graf von St. Germain damals gab. Selbst als der letzte Tropfen dieses köstlichen Mittels verbraucht war, hat sich seine Wirkung bis auf den heutigen Tag erstreckt. Ich bin langsamer alt geworden als andere, habe niemals die leiseste Kränklichkeit gespürt und hege die feste Überzeugung, daß ich auch heute nur dreißig Jahre alt erscheinen würde, wenn mir jener Wundertrank nicht leider ausgegangen wäre."

„Und der Graf? Er selbst braucht natürlich auch dieses Zaubermittel?"

„Augenscheinlich, denn er ist seit jener Stunde, wo ich ihn vor fünfzig Jahren zum erstenmal sah, nicht um einen Augenblick gealtert."

„Erzählen Sie uns von Ihrer zweiten Begegnung! Sie muß voller Überraschung gewesen sein."

„Ich traf ihn unerwartet bei Madame", berichtete die Gräfin mit einer Verneigung gegen die Marquise de Pompadour, „und glaubte, einen dem Vater außerordentlich ähnlichen Sohn vor mir zu sehen. Ich trat auf ihn zu und bat ihn, mir zu sagen, ob nicht sein Vater um das Jahr 1700 in Venedig gewesen sei."

„Was erwiderte er?"

„‚Nein, Madame', antwortete er gelassen; ‚es ist schon viel länger her, daß ich meinen Vater verlor; aber ich selbst wohnte zu Ende des vorigen und zu Anfang des gegenwärtigen Jahrhunderts in Venedig. Ich hatte die Ehre, Ihnen dort etwas Teilnahme einzuflößen, und Sie waren gütig genug, einige Barkarolen meiner eigenen Kompositionen, die wir zusammen sangen, hübsch zu finden.' — ,Verzeihen Sie, aber das ist unmöglich', warf ich ein; ,denn der Graf von St. Germain, den ich damals kannte, war wenigstens fünfundvierzig Jahre alt, und Sie haben jetzt höchstens erst das gleiche Alter!' — ,Madame', sagte der Graf lächelnd, ,ich bin schon sehr alt, so alt vielleicht, daß ich den Tag meiner Geburt längst vergessen habe.' — ,Aber dann müssen Sie ja nahe an die hundert Jahre zählen!' — ,Finden Sie das unmöglich?' Und nun erzählte er mir eine Menge kleiner, näherer Umstände, die sich auf unseren gemeinschaftlichen Aufenthalt in Venedig bezogen, und von denen nur ich und St. Germain wissen konnten. Sein außerordentliches Gedächtnis erinnerte sich nicht nur der unbedeutendsten Einzelheiten, sondern jedes Wortes, das damals zwischen uns gesprochen wurde. Und um mich gänzlich zu überzeugen, zeigte er mir eine kleine Narbe an der Hand, die dadurch entstanden war, daß er sich einst an meiner Sticknadel blutig riß."

„Hat er Sie hier besucht?" fragte der König.

„Nein, Sire; seine Zeit ist allzusehr in Anspruch genommen. Alles, was ich erreichte, war die Erlaubnis, auf einige wenige Minuten bei ihm vorsprechen zu dürfen."

„Und Sie taten es?"

„Gewiß. Ich durfte mir die Gelegenheit nicht entgehen lassen, den berühmten Mann chez soi-même zu sehen."

„Wie fanden Sie es bei ihm?"

„Wenn ich erwartet hatte, einen Einblick in die ganze Reihe seiner Wohnräume zu gewinnen, so fand ich mich getäuscht, denn ich durfte nur ein einziges Zimmer betreten, und dieses zeigte nicht die geringste Merkwürdigkeit. Doch brachte er aus den Nebenräumen manches, was mich in Erstaunen versetzte, zum Beispiel seine

Diamantensammlung, die mich geradezu an Aladins Wunderlampe erinnerte. Sie ist viele Millionen wert."

„So ist er reich?"

„Ich bin davon überzeugt, obgleich man sich seinen Reichtum auf keinerlei Weise zu erklären vermag. Er hat keine Güter, keine Renten, keine Bankiers, keine feste Einnahme irgendeiner Art; Karten und Würfel berührt er nie, und dennoch führt er einen großen Haushalt, hat Bediente, Pferde und Wagen und eine ungeheure Menge von Edelsteinen in allen Größen, Gattungen und Farben. Man weiß wahrhaftig nicht, was man von alledem denken soll!"

„Er ist jedenfalls ein geschickter Schwindler; man wird ihm vielleicht einmal begegnen", meinte Ludwig.

Er wollte nicht zugeben, daß er schon längst von dem Grafen gehört hatte und mehr an das Erzählte glaubte, als er sich merken ließ. War es denn nicht möglich, daß er bei dem ‚geschickten Schwindler' Hilfe gegen die immerwährende Ebbe in seinen Kassen finden konnte? Dieser Gedanke hatte ihn bereits viel beschäftigt, und deshalb hatte er es über sich gewonnen, dem Grafen just für die jetzige Stunde ein scheinbar zufälliges Stelldichein andeuten zu lassen.

Diese Andeutung war verstanden und befolgt worden. Eben als man um die Ecke bog, war ein Mann zu erblicken, der eine Rose in der Hand hielt und sie so sorgfältig betrachtete, daß er das Nahen des Hofes nicht zu bemerken schien. Das Auge des Königs glitt forschend über die Gestalt des Fremden und leuchtete dann mit zufriedenem Blick auf.

Er hatte den Erwartenden erkannt. Gleichwohl aber fragte er mit zorniger Miene:

„Wer ist dieser Mann? Es ist doch bekannt, daß während Unserer Anwesenheit niemand Zutritt finden soll!"

Die Gräfin von Gergy hatte die Lage sofort begriffen. „Sire", erwiderte sie, „es ist der Graf von St. Germain. Er ist gewohnt, mehr als andere wagen zu dürfen. Gestatten Eure Majestät, ihn vorzustellen?"

Der König nickte zurückhaltend. „Wir wollen Uns geneigt finden lassen, Uns einige Minuten mit ihm zu unterhalten."

Frau von Gergy trat zu dem wunderbaren Mann, begrüßte ihn und führte ihn dann dem König zu.

Der Fremde war von mittlerer Größe und feinem Benehmen, hatte regelmäßige Züge, eine tiefbraune Gesichtsfarbe und schwarzes Haar. Seine Kleidung war einfach, aber geschmackvoll. Der einzige Prunk, den er zeigte, allerdings auch ein außerordentlicher, ungewöhnlicher, bestand in einer großen Menge von Diamanten, die er an allen Fingern, an der Uhrkette und statt der Knöpfe trug. Die Schuhschnallen allein würde jeder Kenner auf mindestens 200 000 Frank geschätzt haben.

Ludwig nahm seinen ehrerbietigen Gruß mit freundlichem Kopfnicken entgegen und begann, wie er es fast stets zu tun pflegte, die Unterredung ohne alle Einleitung:

„Man sagt, Sie seien mehrere Jahrhunderte alt. Ist das wahr?"

„Sire", entgegnete St. Germain mit einem Ausdruck in Stimme und Gesicht, wie es nur Leuten von Geist eigen ist, „ich belustige mich zuweilen damit, nicht glauben zu *machen*, sondern glauben zu *lassen*, daß ich schon in ältesten Zeiten gelebt habe."

„Doch die Wahrheit, Graf, ist — — — "

„Die Wahrheit ist häufig unergründlich", war die ausweichende Antwort.

„Nach der Versicherung mehrerer Personen, denen Sie schon unter der Regierung meines Großvaters bekannt waren, scheint es, als ob Sie über hundert Jahre zählen."

„Das wäre ja nicht einmal ein sehr überraschendes Alter. Im Norden von Europa habe ich Menschen gesehen, die 160 Jahre und darüber erreichten."

„Ich weiß, daß es Dinge gibt, die alle Forschung der Gelehrten über den Haufen werfen. Ich würde mich freuen, den Beweis zu erhalten, daß Sie schon im vorigen Jahrhundert lebten."

„Das wird sehr leicht sein, Sire!" Er zog ein in gotischer Art gebundenes Merkbuch aus der Tasche, öffnete es und nahm eines der zahlreichen Blätter, die es enthielt, heraus.

„Wird ein Zeugnis des großen Montaigne genügen, Majestät?"

„Wie?" fragte der König erstaunt; „Sie wollen Montaigne persönlich gekannt haben, der im Jahre 1592 gestorben ist?"

„Ich stelle diese Behauptung auf und bitte, sie beweisen zu dürfen!"

„Geben Sie das Blatt der Marquise!"

Der Graf folgte diesem Befehl, und Frau von Pompadour las die Zeilen des damals für unübertroffen geltenden Philosophen vor:

„Il n'est homme de bien qui mette à l'examen des lois toutes ses actions et pensées, qui ne soit pendable six fois en sa vie; voire tel qu'il serait dommage et très injuste de punir.

A son ami, le comte de Saint-Germain.
M. Eyquem de Montaigne[1]"

Der erstaunte Monarch griff nach dem Zettel und überzeugte sich, daß Montaigne ihn im Jahre 1580 mit eigener Hand geschrieben hatte.

„Das ist höchst merkwürdig!" rief er und wandte sich zu seinem Gefolge: „Kommen Sie her, meine Herren,

1 „Es gibt keinen Menschen, der bei gesetzlicher Prüfung seiner Handlungen und Gedanken sich nicht wenigstens sechsmal hängenswert fände: es ist daher schade und sehr ungerecht, zu strafen.

Seinem Freunde, dem Grafen von St. Germain
M. Eyquem de Montaigne."

und sehen Sie hier den Grafen von St. Germain, der so alt ist, daß er Montaigne persönlich kannte!“

Der Herzog von Brancas, der Herr von Gontout, der Abbé Bernis und andere traten näher, nahmen Einsicht in die Zeilen und vermochten nicht, ihre Verwunderung zurückzuhalten. Ihr Erstaunen wurde noch größer, als sie die Edelsteine sahen, die der Graf an sich trug. Der König bemerkte es und fragte:

„Sie scheinen ein großer Freund von Steinen zu sein?“

„Ich pflege mich viel mit ihnen zu beschäftigen, Sire. Besonders ist es ihre Entstehung und ihr Wachstum, das mich lebhaft fesselt.“

„Das heißt, Sie halten es für möglich, daß ein Mensch so tiefen Einfluß in diese Entstehung gewinnen kann, daß es ihm gelingt, solche Steine beliebig hervorzubringen?“

„Der Wissenschaft ist alles möglich, Majestät, nur daß sie an die Entwicklung unseres Wissens gebunden ist und selten einen ihrer Jünger in der Weise bevorzugt, daß sie ihm einen deutlichen Einblick in die Schöpfungswerkstätten der Natur gestattet.“

„Vielleicht sind Sie selbst ein solcher bevorzugter Liebling der Wissenschaft. Vermögen Sie aus kleinen Diamanten große zu machen?“

„Wer dieses vermöchte, Sire, der würde sicher mit seiner Kunst zurückhaltend sein“, lautete die ausweichende Antwort. „Eher darf man davon sprechen, Perlen wachsen zu lassen.“

„Ist Ihnen das möglich?“

„Ja. Ich gebe ihnen die fünf-, ja zehnfache Größe und verleihe ihnen dabei denjenigen Grad von Wasser, der mir beliebt.“

„Das ist viel. Haben Sie schon davon gehört, daß es fleckige Diamanten gibt?“

Über die geistreichen Züge des Grafen glitt ein feines, fast schonendes Lächeln. „Ich habe deren oft selbst gehabt. Wer seine Aufmerksamkeit so wie ich den Steinen widmet, kennt jede einzelne ihrer Sonderheiten. Die Flecken lassen sich fast stets entfernen."

„Wie, Sie hätten wirklich das Geheimnis entdeckt, nach dessen Enthüllung die Kunst bisher vergebens strebte?"

„Die Lösung ist nicht schwer, Sire. Gelang sie anderen nicht, so lag es nicht an der Kunst, sondern an den Künstlern."

„Wenn ich nun die Wahrheit Ihrer Behauptung einer Prüfung unterwerfe?"

„Ich werde sie bestehen."

Diese Antwort klang so stolz und zuverlässig, als handle es sich um die Entfernung eines Weinfleckens aus einem Stück Seidenzeug. Auf den König schien dieses Selbstvertrauen Eindruck zu machen. Er zog einen Diamanten hervor und bewies damit augenscheinlich, daß er auf das Zusammentreffen mit St. Germain vorbereitet war.

„Sehen Sie diesen Stein! Er würde 4000 Frank mehr wert sein, wenn er rein wäre."

Der Graf betrachtete den Stein aufmerksam. „Der Fleck ist etwas groß, aber ich werde ihn dennoch beseitigen können. Wollen Eure Majestät mir den Stein anvertrauen?"

„Sie dürfen ihn mitnehmen. Mein Juwelier, der ihn jetzt auf 6000 Frank schätzt, versichert, 10 000 dafür zahlen zu können, wenn der Fleck nicht wäre."

„In vierzehn Tagen gebe ich mir die Ehre, ihn vollständig rein zurückzubringen."

„Man wird dann Grund haben, Ihre Geschicklichkeit anzuerkennen. Aber nun sagen Sie mir noch etwas, Graf; man spricht von einem Mittel, von einem Aqua benedetta, das Sie zu bereiten verstehen, und durch das man Schutz vor den Einwirkungen des Alters gefunden haben soll."

„Die Natur ist ewig jung, Sire. Wer ihre Lebenskraft zu gewinnen und in den menschlichen Körper überzuführen versteht, kennt kein Alter und keinen Tod. Er kann Tausende von Jahren gelebt haben, ohne davon zu sprechen."

„Sie weichen mir aus und geben dennoch Ihr Einverständnis. Sie selbst danken ihre immerwährende Jugend jedenfalls nur der Wirkung dieses Zauberwassers."

„Krankheit und Tod lassen sich nicht durch einen bloßen Wunsch, sondern nur durch Waffen besiegen, Majestät."

„Und stehen diese Waffen nur Ihren besonderen Freunden zu Gebot?"

„Nur. Das Aqua benedetta wird unter einer Stellung der Gestirne bereitet, die für die rechte Wirkung des Tranks eine innige Zuneigung zwischen dem Verfertiger und demjenigen, der sich des Mittels bedient, voraussetzt."

„So sind für die Zubereitung dieses Lebenswassers auch astrologische Kenntnisse vonnöten?"

„Ich leugne es nicht und gestehe, daß diese Kenntnisse nicht schülerhaft sein dürfen. Die Gestirne werden von derselben Kraft gehalten, die wir, solange sie im Leib des Menschen tätig wirkt, das Leben nennen. Aus dem Lauf der Sonnen und Sterne ist sie besser zu berechnen als aus den Bewegungen unserer Glieder. So schwer diese Berechnungen sind: es ist notwendig, sie zu Rat zu ziehen, wenn man das kühne Unternehmen wagt, die ewige Kraft in den vergänglichen flüssigen Tropfen zu bannen."

„Sichert dieser Trank auch gegen die Folgen äußerlicher Verletzungen?"

„Nein, Sire. Das Leben, das mit ihm in den Körper strömt, kann durch gewaltsame Angriffe vernichtet werden. Die Aufgabe, ein Wunderwasser zu bereiten, das selbst den Streich einer tödlichen Waffe unschädlich macht, ist noch keinem Sterblichen zu lösen gelungen, doch hoffe ich" — und dabei ging ein siegesbewußtes Lächeln über seine Züge — „auch diese Schwierigkeit noch zu überwinden."

„Sie sind kühn in Ihren Hoffnungen, Graf!"

„Ein Mann, der nicht genau weiß, was er zu leisten vermag, ist kein Mann, Sire; er wird nie zur vollständigen Entwicklung der Gaben gelangen, die ihm von dem gütigen Schöpfer verliehen sind."

„Sie mögen recht haben, Graf. Wir finden überhaupt Wohlgefallen an Ihrer Unterhaltung. Lassen Sie sich wieder sehen! Man wird Ihre Gegenwart nicht ungern bemerken."

„Dann ersuche ich Eure Majestät, mir gütigst die Stunde bestimmen zu lassen, in der ich erscheinen darf."

„Man wird dies in der Voraussicht tun, daß Uns durch ihre Kenntnis der Naturgeheimnisse nach den Anstrengungen Unseres schweren Berufs eine Stunde besserer Erholung bereitet werde."

Mit einem huldvollen Neigen des königlichen Hauptes wurde der Graf entlassen. Er entfernte sich und schritt einer entlegenen Gegend des Parkes zu. Eben stand er im Begriff, um eine künstliche Felsengruppe zu biegen, als hinter dieser der Baron von Langenau hervorkam. Dieser hatte seine Unterredung mit Fräulein d'Hausset beendet und wollte sich nach dem Schloß verfügen, als ihn die unerwartete Begegnung mit einer Überraschung erfüllte, die sein offenes Gesicht nicht sofort zu verbergen vermochte. Auch über das Gesicht des Grafen glitt ein Zug, der fast die Folge eines Schrecks genannt werden konnte, doch hatte sich der seltene Mann so in der Gewalt, daß seine Miene schon im nächsten Augenblick einen ruhigen Ausdruck annahm.

„Ah, der Herr Baron von Langenau, wenn ich mich nicht irre!" meinte er mit einem gnädigen Nicken seines stolz erhobenen Kopfes.

„In der Tat, Sie irren sich nicht, Herr Ritter von Schöning, Graf Tzarogy oder wie Ihr eigentlicher Name lauten mag. Sagen Sie einmal aufrichtig, mein Herr, mit welcher Magie kommt man in Versailles weiter, mit der schwarzen oder mit der weißen?"

Es klang eine unendliche Bitterkeit aus seinem Ton. Der Graf blickte ihm jetzt kalt und starr in das Angesicht und entgegnete:

„Je nach dem Erfolg, den man zu erzielen beabsichtigt, mein Herr. Und dieser Erfolg ist immer ein sicherer, wenn man sich nicht Leuten anvertraut, die zu schwach sind, Großes ertragen zu können. Wie befindet sich Ihr Herr Vater, Herr Baron?"

„Ich danke; sehr wohl!"

„Das heißt?"

„Das heißt, daß er keine Gelegenheit mehr hat, sich schlecht zu befinden. An dem Tage, an dem Sie die Güte hatten, uns ohne Abschied zu verlassen, bemerkte er, daß er sich an den Bettelstab gebracht hatte. Ihre bewundernswerte Kunst hatte ihn von sämtlichem Gold befreit und ihm nichts gelassen, als ein Stück armseliges Blei in Kugelform. Leider verstand er mit diesem besser umzugehen als mit Gaunern und Betrügern. Statt dem Schwindler, der mit unserer sämtlichen Habe von dannen zog, auch dieses Blei noch anzubieten, behielt er es für sich selbst. Der Schuß gelang, mein Herr, und es lebt nun ein Zeuge Ihres Talents weniger."

„Das tut mir leid, obgleich es vorauszusehen war, da Ihr Vater meinen wohlgemeinten Ratschlägen niemals Gehör schenkte. Er war ein Schüler, der unbedingt nach der Mahnung seines Meisters hätte handeln sollen. Wer aus seinem physischen Dasein heraustritt, um mit den Geistern zu verkehren, muß den Mut haben, sie sich untertan zu machen, sonst überwältigen sie ihn, und er ist verloren. Der Fall tut mir nun Ihretwegen leid. Kann ich Ihnen hier in irgendeiner Weise dienlich sein?"

„Ich muß auf Ihre Gefälligkeit verzichten, da ich nichts besitze, um Sie mit meinem Ruin bezahlen zu können!“

„Ich bin sehr nachsichtig, mein Herr, aber wahren Sie dennoch Ihre Zunge! Der Graf von St. Germain, der soeben eine vertrauliche Unterredung mit dem König hatte, fühlt sich keineswegs gezwungen, die grundlosen Sticheleien des Barons von Langenau ruhig anzuhören.“

„Graf von St. Germain? Lassen Sie mich Sie zu diesem neuen Titel beglückwünschen! Auch ich habe heute einiges mit dem König zu besprechen und werde nicht versäumen, ihm den Herrn Grafen zur Regelung seiner Finanzen zu empfehlen.“

„Das heißt, Sie wollen sich mir als Feind gegenüberstellen? Welcher vorsichtige Mann wünscht sich einen überlegenen Gegner! Erlauben Sir mir, Ihnen eine höchst wertvolle Lehre zu geben: Ein kluger Diplomat — und dieser Laufbahn scheinen Sie sich doch zugewandt zu haben — bekämpft seinen Feind nur im stillen und aus wohlgedeckter Stellung; er verrät deshalb um keinen Preis seine innere Gesinnung, denn diese Unvorsichtigkeit kann ihm seine Ziele leicht in unerreichbare Ferne rücken.“

„Ich habe Ihre wertvolle Lehre angehört, um ganz in die Tiefe Ihres menschenfreundlichen Herzens blicken zu können, habe aber leider nicht die Absicht, sie zu beherzigen. Wir Deutschen sind ein ungelecktes Volk, das gewohnt ist, auf starken Sohlen seinen geraden Weg zu wandeln und sich auch dem überlegenen Feind Auge in Auge zu stellen. Herr Graf von St. Germain, ich verachte Sie und werde dafür sorgen, daß Ihre Künste hier keine Opfer finden!“

Mit einer verächtlichen Handbewegung wandte er sich ab und schritt von dannen.

Der Graf blieb stehen. Trotz seiner braunen Gesichtsfarbe war deutlich die Blässe zu bemerken, die sein

Antlitz überzog. Nach kurzem Besinnen kehrte er in den Park, den zu verlassen er im Begriff gestanden hatte, wieder zurück und schritt nach dem Schloß. Hier erfuhr er, daß die Marquise de Pompadour ihre Gemächer bereits wieder betreten hatte.

Er war schon öfters bei ihr gewesen, hatte die Erlaubnis zum beliebigen Zutritt erhalten und ließ sich anmelden.

Die Marquise, bei der Frau d'Hausset, ihre erste Dame, weilte, empfing ihn mit großer Liebenswürdigkeit.

„Willkommen, mein lieber Graf! Ich vermutete nicht, Sie so schnell wieder bei mir zu erblicken."

„Durfte ich Versailles verlassen und nach Paris gehen, Madame, ohne Ihrer Güte zu danken, die mir gestattete, den größten Herrscher unseres Jahrhunderts zu sehen und zu sprechen?"

„Diese Güte ist nicht ohne Selbstsucht. Man hat dabei Nutzen gezogen durch Ihren Unterricht über Vorgänge, die bisher für unmöglich galten. Werden Sie den Diamanten des Königs wirklich von seinen Flecken zu befreien vermögen?"

„Es wird sicher geschehen; ich werde Ihnen das beweisen, Madame. Sehen Sie diese Steine!"

Er zog eine Schachtel aus der Tasche und öffnete sie. Es befanden sich Topase, Smaragde, Saphire und Rubine von ganz bedeutendem Wert darin. Frau von Pompadour vergaß die Würde, die sie sich sonst zu eigen zu machen bestrebte, und schlug in heller Verwunderung die Hände zusammen.

„Welch ein Reichtum in solch kleinem Behältnis! Graf, Sie sind ein Phänomen!"

Er nahm diese Bewunderung sehr gleichgültig hin und antwortete mit leichtem Achselzucken:

„Die Schachtel enthält nur die geheilten Patienten aus meiner Sammlung. Diese alle hatten Flecken, die ich ihnen jedoch genommen habe; sie besitzen dadurch einen doppelten Wert. Hier ein Beweis!"

Er legte ein massiv goldenes Kreuz mit grünen und weißen Steinen auf den Tisch. Es war von vorzüglicher Arbeit, und ein Schmuckhändler hätte wenigstens eintausendfünfhundert Frank dafür geboten. Die Marquise nahm den Schmuck und zeigte ihn, nachdem sie ihn betrachtet hatte, ihrer Hofdame.

„Hausset, treten Sie näher und sehen Sie dieses prachtvolle Kreuz! Müssen Sie nicht den Glanz der Steine und die Feinheit der Fassung bewundern?"

Die Dame nahm das Kreuz und hielt es, einen Blick in den Spiegel werfend, unwillkürlich zur Probe um den Hals.

„Prachtvoll, Madame, wirklich ein Meisterstück!" erwiderte sie.

„Ich bitte, Frau d'Hausset, es als ein Geschenk von mir anzunehmen!" bat der Graf.

Die Hofdame erglühte vor freudigem Schreck. „Das kann Ihr Ernst doch nicht sein, Graf. Ein solch kostbares Stück verschenkt man nicht so pour passer le temps."

„Warum nicht? Es ist ja nur eine Kleinigkeit!"

„Nehmen Sie es immerhin, meine Liebe", redete die Marquise ihr zu. „Der Graf will es, und Sie hören aus seinem eigenen Mund, daß er damit kein Opfer bringt."

Trotz des Entzückens, das eine jede Frau bei einem solchen Geschenk empfinden wird, machte Frau d'Hausset doch eine Bewegung, als wolle sie das Kreuz seinem früheren Besitzer wieder aushändigen, aber ein eigentümlicher Blick des Grafen bewog sie, den bereits ausgestreckten Arm zurückzuziehen.

„Ich nehme Ihr Geschenk an", meinte sie, „als eine Erinnerung an den Tag, an dem der Fürst von Frankreich dem Fürsten der Diamanten begegnete."

„Alle Steine dieses Kreuzes hatten Flecken", erklärte

St. Germain, „und ebenso wie sie wird auch der Diamant des Königs von seiner Trübung geheilt werden. Fragen Sie den Grafen de Lancy! Er hatte mir einen Smaragd übergeben, der einen bedeutenden dunklen Punkt besaß und sich jetzt wieder fehlerfrei in seiner Hand befindet."

„Graf de Lancy? Übrigens, bei seinem Namen fällt mir ein, daß die kleine zehnjährige Komtesse Lancy eine Probe von Ihrem wunderbaren Aqua benedetta bekommen haben soll. Hat man mir recht berichtet?"

„Man hat Ihnen die Wahrheit gesagt. Ich begleitete einige italienische Arien, die die Komtesse sang, und war von ihr so entzückt, daß ich beschloß, ihr das glückliche Los der Schönheit, die sie besitzen wird, durch meinen Trank zu verlängern."

„Sie wissen, daß auch der König von Ihrem Aqua benedetta gehört hat. Er wünscht, daß ihm der gegenwärtige Zustand seiner Gesundheit so lange wie möglich erhalten bleibe."

„Das soll geschehen, soweit es in meiner Macht liegt, Madame", antwortete der Graf.

Er brachte zwei geschliffene Fläschchen zum Vorschein, die mit einer kristallhellen Flüssigkeit gefüllt waren, und reichte sie der Marquise dar.

„An der Erfüllung dieses Verlangens hängt das Glück und die Wohlfahrt eines ganzen Volkes. Dieses Aqua benedetta wird Frankreich seinen Herrscher und Ihnen Madame, Ihre Schönheit und Jugend erhalten."

Die Marquise griff mit sichtlicher Begier zu und rief freudig:

„Ich danke Ihnen, mein lieber Freund! Allerdings darf man einen Grafen von St. Germain nicht nach dem Preis dieses unbezahlbaren Mittels fragen, doch bitte, bestimmen Sie selbst, was ich für Sie tun kann!"

„Ich begehre als einzigen Lohn nur Ihr dauerndes Wohlwollen, Madame, und die Erlaubnis, mit Hilfe der

Sterne über Ihnen und dem Wohl des Königs wachen zu dürfen."

„Der Schutz Ihres Genius ist uns hochwillkommen. Ich bat Sie ja schon, die Sterne über mich zu befragen. Ist Ihnen noch keine Antwort geworden?"

„Ich erhielt sie heute in der Mitternacht."

„Und wie lautet sie?"

„Sie war so klar und offen, daß ich die Geister der Weltgegenden gar nicht erst zu Rat zu ziehen brauchte. Ich darf sie darum wohl auch ebenso offen mitteilen?"

„Nun?"

„Ich stand um Mitternacht unter den Sternen und sah den Himmel Deutschlands erglänzen. Ein großer Stern stieg strahlend in die Höhe; eine kleine Schnuppe flog von ihm ab, schoß über die Grenze herüber und stieß an den Stern von Frankreich. Da triefte Blut herab vom Himmelsgewölbe. Es wurde Nacht in den Lüften, und die Erde erzitterte unter dem Gestampf kämpfender Kohorten. Ich sah keine Person, ich bemerkte keinen Namen, Madame; ich erblickte nur Tatsachen. Die Sterne haben mich noch niemals getäuscht. Die Lösung ist mir nicht gegeben; ich muß sie Ihnen überlassen."

Die Marquise war unter der Schminke leichenblaß geworden, während Frau d'Hausset seitwärts eine Miene machte, als ob sie sich auf den Grafen stürzen wolle, der sie vorher so fürstlich beschenkt hatte.

„Oh, ich weiß, wer dieser Stern Deutschlands ist", meinte endlich die Marquise. „Dieser König von Sanssouci glaubt ja schon längst, daß er unter die Himmlischen zu rechnen sei. Aber die Sternschnuppe, Graf, hatte sie nicht eine Farbe, eine Gestalt, aus der sich etwas Sicheres schließen ließe?"

„Ich glaube, die Gestalt eines L erkannt zu haben, doch steht mir der Eintritt zu den chambres diplomatiques nicht offen, und ich kenne also auch keine

Persönlichkeit, auf die ich eine Hindeutung aussprechen möchte. Nur das muß ich bemerken, daß die große, drohende Gefahr keine zukünftige ist, sondern schon morgen oder heute hereinbrechen kann; es sind also schleunige Maßregeln erforderlich, sie abzuwenden."

„Meine Ahnung hat mich nicht betrogen!" rief die erregte Marquise. „Ein L —? Dieser preußische Baron von Langenau ist mit einer Sendung betraut, deren Zweck mich unangenehm berührt. Frankreich soll sich dem noch sehr neuen Königshof in Brandenburg gefällig zeigen. Die Züge dieses Barons haben mir gleich vom ersten Augenblick an einen unbesiegbaren Widerwillen eingeflößt. Er will mit dem König sprechen? Ich werde dafür sorgen, daß diese Unterredung nicht stattfindet. Ich vertraue Ihren Sternen, Graf. Der Preuße soll noch heute nach seiner barbarischen Heimat zurückgeschickt werden!"

Als sich nach einer Viertelstunde der Baron von Langenau zum Empfang meldete, wurde er nicht vorgelassen, sondern an den Minister des Äußeren gewiesen, von dem er eine versiegelte Schrift mit der Bemerkung empfing, daß diese eine ausführliche Erklärung des Königs auf seinen Antrag enthalte und schleunigst nach Berlin zu befördern sei, weshalb man bereits Befehl erteilt habe, für Pferdewechsel bis an die Grenze zu sorgen.

Damit war deutlich genug gesagt, daß seine Sendung gescheitert sei. Er verließ das Schloß und schritt der Stelle zu, wo sein Wagen auf ihn wartete. Noch bevor er diesen erreichte, hörte er das Rollen von Rädern hinter sich und trat zur Seite, um die Kutsche an sich vorüber zu lassen. Er erkannte sie samt den sechs Schimmeln, die vorgespannt waren; es war das Geschirr der Marquise von Pompadour, mit dem sie die Entfernung zwischen Paris und Versailles zurückzulegen pflegte. Aber diesmal saß nicht sie in den rotseidenen Kissen, sondern eine männliche Gestalt, bei deren Anblick ihm das Blut in den Adern zu sieden begann — der Graf von Saint-Germain, den die Marquise nach der Hauptstadt fahren ließ.

Auch der Graf erkannte seinen Gegner. Was kein Mann von adeliger Gesinnung getan hätte, er gab dem Kutscher ein Zeichen und ließ just an der Stelle, wo Langenau stand, halten.

„Ah", fragte er mit ironischem Erstaunen, „der Stellvertreter Seiner Majestät von Preußen zu Fuß auf der Landstraße?"

Der Baron gab keine Antwort und setzte seinen Weg fort.

„Herr Baron!" klang es da mit einer Stimme, deren Ton Langenau bewog, sich nochmals umzuwenden.

„Nur eins, bevor Sie gehen, mein ungeleckter Preuße!" Der Graf bog sich, um von Kutscher und Bediensteten nicht gehört zu werden, weit über den Wagenschlag herüber und raunte dem Baron zu: „Abgeblitzt wie ein Schulbube, nicht wahr? Ein ‚Stück Blei in Kugelform' wäre wohl auch für Sie das beste."

Das Gesicht Langenaus erglühte vor Zorn; er erhob den Arm zum Schlag, ließ ihn aber, sich beherrschend, wieder sinken und trat näher an den Wagen heran.

„Herr Graf von St. Germain, das Blei, das meinen Vater traf, befindet sich in meiner sorglichsten Verwahrung, denn es hat einem gerechten Zweck zu dienen: auch Sie werden daran sterben!"

Er wandte sich und schritt vorwärts, den Wagen nicht weiter beachtend, der jetzt an ihm vorüberrollte. Alsbald bestieg er den seinen und fuhr langsam nach. Noch aber war er nicht weit gekommen, so hörte er abermals Rossegetrappel hinter sich und erblickte, sich zurückwendend, Amély zu Pferd, gefolgt von einem berittenen Diener.

„Herr Baron", meinte sie errötend, als sie ihn erreicht

hatte, „meine Isabella ist heut so wenig artig, daß ich Sie fragen muß, ob Sie einen Platz für mich übrig haben. Mein Weg ist auf eine Strecke hin der Ihrige.“

Im Nu stand er auf der Erde, hob sie vom Pferd, dessen Zügel der Diener ergriff, und half ihr in den Wagen steigen. Dieser setzte sich in Bewegung, und der Diener folgte mit dem Reittier.

„Sie werden fortgeschickt, mein Freund?“

„So ist es!“ knirschte er.

„Und wissen Sie, was schuld ist?“

„Meine Offenheit — — —!“

„O nein, ein wenig Aqua benedetta. Lassen Sie sich erzählen, was ich soeben von meiner Tante erfuhr!“

Als die junge Dame nach kurzer Zeit den Wagen verließ, um ihr Pferd wieder zu besteigen, trennten sich die beiden mit einem innigen Händedruck und einem herzlichen Blick, der verriet, daß sie sich wiedersehen würden.

2. *Der Krondiamant*

Herr Calcoen, der Sekretär „Ihrer Hochmögenden der Generalstaaten", saß allein in seinem Arbeitszimmer und forschte eifrig in wichtigen Aktenstößen, die sich auf ein Neutralitätsbündnis zwischen den Niederlanden und Frankreich gegen das britische Inselreich bezogen. Seine Aufmerksamkeit war von den Schriftsachen so ausschließlich in Anspruch genommen, daß er den Eintritt seiner Frau überhörte, die ihre wohlbeleibte Figur an den Eingang stellte und mit ruhig-ernstem Gesicht auf einen Augenblick zu warten schien, wo es dem Herrn Sekretär belieben würde, einmal von seiner schwierigen Arbeit aufzublicken.

Es muß nämlich gesagt werden, daß Mynheer Calcoen trotz seiner hohen und einflußreichen Stellung die Einfachheit liebte und vielleicht auch aus Sparsamkeitsrücksichten keine Dienstboten hielt, sondern es vorzog, sich von den Gliedern seiner Familie bedienen zu lassen. Diese wußten genau, daß nichts seinen Zorn so sehr erregen könne, als wenn man es unternahm, ihn während des Schreibens oder Lesens wichtiger Dinge zu stören, und so wartete denn auch jetzt die Meffrouw Sekretärin mit gutmütigem Lächeln auf den geeigneten Augenblick, ihre Angelegenheit vorzubringen.

Da schlug er das eine Heft zusammen und griff nach einem anderen. Meffrouw hustete leise. Er vernahm es und drehte sich um.

„Was willst du, Katje?"

„Ich muß dich fragen, ob du zum Tee herunterkommst oder ob du ihn hier nehmen willst."

„Hier, Katje, hier! Ich habe so dringende Arbeit, daß ich keine Sekunde verlieren darf."

„Willst du ihn blank oder mit Rostbrötchen?"

„Brot, viel Brot, Katje! Die Kopfarbeit strengt den Körper an, und so muß der Sekretär essen, wenn es um die Staaten gut stehen soll."

„Du hast also sehr dringende Arbeit? Und doch steht draußen ein Mann, der dich zu sprechen verlangt."

„Wer ist es? Ich habe wirklich keine Zeit, Katje."

„Es ist ein Fremder. Wie er heißt, weiß ich nicht, da er seinen Namen nur dir allein nennen will."

„Ich brauche seinen Namen nicht zu hören; er mag ihn einem anderen nennen. Er kann gehen!"

„Höre, er bat mich, dir nur zu sagen, daß es sich um Millionen handle."

„Um Millionen? Ah! Sieht der Mensch danach aus?"

„Ja; er ist ein feiner Herr, und ich erblickte an seinem Finger einen Brillanten, der heller als die Sonne leuchtete."

„So, hm, dann mag er eintreten; und du bringst den Tee erst, wenn er sich wieder entfernt hat!"

Meffrouw nickte zustimmend und verließ das Zimmer. Durch die offengelassene Tür trat der Angemeldete ein. Bei seinem Anblick erhob sich der Sekretär unwillkürlich. Der Fremde machte allerdings den Eindruck, als sei er gewohnt, mit hochgestellten Leuten zu verkehren.

„Wer sind Sie?" fragte Calcoen.

„Mein Name wird Ihnen nicht unbekannt sein; ich bin der Graf von St. Germain!"

„Der Graf von St. Germain? Ah, ist es möglich? Bitte, nehmen Sie Platz!"

„Ich höre, daß Ihre Zeit sehr in Anspruch genommen ist", bemerkte der Graf, indem er der Aufforderung Folge leistete und sich auf einen der anspruchslosen Sessel niederließ.

„Das ist zwar der Fall, doch glaube ich, so viel Zeit erübrigen zu können, um zu erfahren, welche Angelegenheit Sie zu mir führt."

„Ich ließ Ihnen bereits melden, daß ich nicht beabsichtige, Sie mit einer Kleinigkeit zu belästigen. Sie kennen wohl meine nahe Beziehung zum König von Frankreich?"

„Ich hörte davon sprechen. Wie es scheint, besitzen Sie das Wohlwollen und Vertrauen des Herrschers."

Der Graf verneigte sich zustimmend und zog ein versiegeltes Schreiben aus der Tasche, das er dem Sekretär überreichte. „Ich bitte, Einsicht in dieses Mandat zu nehmen!"

Calcoen nahm den Bogen, entsiegelte und öffnete ihn und überflog den Inhalt.

Seine Miene verriet Spannung und lebhafte Teilnahme, als er den Grafen fragte: „Sie kennen den Wortlaut dieses Schreibens?"

„Den Inhalt, wenn auch nicht den Wortlaut."

„Seine Majestät ermächtigte Sie zu dem Abschluß eines sehr wichtigen Geschäfts mit den Generalstaaten. Darf ich Ihre Mitteilung erwarten?"

„Sicher! Bemerken muß ich vorher, daß meine Mitteilungen sich nur auf die hierbei nicht entbehrlichen Personen zu beschränken haben, und da es Majestät beliebt, den Minister des Äußeren, Herzog von Choiseul, von der Mitwissenschaft unserer Angelegenheit auszuschließen, so ist es mir auch verboten, unseren hiesigen Gesandten, den Grafen d'Affri, in die Angelegenheit einzuweihen."

„Ihre Wünsche werden streng berücksichtigt werden, wie ich Ihnen im Namen der Hochmögenden versichern kann. Jetzt also weiter, Herr Graf!"

„Ohne Einleitung, Mynheer: der König beabsichtigt, bei den Generalstaaten eine Anleihe zu machen."

„Ah? Wieder? Hm! In welcher Höhe?"

„Zu einer nicht ganz gewöhnlichen: hundert Millionen.“

„Hundert — freilich bedeutend!“

„Aber keineswegs zu hoch für die Mittel, die den Generalstaaten zur Verfügung stehen.“

„Mag sein! Doch muß ich erwähnen, daß wir schlechte Ernten in den Kolonien hatten und unsere Ausgaben in den letzten zwei Jahren die Einnahmen so bedeutend übersteigen, daß wir selbst vor einer leeren Kasse stehen und die Hilfe unserer Bankiers in Anspruch nehmen müssen.“

„Dabei kann es kein Bedenken geben; die Hilfsquellen der Generalstaaten sind unerschöpflich, und ihr Kredit ist grenzenlos.“

„Er wurde bereits in der Weise verwertet, daß die hochmögenden Herren wohl schwerlich zu bestimmen sein werden, ihn für fremde Vorteile anzustrengen.“

„Dürften hierbei nicht die Zugeständnisse zu berücksichtigen sein, die man Ihnen zu machen bereit ist?“

„Möglich. Welches ist der Zinsfuß, zu dem Sie ermächtigt sind?“

„Seine Höhe hängt von der Schnelligkeit ab, mit der die Zahlung des Darlehens erfolgt.“

„Begreiflich. Und welche Unterlagen bieten Sie?“

„Eine höchst ungewöhnliche, nämlich ein Faustpfand, das mehr als den doppelten Betrag des Darlehens ergibt. Es besteht in den sämtlichen Kronjuwelen Frankreichs.“

„Ah!“ machte der Sekretär erstaunt.

„Sie geben zu“, meinte der Graf gleichmütig, „daß ein solches Pfand Sie vollständig sicherstellt. Ich bin darauf angewiesen, Ihnen mitzuteilen, daß unsererseits nur der König, die Marquise de Pompadour und ich von der Hinterlegung wissen dürfen.“

„Die Sicherheit ist mehr als genügend; haben Sie jedoch auch die Schwierigkeiten bedacht, die sich eben jetzt einer solchen Anleihe gegenüberstellen?“

„Sie denken an die vermeintliche Erschöpfung Frankreichs durch den Krieg und die Aussichtslosigkeit auf eine baldige Lösung der politischen Verwicklungen? Pah! Ich bin in dieser Beziehung besser unterrichtet als andere und darf Ihnen versichern, daß der Krieg seinem Ende naht. Und auch wenn Ihre Befürchtungen begründet wären, so sprachen Sie ja selbst die Überzeugung aus, daß Sie für alle Fälle gedeckt sind. Ich komme zunächst zu Ihnen, weil ich weiß, wie schwer Ihr Wort in wichtigen Angelegenheiten wiegt, und ersuche Sie, mir die Namen derjenigen Herren zu nennen, an die ich mich nach Ihnen zu wenden habe."

„Es ist mir jetzt leider unmöglich, diese Auskunft zu erteilen. Geben Sie mir die Erlaubnis, Ihre Angelegenheit zunächst den Generalstaaten vorzutragen, und dann wird sich ja zeigen, wer zur Verhandlung mit Ihnen beauftragt wird."

„Sie haben diese Erlaubnis, natürlich unter der Voraussetzung der strengsten Verschwiegenheit. Wann darf ich mir Bescheid holen?"

„Auch das ist noch unbestimmt. Wo wohnen Sie?"

„Im ‚Prinzen von Oranien'."

„Ich werde mir erlauben, Sie dort aufzusuchen, sobald eine Entscheidung gefällt ist."

„Dann gestatte ich mir nur noch eine Zufügung." Er zog ein kleines Kästchen hervor und überreichte es dem Sekretär. „Wollen Sie die Güte haben, den Inhalt zu prüfen?"

Calcoen öffnete und stieß einen Ruf der Verwunderung aus. Das Behältnis enthielt einen Diamanten von solcher Größe und Reinheit, wie er noch niemals einen gesehen hatte. „Prachtvoll, herrlich!" rief er.

„Wie hoch schätzen Sie den Stein?"

„Ich bin zu wenig Kenner, um seinen Wert abwägen zu können, doch glaube ich gern, daß dieser nach Millionen zählt."

„Sicher! Der König hat mir aufgetragen, ihn gegen eine Anzahlung von hunderttausend Gulden schon vor Abschluß des Hauptgeschäfts und zur Probe bei Ihnen zu hinterlassen."

„Wollen Sie mir den Stein anvertrauen, damit ich ihn den hochmögenden Herren zu zeigen vermag?"

„Gewiß, wenn Sie die Güte haben wollen, den Empfang des Diamanten durch Unterschrift und Siegel zu bescheinigen."

„Gern!"

Er schloß das Kästchen und das Mandat des Grafen sorgfältig ein und stellte dann den verlangten Hinterlegungsschein aus, nach dessen Empfang sich der Graf entfernte. Draußen auf dem Hausflur stieß er fast mit einem Mann zusammen, bei dessen Anblick er unwillkürlich einen Schritt zurückfuhr.

„Der Baron von Langenau!" rief er bestürzt.

Auch der Baron war überrascht, doch ließ er kein Wort vernehmen, sondern schritt mit einem verächtlichen Blick an dem Grafen vorüber und verschwand im Arbeitszimmer des Sekretärs. Der Mißerfolg seiner Sendung nach Versailles hatte ihm in Beziehung auf das Vertrauen seines Königs keinerlei Schaden gebracht. Er befand sich jetzt hier im Haag in derselben Eigenschaft als Gesandter, hatte sich die Freundschaft des Sekretärs erworben und besaß die Erlaubnis, zu jeder Zeit unangemeldet Zutritt zu nehmen. Er fand Calcoen noch nicht wieder in seine Arbeit vertieft. Die Unterredung mit dem Grafen hatte den Sekretär trotz seiner sonstigen Ruhe in eine gewisse Aufregung versetzt, so daß er bei dem Eintritt des Barons mit ungewöhnlicher Lebhaftigkeit im Zimmer auf und nieder ging.

„Willkommen, Herr von Langenau! Ah, Sie finden mich einigermaßen erregt. Ist Ihnen jemand begegnet?"

„Ein Herr, draußen auf dem Flur."

„Raten Sie, wer es war!"

„Der Graf von St. Germain."

„Was! Sie kennen diesen Mann?"

„Leider!"

„Leider? Sie scheinen also keine guten Gefühle für diesen berühmten Mann zu hegen?"

Der Baron machte eine verneinende Handbewegung. Der Sekretär faßte ihn am Arm und zog ihn neben sich in einen Stuhl nieder.

„Herr Baron, Sie wissen, daß Sie meine Freundschaft besitzen!"

„Die mir von hohem Wert ist."

„Und mit ihr mein Vertrauen!"

„Das mich zum größten Dank verpflichtet."

„Dieser Dank hätte naturgemäßerweise nur in Gegenvertrauen zu bestehen. Der Graf von St. Germain war in einer höchst wichtigen Angelegenheit bei mir; er ist mir weniger als Ihnen bekannt, und da mir sehr daranliegt, etwas Genaues über ihn zu hören, so muß ich Sie ersuchen, aus Ihrer diplomatischen Verschlossenheit herauszutreten und mir zu Gefallen etwas offenherzig zu sein!"

„Darf ich fragen, von welcher wichtigen Angelegenheit Sie sprechen?"

„Sie ist ein Geheimnis, Herr Baron. Ich habe mich zur tiefsten Verschwiegenheit verpflichtet."

„Auch mir gegenüber?"

„Jawohl."

„Selbst wenn ich über die Angelegenheit ebenso unterrichtet wäre, wie der Graf selbst?"

„Das ist unmöglich!"

„Hm. Ich werde Ihnen das Gegenteil beweisen. Der Graf von St. Germain weilt im Haag behufs einer Anleihe von hundert Millionen unter Verpfändung der Kronjuwelen Frankreichs."

Der Sekretär machte ein erstauntes Gesicht. „Wahrhaftig! Sie sind genau unterrichtet. Aber der Graf versicherte doch, daß nur er allein das Geheimnis mit dem König und der Marquise de Pompadour teile."

„Er irrt, wie Sie selbst sehen. Wird es ihm gelingen, sich seines Auftrages glücklich zu entledigen?"

„Möglich ist es. Wenigstens wird er die hunderttausend Gulden erhalten, die er für den König sofort unter Verpfändung des wertvollsten Krondiamanten begehrt."

„Hunderttausend Gulden? Davon ist mir nichts bekannt. Sein Auftrag lautet nur auf hundert Millionen, und ich glaube nicht, daß er ermächtigt ist, eine Vorauszahlung zu fordern."

„Das müßte gewissermaßen Mißtrauen erregen, wenn ich annehmen dürfte, daß Sie wirklich genau unterrichtet sind. Können Sie mir Ihre Quelle bezeichnen?"

„Nur als ein Freund dem anderen. Ich habe eine Braut in Versailles, durch die ich Einsicht gewinne in sämtliche Geheimnisse des Hofes."

„Ist eine junge Dame, vielleicht ohne offizielle Stellung, nicht eine etwas unsichere Vermittlerin für dergleichen Wichtigkeiten?"

„Das Beispiel hat Ihnen ja bewiesen, daß meine Vermittlerin vollständig zuverlässig ist. Meine Braut besitzt eine sehr nahe Verwandte, die stets um die Person der Marquise ist und von ihr mit dem unbeschränktesten Vertrauen beehrt wird."

„So ist es ja leicht erklärlich, daß Sie von den hunderttausend Gulden nichts wissen; die Marquise hat von dem einen, aber nicht auch von dem anderen gesprochen. Übrigens deckt der Stein die Summe um mehr als das Zehnfache."

„Darf man ihn sehen?"

„Da Sie bereits so weit unterrichtet sind, halte ich es für keinen Wortbruch, wenn ich Ihnen den Diamanten zeige."

Er öffnete das Fach, worin er ihn verborgen hatte,

und gab Langenau das Kästchen. Dieser betrachtete den Stein mit der größten Aufmerksamkeit und meinte dann:

„Kenner bin ich nicht; aber allem Anschein nach ist der Diamant wirklich echt; nur fällt mir ein Umstand auf — — —"

„Welcher?"

„Ich hatte Gelegenheit, die französischen Krondiamanten sehr eingehend mustern zu können, und kann mich nicht entsinnen, diesen hier unter ihnen gesehen zu haben."

„Hierfür wäre mehr als eine Erklärung zu finden. Warum sollen wir den Vorschuß nicht leisten, wenn der Stein echt ist? Sie lieben den Grafen nicht und mögen Ihre Gründe dazu haben, doch in geschäftlichen Angelegenheiten ist man oft genötigt, persönliche Meinungen zurückzustellen. Trafen Sie den Grafen in Paris?"

„In Versailles. Ich hatte ihm eine schwere diplomatische Niederlage zu verdanken, nachdem ich des Sieges bereits sicher war."

„Ah, Sie sind rachsüchtig!"

„In des Wortes strengster Bedeutung nicht. Ich kannte den Schwindler bereits früher."

„Sie nennen ihn einen Schwindler? Ein außergewöhnlicher Charakter pflegt auch außergewöhnlich zu handeln und kommt daher leicht in die Lage, falsch beurteilt zu werden. Wo lernten Sie ihn kennen?"

„Auf Langenau."

„Auf Ihrem Stammsitz? Wann war das?"

„Vor nunmehr vier Jahren. Mein Vater war ein Freund der abstrakten Wissenschaften und verbrachte die größte Zeit mit dem Studium metaphysischer Fragen: zuletzt warf er sich auf die Magie, Astrologie und Alchimie. Obwohl sich sein Wesen dabei verdüsterte und er die Abgeschiedenheit dem Kreis seiner Familie vorzuziehen begann, konnten wir ihn doch unbesorgt seiner Lieblingsbeschäftigung überlassen, da wir aus ihr keinen weiteren Schaden für uns ersahen. Da plötzlich erschien der Graf von St. Germain unter dem Namen eines Ritters von Schöning auf Langenau; mein Vater hatte als Alchimist einigen Ruf erlangt, was den gewandten Abenteurer angezogen haben mochte. Mit seinem Erscheinen trat das Unglück bei uns ein. Ich will mich nicht wieder in jene traurige Zeit versenken und Ihnen nur sagen, daß der Graf meinen Vater in den Tod trieb, nachdem er alle unsere Habe mit Hilfe mir unbekannter Schliche an sich gerissen hatte. Die Mutter starb kurze Zeit darauf, und die Schwester verlor den Bräutigam, der als armer Offizier nun nicht daran denken konnte, sich den längst beabsichtigten Herd zu gründen."

„Traurig, sehr traurig! Aber sind Sie wirklich überzeugt, daß der Graf an diesem allen die Schuld trägt?"

„Ich bin so überzeugt, daß ich dieses Blei hier für ihn aufhebe." Er griff unter die Weste und zog eine Kugel hervor, die er an einer Schnur auf der Brust verwahrt hatte. „Vater hat hierdurch den Tod gefunden; es wird dafür das Herz des Schurken treffen." Er verbarg die Kugel wieder und strich sich mit der Hand über das Gesicht, als könne er mit dieser Bewegung die bösen Gedanken verscheuchen, die in seinem Inneren aufgetaucht waren. Dann warf er den Kopf zurück und fragte: „Wissen Sie, daß morgen beim Grafen d'Affri große Abendgesellschaft sein wird?"

„Ich bin bereits eingeladen."

„Ich auch. Sie werden doch erscheinen?"

„Das ist noch unbestimmt. Vielleicht nimmt die Anleihe meine Zeit so in Anspruch, daß ich verhindert bin, zu erscheinen."

„Was ich lebhaft bedauern würde. Die abgeschlossene Lage, in der sich mein König gegenwärtig befindet, hat zur naturgemäßen Folge, daß auch seine Vertreter zurückgezogen erscheinen, und so werde ich, wenn Sie fehlen, auf mich selbst angewiesen sein."

„Ich bin überzeugt, daß Sie dieses Unglück ebenso siegreich ertragen werden wie Ihr Heldenkönig, und — ah, hier kommt Katje und bringt mir den Tee. Sie nehmen natürlich auch eine Tasse? Eigentlich sollte ich Sie mitleidslos fortjagen, da ich ursprünglich angestrengt arbeiten wollte; doch ist die Millionenanleihe so gewaltig über mich hereingebrochen, daß ich für meine Akten keine Aufmerksamkeit mehr habe. Katje, noch eine Tasse, einige Brötchen und zwei Pfeifen mit dem neu angekommenen Sumatraknaster!" —

Am anderen Abend bewegte sich in den prachtvollen und glänzend erleuchteten Räumen des französischen Botschafters außer den hohen Würdenträgern der Generalstaaten und den Vertretern aller europäischen Regierungen eine zahlreiche Menge berühmter oder einflußreicher Privatpersonen, deren Anwesenheit der Versammlung einen weniger diplomatischen Anstrich gab, als sie sonst besessen hätte.

Die Tafel war aufgehoben, an der man mehrere Stunden lang den leiblichen Freuden des Lebens gehuldigt hatte. In einzelnen Gruppen aufgelöst und in die verschiedenen Zimmer verteilt, suchten die Anwesenden ihren persönlichen oder staatlichen Vorteilen mittels einer regen Unterhaltung gerecht zu werden.

Der Sekretär der „hochmögenden Generalstaaten" fehlte wirklich. Der Baron von Langenau durchschritt in einem einfachen schwarzen Anzug scheinbar teilnahmslos die Reihen der plaudernden Herren- und Damengruppen und gelangte schließlich in ein leeres Zimmer, das die Flucht der Gemächer abschloß. Es war nur spärlich erleuchtet. Er trat an eines der Fenster und blickte, von den weit herabgehenden Vorhängen verhüllt, hinaus in die abendliche Winterlandschaft.

Da hörte er nahende Schritte.

Zwei Männer traten ein und nahmen auf dem Samtpolster einer Wandnische Platz. Ganz sicher hatten sie sich zurückgezogen, um irgendeinen Gegenstand, der nicht für jedermanns Ohr war, zu besprechen. Langenau stand schon im Begriff, aus seinem unabsichtlichen Versteck hervorzutreten, als er einen Namen nennen hörte, bei dessen Klang er zu bleiben beschloß. Er vernahm, daß einer der beiden Männer der Graf d'Affri selbst war.

Der andere war der berühmte Casanova, der sich durch seine Flucht aus den Bleikammern Venedigs einen weithin klingenden Namen erworben hatte und jetzt von Frankreich hierhergekommen war, um im Auftrag des Herzogs von Choiseul eine wichtige Geldangelegenheit zu betreiben.

„Ich sage Ihnen, mein lieber Casanova, daß Sie sich mit der Hoffnung, gute Geschäfte zu machen, sicher täuschen werden, falls nicht plötzlich und unvorhergesehen günstigere Umstände eintreten", meinte der Graf. „Ich hege viel Teilnahme für Sie und wünsche Ihnen das beste Gelingen, aber der König wird schlecht bedient. Die Unternehmungen des Generalkontrolleurs haben die Nation in schiefes Licht gebracht, und man ist auf einen unvermeidlichen Bankrott gefaßt, wie ich Ihnen offen sagen will."

„Das weiß ich alles genau, aber ich möchte dennoch nicht völlig am Erfolg meiner Sendung verzweifeln. Es mangelt der Regierung an Geld. Ich bin beauftragt, französische Staatspapiere, die ziffernmäßig den Wert von zwanzig Millionen darstellen, mit einem möglichst geringen Verlust gegen besser stehende ausländische Papiere umzutauschen; eine Maßnahme, deren Gelingen mir nicht unmöglich erscheint, da der Minister mir versichert hat, daß der Krieg, der unsere Schuldscheine drückt, seinem Ende naht. Die geheimen Friedensverhandlungen sind im vollsten Gang, wie mir von bestunterrichteter Seite versichert wurde."

„Ich will diese erfreuliche Tatsache nicht in Abrede stellen, doch geben Sie sicherlich zu, daß ich als Gesandter über unsere politischen Hoffnungen und Befürchtungen vollständiger unterrichtet bin als Sie. Die Staatskasse ist geleert, die Flotte vernichtet, und unsere Heere sind geschlagen. Der Friede wird infolgedessen nicht vorteilhaft für uns sein. Wer jetzt unsere Papiere kauft, muß lange warten, bevor er hoffen darf, sie ohne Verlust verwerten zu können, und Herr von Bernis hat mich beauftragt, Ihnen die zwanzig Millionen nur mit acht Prozent Nachlaß zu überlassen. Ich bin sehr geneigt, zu glauben, daß bei einem solchen Angebot niemand kaufen wird."

„Ich halte trotzdem meine Hoffnung fest. Wenn der König sieht, daß seine Forderung zu hoch ist, wird er sich zu einer Ermäßigung entschließen. Ich hatte heute eine Zusammenkunft mit Herrn Peels und sechs anderen Kompaniechefs. Sie boten mir zehn Millionen bar, sieben Millionen in fünfprozentigen Papieren und verzichteten außerdem auf zwölfmalhunderttausend Gulden, die die französisch-indische Gesellschaft der holländischen schuldet; das sind neun Prozent Verlust für uns. Dieses Gebot scheint mir unter den gegenwärtigen Verhältnissen sehr annehmbar."

„Sie täuschen sich, zu glauben, daß der König zu diesem Handel in irgendeiner Beziehung stehe. Die Politik des „Oeil de boeuf" befindet sich sehr oft und eben auch jetzt in der Lage, sich der Berechnung ihrer beglaubigten Vertreter zu entziehen."

„Ich verstehe Sie nicht."

„Das ist möglich. Der König und der Herzog von Choiseul pflegen in Geldangelegenheiten selten Hand in Hand zu gehen; man zieht unabhängig voneinander Gelder ein, nur mit dem einen Unterschied, daß der eine verantwortlich ist, während man einer Majestät von Gottes Gnaden unmöglich nachrechnen darf. Kennen Sie vielleicht den Grafen von St. Germain?"

„Ich habe ihn in Paris einigemal bei Frau d'Orfé gesehen."

„Das glaube ich. Frau d'Orfé ist eine halbe Zauberin und gibt für Magie und dergleichen Summen aus, von denen jede einzelne einem ganzen Vermögen gleichkommt. Der Graf ist ihr ein Phänomen gewesen, in dessen Glanz sie um jeden Preis hat wandeln müssen. Was denken Sie von ihm?"

„Er besitzt das Ansehen eines außergewöhnlichen Mannes. Der König schenkt ihm sein ganzes Vertrauen und hat ihm sogar eine prachtvolle Wohnung in Chambord eingerichtet."

„Ah!" rief d'Affri erstaunt. „Dieser Abenteurer scheint vom Glück mehr bevorzugt zu werden als mancher Mann von großen Verdiensten. Wissen Sie, daß er sich hier befindet?"

„Nein."

„Er ist im ‚Prinzen von Oranien' abgestiegen und gibt sich mit diplomatischer Miene, ohne mich eines Besuches zu würdigen. Ich habe die Art und den Zweck seiner Sendung nicht zu enträtseln vermocht, werde mich aber auch nicht in die Gefahr begeben, mich durch eine Empfehlung bloßzustellen, wenn man sich bei mir nach ihm erkundigen sollte."

„Im ‚Prinzen von Oranien'? Das ist ja der Gasthof, in dem auch ich wohne!"

„Dann läßt sich vermuten, daß Sie einmal mit ihm ins Gespräch kommen werden."

„Auf alle Fälle, Graf."

„Darf ich Ihnen die Geschicklichkeit zutrauen, den Zweck seines Hierseins zu erfahren?"

„Ich kann nicht sagen, ob ich sie besitze, doch ist ja eine Probe immerhin erlaubt."

Die beiden Männer entfernten sich; der Lauscher verließ sein Versteck und kehrte nach ihnen in die vorderen Gemächer zurück. Es war seine Absicht, Casanova aufzusuchen. Dieser hatte sich ganz allein an einem Pfeilertischchen niedergelassen. Er war ein Mann, der sich durch eine seltene, eigenartige Schönheit auszeichnete, und schien mit seinen großen dunklen Augen die ganze Versammlung zu beherrschen. Langenau näherte sich ihm und begann, sich verbeugend:

„Habe ich die Ehre, Herrn Casanova zu begrüßen?"

„Ja."

„Werden Sie mir verzeihen, daß ich eine Unterredung mit Ihnen suche, ohne daß wir uns vorher vorgestellt wurden?"

„Meine Vergangenheit wird Ihnen beweisen, daß ich ein Feind jeden Zwangs bin. Nehmen Sie hier Platz, mein Herr!"

Der Baron setzte sich an der anderen Seite des Tischchens nieder und erläuterte: „Mein Name ist von Langenau — —"

„Ah, der Vertreter des Königs von Preußen im Haag?"

„Ja."

„Darf ich Sie meiner aufrichtigsten Zuneigung versichern?"

„Ihre Teilnahme ist mir um so angenehmer, als ich Sie nur aufsuchte, weil mich der Wunsch trieb, Ihnen nützlich zu sein."

„Verfolgen Sie bei diesem Wunsch eine besondere Richtung?"

„Gewiß! Sie sind von dem Herzog von Choiseul mit der Ordnung einer gewissen Angelegenheit betraut?"

„So ist es! Ich habe keine Veranlassung, diese Angelegenheit heimlich zu betreiben."

„Man sagt Ihnen, daß Sie auf Schwierigkeiten stoßen werden?"

„Auch hier vermuten Sie recht, doch denke ich, daß es mir gelingen wird, die Hindernisse glücklich zu überwinden."

„Ich möchte gern das Meinige dazu beitragen, Ihnen die Lösung Ihrer nicht leichten Aufgabe zu ermöglichen."

„Sie würden mich dadurch zu lebhaftem Dank verpflichten", meinte der berühmte Verbannte Venedigs. „Sollte wirklich eine ernste Unterstützung in Ihrer Macht liegen, Herr Baron?"

„Ich hoffe, daß sie keine ganz und gar geringfügige sein wird. Denn ich bin in der glücklichen Lage, Ihnen ein bedeutendes Hindernis, das sich Ihnen entgegenstellt und von dem Sie keine Nachricht zu haben scheinen, namhaft machen zu können. Wer seine Feinde kennt, ist auf dem besten Weg, sie zu besiegen."

„Ein Hindernis? Darf ich fragen, worin es besteht, Herr Baron?" fragte Casanova.

„Es heißt St. Germain."

„St. Germain? Kennen Sie diesen Mann?"

„Ein wenig, doch würde ich einem anderen gegenüber wohl schwerlich Lust haben, dies einzugestehen. Wissen Sie von der Angelegenheit, die ihn nach dem Haag geführt hat?"

„Nein", entgegnete Casanova und fragte dann schnell: „Ist sie Ihnen bekannt?"

„Vollständig."

„Dürfen Sie davon sprechen?"

„Eigentlich nicht; da ich aber vermute, daß ich Sie in die Lage versetzte, dem Grafen d'Affri einen Dienst zu erweisen, so sollen Sie alles wissen; Ihre Angelegenheit müßte eigentlich scheitern, weil ohne Ihr Wissen eine ähnliche vom König selbst betrieben wird."

„Nicht möglich! Sprechen Sie, Herr Baron!"

„Es handelt sich um nichts Geringeres als um eine Anleihe von hundert Millionen gegen Verpfändung der französischen Kronjuwelen. Der König möchte dieses Geschäft ohne Einmischung seiner Minister machen, und selbst ohne daß sie etwas erfahren. Der Graf von St. Germain hält sich für den Mann, es glücklich zustande zu bringen, und läßt sich infolge dieses Selbstvertrauens nicht herbei, dem Grafen d'Affri den schuldigen Besuch abzustatten. Vielleicht hat er hierzu noch andere Gründe, die ich aber einstweilen nur vermuten möchte, ohne sie näher zu bezeichnen."

„Sind Sie überzeugt, mir die Wahrheit zu sagen?"

„Ich würde ohne diese Überzeugung nicht zu Ihnen sprechen."

„Seit wann ist der Graf in dieser Angelegenheit hier tätig?"

„Seit gestern."

„Wissen Sie etwas Ausführlicheres?"

„Ich kannte den Zweck seiner Reise bereits, bevor er hier anlangte, und muß — — —"

„So scheint es, daß man in Deutschland genau von den geheimen Verhältnissen und Vorgängen des französischen Hofes unterrichtet ist?"

„Selbstverständlich! Herr Calcoen, Sekretär Ihrer Hochmögenden, hat dann mit mir über die Angelegenheit gesprochen und mir auch mitgeteilt, daß der Graf bereits den wertvollsten der Krondiamanten verpfändet hat."

„Sind Sie davon überzeugt?"

„Ich habe ihn selbst gesehen. Der Stein ist wirklich prachtvoll und vom reinsten Wasser. Wie ich heute erfuhr, ist man nicht abgeneigt, auf das Geschäft einzugehen, und Sie sehen ein, mein bester Casanova, daß Sie darunter leiden müßten. Wenn man dem König hundert Millionen borgt, wird man schwerlich geneigt sein, Ihnen für den Minister zwanzig Millionen umzuwechseln."

„Sie haben recht, und ich schulde Ihnen großen Dank,

Herr Baron. Ich verstehe vollkommen den Wink, den Sie mir geben wollen, und will Ihnen auch offen bemerken, daß mir die hundert Millionen des Königs nicht so sehr am Herzen liegen als meine zwanzig; der Mensch ist ja selbstsüchtig!“

„Und ich also auch. Frankreich steht uns feindlich gegenüber, und es kann meinem König nicht gleichgültig sein, ob Ludwig eine solche Summe erhält oder nicht. Man wird sich im stillen wehren müssen.“

„Sie scheinen bereits über die Sache nachgedacht zu haben. Können Sie mir einen guten Rat erteilen?“

„Ein Mann von Ihren Fähigkeiten bedarf des Rates nicht, aber ich werde Sie dem Bankier Adrian Hope vorstellen, der die entscheidende Stimme in den St. Germainschen Angelegenheiten hat und Ihnen in der Ihrigen auf meine Empfehlung hin gern nützlich sein wird. Sodann habe ich einen Gedanken, den ich Ihnen nicht verschweigen will. Ich kenne die französischen Krondiamanten und habe den hinterlegten Stein nicht darunter gesehen; St. Germain verlangt für ihn eine Anzahlung von hunderttausend Gulden, wovon in seiner Unterweisung nichts steht — —“

„Ah — —“

„Nehmen Sie dazu, daß er ein geschickter Chemiker ist, so wird es Ihnen nicht schwer werden, einen Verdacht zu hegen, den ich nicht besiegen kann.“

„Sie denken beinahe Unmögliches!“

„Von meinem Standpunkt aus ist das, was Sie unmöglich nennen, sogar sehr wahrscheinlich. Ich kenne hier einen ausgezeichneten Chemiker, der ein armer, aber ehrlicher Mann ist und sich von den Anmaßungen des Grafen nicht blenden lassen wird. Sie verstehen mich?“

„Sehr gut! Er wird den Krondiamanten untersuchen. Wollen Sie auch mich mit ihm bekanntmachen?“

„Sobald Sie es wünschen. Er heißt van Holmen und

wohnt hier in der Nähe. Für Vertraute ist er auch während der Nacht zu sprechen, und ich beabsichtige, ihn nach der Abendgesellschaft aufzusuchen."

„Darf ich Sie begleiten?"

„Sehr gern!" Dann setzte er mit feinem Lächeln hinzu: „Ich glaube nicht, daß der Graf d'Affri Veranlassung oder Neigung hat, St. Germain Vorschub zu leisten. Wüßte ich, daß Sie die Zuneigung des Gesandten besitzen, so würde ich darauf hindeuten, daß ein Brief von ihm an den Minister die Anleihe über den Haufen werfen dürfte."

„Lassen Sie mich machen, Herr Baron! Der Graf befindet sich über die Sendung St. Germains im unklaren; indem Sie mir es möglich machen, ihn zu unterrichten, erweisen wir ihm einen Dienst, der ihn veranlassen wird, sich mir gefällig zu bezeigen. Verzeihen Sie, daß ich Sie verlasse! Ich werde sogleich mit ihm sprechen."

Er erhob sich, um den ausgesprochenen Vorsatz zur Ausführung zu bringen. Der Baron von Langenau blieb mit dem Bewußtsein zurück, dem Grafen von St. Germain die erste Rate für das Andenken an den Park zu Versailles zurückzahlen zu können. Sobald es später tunlich war, winkte er Casanova und verließ mit ihm den Palast des Gesandten.

„Nun?" fragte er, während sie nebeneinander die Straße dahinschritten.

„D'Affri war im höchsten Grad überrascht."

„Nannten Sie ihm meinen Namen?"

„Sie hatten mir keine Erlaubnis dazu gegeben."

„Sie haben recht gehandelt. Will er schreiben?"

„Er hat es bereits getan. Er hielt die Angelegenheit für so wichtig, daß er sich auf einige Minuten von der Gesellschaft zurückzog, um den Bericht abzufassen und einen Eilboten sofort damit abzusenden."

„Prächtig! Sehen Sie dieses kleine Haus? Hier wohnt van Holmen."

Sie befanden sich vor einem unscheinbaren Gebäude, aus dessen Schornstein sie trotz der späten Nachtstunde einen dichten, dunklen Rauch aufsteigen sahen, in den sich zuweilen rot und blau glühende Funken mischten. Sie schritten um zwei Ecken und gelangten an die Hintertür, an die Langenau auf eine eigentümliche Art pochte, worauf sie sich von selbst öffnete und sich ebenso hinter ihnen ohne bemerkbare Hilfe wieder schloß.

Nachdem sie einen kurzen, engen Flur durchschritten hatten, kamen sie in einen verräucherten, niedrigen Raum, dessen Ausstattung ihn als Laboratorium kennzeichnete. Unter einer Menge von Gläsern, Retorten, Tiegeln und allerlei seltsam geformten Gefäßen kauerte ein dürftiges Männchen, das sich um die Eintretenden nicht zu kümmern schien, sondern mit großer Aufmerksamkeit dem Erkalten einer metallischen Flüssigkeit zusah, die in eine Sandform ausgegossen war. Erst als sie sich im Zustand der Erstarrung befand, erhob er sich, um die Ankömmlinge zu begrüßen. Dies geschah einfach und mit Herzlichkeit; er hatte nichts von dem Wesen eines Quacksalbers an sich.

„Herr Baron", fragte er, „wie kommt es, daß ich Sie heute noch so spät bei mir sehe?"

„Ich wollte Ihnen hier Herrn Casanova vorstellen, der vielleicht nächstens Gelegenheit haben wird, Ihre Kunst in Anspruch zu nehmen."

„Herr Casanova aus Venedig?"

„Ja", entgegnete dieser.

„Dann wird Ihre Teilnahme nicht erst nächstens wach werden; denn Sie sind mir bereits Ihrem Ruf nach als ein guter Chemiker bekannt."

„Es ist wahr, daß ich mich einst viel mit Chemie beschäftigte, doch brachte ich es nicht weit."

„Sie sind bescheiden. Ich weiß genau, daß Sie recht gute Kenntnisse besitzen. Schade nur, daß Ihre Lehrer sich mehr mit Alchimie anstatt mit der eigentlichen Scheidekunst beschäftigten."

„Sie kennen mich, den Schüler, während ich von Ihnen, dem Meister, noch nichts gehört habe. Wie kommt das?"

Das kleine Männchen lächelte leise vor sich hin. „Die wahre Kunst genügt sich selbst und macht kein Geschrei. Dennoch bin ich nicht so unbekannt, wie Sie meinen. Ich verkehre sogar mit Personen, die sich auf dem Gebiet der Alchimie einen bedeutenden Namen erworben haben. Sie kennen die Frau d'Orfé in Paris?"

„Ich nenne mich sogar ihren Freund."

„Das weiß ich, denn sie hat mir öfters von Ihnen geschrieben, und dort auf dem Tisch liegt noch ihr letzter Brief, worin sie Ihrer gedenkt. Ich erwarte soeben einen Mann, den Sie vor einigen Wochen bei ihr gesehen haben."

„Darf ich fragen, wer dieser Mann ist?"

„Der Graf von St. Germain."

„Ah!" rief Casanova erstaunt. „Zählen Sie den Grafen auch zu Ihren Freunden?"

„Ich? Hm!" Der Chemiker schüttelte stolz den Kopf „Es gibt Hunderte, die ihn fast wie einen Gott verehren, ich aber halte ihn für einen klugen Quacksalber, der es versteht, aus den Dukaten anderer Leute sechzehnkarätiges Gold für sich zu machen. Er ist jetzt hier und benachrichtigte mich durch seinen Diener, daß er mir in der gegenwärtigen Stunde einen Besuch machen werde. Ich bin wirklich neugierig zu erfahren, was ihn zu mir führt."

„Das ist ein glücklicher Zufall", meinte der Baron von Langenau. „Eben der Graf ist es, dessentwegen wir zu Ihnen kommen. Er ist beauftragt, oder gibt wenigstens so an, die französischen Kronjuwelen gegen die Summe von hundert Millionen zu versetzen, und hat mit der Bitte um sofortige Auszahlung von hunderttausend Gulden den größten der Diamanten zur Sicherung gestellt. Ich sage Ihnen dies, weil ich weiß, daß Sie verschwiegen sind. Die Freundschaft zwischen diesem Grafen und dem König von Frankreich muß sehr innig und vertrauensvoll sein."

„Ja", versetzte van Holmen, „oder es ist das Vertrauen des Grafen auf die Harmlosigkeit anderer Leute ein ebenso großes. Ich errate den Wunsch, den Sie mir vorzutragen beabsichtigen, und Sie brauchen ihn also nicht auszusprechen. Hören Sie diesen Ton? Es hat geklopft. Ich werde von hier aus öffnen. Treten Sie in dieses Gelaß! Er soll von Ihrer Anwesenheit nichts merken."

Er öffnete eine hinter dem Rauchfang verborgene Tür und wies die beiden Männer in ein Kämmerchen, das von dem Laboratorium nur durch eine dünne Wand geschieden wurde, so daß man jedes Wort vernehmen konnte, das hier gesprochen wurde. Sie hörten das Geräusch einer auf- und zugehenden Tür und waren dann Zeugen eines für sie sehr wichtigen Gesprächs.

„Sie sind van Holmen?"

„Ja."

„Ich bin der Graf von St. Germain."

„So!"

Der Graf hatte jedenfalls erwartet, Eindruck zu machen. Das einfache „So" des Chemikers schien ihn zu ärgern. „Sie kennen mich?"

„Nein."

„Aber mich kennt doch alle Welt, und Fürsten bemühen sich um meine Gunst."

„So!"

„Sie scheinen wenig oder gar nicht mit der Welt zu verkehren?"

„Ja."

„Eben deshalb komme ich zu Ihnen, um Ihnen ein sehr gutes Geschäft in Vorschlag zu bringen."

„So!"

„Haben Sie Kenntnis von meinem berühmten Aqua benedetta?"

„Nein."

„Dieser Wundertrank ist der größte Sieg des Menschengeistes; wer ihn gebraucht, wird nie alt und stirbt nicht."

„So!"

„Ich habe dem König von Frankreich und der Marquise de Pompadour davon geben müssen; der Vorrat geht zur Neige, und der König bittet mich um Erneuerung. Ich bedarf zur Herstellung des Wassers ein vollständig eingerichtetes Laboratorium, und da ich meine Apparate nicht bei mir führe, so ersuche ich Sie, mir das Ihrige auf eine Stunde abzutreten. Ich werde dessen gegenwärtigen Zustand unversehrt lassen und biete Ihnen als Lohn für Ihre Gefälligkeit diesen Diamanten an. Gehen Sie auf meinen Vorschlag ein?"

„Ja."

„Ich erhielt den Stein in Wien von dem Grafen Zobor als Geschenk; er ist seine zwölfhundert Gulden wert."

„So!"

„Sind Sie eben jetzt beschäftigt?"

„Nein."

„So werde ich sofort beginnen. Von Ihren Vorräten brauche ich nichts, da ich die Bestandteile zu meinem Aqua benedetta hier in dieser Manteltasche bei mir führe."

„So!"

„Geht dieser Glockenzug nach Ihrem Wohnraum?"

„Ja."

„So werde ich Sie durch die Glocke benachrichtigen, wenn ich fertig bin. Hier ist der Diamant. Ich werde binnen einer Stunde fertig sein. Sie können gehen!"

„So!"

Eine Tür ging und ward hörbar von innen verschlossen. Nach kurzer Zeit öffnete sich unvermutet eine in dem Boden der Kammer angebrachte Fallklappe, deren Dasein die beiden Männer nicht bemerkt hatten, und aus ihr stieg der Chemiker empor, der lächelnd den beiden anderen Schweigen zuwinkte.

„Ein geistreiches Gespräch, nicht wahr?" flüsterte er. „Jetzt stellt er sein Universal-Lebenswasser her. Ich werde ihn dabei belauschen."

Er stellte vorsichtig einen Stuhl an die Scheidewand, stieg hinauf und öffnete geräuschlos eine unterhalb der Decke angebrachte Luftklappe. Durch die entstandene Öffnung war es möglich, alles, was im Laboratorium vorging, zu beobachten.

Er stand eine ziemliche Weile auf seinem Posten, ehe er herunterstieg.

„Nun?" fragte der Baron.

„Nichts, gar nichts! Er beguckt sich die Töpfe und Tiegel. Ich bin fest überzeugt, daß sein Aqua benedetta nichts ist als eine ganz harmlose Mischung von destilliertem Wasser mit irgendeiner wohlriechenden Flüssigkeit. Sein Besuch bei mir hat jedenfalls nur den Zweck der Reklame; aber es ist sehr leicht möglich, daß sein Aqua benedetta für ihn zu einem Aqua maledetta wird. Ich meine sehr, daß er einen großen Fehler begangen hat, mir den angeblichen Diamanten des Grafen Zobor zu schenken, denn ich werde diesen einer genauen Untersuchung unterwerfen, und hoffe, daß Sie mich bis dahin nicht verlassen, um ihr Ergebnis zu vernehmen."

„Wir bleiben gern, denn es liegt ja in unserem Vorteil, so bald wie möglich zu wissen, woran wir sind."

Auch Casanova und Langenau bestiegen nacheinander den Stuhl und bemerkten, daß es dem Grafen nicht einfiel, eine chemische Mischung vorzunehmen. Erst nach Verlauf einer Stunde zog er ein Pulver hervor, das er verbrannte. Ein lieblicher und feiner Duft verbreitete sich hierauf in der Nebenkammer.

„Jetzt wird er klingeln", meinte van Holmen. „Der Duft soll mich glauben machen, daß er wirklich gearbeitet hat."

Er hatte recht; die Glocke ertönte, und auf dieses Zeichen verschwand er in der Fallklappe und erschien darauf in dem durch den Grafen von innen wieder geöffneten Arbeitsraum.

„Riechen Sie etwas?" fragte dieser.

„Ja."

„Das ist der bei der Zubereitung des Wunderwassers entflohene Lebensduft. Sein bloßes Einatmen wird Ihr Dasein auf ein ganzes Jahrzehnt verlängern."

„So!"

„Sind Sie auch sternenkundig?"

„Nein."

„Das ist eine unverzeihliche Unterlassungssünde von Ihnen. Wer die Stoffe beherrschen will, aus denen unsere Erde zusammengesetzt ist, muß vor allen Dingen den unendlichen und allgegenwärtigen Stoff zu beherrschen trachten, der den Ursprung und die Urbedingung des gesamten Lebens bildet."

„So!"

„Ich bin fertig, und Ihre Bezahlung haben Sie. Darf ich wiederkommen?"

„Ja!"

„Ich habe einige wichtige und verzwickte Mischungen vorzunehmen, die eine längere Zeit erfordern als heute. Doch wird meine Anwesenheit Ihnen zwar wohl eine kleine Unterbrechung Ihrer eigenen Arbeiten, aber keineswegs irgendeinen Nachteil bringen. Sie haben wohl bereits bemerkt, daß ich gewohnt bin, königlich zu bezahlen; die Berühmtheit gar nicht gerechnet, die Ihr Arbeitsraum dadurch erlangen wird, daß ich darin meine Zaubermittel zubereitet habe."

„So!"

Das ununterbrochene „Ja" und „So" schien den

Grafen doch stutzig zu machen. Er warf einen forschenden Blick in das unbewegliche Antlitz des kleinen Chemikers und meinte dann: „Warum sprechen Sie nicht? Haben Sie das Gelübde getan, nur einsilbige Worte in Anwendung zu bringen?“

„Ja.“

„Dann ist mit Ihnen keine Unterhaltung möglich. Ich gehe also. Gute Nacht! Aber ich werde noch im Laufe dieser Woche wiederkommen.“

„So!“

Der berühmte Meister des Lebenswassers entfernte sich mit einem gnädigen Neigen seines Hauptes; der Chemiker ließ nicht die mindeste Lust zu einer Verbeugung spüren und begleitete ihn bis an die Tür, die er sorgfältig hinter ihm verschloß. Dann kehrte er in das Laboratorium zurück und befreite Casanova und den Baron aus der Kammer.

„Das also war der hochberühmte Graf von St. Germain, der Abgott aller Astrologen, Magier und Alchimisten!“

„Ja, das war er“, meinte Langenau. „Es ist Ihre Pflicht, sich hochbeglückt über diesen ehrenvollen Besuch zu fühlen.“

„Hm, der Vorwand des Aqua benedetta diente natürlich nur als Einleitung. Wer weiß, welche chemischen Prozesse er vorzunehmen hat, die mit seinen hundert Millionen und den Krondiamanten in Beziehung stehen. Jetzt aber werde ich vor allen Dingen den Stein des Grafen Zobor einer Prüfung unterwerfen.“

Das Feuer war bereits ausgegangen. Er schürte es wieder an, füllte verschiedene Flaschen, Tiegel und andere Gefäße mit ebenso verschiedenen Stoffen und unterwarf den Stein einem Verfahren, zu dem selbst Casanova das Verständnis fehlte. Die Probe nahm eine lange Zeit in Anspruch, und der Morgen war längst angebrochen, als sie zu Ende ging.

Die zwei Zuschauer befanden sich in einer großen Spannung, denn das Ergebnis dieser streng wissenschaftlichen Untersuchung mußte auf ihr Vorhaben von bedeutendem Einfluß sein.

„Endlich bin ich fertig!“ entschied mit siegesbewußter Miene van Holmen.

„Und Ihre Entscheidung lautet?“ forschte der Baron.

„Sie wissen, woraus der Diamant besteht?“ fügte Casanova bei.

„Jawohl. Er besteht aus reinem Kohlenstoff.“

„Und muß daher in der Glühhitze unter Hinzutritt des Sauerstoffs der Luft zu Kohlensäure verbrennen“, fügte Casanova hinzu.

„Richtig. Sie haben bemerkt, daß ich mit diesem Diamanten den mir von dem Grafen angegebenen Wert von zwölfhundert Gulden gewagt habe; ich wollte ihn verbrennen, aber es ist mir nicht geglückt. Ich habe ihn dann mit anderen Stoffen behandelt und jetzt dieses feine, grauweiße Pulver erhalten, von dem sich ein dünner, durchsichtiger und äußerst harter Niederschlag geschieden hat. Ich will in diesem Augenblick sterben, wenn der Stein ein Diamant gewesen ist. Welche Zusammensetzung er eigentlich hatte, kann ich jetzt nicht sagen, denn um dies zu bestimmen, müßte ich sowohl das Pulver als auch den Niederschlag einem sehr verwickelten Verfahren unterwerfen; doch hege ich schon jetzt die Überzeugung, daß wir es mit einer meisterhaft hergestellten glasartigen Zusammensetzung zu tun haben.“

„Zieht der Versuch, einen Diamanten in Sauerstoff zu verbrennen, unbedingt den Verlust des ganzen Steines nach sich?“

„Nein, denn man kann den Prozeß des Verbrennens unterbrechen, obgleich dies seine Schwierigkeiten hat, denen nicht jeder Chemiker gewachsen sein dürfte.“

„Getrauen Sie sich, den Krondiamanten, den der

Graf hinterlegt hat, einer Prüfung zu unterwerfen, ohne daß sein Wert, wenn der Stein echt sein sollte, bedeutend angegriffen wird?"

„Ich getraue es mir."

„So nehmen Sie einstweilen unseren Dank für Ihre heutige Bemühung; sobald die Angelegenheit sich entschieden hat, wird —"

„O bitte", fiel van Holmen ein; „Sie sind mir weder Dank noch Bezahlung schuldig! Für unsere herrliche Wissenschaft muß jeder ihrer echten Jünger bestrebt sein, jedem Schwindel mit allen Kräften entgegenzuarbeiten. Ich bin reichlich belohnt, wenn meine Arbeit dazu beitragen kann, einen Schelm zu entlarven, dem es bei seiner ungewöhnlichen Begabung mehr als anderen gelang, Unheil zu säen und dafür Reichtum und Ehren zu ernten."

Sie verließen den braven, kenntnisvollen Mann mit dem Gefühl der Bewunderung. Auf der Straße blieb der Baron stehen.

„Wir haben unser Werk erst begonnen", meinte er. „Wollen wir das Eisen nicht schmieden, solange es noch warm ist?"

„Das versteht sich, Herr Baron", antwortete Casanova. „Es ist zwar noch ziemlich früh am Morgen, aber einen Freund, wie es der Sekretär Calcoen Ihnen ist, darf man auch schon zu dieser Stunde aufsuchen."

Sie schritten nach der Wohnung des Sekretärs und trafen Frau Katje im Flur, die, mit weißer Nachthaube auf dem Kopf, emsig beschäftigt war, die roten und weißen Klinkerplatten des Fußbodens zu säubern. Sie begrüßte die beiden Männer, ein wenig erstaunt über den frühen Besuch.

„Ist Mynheer Calcoen bereits munter?" fragte der Baron.

„Bereits munter?" meinte sie halb erstaunt und halb beleidigt. „Mynheer ist stets mit den Hühnern auf."

„So können wir ihn wohl sprechen?"

„Da der Herr Baron dabei ist, ja, sonst aber nicht. Morgenstunde hat Gold im Munde; das ist eine gute Arbeitsregel."

Sie stiegen die Treppe empor und gingen nach dem Arbeitszimmer des Sekretärs. Er hatte die Füße auf dem Kohlenbecken, die Zeitung in der Linken und die langrohrige Tonpfeife in der Rechten.

„Welch eine Überraschung!" rief er aus einer dichten Tabakwolke heraus. „Sie bringen mir sicher etwas höchst Wichtiges, Herr von Langenau."

„Zunächst den Herrn Casanova hier, von dem Sie jedenfalls — — —"

„Gehört haben, nicht wahr? Wir haben uns sogar bereits gesprochen, und es sind also Höflichkeitsreden zwischen uns nicht nötig. Setzt euch, Mynheers, und sagt, was ihr mir bringt!"

„Wir kommen in der bekannten Krondiamantenangelegenheit."

„Was? In dieser — —. Aber ich denke, diese Angelegenheit ist tiefstes Geheimnis, und da stellen Sie mir auch Herrn Casanova als Eingeweihten vor."

„Sie wissen, welch wichtige Aufgabe ihn hierhergeführt hat. Die hochmögenden Herren machen ihm deren Lösung sehr schwer und sind, wie ich beinahe glaube, eher geneigt, einem Betrüger hundert Millionen umzuwechseln. Ich habe keinem Grafen von St. Germain Verschwiegenheit gelobt und kann also über mein Geheimnis sprechen, zu wem es mir beliebt. Ich hatte triftige Gründe, Herrn Casanova in das Vertrauen zu ziehen. Das geschah gestern abend beim Grafen d'Affri, und jetzt sind wir bereits in der Lage, Ihnen mit einem Ergebnis dienen zu können."

„Wirklich? Ich bin ganz Ohr!"

„Der hinterlegte Krondiamant befindet sich wohl noch in Ihrer Hand?"

„Nein. Ich habe ihn zur Verfügung der hochmögenden Herren gestellt, und er wurde dem Bankier Hope zur Aufbewahrung übergeben."

„Ist er geprüft worden?"

„Von drei Kennern, die ein untrügliches Auge besitzen."

„Und wie lautete ihr Urteil?"

„Er ist echt."

„Ah! Wirklich?"

„Ja. Die Herren Generalstaaten sind sehr geneigt, auf das Angebot des Grafen von St. Germain einzugehen."

„Dann muß ich Ihnen sagen, daß sich die drei Sachverständigen wohl dennoch geirrt haben. Wir haben heute nacht einen Diamanten des Grafen, den wohl mancher feine Kenner für echt gehalten hätte, chemisch untersuchen lassen."

„Bei wem?"

„Bei van Holmen."

„Der ist sicher. Wie fand er den Stein?"

„Er war unecht, obwohl der Graf ihn als Geschenk von dem Grafen Zobor erhalten haben wollte und seinen Wert auf zwölfhundert Gulden angab."

„Ich bin erstaunt!"

„Wir nicht, denn wir hatten es nicht anders erwartet. Die zwölfhundert Gulden bestehen jetzt nur noch in einem winzigen Häufchen Pulver, für das kein Mensch die kleinste Münze bezahlt."

„Erzählen Sie, erzählen Sie, wenn ich es glauben soll!"

Der Baron gab einen ausführlichen Bericht über die Erlebnisse bei dem kleinen Chemiker. Als er zu Ende war, starrte ihn der Sekretär mit offenem Mund an. Die Pfeife war dem guten Mann längst ausgegangen. Er legte sie weg und erhob sich.

„Das ist höchst merkwürdig und muß beherzigt werden. Wollen Sie beide mich zu Adrian Hope begleiten?"

„Wir sind bereit dazu."

In kurzer Zeit befanden sich die drei auf dem Weg zum Bankier. Dort kamen Langenau und Casanova lange nicht zu Wort, denn der eifrige Mynheer Sekretär ließ es sich nicht nehmen, den Bericht selbst abzustatten. Hope hörte ihn mit der gespanntesten Aufmerksamkeit bis zu Ende. Dann erfolgte eine längere und sehr lebhafte Unterredung, nach deren Schluß die drei den Bankier mit dem Versprechen der tiefsten Verschwiegenheit verließen. Noch unter der Tür reichte er Langenau und Casanova die Hand.

„Leben Sie wohl, meine Herren! Wenn sich Ihre Vermutung bestätigt, so werden wir einen geriebenen Betrüger entlarven, und Sie haben sich die Dankbarkeit der Hochmögenden erworben. In diesem Fall hege ich keinen Zweifel, daß die Umwechslung der zwanzig Millionen keinen Anstand finden wird, Mynheer Casanova. Mir würde es nur leid tun, daß wir dann gegen den Schwindler nicht nach den Gesetzen vorgehen könnten, weil wir Rücksicht auf Seine Majestät den König von Frankreich zu nehmen hätten."

Als sich Casanova mit dem Baron allein befand, meinte er:

„Ich bin überzeugt, daß wir einem Sieg entgegengehen, und werde Ihnen immer größeren Dank schuldig."

„Sie haben keine Veranlassung, von Dank zu sprechen, denn ich handle nur aus Selbstsucht", lautete die Antwort. „Ich bin ihm ein Entgelt schuldig und glaube nun auch, daß es, um den Grafen zu entlarven, des Boten nicht bedurft hätte, den d'Affri gestern an den Herzog schickte."

*

Er hatte mit dieser Meinung recht, denn bereits am zweiten Tag erhielt der Graf von St. Germain durch einen unbekannten Boten folgenden Brief:

„Graf d'Affri hier, Gesandter des Königs von Frankreich, hat von den Herren Generalstaaten Ihre Auslieferung verlangt. Der von Ihnen hinterlegte Krondiamant wurde untersucht und als unecht erkannt. Er bleibt hier in Verwahrung, bis ihn der König selbst zurückfordert. Zwei Stunden nach Empfang dieser Zeilen wird man kommen, um Sie zu verhaften."

*

Wirklich kam nach zwei Stunden ein Polizeiwachtmeister in die Wohnung des Grafen, fand ihn aber bereits abgereist. Die Verfolgung wurde natürlich nur lässig betrieben, und so erfuhr man bald, daß er sich in England in Sicherheit befinde. Man hatte ihn aus Rücksicht auf Ludwig XV. entkommen lassen. — —

3. *Aqua maledetta*

Es war zu Anfang des Jahres 1784. Auf der Straße von Kiel nach Eckernförde bewegte sich ein Schlitten, in dem zwei Herren und zwei Damen saßen. Diese waren der kroatische Prinz Paranow mit seiner Gemahlin und der Baron von Langenau mit seiner Frau, dem früheren Hoffräulein Amély d'Hausset.

Die beiden Herren hatten sich in Wien kennengelernt und waren innige Freunde geworden. Kürzlich hatte der Prinz den Baron in Berlin besucht, und da v. Langenau in einer wichtigen Sache nach Eckernförde gehen sollte, so beschloß Paranow, ihn zu begleiten, um die Gelegenheit, eine geistvolle Bekanntschaft zu machen, nicht vorübergehen zu lassen.

In Eckernförde nämlich wohnte der Landgraf Karl von Hessen-Kassel, dänischer Feldmarschall und Statthalter der Provinzen Schleswig und Holstein, nachmaliger Verfasser des Buches: „Mémoires sur la campagne de 1788 en Suède". Als eifriger Freimaurer tat er sich besonders durch sein Streben hervor, die „strikte Observanz" wiederherzustellen, und als ein Freund der „geheimen Künste und Wissenschaften" verwandte er große Summen auf Dinge, die man heute als vollständig wertlos erkannt hat. Er war ein Spielball von Magiern, Zauberern, Goldmachern und Wunderkünstlern, denen er das größte Vertrauen schenkte und die ihn für ihre Zwecke ausbeuteten. Die in religiösen Dingen Glaubenslosen sind ja meistens für Aberglauben am besten empfänglich.

Auch Prinz Paranow hatte sich früher, wie es so in

den Bestrebungen der Zeit lag, viel mit der Magie und Scheidekunst beschäftigt, war aber, nachdem er ihnen eine ganze Reihe von vergeblichen Opfern gebracht hatte, klug geworden und von ihnen zurückgetreten. Dennoch hegte er noch jetzt eine lebhafte Teilnahme für alles, was sich auf diese Dinge bezog, und fühlte ein unwiderstehliches Wohlwollen für jeden, der sich in den Banden befand, die abzustreifen ihm nur nach großen Kämpfen und vieler Selbstüberwindung gelungen war. Daher wollte er auch den Marschall Karl von Hessen-Kassel kennenlernen und hatte sich dem Baron von Langenau nur deshalb angeschlossen, um jetzt persönlich diese Bekanntschaft zu machen.

Die Unterhaltung drehte sich natürlich um den Feldmarschall, auf den die Herren wie auch die Damen neugierig waren.

„Fahren wir geradewegs zu ihm?“ fragte Amély, der man es ansah, daß sie sich als Gemahlin Langenaus recht glücklich fühlte.

„Nein“, erwiderte der Baron. „Meine Aufgabe weist mich an, erst das Gelände gehörig zu erkunden. Der Marschall ist in manchen Dingen höchst unberechenbar; er kennt mich jedenfalls und weiß, daß ich als nüchterner Verstandesmensch mit manchen seiner abenteuerlichen Anschauungen nicht übereinstimme. Daher steht zu erwarten, daß er mir nicht viel Zuneigung entgegenbringen wird. Ich machte das in Berlin bemerklich und gab zu verstehen, daß es besser sei, einen Geeigneteren mit meiner Aufgabe zu betrauen; doch zog man es vor, meine Vorstellung nicht zu beachten.“

„An wen werden Sie sich wenden?“ fragte der Prinz.

„An den Grafen von Lamberg, der bereits angewiesen wurde, die vorbereitenden Schritte zu tun. Er ist ein gewandter Diplomat und hat es fertiggebracht, den dänischen Legationsrat Morin, der jetzt in Eckernförde anwesend und ein Vertrauter des Marschalls ist, für unsere

Absichten zu gewinnen. Gelingt es mir, die Teilnahme des Marschalls für meine Person zu erregen, so zweifle ich keinen Augenblick an dem glücklichen Verlauf meiner Sendung."

„Die sich natürlich auf das Verhältnis Preußens mit Schweden bezieht?" fragte der Prinz.

„Es gibt Beziehungen", antwortete Langenau lächelnd, „für die auch die engste Freundschaft keine Worte haben darf."

„Schön! Und ebenso gibt es Freundschaften, für die die Politik kein Verständnis hat."

„Ich möchte nicht beistimmen. Doch verirren wir uns damit auf ein Gebiet, das unserem vorigen Gesprächsstoff so fernliegt, daß wir schleunigst zurückkehren wollen. Wissen Sie, wer sich gegenwärtig bei dem Marschall befindet."

„Nun?"

„Ein alter Bekannter von mir und auch von Ihnen. Der berühmte Graf von St. Germain."

„Ich weiß es und will Ihnen offen gestehen, daß seine Anwesenheit mehr ein Grund für mich war, mich Ihnen anzuschließen. Ich bin sehr begierig, eine kleine Abrechnung mit ihm zu halten."

„Ah!"

„Er hatte die Güte, mir in Wien einen Diamanten, den er selbst auf zehntausend Dukaten schätzte, für die Hälfte dieser Summe zu verkaufen. Der Stein stammte, wie ich später erfuhr, aus seiner mit dem Grafen Zobor gegründeten Werkstätte und erwies sich als unecht. Ich habe ihn bei mir und werde den Fälscher ersuchen, ihn gegen die fünftausend Dukaten unverzüglich zurückzunehmen."

„Er wird es nicht tun."

„Er wird es!"

„Dann müßte er im Besitz der betreffenden Summe sein, was ich aber nicht vermute."

„Es würde ihm nicht schwerfallen, eine Anweisung auf die Kasse des Marschalls zu erhalten."

„Auch diese Kasse ist leer; er hat dafür gesorgt."

„Dann mag er sehen, wie er die Summe sonst auftreibt, wenn er es vermeiden will, daß ich mit der Waffe mit ihm spreche!"

„Mit der Waffe? Das wirst du nicht tun", bat die Prinzessin ängstlich.

„Keine Sorge, mein Herz! Meinen guten Degen besudle ich nicht mit seinem Blut, und du weißt ja, daß ich kein schlechter Schütze bin. Ein Mann von seiner Art besitzt wohl die nötige Hinterlist, die zum feigen Betrug erforderlich ist, aber nicht den Mut, sich einem furchtlosen Gegner Aug' in Aug' gegenüberzustellen. Er wird das Geld aufbringen, um jeden Kampf zu vermeiden, denn er selbst weiß am allerbesten, welche Wirkung sein Aqua benedetta eigentlich hat."

„Das wissen andere außer ihm ja ebensogut", meinte Amély lächelnd. „Die Marquise Pompadour hat die Flüssigkeit getrunken, bis sie — starb, und daß auch Louis Quinze trotz des Aqua tot ist, hat alle Welt erfahren. Man muß sich wundern, daß es noch Menschen gibt, die einem solchen Betrüger Glauben schenken!"

„Ich werde ihm das Handwerk legen, Baron, und erbitte mir von Ihnen eine Gefälligkeit. Sie erzählten mir, daß Sie die Kugel, die dem Leben Ihres Vaters ein Ende setzte, stets bei sich tragen. Ich ersuche Sie, mir diese Kugel so lange zu leihen, als mein Aufenthalt in Eckernförde währt."

Langenau sah ihm kurz und tief ins Auge, dann löste er die Kugel aus ihrem Behälter und übergab sie ihm schweigend.

Man hatte jetzt die Stadt erreicht. Paranow stieg mit der Prinzessin am Gasthof ab, während der Baron von Langenau mit seiner Gemahlin zum Grafen von Lamberg fuhr, wo eine Wohnung für beide bereitet war. Der

Baron hatte sich als Diplomat ausgezeichnet und wurde vom Grafen sehr freundlich empfangen.

Beide hatten vor allen Dingen eine Unterredung, die sich auf die Aufgabe Langenaus bezog, und begaben sich dann zu dem Legationsrat Morin, um ihn zu bitten, den Baron bei dem Feldmarschall einzuführen.

Letzterer saß um die gleiche Stunde auf seinem Polsterstuhl, auf den ihn das leidige Zipperlein bannte, und blätterte in alten, vergilbten Handschriften herum. Er blickte von Zeit zu Zeit unruhig nach der Uhr; er schien jemand ungeduldig zu erwarten. Da endlich trat der Kammerdiener ein und meldete:

„Der Herr Graf von St. Germain!"

„Eintreten!"

Der Graf, der jetzt unter der Tür erschien, hatte noch das gleiche Aussehen wie damals, als er Zutritt bei Ludwig von Frankreich hatte. Er schien wirklich nicht zu altern, doch bei einer genaueren Untersuchung hätte es sich wohl herausgestellt, daß er es ausgezeichnet verstand, sein Äußeres durch Verschönerungsmittel längere Zeit zu erhalten. Er verbeugte sich leicht vor dem Marschall und nahm nach dessen Wink auf einem Stuhl in der Nähe seines Freundes Platz.

Das Gesicht des Marschalls zeigte in diesem Augenblick nicht die freundliche Miene eines Gönners, sondern einen Unmut, der durch die Schmerzen, die ihm die Fußgicht verursachte, noch erhöht wurde. „Ich ließ Sie bereits vor einer Stunde zu mir bitten, Graf!"

„Exzellenz entschuldigen, daß ich Ihrer Aufforderung nicht sofort Folge leisten konnte! Eine wichtige Schmelzung, die ich im Laboratorium begonnen habe, hielt mich fest."

„Eine wichtige Schmelzung? Wissen Sie, mein Herr, welche Schmelzung mich in neuester Zeit wieder ganz außerordentlich beschäftigt?"

„Ich höre, Exzellenz!"

„Das Schmelzen des Inhalts meiner Kasse. Über fünf Jahre lang wohnen Sie bereits bei mir; über fünf Jahre lang stelle ich Ihnen selbst für meine Mittel ganz ungeheure Summen zur Verfügung, um Sie in den Stand zu setzen, die Versprechungen zu halten, die Sie mir gegeben haben. Über fünf Jahre lang warte ich darauf, daß Sie Wort halten, und sehe keinen anderen Erfolg, als daß mein Vermögen zur Neige geht und ich mich mit meinen Gläubigern herumschlagen muß. Über fünf Jahre lang bin ich ein Muster von Geduld gewesen, aber mit den Mitteln geht auch meine Nachsicht zu Ende."

„Exzellenz erschrecken mich! Meine Unternehmungen führen sicher zum Ziel; sie befinden sich in einem solchen Gang, daß — — —"

„Daß ich endlich selbst auch gehen muß!" fiel ihm der Marschall in die Rede. „Und doch fällt mir das Gehen schwer. Sie beabsichtigen, einen Lebenstrank herzustellen, der den Menschen ewig jung macht, und vermögen mir nicht einmal ein Mittel zu geben, das mir die Fußgicht vertreibt."

„Gestatten Exzellenz die Bemerkung, daß die Krankheit längst behoben wäre, wenn nicht Ihre rasche, heiße Eigenart — — —"

„Bah, die alte Einrede! Was hat meine Eigenart mit dem Zipperlein zu schaffen? Beweise ich Ihnen etwa durch eine mehr als fünfjährige Nachsicht, daß meine Art so übermäßig schnell und hitzig ist? Ich habe heute wieder zweitausend Dukaten zu bezahlen und weiß wahrhaftig nicht, woher ich sie nehmen soll. Ich habe mich schon öfters auf Morin verlassen müssen, doch machte er mir erst kürzlich eine nichts weniger als eindeutige Äußerung, daß er mir nicht mehr zur Verfügung stehen könne. Was nun?"

Man sah es dem Grafen an, daß er sich in einer ungewöhnlichen Verlegenheit befand. Er schien mit einem Entschluß zu ringen.

„Sollten Eurer Exzellenz Verhältnisse wirklich in der Weise gefährdet sein, wie ich vernehmen muß?"

„Gefährdet, das ist noch viel zu wenig! Alle geworden sind sie, vollständig alle; ich habe gar keine Verhältnisse mehr. Es gibt niemand, an den ich mich wenden könnte, als Sie, Graf. Können Sie mir fünfzigtausend Friedrichsdor borgen?"

Der Graf neigte den Kopf und blieb eine volle Minute still. Wer vermochte zu sagen, was in ihm vorging? Dann blickte er wieder auf und sah dem Marschall mit einem siegesbewußten Lächeln ins Gesicht.

„Borgen? Nein, schenken werde ich Ihnen diese fünfzigtausend Friedrichsdor, auch hunderttausend oder eine Million, wenn Sie wollen!"

„Ah! Ist's möglich!" rief der Marschall.

Er dachte nicht an seine Fußgicht; es war augenblicklich verschwunden, und als hätte er diese schmerzvolle Krankheit niemals kennengelernt, sprang er empor und trat heftig auf den Grafen zu.

Dieser blickte ihm siegessicher entgegen. „Sehen nun Exzellenz, daß ich wirklich ein Mittel gegen Ihre Krankheit habe? Nur eines Wortes hat es bedurft, und sie ist verschwunden."

„Und die Krankheit meiner Kasse?"

„Diese auch!"

„Erklären Sie sich deutlicher!"

„Sie wissen, daß ich fünf Jahre lang vergeblich auf eine günstige Stellung der Gestirne gewartet habe."

„Leider!"

„Heute genau um Mitternacht wird sie eintreten."

„Wirklich?" fragte der Marschall mit einem tiefen Atemzug der Erleichterung.

„Ganz zuverlässig. Meine Berechnungen werden mich nicht täuschen."

„Gut! So haben wir endlich eine günstige Stellung der Gestirne, aber das andere — —?"

„Es ist alles fertig; ich bin vorbereitet."

„Was können Sie mir versprechen?"

„Ewiges Leben und unendliche Reichtümer heute gerade um Mitternacht, Exzellenz."

„Graf, ist das wirklich wahr?"

Der Marschall befand sich in größter Begeisterung. Alle Opfer, aller Zorn waren vergessen; er umarmte den Grafen und drückte ihn dann wieder auf den Stuhl nieder, von dem sich der „Wundermann" vorhin in seiner Verlegenheit erhoben hatte.

„So gewiß ich hier sitze", klang die feste Antwort. „Nur unter geeigneten Sternen ist der Trunk zu bereiten, und es können Jahrhunderte vergehen, ehe sich die heutige günstige Stellung wiederholt. Ich fertigte das Wunderwasser zum erstenmal an dem Tag, nach dem Moses die Finsternis über Ägypten verhängt hatte; zum zweitenmal am Begräbnistag Samuels, des Hohenpriesters, und zum drittenmal in der Nacht, als Christus seine Bergpredigt beendet hatte."

„Sie haben Christus gekannt?"

Das Gesicht des Grafen zeigte ein eigentümliches Lächeln. „Ich habe alles und alle gekannt, Exzellenz. Könnten Sie Petrus, den Apostel, fragen, so würde er Ihnen gestehen, daß ich ihm sehr oft den guten Rat gegeben habe, seine Heftigkeit zu mäßigen. Und wie ich bereits vor dreitausend Jahren lebte, so werden Sie mich auch nach dreitausend Jahren wiedersehen, denn Sie werden heute um Mitternacht mit mir den Tropfen des ewigen Lebens trinken und den Tod nie kennenlernen."

Der Marschall erstarrte beinahe vor Hoffnung und Verwunderung. Der Graf hatte allerdings hier und da eine leise Andeutung fallen lassen, aber so offen wie jetzt hatte er noch nie von seiner dreitausendjährigen Vergangenheit gesprochen.

„Graf, ich zweifle nicht, daß Sie die Wahrheit sagen;

aber wenn Sie Ihr Versprechen wirklich erfüllen, so werde ich Sie belohnen, wie noch nie ein Mensch be — — —"

„Lohn? Pah, Exzellenz, wer könnte mich belohnen! Bin ich es nicht, von dem Sie alles empfangen? Was können Sie mir schenken, der ich Ihnen ewige Jugend und unendlichen Reichtum verleihe! Doch jetzt muß ich fort, denn ich darf keinen einzigen der glücklichen Augenblicke versäumen. Aber heute um Mitternacht werde ich Ihnen Glück und Leben bringen. Lassen Sie den Saal in der Weise bereiten, wie es stets bei unseren Beschwörungen geschah!"

Er ging und ließ den Marschall in einer unbeschreiblichen Aufregung zurück. Dieser wäre am liebsten mit seinen Gedanken und seinem Jubel allein geblieben, doch war ihm dieses nicht beschieden, denn nach einiger Zeit trat der Diener ein und machte eine Meldung, die der Marschall in seiner Erregung aber nicht beachtete.

Die Tür öffnete sich wieder, und es trat ein kleines schmächtiges Männchen ein, dessen völlig weiße Haare auf ein bedeutendes Alter schließen ließen. Es dauerte lange, bevor der Marschall den Eingetretenen gewahrte.

„Wer sind Sie, und wer erlaubt Ihnen, hier Zutritt zu nehmen?" fragte er mit zornig klingender Stimme.

„Ich wurde angemeldet, Exzellenz!" erklang die ruhige Antwort.

„Ah so! Also wer sind Sie?"

„Mein Name ist van Holmen."

„Van Holmen? Aus Den Haag?"

„Ja."

„Ah! Nehmen Sie Platz!"

Es war augenscheinlich, daß die Ankunft des Chemikers dem Marschall etwas ungelegen kam; doch sammelte er sich schnell und erklärte:

„Sie wurden mir — und zwar nicht erst heute oder gestern — als ein Mann der Wissenschaft geschildert, zu dem man das unbeschränkteste Vertrauen hegen dürfe."

„Casanova!" schaltete van Holmen mit einer höflichen Verbeugung ein.

„Wie? Sie wissen, mit wem ich von Ihnen sprach?"

„Der berühmte Verbannte schrieb es mir."

„So! Ich erinnere mich seiner Worte, als ich in die Lage kam, das unparteiische Urteil eines Chemikers zu hören, der sich von abenteuerlichen Anschauungen nicht beeinflussen läßt, und sandte nach Haag in Holland, um Sie auffordern zu lassen, auf eine Woche zu mir zu kommen."

„Wie Exzellenz sehen, bin ich dieser ehrenvollen Aufforderung gefolgt, obgleich ich mir eine große Vernachlässigung meiner eigenen Arbeiten zuschulden kommen lasse."

„Sie sollen für alles entschädigt werden. Natürlich wohnen Sie hier bei mir, doch mache ich die Bedingung, daß Sie sich bis morgen nur auf Ihr Zimmer beschränken."

„Darf ich nach der Angelegenheit fragen, Exzellenz, die dem an mich ergangenen Ruf zugrunde liegt?"

„Wir werden heute nicht darüber sprechen, da Sie sich vor allen Dingen ausruhen müssen; doch verspreche ich Ihnen, daß Sie morgen früh völlig unterrichtet sein werden."

Der kleine Chemiker neigte den Kopf mit einem leichten Lächeln auf die Seite. „Darf ich es wagen, mich bereits für unterrichtet zu halten?"

„Wieso?"

„Exzellenz, ich bin kein Quacksalber", antwortete er jetzt in ernstem Ton; „und liebe es stets zu wissen, was ich einmal wissen soll. Ich bin Ihrem Ruf gehorsam gefolgt, aber ich habe keine Zeit, morgen etwas in die Hand zu nehmen, was ich bereits heute beginnen kann."

„Ich werde Sie entschädigen!"

„Das können Sie nicht. Sie können mir wohl einen Ausgleich geben für den Geldverlust, den mir der versäumte Tag gebracht hätte, aber Sie können mir die verlorene Zeit nicht wiederbringen und auch den geistigen Ertrag, der mir entgeht, nicht ersetzen. Der Graf von St. Germain ist nicht der Mann, dem zuliebe ich nur eine Stunde meiner köstlichen Zeit verschwenden möchte. Er kann fünf Jahre auf das Gelingen eines Versuches warten, denn er hat ein Aqua benedetta, das ihn unsterblich macht; ich aber bin ein sterbliches Menschenkind und muß daher soviel als möglich mit den Stunden geizen."

Der letzte Satz war mit einem versteckten Hohn gesprochen, der dem Marschall nicht entgehen konnte.

„Sie ahnen, weshalb ich Sie rief?" fragte er.

„Ich ahne es nicht bloß, sondern ich weiß es. Sie verlangten mich nach Eckernförde, weil sich in Ihnen ein sehr gerechtfertigtes Mißtrauen regte gegen den Mann, der Ihnen so viel versprochen und nichts gehalten hat. Ich sollte seine Arbeit untersuchen, und mein Urteil sollte Ihnen die Richtschnur Ihres Verhaltens gegen ihn sein."

„So ist es", gestand der Marschall, der sich überrumpelt sah.

„Dann bitte ich um den Grund, weshalb ich nicht sofort beginnen soll."

„Ich will aufrichtig sein, mein Lieber! Ich habe vielleicht etwas zu schnell gehandelt, wenigstens gestehe ich, daß mein Vertrauen zu dem Grafen nicht im geringsten erschüttert ist, denn — denn — — —"

Es fiel dem alten, ehrlichen Haudegen schwer, eine Unwahrheit zu sagen.

Van Holmen war gewandt genug, alles sofort zu begreifen; darum fiel er ein:

„Denn er hat Ihnen ein neues Versprechen gegeben,

das so unendlich verheißungsvoll und glänzend ist, daß dadurch alle Ihre Bedenken wieder in die Flucht geschlagen wurden. So ist es, und da also mein Gutachten nicht mehr verlangt wird, so erlaube ich mir, ohne Verzug wieder in die Heimat zurückzukehren."

Noch ehe der Marschall ihn zu halten vermochte, hatte er die Tür geöffnet und das Gemach verlassen. Zu gleicher Zeit öffnete sich die Tür des Vorzimmers, und es traten zwei Männer ein, von denen der eine den Chemiker mit erst zweifelnder und dann freudiger Überraschung betrachtete.

„Van Holmen! Ist's möglich?"

„Herr Baron von Langenau! Sie auch hier in Eckernförde?"

„Wie Sie sehen! Was taten Sie beim Marschall?"

„Etwas sehr Wichtiges. Ich überzeugte ihn, daß irgend jemand lebt, der van Holmen heißt, und ging dann wieder."

„Was heißt das?"

„Das heißt: der Marschall ließ mich kommen, um dem Grafen St. Germain auf die Finger zu sehen, hat aber wieder neues Vertrauen gewonnen, so daß ich als *personne inutile* die Pflicht habe, mich zu entfernen."

„Gehen Sie jetzt nicht, sondern warten Sie, bis ich zurückkehre! Sie begleiten mich dann in meine Wohnung!"

„Melden Sie mich!" befahl der andere der beiden jetzt dem Kammerdiener.

Dieser öffnete die Tür. „Der Herr Legationsrat Morin!"

„Eintreten."

Morin folgte mit dem Baron dem Ruf. Der Marschall war noch so begeistert von seiner Unterredung mit dem Grafen, daß er, ohne Langenau zu beachten, auf Morin zustürmte und ihn bei beiden Händen ergriff.

„Willkommen, Herr Rat, willkommen! Sie sehen mich

außerordentlich freudig erregt infolge einer glückverheißenden Nachricht, die mir zugegangen ist."

„Gestatten Sie mir, Exzellenz, mich an Ihrer Freude zu beteiligen, Ihnen aber vorher den Baron von Langenau vorzustellen, der Berlin verlassen hat, um Eure Exzellenz von der freundlichen Gesinnung und Hochachtung seines Königs zu überzeugen!"

„Ah! Recht so, Herr Baron! Zwar haben wir uns noch nicht gesehen, aber Sie sind mir aus Ihrem Wirken als ein Mann bekannt, auf den sein König sich verlassen kann. Nehmen Sie Platz, meine Herren, und hören Sie, Herr Rat, was ich Ihnen Erfreuliches mitzuteilen habe! Auch Sie, Herr Baron, werden meiner Neuigkeit Ihre Teilnahme nicht versagen. Ich weiß sogar, daß Sie erstaunen und eingestehen werden, daß Sie einst dem großen Mann Unrecht taten."

„Darf ich fragen, wem Exzellenz die Ehre erweisen, ihn einen großen Mann zu nennen?" fragte Langenau höflich.

„Den Grafen St. Germain."

„Ah so! Ich nenne ihn gleichfalls groß, doch ist er jedenfalls eine schlimme Größe."

„Ich bin in der glücklichen Lage, Sie vom Gegenteil überzeugen zu können. Sie haben doch gehört, daß er sich bei mir befindet?"

„Ich weiß schon längst, daß er bei Ihnen einen Schlupfwinkel vor der Rache und den Verfolgungen derer gefunden hat, die von ihm betrogen worden sind, weil sie ihm glaubten!"

„Das ist nicht nur streng, sondern sogar ungerecht und zugleich eine Beleidigung für mich", entgegnete der Marschall mit finsterer Miene. „Doch sind Sie ein Mann, der meine Achtung besitzt, und ich werde sicher die Genugtuung haben, daß Sie Ihre Meinung aufrichtig widerrufen. Ich muß Sie entschuldigen, denn auch ich begann bereits wankelmütig zu werden. Ich weiß recht wohl, daß man über mein Vertrauen und über die Opfer, die ich dem Grafen gebracht habe, gelächelt hat; heute aber müssen die Spötter zuschanden werden, und ich stehe im Begriff, mir eine Rechtfertigung zu verschaffen, die nicht glänzender genannt werden kann."

„Es soll mich um Exzellenz willen freuen, wenn ich mein Urteil über den Grafen als falsch erkenne. In diesem Fall bin ich bereit, ihm alles zu vergeben, was er an mir und den Meinen verbrochen hat", erwiderte der Baron.

„Ich verstehe! Ich traf Casanova, der mir einiges von Ihnen und dem Grafen erzählte. Ich bin überzeugt, daß dem großen Magier damals im Haag Unrecht getan wurde. Er ist der berühmteste Mann des Jahrhunderts und befindet sich gegenwärtig entweder im Laboratorium oder in meiner Bibliothek. Er wird heute nacht Punkt zwölf Uhr zwei Aufgaben lösen, an denen die Magie und Scheidekunst schon seit Jahrtausenden vergebens gearbeitet hat. Sie kommen zur guten Stunde, und ich lade Sie beide ein, Zeugen unseres Sieges zu sein."

Morin verneigte sich dankend und meinte: „Der Graf, den ich als Herrn von Bellamare kennenzulernen die Ehre hatte, ist ein außergewöhnlicher Mann, eine Erscheinung, die sich aller unserer Berechnung entzieht."

„Wo trafen Sie ihn zum erstenmal?" fragte Langenau.

„In Venedig, wo ich Zeuge war, daß ein einfaches Papierschnitzel, das er einem Bekannten schenkte, von einem Bankier mit zweihundert Dukaten eingelöst wurde. Er ließ eine Perle im Werte von fünf Dukaten binnen acht Tagen so wachsen, daß man ihm sechzig dafür bot, und der Baron Stosch versicherte, ihn vor vielen Jahren in Bayonne gesehen zu haben, wo er eine viele Pfund schwere Bleitafel in reines Silber verwandelte. Und seit jener Zeit ist er nicht im geringsten gealtert."

„Haben Sie ihn musizieren hören?" fragte der Marschall.

„Ja, auf dem Klavier. Er spielt großartig."

„Sie werden ihn heute noch mehr bewundern. Ohne daß ich ihm davon sage, lade ich für heute eine Gesellschaft auserlesener Herren und Damen zu mir, um mein bisheriges Vertrauen öffentlich durch den Erfolg zu rechtfertigen. Er wird sich bei dieser Veranlassung auf meine Bitte hin als Violinist zeigen. Seine Meisterschaft ist hier ganz ohnegleichen. Fürst Smirnoff, der ihn vor neunundvierzig Jahren auf der Violine spielen hörte, versicherte mir, daß seit dieser langen Zeit weder seine Fertigkeit noch sein Aussehen sich verändert haben. Auch werde ich Ihnen eine höchst merkwürdige Handschrift zeigen."

„Darf man nach dem Namen dieser Handschrift fragen?"

„Es ist ein Kommentar von Raimundus Lullus und erklärt alle Dunkelheiten des Heber, Roger Bacon und Arnauld de Villeneuve. Der Band kostet mich beinahe viertausend Taler.

„Von wem kauften Sie ihn?"

„Von St. Germain."

„Ist er echt?" forschte Langenau unwillkürlich.

„Warum fragen Sie?"

„Weil, soviel ich weiß, Raimundus Lullus sich nicht mit Magie beschäftigt hat, sondern erst von seinen Anhängern für einen Magier ausgegeben wurde."

„Sie erlauben mir hier eine andere Meinung. Übrigens hat der Graf seinerzeit wohl fünfzehntausend Taler für diese Handschrift bezahlt."

„Welches sind die beiden Aufgaben, die er heute abend lösen wird?"

„Er wird ein Projektionspulver mischen, das alle Metalle bei der bloßen Berührung in das reinste Gold verwandelt."

„Das wäre eine weltumstürzende Erfindung. Und die andere?"

„Ein Aqua benedetta, das nicht nur, wie bisher, den Einfluß des Alters hebt, sondern auch den durch äußere Einwirkung erfolgenden Tod zur glatten Unmöglichkeit macht."

„Sie meinen beispielsweise den Tod durch Verwundung?"

„Ja."

„Dann bin ich begierig, ob es ihm gelingen wird", meinte Morin.

„Ich bin davon überzeugt. Das Pulver steht schon seit fünf Jahren über dem Feuer. Ich mußte immer von einer Zeit auf die andere warten, da die geheimen Stunden niemals mit der Stellung der Gestirne übereinstimmen wollten, und schon verlor ich die Geduld, als mir der Graf vorhin die Versicherung gab, daß heute um Mitternacht alle magischen und astronomischen Voraussetzungen vorhanden seien. Sie kommen doch, meine Herren?"

Morin sagte zu; Langenau überlegte. „Ich würde erscheinen, Exzellenz, aber ich habe schon anderweit zugesagt."

„So sagen Sie wieder ab! Bei wem?"

„Beim Grafen von Lamberg, bei dem ich mit meiner Frau wohne. Auch Prinz Paranow und seine Gemahlin, die mit mir hier ankamen, sind eingeladen."

„Wer sonst noch?"

„Weiter niemand."

„So kommen Sie alle um elf Uhr zu mir! Prinz Paranow ist mir nicht unbekannt. Ich traf ihn in Wien und Warschau; er und die Prinzessin werden mir willkommen sein. Der Graf von Lamberg ist öfters bei mir und wird sich nicht weigern, Sie zu begleiten. Und Ihre Frau Gemahlin — ah, hörte ich nicht einmal, daß es Amély d'Hausset sei, die wunderschöne Nichte der

Frau d'Hausset, die erste Dame bei der Marquise von Pompadour war?"

„Es ist so, Exzellenz."

„Dann muß ich sie begrüßen dürfen, Herr Baron!"

„Sie wird erscheinen, denn auch sie wird gespannt sein, zu sehen, ob die Versuche des Grafen gelingen. Sie erbte nämlich von ihrer Tante ein Kreuz, das diese einst in Gegenwart der Marquise vom Grafen St. Germain zum Geschenk erhalten hat. Ich ließ es untersuchen; es war unecht."

„Oder es wurde von einem Juwelier untersucht, der nicht Kenner war! Es gibt der Diamanten gar verschiedene; sie sind zuweilen farblos und wasserhell, oft aber gefärbt: grau, braungelb, rosa, blau, grün oder schwarz, und da ist irgendein Irrtum doch sehr leicht möglich."

„Zugegeben, Exzellenz. Aber auch Prinz Paranow kaufte einst von dem Grafen einen Diamanten für fünftausend Dukaten, dessen spezifisches Gewicht nur zweiundeinhalb war, während dasjenige des Diamanten drei und fünf bis sechs Zehntel beträgt. Und die beiden Diamanten, die ich in Haag durch van Holmen untersuchen ließ, phosphoreszierten weder im Finstern, noch ließen sie sich im Sauerstoffgas verbrennen. Der größere von ihnen sollte zu den französischen Krondiamanten gehören; später stellte es sich heraus, daß es nur darauf abgesehen war, die Generalstaaten durch eine wertlose Zusammensetzung um hunderttausend Gulden zu betrügen. Fragen Sie bei dem Bankier Adrian Hope an; er wird meine Aussage bestätigen, denn in seiner Verwahrung befindet sich noch heute der Stein, der angeblich viele Millionen wert sein sollte und doch bis jetzt von keinem Menschen zurückgefordert wurde."

„Wenn Sie mit dem allen die Wahrheit erzählen, so hätte ich Ursache genug, vorsichtig zu sein; doch bin ich überzeugt, daß Sie sich täuschen. Noch vorhin erst hat mir der Graf gesagt, daß er bereits vor mehreren tausend Jahren gelebt habe."

„Infolge seines Aqua benedetta?"

„Ja."

„Ludwig der Fünfzehnte, die Pompadour und die Gräfin Gergy haben davon getrunken und sind dennoch gestorben; sollte es seine Wirkung nur allein beim Grafen äußern? Er scheint ein fähiger Kosmetiker zu sein; das ist alles."

„Ja, aber gerade die Gräfin Gergy wollte ihn doch schon fünfzig Jahre vor seinem Pariser Auftreten in Venedig kennengelernt haben, und zwar sei sein Äußeres in dieser langen Zeit unverändert geblieben. Wie erklären Sie diese verbürgte Behauptung?"

„Entweder spielte der Abenteurer ein mit der Gergy abgekartetes Spiel, so daß sie also seine Vertraute und Partnerin war. Oder aber, die Dame stand unter krankhafter Selbsttäuschung, vielleicht auch unter seiner dämonischen Willensbeeinflussung."

„Hm. Und was halten Sie von jener handschriftlichen Widmung Montaignes, die er Ludwig dem Fünfzehnten damals vorlegte?"

„Möglicherweise war es eine geschickte Fälschung, wahrscheinlich aber eine echte Urkunde, die Montaigne 1580 einem echten Grafen von St. Germain ausgestellt hatte. Durch irgendeinen Umstand kam die Widmung dann später in die Hände des Abenteurers, der sich vielleicht nur ihretwegen in Frankreich den Namen St. Germain beilegte."

„Ich wundere mich über Ihre scharfsinnigen Schlußfolgerungen und werde darüber nachdenken."

„Ihre Worte sind mir eine hohe Ehre. Übrigens bitte ich um die Erlaubnis, heute das Kreuz meiner Frau mitbringen zu dürfen. Der Prinz wird Ihnen seinen Diamanten zeigen. Wird ein Kenner bei der Gesellschaft sein?"

„Bankier Larßen aus Stockholm ist einer der bedeutendsten Kenner von edlen Steinen. Er kam heute an, um eine nicht ganz geringfügige Summe zu erheben, die ich ihm leider verweigern muß, weil durch die fünfjährigen Versuche meine Mittel erschöpft worden sind. Ich muß ihm Gelegenheit geben, sich heute abend zu überzeugen, daß ich mehr als ein Krösus sein werde."

Langenau mußte über das blinde Vertrauen des Marschalls lächeln. Um sich aber den Statthalter zu verpflichten, sagte er:

„Haben Sie die Güte, immerhin damit zu rechnen, daß diese Hoffnung sich als trügerisch erweisen dürfte! Ich werde von hier nach Stockholm gehen und stand aus diesem Grund im Begriff, einige verfügbare Summen bei Larßen niederzulegen. Es ist mir sehr lieb, ihn in dieser Beziehung schon hier sprechen zu können, und ich bitte um die Erlaubnis, mich ihm als Ihren Vertreter bezeichnen zu dürfen, Exzellenz."

Der Marschall sah ihn freudig überrascht an. Ein von den Gläubigern belagerter Mann pflegt bei einem solchen Anerbieten auf alle Zurückhaltung zu verzichten.

„Mein Vertreter? Mit Vergnügen, Herr Baron! Aber die Summe beträgt zweitausend Dukaten."

„Ich halte dennoch an meiner Bitte fest."

Der Marschall reichte ihm die Hand. „Angenommen! Und ich hoffe, daß die Stunde kommen wird, in der es mir vergönnt ist, ebenso aufmerksam gegen Sie zu sein. Und nun darf ich doch die Überzeugung hegen, daß Sie heute abend mit Graf Lamberg, Prinz Paranow und Ihren Damen erscheinen werden?"

„Wir werden Sie nicht warten lassen, Exzellenz! Doch eine Frage! Würde es nicht vielleicht geraten sein, den Chemiker van Holmen, dem wir im Vorzimmer begegneten, mit gegenwärtig sein zu lassen?"

„Hm! Wenn Sie es wünschen, ja. Aber er ist bereits fort, und ich weiß ihn leider nicht zu finden."

„Er wartet im Vorzimmer auf mich. Der Mann genießt meine vollste Hochachtung; er wird für die Zeit seines Aufenthalts hier mein Gast sein."

Die beiden Männer erhoben sich und nahmen Abschied von dem Marschall, der nun sicher eine freundliche Gesinnung gegen Langenau hegte, obgleich er in dem Urteil über St. Germain nicht mit ihm übereinstimmen wollte. — —

Es war am Abend, und bereits hatte es elf Uhr geschlagen. Alle hervorragenden Mitglieder des kleinen Hofes des Statthalters waren in dem Saal versammelt, den der Graf von St. Germain als den Schauplatz seiner Vornahmen bestimmt hatte.

Die Fenster waren dicht verhüllt und die Wände schwarz bekleidet. An dem von der Mitte der Decke herabhängenden Kronleuchter brannten nur einige Kerzen, so daß in dem Raum nur ein geheimnisvolles Halblicht herrschte, das verhinderte, die Züge der Anwesenden genau zu erkennen. Über den Hintergrund des Saales war ein Vorhang gezogen; jedenfalls verdeckte er die Bühne, auf der der Graf erscheinen wollte. Ganz vorn am Eingang des Saals, um von der Bühne aus nicht sofort bemerkt zu werden, hatten Langenau und Paranow nebst ihren Gemahlinnen sowie van Holmen Platz genommen.

Der Marschall hatte seine Gäste begrüßt und sich dann entfernt. Jetzt trat er wieder ein und wandte sich zu dem Baron:

„Ich war beim Grafen", flüsterte er. „Er hat bisher geglaubt, nur mich anwesend zu finden, und war außerordentlich erzürnt, als ich ihm meldete, daß eine zahlreiche Versammlung seinen Sieg mitzufeiern beabsichtige."

„Hat er nicht behauptet, daß nun die Aufgabe nicht gelöst werden könne?"

„Er hatte jedenfalls die Absicht, dies zu sagen; ich

ließ ihn aber nicht dazukommen. Ich bemerkte ihm, daß mein Vertrauen verlacht werde und ich es deshalb meiner Ehre schuldig sei, daß er öffentlich beweise, er sei kein Betrüger und werde nur deshalb verkannt, weil der Verstand der Uneingeweihten seine Macht und Größe nicht zu würdigen verstehe."

Langenau konnte sich eines befriedigten Lächelns nicht enthalten. Der Same des Mißtrauens, den er in das Herz des Statthalters gestreut hatte, war also doch aufgegangen und hatte bereits eine Frucht angesetzt.

„Weiß er von unserer Anwesenheit?"

„Nein."

„Wollen Sie mir und sich selbst einen Gefallen erweisen?"

„Sprechen Sie!"

„Lassen Sie alle Ausgänge besetzen und stellen Sie auch Posten unter diejenigen Fenster, die dem Grafen erreichbar sind."

„Herr Baron, das würde ein Mißtrauen verraten, zu dem ich nicht fähig bin."

„Aber ich, Exzellenz! Ich kenne den Grafen und kann mich des Gedankens nicht erwehren, daß er seine Lage erkennt und versuchen wird, sich ihr zu entziehen. Ich habe keineswegs die Absicht, mich von ihm veralbern zu lassen, und gestehe Ihnen aufrichtig, daß ich gehen werde, wenn ich nicht die Überzeugung habe, daß er nicht entwischen kann, sondern gezwungen ist, seine Rolle bis zu diesem oder jenem Ende fortzuspielen."

Diese Worte klangen so nachdrücklich, daß sie ihren Eindruck auf den Statthalter nicht verfehlten.

„Nun wohl! Wenn Sie mich in dieser Weise zwingen, so werde ich Ihren Wunsch erfüllen."

„Gebieten Sie Ihren Leuten, dem Grafen bei einem etwaigen Fluchtversuch zu sagen, daß er die Wahl habe zwischen einem Zweikampf und der Bühne dort."

Der Marschall entfernte sich, und es dauerte lange

Zeit, bevor er wieder zurückkehrte. Es war bereits ein Viertel über zwölf, als es geschah, und trotz der unzulänglichen Beleuchtung des Saals war die Blässe zu erkennen, die auf seinem Gesicht lag.

„Es ist etwas geschehen?“ fragte Langenau.

„Ja. Ihre Voraussicht hat sich bereits erfüllt, Herr Baron. Ich selbst ertappte den Grafen, als er im Begriff stand, sich heimlich davonzuschleichen.“

„Ah!“

„Ich zwang ihn, zurückzukehren.“

„Wird er erscheinen?“

„Er muß“, knirschte der alte Haudegen. „Jetzt glaube ich, daß er ein Betrüger ist. Wenn er sich weigert, ist er verloren.“

„Er ist auf alle Fälle verloren!“ meinte Paranow kaltblütig.

Noch während er sprach, durchzuckte ein greller Blitz den Raum, der hinter dem Vorhang lag, und der Vorhang ging in die Höhe. Mitten auf der Bühne stand der Graf, in ein langes persisches Gewand gehüllt und begleitet von mehreren Bedienten, die verschiedene Geräte und eigentümlich geformte Gefäße trugen. Er hatte das Aussehen eines rüstigen Fünfzigers. Nachdem er die Gegenstände aufgestellt und geordnet hatte, schickte er die Dienstboten fort und begann mit tiefer, monotoner Stimme:

„Ich begrüße euch mit dem Spruch der Weisen, mit dem Gruß der Magier, mit dem Abrakadabra des unsterblichen Serenus Sammonicus!“

Es trat eine atemlose Pause ein, während der er sein Auge über die Versammlung gleiten ließ, um die Anwesenden zu erkennen. Wegen des im Saal herrschenden Halbdunkels gelang ihm dies nur unvollständig. Dann fuhr er fort:

„Wer in die Geheimnisse des Artechius und Sandivaye eingeweiht ist, wer die Theorie der planetarischen

Stunden und die Talismane des Polyphilos und des Grafen von Trier kennt, der mag seinen Genius ersuchen, mit mir zum Merkur, vom Merkur zum Mond, vom Mond zum Jupiter und vom Jupiter zur Sonne zu gehen. Es ist dies der magische Kreis des Zoroaster[1], den die Wissenden Zendascht nennen; er überspringt den Saturn und den Mars, und ich zeichne ihn mit schwarzen Charakteren hier auf diese weiße Tafel."

Er nahm einen schwarzen Kreidestift und schrieb einige, allen unverständliche Hieroglyphen auf die bezeichnete Tafel, dann wandte er sich wieder an die Versammlung:

„Ich begrüße euch nochmals im Namen der Genien des Agrippa und umschließe euch mit dem heiligen Fünfeck des großen Salomo, dessen Kunst, den Tod zu bezwingen, ich heute von neuem erfunden habe. Er mag erscheinen, um mir zu bezeugen, daß sein Geist eins ist mit dem meinen. Man lösche die Lichter aus!"

Es geschah, wie er befohlen hatte.

„Camera obscura!" meinte van Holmen geringschätzend. „Der Blitz vorhin war Kolophonium mit Bärlappsamen. O sancta simplicitas!"

Der Schatten verschwand, und nun brannte St. Germain die Kerzen eines dreiarmigen Leuchters an, der die Bühne hell erleuchtete. Dann begann er von neuem:

„Jetzt steigt hernieder, ihr Engel aus Süd und Nord, aus Ost und West; steigt herauf, ihr Geister des Feuers und der Erde! Dem Meister der geheimen Künste ist die Macht gegeben über Fels und Stein, über alle Erden und Metalle."

Er nahm eine Platte vom Tisch und reichte sie vom Podium herab.

„Überzeugt euch, ihr Hörer des großen Meisters der Gnomen, daß diese Platte von Silber ist!"

Die Platte ging aus einer Hand in die andere, wurde

1 Zarathustra

als Silber erkannt und ihm dann zurückgegeben. Er nahm eine Phiole und hielt sie empor.

„Dieses Pulver hat fünf Jahre lang über dem geheiligten Feuer gekocht; es enthält die Allmacht, die Steine und Luft in Diamanten verwandelt; es wird diese silberne Platte augenblicklich in Gold verwandeln."

Er trat seitwärts, hielt die Platte so, daß die Lichtflammen zwischen sie und die Augen der Anwesenden kam, und schüttete ein wenig von dem Pulver aus.

„Wie klug!" meinte van Holmen. „Das Licht blendet uns; ein Tausch ist leicht vorzunehmen."

Der Graf von St. Germain trat wieder vor und gab die Platte herab.

„Überzeugt euch, ihr Staunenden, daß sich das Silber in Gold verwandelt hat! Der Wirt dieses hochbegnadeten Hauses behalte sie!"

Das Gold erregte das Staunen aller Versammelten mit Ausnahme der Personen, die mißtrauisch im Vordergrund saßen. Die Tafel kam schließlich in die Hände des Marschalls, der sie behielt. Jetzt stellte der Graf mehrere Dreifüße auf, unter denen er Spiritusflammen entfachte.

„Jetzt naht der große Augenblick, an dem die ganze Ewigkeit in einem Tropfen Wasser gebannt wird. Man hole die Zutaten!"

Ein Diener brachte auf einem Teller mehrere Phiolen herbei; ferner trug er eine Pistole, die der Graf jedoch zurückwies.

„Was soll die Waffe?" fragte Paranow.

„Er will den Diener auf sich schießen lassen und dabei beweisen, daß das Aqua benedetta unverwundbar macht", entgegnete der Marschall. „Er muß sich doch wenigstens in dieser Sache sicher wissen."

„Ist der Diener, der die Phiolen brachte, ein Vertrauter des Grafen?"

„Nein. Ich habe ihn vorhin aufs Geratewohl zur

Bedienung des Grafen, der sich einen Bediensteten erbat, befohlen."

„Ist der Raum, in dem er sich befindet, von der Bühne aus zu überblicken?"

„Nein; er ist mit ihr durch eine schmale, jetzt geöffnete Tür verbunden."

„Und wie gelangt man hin?"

„Durch die hintere Tür des Seitenflurs."

„Ich danke."

Er erhob sich und verließ leise den Saal. Die weichen Decken des Ganges dämpften seinen Schritt. Als er die bezeichnete Tür leise öffnete, fand er das kleine Zimmer leer. Der Diener befand sich jedenfalls zu irgendeiner Handreichung draußen auf der Bühne. Paranow sah zwei Tische stehen; der eine war leer, und auf dem anderen war die Pistole, eine Kugel und Pulver neben ihr. Mit zwei raschen, leisen Schritten stand er dort und hatte die Kugel mit der vertauscht, die solang auf dem Herzen des Barons getragen worden war; sie paßte allem Anschein nach ganz gut in den jetzt ungeladenen Lauf. Im nächsten Augenblick stand er wieder auf dem Flur und kehrte in den Saal zurück. Er war sich dessen vollständig bewußt, was er getan hatte, aber dem wilden Kroaten war in seinem kampfes- und tatenreichen Leben jene zarte Bedenklichkeit verlorengegangen, die einen anderen abgehalten hätte, das gleiche zu wagen.

„Wo waren Sie?" fragte Langenau, als er wieder Platz nahm.

„Sie werden es erfahren", antwortete jener kurz und wandte seinen Blick auf die Bühne zu.

Es brodelte und zischte über den Flammen; der Graf trat von einer zur anderen, und der Diener harrte hinter ihm seiner Befehle. Endlich schien das Werk gelungen zu sein. Er vereinigte die Flüssigkeiten in ein Fläschchen und verlöschte die Flammen. Dann ließ er aus dem Fläschchen einen Tropfen in einen mit Wasser gefüllten goldenen Löffel fallen und erhob diesen.

„Heil dieser Stunde und Heil diesem Haus! Hier dieses Glas enthält das neue Aqua benedetta, die herrliche Kostbarkeit, von dem es genügt, alle Jahrhunderte einen einzigen Tropfen zu nehmen, um unsterblich, ewig gesund und unverwundbar zu sein. Der erste Tropfen gehört dem Erfinder."

Er führte den Löffel zum Munde und sog den Trank langsam ein. Dann fuhr er fort:

„Der zweite Tropfen wird den Mann, bei dem wir uns befinden und der die heilige Wissenschaft durch so großmütige Opfer unterstützte, bei ewiger Jugend erhalten. Vorher aber muß ich beweisen, daß der einzige Tropfen mich wirklich gegen den Tod und jede Verwundung schützt, obgleich er erst in diesem Augenblick in meinen Körper übergegangen ist."

Er winkte dem Diener, der die Pistole mit Zubehör herbeibrachte. Der Graf wies ihn an das Publikum. „Man untersuche Pulver, Blei und Waffe, um sich zu überzeugen, daß keine Täuschung obwalte!"

Die Prüfung wurde bald beendet; dann mußte der Diener vor den Augen aller die Waffe sorgfältig laden. Der Graf stellte ihn an die eine Seite der Bühne, er selbst lehnte sich an die gegenüberliegende Wand:

„Eins — zwei — — —"

„Halt!" rief da mit lauter Stimme Paranow, indem er auf die Bühne zuschritt. „Auf ein Wort, Herr Graf von St. Germain!"

Der Graf erkannte den Kroaten und erbleichte. „Prinz Paranow!"

„Ganz recht! Kennen Sie diesen Stein?" Er zog den Diamanten hervor.

„Ja."

„Er ist von Ihnen?"

„Allerdings."

„Ist er echt?"

„Ja."

„So sind Sie bereit, ihn für fünftausend Dukaten wieder zurückzunehmen?"

„Ich kaufe keine Steine!"

„Auch nicht, wenn ich Sie fordere?"

„Ich kann keine Forderung annehmen, denn ich bin unverwundbar!" entgegnete er stolz.

„Nun wohl, dann List gegen Betrug, wenn Brust gegen Brust nicht angenommen wird!"

Er trat zurück. Der Graf schien durch diesen Zwischenfall nicht im mindesten aus der Fassung gebracht worden zu sein; er wandte sich zum Diener und zählte von neuem:

„Eins — zwei — — drei!"

Der Schuß krachte; der Graf warf die Arme in die Luft und griff krampfhaft nach der Schnur, die zum Heben und Senken des Vorhangs diente. Ein einziger, vielstimmiger Schreckensruf erschallte; dann sank der Vorhang nieder.

„Folgt mir!" gebot Paranow und eilte nach der Tür und über den Flur nach der Bühne, hinter ihm der Marschall, Langenau und van Holmen.

Der Diener stand bleich und ratlos vor St. Germain, der bewußtlos an der Erde lag, umgeben von einer Lache dampfenden Bluts. Van Holmen kniete vor dem Verwundeten nieder, um ihn zu untersuchen.

„Verloren", entschied er. „Er wird nur erwachen, um zu sterben."

„Untersuchen Sie diese Kugel!" bat Paranow.

Der Chemiker betrachtete sie genau und erhob sich dann ganz erschrocken.

„Ach, jetzt ahne ich! Diese Kugel besteht aus Quecksilber mit einer Galmei-Mischung; sie sieht aus wie von Blei, wird sich aber beim Schuß doch hart vor dem Lauf zerteilen und unschädlich zur Erde fallen. Prinz,

Sie waren hier und haben sie mit der vertauscht, die Ihnen der Herr Baron geben mußte?"

„So ist es!"

Diese einfache und ruhige Antwort versetzte die anderen in Entsetzen, doch der Prinz wehrte diesen Vorwurf mit einer gebieterischen Handbewegung ab.

„Ruhig, meine Herren! Dieser König der Betrüger und Schwindler hat mehr verdient als einen so plötzlichen, schmerzlosen Tod. Tausende fluchen ihm, der hundertmal der gerechten Strafe entging, weil man hohe Herren nicht bloßstellen wollte, während ein armer Schlucker um eines Vergehens willen, zu dem ihn der Hunger treibt, gehenkt wird oder im Kerker schmachten muß. Wir sind gerächt, meine Herren, und tiefes Dunkel mag diese Szene decken!"

„Aber die Versammlung da draußen!" stöhnte der Marschall.

„Mag an eine Ohnmacht glauben. Selbst wenn man unverwundbar ist, muß die anprallende Kugel eine Quetschung hervorbringen, an der man einige Zeit zu schaffen hat."

Van Holmen hatte unterdessen Umschau gehalten. Er bückte sich und hob eine Papierrolle empor, um daran zu riechen.

„Hierin steckte der Blitz", sagte er. „Und sehen Sie hier hinter der geöffneten Tür die Kamera! Sie mußten sie bedienen? Nicht?" wandte er sich an den Diener, der verlegen nickte. „Und hier liegt hinter dem Armleuchter die Silberplatte, die er in Gold verwandelt zu haben vortäuschte! Es ist Ihr Geld, Herr —"

„Marschall", wollte er sagen; dieser aber war verschwunden. Er hatte sich jedenfalls nach dem Saal begeben, um seine Gäste zu beruhigen und sich ihrer zu entledigen.

Jetzt bewegte sich der Graf. Unter krampfhaftem Zucken der Gesichtsmuskeln öffnete er die Augen und richtete sie starr auf die Umstehenden. Nach und nach kehrte Bewußtsein in den Blick zurück; er wandte das Auge von einem zum anderen und flüsterte:

„Paranow — — Langenau — — Holmen — — oh, Aqua — — bene — — detta!"

Van Holmen bog sich zu ihm nieder und sprach: „Sie haben das Edelste, die Wissenschaft, zum Gemeinsten benutzt, dessen der Mensch fähig ist, zum Betrug; daher erfüllt sich das, was ich Ihnen einst im Haag weissagte: Ihr Aqua benedetta ist für Sie zum Aqua maledetta[1] geworden. Wollen Sie einen Priester?"

Der Verwundete hatte jetzt die Besinnung vollständig wiedererlangt.

„Betrug —" flüsterte er; „verloren — — tot — — oh, Aqua — — male — — detta — — —!"

Ein Blutstrom quoll ihm aus Nase und Mund. Er bäumte sich empor und sank dann zurück; der Tod hatte die kalten Arme um ihn gelegt, um ihm zu beweisen, daß seiner nicht zu spotten sei.

* * *

Am anderen Tag erzählte man sich in Eckernförde, der Graf von St. Germain sei leicht erkrankt, weil eine Kugel von seinem Körper abgeprallt sei. Später hörte man, daß er die Stadt verlassen habe, um eine Reise um die Erde anzutreten. Seine Anhänger und Bewunderer warteten lange auf ein Lebenszeichen von ihm; es gibt Leute, die noch heute an sein Aqua benedetta glauben. Er ist bis jetzt nicht von seiner Reise zurückgekehrt. —

1 Teufelswasser

Phi-Phob, der Schutzgeist

Am östlichen Ufer des Pjamela, eines Armes des Irawadi, steht ein berühmter Banyanenbaum. Er hat weit über hundert größere und gegen ein halbes Tausend kleinere Stämme. Glänzende Lorbeer- und vielästige Myrtengewächse gedeihen neben breitblättrigen Pisangs und feinrispigen Bambusrohren in seinem Schatten. Behende Affen und bunte Eichhörnchen jagen sich an den Luftwurzeln oder an dem Schlingwerk des Rotangbaumes auf und ab, und die Prachtvögel Indiens nisten zu Tausenden unter dem weiten Laubdach.

Auch eine sehr gemischte menschliche Gesellschaft lagerte darunter. Da waren zwei Engländer, nämlich Mr. Phelps und Mr. Shower, ferner ein chinesischer Händler, namens Fi, ein Lao-pung-khao und ein Lao-pung-dam, d. h. ein weißleibiger und ein schwarzleibiger Lao, zwei Kadun und endlich noch zwei hier geborene Pegu-Birmanen.

Fi, der Chinese, hatte zwei alte Säbel umgeschnallt, gab sich bei der Gesellschaft den Titel eines Tschung-fu, d. i. Oberstleutnant, und machte den Dolmetscher zwischen den Engländern und den Hinterindern. Trotz seiner Säbel war er eine große Memme.

Die Eingeborenen gingen barfuß und trugen nichts als dünne Röcke mit langen Ärmeln; die beiden Laos hatten gar nur das Languti, ein Stück Baumwollzeug, um die Hüften geschlungen, und bewaffnet waren sie alle mit im Lande gefertigten Katschinflinten.

Die Gesellschaft befand sich beim Mahl, das nur aus gebackenen Fischen bestand. Dabei führte man ein Gespräch über einen anscheinend sehr fesselnden Gegenstand, denn jeder gab sich Mühe, so laut wie möglich zu schreien, und der chinesische Tschung-fu rasselte entsetzlich mit seinen beiden Schlepphiebern. Nur die Engländer schwiegen, denn Mr. Phelps hatte einen halben Fisch im Mund, und Mr. Shower versuchte vergeblich, einer unverschämten Gräte beizukommen, die ihm zu weit nach hinten geschlüpft war.

„Tin schat kwei tin, ti schat kwei ti — alles Unheil vom Himmel kehre zum Himmel zurück, und alles Unheil von der Erde kehre zur Erde zurück!“ rief der Chinese. „Ich stamme von den Pat-phai, von den acht berühmten Stämmen und fürchte mich nicht! Wenn der Tschu-Kia-Tschin, der Priester, gesagt hat, daß die Mang-thras die böse Tat begangen haben, so kehre diese Tat zu ihnen zurück! Sie sollen ihre Strafe erhalten und ihren Raub wieder herausgeben.“

„Ja“, stimmte Lao-pung-khao, der weißbauchige Lao, bei. „Mein Phi-Phob sagt die Wahrheit. Er hat sich noch niemals geirrt. Die Mang-thras sind die Diebe. Sie sollen die Uhr herausgeben —“

„— und ihre Strafe erleiden, habe ich befohlen“, fiel der Chinese ein. „Wenn wir jetzt aufbrechen, sind wir in einer Stunde bei ihnen. Ich bin Yao-Tschang-Ti[1] gewesen und weiß mit solchen Spitzbuben umzugehen. Takang, die Hölle, ist zu gut für sie. Ich werde ihnen einen Vorgeschmack von ihr geben. Sie sollen fürchterliche Prügel spüren!“

Er stand auf und schnitt sich von dem überall wuchernden Rotang einige Rohre zurecht, die er zu den Säbeln in den Gürtel steckte.

Die Engländer hatten nämlich gestern abend den Besuch einiger Eingeborener des Mang-thra-Stammes, die Früchte gegen Tabak einzutauschen wünschten, erhalten. Der Tauschhandel war zustande gekommen; aber als die Mang-thras fortgewesen waren, hatte Mr. Showers kostbare Uhr gefehlt, die nicht weniger als sechs verschiedene

1 Schuldeneintreiber

Zifferblätter hatte und nur alle vierzehn Tage aufgezogen zu werden brauchte. Alles Suchen war vergeblich gewesen, und so hatte man aus dem nächsten Pegu-Dorf einen Bonzen geholt, der mit dem Phi-Phob des weißbauchigen Lao reden sollte.

Ein jeder Hinterinder vom Stamm der Laos besitzt nämlich einen Phi-Phob, einen Haus- und Schutzgeist, den er auf Reisen bei sich trägt. Der Geist kann in jedem beliebigen Gegenstand wohnen und beantwortet jede Frage, die sein Schützling durch einen Bonzen oder Khru[1] an ihn richtet. Der Schutzgeist des Lao-pungkhao schien die Seele eines urweltlichen Sauriers zu sein, denn er bewohnte ein hohles Krokodilei, das der Weißleibige an einer Schnur um den Hals hängen hatte. Der Bonze hatte sich Bericht erstatten lassen, sich mit dem Ei für kurze Zeit entfernt und dann gegen Bezahlung eines halben Tikal[2] erklärt, der Phi-Phob habe ihm mitgeteilt, daß die Mang-thras die Diebe seien. Besonders auf Antrieb des Chinesen war die Gesellschaft am Morgen aufgebrochen, die Spitzbuben zur Herausgabe ihres Raubes zu veranlassen. Die beiden Engländer lachten natürlich heimlich über diese Geistergeschichten, glaubten aber auch, daß die Uhr nur bei den Mangthras zu finden sei, und waren also bereit gewesen, diese aufzusuchen.

Jetzt war das Mahl beendet. Mr. Phelps hatte den halben Fisch glücklich verschluckt und Mr. Shower die Gräte ebenso glücklich wieder ans Tageslicht gebracht. Man brach auf.

Voran schritt der Chinese als oberstleutnantlicher Tschung-fu. Ihm folgten die Engländer, und hinter ihnen trotteten die anderen im Gänsemarsch einher. Dies geschah infolge des üppigen Pflanzenwuchses, der das Gehen erschwerte.

1 Geisterbanner
2 Name der Geldeinheit in Siam

Bald lag der Banyanenwald hinter ihnen. Nun wanderten sie unter schlanken Palmen, Tamarinden und mit Blüten überladenen Wollbäumen. Unter dem leichten Schirm der Papayas glänzten grell gefärbte Hibiskusblüten, und sogar die wilde bengalische Rose hatte sich hier angesiedelt. Da, wo der Boden weniger feucht war, blühten Nelkenbäume, dort Darahs genannt, und alle die riesigen, Lack und Gummi liefernden Dammararten streckten die Wipfel hoch in die Lüfte empor.

Eben hatte die Gesellschaft ein Bananendickicht durchquert, da kamen ihnen vier Männer entgegen. Der vorderste war von fast weißer Farbe und trug die Kleidung eines Hoei-hoei, die drei anderen waren Eingeborene. Hoei-hoei werden dort die Moslemin genannt, die sehr zahlreich sind und meist einen einträglichen Handel treiben. Kaum hatte der Chinese den Muselmann erblickt, so rief er ihm ein äußerst höfliches „Tsching tsching — guten Tag" entgegen. Dieser blieb stehen, blickte ihn verächtlich staunend an und antwortete:

„Du hier, Sse-pen-tse, Sohn des Zopfes? Gibt's denn keine Gegend, die vor dir sicher ist?"

Und sich an die Engländer wendend, deren Anzüge verrieten, welchem Volk sie angehörten, fuhr er englisch fort:

„Dieser Mensch war Steuereintreiber; weil er aber die Steuern für sich behielt, mußte er fliehen. Jetzt ist er überall und treibt alles, was nicht ehrlich ist. Wenn Ihr ihn als Dolmetscher und Führer angestellt habt, so nehmt Eure Taschen in acht! Vor seinen Fingern ist nichts sicher."

Der „Oberstleutnant" wollte sich verteidigen, erhielt aber von dem Hoei einen Flintenstoß in die Seite und sprang infolgedessen bis hinter den letzten Pegu-Birmanen zurück.

Mr. Shower machte eine grüßende Handbewegung und sagte:

„Well, Sir, meine Uhr ist weg!"

„So! Wo ist sie hin?"

„Zu den Mang-thras, wie der Phi-Phob gesagt hat."

„Bitte, erzählt!"

Mr. Shower berichtete. Der Hoei hörte aufmerksam zu und sagte dann, zu dem Chinesen gewendet:

„Ich komme soeben von den Mang-thras. Sie haben ihre Hütte dort hinter den Dhunatilbäumen. Ich hörte von ihnen, daß sie gestern bei euch gewesen seien, und bin überzeugt, daß sie euch bestohlen haben. Ich kehre wieder um und werde mit suchen. Wehe ihnen, wenn wir die Uhr finden!"

„Du hast recht, Kuo-Ngan-Exzellenz!" antwortete der ‚frühere Steuereintreiber' erfreut. „Ich habe bereits die Stöcke geschnitten, mit denen ich den Ausspruch des Phi-Phob unterstützen werde."

Er zeigte auf die Rotangstöcke, die er bei sich trug. Der Hoei lachte kurz und antwortete zustimmend:

„Das ist gut! Ich werde noch mehr als du dafür sorgen, daß du sie nicht umsonst bei dir trägst. Also vorwärts jetzt!"

Der nun verstärkte Zug setzte sich wieder in Bewegung, die drei Begleiter des Hoei voran. Dieser aber schritt als letzter hinter dem Chinesen.

Als der kleine Zug an der Dhunatilgruppe vorbei war, fiel der Boden fast senkrecht in einen tiefen Erdriß hinab, über den sich der von allerlei Schlingwerk umwucherte Stamm eines gewaltigen Gurdschunbaumes als natürliche Brücke gelegt hatte. Jenseits erhob ein wahrhaft riesiger Wudoilbaum seinen fiedernervigen Blätterschirm, worunter die armselige Hütte der Mang-thras stand. Die Bewohner saßen im Freien unter einem Vordach.

Die drei Begleiter des Hoei sprangen schnell wie Katzen über den liegenden Baumstamm hinüber. Die beiden würdigen Engländer und die dicken Laos folgten langsamer und vorsichtiger, obgleich der Stamm so stark war, daß recht gut mehrere Männer nebeneinander hergehen konnten. Die anderen zögerten mit dem Übergang, und zwar wegen eines scheinbar höflichen Streits zwischen dem Hoei und dem Chinesen. Der zweite wollte dem ersten den Vortritt lassen; dieser aber bestand darauf, der letzte zu sein. Er hatte jedenfalls seine Absicht dabei und beobachtete jede Bewegung des „Steuereintreibers" mit scharfem Auge.

Endlich waren sie alle drüben bei der Hütte, und nun teilte der Hoei den Bewohnern den Grund seiner Rückkehr, nämlich den Verdacht des Diebstahls, mit. Diesen Augenblick benutzte der Chinese, einen Gegenstand schnell auf das aus Bambusstengeln errichtete Vordach zu werfen. Er war überzeugt, daß es nicht bemerkt worden sei; der Muselmann aber hatte es doch gesehen.

Die Mang-thras versicherten, nichts von dem Diebstahl zu wissen. Der eine brachte einen ausgestopften Vogelbalg zum Vorschein und sagte:

„Wir sind unschuldig. Wir stehlen nicht, obgleich wir sehr arm sind. Hier ist mein Phi-Phob. Laßt ihn fragen, so wird er euch gleich sagen, wo der Dieb zu finden ist!"

Der Chinese wußte sich jetzt sicher und warf sich in die Brust. Die Rotangruten hervorziehend, rief er drohend:

„Ich bin Tschung-fu-tsu, der Herr der Oberstleutnants. Wir werden hier alles durchsuchen, und wenn wir den Dieb entdecken, so soll er Prügel bekommen, solange die Rotangs halten, und sodann noch zur besonderen Strafe den Phi-Phob auffressen müssen, durch den wir ihn entdecken werden!"

„Ist das dein Ernst, Tschin-ti-tschung-fu — erhabener Oberstleutnant?" fragte der Hoei.

„Glaubst du, daß ich scherze? Liegt nicht auch auf uns der Verdacht? Ich werde uns rechtfertigen, indem ich den Tseu, den Räuber, entdecke."

„So mag es bei deiner hohen Bestimmung bleiben. Der Dieb erhält Hiebe, bis die Rotangs zerbrechen, und muß sodann den Phi-Phob auffressen, durch den er entdeckt wird."

„Du hast recht. Ich hab's gesagt, und es bleibt dabei!"

Es begann nun die sorgfältige Durchsuchung der Hütte. So ärmlich wie sie, war auch der Hausrat. Einige alte Tongefäße neben einem dürftigen Feuerherd, auf dem noch die Kohlen halbverbrannten Holzes glimmten, ein zerbrochenes Schilfkörbchen zum Aufbewahren der Siribissen[1], umschwärmt von Hunderten von Stechfliegen: das war alles, was der armselige Raum enthielt. An den Wänden lief ekelhaftes Gewürm umher. Der Hoei erblickte einen sehr ausgewachsenen, fetten Gecko[2], der faul und müde in einer Ecke klebte. Er nahm ihn weg und steckte ihn unbemerkt in die Tasche seines Kaftans.

Natürlich war die Uhr nicht zu finden. Der Chinese donnerte und wetterte, daß die Mang-thras zitterten. Er verlangte, daß einer nach dem anderen durchgepeitscht werden solle, bis der Dieb die Tat gestehe.

„Halt!" meinte da der Hoei. „Auch ich hab einen Phi-Phob, gar einen lebendigen; er hat mich noch niemals getäuscht und wird uns jetzt zeigen, wo sich die Uhr befindet. Kommt heraus! Aber wehe dann dem Dieb!"

Alle folgten ihm hinaus vor die Hütte. Er trat in die Nähe der einen Eckstrebe des Vordachs, auf das der Chinese die Uhr geworfen hatte, und zog den Gecko aus der Tasche.

„Hier ist mein Phi-Phob", erklärte er. „Paßt auf, wie schnell er uns bedienen wird!"

Er tat, als ob er dem Tier einen leisen Befehl erteile und setzte es dann zur Erde nieder. Der Gecko ist ein nächtliches Tier und kann das Tageslicht nicht vertragen.

1 Aufgeschnittene Früchte 2 Warzige Nacht-Eidechse

Die Eidechse suchte also schleunigst an einen dunklen Ort zu gelangen und kletterte infolgedessen möglichst rasch an der Stange empor, um dort unter dem Dach Schutz zu suchen.

„Da hinauf geht der Phi-Phob!" rief der Hoei. „Also muß die Uhr sich da oben befinden. Schaut empor!"

Sie alle bemerkten ein kleines, gelbes Päckchen, das mit Hilfe einer Bambusstange herabgeholt wurde. Es war die Uhr, eingewickelt in eine jener kleinen Schärpen, die Mongolen und Chinesen so oft als Höflichkeitsgeschenk benutzen. Es war verraten, daß der „Oberstleutnant" selbst der Dieb sei.

Er leugnete anfangs, gestand aber endlich notgedrungen die Tat ein.

„Jetzt sollst du nun dein eigenes Urteil schmecken", sagte der Hoei. „Du wirst meinen Phi-Phob verspeisen und dazu die Rotangs kosten, bis der Phi-Phob in deinem Großmaul verschwunden ist!"

„Yes!" lachte Mr. Phelps. „A very famous pleasure — ein prachtvolles Vergnügen!"

Der Dieb erhob laut schreiend Einsprache, aber vergebens. Einer der Mang-thras, erfreut, die ihnen gewordene Beleidigung rächen zu können, holte den Gecko herab und tötete ihn mit einem Messerhieb. Die Eidechse wurde auf die glühenden Kohlen gelegt, schwoll in dem eilig angefachten Feuer schnell an und zerplatzte. Nun wurde sie in Stücke zerlegt. Sechs Inder ergriffen den Chinesen und stießen ihn zu Boden. Dort festgehalten, mußte er sich ein Stück des gebratenen Phi-Phob nach dem anderen in den zeternden Mund schieben lassen. Bei jeder Weigerung seinerseits sausten seine eigenen Rotangs auf ihn nieder. Das Gesicht, das er zog, war unbeschreiblich.

Endlich war die Bestrafung vollzogen. Er sprang auf, rieb sich die Himmelsgegend, die jetzt bei ihm die gefühlvollste war, und rief:

„Tin-tschu-ti-tschu, yang-tschu — Herr des Himmels, Herr der Erde, Herr des Wassers! Ich habe genug!“

„Noch lange nicht genug!“ antwortete der Hoei. „Mach dich schleunigst von dannen, sonst beginnen wir von neuem!“

„Yes, yes!“ nickte Mr. Shower vergnügt. „This execution is an extraordinary delight — dieser Strafvollzug ist ein ganz außerordentliches Vergnügen!“

„Nein, nein“, entgegnete der einstige Steuereintreiber. „Ich bin euer Führer und euer Dolmetscher. Ich bin der Tschung-fu. Was wollt ihr anfangen ohne mich?“

„Du wirst nicht gebraucht, Spitzbube“, antwortete der Hoei. „Ich selbst werde die Ing-ki-li[1] bis zum Fluß führen und dann einen anderen Führer für sie auswählen. Jetzt fort mit dir, sonst schieße ich dich gar noch über den Haufen! Aber empfiehl dich höflich, Sohn des Himmels, wenn du nicht noch mehr Rotangs genießen willst!“

Er erhob sein Gewehr und legte es auf den Chinesen an. Dieser zuckte vor Schreck zusammen, machte seine tiefste Verneigung und rief:

„Tsching-leao — lebt wohl! I-lu-fu-sing — möge euch der Stern des Glücks auf eurer Reise begleiten!“

Dann eilte er zu gleichen Beinen von dannen, über den Gurdschunbaum zurück und war im nächsten Augenblick zwischen den Stämmen der Dhunatilgruppe verschwunden.

„Tien-pen-tse — o himmlischer Zopf!“ sagte der weißbauchige Lao. „Da läuft er hin und hat den Phi-Phob im Leib! Möge es allen Dieben so ergehen wie ihm!“

„Yes!“ lachte Mr. Shower, während er seine Uhr einsteckte.

1 Engländer

Am „singenden Wasser"

Heigh-day! War das eine Überraschung, als heute vor Job Hallers armseligem Blockhaus ganz unerwartet dessen jüngster Bruder Ralph, der Westmann, den er jahrelang nicht gesehen hatte, und eine junge, schöne Lady sich von den Pferden schwangen! Job sprang schnell hinaus, um Ralph mit Macht um den Hals zu fallen; dieser ließ das über sich ergehen und sagte dann: „Gib auch Amely einen Kuß, alter Boy! Sie ist seit zwei Wochen meine Frau, das einzige Kind von Bent Harrison, dem Besitzer der Clear-River-Silbermine. — Verstanden?"

Job war zunächst sprachlos; dann rief er um so lauter: „Bent Harrison? Heavens! Das einzige Kind einer Silbermine, die im vorigen Jahre reine zweimalhunderttausend Dollar ergeben hat, deine Frau? Und du ein armer Teufel! Mylady, sister-in-law, das ist ein wunderschöner Streich von Euch, und ich heiße Euch tausendmal willkommen!"

Er gab ihr einen lauten Kuß oder vielmehr Schmatz auf die blühende Wange und führte dann beide ins Innere des Blockhauses, wo sie von seiner braven Frau und den vier Kindern tüchtig „gehandschüttelt" wurden, ehe sie sich auf die alten Holzschemel setzen durften.

Während des Nachmittags hatte man vor lauter Neuigkeiten nichts erfahren können. Jetzt war es Abend geworden; auf dem Herd loderte das Holzfeuer, auf dem Tisch stand ein mächtiger Krug mit Ingwerbier, und nun kam Job endlich zu der Frage, die ihm längst auf den Lippen geschwebt hatte, wie sein Bruder, der arme Scout, zu der reichen Frau gekommen sei. Ralph setzte sich mit Würde zurecht, nickte seiner Amely liebevoll zu, was von ihr freundlich erwidert wurde, und antwortete: „Wir haben uns droben in den Bighornbergen gefunden, an einer Stelle, die von den Indianern Kai-p'a, das ‚singende Wasser' genannt wird. Und das ging folgendermaßen zu:

Ihr wißt wohl, daß der Yellowstone-Nationalpark jetzt nicht mehr nur von kühnen Jägern und Trappern durchzogen wird, er ist vielmehr in neuer Zeit eine von Reisenden häufig besuchte Gegend geworden. Man begegnet mitunter sogar ganzen Gesellschaften von ihnen, bei denen sich auch Ladies befinden, die die Wunder des Nationalparks kennenlernen wollen. Diese Leute haben meist keine Ahnung von der Gefahr, in der sie zuweilen schweben.

Die Indianer, die das ungeheuer reiche Gebiet haben hergeben müssen, sinnen auf Rache; sie umschleichen die Reisenden, und wehe dem, der in ihre Hände fällt! Besonders haben sie es dabei auf die Ladies abgesehen, um sie zu entführen und dann zu zwingen, ihre Squaw zu werden, was für eine gebildete Dame schlimmer als der Tod ist.

Ich war von der Bighole-Prärie herüber nach dem Park gekommen, hatte diesen nach allen Richtungen durchwandert und war dabei auf die Spuren vieler einzelner Indianer gestoßen, die einem zu irgendwelchem Zweck verstreuten Jagdtrupp anzugehören schienen. Zuletzt kam ich an den überaus fischreichen wunderbaren Yellowstonesee, den ich genau kannte. Bei meiner letzten Anwesenheit hatte ich mir, um zu fischen, ein Rindenkanu gebaut und dieses, als ich die Gegend verließ, gut versteckt. Jetzt fand ich es unversehrt wieder und nahm es sofort in Gebrauch. Ich ruderte mich einige hundert Yards[1] vom Ufer fort und warf dort die Angeln aus. Eben als ich das tat, stieg links von mir eine ungeheure Masse heißen Wassers auf, wohl fünf

1 Yard = 0,9 Meter

Minuten lang und zwanzig Yards hoch; dann sank der Riesensprudel in sich zusammen, und die Stelle war glatt wie vorher. Das war der Quarter-Hour-Geiser.

Ihr müßt nämlich wissen, daß die Geiser des Nationalparks sich nicht nur am Land befinden, sondern auch unter dem See tätig sind und in meist ganz genauen Zeitabschnitten ihre kochenden Fluten weit über die Wasserfläche emportreiben. Wer den See im Kanu befährt, muß diese gefährlichen Stellen kennen, sonst kann es leicht geschehen, daß er mit emporgeschleudert und dann als verbrühte Leiche in die Tiefe gerissen wird. Ich kannte den Quarter-Hour-Geiser und wußte, daß seine Stöße in Zwischenräumen von genau fünfzehn Minuten erfolgten.

Ich glaubte, in der weiten Gegend allein zu sein. Denkt euch nun mein Erstaunen, als ich plötzlich ein Kanu erblickte, das vom jenseitigen Ufer herüberkam und auf die Geiserstelle zuhielt. Außer dem Ruderer saßen zwei Männer und eine Lady darin. Sie gehörten zu einer drüben lagernden Reisegesellschaft, hatten den Geiser speien sehen und eilten herbei, um den nächsten Ausbruch aus der Nähe zu betrachten. Aber sie kannten den Punkt nicht genau, blieben gerade über dem unterseeischen Krater halten und waren, wenn sie dort blieben, unbedingt verloren.

Natürlich ruderte ich rasch näher, um sie zu warnen — hielt mich aber wohlweislich außerhalb des Geiserkreises — und rief ihnen Vorsicht zu. Ich bekam zur Antwort, daß ich sie nicht belästigen, sondern mich davontrollen möge. Sie waren vornehme Leute, während ich ein ziemlich verwildertes Aussehen zeigte. In drei Minuten mußte der Geiser wieder hochkommen; es war also keine Zeit zu verlieren. Als ich meinen Zuruf wiederholte, wurde ich ausgelacht; also mußte ich, um sie zu retten, Zwang anwenden. Ich legte daher mein Gewehr auf den lautesten der Lacher an und drohte, ihn zu erschießen, wenn das Kanu nicht gewendet werde — vergeblich. Da zielte ich sorgfältig, um ihm einen Streifschuß in den Arm zu geben, und drückte ab. Die Kugel traf; die Insassen des Bootes schrien wütend auf, aber der Ruderer legte sich schnell in die Riemen, um aus dem Bereich meiner Büchse zu kommen. Einige Sekunden später stieg zwischen ihnen und mir die kochende Wassermasse in die Höhe, die ganze Umgebung in heißen Brodem hüllend — doch die Leute waren gerettet. Als der Ausbruch vorüber war, sah ich sie zurückrudern. Ich folgte ihnen, um sie vor ähnlichem zu warnen und mich ihnen als kundigen Führer anzubieten.

Aber wie wurde ich von der Gesellschaft, die aus über dreißig Personen bestand, empfangen! Keiner sah ein, daß ich nur durch die wirkliche Verwundung des einen ihn und die anderen hatte retten können. Sie hatten einige Dragoner aus Old Fort Hall als Schutzwächter mit, und diese Soldaten wollten kurzen Prozeß mit mir machen und mich einfach erschießen. Schon machte ich mich aufs Äußerste gefaßt, da nahm sich die Lady meiner an. Sie allein glaubte meiner Versicherung, reichte mir dankend die Hand und brachte es so weit, daß ich mich entfernen durfte.

Was soll ich sagen? Ich will nicht viel Worte machen, aber von diesem Augenblick an mußte ich fort und fort an die guten, dankbaren Augen denken, mit denen sie mich verwilderten Kerl angestrahlt hatte. Ich näherte mich am nächsten Tag dem Lagerplatz; er war verlassen. Die Fährte der Gesellschaft führte nach Südosten, ungefähr in der Richtung auf den Owl-Creek[1] zu. Dort wußte ich die Schlangenindianer, die gerade jetzt wieder einmal das Kriegsbeil ausgegraben hatten. Es war bekannt, daß ihr Häuptling Avaht-uitsch, das Große Messer, geschworen hatte, nicht eher zu ruhen, als bis er hundert Skalpe der Bleichgesichter erobert und zehn weiße

1 Eulenbach

Frauen für seinen Wigwam gefangen habe. Sollte die Lady mit den unvergeßlichen Augen etwa auch in seine Hände fallen? Nein und abermals nein! Ich versteckte mein Kanu wieder und brach dann auf, um der Spur zu folgen. Sie führte über den Owl-Creek hinüber, als ob die Leute beabsichtigten, Lander-City zu erreichen. Dann aber wich sie östlich ab und zeigte nach den Bighornbergen, deren landschaftliche Schönheiten wohl wert sind, von Reisenden genossen zu werden. Zu diesen Schönheiten gehört eine enge Quellenschlucht, in der sich eine Stelle befindet, die den Namen Kai-p'a, das ‚singende Wasser', führt. Der Bach stürzt sich da von einer hohen Felsenkante herab, rauscht eine kurze Strecke zwischen mächtigen Steintrümmern hin und füllt dann einen kleinen, tiefen Kessel an, aus dem es keinen anderen Ausweg gibt als durch ein enges Loch von röhrenartiger Gestalt; hier hat sich das Wasser durch den Stein gefressen. Ist nun nach einem Regen oder überhaupt in der nassen Jahreszeit der Bach angeschwollen und der Kessel voll, so wird das Wasser mit großer Gewalt durch diese Röhre gedrängt, und es werden durch die Reibung oder auf irgendeine andere Weise Töne erzeugt, die dem fernen Gesang einer menschlichen Stimme gleichen. Daher der vorhin erwähnte Name.

Nach dieser Schlucht führte die Fährte, und ich mußte annehmen, daß die Gesellschaft da angehalten hatte, um das singende Wasser zu hören. In der Nähe angekommen, verließ ich die Spur, denn ich konnte mich nicht gut sehen lassen, weil die Leute mir nicht freundlich gesinnt waren. Während ich mich so zwischen Felsen und Bäumen hinschlich, gewahrte ich die Fährte eines Mokassins; es befanden sich also Indianer in der Nähe. Ich folgte ihr in vorsichtiger Weise; sie war nur dem Auge eines scharfsichtigen Westmanns bemerkbar und führte gerade auf den Kessel zu. In seiner Nähe hörten auf dieser Seite die Bäume auf; ich legte mich also, um weniger leicht bemerkt zu werden, auf die Erde nieder und kroch langsam weiter. Dabei hörte ich jetzt ganz deutlich die Töne des ‚singenden Wassers'. Das mußte mir auffallen, denn es war wochenlang sehr trockenes Wetter gewesen, und der Bach konnte unmöglich so viel Wasser haben, wie zur Hervorbringung der Töne nötig war. Hier mußte irgendeine Teufelei im Spiel sein. Ich schlich zunächst wieder zurück, um mich meines Pferdes, das ich ziemlich weit zurückgelassen und angebunden hatte, zu versichern und es in größerer Nähe unterzubringen. Vielleicht war es nötig, schnell in den Sattel zu kommen. Dann kroch ich wieder vorwärts, leise, vorsichtig, dem Rande des Bergkessels zu.

Die Schlucht lag nun offen vor mir. Im Hintergrund wurde sie durch die kahle Masse des Terminus Peak scheinbar abgeschlossen; links zog sich eine mit Tannen und Zedern spärlich bewachsene Höhe heran, die hart am Wasserkessel in einen kahlen, zerrissenen Steinkoloß auslief, und rechts stieg ein ebenso zerklüfteter Felsenriese scheinbar bis in die Wolken auf. An dessen Fuß stand eine Gruppe vom Wetter zerfetzter Weimutskiefern, deren einige vom Sturm gebrochen und von der Hochflut bis hinunter zum Wasser gerissen worden waren. Weiter vorn, rechts, sah ich unter weit auseinanderstehenden Bäumen, zwischen denen hindurch der Blick auf offenes, grasiges Gelände fiel, die Reisenden mit ihrer Schutzwache lagern. Sie hatten allem Anschein nach den Kessel des Kai-p'a schon besichtigt, und ihre Pferde waren in der Nähe angebunden; nur ein mit einem Damensattel versehenes lief frei umher und knusperte die Blätter von den wenigen Zweigen, die es gab; es war das der Lady mit den schönen, guten Augen.

Aber auf derselben Seite, nur noch weiter zurück, sah ich etwas, was die Weißen wegen der dazwischen liegenden Felsen nicht bemerken konnten, nämlich eine Schar von wohl über vierzig Indianern, von denen jeder bei seinem Pferd stand, bereit, augenblicklich in den Sattel zu springen und sich auf die Bleichgesichter zu werfen. Schon wollte ich mich zu diesen schleichen, um sie zu warnen, da wurden die Töne des ‚singenden Wassers' stärker. Das waren keine Naturlaute, sondern das war eine menschliche Stimme; sie erklang unweit von mir vom Wasser herauf. Zugleich erblickte ich die Lady, die, von den Tönen herbeigelockt, den Lagerplatz verließ und nach dem Wasser kam. Dort ließ sie sich nieder, um den Punkt zu erlauschen, wo der Gesang entstand. Ihr Pferd war ihr nachgelaufen und blieb drüben bei den Weimutskiefern stehen.

Ich schob mich weiter vor, bis an den hohen Rand des Wasserkessels, und sah hinab. Dort lag — ein Indianer eng zusammengeduckt hinter mehreren Steinen und ahmte mit geschlossenem Mund durch die Nase den Klang des ‚singenden Wassers' nach. Es war Avaht-uitsch, der Häuptling der Schlangenindianer; ich kannte ihn.

Ich begriff, daß er es zunächst auf die Lady abgesehen hatte; er wollte sie vom Lager weglocken, damit sie beim Überfall nicht verwundet oder gar getötet werden sollte. Er wollte sie unbeschädigt nach seinem Wigwam bringen. Jetzt war sie am Wasser, und ich wußte, daß er in wenigen Augenblicken das Kriegsgeheul als Zeichen zum Angriff erschallen lassen werde. Das mußte verhütet werden. Schießen durfte ich nicht, da sonst die Indianer sich sofort aus ihrem Versteck auf die ahnungslosen Weißen geworfen hätten; darum ergriff ich einen schweren neben mir liegenden Stein, um ihn dem gerade unter mir befindlichen Häuptling auf den Kopf zu werfen. Ich traf so gut, daß der Rote wie tot zusammenbrach.

Da ich mich dabei hatte halb aufrichten müssen, war ich von der Lady erblickt worden. Sie fuhr betroffen in die Höhe. Wie sie mir später sagte, hatte sie mich sofort erkannt. Ich glaubte sie gerettet, hatte mich aber geirrt. In ihrer Nähe lagen einige große Steine, hinter denen zwei weitere Rote verborgen gewesen waren. Diese hatten meinen Angriff auf ihren Häuptling bemerkt; sie sprangen hervor, ergriffen die Lady und zerrten sie eiligst hinauf nach den Weimutskiefern, wo das Pferd stand. Die Überfallene ließ keinen Laut hören, sie war sprachlos vor Schreck. Auch die beiden Indianer verhielten sich still und zögerten, den Kriegsruf hören zu lassen, da sie sich noch zu nahe bei den Weißen befanden. Ich richtete mich auf, um zu schießen, mußte das aber bleiben lassen, denn die Kerls bildeten mit dem Mädchen eine so verschlungene Gruppe, daß ich die schönen, guten Augen leicht hätte für immer auslöschen können. Ich schnellte mich also zu meinem Pferd, sprang in den Sattel, trieb es in einem weiten Sprung über den Bach und jagte auf die Weißen zu. An ihnen vorüberfliegend, deutete ich nach hinten und schrie: „Zu den Waffen, dort sind Indianer!" Sie sprangen auf, um sich zu verteidigen; ich aber jagte weiter, um der Lady zu helfen.

Diese war bis zu ihrem Pferd geschleppt worden. Einer der Roten stieg auf; er riß sie zu sich empor und sprengte mit ihr fort, während der andere hinter Felsen und Bäumen verschwand. Ich sah den Reiter mit seiner Beute nach der vorhin erwähnten offenen Prärie galoppieren und ritt ihm nach, kaum zweihundert Schritt hinter ihm. Der Damensattel war ihm hinderlich, er mußte die Lady so halten, daß er seine Reitkunst nicht ganz entwickeln konnte. Ich kam ihm immer näher. Nach zwei Minuten hatte ich ihn bis auf hundert, nach drei Minuten bis auf siebzig Schritt eingeholt. Er sah sich um und bemerkte mich. Die Lady begann sich zu wehren; das störte ihn noch mehr. Er griff zum Messer und erhob die Hand wie zum Stoß, um ihr anzudeuten, daß sie sich ruhig zu verhalten habe, und zugleich mir durch diese Gebärde zu sagen, daß er sie lieber töten als mir überlassen werde. Vom Pferd aus durfte ich nicht schießen. Ich wartete also, bis ich mich ihm auf fünfzig Schritt genähert hatte, hielt dann an, sprang aus dem Sattel und richtete das Gewehr auf ihn. Meine Hand zitterte nicht. Um die Lady nicht zu treffen, mußte ich möglichst hoch, nach seinem Kopf, zielen. Das war ein schwerer Schuß — er krachte; der Rote machte eine Bewegung nach vorn, als ob er von hinten einen Schlag erhalten habe; die Lady entglitt seinen Armen und fiel zur Erde. Ich war gar nicht wieder aufgestiegen, sondern hinterher gerannt. Schon stand ich bei ihr und hob sie auf. Sie war unverletzt, aber vor Entsetzen so schwach, daß ich sie an mich drücken mußte. Sie hielt die Augen geschlossen, doch, alter Job, du kannst mir glauben, sie war auch ohne den warmen Augenstrahl so reizend, daß es meinen bärtigen Mund mit unwiderstehlicher Gewalt auf ihre Lippen zog. Der erste Kuß in meinem Leben — by God, der letzte noch lange nicht! Doch davon nichts weiter! Ich will nur sagen, daß ich ihr Pferd einfing, sie in den Sattel hob, dann auf das meinige stieg und mit ihr zurückkehrte.

Da hörten wir Schüsse knallen und das Geheul der Indianer. Ich durfte meine Lady nicht neuen Gefahren aussetzen, suchte also schnell ein gutes Versteck für sie, ließ die Pferde bei ihr und rannte nach dem Kampfplatz. Die Dragoner hatten sich tapfer gewehrt, aber die Reisenden waren weder Kriegs- noch Westmänner, sie schossen beharrlich daneben. Doch, cheer up, meine Büchse begann ein Wort mitzusprechen, und schon nach kurzer Zeit machten sich die Roten aus dem Staub. Es hatte Opfer gekostet. Zwei Dragoner und drei Reisende waren tot und leidlich viele verwundet. Ich selbst hatte ein Kugelloch im Schenkel und einen tüchtigen Streifer über der Hüfte. Dennoch ritt ich zurück, die Miß, um die es große Sorge gab, zu holen. Ihr Vater war auch verletzt, er hatte einen Pfeil in die Schulter erhalten, ein ziemlich unangenehmes Ding für einen, der nicht Westmann ist.

Natürlich sah ich nun auch nach dem Häuptling. Er lag noch wie tot am Wasser und wurde heraufgezogen. Das Singen war ihm schlecht bekommen. Später kam er zu sich und wurde gut gefesselt, um als Geisel bei uns zu bleiben und dann von den Dragonern mit nach Old Fort Hall genommen zu werden. Ich wurde jetzt mit anderen Augen betrachtet. Man nannte mich den Retter nicht nur der Lady, sondern der ganzen Gesellschaft, wogegen ich mich auch gar nicht sträubte. Tausendmal lieber aber waren mir die Blicke, mit denen die Augen der Miß immer und immer wieder auf mir ruhten. Und ich — nun, ich hätte mir ihr schönes, liebes Gesicht bis in alle Ewigkeit hinein betrachten können; doch dazu gab es keine Zeit. Die Toten mußten begraben, die Verwundeten verbunden werden. Diese waren der Pflege sehr bedürftig, aber wir durften der Rachsucht der Indianer wegen nicht am Kai-p'a bleiben. Wir machten uns also, so gut es ging, nach Mc. Kinney, der nächsten bewohnten Stelle, wo wir gute ärztliche Behandlung fanden. Bent Harrison tat es nicht anders, ich mußte in einem Zimmer mit ihm liegen und mich ebenso wie er von Amely pflegen lassen. Sie hat alles Mögliche getan, aber ich schätze, daß ich noch mehr aus Liebe so schnell wieder auf die Beine gekommen bin. Ich war überglücklich, als ich von ihr hörte, daß sie mir den Kuß da draußen am ‚singenden Wasser' nicht verübelt habe, und als das ihr Vater erfuhr, war er der Meinung, daß sie mir das auch fernerhin beweisen müsse — all by all, sie hat mir gesagt, daß sie lieber ihre schönen, guten Augen für immer auf mir ruhen lassen, als die Squaw des Großen Messers werden wolle, und hat den armen Scout zu einem Mann gemacht, der fast gar nicht weiß, wohin und wohinaus mit seinem Glück. Oder nicht, Amely?"

Ralph war mit seiner Erzählung zu Ende und blickte bei seiner Frage strahlenden Auges zu seiner „Lady" hinüber. Diese erhob sich, kam zu ihm herüber, legte ihre Wange an die seinige und antwortete:

„My darling, ich muß dir ja gehören, weil ich ohne dich verloren gewesen und sicherlich gestorben wäre."

„Beim Himmel!" rief da Job gerührt. „Du brauchst gar keine Silbermine, um glücklich zu sein!"

„Nein, wirklich nicht, mein alter Job. Die Mine ist ganz überflüssig, sie macht uns schwere Sorgen, denn es fehlen die Hände, täglich so einen Haufen Dollars abzuzählen. Darum sind wir gekommen, um euch abzuholen. Wollt ihr uns helfen?"

Da sprang Job auf, schleuderte mit dem Fuß seinen Schemel fort und jauchzte:

„Sofort, sofort! Frau, Kinder, die Not hat ein Ende. Laß dich umarmen, alter Ralph! In Zukunft werden wir jährlich einmal nach den Bighornbergen wandern, um deinem ‚singenden Wasser' unseren Dank zu bringen."

Schwarzauge

Der Rio San Carlos in Arizona hat zwei Quellarme, von denen der eine auf der Sierra Blanca, der andere im Mogollongebirge entspringt. Steigt man an diesem aufwärts, so gelangt man nach und nach aus tiefen Cañons, auf deren Scheitelhöhen kein Baum, kein Strauch, kein Grashalm zu sehen ist, auf die Montaña de la Fuenta und zuletzt an die Stelle, wo das Wasser aus dem Felsen sickert. Dort ragen drei einzeln stehende Macollafichten in die Luft. Hinter ihnen fällt die Höhe, deren Kante früher mit Bäumen gleicher Art bewachsen war, fast lotrecht in einem schmalen, aber um so tieferen Cañon hinab, der früher einen anderen Namen hatte, jetzt aber der Cañon de los Apachos heißt.

Schreitet man auf den Steinen, die aus dem Wasser ragen, bis an den Rand des Cañons vor, so bietet sich drüben dem Auge ein Anblick, der vermuten läßt, daß dort die Stätte eines gräßlichen Ereignisses zu suchen ist. Man blickt auf eine viereckige Plattform, die vorn durch den erwähnten Cañon und rechts und links durch ähnliche, senkrecht eingeschnittene Seitenschluchten vollständig abgetrennt ist. Hinten, auf der vierten Seite, ragt eine riesige, unersteigbare Felsenmauer, von der mehrere schmale, klare Wasserfäden rinnen, gen Himmel. Sie wird jetzt in der Sprache der Apatschen Selkhitsé und von den spanisch sprechenden Einwohnern von Arizona Peña del Asesinato genannt. Beides hat dieselbe Bedeutung, nämlich Mordfelsen.

Diese kleine, viereckige Hochfläche ist so vollkommen von der übrigen Welt abgeschnitten, daß man meinen sollte, es hätte nie ein lebendes Wesen dorthin gelangen oder gar da wohnen können. Und doch erblickt man Spuren, die beweisen, daß vor noch nicht langer Zeit Menschen, und zwar nicht wenige, dort ihren Aufenthalt gehabt haben. Man sieht, daß, genährt durch die erwähnten Wasserfäden, da drüben ein Wald gestanden hatte, der nun abgebrannt ist. Die verkohlten Baumstümpfe beweisen es. Zwischen ihnen liegen die geschwärzten Trümmer leichter Adobeshütten und die Überreste halb verbrannter Tier- und Menschenknochen.

Was ist hier geschehen? Durch welches Ereignis ist dieser einst so belebte Ort in eine Stätte des Todes verwandelt worden?

Vor noch nicht langer Zeit standen zwei Männer in der Nähe der erwähnten drei Macollafichten und blickten über den Cañon hinüber nach dem Wald, unter dessen sonnendürren Wipfeln sich das rege Leben eines indianischen Ko-uah-clar[1] entfaltete.

Sie waren noch jung, aber ihre Gesichter hatten einen strengen, frömmelnden Ausdruck, zu dem auch die enganliegenden und sehr langschößigen schwarzen Röcke paßten, die sie trugen.

„Also", sagte der eine von ihnen, „du glaubst wirklich, Bruder Jeremias, daß Brigham Young mir diese Indianerin als Frau ansiegeln würde?"

„Ganz gewiß!" nickte der andere. „Wir sind ausgesandt, die roten Heiden zu bekehren, da sie das gleiche Recht wie wir haben, Heilige der letzten Tage zu sein. Diese Gleichheit des Rechts sichert dir die Einwilligung des Präsidenten."

„Intah-tisle ist eine große Schönheit und braucht sich vor den 58 Frauen unserer zwölf Apostel nicht zu verstecken. Aber ihr Vater, der Häuptling, will sie nur einem tapferen Apatschenkrieger geben."

„Hast du schon mit ihm gesprochen? Zwinge ihn, so wird er dich bitten, sie zu nehmen."

„Zwingen? Auf welche Weise?"

1 Hüttendorf

„Küsse sie! Eine Indianerin muß die Frau dessen werden, der sie öffentlich küßt. Nur dadurch kann ihre verletzte Ehre wiederhergestellt werden."

„Das weiß ich auch; aber ..."

„Kein Aber!" rief Bruder Jeremias aus. „Sollen wir als ungehörte Prediger zurückkehren? Das wäre eine Schande, und kein Apostel würde uns hinfort ansehen. Du liebst die Indianerin. Mache sie zu deinem Weib, so wird sie Mormonin werden und bei der Bekehrung der Ihrigen deine beste Stütze sein... oder fürchtest du dich?"

„Fürchten?" lachte der andere verächtlich. „Bevor ich Heiliger wurde, trug ich Gewehr und Bowiemesser und habe manchen Roten und auch Weißen ins Gras gestreckt. Young hat mir nicht ohne Veranlassung den Namen Gideon gegeben, den Namen des größten Helden Israels. — Komm zum Dorf! Ich werde dir zeigen, daß ich keine Furcht kenne."

Sie gingen bis zum Rand des Cañons, über den damals eine Brücke führte. Sie bestand aus geflochtenen Seilen von ungegerbter, geräucherter Büffelhaut, deren Enden hüben und drüben im Felsen verkeilt waren und auf denen man holzige Kaktusstämme befestigt hatte.

Diese schwankende Brücke bildete die einzige Möglichkeit, nach dem Hüttendorf zu gelangen, das ein Apatschenhäuptling mit dem größten Teil seines Stammes bewohnte. Um sicher vor jedem feindlichen Überfall zu sein, brauchte er nur einen einzigen Wächter an die Brücke zu stellen.

Jetzt stand ein junger Krieger da, der die beiden Mormonen wortlos an sich vorüber ließ und dann dem Bruder Gideon finsteren Blickes nachschaute. Es lag dabei der Ausdruck eines grimmigen Hasses auf seinem bronzenen Gesicht.

Das Dorf faßte einige hundert Krieger mit ihren Familien, Pferden und Hunden. Die Squaws knieten oder saßen arbeitend unter den Zedern. Sie webten Decken, kneteten Ton zu Gefäßen oder stampften Mais und Gerste zu Mehl. Die Mädchen und Knaben spielten oder übten sich im Gebrauch der Waffen. Die Männer aber lagen vor den Hütten und sahen untätig dem Treiben der Ihrigen zu. Den Krieger würde das Arbeiten schänden.

Die größte Adobeshütte lag in der Mitte des Dorfes. Neben der Tür saß Pesch-itschi[1], der Häuptling, und unterhielt sich mit einer für einen Roten ungewöhnlichen Freundlichkeit mit seiner Tochter.

Ihre schlanke und doch volle Gestalt war ganz in eine leichte, farbenreiche Navajodecke gehüllt. Das Haar hing in langen, schweren Zöpfen weit über den Rücken herab; und das Gesicht hatte einen fast ägyptischen Schnitt. Aber das Schönste an ihr waren die Augen, diese großen, langbewimperten, schwarzen, sammetartigen Augen mit dem schwermütig-ernsten, träumerischen Indianerblick.

Wegen dieser unergründlichen Augen hatte das Mädchen den Namen Intah-tisle, Schwarz- oder Dunkelauge, erhalten.

Da kamen die beiden Mormonen gegangen, und die Häuptlingstochter flüchtete vor Gideon ins Innere der Hütte. Sie wußte, welche Absicht er hegte, aber sie haßte ihn. Sie hörte die beiden Missionssendlinge sprechen von Joe Smith und dem Buch Mormon, von dem neuen Jerusalem und Brigham Young, von den Freuden der Seligkeit, die die Latter-Day-Saints[2] nach dem Tod erwarten.

Der Häuptling hörte ihnen schweigend zu wie einer, der den Worten keinen Glauben schenkt, dies aber aus Höflichkeit nicht sagen will.

Schwarzauge trat mißmutig an die fensterähnliche Öffnung der rückwärtigen Hüttenwand und blickte hin-

[1] Eisenherz [2] Die Heiligen der letzten Tage

aus. Sie sah den Brückenwächter kommen; er war soeben abgelöst worden und mußte an dem Fenster vorüber. Ihr Gesicht erheiterte sich; ihre Augen bekamen einen innigen Glanz, und sie schob das schöne Köpfchen zur Luke hinaus.

Er sah sie und flüsterte ihr im Vorübergehen zu: „Titschi oya — heute abend!"

„Ha-au, schi kahr — ja mein Geliebter!" antwortete das Mädchen.

Intah-tisle hatte ihr kleines und doch so stolzes Herz verschenkt; es trieb sie, dem Geliebten nachzublicken, und da sie das vom Fenster aus nicht konnte, trat sie schnell hinaus vor die Hütte.

„Ah, Schwarzauge, warum fliehst du mich?" rief Bruder Gideon ihr zu. „Du sollst meine Squaw werden und die glücklichste aller Angesiegelten sein!"

Dies sagend, schlang er die Arme um sie und drückte seine schmalen, farblosen Lippen auf ihren schwellenden Mund.

Da aber fuhr der Häuptling schnell wie der Blitz empor, riß ihn von der Tochter weg und rief: „Räudiger Hund, wie darfst du es wagen, die reine Tochter der Apatschen zu beschmutzen? Fahre zu Boden und bettle um Gnade!"

Dabei schlug er ihm die Faust ins Gesicht, daß der Übeltäter niederstürzte.

Bruder Gideon raffte sich jedoch augenblicklich auf; die Wut ließ ihn nicht überlegen, was er tat; er drang auf den Häuptling ein und gab ihm den Hieb zurück.

Die Wirkung dieses Schlages war eine unerwartete. Pesch-itschi stand unbeweglich; sein Auge maß den Verwegenen mit einem vernichtenden Blick; dann stieß er einen schrillen Ruf aus, der durchs ganze Dorf erklang.

Im Nu eilten von allen Seiten die Krieger herbei. Ein Wort des Häuptlings genügte; die Mormonen wurden niedergerissen, gebunden, geknebelt und dann ins Innere der Hütte geworfen. Die Knebel hinderten sie, miteinander zu sprechen.

Zwei lange, lange Stunden vergingen; dann wurden die beiden hinaus und in den Kreis der Krieger geschafft, die ernst und still um Eisenherz saßen.

Der Häuptling wendete sich verächtlich von Bruder Gideon ab und sagte zu Jeremias: „Ein Schlag ist eine todeswürdige Beleidigung und kann nur mit dem Blut des Täters abgewaschen werden. Die Krieger der Apatschen haben Rat gehalten und beschlossen, daß der Mormone sterben soll. Auch dich wollten sie töten, aber ich habe für dich gesprochen: du sollst Zeuge der Strafe sein und dann zu deinen Heiligen zurückkehren dürfen."

Die Weißen konnten sich weder mit Worten noch durch Taten wehren.

Gideon wurde an einen Baum gebunden und, ohne erst gemartert zu werden, erschossen.

Der Häuptling trat zur Leiche, netzte seine Hand mit dem hervorquellenden Blut und strich es sich ins Gesicht. Damit war seine verletzte Ehre wieder hergestellt.

Jeremias erhielt die Taschen mit Lebensmitteln gefüllt, dann trug man ihn fort über die Brücke, nahm ihm den Knebel und die Fesseln ab und ließ ihn laufen.

Er entfernte sich, ohne ein Wort zu sagen oder auch nur zurückzublicken, watete durch das Wasser der Quelle und folgte deren Lauf bis in den zweiten Cañon hinab. Erst da blieb er stehen, ballte die Fäuste und rief knirschend: „Rache, ja Rache! Das Blut dieses Heiligen komme über euch! Ihr habt ihm den Leib genommen, ich werde seiner Seele alle die eurigen nachsenden, daß sie ihr dienen und vor ihr kriechen sollen in alle Ewigkeit!"

Er befühlte seine Taschen und bemerkte zu seiner Genugtuung, daß man ihm das Messer, das unter dem Rock steckte, nicht abgenommen hatte. Dann versteckte er sich, um von etwaigen Nachforschern nicht bemerkt zu werden, in eine schmale Felsenritze.

Diese verließ er erst, als es dunkel zu werden begann, und kehrte nach dem Quellwasser der Montaña de la Fuente zurück. Er schlich an den drei Macollafichten vorüber, bis er den Posten an der Brücke stehen sah, und kroch hinter einen Stein, der ihn vollständig verbarg. Hier wollte er warten, bis die Apatschen schliefen, dann wollte er den Posten beschleichen und niederstechen, da es ihm nur hierdurch möglich wurde, auf die Platte zu gelangen.

Drüben brannten die Feuer vor den Hütten und beleuchteten das Gelände bis an den Cañon und die Brücke. Dabei konnte der Mormone bemerken, daß jetzt der Posten wieder abgelöst wurde. Die Stelle wurde wieder von dem jungen Krieger besetzt, der Schwarzauge für heute abend zu sich bestellt hatte.

Die Zeit verging; ein Feuer verlöschte nach dem anderen, und das Geräusch des Lagerlebens verstummte mehr und mehr. Endlich erstarb auch der letzte Flammenschein, und tiefes Dunkel lag nun rundumher.

Die Zeit war da. Jeremias kroch hinter dem Stein hervor und nach dem Cañon. Geräuschlos wie eine Schlange glitt er an seinem Rand hin und nach der Brücke. Sie war höchstens zwanzig Schritt lang.

Eben hatte er sie erreicht, als er ein Flüstern vernahm, das von drüben herüber immer näher kam. Es befanden sich also Leute auf der Brücke, über dem gähnenden Abgrund in stockdunkler Nacht. Er wich zur Seite und wartete.

Intah-tisle hatte sich bei dem Geliebten eingestellt.

Da sie drüben doch immerhin von jemand überrascht werden konnten, so pflegten sie, wenn der Geliebte auf Posten stand, über die Brücke und dann durch den Quelleneinschnitt zu gehen, wo es hinter den Felsen ein lauschiges Plätzchen gab, von dem aus man zwar nicht nach dem Dorf blicken, dafür aber ganz ohne Sorge vor Überraschung plaudern konnte.

Das war allerdings eine kleine Pflichtverletzung, aber keine gefährliche. Wozu die Brücke bewachen? Der Apatschenstamm lebte gerade jetzt mit jedermann in Frieden, und hätte es einen Feind gegeben, der sich heranschleichen wollte, so mußte er unbedingt an dem Liebespaar vorüber und wäre ganz gewiß von ihm entdeckt worden.

So schritten die beiden auch heute über die Brücke und wendeten sich plaudernd nach der Schlucht der Quelle.

Der Mormone kehrte um und schlich ihnen nach, um zu wissen, wo sie bleiben würden. Als sie sich niedergesetzt hatten, huschte er wieder zurück. Nun kroch er auf allen vieren über die Brücke und machte sich daran, seinen teuflischen Plan auszuführen. Er wollte die Apatschen in den Flammen umkommen lassen. Nahrung für das Feuer gab es genug. Die Wipfel der Bäume waren halb verdorrt, dürre Ranken und Schlinggewächse waren auch da, und überall stand das hohe, breite Espadagras in saftlosen Büscheln. Wenn das Feuer sich schnell verbreitete, waren die Indianer verloren.

Er zog das Feuerzeug aus der Tasche und kniete nieder. Ein Funken glühte auf, ein kleines Flämmchen zuckte ins Gras und fraß sich weiter. Schnell kroch der Mormone über die Brücke zurück und zog das Messer, um die Seile zu durchschneiden. Sie waren außerordentlich hart, und er mußte alle seine Kraft anwenden; es gelang ihm aber doch.

Als der letzte Strang entzwei war, rutschte das Hängewerk ab und flog prasselnd gegen die jenseitige Cañonwand. Der einzige Rettungsweg war den Apatschen abgeschnitten.

Jetzt konnte Bruder Jeremias seine Aufmerksamkeit wieder dem Feuer zuwenden.

Wie hatte der eine kleine Funken sich so schnell vergrößert! Bereits säumten hohe Flammen die ganze Cañonseite ein; rechts und links fraßen sie sich an den Schluchten hin, und schon leckten auch feurige Zungen an den vordersten Bäumen empor.

Und die Apatschen schliefen alle, alle, weil sie sich auf den Wächter an der Brücke verließen! Aber es gab noch andere Wächter, die Pferde und Hunde. Diese begannen zu schnauben und zu wiehern, zu bellen und zu heulen; die Roten mußten erwachen.

Jeremias duckte sich eng an das Gestein, um mit teuflischer Freude das Fortschreiten seines Werkes zu beobachten.

Die beiden Liebenden konnten, wie bereits gesagt, die Platte nicht sehen, aber sie hörten das Wiehern und Bellen. Sie sprangen auf und eilten nach der Quelle. Durch die offene Schlucht blickten sie in das Flammenmeer, das bereits den Himmel zu röten begann.

Vor Entsetzen aufschreiend, rannten sie vorwärts, nach der Brücke hin, er voran und sie hinterdrein. Den Blick nur hinüber auf die Flammen gerichtet, kam er bei der Stelle an, wo sie befestigt gewesen war; schon im Sprung, bemerkte er zu spät, daß sie nicht mehr vorhanden war — ein entsetzlicher, markdurchschneidender Schrei, und er flog in die grausige Tiefe hinab.

Schwarzauge kam nahe hinter ihm gerannt, aber sein Schrei und sein Fall warnten sie; sie vermochte noch, die Schritte anzuhalten, blieb stehen und blickte, als ob sie es nicht glauben könne, starr in den schwarzen, gähnenden Abgrund hinab.

Da richtete hart neben ihr der Mormone seine dunkle Gestalt auf und fragte: „Ist er hinab, dein Bräutigam? Auch du mußt hinunter! Dein ganzer Stamm verbrennt, und dich werde ich dem Tod ansiegeln!"

Da zeigte sich das Indianerblut, das selbst im höchsten Schreck nur einen einzigen Augenblick zu stocken vermag. Noch hatte Jeremias nicht ganz ausgesprochen.

so trat Intah-tisle einen Schritt zurück und rief: „Du bist's, Ungeheuer? Fahre du selbst hinab!"

Sie sprang blitzschnell auf ihn ein — ein kräftiger Stoß von ihr, ein unbeschreibliches Gebrüll aus seinem Mund, und er stürzte seinem zerschmetterten Opfer nach.

Schwarzauge sank zusammen. Händeringend starrte sie hinüber.

Die Flammen bildeten jetzt eine einzige wogende Masse. Dunkle Punkte rannten darin hin und her; es waren die Tiere und die Menschen, die brüllend aus ihren Hütten stürzten. Rettung konnte es nur dann geben, wenn man die Brücke erreichte; aber schon nach wenigen Schritten fielen sie geblendet, versengt und gebrannt zu Boden. Nur einige erreichten die Stelle, wo sich die Brücke befunden hatte: das Feuer trieb sie hinab in die Tiefe des Cañons.

Das Wiehern und Bellen, das Heulen, Brüllen und Rufen wurde schwächer und schwächer und verstummte endlich ganz. Nur eine einzige Stimme war zu hören, die der Flammen: ein tiefes, dumpfes Brausen wie von einem fernen, brandenden Meer.

Die Wipfel der Bäume waren verzehrt; nun ergriff das Feuer die Stämme und nagte sich tiefer und tiefer an ihnen nieder. Hellglühende Rauchschwaden wirbelten empor und bildeten eine mächtige schwarze, schwer über der Brandstelle lagernde Wolke, durch die vereinzelte Funkenraketen zuckten. Diese Wolke schien die Flammen niederzudrücken, sie senkte sich langsam herab. Die Stämme brannten nicht mehr, sie glühten und kohlten nur noch.

Auch diese Glut erlosch, nur hier und da sprühte es ab und zu auf, dann wurde es Nacht, eine schreckliche Nacht des Todes, in dicken, erstickenden Rauch gehüllt.

Als am Morgen die Sonne die Stätte des Verderbens beschien, saß Schwarzauge noch immer an derselben

Stelle. Sie hatte keine Träne, keinen Seufzer, kein Schluchzen, kein Wort für ihren Schmerz.

Der heisere Schrei eines Aasgeiers weckte sie aus ihrer seelischen Erstarrung. Sie stand auf und wankte fort, durch die Quellenschlucht hinab, immer weiter, bis sie nach Stunden die Tiefe des Cañons erreichte, wo der Mormone mit seinen Opfern lag. — Dort saß sie den ganzen Tag und die darauffolgende Nacht bei den entstellten Überresten des Geliebten.

Am nächsten Tag erschien sie, der Schatten ihrer selbst, auf der Estanzia del Trigo. Eintönig und scheinbar ohne innere Bewegung erzählte sie, was geschehen war.

Man bot ihr Essen und Trinken an; sie schüttelte den Kopf. Sie wollte weder Speise noch Trank, sie wies auch jeden Trost von sich. Sie ging und niemand hat sie seitdem gesehen.

Von diesem Tag an wird jene Felsenspalte Cañon de los Apachos, die Schlucht der Apatschen, und die sich über ihr erhebende Felsenmauer die Peña del Asesinato, der Mordfelsen, genannt!

Das Hamaïl

Zwischen Bir Asud und Ain tajib schwebte hoch oben in der Luft einer jener Sakrfalken, die von den Beduinen gern zur Jagd abgerichtet werden.

Seinen scharfen Augen wurde es nicht schwer, zwei Reiterzüge zu erkennen, die in wohl stundenweiter Entfernung voneinander dem gleichen Ziel zuzustreben schienen.

Der im Osten sich südwärts bewegende Zug mochte eine Kafila, eine Handelskarawane sein. Sie bestand aus vielleicht zwanzig Packkamelen und zehn berittenen Hedschahn; acht der Reiter waren auf orientalische und zwei auf europäische Weise bewaffnet. Jene trugen außer ihren dünnschaftigen Flinten noch Lanzen, deren breite, scharfe Stahlspitzen im Licht der untergehenden Sonne glänzten; der Schech el dschemali, der Führer, war der dunkelste von ihnen und hatte fast negerartige, keineswegs vertrauenerweckende Gesichtszüge. Die beiden anderen hätte man für Europäer halten können, und wenn sie das nicht waren, so stammten sie gewiß wenigstens aus dem Gharb, einem der nordafrikanischen Gestadeländer.

Der Falke stieß hoch oben in der Luft einen lauten schrillen Schrei aus. Als der Führer ihn vernahm, glitt ein befriedigtes Lächeln über seine bisher unbewegten Wangen.

„Chabir — Führer, hast du den Vogel gehört?“ rief ihm einer der beiden zu.

„N'am, Sihdi — ja, Herr“, antwortete er.

„Wäre der Falke zahm, so müßten Menschen in der Nähe sein. Ich halte ihn für einen wilden.“

„Hehk — so ist es“, antwortete der Führer kurz, indem es wie Schadenfreude um seine aufgeworfenen Lippen zuckte.

„Wann kommen wir zum Ruheplatz?"

„'an kharihb — bald."

„Und werden wir dort sicher sein?"

„S'lon bilamahn — wie in Allahs Schoß!"

Der im Westen sich fast in gleicher Richtung bewegende Zug war jedenfalls eine Kafila et tayyara, eine fliegende Karawane. Sie bestand aus vierzehn wohlbewaffneten dunkelfarbigen Männern, die alle sehr gute Reitkamele ritten. Eins davon war ein kostbares graues Bischarihn-Hedschihn. Sein Reiter schien der Anführer zu sein. Er hatte die Kapuze seines weißen Haik zurückgeschlagen. Er war, wie seine Begleiter, ein Tedetu vom Stamm der Kra-an; doch zeigte sein kurzes wolliges Haar, daß Negerblut in seinen Adern floß, ein Umstand, dessen sich unter den Tibbu[1] niemand zu schämen pflegt.

Auch er hörte den Schrei des Falken.

„Ikh, ikh!" rief er, und auf diesen Befehl hielt sein Hedschihn an. Die anderen sammelten sich um ihn. „Hamdulillah — Allah sei Dank!" meinte er. „El Asward führt sie uns in die Hände. Es ist ihm gelungen, sie zu täuschen. Wenn wir uns nun gerade nach Osten wenden, werden wir ihre Darb[2] erreichen und lesen können. Ich werde den Sakr rufen."

Er steckte einen Finger in den Mund und stieß einen durchdringenden Pfiff aus. Der Falke hörte ihn trotz der großen Entfernung und schwebte nach wenigen Augenblicken über den Reitern.

„Ta'ahl — komm her!" befahl der Reiter.

Der Vogel ließ sich gehorsam auf den hohen Knopf des Sattels nieder, wurde dort an einer Kette befestigt und erhielt eine lederne Haube aufgesetzt.

Dann bogen die Reiter in einem rechten Winkel von

1 1 Tibbu = Mehrzahl von Tedetu 2 Spur

ihrer bisherigen Richtung ab und hielten langsam gerade nach Osten zu, der Anführer immer an der Spitze des Zuges.

Als sie ungefähr eine halbe Stunde geritten waren, hielt er an, deutete in die Ferne und sagte nur das eine Wort"

„Hunahk — dort!"

Aus der Richtung, die er zeigte, sah man Lanzenspitzen schimmern. Die vierzehn zogen sich vorsichtig hinter die Sanddünen, zwischen denen sie hielten, zurück, und setzten erst nach einer Weile ihren Ritt fort. Bald erreichten sie die Spur der anderen Karawane. Der Anführer ließ sein Tier niederknien und stieg ab, um die Fährte zu untersuchen.

„Dreißig Hawawihn[1]", sagte er. „Sie sind es, die wir verfolgen. Am Bir Fetna wird Allah sie in unsere Hände geben, und dann werden wir die Beute teilen und reicher sein als je zuvor. Laßt uns ihnen jetzt langsam nachreiten, damit El Aswad uns nicht so lange zu suchen hat!"

Es war klar: die vierzehn Reiter bildeten eine Gum, eine Raubkarawane, und El Aswad, der Führer der Handelskarawane, war ihr heimlicher Verbündeter. Er wollte diejenigen, die sich ihm anvertraut hatten, in die Hände der Wüstenräuber liefern. Er hatte sich nur zu diesem Zweck von den nichtsahnenden Reisenden als Chabir anwerben lassen. Daß die Räuber arabisch sprachen und nicht ihre Tedagamundart, war ein Zeichen, daß sie ihre unheimlichen Raubzüge weit über die Grenzen ihres Stammes hinaus zu unternehmen pflegten.

Während sie den Spuren folgten, erreichte die Sonne den Himmelsrand; aber den Reitern fiel es gar nicht ein, anzuhalten, um das Abendgebet zu sprechen. Es wurde sehr schnell dunkel; dann stieg das Kreuz des

1 Tiere

Südens auf, und beim Schein der Sterne wurde der Ritt fortgesetzt, bis die Kamele von selbst ihre Schritte beschleunigten; das deutete darauf hin, daß das Wasser der Oase in der Nähe sei. Der Anführer ließ halten. Seine Leute stiegen ab und lagerten sich im Sand. Da warteten sie mehrere Stunden lang, bis sich ganz in der Nähe das leise Bellen eines Fennek, eines Wüstenfüchschens, hören ließ. Der Anführer beantwortete es, und bald tauchte der Chabir der zweiten Karawane aus dem Dunkel auf. Jener empfing ihn mit den Worten:

„Seit einer Woche habe ich deine Stimme nicht vernommen, obgleich wir stets in deiner Nähe gewesen sind. Heute sind wir am Bir el amwat[1] angelangt, an dem wir schon viele den Tod haben trinken lassen. Nun werden wir endlich erfahren, wer die Herren deiner Kafila sind."

„Es sind zwei reiche Tuggar[2] aus Tarabulos el Gharb[3], die Waffen, Seide und andere Kostbarkeiten nach Bornu bringen wollen. Sie sind begleitet von sieben Beni Riah; wir brauchen sie nicht zu töten, weil sie sich nicht verteidigen werden. Von Temissa habe ich sie über Wau gerade in die Wüste geführt und dir nach dem Duar[4] Nachricht geben lassen. Jetzt schlafen sie am Bir Fetna[5], und ich werde euch zu ihnen führen."

„Welchen Namen tragen sie?"

„Der eine wird nur Abu el Hamaïl genannt, weil er zwei Korans am Hals hängen hat, und der andere heißt Halef Ben Dschubar."

„Zwei Hamaïls[6]? So war er zweimal in der Stadt des Propheten und ist ein sehr frommer Mann. Aber er wird heute sterben müssen, denn wir brauchen seine Sachen. Allah wird ihm das ewige Leben geben, und

1 Brunnen der Toten 2 Kaufleute 3 Tripolis 4 Lager 5 Brunnen der Akazien 6 Hamaïl ist ein Koran, den man sich in Mekka kauft und dann zum Zeichen, daß man ein Hadschi ist, sichtbar am Hals trägt.

ich werde ihm einen Ihram[1] weihen, wenn ich selbst nach Mekka komme. Auch mein Vater zwar zweimal dort. Er hatte zwei Hamaïls. Eins davon hat er einem Mann geschenkt, der ihm das Leben rettete, als die Tuareg-Kel-Tinalkuhm ihn töten wollten. Allah danke es ihm im siebenten Himmel. Jetzt macht euch bereit, ihr Männer! El Aswad wird uns führen."

Die Männer hatten nicht nur einmal einen Überfall ausgeführt. Sie wußten, was sie zu tun hatten. Sie entledigten sich ihrer weißen Haïks, durch deren schimmernde Farbe das Anschleichen erschwert gewesen wäre, und ließen auch die Schußwaffen zurück. Nur die breiten, scharfen dolchartigen Sekakihn nahmen sie mit sich. Dann folgten sie dem voranschreitenden Verbündeten nach der nahen Oase.

Da, wo der Brunnen aus der Erde quoll, war er von einem Gebüsch ägyptischer Akazien beschattet, daher sein Name Bir Fetna. Die Reisenden hatten sich von ihren Kamelpaketen eine Art Umwallung gebaut, innerhalb derer sie schliefen. Das von trockenem Kamelmist genährte Feuer war fast am Verlöschen. Alle schliefen nach dem anstrengenden Ritt fest. Sogar die Wache, die in einer Ecke kauerte, zwei Lanzen in der Hand, war vor Müdigkeit eingeschlummert.

Der eben hinter den beweglichen Sanddünen aufgehende Vollmond beleuchtete das Lager mit durchdringender südlicher Helle, vor der das Licht der Sterne verschwand. Er sollte den zwei Kaufleuten zum letztenmal leuchten.

Die Mitglieder der Raubkarawane legten sich zur Erde, von der ihre halbnackten, dunklen Leiber nicht zu unterscheiden waren, und schlichen sich unhörbar näher. Sie erreichten die Umwallung. Vorsichtig blickten sie darüber hinweg. Der Anführer wählte sich die Stelle, an der die beiden Kaufleute ruhten. Der eine lag

1 Kleid der Mekka-Pilger; wird auch im übertragenen Sinn gebraucht.

schnarchend auf dem Rücken in seinen Haïk gehüllt, der andere auf der linken Seite und hielt selbst im Schlaf sein Gewehr fest in der Hand. Da bog sich der Anführer über die Umwallung und erhob seine Waffe zum tödlichen Stoß. Diesen Stoß erwarteten rundum seine Genossen, um dann unter fürchterlichem Geheul das übrige zu vollbringen.

Aber was war das? Der Tedetu hielt die Hand starr erhoben, stieß aber nicht zu. Sein Blick war auf ein Gepäckstück gerichtet, das zu Häupten des Kaufmanns lag. Auf diesem wohlverschnürten Pack befanden sich zwei Bücher — zwei Hamaïls, die der Schläfer vom Hals genommen hatte, um bequemer ruhen zu können. Sie lagen nebeneinander, und das zur rechten Hand war an der Schnittseite des Buches mit einem starken, metallenen Schloß versehen, dessen eigenartige Arbeit im hellen Mondenschein deutlich zu erkennen war.

„Essuwal'an ehsch — was gibt es denn?“ fragte leise einer der beiden, die hinter dem Zögernden kauerten. Stoß zu!“

„Allah akbar — Gott ist groß!“ antwortete er und ließ den Arm sinken. „Das ist das Hamaïl meines Vaters. Allah hat verhüten wollen, daß ich den Retter meines Vaters töte.“

„Waih! Willst du die große Beute fahren lassen? Ist er auch wirklich der Retter?“

„Ich werde es sogleich erfahren. Wenn er es ist, so wehe einem jeden von euch, der es wagen sollte, einem dieser Leute ein Haar zu krümmen oder ihnen das kleinste Stäubchen ihres Eigentums zu rauben!“

Dann rief er laut:

„Hadschi Omar Ben Kuwwad Ibn Hanssari!“

„Wer ruft mich?“

Im Nu sprang der Schläfer auf.

„Bist du der, den ich nannte?“

Erst jetzt sah der Kaufmann, daß sein Lager von

fremden Gestalten umringt war. Er nahm schnell sein Gewehr empor, antwortete aber:

„Ich bin's, wer seid ihr?"

„Hast du dieses Hamaïl geschenkt erhalten?"

„Ja, von einem Scheik der Tibbu, namens Arun es Saleta."

„Das war mein Vater. Ich bin Nowad Ben Arun es Saleta. Der Engel des Todes streckte bereits seine Hand nach dir aus und da — — — —"

„Allah kerihm — Gott ist gnädig!" rief der Kaufmann erschrocken.

„Ja. Allah ist gnädig. Er hat dich gerettet. Wir sind die Gum, und du befindest dich am Brunnen des Todes. Bereits schwebte mein Messer über dir, da erblickte ich das Hamaïl. Jetzt nun bist du bei uns so sicher wie unter den Zelten der Seligen, du, deine Begleiter und dein Eigentum. Und wir werden dich begleiten über die Berge und durch die jenseitige Hammada. Sag nur das Wort, das du zu sagen hast!"

Die Angreifer standen draußen vor der Umwallung und blickten finster auf die erschrockenen Glieder der Handelskarawane. Der Kaufmann erkannte die Gefahr, aus der ihn nur dieses Wort erretten konnte.

„Dakilah ia Scheik!" sagte er.

„Dakilah ia Scheik!" riefen auch alle seine Gefährten.

„Ja, ihr seid die Beschützten!" erklärte der Führer der Gum. „Ihr seid unsere Brüder. Das Hamaïl hat euch vom Tod errettet, und nun sagen wir euch den Gruß: Allah wa sahla wa marhaba — ihr sollt uns willkommen sein!"

Die Söhne des Upsaroka

1. *Eine indianische Mutter*

Wir hatten die uns befreundeten Schoschonen besucht und waren von ihrem Häuptling und einigen hervorragenden Kriegern bis an die Mündung des Gooseberry Creek in den Bighorn River begleitet worden. Hier mußten die Schoschonen umkehren, weil damals jenseits des Bighorn das Gebiet der Upsarokas, der Krähenindianer, begann, mit denen sie in Todfeindschaft lebten. Als sie sich von uns getrennt hatten, setzten wir unseren Ritt zwischen dem No Wood Creek und No Water Creek in östlicher Richtung fort, weil wir über die Bighorn Mountains nach dem Powder River und dann nach den Black Hills wollten.

Unsere kleine Gesellschaft bestand aus vier Personen: Winnetou, dem lustigen Dick Hammerdull, seinem wortkargen Freund Pitt Holbers und mir.

Schon infolge des schwierigen Geländes war unser Weg durchaus nicht bequem. Vor allem bot er uns wegen der Indianer noch größere Schwierigkeiten, die sich unter Umständen sogar in ernste Gefahren umwandeln konnten. Nördlich der Richtung, in der wir ritten, hatten die uns feindlich gesinnten Upsarokas ihre Jagdgebiete, und bis in die südlich von uns gelegenen Rattlesnake Range[1] waren die Sioux[2]-Ogellallahs vorgedrungen, unsere alten Gegner, die einen unversöhnlichen Haß gegen uns hegten, obgleich wir ihnen niemals eine unmittelbare Veranlassung dazu gegeben hatten. Wir befanden uns also zwischen zwei Völkerschaften, mit denen wir jede Begegnung möglichst zu vermeiden

1 Klapperschlangenberge   2 Sprich: suh

hatten. Das Gefährliche unserer Lage wurde noch dadurch erhöht, daß beide sich unaufhörlich in der blutigsten Weise befehdeten. Gerade daß die Sioux-Ogellallahs bis nach den Rattlesnakebergen vorgerückt waren, mußte uns zur äußersten Vorsicht mahnen, weil sie diese Wanderung höchstwahrscheinlich in feindlicher Absicht gegen die Upsarokas unternommen hatten. Wenn sie den Angriff während unserer Anwesenheit ausführten, konnten wir leicht zwischen die scharfen Schneiden einer Schere kommen und dabei „ausgelöscht" werden.

Noch hatten wir uns nicht weit vom Bighorn River entfernt, als wir an einen Bach kamen, der sein Wasser diesem Fluß zuführte.

Wir folgten ihm eine Strecke und gelangten an eine Stelle, auf der etwa fünfzig Meter im Durchmesser das Gras niedergetreten war.

„Was ist das?" fragte Dick Hammerdull. „Das sieht ja aus wie ein verlassener Lagerplatz! Meinst du nicht auch, Pitt Holbers, altes Coon[1]?"

„Wenn du denkst, daß jemand hier gelagert hat, so habe ich nichts dagegen, lieber Dick."

„Ja, das denke ich allerdings. Wir müssen absteigen, um diese Spuren genau zu betrachten. Vielleicht erfahren wir auf diese Weise, was für Leute hier gewesen sind."

Während die beiden diese Worte gewechselt hatten, waren Winnetou und ich von den Pferden herunter, um den Platz zu untersuchen. Dick und Pitt halfen uns dabei. Unsere Bemühungen waren lange Zeit vergeblich, bis Winnetou uns durch ein lautes „Uff!" darauf aufmerksam machte, daß er etwas gefunden hatte. Wir gingen hin zu ihm. Er deutete auf den Boden.

Es war nur ein kleines, scheinbar unbedeutendes Merkmal, das wir da sahen, nämlich ein Tropfen blaue Fettfarbe.

[1] Abkürzung von Racoon = Waschbär

Aber dieser unscheinbare Tropfen sagte ihm und mir, was wir wissen wollten.

„Blaue Farbe, hm!" brummte Dick Hammerdull. „Es sind also Rote hier gewesen, die sich mit den Kriegsfarben bemalt haben. Eine Farbe allein genügt aber nicht, uns zu verraten, zu welchem Stamm sie gehören."

„Nicht?" fragte ich. „Es gibt dunkle, mittlere und helle Kriegsfarben. Dunkel sind schwarz und blau, mittel: grün und rot, hell: weiß und gelb. Als dunkel nehmen nur die Upsarokas dieses tiefe Blau. Also wissen wir, daß Krieger von diesem Stamm hier gelagert haben."

„Well! Das ist richtig. Bin doch ein dummer Kerl, daß mir das nicht eingefallen ist. Meinst du nicht auch, Pitt Holbers, altes Coon?"

„Jeder Mensch muß sich selbst am besten kennen, und wenn du dich für dumm hältst, so fällt es mir gar nicht ein, dir unrecht zu geben, lieber Dick", antwortete der lange Pitt.

„Oho! So war es nicht gemeint! Ich habe nicht weniger Grütze im Kopf als du; das magst du dir merken. Der Mensch kann doch nicht allwissend sein; nicht wahr, Mr. Shatterhand?"

Ich erklärte:

„Allwissend freilich nicht; aber hier war es nicht schwer, den richtigen Schluß zu ziehen, und von einer guten Schlußfolgerung kann im ‚Wilden Westen' das Leben abhängen."

„Zugegeben! Wir wissen also nun, wer die Roten waren, aber weiter nichts."

„Wirklich nichts, mein alter Hammerdull?"

Er schüttelte den Kopf und sah Winnetou fragend an. Dieser liebte das Sprechen nicht und überließ es mir, fortzufahren:

„Zunächst haben wir es nicht bloß mit einigen Kundschaftern, sondern mit einer ganzen Kriegsschar zu tun, deren Zahl, wenn ich den Platz hier berechne, sich auf ungefähr zweihundert beläuft. Die Stelle, wo sie die Pferde gehabt haben, werden wir hier in der Nähe finden. Ihre Reitspur von und zu dem Lagerplatz ist nicht mehr zu sehen, weil sich da das Gras inzwischen wieder aufgerichtet hat. Hier am Ruheort selbst liegt es noch, und ich schließe daraus, daß die Upsarokas nicht in der letzten, sondern in der vorigen Nacht hier gerastet haben. Weil ihre Jagdgebiete im Norden liegen, sind sie von dorther gekommen und somit südwärts geritten, natürlich, um die Ogellallahs zu überfallen. Sie sind seit gestern früh von hier fort. Wir haben sie also nicht zu fürchten; dafür müssen wir uns vor den Sioux in acht nehmen."

„Warum vor diesen? Woher wißt Ihr das?" fragte der Dicke.

„Der Lagerplatz sagt es mir. Es gibt keine einzige Aschenstelle hier; die Upsarokas haben also kein Feuer gebrannt. Sie müssen es demnach für möglich gehalten haben, daß die Sioux hierherkommen. Diese Vermutung haben ihnen die Kundschafter gebracht, die jeder Häuptling aussendet, bevor er einen Kriegszug beginnt. Von den Rattlesnakebergen zu den Upsarokas gibt es zwei Wege, nämlich entweder hier am Fluß abwärts oder drüben an den Bergen hin. Hier am Fluß ist die Gegend offener, also gefährlicher; der andere Weg ist zwar beschwerlicher, aber sicherer; ich bin überzeugt, daß die Sioux den zweiten einschlagen, wenn sie überhaupt nordwärts wollen. Die Upsarokas befinden sich nicht auf dem richtigen Pfad; es steht zu erwarten, daß sie, wenn sie nach den Rattlesnakebergen kommen, die Sioux dort nicht mehr vorfinden, weil diese drüben entlang der Berge nordwärts geritten sind, um die unbeschützten Lager der Upsarokas zu überfallen. Wir haben von hier bis zu den Bighornbergen sehr vorsichtig zu sein. Das alles schließe ich aus der Beschaffenheit dieses

Lagerplatzes. Glaubt Ihr nun noch immer, daß wir nichts wissen?"

„Hm, hm! Ja, Eure Augen und meine Augen, das ist doch ein Unterschied —"

Er wurde von Winnetou unterbrochen, der ein Stück am Bach hingegangen war, jetzt wiederkam und zu ihm sagte:

„Man soll nicht allein Augen, sondern auch Gedanken haben. Mein Bruder Shatterhand hat recht. Ich habe den Platz der Pferde gefunden; es sind wohl zweihundert Stück gewesen. Wenn die Ogellallahs klug sind, kommen sie längs der Berge herauf. Wir wollen uns beeilen, diese noch vor Abend zu erreichen."

Wir stiegen wieder auf und ritten weiter, viel schneller als vorher.

Das war am Vormittag, und wir waren bis gegen Abend unterwegs, als wir auf eine von Norden kommende Spur von zwei Pferden trafen. Dies geschah in einer Gegend, in der zahlreiche einzeln stehende Büsche zwar nicht die Bewegung hemmten, uns aber die Fernsicht unmöglich machten. Die Fährte war frisch, höchstens vier oder fünf Stunden alt. Weiter gab sie uns nichts zu lesen. Wir hatten keinen Grund, uns länger mit ihr zu beschäftigen und verzichteten darauf, ihr zu folgen. Eben wollten wir weiterreiten, als zwischen zwei Sträuchern plötzlich eine Indianerin zu Pferd erschien. Sie erschrak bei unserem Anblick, wendete um und verschwand.

Was wollte eine Squaw hier? Das mußten wir wissen! Winnetou, der Schnellentschlossene, flog auf seinem Pferd hinter ihr her. Wir konnten ruhig halten bleiben; denn es war der Frau ganz unmöglich, dem Häuptling der Apatschen zu entkommen. Schon nach zwei Minuten kam er, ihr Tier am Zügel führend, mit ihr zurück. Als er uns erreichte, forderte er mich durch einen Blick auf, mit ihr zu sprechen.

Die Squaw konnte nicht viel über dreißig Jahre alt sein. Sie saß nach Männerart stolz und aufrecht im Sattel. Sie war sauber gekleidet und verriet durch keine Miene, daß sie Angst vor uns hatte. Jedenfalls war sie allein, sonst hätte der Apatsche sich anders verhalten; darum fragte ich nicht nach ihrer Begleitung, sondern sagte:

„Es ist seltsam, daß eine Squaw sich ohne Schutz so weit von ihrem Lager entfernt. Wodurch wurde meine rote Schwester gezwungen, dies zu tun? Will sie mir ihren Namen sagen?"

Ihr Auge leuchtete stolz auf, als sie antwortete:

„Warum spricht mein weißer Bruder von Schutz? Kann es nicht auch eine Squaw geben, die sich nicht fürchtet? Ich sehe drei Bleichgesichter und nur einen roten Mann. Glauben die Bleichgesichter an den heiligen Erretter, der des großen Geistes Sohn ist?"

„Ja."

„Ihr seid Christen, und in euren Augen lebt die Ehrlichkeit. Ihr gleicht nicht anderen Bleichgesichtern, die auf der Zunge die Güte, aber im Herzen den Haß und den Betrug tragen; ich traue euch. Ich bin Uinorintscha ota, die Squaw von Wamduschka sapa[1], dem Häuptling der Upsarokas."

Uinorintscha ota heißt „viel Frauen", ein Name, der darauf schließen ließ, daß sie bei ihrem Mann in ungewöhnlicher Achtung stand.

Ich fragte:

„Du vertraust uns, weil wir Christen sind, und hast den Sohn des großen Geistes unseren Erretter genannt. Hat dir vielleicht ein Putch wakon[2] von ihm erzählt?"

„Mir nicht; aber die Mutter meiner Mutter war die Squaw eines Kriegers der Mandans und liebte die Schwester eines weißen Puteh Wakon, von der sie das Gebet erlernte; sie betete auch mit ihrer Tochter, und

1 Schwarze Schlange 2 Missionar

diese, meine Mutter, erzählte mir alles, was sie von Wakantanka tschihintku[1] wußte, und betete mit mir."

„Tust du das auch jetzt noch?"

„Ich bete mit meinen beiden Knaben. Aber der Häuptling darf es nicht hören; denn er haßt die Bleichgesichter, die unter dem Vorgeben, uns das Gebet zu bringen, nur das Verderben in unsere Wigwams tragen."

„Er scheint dich sehr liebzuhaben. Darum reitest du ihm wohl nach?"

Sie stutzte, besann sich kurze Zeit und erwiderte dann:

„Wie kommt das Bleichgesicht auf den Gedanken, daß ich ihm folge, daß er sich also nicht daheim im Lager befindet?"

„Ich weiß, daß er mit einer Schar von Kriegern von dort aufgebrochen ist, um die Sioux-Ogellallahs zu überfallen. Er ist drüben am Fluß aufwärts geritten. Meine rote Schwester befindet sich also, falls sie zu ihm will, auf falschem Weg."

„Sagst du die Wahrheit?"

„Ja; wir wissen es genau. Wenn du in dieser Richtung weiterreitest, wirst du wahrscheinlich auf Ogellallahs treffen. Ich warne dich!"

Jetzt verwandelte sich der Ausdruck des Erstaunens auf ihrem Gesicht in Schrecken, und sie erkundigte sich hastig:

„Haben die Sioux die Rattlesnakeberge verlassen? Werden sie hier abwärts kommen?"

„Ich vermute es."

„Kennst du sie? Seid ihr Freunde von ihnen?"

„Wir sind Freunde aller roten und weißen Menschen. Aber die Sioux erkennen das nicht an; sie hassen uns. Du bist erschrocken. Du betrachtest mich forschend. Hast du einen Wunsch? Ich will dir sagen, wer wir sind; dann wirst du Vertrauen zu uns haben. Dieser

1 Gottes Sohn

rote Krieger neben dir ist Winnetou, der große Häuptling der Apatschen, und ich bin — —"

„—Old Shatterhand?" fiel sie mir in die Rede. „Wo Winnetou ist, da befindet sich auch Old Shatterhand. Sag mir, ob du dieses Bleichgesicht bist!"

„Ich bin es."

„Uff! Ihr seid Feinde meines Stammes. Ich aber habe nichts von euch zu fürchten. Denn Winnetou und Old Shatterhand, diese beiden berühmten Krieger, sind zu stolz, sich an einer Squaw zu vergreifen."

„Du irrst. Wir sind nicht Feinde der Upsarokas; wir wünschen Frieden mit allen Menschen, auch mit euch."

„Aber unsere Krieger haben euch vor einigen Monden bis an den Schlangenfluß verfolgt, um euch zu töten."

„Das ist richtig. Und doch hatten wir ihnen nichts getan. Sie irrten sich in uns, und wir verzeihen ihnen. Hoffentlich finden wir bei dir mehr Vertrauen als bei ihnen."

Ihr Auge ruhte angstvoll auf der Spur, der sie gefolgt war. Sie kämpfte eine Weile mit sich und sagte dann in entschlossenem Ton:

„Ja, ich will euch trauen; denn meine Sorge ist groß. Ich bin eine Squaw und weiß nicht, wie ich meine Knaben retten kann. Winnetou und Old Shatterhand werden sich nicht dadurch an den Kriegern der Upsarokas rächen, daß sie mich belügen und meine Söhne in den Tod reiten lassen."

„So bist du nicht dem Häuptling, sondern deinen Knaben nachgeritten? Befinden sie sich in Gefahr?"

„In der größten, wenn es wahr ist, daß die Sioux-Ogellallahs hier vorüberkommen werden. Uff! Uff! Mein Mund sollte das Geheimnis dieses Kriegszugs nicht erwähnen, und doch muß ich davon sprechen, wenn ich meine Söhne retten will. Die Krieger der Upsarokas erfuhren, daß die Feinde gekommen seien, uns anzugreifen. Wamduschka sapa sandte Kundschafter aus und brach nach deren Rückkehr mit zweimal hundert Männern auf, um den Sioux zuvorzukommen. Ich hörte von ihm, daß er den Weg einschlagen wollte, auf dem ich mich jetzt befinde."

„So hat er unterwegs aus irgendeinem Grund seinen Plan geändert. Sind ihm etwa deine Söhne heimlich nachgeritten?"

„Mein großer weißer Bruder hat es erraten."

„Wie alt sind sie? Besitzen sie schon Namen?"

„Sie zählen erst vierzehn und fünfzehn Winter[1]; aber in ihren Herzen wohnt der Mut, und ihre Seelen sehnen sich danach, schon jetzt unter die Krieger aufgenommen zu werden. Deshalb sind sie dem Häuptling einen Tag nach seinem Aufbruch gefolgt. Als ich des Morgens erwachte, waren sie fort. Ihre Pferde fehlten. Ich suchte und fand ihre Spur, die mir ihr Vorhaben verriet."

„Warum bist du selbst ihnen gefolgt? Warum hast du keinen Mann gesandt?"

„Weil der Häuptling im Zorn die Unerbittlichkeit des grauen Bären besitzt. Vor seinem Grimm über ihren Ungehorsam kann kein Krieger, sondern nur ich sie retten. Ich habe ein Stück Fleisch zum Essen mitgenommen und mich aufs Pferd geworfen, ohne die Zeit zu verlieren, die von den Bleichgesichtern eine Minute genannt wird. Bis hierher bin ich auf ihrer Spur geblieben und habe fortwährend zum großen Manitu und zu seinem Sohn gebetet, ich möchte sie noch heute einholen. Nun treffe ich Winnetou und Old Shatterhand, um zu hören, daß meine Söhne nicht dem Vater nachgeeilt, sondern den Feinden entgegengeritten sind. Ich muß fort, ich muß ihnen folgen. Vielleicht gelingt es mir noch, sie zu warnen."

Sie ritt, von ihrer Angst getrieben, weiter. Ein Blick zwischen Winnetou und mir genügte, uns zu verständi-

1 Jahre

gen. Wir folgten der Squaw. Ich trieb mein Pferd an die Seite des ihrigen und sagte:

„Wenn meine Vermutung richtig ist, daß deine Söhne auf die Sioux-Ogellallahs treffen werden, so kannst du allein sie nicht retten. Eine Squaw bringt das nicht fertig. Dazu gehören Krieger. Kehre also um und reite heim! Wir werden an deiner Stelle der Spur folgen und uns der Knaben annehmen."

„Uff!" antwortete sie. „Eine Mutter sollte nichts zur Rettung ihrer Kinder tun können? Hat Old Shatterhand noch nie eine Mutter gesehen, die ihre Kinder liebt?"

„Gut! Ich will dich also nicht auffordern, umzukehren. Aber ich bitte dich, uns an deiner Stelle handeln zu lassen. Du würdest ihnen keine Hilfe bringen, sondern nur dich selbst auch dem Verderben überliefern. Ich wiederhole das, obgleich du es nicht glauben willst."

„So ist es wirklich wahr, daß Winnetou und Old Shatterhand mit mir reiten wollen?"

„Ja."

„Aber die Ogellallahs werden euch am Marterpfahl töten, wenn ihr ihnen in die Hände fallt."

„Sie haben das schon oft tun wollen, haben es aber doch nicht fertiggebracht."

„Ihr wagt dennoch euer Leben. Für zwei Knaben eines Stammes, dessen Krieger euch töten wollten! Meine Brüder mögen mich verlassen und ihren früheren Weg fortsetzen."

„Das tun wir nicht. Deine Kinder befinden sich in Gefahr, und dir droht auch der Tod. Wir begleiten dich."

„Uff! Es trifft also doch zu, was die Mutter meiner Mutter stets behauptet hat: daß ein Christ, wenn er wirklich und von Herzen an den Sohn des guten Manitu glaubt, sogar sein Leben wagt, um das seines Feindes zu retten. Nicht wahr, das ist die Liebe, die dort oben wohnt, wo die Sterne stehen?"

„Es ist die Liebe, die vom Himmel kommt und im Herzen jedes guten Menschen wohnt, auch in dem deinigen. Denn du bist ja bereit, für deine Kinder in den Tod zu gehen."

„Mein weißer Bruder sagt Worte der Wahrheit; das fühle ich in meinem Innern. Wenn ich wieder bete, werde ich auch für ihn beten. Jetzt kann ich es nicht, denn meine Seele kennt nichts als nur die Angst um meine Söhne. Glaubst du, daß sie noch zu retten sind?"

„Ja. Es ist ja noch gar nicht gewiß, daß sie den Sioux in die Hände fallen; und selbst wenn dies geschieht, hoffe ich zuversichtlich, daß wir sie befreien werden."

Während ich mit der Indianerin sprach, hatte Winnetou sich an unsere Spitze gesetzt. Hammerdull und Holbers ritten hinter ihr und mir. Ich hörte, wie der Dicke zu dem Langen äußerte:

„Wer hatte an so etwas gedacht? Erst geben wir uns alle Mühe, den Sioux auszuweichen und nun reiten wir ihnen gerade in die Zähne. Was meinst du dazu, Pitt Holbers, altes Coon?"

„Da meint man nichts, sondern man reitet mit."

„Ob man mitreitet oder nicht, das ist ganz gleich, nur ausschließen darf man sich nicht davon. Doch halt, was ist mit Winnetou?"

Der voranreitende Apatsche hielt nämlich in diesem Augenblick sein Pferd an und gab uns einen Wink, die unsrigen auch zu zügeln. Dann stieg er ab. Ich tat dasselbe und ging zu ihm hin.

Wir befanden uns an einem ausgedehnten Gebüsch, hinter dem eine kleine, offene Prärie lag. Sie war nicht ganz eine halbe englische Meile breit und stieß jenseits an einen Wald, an dessen Rand wir eine bedeutende Schar von Reitern erblickten, die soeben von ihren Pferden gestiegen waren, um Lager zu machen. Es war allerdings auch gerade die Zeit dazu, denn die Sonne hatte sich schon so tief niedergesenkt, daß sie in kurzer Zeit verschwinden mußte.

Das waren die Sioux-Ogellallahs. Was wir vermutet hatten, war also eingetroffen.

Die Squaw, Holbers und Hammerdull stiegen auch von ihren Tieren. Hammerdull sagte in seiner drollig zuversichtlichen Weise:

„Da haben wir sie ja! Das sind gewiß auch zweihundert Mann. Wir werden sie erschrecken, wenn wir über sie hinwegstolpern. Wir machen uns doch an sie, Mr. Shatterhand, was?"

„Natürlich", erwiderte ich. „Wir müssen ihnen doch die beiden Knaben abnehmen."

Da fragte die Squaw rasch:

„Mein weißer Bruder glaubt also, diese Krieger haben meine Söhne wirklich ergriffen?"

„Ganz gewiß. Sie befinden sich ja auf der Spur deiner Kinder und würden wohl nicht gerade auf der Spur Lager machen, wenn sie nicht diejenigen gefangen hätten, von denen diese Fährte stammt. Sie fühlen sich vollständig sicher, und es fällt ihnen nicht ein, zu denken, daß noch jemand denselben Stapfen folgen könnte. Hätten sie ihren Weg nur noch bis hierher verfolgt, so wären wir ihnen zwar noch schnell ausgewichen, aber sie hätten die Hufeindrücke unserer Pferde entdeckt."

„Und denkt Old Shatterhand, daß wir die Gefangenen befreien können?"

„Ich hoffe es! Nur Geduld! Wir können nicht eher von hier fort, als bis es dunkel geworden ist."

Wir banden die Pferde an und setzten uns nieder. Die Frau konnte nicht stillsitzen; sie rückte unruhig hin und her, was sehr begreiflich war. Aber wenn sie sich später im Augenblick der Entscheidung auch nicht besser zu beherrschen vermochte, so mußte man sie unter Aufsicht nehmen.

Hammerdull freute sich auf das zu erwartende Abenteuer.

Er rieb sich vergnügt die Hände und sagte:

„Hoffentlich, Mr. Shatterhand, habt Ihr Euch nicht vorgenommen, wieder, wie gewöhnlich, den Streich allein auszuführen. Ich will auch dabei sein. Ich möchte nicht immer bloß den Zuschauer machen."

„Wie wir die Befreiung ins Werk setzen, das kommt ganz darauf an, in welcher Lage sich die Gefangenen befinden", antwortete ich.

„Die Lage geht mich gar nichts an. Ob es eine Lage gibt, oder ob es keine gibt, das ist ganz gleich, wenn sie uns nur günstig ist. Frei müssen die beiden jungen Upsarokas werden. Meinst du nicht auch, Pitt Holbers, altes Coon?"

„Hm, wenn du denkst, lieber Dick; ich habe nichts dagegen", entgegnete der lange Pitt.

Winnetou lag lang ausgestreckt im Gras und hörte schweigend zu. Sein männlich schönes, bronzenes Gesicht blieb völlig unbewegt. Es war seine Art, nie ein Wort über eine Angelegenheit zu verlieren, in der nur die Tat zu sprechen hatte. Von ihm hatte im geeigneten Augenblick ein einziger kurzer Wink mehr Bedeutung als tausend Worte, die ein anderer vorher sprach.

Die Zeit verging. Es wurde dunkel und dann finstere Nacht. Der Himmel hatte sich bewölkt, und nur hier und da blinkte einmal ein Stern auf, um gleich wieder zu verschwinden.

Nun war es Zeit für uns. Wir brachen auf und ritten über die Prärie, doch nicht etwa in gerader Linie hinüber zu den Sioux; wir richteten es vielmehr so ein, daß wir den Waldrand so weit abseits von ihnen erreichten, daß sie uns nicht hören und noch viel weniger sehen konnten. Wie sicher sie sich fühlten, zeigten uns die hohen, hellen Feuer, die sie entfacht hatten. Sie hielten es nicht einmal für nötig, diese Feuer in irgendeiner

Weise zu verdecken. Wir banden unsere Pferde wieder an, dann sagte ich zu Hammerdull und Holbers:

„Ich gehe jetzt mit Winnetou auf Erkundung. Wir lassen unsere Gewehre hier bei euch, und ihr entfernt euch auf keinen Fall von dieser Stelle, bevor wir zurückkehren."

„Darf ich denn nicht mit?" fragte Dick mißmutig.

„Ihr würdet jetzt überflüssig sein. Später werdet Ihr wahrscheinlich noch genug zu tun bekommen."

„Well; darauf will ich mich verlassen."

„Und sorgt vor allen Dingen dafür, daß die Squaw hier bleibt. Gebt ja nicht zu, daß sie uns folgt. Es könnte keine größere Dummheit geschehen."

Wir gingen. Indem wir dicht am Waldrand hinschlichen, näherten wir uns dem Lager der Ogellallahs so weit, daß wir die uns zunächst sitzenden Gestalten deutlich erkennen konnten. Dann war es Zeit, den Rest des Weges unter den Bäumen zurückzulegen. Auf diese Weise konnten wir uns unbemerkt im Saum des Gehölzes verstecken, wo wir die Ogellallahs nahe vor uns liegen hatten.

Von außen her war nicht an sie heranzukommen, weil die Roten ihre Pferde in einem Halbkreis um das Lager angepflockt hatten, und diese Tiere pflegen die Annäherung eines Weißen durch Schnauben zu verraten. Es brannten mehrere Feuer; man konnte fast jedes Gesicht deutlich erkennen. Wir waren neugierig auf den Anführer der Truppe; denn wir kannten alle hervorragenden Häuptlinge und Krieger dieser Sioux. Wir sahen aber außer lauter jungen Leuten nur einen alten Indsman, der zwar im Ruf der Klugheit stand und darum bei Beratungen hinzugezogen wurde, aber nur ein Unterhäuptling war. Er hieß Tantschan Honska[1]. Er saß an einem der Feuer allein mit einem Mann, der unsere Aufmerksamkeit besonders auf sich zog, denn er

[1] Langer Leib

war ein Weißer. Von untersetzter, starkknochiger Gestalt, hatte er einen wahren Stierkopf auf dem Nacken sitzen; seine breiten, roh zugehackten Gesichtszüge verrieten heimtückische List und Gewissenlosigkeit. Wer er war, das wußten wir nicht; wir hatten ihn noch nie gesehen. Neben ihm lag ein ranzenartig zusammengenähtes graues Wolfsfell, aus dessen zugebundener Öffnung einige mehr als fingerstarke Stäbe hervorragten. Dieses Feld wurde zuweilen von innen bewegt; es schien irgendein lebendiges Tier darin zu stecken. Auf der anderen Seite des Feuers lagen die beiden Upsarokaknaben, die wir suchten; sie waren so fest gebunden, daß sie kaum ein Glied regen konnten. Die Sioux aßen. Sie hatten einen Büffel geschossen, dessen Fleisch sie übers Feuer hielten, um es leicht anzubraten und dann zu verzehren.

Daß Langer Leib mit dem Weißen allein an einem Feuer saß, ließ vermuten, daß sie beide die Truppe befehligten. Wie kam dieses fremde Bleichgesicht dazu, die Sioux hierher nach dem Bighorn River zu führen? Hatte er eine Rache gegen die Upsarokas? Waren die Ogellallahs von ihm durch Versprechungen veranlaßt worden, ihm bei Ausführung seiner Pläne beizustehen? Das fragte ich mich, und Winnetou hatte jedenfalls dieselben Gedanken.

Wir krochen, um womöglich etwas zu erlauschen, dem betreffenden Feuer so nahe, wie das Gelände es uns erlaubte; hinter einem Beerenstrauch liegend, konnten wir den ganzen Lagerplatz überblicken. Ich nahm an, daß die beiden Anführer mit den zwei Gefangenen noch nicht viel gesprochen hatten. Es war wohl während des Ritts hierher keine passende Gelegenheit dazu gewesen. Die Richtigkeit dieser Voraussetzung sollte sich sofort zeigen. Als nämlich der Weiße mit Essen fertig war, wischte er sich das Messer an seinem Ärmel ab und sagte zu Tantschan Honska:

„Jetzt wird es Zeit, diese Upsarokabrut vorzunehmen. Hat mein roter Bruder etwas dagegen?“

Der Sioux knurrte etwas, was offenbar „nein“ bedeuten sollte, und so gab der Weiße einem Indianer den Befehl, die Fesseln der Gefangenen zu lockern. Sie wurden in sitzende Stellung aufgerichtet. Dann sagte der Weiße zu ihnen:

„Also ihr seid die Söhne des Hundes, der sich Wamduschka sapa, die Schwarze Schlange, nennt. Weiter habe ich noch nichts von euch erfahren. Kennt ihr mich?“

„Ja“, antwortete der ältere Knabe, indem er dem Sprecher furchtlos ins Auge blickte.

„Nun, wer bin ich?“

„Du bist Folder, der frühere Agent der roten Männer. Du hast sie betrogen und bist deshalb vom weißen Vater in Washington[1] bestraft worden. Dann wurdest du ein Pferdedieb und Mörder. Unser Vater, der berühmte Häuptling der Upsarokas, erwischte dich, als du ihm fünf Pferde gestohlen hattest. Darauf steht der Tod. Da aber Uinorintscha ota, unsere Mutter, Mitleid mit dir hatte und für dich bat, tötete er dich nicht, sondern ließ dich nur schlagen und jagte dich dann fort.“

Das war ja ein ganzes Sündenverzeichnis, das der Knabe seinem Feind mutig vorhielt! Nun wußten wir, wer dieser Weiße war. Wir hatten gar wohl von dem berüchtigten Indianeragenten Folder gehört, von dem die Roten in einer solchen Weise betrogen und übervorteilt worden waren, daß sich die Behörde der Sache endlich einmal hatte annehmen müssen. Er wurde abgesetzt und mit mehreren Jahren Gefängnis bestraft.

Diesen Gauner sahen wir also jetzt vor uns! Nun war es uns klar, daß er die Ogellallahs zu einem Zug gegen die Upsarokas beredet hatte, um sich für die damals erhaltenen Hiebe zu rächen. Er grinste die Knaben höhnisch an:

1 Präsident der Vereinigten Staaten

„Wie laut so junge Hunde, die ihr seid, doch schon bellen können! Ich werde euch aber die Schnauzen verschließen. Ja, euer Vater, der räudige Kerl, hat mich jämmerlich prügeln lassen. Ich habe damals einen himmelhohen und höllentiefen Schwur getan, mich zu rächen, und jetzt bin ich gekommen, diesen Schwur wahrzumachen. Ihr sollt mir jeden Tropfen Blut, den ihr mir damals herausgeschlagen habt, bezahlen. Beim Teufel, ich hätte nicht gehofft, schon jetzt Gelegenheit zu haben, mit meiner Rache anzufangen, schon jetzt zwei Upsarokas zu fangen, und noch dazu die Söhne des Häuptlings. Das ist ein Glück, dessen ich mich würdig zeigen werde. Was habt ihr Ratten denn hier in dieser Gegend zu suchen? Warum habt ihr euch so weit von eurem Lager entfernt?"

„Wir haben noch keine Namen; deshalb zogen wir aus, um in der Einsamkeit zu fasten und den großen Geist um unsere Medizinen zu befragen."

Das war eine Antwort, wie sie klüger nicht gegeben werden konnte. Der Häuptlingssohn war trotz seiner Jugend ein kluger Bursche. Er verriet nicht, daß sein Vater auf einem Kriegszug gegen die Sioux unterwegs war. Folder war so unvorsichtig, ihm vollen Glauben zu schenken. Er feixte:

„Ihr braucht den großen Geist nicht zu fragen; eure Medizinen kenne ich schon. Ich werde sie euch zeigen."

Er knüpfte den Riemen, der seinen Fellranzen verschloß, auf und zog langsam einen der Stäbe heraus. Ich sah zu meinem Erstaunen, daß eine große Klapperschlange daran hing.

Er hielt den Stock mit der wütend züngelnden Schlange empor und lachte:

„Das werden eure Medizinen sein; sie stecken da im Wolfsfell. Als wir jetzt in den Rattlesnake Mountains waren, kam ich an einen Ort, wo diese Bestien ein Meeting abzuhalten schienen; denn sie waren da in Menge beisammen. Da euer Vater Schwarze Schlange heißt, kam mir sogleich der Gedanke, dies sei ein Fingerzeig für die Ausführung meiner Rache. Ich fing ein halbes Dutzend dieser Tierchen und nahm sie mit, um die Schwarze Schlange mit Weib und Kindern durch Schlangengift in die ewigen Jagdgründe zu befördern. Ein großartiger Gedanke, wie ihn noch kein Westmann jemals gehabt hat. Darum freut es mich, daß ihr so zuvorkommend gewesen seid, euch schon heute bei mir einzustellen. Ich werde die jungen Upsarokaschlangen mit diesen Klapperschlangen zusammenbinden und meine Augen an den Bissen weiden, gegen die ihr euch nicht wehren könnt. Das wird morgen früh geschehen, sobald es Tag geworden ist. Oder ist es euch vielleicht lieber, wenn ich es schon jetzt tue?"

Er stand auf und hielt den Knaben die züngelnde Schlange so nahe, daß der verderbliche Biß jeden Augenblick erfolgen konnte. Da raschelte es nahe bei uns im Gebüsch, und eine weibliche Stimme rief im Ton des Entsetzens:

„Halt! Tu es nicht, tu es nicht! Ich beschwöre dich beim großen Geist, laß sie leben, und töte lieber mich!"

Eine Indianerin sprang hinaus und auf das Feuer zu. Es war Uinorintscha ota, die Häuptlingsfrau. Die Sorge um ihre Kinder war zu mächtig in ihr gewesen. Sie hatte sich von Hammerdull und Holbers nicht halten lassen und herbeigeschlichen. Ohne uns zu sehen und von uns bemerkt zu werden, war sie unsere Nachbarin gewesen und hatte die Drohungen Folders gehört. Jetzt lag sie draußen bei ihren Söhnen auf den Knien, liebkoste sie und rief und bat:

„Gebt sie frei; laßt sie los! Bindet mich, lieber mich mit den Schlangen zusammen! Sie dürfen nicht gebissen werden! Ich will an ihrer Stelle sterben!"

Es läßt sich denken, daß das plötzliche Erscheinen der Squaw großes Aufsehen erregte. Die Sioux sprangen auf und drängten sich herbei. Folder, der die Frau kannte, rief halb erstaunt und halb erfreut:

„All devils! Das ist ja Uinorintscha ota, die fromme Frau des Upsarokahäuptlings! Sag sofort, Weib, wie du hier in diese Gegend kommst!"

„Ich bin meinen Söhnen nachgeeilt, weil sie fortgeritten sind, ohne mich zu fragen", antwortete sie.

„Wer hat dich begleitet?"

„Niemand."

„Weiß dein Mann, wo du bist?"

„Nein."

„Bist du geritten? Wo hast du dein Pferd?"

„Als ich eure Feuer sah, habe ich es draußen auf der Prärie stehenlassen und mich herbeigeschlichen"

„Verteufelte Geschichte! Das kann uns den ganzen schönen Plan verderben. Erst die Knaben fort und dann die Squaw fort. Die Schwarze Schlange wird natürlich nach ihnen suchen lassen. Wenn wir von einem solchen Späher vor der Zeit entdeckt werden, ist alles verraten. Wir müssen dreifach vorsichtig sein. Bindet die Squaw!"

„Ja, bindet mich!" bat sie. „Aber laßt dafür meine Kinder frei!"

„Weib, bist du verrückt? Du kommst mir gerade recht; denn ich habe sechs Schlangen, für jede Person zwei. Ich will mich an der Freude ergötzen, die du über deine roten Bengel haben wirst, wenn sie sich mit den Rattlesnakes um die Wette winden. Also bindet sie! Dann werde ich sie noch weiter ausfragen."

Er schob den Stab mit der Schlange in den Ledersack zurück. Dabei sagte Tantschan Honska zu ihm:

„Mein weißer Bruder mag mir erlauben, Späher auszusenden!"

„Warum? Wohin?"

„Die Squaw kann uns belogen haben, als sie sagte, sie sei allein. Sie hat im Wald gesteckt und uns belauscht. Wir müssen den Wald und den ganzen Umkreis des Lagers absuchen, um zu erfahren, ob sie die Wahrheit gesprochen hat."

„Ja, das müssen wir allerdings. Es wäre verteufelt, wenn wir von hier fort müßten, denn gerade hier gibt es eine Stelle, wie ich sie gar nicht besser für mein Schauspiel finden kann. Ich kenne hier eine tiefe, weite Cache[1], die ich früher selbst mitgegraben habe: dahinein wollte ich diese drei Roten mit den Schlangen werfen. Also sucht! Ich hoffe, daß niemand zu finden ist."

Jetzt war es höchste Zeit für Winnetou und mich, uns zu entfernen. Wir huschten erst ein Stück zurück, tiefer in den Wald hinein, und eilten dann nach der Stelle, an der Hammerdull und Holbers auf uns warteten. Diese beiden empfingen uns in großer Verlegenheit, denn sie glaubten, von uns ausgescholten zu werden.

„Wir sind nicht schuld", versicherte der Dicke. „Die Squaw hat uns nicht gefragt, hat kein Wort gesprochen. Sie sprang plötzlich auf und war fort. Habt ihr sie nicht gesehen? Sie muß euch nachgelaufen sein."

„Sie ist gefangen", erwiderte ich. „Steigt schnell auf; wir müssen fort!"

Wir nahmen natürlich das Pferd der Squaw mit. Die Sioux glaubten, sie habe es auf der Prärie stehenlassen: von da konnte es sich verlaufen haben. Wenn es fehlte, war dies kein Grund zum Verdacht. Wohl eine halbe Meile weit entfernten wir uns und hielten erst an, als wir überzeugt waren, daß die Nachforschungen der Ogellallahs sich nicht bis zu uns ausdehnen würden. Als wir uns an dem neuen Lagerplatz ausgestreckt hatten, fragte ich den Apatschen:

„Wann gehen wir wieder hin?"

„Um Mitternacht", entgegnete er.

„Das denke ich auch; eher nicht. Wir müssen warten, bis alles schläft."

Er schwieg eine Weile und stieß dann den Seufzer aus:

[1] Verborgene Grube zum Verstecken erbeuteter Häute und Felle.

„Uff! Das ist nun ein Bleichgesicht, ein — — Christ! Ein Indianer ist ein braver Mensch gegen diese Weißen. Mein Bruder mag nichts zu mir sagen; ich mag kein Wort darüber hören."

Wie recht hatte er! ...

Ich mußte Hammerdull und Holbers nun erzählen, was wir erlauscht hatten. Als ich damit zu Ende war, sagte Dick:

„Da hat man es wieder einmal: Weiber verderben doch stets den Brei! Darum habe ich nicht geheiratet und werde diesen Fehler auch nie begehen. Was meinst du dazu, Pitt Holbers, altes Coon?"

„Das machst du, wie du willst", lachte der Gefragte in seiner trockenen Weise.

„Ob ich will oder nicht, das bleibt sich gleich. Ich mache es eben nicht. Was hat sie nun davon? Hat sie ihre Kinder gerettet? Mit Klapperschlangen zusammengebunden zu werden! Es schüttelt mich! Das lassen wir nicht geschehen, und wenn es uns das Leben kosten sollte. Aber, Mr. Shatterhand, wie werden wir es anfangen, sie zu befreien?"

„Das wird sich finden, wenn wir hinkommen", antwortete ich. „Jetzt wollen wir schlafen, denn während der Nacht wird es wohl keine Ruhe geben."

2. *In der Fellgrube*

Wir versuchten zwar einzuschlafen, aber es gelang nicht, und so machten wir uns um Mitternacht auf den Weg, nachdem wir die Pferde festgebunden hatten. Mit der größten Vorsicht schlichen wir uns an, mußten aber bald zu unserer Überraschung sehen, daß diese Mühe vergeblich gewesen war — — — die Sioux waren nicht mehr da.

Wo waren sie hin? Auf den verlassenen Feuerstätten lagen noch einige halbverbrannte, dürre Äste. Wir zündeten sie wieder an, um sie als Fackeln zu benutzen und mit ihrer Hilfe nach Spuren zu suchen. Da fanden wir, daß die Roten über die Prärie hinüber waren. Sie hatten also ihren Kriegszug fortgesetzt.

„Uff!" sagte Winnetou. „Die Squaw hat wahrscheinlich in ihrer Angst verraten, daß wir hier sind. Sie hat den Sioux mit uns gedroht und ihnen gesagt, wir würden sie und ihre Kinder retten. Daher sind die roten Krieger schnell fort, damit wir den Überfall auf die Upsarokas nicht vereiteln können. Wir reiten ihnen rasch nach. Wenn wir auch ihre Fährte während der Nacht nicht sehen können, so werden wir sie bei Tagesanbruch schon finden."

Ich war einverstanden. Wir bestiegen unsere Pferde, um auf demselben Weg zurückzueilen, den wir gekommen waren.

Da wir die Gegend kannten, machte uns dies trotz der Dunkelheit wenig Schwierigkeiten.

Wir ritten schneller, als die Sioux reiten konnten, denen das Gelände fremd war. Sie waren wahrscheinlich erst kurz vor uns aufgebrochen. So durften wir hoffen, sie in nicht zu langer Zeit einzuholen.

Es dauerte nicht lange, so kamen wir an den Ort, wo wir mit der Squaw zusammengetroffen waren. Von da an war auch uns die Gegend nicht mehr bekannt. — Aber schon nach zwei Uhr lichtete sich der Himmel, und wir durften die Pferde ausgreifen lassen. Kurze Zeit später war der Erdboden zu erkennen. Das gab uns die Möglichkeit, nach der Fährte zu suchen. Hammerdull und Holbers ritten geradeaus; ich wendete mich nach rechts, Winnetou nach links. In zehn Minuten wollten wir wieder zusammentreffen. Ich fand nichts. Aber als ich wieder zu den drei anderen stieß, hatte der Apatsche die Spuren entdeckt. Vorsichtig folgten wir der Fährte, denn sie war noch keine Viertelstunde alt.

Die Gegend war bergig geworden. — Wir kamen durch einen Wald, dann gelangten wir an einen ebenen Streifen, der vor uns offen, rechts mit Büschen besetzt war. Die Sioux befanden sich zur Zeit auf diesem Streifen, und da er eine ansteigende Lehne bildete, konnten wir jeden einzelnen Reiter unterscheiden. Sie ritten auf eine steile Höhe zu, die von lichten, breitgipfeligen Bäumen bestanden war. Über diese Höhe führte eine Art natürlicher Schneise, ein baumarmer, schmaler Strich, auf den die Roten zulenkten. Indem wir sie abzählten, bemerkten wir zweierlei: etwas Willkommenes und etwas Überraschendes. Das Willkommene war, daß die beiden Anführer allein ritten, und zwar eine bedeutende Strecke hinter den anderen her. Das Überraschende bestand darin, daß die Squaw und ihre Söhne nicht bei dem Trupp waren.

„Die Sioux haben sie nicht mitgenommen, sondern mit den Schlangen in die Cache geworfen", sagte ich. „Wir müssen schnell wieder zurück! Aber da wir nicht wissen, wo die Cache liegt, muß Folder es uns sagen. Wir nehmen ihn und Tantschan Honska gefangen. Dort auf der Höhe müssen wir ihnen zuvorkommen. Also Galopp da nach den Büschen rechts, damit sie uns nicht sehen!"

Winnetou hatte, wie gewöhnlich, dieselben Gedanken wie ich gehabt. Er flog, ohne meine Worte bis zu Ende anzuhören, voran, und wir folgten ihm, so schnell unsere Pferde laufen konnten. Die Sträucher verschwanden nur so hinter uns.

Als wir den Fuß der Höhe erreichten, waren wir überzeugt, daß die Sioux auf dem offenen Gelände auch noch nicht weiter wären. Wir sprangen von den Pferden. Hammerdull und Holbers sollten die Tiere und unsere Gewehre halten, also zurückbleiben, während Winnetou und ich unter den Bäumen, von den Roten ungesehen, die Höhe zu Fuß zu ersteigen hatten.

Mit langen Schritten und Sprüngen ging es bergan, wobei wir, um ruhiges Blut zu behalten, den Atem sorgfältig einteilten. Auf halber Steilung angekommen, wendeten wir uns mehr nach links, schräg der Schneise zu. Als wir deren Rand erreichten, ritten die Sioux eben vorüber. Wir standen hinter einem mannshohen, breiten Felsenstück.

Nach einer Weile sahen wir die beiden Anführer kommen.

Als sie nahe bei uns waren, flüsterte Winnetou mir zu:

„Du den Weißen, ich den Roten!"

Wir schnellten unhörbar hinter ihnen her. Ein kräftiges Ausholen, ein Sprung, und wir saßen hinter ihnen auf den Pferden. Die eine Hand fest um ihre Kehle, mit der anderen einige Hiebe an ihre Schläfen! Sie glitten, indem wir nachhalfen, bewußtlos von ihren Tieren herab, die wir mit scharfem Ruck zum Stehen brachten.

Nun wickelten wir unsere Lassos auf, banden damit die Gefangenen wie Säcke quer über ihre Pferde fest, nahmen die Tiere bei den Zügeln und führten sie den

Berg wieder hinab. Das war alles so schnell und vorsichtig gegangen, daß wohl kaum eine Viertelstunde verstrichen war, als wir wieder bei unseren Gefährten eintrafen.

Nun ging es durch die Büsche zurück, nach dem Wald und dann immer weiter, bis wir sahen, daß die Entführten wieder zu sich kamen. Da hielten wir an. Sie erschraken nicht wenig, als sie bemerkten, daß sie nicht mehr bei ihren Sioux, sondern gefangen waren. Tantschan Honska erkannte uns sofort. Folder wollte mit Grobheiten um sich werfen; da hielt ich ihm den Revolver vor und herrschte ihn an:

„Still, Halunke, sonst schieße ich Euch nieder! Wir wollen die verschwundene Upsarokasquaw und ihre Kinder haben, und Ihr werdet uns die alte Cache zeigen, in der sie stecken. Wenn ihnen die Schlangen nur den geringsten Schaden zugefügt haben, so ist der heutige Tag der letzte Eures Lebens; das schwöre ich, Old Shatterhand."

„Cache — — —? Schlangen — —?" fragte er, nach einer Ausrede suchend.

„Schweigt, sonst bekommt Ihr die Kugel! Ihr setzt euch jetzt auf die Pferde und werdet da fest angebunden. Dann reiten wir weiter. Wer nur einen Versuch des Widerstrebens macht, ist einen Augenblick später ein toter Mann."

Auch wenn sie diese Drohungen nicht hätten beachten wollen, wären sie durch den zwingenden Blick, mit dem das Auge des Apatschen auf ihnen haftete, zum widerstandslosen Gehorsam veranlaßt worden. Wir fesselten sie auf ihre Tiere und ritten dann mit ihnen weiter, vermieden aber den bisherigen Weg, um den Sioux die Verfolgung möglichst schwer zu machen. Denn daß diese ihre Führer vermissen, sie suchen und uns dann nacheilen würden, das war zu erwarten. Ihr Ritt nach dem Jagdgebiet der Upsarokas wurde dadurch nicht nur eine

Weile aufgeschoben, sondern wahrscheinlich unmöglich gemacht.

Auf dem Rückweg kamen wir rasch vorwärts. Gegen acht Uhr morgens trafen wir auf dem gestrigen Lagerplatz der Ogellallahs wieder ein. Als ich Folder nun aufforderte, uns zu zeigen, wo die Mutter mit ihren Kindern zu finden sei, sagte er mit einem rohen, höhnischen Lachen:

„Ich habe euch noch nie gesehen, aber genug von Winnetou und Old Shatterhand gehört und weiß, daß ihr nie richtet, ohne vollgültige Beweise zu haben. Von euch habe ich nichts zu fürchten, denn ich bin unschuldig. Ich weiß nichts von einer Squaw und von ihren Kindern noch viel weniger."

„Well. Ein offenes Geständnis hätte Euch genützt. Da Ihr leugnet, habt Ihr keine Gnade zu erwarten. Wir haben gestern dort im Gebüsch gesteckt und alles beobachtet und gehört. Wir werden die Gesuchten sicher finden. Will nicht wenigstens Tantschan Honska aufrichtig sein?"

Der Sioux, an den ich die Frage gerichtet hatte, schüttelte den Kopf und antwortete stolz:

„Tantschan Honska führt nicht mit Weibern und Kindern Krieg. Er wird kein Wort darüber sprechen."

„Well. So werden wir suchen."

Es verstand sich von selbst, daß von hier aus nach der Cache Spuren führten. Wir hatten diese Spuren in der Nacht nicht sehen können, sonst wären wir den Sioux nicht nachgeritten, ohne vorher die Grube zu suchen. Jetzt aber brauchten wir nur die Augen aufzutun, um eine Fährte zu entdecken, die erst am Rand des Waldes hin und dann ins Gebüsch hineinführte. Es waren die Spuren menschlicher Füße und zweier Pferde. Die Sioux hatten zwei Krieger mit ihren Pferden hier gelassen, um die Cache bis zur Rückkehr der Schar zu bewachen. Schon wollte ich, während wir den Stapfen folgten, wegen dieser zwei Wachen zur Vorsicht mahnen, als ich die Spitze eines Mokassins hinter einem Baum hervorragen sah.

Ich schnellte hin.

Da stand der ältere der beiden Knaben mit einem Messer in der Hand. Seine Blicke waren voller Zweifel auf mich gerichtet.

„Du bist der Sohn des Häuptlings der Upsarokas“, sagte ich. „Ich bin Old Shatterhand, und da ist Winnetou, der Häuptling der Apatschen. Wo ist deine Mutter, und wo ist dein Bruder?“

„Uff!“ rief er erleichtert aus. „Old Shatterhand und Winnetou! Mutter hat uns gesagt, daß ihr uns retten wollt. Sie wird sterben; denn die Schlangen haben sie gebissen. Ich will neues Wundkraut suchen, da die wenigen Pflanzen, die wir fanden, verbraucht sind.“

Die Tränen traten ihm in die Augen.

„Führe uns!“ forderte ich ihn auf. „Vielleicht ist noch Hilfe möglich.“

„Nein, Mutter stirbt“, klagte er fast weinend. „Sie zittert am ganzen Leib und schlägt um sich; oft liegt sie schon wie tot; dann erwacht sie wieder, um zu beten. Wo sie gebissen wurde, ist der Körper geschwollen und dunkel gefärbt. Sie wird sterben. Aber ich, ich werde sie rächen! Kommt!“

Er führte uns ungefähr zweihundert Schritte weiter; dann blieb er stehen und sagte:

„Horcht! Sie spricht!“

Wir lauschten und hörten die Stimme der Frau wie aus einer Höhle heraus:

„Machpiya ekta tokedn nitawatschin etschongpi king maka akan hetschen etschongpi nongue[1]!“

Sie betete das Vaterunser. Wir gingen noch einige Schritt weiter, bogen um eine dichte Baumgruppe und standen dann vor der Cache; sie war vielleicht zwei-

1 Wie dein Wille im Himmel geschieht, so geschehe er auch auf Erden

einhalb Meter tief, eindreiviertel Meter lang und breit und mit Rundhölzern ausgekleidet, um sie vor Feuchtigkeit und Einsturz zu bewahren. Der ebenso aus Hölzern bestehende und mit Moos bekleidete Deckel war abgenommen und lag auf der Seite. Solche Gruben werden von den Jägern und Fallenstellern angelegt, um die erbeuteten Felle bis zur Abholung zu verstecken.

In der Nähe sahen wir zwei Pferde angebunden; zwei Gewehre lehnten dabei, und an zwei Aststrümpfen sahen wir — zwei frische, blutige Kopfhäute hängen.

„Von wem sind diese Skalpe?" fragte ich schnell und verwundert.

„Von den beiden Sioux, die uns bewachten. Ich werde Old Shatterhand und Winnetou alles erzählen", antwortete der Knabe, während seine Augen stolz aufleuchteten. „Jetzt bitte ich die berühmten Krieger, zuerst nach der Mutter zu sehen."

Als wir in die Grube schauten, bemerkten wir zuerst eine abgebrochene, junge Fichte, die den Knaben als Leiter diente. Unten lag die Squaw in Krämpfen und schwer mit dem Atem ringend. Bei ihr saß ihr jüngerer Sohn. Er hatte ihren Kopf in seinem Schoß und weinte. Im entgegengesetzten Winkel lagen mehrere Riemen und drei große, ausgewachsene Klapperschlangen. Die Tiere waren tot.

Ich sprang mit Winnetou hinab. Wie wir bei gleichen Veranlassungen stets auch die gleichen Gedanken miteinander hatten, so auch hier. Wir blickten zunächst nicht nach der Frau, sondern nach den Schlangen. Sie waren durch Erwürgen getötet worden. Ihre fast zwei Meter langen Körper zeigten in der Nähe des Kopfes zahlreiche kleine, wie von einer Stopfnadel herrührende Löcher in der Haut. Doch mußte man sehr scharf hinschauen, um sie zu bemerken. Ich nickte dem Apatschen befriedigt zu, und er antwortete mit einem frohen Lächeln. Worte brauchten wir nicht.

Nun wendeten wir uns zu der Frau. Die Krämpfe hatten plötzlich nachgelassen. Sie lag bewußtlos. Wir fanden an ihren Beinen bis zum Knie herauf, an ihren Armen und besonders an den Händen die Spuren von Bissen, deren Umgebung angeschwollen und blau gefärbt war, aber nicht dunkel, wie ihr Sohn gesagt hatte. Sie durfte nicht länger in der Grube bleiben. Wir hoben sie so hoch empor, daß Hammerdull und Holbers sie vollends hinausziehen konnten. Dann stiegen wir mit dem jüngeren Knaben nach. Ich wendete mich zu Folder, der mit Tantschan Honska gefesselt neben der Cache lag:

„Siehst du, Schurke, daß wir dein Geständnis nicht gebraucht haben? Wo sind die anderen drei Schlangen?"

„Ein Sioux hat den Ledersack, in dem sie stecken, auf dem Pferd", erwiderte er.

„So hast du sie also für den Häuptling der Upsarokas mitgenommen. Aber deine Berechnung war falsch. Die Squaw hat zwar einige Bisse erhalten, wird aber doch nicht sterben, weil die Giftdrüsen der Tiere leer gewesen sind. Die in dem Ledersack eng zusammengedrückten Schlangen haben sich untereinander gebissen, wie wir an ihren Häuten festgestellt haben, so daß der Giftvorrat erschöpft wurde. Deine Lage wird dadurch freilich nicht verbessert, denn du wirst trotzdem als Mörder behandelt werden."

„Was geht denn Euch das an, was ich mit den Roten habe? Ihr wollt Euch doch nicht etwa als Richter über mich aufspielen? Das müßte ich mir verbitten! Ich verlange, von Euch freigelassen zu werden."

„Warte das ab, Bursche! Du wirst noch froh sein, wenn wir uns deiner als Richter erbarmen."

„Das bildet Euch ja nicht ein! Ich würde lieber sterben, als mich unter Euer Urteil stellen."

„Gut, merke dir das! Wir sind fertig miteinander."

Da die Mutter noch bewußtlos war, mußten die Knaben uns erzählen, was sich gestern nach unserem Rückzug vom Lauscherposten ereignet hatte. Das war folgendes:

Man hatte nach Begleitern der Squaw gesucht, aber niemand gefunden. Die Frau hatte mit heißer Angst und unablässig um das Leben ihrer Kinder gefleht, doch vergeblich. Sie hatte mit der Rache ihres Mannes gedroht, und als dies nur ein Gelächter Folders zur Folge gehabt hatte, war sie in ihrer Verzweiflung so unvorsichtig gewesen, zu sagen, daß wir in der Nähe seien.

Die Wirkung war sofort eingetreten, aber leider anders, als sie erwartet hatte: ihr Schicksal war dadurch nur beschleunigt worden. Man hatte sie mit ihren Kindern unter dem Schein von Feuerbränden nach der Cache gebracht, hatte die Grube geöffnet und von den Klapperschlangen drei hineingeworfen; dann waren die drei Unglücklichen, an Händen und Füßen gefesselt, hinabgelassen worden. Hierauf war Folder aus Furcht vor uns mit den Sioux aufgebrochen. Er wollte die Upsarokas ausrauben, so viele wie möglich von ihnen töten und ihren Häuptling lebendig hierherbringen, um ihm das gleiche Schicksal zu bereiten wie seinem Weibe und seinen Kindern. Aus diesem Grunde hatte er zur Bewachung der Grube zwei Krieger zurückgelassen. Diese hatten Angst gehabt, von uns entdeckt zu werden, und sich, sobald es Tag geworden war, entfernt, um nach uns zu forschen.

Inzwischen hatte sich in der Grube ein Beispiel selbstlosester, aufopferndster Mutterliebe ereignet, wie es bewundernswerter gar keines geben kann. Die Knaben hatten sich in einer Ecke eng zusammengedrückt und sich aus Furcht vor den Schlangen vollständig reglos verhalten. Die Mutter aber hatte, um ihre Kinder vor dem schrecklichen Tod zu bewahren, den Riemen, der ihre Hände zusammenhielt, mit den Zähnen zernagt und, als sie die Hände freibekam, im Finstern nach den Schlangen gesucht, um sie unschädlich zu machen, was nur dadurch geschehen konnte, daß sie eine nach der anderen erwürgte. Daß sie dabei selbst, und zwar mehrmals gebissen wurde, galt ihr nichts.

Als die dritte Schlange tot war, knotete die Squaw ihren Söhnen mit großer Mühe die Fesseln los. Dann brach sie fröstelnd, schwindelnd und fiebernd zusammen. Kurze Zeit später graute der Tag. Da sich kein Wächter blicken ließ, stieg der eine rote Knabe auf die Schultern des anderen, schwang sich hinaus und brach die erwähnte junge Fichte ab, mit deren Hilfe der Bruder ihm nachfolgte.

Kaum war dies geschehen, so kam der eine Posten zurück. Sie hörten ihn und versteckten sich. Er hatte unsere Spur entdeckt und an ihnen erkannt, daß wir fort waren. Nun fühlte er sich sicher. Er band sein Pferd an, lehnte sein Gewehr an einen Baum und ging zur Grube, um hinabzusehen. Als er nur die Squaw bemerkte, fuhr er erschrocken zurück. Mittlerweile war der ältere Bruder zu dem Baum gehuscht, hatte das Gewehr ergriffen, spannte den Hahn, zielte auf den Sioux und schoß ihn nieder. Hierauf zog er ihm das Messer aus dem Gürtel und schnitt ihm den Skalp herunter. Dann wurde der Tote fortgeschafft und versteckt.

Nun luden die Brüder das Gewehr wieder, um auch den zweiten zu erschießen. Das sollte der Jüngere tun, der auch einen Skalp haben wollte. Der Sioux kam nach einiger Zeit und wurde in den Kopf getroffen, skalpiert und zu dem anderen Toten geschleift. Jetzt waren die jungen Indianer Herren des Platzes und konnten sich um ihre Mutter kümmern. Der eine stieg hinab zu ihr; der andere ging, um das giftverzehrende Schlangenkraut zu suchen. Daß jeder der Knaben einen Skalp erbeutet hatte, das sicherte ihnen nicht nur volle Straflosigkeit von seiten ihres Vaters, sondern machte sie auch zum Eintritt in die Reihen der jungen Krieger würdig. Sie waren sehr stolz darauf; man sah es ihnen an, wie sie vor Freude und Mut strahlten.

Als wir die Hauptsache erfahren hatten, galt es vor allen Dingen, für die Squaw zu sorgen und uns auf die Rückkehr der Sioux vorzubereiten. Wir mußten unbedingt frisches Wundkraut haben. Mir war es, als ob ich einige dieser Pflanzen vorhin draußen am Lagerplatz gesehen hätte. Ich sagte dies Winnetou, und er forderte mich auf, sie ihm zu zeigen. Wir gingen hinaus. Während wir noch danach suchten, stieß der Apatsche ein lautes „Uff!" aus und sprang unter die Bäume. Ich folgte ihm schnell. Wir sahen eine beträchtliche Reiterschar auf uns zukommen. Als sie sich uns so weit genähert hatte, daß wir die Kriegsfarben erkennen konnten, rief Winnetou:

„Das ist Uamduschka sapa mit seinen Upsarokas! Sie halten sich für unsere Feinde. Wir wollen uns den Scherz machen, uns von ihnen umzingeln zu lassen."

Wir traten also wieder hinaus ins Freie. Kaum erblickten sie uns, so ließen sie ihr Kriegsgeschrei hören, kamen herangejagt und schlossen uns ein.

„Uff, uff!" rief die Schwarze Schlange. „Old Shatterhand und Winnetou! Nehmt diese Hunde fest, damit wir den Marterpfahl mit ihnen zieren!"

Winnetou setzte sich nieder, stieß die Klinge seines Messers in den Rasen und sagte:

„Hier sitzt Winnetou, der Häuptling der Apatschen. Er gräbt das Messer des Krieges in die Erde: es ist Friede!"

Ich setzte mich neben ihn, deutete mit der Hand nach der betreffenden Richtung und forderte die Schwarze Schlange auf:

„Der Häuptling der Upsarokas will die Sioux-Ogellallahs fangen. Er ist auf einem falschen Weg nach den Rattlesnakebergen geritten und wieder umgekehrt, weil er die Spuren der Sioux gefunden hat, die nach seinen

Jagdgründen wollen. Er ist diesen Spuren bis hierher gefolgt. Wir wollen ihm die Anführer der Sioux als seine Gefangenen schenken. Wenn er sie haben will, mag er der Spur folgen, die dort links in den Wald hineinführt!"

„Uff!" rief er aus. „Das kann nichts anderes sein als Verrat!"

„Sind Winnetou und Old Shatterhand Verräter? Kann man uns eine einzige Lüge nachweisen? Hier sitzen wir, und zweihundert Upsarokas haben uns umringt. Sie mögen uns töten, wenn es sich herausstellt, daß wir dich betrügen wollen! Du wirst nicht nur finden, was ich sagte, sondern noch viel, viel mehr."

„Uff! Ich tue, was du gesagt hast, aber wehe euch, wenn deine Worte trügerisch sind! Es werden zweimal hundert Gewehre auf euch gerichtet sein, bis ich wiederkehre."

Er stieg vom Pferd und ging. Er war zu stolz und zu mutig, Begleitung mitzunehmen. Aber seine Leute hielten ihre Gewehre so, daß wir in die Läufe blicken konnten. Wir waren ohne Sorgen, denn wir kannten den Erfolg seines Ganges.

Es vergingen zehn Minuten und nochmals zehn; da kehrte er zurück. Ein Wink von ihm, und die Gewehre wurden niedergenommen. Er trat zu uns mit den Worten:

„Meine Brüder haben recht gehabt; es ist Friede. Wir hielten Old Shatterhand und Winnetou für unsere Feinde. Sie aber haben bewiesen, daß sie unsere Brüder sind. Denn sie haben ihr Leben für meine Squaw und meine Söhne gewagt, und meine Söhne sind durch sie zu Kriegern geworden; wir werden das Kalumet des Friedens mit ihnen rauchen."

„Aber jetzt nicht, sondern später", fiel ich ein. „Die Sioux-Ogellallahs können jeden Augenblick da drüben jenseits der Prärie erscheinen. Sie dürfen euch nicht sehen.

Deine Krieger mögen sich im Wald verstecken; dann wird euch der Sieg leicht werden."

„Uff! Du meinst, daß sie zurückkommen?"

„Ja. Ich sage es, und so wird es geschehen. Sei klug und folge meinem Rat!"

Seine Krieger zogen sich mit ihren Pferden in den Wald zurück, so daß niemand mehr zu erblicken war. Wir aber gingen mit ihm zu seinem Weibe, das er, wie wir bald bemerkten, mit überaus liebevoller Achtung behandelte.

Die Freude, ihn zu sehen und keine Vorwürfe von ihm zu erhalten, wirkte so günstig auf die Frau, daß sie jetzt keine Schmerzen fühlte. Als sie hörte, ein blutiger Kampf stehe bevor, bat sie ihn, es nicht so weit kommen zu lassen; er möge es damit genug sein lassen, daß der Überfall auf sein Lager abgewendet sei. Selbstverständlich unterstützten Winnetou und ich sie dabei kräftig. Wir legten ihm alle Gründe vor, die für unsere friedliche Ansicht sprachen, und es gelang uns schließlich, ihn zu bewegen. Er wollte sich mit Folder, der allerdings dem Tod verfallen war, und mit dem für ihn sehr wichtigen Umstand begnügen, daß seine Söhne Skalpe erbeutet hatten und dadurch trotz ihrer großen Jugend Krieger geworden waren.

Als Tantschan Honska erfuhr, daß er nicht gefangen bleiben und am Marterpfahl sterben, sondern frei sein sollte, wollte er es erst gar nicht glauben. Er wußte, wieviel Upsarokas hinter den Bäumen steckten und kannte die Vortrefflichkeit meines fünfundzwanzigschüssigen Henrystutzens und die Gefährlichkeit von Winnetous Silberbüchse. Also konnte er sich sagen, was eine einzige unerwartete Salve von uns für eine furchtbare Verheerung unter den Sioux anrichten müsse. Und doch wollten wir auf alles, selbst auf die sichere Beute verzichten.

Das war ihm unbegreiflich. Mit um so größerer Bereitwilligkeit ging er darauf ein, seine Schar zum Rückzug aus dieser Gegend zu bewegen.

Gerade waren wir mit ihm einig geworden, als die Sioux am jenseitigen Rand der Prärie erschienen. Wir ließen sie ziemlich nahe kommen. Dann schritt er ihnen entgegen. Sie stutzten und hielten an. Als er sie erreicht hatte, schlossen sie einen Kreis um ihn. Sie hatten wohl nicht erwartet, das zu hören, was er ihnen bekanntgab. Wir sahen, wie sie in große Aufregung kamen.

„Sie können sich nicht in die neue politische Lage finden", lachte Dick Hammerdull. „Dieser Lange Leib scheint kein gutes Mundwerk zu haben. Wir hätten dich hinüberschicken sollen, Pitt Holbers. Meinst du nicht auch, altes Coon?"

„Mach keine dummen Witze", antwortete der Lange. „Du weißt ja, daß ich kein Redner bin."

„Ob du einer bist oder nicht, das ist ganz gleich; denn bekanntlich sind stets diejenigen die besten Redner, die gar nichts sagen. Doch schau, jetzt sind sie endlich fertig. Der Lange Leib kommt wieder her."

Die Aufregung schien vorüber zu sein, denn die Sioux-Ogellallahs nahmen eine ruhige Haltung an. Ihr Anführer meldete uns:

„Meine Krieger würden den Beschluß nicht gebilligt haben, wenn die Upsarokas allein hier wären. Aber da sie das Zaubergewehr Old Shatterhands kennen, haben sie sich entschlossen, sogleich fortzureiten und nicht wiederzukommen. Darf ich mir mein Pferd nehmen?"

„Ja", nickte Wamduschka sapa. „Aber wisse, daß ich euch Kundschafter nachsenden werde, die euch beobachten. Erfahre ich von ihnen, daß ihr euer Wort nicht haltet, so rufe ich über fünfmal hundert Krieger zusammen und vernichte euch."

Der Ogellallah machte eine Bewegung, die sowohl Zustimmung wie auch Hohn bedeuten konnte, und holte sich sein Pferd. Bald darauf verschwand er mit seiner

Schar hinter dem Wald. Einige Upsarokas bekamen den Befehl, ihnen nachzureiten, um sie zu beobachten.

Niemand war über diesen Ausgang der Sache so betroffen wie Folder. Er hatte die Überzeugung gehegt, es werde zum Kampf kommen und dieser werde ihm die Freiheit wiederbringen. Als er erfuhr, daß es für ihn keine Hoffnung gab und daß er für den Tod am Marterpfahl bestimmt sei, ließ er mich zu sich rufen und bat mich, ihn zu retten. Ich antwortete:

„Ihr habt erklärt, das, was Ihr mit den Roten habt, gehe mich nichts an. Ebenso habt Ihr versichert, daß Ihr lieber sterben als Euch unter mein Urteil stellen würdet. Die Ereignisse, die ich voraussah, sind eingetroffen und mögen ihren Lauf nehmen."

„Aber, Sir, Ihr könnt doch unmöglich zulassen, daß ein Weißer, ein Christ, von diesen Roten gegen alles Recht hingemordet wird."

„Christ? Nehmt dieses Wort nicht in den Mund! Habt Ihr etwa an Euer Christentum gedacht, als Ihr Tausenden von hungernden und frierenden Indianern die Nahrung und Kleidung unterschlugt? Als sie sich über diesen haarsträubenden Betrug auflehnten, habt Ihr sie einfach niederschießen lassen. Was war die kurze Gefängnisstrafe für solche Missetaten? Nichts! Wamduschka sapa hatte Euch, dem Pferdedieb, das Leben geschenkt, und die Hiebe, die er Euch verabreichen ließ, waren eine Gnade für Euch. Doch genug! Ihr seid ein blutgieriger, gefühlloser und gewissenloser Schuft, der auf kein Erbarmen rechnen darf."

Da donnerte er derart mit Flüchen und Verwünschungen gegen mich los, daß mich Ekel und Widerwille überschauerten. Ich überließ den Burschen seinem Schicksal.

Hatte ich mich vorher, als wir allein waren, um die Squaw sorgen dürfen, ohne dadurch meiner Kriegerehre Schaden zu tun, so war das jetzt anders. Sie stand nicht mehr unter unserem Schutz, und ich konnte meine Teilnahme für sie nur dadurch beweisen, daß ich mich nach ihrem Befinden erkundigte. Der Häuptling antwortete:

„Sie liegt jetzt ruhig und schläft. Ich weiß, daß sie bald wieder gesund sein wird; denn wir kennen Pflanzensäfte, die das Schlangengift mit allen seinen Folgen aus dem Körper treiben. Mein weißer Bruder wird sie, sobald wir unsere Wigwams erreicht haben, so munter wie eine Antilope sehen."

„Meinst du, daß wir euch dorthin begleiten werden?"

„Uff! Wollt ihr das etwa nicht tun? Das würde den berühmten Namen der Upsarokas schänden. Sollen wir von uns sagen lassen, daß Old Shatterhand und Winnetou unsere Gastfreundschaft verachten?"

Er hatte recht, und als ich den Apatschen darüber befragte, willigte er sofort ein, den Wunsch des Häuptlings zu erfüllen.

Der nun folgende Brauch des Rauchens der Friedenspfeife wurde mit großer Feierlichkeit vorgenommen; danach folgte die weniger feierliche Beerdigung der beiden Sioux. Als Grab diente die Cache, in der ihre Opfer hatten sterben und verwesen sollen.

Dann ging es an den Aufbruch. Die Rückkehr mußte der Kranken wegen beschleunigt werden. Es wurde eine Tragbahre für sie hergestellt und zwischen zwei Pferden befestigt. Als wir fortritten, sagte der muntere Hammerdull zu seinem langen Freund:

„Noch gestern mittag gaben wir uns alle Mühe, uns weder von den Upsarokas noch von den Sioux-Ogellallahs sehen zu lassen, und heute — — —? Die einen haben wir ohne Gewalt in den Ruhestand versetzt, und mit den anderen sind wir gar in so dicke Brüderschaft geraten, daß wir mit ihnen ziehen, um ihren Küchenzettel kennenzulernen. So ändern sich die Zeiten! Was sagst du dazu, Pitt Holbers, altes Coon?"

„Ich werde gar nichts sagen, sondern nur kennenlernen", entgegnete der Gefragte. „Reden ist Silber, Essen ist Gold!"

„Ob Silber oder Gold, das bleibt sich gleich. Ich halte es mit beiden . . ."

Die Upsarokas boten, als wir ihre Wigwams erreicht hatten, alles mögliche auf, um uns zu beweisen, daß sie es mit der Pfeife des Friedens ernst und aufrichtig gemeint hatten. Das einzige Ereignis, an dem wir uns nicht beteiligten, war die Hinrichtung Folders am Marterpfahl. Einer der größten Indianerquäler büßte da seine Schandtaten. Dennoch hätte ich Milderung zu erwirken versucht, wenn er mir nicht den Weg durch sein rohes, abstoßendes Verhalten verwehrt hätte.

Die Squaw konnte schon nach einigen Tagen das Zelt verlassen und war nach einer Woche so gesund wie je. Den drei von ihr gewürgten Klapperschlangen waren die Häute abgezogen worden. Die Frau wollte sie als Andenken an jene schreckliche Nacht behalten. Während eines späteren Besuches bei den Upsarokas sah ich, daß sie diese Häute als Schmuck in ihre lang herabfallenden Zöpfe eingeflochten hatte. Noch heute, nach so langer Zeit, denke ich, wenn von Mutterliebe gesprochen wird, an Uinorintscha ota, die Indianerin vom Stamm der Upsarokas. — — —

Das Kurdenkreuz

1. *Fatima Marryah*

„Du bist verrückt, Effendi, zehnmal verrückt, hundertmal verrückt, und niemand kann dich heilen, wenn du bei deinem Vorsatz bleibst. Willst du mein Weib zur Witwe und meine Kinder zu Waisen machen? Sollen auch deine Weiber und Kinder in den Fluten der Tränen ersticken und in den Wassern der Trübsal ertrinken? Wenn du darauf bestehst, diesem Fluß des Unglücks noch weiter zu folgen, so werden wir in kurzer Zeit in den Magen der Geier, Schakale und Hyänen begraben sein."

„Ich habe weder Frauen noch Kinder", erklärte ich dem Sprecher. „Um mich würde also niemand trauern."

„Allahi, Wallahi, Tallahi! Wenn dich niemand beweint, so ist das doch noch kein Grund, meine abgeschiedene Seele beweinen zu lassen! Du weißt, ich bin ein kühner Mann, aber zu diesen Kurden zu gehen, das heißt geradezu, sich in den Rachen des sicheren Todes zu stürzen."

„So bleib zurück, Feigling!" rief mein kleiner, lieber Hadschi Halef Omar zornig. „Du bist ein Sohn der Angst und ein Enkel der Verzagtheit. Du nennst dich kühn, aber dein Herz wackelt dir vor Furcht im Leib, wenn wir Miene machen, einen Schritt vom breiten Weg abzuweichen. Du bist uns mitgegeben, uns zu schützen, und klapperst vor Entsetzen, wenn du eine fremde Flinte erblickst. Schäme dich! Komm, Sihdi, wir wollen weiterreiten und diesen Großvater der Furchtsamkeit hier stehenlassen!"

Ich war mit Halef in Kerkuk Gast des Müteßarrif

gewesen, der uns sehr freundlich behandelte und bei unserer Abreise uns einen Kawassen aufnötigte. Ich hatte zwar keine Lust, mich mit einem solchen unnützen ‚Beschützer' zu befassen, denn ich reise nicht so wie andere und wußte im voraus, daß ich die Aufgabe haben würde, der Beschützer unseres Beschützers zu sein. Aber der Müteßarrif erklärte, daß ich ohne einen Kawassen bei den Kurden verloren sei, und drängte mich so lange, bis ich ja sagte, nur um nicht undankbar zu erscheinen.

Was ich vorausgesehen hatte, trat ein: Kaßem, so hieß der Kawaß, entpuppte sich als furchtsamer Mensch, der dazu des Kurdischen kaum genügend mächtig war. Wären mir nicht die Sasa- und Kurmandschi-Mundarten geläufig gewesen, so hätten wir auf unseren weiteren Ritt verzichten müssen. Glücklicherweise besaß der Begleiter eine Eigenschaft, die mich mit dem erwähnten Fehler aussöhnte: er hatte ein gutes Herz und nahm die Vorwürfe, mit denen ihn mein Hadschi, der die Feigheit haßte, zuweilen überschüttete, so ruhig lächelnd hin, als seien sie nicht an ihn gerichtet.

Wir waren von Kerkuk aus nach Suleimanije gekommen, von da nach Rewandus geritten und wollten nun hinüber auf persisches Gebiet, um den Urmiasee zu erreichen. Unser Kawaß schlug uns vor, zu diesem Zweck den Sawi, den Hauptarm des Großen Sab, entlang zu reiten. Da es aber ein Umweg war, bestand ich darauf, dem kleineren Sidaka-Flüßchen zu folgen, das uns schneller über die Grenze führte. Kaßem aber weigerte sich, weil er die Khosnaf-Kurden fürchtete, die damals ihr Sommerlager an den Ufern des Sidaka aufgeschlagen hatten. Diese Kurden sind freilich als große Glaubenseiferer und Räuber verschrien. Da aber alle nicht seßhaften Kurden das mehr oder weniger sind, so hielt ich meinen Vorsatz aufrecht und bekam deshalb von ihm die am Eingang verzeichnete Rede zu hören. Hadschi Halef stimmte mir, wie bereits erwähnt, bei, warf ihm seine Feigheit vor und lenkte sein Pferd nach rechts, in welcher Richtung der Sidaka floß. Ich tat das gleiche, und so mußte der Kawaß uns wohl oder übel folgen, aber nicht, ohne die Einwendung hören zu lassen:

„Ihr rennt ins Verderben, wenn ihr meiner Stimme nicht gehorcht. Ich kenne diese Khosnaf-Räuber. Sie leben sogar unter sich selbst in ewiger Blutrache. Sie zerfallen in die beiden Abteilungen Mir Mahmalli und Mir Yussufi, von denen die erste links, die zweite rechts vom Fluß weidet. Beide Stämme leben in beständiger Fehde miteinander. Sobald es sich aber darum handelt, an einem Fremden einen Raubmord zu begehen, halten sie zusammen. Kehrt um, kehrt um, denn ihnen gegenüber wird alle meine Macht zuschanden!"

„Sprich nicht von deiner Macht!" lächelte Halef. „Die Gewalt deines Müteßarrif erstreckt sich nicht auf die wilden Kurden. Sie fürchten selbst den Padischah nicht. Welche Macht willst du also besitzen? Dir leistet man ja nicht einmal in Kerkuk Gehorsam. Dein Wille ist gleich dem einer Mücke, die ich mit meinem Odem weit von mir blase."

Ich duldete Kaßem als unnötiges Anhängsel und schwieg, wenn Halef sich mit ihm stritt. Darum war ich auch jetzt still. Der arme Teufel konnte ja nicht anders sein, als er eben war.

Wir hatten Rewandus am frühen Morgen verlassen, und jetzt war es schon Nachmittag. Indem wir dem Flüßchen aufwärts folgten, ritten wir nicht etwa auf einem gebahnten Weg. Es gab keinen solchen, unsere Pferde gingen vielmehr im klaren Geröll, das die Frühjahrsüberschwemmung an den beiden Ufern zurückgelassen hatte. An dieses Geröll stieß sofort der dichte Eichenwald, der hüben und drüben schroff in die Höhe stieg. Der Ritt war anstrengend für die Tiere, doch erweiterte sich später das Tal des Flusses. Seine Sohle trug saftiges Wiesengras, auf dem die Pferde weicher gingen. Zuweilen zog sich ein Gebüsch, durch das wir uns drängen mußten, vom Wald her bis an das Wasser hin.

Ich ritt mit Halef voran. Kaßem folgte eine Strecke hinterher. Er machte ein sehr besorgtes Gesicht. Da ich aber im Gras keine Spur von Menschen oder Weidevieh bemerkte, hielt ich eine Begegnung mit Kurden jetzt noch für ausgeschlossen. Ich irrte mich, denn ich zog den Umstand nicht in Betracht, daß die beiden Stämme, die hier getrennt zu beiden Seiten des Flusses lebten, in Fehde miteinander standen. Feindliche Stämme bringen jedenfalls eine größere Entfernung, als die Breite des kleinen Flüßchens betrug, zwischen sich. In der Folge sah ich freilich, daß die Mir Mahmalli und Mir Yussufi sich hüteten, ihre Herden in das Flußtal zu treiben. Sie hatten ihr Lager mitten im Wald aufgeschlagen und ihre Tiere auf Lichtungen untergebracht, wo wie leicht bewacht werden konnten.

Eben ritten wir wieder durch einen dichten Busch, als ich vor uns, doch in weiter Entfernung, um Hilfe rufen hörte. Es war eine weibliche Stimme. Ich nahm an, daß jemand sich in Gefahr befände und trieb meinen Rappen schnell vorwärts durch die Sträucher. Halef folgte mir auf dem Fuß. Kaßem aber, der das sah und den Hilferuf auch gehört hatte, zügelte sein Tier und rief uns ängstlich zu:

„Haltet an! Effendi, ich bitte dich inständig, hier im Gebüsch versteckt zu bleiben! Laß rufen, wer da rufen will! Wer sich in Gefahr begibt, den frißt sie auf mit Haut und Haar."

Selbstverständlich achtete ich nicht auf diese Warnung und ritt weiter. Die Rufe wurden ängstlicher, sie kamen näher. Als ich den Rand des Gesträuchs erreichte, sah ich das diesseitige Ufer als einen langen schmalen Grasplan vor mir liegen, der rechts vom Fluß, links von der bewaldeten Höhe und vorn von einem ähnlichen Gebüsch, wie das hinter mir liegende, begrenzt wurde. Diese Ebene war vielleicht achthundert Schritte lang, und eine weibliche Gestalt kam darüber aus Leibeskräften gerannt, dabei immer um Hilfe rufend, als würde sie von einem feindlichen Wesen verfolgt. Und doch war, so weit mein Blick reichte, kein solches zu sehen.

Die Frau war aus den jenseitigen Büschen gekommen und hatte sich davon schon vielleicht hundertfünfzig Schritte entfernt. Die Angst hatte sie zunächst gerade vorwärts getrieben. Nun wendete sie sich dem Fluß zu, um ihn zwischen sich und die Gefahr, die hinter ihr lag, zu bringen. Da sah sie mich und Halef halten und lenkte rasch wieder in ihre vorherige Richtung ein, kam also auf uns zugerannt. Kaßem hatte sich doch bis an den Buschrand hinter uns her gewagt. Er rief lachend aus:

„Allah! Dieses Weib ist verrückt. Sie schreit um Hilfe und befindet sich doch nicht in Gefahr."

Aber es zeigte sich schon im nächsten Augenblick, daß ihre Rufe nicht ohne Ursache waren, denn aus dem hinter ihr liegenden Gebüsch kam ein Hund geschossen, hinter ihm noch einer und wieder einer. Es waren riesige, grau gefärbte kurdische Windhunde von der Rasse, die von den Kurden Tasi genannt wird. Ein solcher Hund hat die Höhe eines Kalbes, besitzt zwar eine schlechte Nase, verliert aber eine Spur, einmal auf sie gehetzt, nicht wieder und ist darauf abgerichtet, dem Verfolgten die Gurgel zu zerreißen. Die Frau befand sich also in höchster Gefahr. Wurde sie von den Hunden erreicht, so war es um ihr Leben geschehen. Sie kamen in weiten Sätzen hinter ihr her. Ich mußte ihr helfen und jagte ihr entgegen.

„Halt ein, halt ein! Um Allahs willen, halt ein! Die Hunde reißen dich vom Pferd und zerfleischen dich!" schrie mir Kaßem nach.

Ich achtete nicht auf ihn, ritt vielmehr weiter, um die Entfernung zu verringern und einen sicheren Schuß zu haben. Dann hielt ich an und nahm den Stutzen vor. Als ich ihn anlegte, stand mein Rappe wie eine Mauer. Er wußte, daß ich schießen wollte, und daß er sich nicht bewegen dürfe. Drei schnell hintereinander folgende Schüsse, und die Hunde, die ich so schön von vorn aufs Blatt nehmen konnte, wälzten sich im Gras. Die Frau rannte dennoch weiter. Ich ritt ihr, von Halef gefolgt, entgegen und rief sie, als ich sie fast erreicht hatte, an:

„Bleib stehen! Du bist gerettet. Die Hunde sind tot!"

Ich hatte mich der Kurmandschi-Mundart bedient, die wohl die ihrige war, denn sie verstand mich, hielt im Laufen inne, blickte zurück und rief, als sie die Hunde liegen sah:

Gheine Chodeh kes nehkahne — Gott ist allmächtig! Er hat mich gerettet. Ihm sei Lob und Dank gesagt!"

Ihr Atem flog so, daß sie diese Worte nur mit Unterbrechung hervorbrachte. Die beiden Hände auf die Brust legend, versuchte sie, sich zu beruhigen. Sie war vielleicht vierzig Jahre alt und Falten durchfurchten ihr Gesicht. Ihre ärmliche Bekleidung bestand nur aus einem langen, hemdartigen, blauleinenen Gewand. Auf dem Kopf trug sie ein altes Schleiertuch, das sich verschoben hatte, sonst wäre ihr Gesicht damit bedeckt gewesen.

„Hattest du die Hunde erzürnt, oder hat man sie auf dich gehetzt?" fragte ich.

„Gehetzt, gehetzt!" erwiderte sie, noch immer atemlos. „Ich sollte von ihnen zerrissen werden."

„Wem gehörten sie?"

„Schir Seleki, dem Anführer der Mir Mahmalli, der Räuber, der Mörder, die keinen Menschen, nicht einmal ein armes Weib schonen."

„Womit hattest du denn diesen Mann erzürnt?"

„Erzürnt? Er tötet, ohne zornig zu sein, denn der Mord ist ihm ein Vergnügen. Ich vermißte meine Ziege, meinen Liebling, von deren Milch wir leben, denn wir sind arm und haben nur das eine Tier. Ich suchte sie und kam zum Fluß. Ich sah sie jenseits und stieg ihr durch das Wasser nach. Eben wollte ich sie ergreifen, um sie zurückzuführen, da kam Schir Seleki, der Erbarmungslose, mit einer Schar Mir-Mahmalli-Krieger. Ich flehte ihn um Erbarmen an, denn wir liegen in Blutfehde mit seinem Stamm. Er aber hohnlachte meiner Bitte und stach meinen Liebling tot. Dann wurde darüber beraten, was mit mir geschehen sollte. Die Unmenschen wollten zwar ihre Waffen nicht mit dem Blut eines Weibes verunreinigen, aber sterben sollte ich dennoch. Sie beschlossen, mich von den Hunden hetzen und zerreißen zu lassen. Ich mußte vorwärts laufen bis an das nächste Gebüsch, so weit wollten sie mir Vorsprung geben. Ich lief bis zum Gesträuch, dann immer weiter, und schrie in meiner Todesangst zu Gott um Hilfe. Er hörte meinen Ruf und rettete mich durch dich, o Herr. Sein Name sei gelobt in Ewigkeit!"

„So sind die Mir-Mahmalli-Krieger wohl hinter dir her?"

„Sie kommen jedenfalls, um meine zerrissene Leiche — —"

Sie hielt inne. Infolge meiner Frage unwillkürlich zurückblickend, sah sie einen Trupp Reiter, der durch die vor uns liegenden Sträucher brach und bei unserem Anblick kurz halten blieb.

„Dort sind sie, dort!" schrie sie entsetzt auf. „Fort, sonst bist du verloren! Ich fliehe auch!"

Sie rannte spornstreichs zum Fluß, um sich ans jenseitige Ufer zu retten. Der Kawaß hielt noch immer weit hinter uns, er brüllte uns zu:

„Allah sei uns gnädig! Kommt zurück! Wir müssen fliehen — fliehen — fliehen!"

Die Kurden sahen die toten Hunde liegen und kamen, ein Wutgeschrei ausstoßend und die Waffen schwingend, auf uns zugesprengt. Es waren zwölf Mann. Mein kleiner Hadschi Halef nahm sein Doppelgewehr von der Schulter und fragte ruhig:

„Wir reißen doch nicht aus, Sihdi?"

„Nein! Rück weiter ab von mir, und schieß, wenn sie nicht haltenbleiben, aber nur auf die Pferde. Umzingeln lassen dürfen wir uns nicht!"

Ich schob drei neue für die abgeschossenen Patronen in den Stutzen und hielt ihn schußbereit. Zweihundert Schritt, hundertfünfzig, hundert waren die Mir Mahmalli von uns entfernt, da rief ich ihnen zu:

„Halt, nicht weiter! Wir schießen!"

Zwölf gegen zwei! Sie antworteten mit einem höhnischen Gelächter und ritten weiter. Sieben hatten, wie ich sah, Gewehre. Diese fürchtete ich nicht so wie die langen Lanzen, die die fünf anderen gegen uns eingelegt hielten.

„Die Pferde der zwei vordersten Lanzenreiter!" rief ich Halef zu. Er gehorchte, und ich gab drei Schüsse ab. Fünf Pferde stürzten, die Reiter flogen ab. Zwei oder drei der folgenden Pferde strauchelten über die gefallenen und stürzten auch, der Trupp kam dadurch ins Stocken. Die noch im Sattel Sitzenden blieben ungefähr dreißig Schritt vor uns halten, während die anderen sich aufrichteten und fluchend ihren Pferden nachsahen.

Der Anblick dieser Leute war keineswegs Vertrauen erweckend, doch konnte ihre Bewaffnung mich nicht in Angst versetzen. Die Lanzen waren jetzt unschädlich, und die mit Gewehren Ausgerüsteten hatten nur alte Steinschloßflinten, zwei von ihnen sogar uralte Luntengewehre. Was die Anzüge betraf, so prahlten diese in allen Farben: der Kurde liebt es, sich möglichst bunt zu kleiden. Einer von ihnen, der sich auch durch den Besitz einer Pistole auszeichnete, trug auf dem Kopf einen riesigen Turban.

Er war der Anführer, ritt einige Schritte vor und donnerte uns an:

„Allah verdamme euch! Habt ihr den Verstand verloren, daß ihr es wagt, im Bereich unseres Gebietes auf uns zu schießen? Wer seid ihr, Hundesöhne?"

„Wir sind Fremde", erwiderte ich, sein letztes, beleidigendes Wort überhörend.

„Das versteht sich von selbst. Wäret ihr nicht fremd, würdet ihr euch gehütet haben, euch durch diese Feindseligkeit die Pforten des sicheren Verderbens zu öffnen. Eure Seelen gehören der Hölle. Fahr hinab durch unsere Kugeln!"

Er wollte sein Gewehr anlegen. Ich hielt den Lauf auf ihn gerichtet und gebot ihm schnell: „Nieder mit der Flinte, sonst jage ich dir den Tod ins Gehirn!"

„Schwätzer!" lachte er. „Eure Läufe sind doch abgeschossen!"

„Der meinige schießt immerfort. Paß auf!"

Ich gab rasch hintereinander drei, vier, fünf Schüsse auf sein Pferd ab. Es brach tot zusammen. Er stürzte nieder und verlor die Flinte.

„Allah, Allah!" brüllte er wütend, indem er sich aufrichtete. „Woher hast du dieses Gewehr? Hat es der Teufel für dich gemacht? Wie ist dein Name?"

„Ich bin ein Christ aus einem fernen Land und werde Kara Ben Nemsi Effendi genannt."

„Ein Christenhund? Allah verfluche dich! Stirb von meiner Hand!"

Er raffte sein Gewehr auf, um es auf mich anzulegen, da fiel ihm einer der Lanzenreiter in den Arm und rief ihm hörbar ängstlich zu:

„Halt ein! Du tötest uns alle! Das Gewehr dieses Christen schießt hundert Kugeln hintereinander, ohne daß man es jemals zu laden braucht. Ich kenne ihn! Er schießt euch, bevor ihr zum Losdrücken kommt, alle über den Haufen."

„Was — sagst du?" fragte der Anführer, indem er seine Flinte sinken ließ und den Sprecher mit offenem Mund anstarrte.

Dieser antwortete aber mit so leiser Stimme, daß ich ihn nicht verstehen konnte. Er sprach auf ihn und die anderen eifrig eine ganze Weile ein, wodurch Halef Zeit gewann, seine beiden Läufe wieder zu laden. Die Kurden hörten dem Sprecher mit sichtbarem Staunen zu und musterten mich mit Blicken, als sei ich das achte Weltwunder. Ich selbst war neugierig zu hören, wo dieser Mann mich kennengelernt hatte. Als seine Rede zu Ende war, wurde eine kurze, ebenso leise Beratung gehalten, und dann wendete sich der Anführer an mich:

„Chodih[1], bist du der Fremdling, der den Stamm der Haddedihn dadurch vom Untergang rettete, daß er drei Stämme ihrer Feinde in das Tal Deradsch lockte, wo sie sich ergeben mußten?"

„Der bin ich allerdings."

„Und ist der kleine Mann, der sich bei dir befindet, vielleicht Hadschi Halef Omar, der alles mit dir erlebte?"

„Er ist es."

„Da ihr diese beiden seid, so sind wir bereit, euch zu verzeihen, wenn du das tust, was wir von dir verlangen."

„Sage,was du forderst."

„Du bezahlst erstens die Pferde, die ihr uns getötet habt."

„Wohl auch die Hunde?"

„Gewiß! Und zweitens schenkt ihr uns alle Waffen, die ihr bei euch tragt."

„Und drittens?"

„Weiter nichts. Du siehst, daß wir sehr billig sind. Gehst du auf diese Bedingung ein, so bist du mein Mivan und Hemscher[2], und ihr könnt bei uns, solange

1 Herr, Gebieter 2 Gast und Freund

es euch beliebt, ebenso sicher wohnen, als ob ihr zu unserem Stamm gehörtet."

„Wenn ich mich aber weigere?"

„So werden wir euch als Feinde behandeln, und die Sonne dieses Tages wird die letzte sein, die euch ins Auge scheint. Ich rate dir, meinem billigen Verlangen nachzukommen."

„Es ist mir noch nicht billig genug. Ich werde euch beweisen, daß ihr noch viel billiger sein könnt."

„Glaube das nicht! Wer gab dir das Recht, meine Hunde zu töten?"

„Sollten sie nicht das Weib zerreißen?"

„Ja. Es herrscht Blutrache zwischen uns und ihrem Stamm. Sie ist außerdem eine verfluchte Schiitin, die sogar vom Heiland der Christen redet. Ihr Blut gehört den Hunden. Sie heißt Fatima Marryah[1] und wird im tiefsten Schlund der Verdammnis heulen."

Also diese Frau war eine Schiitin! Die Sunniten hassen die Schiiten, ja sie behandeln sie mit noch größerer Verachtung als die ‚Ungläubigen'. Und vom Heiland redet sie? Sollte die Kunde vom Welterlöser auf irgendeine Weise in ihr Ohr oder gar in ihr Herz gedrungen sein? Dann konnte ich mich darüber, sie gerettet zu haben, doppelt freuen. Ich antwortete:

„Ich bin ein Christ. Fatima Marryah spricht von meinem Heiland, und darum fühle ich mich glücklich, deine Hunde erschossen zu haben. Hättest du sie nicht auf das arme Weib gehetzt, so lebten sie noch. Du bist also selbst schuld an deinem Verlust. Und auch die Pferde soll ich bezahlen? Habe ich euch nicht Halt geboten? Drohte ich euch nicht, sonst zu schießen? Ihr gehorchtet nicht, darum feuerten wir. Wer gab also die Veranlassung zum Tod eurer Pferde?"

1 Die manchmal von den üblichen Schreibungen abweichenden Namens- und Sprachwiedergaben mögen die großen mundartlichen Unterschiede kennzeichnen

„Du, nicht wir! Wer gibt dir denn das Recht zu schießen?"

„Ich selbst gebe es mir. Wenn ich angegriffen werde, verteidige ich mich. Dankt Allah, daß ich ein Christ bin! Wäre ich ein Muslim, so hätten wir nicht auf die Pferde, sondern auf euch geschossen. Und unsere Waffen wollt ihr haben? Damit ihr uns dann niedermachen könnt! Ich verschmähe es, der Gast und Freund eines Mannes zu sein, der wehrlose Frauen von seinen Hunden zerfleischen läßt. Schande und Verderben über dich!"

„Schweig!" brüllte er mir zu. „Sage noch ein einziges derartiges Wort, so fressen dich schon heute oder morgen die Würmer!"

„Es be the tescha-u-utim — ich bedaure dich. Deine Ohnmacht ist nicht imstande, deine Drohung auszuführen. Mein Gewehr hat drei Hunde und drei Pferde getroffen, dann erhielt auch dein Tier fünf Schüsse aus ihm. Hast du mich laden sehen? Soll ich noch zwölfmal losdrücken und euch alle durch die Köpfe schießen?"

„Du hast es dir vom Teufel machen lassen!" knurrte er in unterdrückter Wut. „Wer kann gegen den Teufel kämpfen! So willst du uns also nicht bezahlen?"

„Nein."

„Und auch nicht mit uns gehen?"

„Fällt mir nicht ein!"

„Wohin reitet ihr?"

„Dahin, wohin es uns beliebt. Du brauchst es nicht zu wissen. Zunächst bleiben wir noch fünf Minuten hier. Unsere Sicherheit erfordert, daß ihr euch vor uns entfernt. Wer von euch nach diesen fünf Minuten nicht fort ist, bekommt eine Kugel von mir."

„Wir müssen die toten Pferde fortschaffen, ihnen wenigstens das Reitzeug abnehmen."

„Zu diesem Zweck könnt ihr später zurückkehren. Fort mit euch! Sieh hier mein Gewehr im Anschlag und zähle fünf Minuten! Dann geht es sicher los!"

Ich richtete den Lauf auf ihn, und Hadschi Halef folgte meinem Beispiel. Die Angst vor meinem Stutzen brachte die beabsichtigte Wirkung hervor. Die Kurden warfen mir zwar grimmige Blicke zu, wagten es aber doch nicht, zu widerstreben. Sie raunten sich leise Bemerkungen zu und trollten sich dann, die einen reitend, die anderen zu Fuß, von dannen. Als sie an dem Gebüsch, aus dem sie gekommen waren, anlangten, drehte sich der Anführer der Mir Mahmalli um, schwang drohend sein Gewehr und rief zurück: „Kuh' in ßore. Bavese ser marân — das Blut ist rot. Hüte dich vor Schlangen!"

Das war eine Unvorsichtigkeit von ihm, denn er verriet uns dadurch, daß er die Absicht hege, uns heimlich zu folgen, um sich an uns zu rächen. Wir wußten also, daß wir auf unserer Hut sein mußten. Zwar hatten wir nur einige Tiere erschossen, doch war es sicher, daß die Wirkung die gleiche sein würde.

2. *Yussuf Ali*

Hadschi Halef Omar ließ, als die Mir Mahmalli verschwunden waren, ein lustiges Lachen hören und sagte: „Da sind sie hin, die zwölf Helden, die vor zwei Männern weichen! Müssen sie sich nicht dessen schämen, Sihdi, und alle ihre Kindeskinder in Zukunft auch? Wir aber sind nicht vor ihnen gewichen. Doch siegten wir nur durch die Angst vor deinem Gewehr. Wir wären schlimm daran gewesen, wenn der Krieger seinen Anführer nicht auf deinen Stutzen aufmerksam gemacht hätte."

„Auch nicht schlimmer, nur hätte es wohl Menschenblut gekostet. Solange die Kurden offen vor uns standen, waren sie nicht zu fürchten. Nun aber werden sie uns wie ‚Schlangen' nachschleichen, und das ist weit gefährlicher für uns."

„Eher denke ich, daß sie uns auflauern, wenn wir jetzt weiterreiten. Es scheint, daß wir durch ihr Gebiet kommen werden."

„Meinst du wirklich, daß ich imstande bin, den Weg auf dieser Seite fortzusetzen? Ich habe bisher angenommen, daß du mich besser kennst. Hier wohnen die Mir Mahmalli, drüben die Mir Yussufi, zu deren Stamm, wie es scheint, diese Fatima Marryah gehört. Da wir ihr einen solchen Dienst erwiesen haben, so steht mit Sicherheit zu erwarten, daß ihre Stammesgenossen uns freundlich aufnehmen und nötigenfalls gegen die Mahmalli beschützen werden. Wir gehen jetzt also über das Wasser."

Indem ich das sagte, sah ich mich nach unserem Kawassen um. Er war nicht zu erblicken. Darum ritten wir zurück und fanden ihn nur dadurch, daß ich im Gras seine Spur suchte. Der Mensch hatte vor lauter Angst sein Pferd zwischen die Büsche geführt, dort angebunden und war dann tief in ein Dorndickicht gekrochen.

„Sind sie fort?" fragte Kaßem, als ich ihn an den Beinen hervorzog. „Du lebst, Effendi! So haben sie dich nicht ermordet?"

„Doch! Sie haben mich erschlagen."

„Aber — aber, du stehst ja hier vor mir!"

„Das ist nur mein Geist, der dich Tag und Nacht verfolgen wird für die Kühnheit, mit der du uns beschützt hast."

„Und mein Geist wird dir aufsitzen, alle Stunden zehn- oder zwölfmal, du Großvater und Urgroßvater der Furchtsamkeit", stimmte Hadschi Halef ein. „Warum bist du zurückgeblieben? Warum hast du dich versteckt?"

„Nur aus Rücksicht für euch. Die Kurden hassen die Kawassen des Großherrn. Hätten sie mich bei euch gesehen, so wäret ihr gewiß nicht mit so heiler Haut davongekommen."

„Und da gibt dein Müteßarrif dich uns zum Schutz mit. Allah verwandle ihn dafür in einen umgekehrten Igel, mit den Stacheln nach innen, damit sie seine inwendige Seele stechen und peinigen all ihr Leben lang! Welcher vernünftige Mensch tut denn, um einen Zweck zu erreichen, das gerade Gegenteil von dem, wodurch er ihn erreichen würde? Ich werde euch beide nach vollendeter Reise auf Bretter nageln lassen, um euch als Seltenheiten vorzuführen."

Halef machte eine verächtliche Handbewegung und folgte mir, der ich mich zum Fluß wendete. Dieser war hier seicht, so daß die Kurdin leicht hatte hinüberwaten können. Sie war übrigens nicht mehr zu sehen.

Drüben angelangt, ritten wir am Ufer aufwärts, hüteten uns aber, uns nah am Wasser zu halten. Die Mir Mahmalli konnten sich drüben versteckt haben und auf uns schießen.

Wir ritten vielmehr am Rand der Talsohle, am Saum des Waldes unter den Bäumen, durch deren Stämme wir leidlich gedeckt waren.

Diese Vorsicht zeigte sich als gerechtfertigt, denn wir waren noch nicht weit gekommen, so fiel drüben aus den Büschen ein Schuß, doch ohne daß einer von uns getroffen wurde. Einige Augenblicke später hörte ich einen zweiten, er war hinter mir gefallen. Ich drehte mich schnell um und sah den Kawassen, der, um ruhiger zielen zu können, abgesteigen war, neben seinem Pferd stehen und die soeben abgeschossene Flinte senken. Jenseits des Flusses erhoben die Kurden ein wütendes Geschrei. Schnell, damit er meinen Worten zuvorkomme, rief er mir zu:

„Ich habe ihn erschossen, Effendi! Ich sah ihn zwischen den Sträuchern stehen und auf uns feuern. Da schickte ich ihm meine Kugel und sah ihn niederstürzen."

„Welcher war es? Etwa der Anführer?"

„Nein, ein anderer. Siehst du nun, daß ich Mut besitze und ein tapferer Krieger bin?"

„Nein. Es ist keine Kunst, so aus dem Hinterhalt auf jemand zu schießen. Warum fragtest du mich nicht? Deine Voreiligkeit kann uns den größten Schaden bringen. Aus dem Geschrei der Mir Mahmalli ist zu erkennen, daß du getroffen hast. Dachtest du denn nicht an die Blutrache?"

„Blutrache? O Allah, das hatte ich vergessen! Meinst du, daß sie kommen, um sich zu rächen?"

„Sicher! Kein Volk hält so fest wie diese Kurden an der Blutrache. Wenn sie dir den Hals abschneiden, habe ich nichts dagegen!"

Ich meinte diese Worte nicht im Ernst, war aber doch erzürnt über Kaßem. Wir befanden uns schon in Gefahr, und sein unkluges Gebaren konnte sie nur vermehren, zumal der Fluß jetzt eine Krümmung machte und so nah an den Berghang trat, daß zwischen den beiden nur ein sehr schmaler, offener Grasstreifen blieb, dem wir eigentlich folgen mußten. Diese Stelle konnte verhängnisvoll für uns werden, weil wir darauf den Kugeln der in den Büschen jenseits steckenden Kurden frei ausgesetzt waren. Darum zog ich es vor, wenigstens eine Strecke weit unter dem Wald des Abhangs Deckung zu suchen. Wir waren also gezwungen, uns bergauf zu wenden, und mußten infolgedessen absteigen, da das Gelände felsig war und ziemlich steil anstieg. Unsere Pferde führend, kletterten wir empor und kamen zu meiner Verwunderung auf einen Pfad, der längs der Berglehne hinzuführen schien. Wir folgten ihm, ohne es für notwendig zu halten, uns auf eine feindselige Begegnung vorzubereiten, denn auf diesem Ufer wohnten die Mir Yussufi, von denen ich annahm, daß sie uns freundlich aufnehmen würden.

Hier konnten wir wieder in den Sattel steigen, waren aber noch nicht weit gekommen, so sahen wir uns zum Halten gezwungen. Wir befanden uns nämlich vor einem Felsen, der da, wo der Pfad aufhörte, ein Tor zu bilden schien. Man konnte auf keine Seite abweichen, denn links fiel das Gelände steil ab, und rechts stieg es so jäh an, daß es nicht zu begehen war. Die Öffnung aber, die ich Tor nannte, war mit einem starken Dorngeflecht verschlossen. Ich fragte mit lauter Stimme, ob jemand dahinter sei, worauf eine kräftige Baßstimme von innen antwortete:

„Es ist jemand da. Wer seid ihr?"

„Wir sind Fremde, die von Rewandus kommen."

„Wohin wollt ihr?"

„Über die Grenze."

„Wes Glaubens seid ihr? Sunniten oder Schiiten?“

„Ich bin ein Christ. Meine Begleiter aber sind sunnitische Muslimin. Könnten wir für die Nacht eure Gäste sein?“

„Ich werde öffnen. Bindet draußen eure Pferde an!“

Die Dornentür wurde entfernt, und es erschien ein Mann von so riesigen Körperformen, wie ich wohl noch nie einen gesehen hatte. Er war bedeutend höher und breiter als ich und trug auf seinem unbedeckten, sonst kahlgeschorenen Kopf nur ein langes, dünnes Temeli[1], das hinten bis auf den Rücken niederfiel. Seine sehr weite Hose war schwarz und rot gestreift und oben und unten mit einem Riemen zugebunden. Die nackten Füße hatten fast noch größere Abmessungen als die gewaltigen Hände. Um die Schultern hing ein Lederkragen, der in lange Streifen geschnitten war, so daß der rauh behaarte Oberkörper ebenso wie die nackten, auffallend muskelkräftigen Arme zu sehen waren. Er hielt ein Messer in der Hand, mit dem er wohl eben beschäftigt gewesen war. Er musterte uns finster und sagte dann:

„Kommt herein und wartet hier! Ich werde dem Malkoegund[2] eure Ankunft melden.“

Er verschwand im Hintergrund durch eine zweite Dornentür, die er von draußen wieder vorschob, und wir traten ein, die Pferde im Freien lassend. Wir befanden uns in einem unregelmäßig viereckigen Raum, der wohl zwanzig Menschen bequem fassen konnte, und dessen Wände mit ebensolchem Dorngeflecht bekleidet waren. Als Stühle oder Schemel lagen mehrere große Steine da. Wir setzten uns. Sonst war ringsum nichts zu sehen als ein Lanzenschaft, an dem der Kurde bei unserem Kommen geschnitzt zu haben schien.

Eigentlich hatte ich große Lust, die Örtlichkeit in altgewohnter Vorsicht zu untersuchen, doch hielt mich eben diese Vorsicht davon ab. Wir konnten Beobachter haben,

1 Haarbüschel 2 Dorfältester, Anführer

und ich wollte sie nicht durch ein Zeichen des Mißtrauens gegen uns aufbringen. Eines aber tat ich, um auf alle Fälle gerüstet zu sein: ich füllte, um die abgeschossenen Kugeln zu ergänzen, die Kugelkammer meines Henrystutzens mit neuen Patronen.

Eben war ich damit fertig, als die Hintertür wieder geöffnet wurde und der Kurde mit einem Mann eintrat, den er als den Malkoegund bezeichnete. Dieser war ein verwegen und zugleich verschmitzt aussehender Krieger mittlerer Größe. Er trug einen riesigen Turban; sein Körper wurde von einem Anzug, der aus rot und gelb gemustertem Zeug gefertigt war, umhüllt. Im Gürtel hatte er ein Messer und eine Pistole stecken. Im Besitz dieser Waffe befinden sich bei den Kurden meist nur die Anführer. Er warf einen forschenden und, wie es mir schien, erzwungen freundlichen Blick auf uns und fragte:

„Die beiden Männer sind Sunniten?"

„Ja."

„Wir bekennen uns zur heiligen Schia und feiern den Tod Husseïns, des Blutzeugen. Du aber bist ein Christ."

Er warf mir einen Blick zu, den ich nicht zu enträtseln vermochte, musterte mich abermals und trat dann vor den Eingang, um unsere Pferde zu betrachten. Kaum war sein Auge auf meinen Rappen gefallen, so leuchtete es freudig überrascht auf, und er rief aus:

„Ja Hassan, ia Husseïn! Das ist ja ein Hengst von reinstem Blut. Wie heißt er?"

„Rih", antwortete ich.

„Rih? Von wem hast du ihn?"

„Von Mohammed Emin, dem Scheik der Haddedihn vom Stamm der Schammar."

„Ich kenne die Haddedihn und alle ihre Schicksale. So bist du wohl der Christ, dem er dieses Pferd schenkte, weil du seinen Stamm vor drei feindlichen Stämmen rettetest?"

„Ja."

„Du durchzogst darauf Kurdistan und hast dann auch für die Teufelsanbeter gekämpft?"

„Ich stand ihnen bei, weil sie recht hatten."

„Aber gegen Anhänger des Propheten!" brauste er beinahe auf.

„Durch meinen Beistand wurde großes Blutvergießen verhindert", verteidigte ich mich.

„Ich hörte von dir erzählen", fuhr der Malkoegund gemäßigter fort, „auch davon, daß du ein Gewehr besitzt, mit dem man unaufhörlich schießen kann, ohne zu laden. Hast du es noch?"

„Ja, hier ist es", erklärte ich, indem ich auf den Stutzen deutete.

„Gib es her! Ich will es betrachten."

„Ich gebe es nur dann aus der Hand, wenn ich weiß, daß ein Freund es sehen will. Bist du gewillt, uns als Gäste aufzunehmen?"

Dieses Gewehr mit seinen fünfundzwanzig Schüssen war mein bester Schutz, zugleich aber auch eine Gefahr für mich, da jeder es zu besitzen wünschte.

„Du mißtraust mir? Erfahre, welche Folgen das hat!" Er schlug die Hände zusammen.

Das Klatschen war ein Zeichen: Ich vernahm hinter uns ein Geräusch, als würde die Dornenwand bewegt. Ich drehte mich schnell um. Die Wand war fort, und es drängten sich zehn bis zwölf bewaffnete Krieger herein. Die vordersten standen schon hart bei uns. Ich wollte zurückspringen und den Stutzen anlegen. Aber es war zu spät, denn der Riese, der uns eingelassen hatte, und dem ich nun den Rücken zudrehte, ergriff den Lanzenschaft und schlug mich damit in der Weise auf den Kopf, daß ich niedersank.

Was nun geschah, konnte ich weder sehen noch hören, denn der Hieb des riesenkräftigen Mannes hatte mich ohnmächtig gemacht. Als ich wieder zu mir kam, lag ich, an Händen und Füßen gefesselt und nur noch mit Hemd und Hose bekleidet, im Freien. Neben mir befanden sich Halef und Kaßem, ebenso entkleidet wie ich.

Es war noch Tag, und so konnte ich meine Umgebung deutlich in Augenschein nehmen. Mitten im Wald war ein großer viereckiger Platz gelichtet worden. Die gefällten Bäume hatte man, ohne ihnen die Kronen zu nehmen, an den Rändern dieser Lichtung so neben- und aufeinandergelegt, daß eine undurchdringliche Einfassung entstanden war, in der als Eingang eine nur so breite Lücke blieb, daß ein einzelner Reiter hindurch konnte. Diese Lücke wurde des Nachts und in Zeiten der Gefahr geschlossen. Später erfuhr ich, daß es noch einen zweiten Eingang gab, nämlich das Felsentor, durch das wir gekommen waren. Dieses hatte man mit dem erwähnten Dornenflechtwerk so ausgekleidet, daß es einem nur dem Wald zu offenen Raum, einer Art Stube glich, ein Umstand, durch den auch ich getäuscht worden war.

Der Raum war auf drei Seiten offen. Von der einen Seite waren wir, von der anderen der Malkoegund und von der dritten die, die uns überfielen, eingetreten.

Auf der Lichtung standen die aus Stämmen und Zweigen errichteten Hütten der Kurden. Ihr Inneres konnte durch verstellbare Flechtwände in beliebig viele Abteilungen geschieden werden. Die Herden, die des Abends hereingetrieben wurden, befanden sich mit den zahlreichen bewaffneten Hirten jetzt draußen im Wald und auf offenen Weideplätzen. Im Inneren der Einfriedung gab es daher nur wenige, vielleicht dreißig Männer, von denen zehn um uns herumsaßen. Kinder und verschleierte Frauen trieben sich aber in viel größerer Anzahl entweder geschäftig herum, oder sie standen da, um uns neugierig und feindselig anzugaffen. Unsere Pferde waren in der Nähe an Pfähle gebunden. Unter den erwähnten zehn befanden sich der Malkoegund und der Riese, der uns empfangen hatte. Dieser schien seiner Bekleidung und Bewaffnung nach, denn er hatte nur das Messer, der ärmste von ihnen zu sein. Als der Malkoegund sah, daß ich die Augen wieder offen hatte, redete er mich feindselig an:

„Du siehst, wie weit dein Mißtrauen dich gebracht hat. Ihr werdet sterben müssen."

„Hätte ich dir Vertrauen geschenkt, so lägen wir jetzt auch hier", erwiderte ich. „Ihr wolltet unser Eigentum haben, besonders mein Pferd und mein Gewehr. Da war es gleich, ob wir euch trauten oder nicht. Sterben aber werden wir auf keinen Fall."

„Du irrst. Sobald es Abend ist und alle beisammen sind, wird die Hinrichtung vor sich gehen. Ihr seid verdammte Christen und Sunniten, die keine Gnade zu erwarten haben. Wer euch tötet, dem legt Allah tausend Ewigkeiten zu."

„Und ich sage dir, daß keiner von euch es wagen wird, die Hand an uns zu legen."

„Ich aber schwöre dir bei Allah, bei Hassan, bei Husseïn und — —"

„Halt, schwöre nicht, denn du würdest falsch schwören", unterbrach ich ihn. „Mich richtet man nicht so leicht hin. Was nützt dir die Beute, die ihr uns abgenommen habt? Mein Pferd wird dir nicht gehorchen, und mein Gewehr verstehst du nicht zu handhaben. Deine Hand wird keinen Schuß herausbringen."

Er hatte nämlich meinen Stutzen vor sich liegen. Darauf gründete ich meinen Rettungsplan. Ich wollte unsere Freiheit gern mir selbst verdanken; unsere Begegnung mit der Kurdin Fatima Marryah aber wollte ich als letzten Trumpf ausspielen. Halef, der mir zur Rechten lag, meinte nach meinen letzten Worten in seiner Moghrebmundart, die die Kurden nicht verstanden:

„Sihdi, er hat schon, während du besinnungslos lagst, sofort versucht, mit dem Stutzen zu schießen. Es ist ihm aber nicht geglückt. Sei klug und tu so, als wolltest du es ihm zeigen. Dann rettest du uns!"

„Das eben ist mein Plan", antwortete ich ihm in gleicher Mundart. „Ich werde ihm — —"

„Schweig!" fuhr mich der Malkoegund an. „Ihr dürft nichts, was wir nicht verstehen, miteinander sprechen. Was dein Gewehr betrifft, so wirst du mir erklären müssen, wie die Handgriffe sind."

„Und wenn ich es nicht sage?"

„So wirst du mit einem zehnfachen Tod bestraft werden. Ihr sollt erschossen werden. Wenn du mir aber nicht mitteilst, was wir wissen wollen, so werden wir dich an einen Baum binden und von unten herauf langsam verbrennen."

Den Kurden sind solche Grausamkeiten zuzutrauen. Ich stellte mich, als sei ich erschrocken, weigerte mich dennoch scheinbar, sein Verlangen zu erfüllen, bis er seine Drohung verschärfte und ich mich nun ergeben zeigte, dabei aber bemerkte, daß ich mit gefesselten Händen nicht zeigen könne, wie das Gewehr anzufassen sei.

„Ich werde dir die Hände lösen", antwortete er erfreut.

Der Malkoegund kam eiligst herbei und machte meine Hände frei. Dann reichte er mir den Stutzen. Jetzt hatte ich gewonnen. Bald konnten wir gehen, wann und wohin wir wollten; das wußte ich. Ich richtete mich auf, legte an und sagte:

„Paß auf, wie ich schieße! Sieh den längsten, untersten Eichenzweig am zweiten Baum da drüben. Es sind vier Galläpfel daran. Ich werde sie herabschießen. Paßt auf!"

Die Eiche stand siebzig Schritt entfernt. Die bei uns sitzenden Kurden eilten hin. Die anderen Männer sprangen nach, die Frauen und Kinder folgten. Nur der Malkoegund blieb bei uns. Ich hätte vor Freude laut lachen mögen. In dieser Entfernung hatten die Gallapfel die scheinbare Größe von Pfefferkörnern. Es schien unmöglich, sie zu treffen. Ich drückte viermal ab. Ein Jubelschrei verkündete den Erfolg. Ich aber legte, ohne darauf zu achten, das Gewehr blitzschnell weg, ergriff den Anführer, zog ihn zu mir nieder, faßte ihn mit der Linken bei der Gurgel, riß ihn mit der Rechten das Messer aus dem Gürtel, schnitt den Riemen, der meine Füße verband, entzwei, dann auch den, der die Hände Hadschi Halefs zusammenhielt, und rief diesem zu:

„Hier, nimm das Messer und schneide dich und den Kawassen vollends los, dann binde die Pferde von den Bäumen!"

Halef nahm das Messer. Ich hatte jetzt beide Hände zur Verfügung, richtete mich aus meiner sitzenden Stellung auf, riß den Malkoegund empor, ließ ihn los, hob den Stutzen auf, legte auf ihn an und rief ihm zu:

„Die Hände an den Leib, und bewege dich nicht, sonst bekommst du hundert Kugeln aus dieser Teufelsflinte!"

Er gehorchte beinahe zitternd. Das war alles in der Zeit von nicht mehr als einer Minute geschehen. Die Kurden sahen es von fern. Sie kamen schreiend herbeigerannt.

Ich rief ihnen entgegen:

„Halt, bleibt stehen, sonst schieße ich euren Anführer sofort über den Haufen! Wer von euch eine Waffe auf uns richtet, dem gebe ich ein Blei in den Kopf!"

Auch sie gehorchten und blieben halten, so groß war ihre Angst vor meinem Stutzen. Und da brachten Hadschi Halef und Kaßem auch schon die Pferde geführt.

„Siehst du nun, daß du falsch geschworen hättest?" fragte ich den Malkoegund. „Wir sind nicht die Leute, mit denen man machen kann, was man will. Du wirst sofort alles, was uns abgenommen worden ist, holen lassen und dann —"

„Chodeh, ia Chodeh", unterbrach mich eine weibliche Stimme hinter mir. „Gott, o Gott, was soll hier geschehen?"

Ich drehte mich um und sah Fatima Marryah, die soeben erst durch das Felsentor gekommen war.

„Man nahm uns gefangen und beraubte uns, um uns dann zu ermorden", erwiderte ich ihr. „Wir aber haben uns frei gemacht und werden alle erschießen, falls man uns nicht ungehindert abziehen läßt."

„Gefangengenommen — beraubt — töten, euch, meine Retter und Erlöser, denen ich mein Leben verdanke? Kein Haar soll euch gekrümmt werden; das versichere ich euch!"

Fatima Marryah kam vollends herbei und sprach so eifrig auf den Malkoegund und seine Leute ein, daß ich ihren Worten nicht zu folgen vermochte, obgleich ich des Kurmandschi leidlich mächtig bin. Noch hatte sie nicht geendet, da kam der Kurde, der mich niedergeschlagen hatte, herbei und rief mir zu:

„Chodih, du hast Fatima Marryah gerettet. Ich heiße Yussuf Ali, und sie ist mein Weib. Erlaube mir, mich neben dich zu stellen und euer Beschützer zu sein. Bei Hassan und bei Husseïn, ich hafte mit meinem Leben für euch und euer Eigentum."

Da es der heiligste Schwur eines Schiiten ist, so winkte ich ihm die Gewährung zu, und er stellte sich neben mich. Als sein Weib geendet hatte, begann auch er für uns zu sprechen, und zwar in einer Weise, daß ich erkannte, er werde seinen Schwur auf alle Fälle halten. Ich glaubte, seine Rede würde den Erfolg haben, daß man zunächst zu einer Beratung zusammentreten würde, hatte mich aber glücklich getäuscht, denn als Yussuf Ali ausgesprochen hatte, wendete sich der Malkoegund zu mir und sagte:

„Herr, das wußte ich nicht; darum müßt ihr uns verzeihen. Ihr habt einer unserer Frauen das Leben gerettet. Zwei von euch haben zwölf dieser verdammten Mir Mahmalli besiegt, wie könnten wir da eure Feinde sein! Nein, wir sind Brüder! Ich schwöre es bei Mohammed und bei Hassan und Husseïn, die unter den Streichen der Sunniten verblutet sind. Kommt mit in mein Haus! Dort werdet ihr alles finden, was euch gehört."

„Nein!" rief Yussuf Ali. „Sie haben mein Weib gerettet, darum müssen sie meine Gäste und nicht die deinigen sein. Ich habe das erste und größte Recht auf sie!"

Erst sollten wir getötet werden, und nun stritten sich die Leute um die Ehre, uns bei sich zu haben. Als man sich nicht einigen konnte, bat man mich, den Streit zu entscheiden, und ich entschied, daß Halef mit Kaßem bei dem Malkoegund, ich aber bei Yussuf Ali wohnen sollte, wodurch beide Teile befriedigt wurden.

Unterdessen war die Dämmerung eingetreten und die Hirten brachten die Herden getrieben. Diese waren nicht bedeutend. Die Mir Yussufi sind bald hüben auf türkischem, bald drüben auf persischem Gebiet, und da die Perser Schiiten sind, so ist es erklärlich, daß einige Familien des Stammes schiitisch geworden waren und sich von dem Stamm getrennt hatten. Diese schiitische Abteilung war es, bei der wir uns befanden. Sie lebte vom Ertrag ihrer kleinen Herden, vom Einsammeln der Galläpfel, die bekanntlich eine bedeutende Ausfuhrware bilden, und vom — Raub, was bei ihnen als Kurden verständlich war, da der Kurde den Raub für ritterlich hält.

Als die Hirten erfuhren, was sich ereignet hatte, waren sie unseres Lobes voll und machten ihrem Grimm gegen die feindlichen Mir Mahmalli in einem Geheul Luft, das diese jedenfalls hörten, denn sie bewohnten eine ebensolche Einfriedung jenseits des Flusses auf der Höhe des gegenüberliegenden Berges. Ich hatte diese vorhin, als es noch hell war, liegen sehen und konnte jetzt deutlich die Feuer erkennen, die drüben brannten.

Auch bei uns wurde vor jedem Haus ein Holzstoß angezündet, an dem die Bewohner sich versammelten, um das Abendessen zu bereiten. Yussuf Alis Haus war das kleinste. Ich konnte es eigentlich nur eine Hütte nennen, die durch eine verschiebbare Flechtwand in zwei Teile geteilt wurde; der eine war das unvermeidliche Frauengemach, der Harem. Der Raum wurde heute mir zur Verfügung gestellt. Mein Wirt hatte nur die Ziege besessen, die die Mir Mahmalli getötet hatten. Von ihrer Milch und dem Ertrag der Galläpfelernte lebte er. Außerdem erhielt er einen kleinen Sonderanteil von jedem Raub, da er das Amt übernommen hatte, den Felseneingang zu bewachen.

Was sollte er mir, dem hochgeehrten Gast, vorsetzen? Diese Frage brachte ihn nicht in Verlegenheit. Wenn ein armer Angehöriger eines Hirtenvolkes, mag er nun Beduine, Kurde oder Kirgise sein, einen Gast bekommt und nichts für ihn zu essen hat, so geht er einfach zum Nachbarn oder noch besser zum reichsten Mann des Lagers und bekommt von diesem sofort, was er braucht. Yussuf Ali eilte also zum Malkoegund und brachte Mehl, Reis und einen geschlachteten fetten Hammel, so daß einer Hungersnot gründlich vorgebeugt war.

Leider aber fehlte ihm eins, und zwar die Hauptsache — der Tabak. Der gehörte nicht zu den Gegenständen, die man für einen Gast umsonst verlangen kann. Er hatte eine alte Pfeife im Gürtel stecken und schob sie bald hin und her, mich dabei verlegen betrachtend. Da schirrte ich meinen Hengst ab und holte aus der Satteltasche meinen Tschibuk und den Tabaksbeutel hervor; diesen bot ich Yussuf Ali an. Sein Gesicht begann zu glänzen, und er rief aus:

„Welch ein Glück, Chodih, daß du selbst einen Vorrat von dieser Quelle des Genusses besitzest. Ich grämte mich schon, daß ich dir nichts zu bieten vermochte. Nun aber hat sich mein Gram in Wonne verwandelt. Chodeh dauleta ta masen beket, jahrimen asis — Gott vermehre deinen Reichtum, mein teurer Freund!"

3. *Husseïn Isa*

Während wir beiden Männer mit großem Eifer das taten, was die Abendländer so nüchtern mit ‚rauchen', die Türken aber mit tütün itschmek ‚Tabak trinken' bezeichnen, war Fatima Marryah mit verschleiertem Gesicht beschäftigt, das Abendessen zuzubereiten. Es mußte Kuchen gebacken, Reis gedünstet und der Hammel am Spieß gebraten werden. Da ich leicht Ekel habe, so paßte ich sehr auf, in welcher Weise sie das tat. Hamdulillah! Sie war viel, viel reinlicher, als ich es bei einer Kurdenfrau vermutet hatte! Ich konnte mit Lust essen! Während sie still und wortlos schaffte, unterhielt ich mich mit ihrem Mann über hunderterlei und fragte ihn im Laufe des Gespräches auch, ob Allah ihm das Glück, Vater eines Kindes zu sein, versagt habe. Da wurde sein bisher so zufriedenes Gesicht plötzlich ungewöhnlich ernst. Er blickte nachdenklich vor sich nieder und antwortete dann:

„Nein, Herr, es wurde mir nicht versagt, dieses Glück, das ich wohl besser ein Unglück nennen sollte."

„Ein Unglück? Dann verzeihe, daß ich davon sprach! Ist dir ein liebes Kind gestorben, so wisse, daß es bei Allah ist. Sprechen wir nicht davon!"

„Oh, sprechen wir dennoch davon! Du weißt alles und kennst alles. Vielleicht kannst du mir einen Rat erteilen, der die schwere Last von meinem Herzen nimmt. Ich habe einen Sohn; er ist nicht gestorben und doch vielleicht schon tot."

„Vielleicht? So weißt du es noch nicht sicher? Ist er in die Fremde gegangen und nicht zurückgekehrt?"

„Er ist in der Fremde und kommt oft zurück, uns zu besuchen, denn er liebt uns sehr und bringt alles, was er sich erspart. Er lebt also und ist doch vielleicht schon tot für uns."

„Wie soll ich das begreifen?"

„Ich werde es dir erzählen. Als wir vergebens auf ein Kind hofften, taten wir ein Nadr[1], daß, wenn das Kismet sich erweichen lasse, unser Sohn nur für Allah und den Islam leben und wirken solle. Da erbarmte sich Allah und gab uns einen Sohn. Herr, ich sage dir, eine Wonne von einem Kind! Der Knabe hatte Augen wie Diamanten, ein Gesicht wie die lachende Morgenröte, ein Herz voller Liebe zu uns und einen Verstand, der von Jahr zu Jahr größer wurde. Wir taten ihn nach Diarbekr zu einem berühmten Gelehrten. Wir mußten hungern, um diesen Mann bezahlen zu können, aber wir taten es gern. Nach drei Jahren kam er zurück. Da konnte er den Koran und alle seine Auslegungen auswendig. Alle heiligen Bücher waren in seinem Kopf versammelt, und der Geschichte der Kalifen war er so gewiß wie seiner eigenen Erfahrung. Wir waren entzückt, wir dankten Allah und baten um seinen ferneren Segen. Unser Sohn, den wir Husseïn Isa genannt hatten, sollte — —"

„Husseïn Isa?" unterbrach ich ihn, über diesen Namen erstaunt, da Isa Jesus heißt.

„Ja, Husseïn nannten wir ihn nach unserem größten heiligen Kalifen, den die Sunniten bei Kerbela ermordet haben. Und den Namen Isa erhielt er nach dem Stifter des Christentums, der auch von uns für einen Propheten gehalten wird und ein gewaltiger Redner war. Seine Worte waren wie Sonnenstrahlen, die das Herz erleuchten, und wie Schwerter, die durch die Seele dringen. Ein solcher Redner, ein solcher Prophet, wohl gar der Mahdi, den wir alle erwarten, sollte unser Sohn wer-

1 Gelübde

den, und darum hat er zu dem Namen Husseïn noch den Namen Isa bekommen."

„Sonderbar! Sollte das ein Vorzeichen sein?"

„Wie meinst du das?"

„Eure drei Namen sind Yussuf Ali, Fatima Marryah und Husseïn Isa. Jedes dieser drei hat einen muslimischen und einen christlichen Namen. Ali und Fatima waren die Eltern von Husseïn, der von seinen Gegnern getötet wurde. Yussuf und Marryah waren die Eltern von Isa, den seine Feinde ans Kreuz schlugen. Ist das nicht sonderbar?"

„Herr, das beschwert meine Seele noch viel mehr. Du unterbrachst mich. Ich wollte dir sagen, daß unser Sohn nun nach Meschhed Ali gehen sollte, um dort die tieferen Lehren der Schiiten sich anzueignen. Wir rüsteten ihn aus und sandten ihn mit Bekannten fort, die nach Mossul reisten, um Galläpfel abzuliefern. Sie kehrten zurück und meldeten uns, daß er glücklich mit ihnen dort angekommen sei. Später waren wieder Leute dort, die behaupteten, ihn in Mossul getroffen zu haben. Wir wollten das nicht glauben, erhielten aber kurz darauf von ihm selbst die Nachricht, daß er nicht nach Meschhed Ali gegangen, sondern als Chismikar[1] des Patrik[2] von Elkosch nördlich von Mossul geblieben sei. Kennst du diesen Mann?"

„Ja. Ich hörte von ihm. Er ist ein frommer Mann. Auch Elkosch ist berühmt. Man sagt, daß der Prophet Nahum da geboren worden sei. Doch erzähle weiter! Deine Geschichte fesselt mich außerordentlich."

„Wollte doch Allah, daß sie weniger traurig wäre! Mein Sohn, der nach Meschhed Ali sollte, um ein großer Lehrer der Schia zu werden, bei dem christlichen Patrik in Elkosch! Das war ja entsetzlich! Ich machte mich auf und reiste selbst hin. Ich fand Husseïn Isa. Ich bat, ich zürnte, doch vergeblich. Er hatte dem Patrik einen

[1] Diener [2] Patriarch

Dienst erwiesen und ihn deshalb besuchen müssen. Der alte Mann, dieser Giaur, den Allah töten wollte, hatte einen solchen Eindruck auf meinen Sohn gemacht, daß er nicht mehr von ihm fortzubringen war. Er kränkte mein Herz sogar mit der Behauptung, daß ihm jetzt das Licht aufzugehen beginne, nach dem er bisher vergeblich gesucht habe. Ich mußte unverrichtetersache heimkehren, und er blieb dort. Zuweilen besuchte Husseïn Isa uns und brachte uns allerhand Gaben mit. Ich bat ihn, hierzubleiben. Ich drohte mit allem, womit ich drohen konnte, aber es half nichts. Er antwortete mir mit langen Reden, die ich nicht verstehen durfte, und ging wieder fort. Ich sandte mehrere Male mein Weib, denn ich dachte, er werde der Mutter vielleicht lieber gehorchen als dem Vater. Aber sie nahm nicht ihn, sondern er nahm sie gefangen, denn sie begann nun auch von dem Licht zu reden, das aufgegangen sei, alle Völker und Heiden zu bekehren, und von dem Stern, den die Könige des Morgenlandes gesehen haben wollten. Wenn das so fortgeht, ist mein Sohn tot für uns und — —"

„Für mich nicht!" unterbrach ihn seine Frau mit lautem Aufschluchzen. „Er ist mein Kind, mein einziges, geliebtes Kind, und wird es bleiben, solange ich lebe!"

Ich hatte während der Erzählung ihres Mannes beobachtet, daß sie wiederholt mit der Hand unter das Schleiertuch fuhr, jedenfalls um sich die stillen Tränen abzutrocknen. Jetzt aber konnte sie sich nicht mehr beherrschen, sie mußte sprechen und tat es in einem herzzerreißenden Ton.

„Weib, schweig!" gebot er ihr. „Er hat auch dich verführt. Willst du etwa auch Christin werden und zu dem Gekreuzigten beten? Isa war ein Prophet und großer Redner; aber was ist er gegen Mohammed, gegen Ali, den Heiligen, gegen Hassan und Husseïn! Willst du den abtrünnigen Sohn verteidigen, so wehe ihm, wenn er kommt! Er hat mich verlassen und will mir nun auch noch das Weib vom Herzen nehmen! Ich weiß, was ich zu glauben habe, und —"

Yussuf Ali wurde durch einen Ruf unterbrochen, der vom hintersten Feuer her erschallte. Er selbst war es, den man gerufen hatte. Darum stand er auf und begab sich dorthin, wo man nach ihm verlangte.

„Chodih", weinte die Frau, „es ist alles so, wie Yussuf Ali dir erzählte, und dennoch ist es nicht ganz so, wie er es sagt. Ich habe um Hassan und Husseïn, die getötet wurden, viele, viele Tränen vergossen, denn ich dachte an Fatima, die Mutter der Getöteten. Jetzt aber weine ich um Isa, den Gekreuzigten, der für alle Menschen gestorben ist, und denke an Marryah, die Mutter der Schmerzen, die an seinem Kreuze stand. Mein Sohn hat mir viel von ihm und ihr erzählt, und was er sagt, das glaube ich, denn ich liebe ihn. Ich habe es meinem Mann sehr oft wiedererzählt. Er hat es still in seinem Herzen bewahrt, das habe ich bemerkt, denn er fing zuweilen selbst von Isa und Marryah an. Es ist ein Streit in seiner Seele entbrannt, doch ist Mohammed in ihm noch mächtiger als der Welterlöser. Aber ich bete im stillen zu Gott, daß er Mohammed besiegen und dem Vater meines Sohnes beistehen möge, zu der Klarheit zu gelangen, die ich für die ewige Wahrheit halte. O Gott, o Gott, wen bringt er da!"

Ich richtete den Blick in die Gegend, wohin sie deutete. Sie stand wie starr, ob vor Schreck oder vor Freude, das war nicht zu sagen. Ihr Mann kehrte zurück, und an seiner Seite schritt ein anderer, den ich nicht deutlich erkennen konnte; die Feuer flackerten zu sehr. Kurden und Kurdinnen kamen hinterdrein. Da rief Fatima Marryah:

„Mein Sohn, mein Sohn! Er ist's, ja, er ist's!"

Sie eilte auf ihn zu, schlang die Arme um ihn und zog ihn an ihr Herz. Die Zuschauer wichen ein Stück zurück, denn Mutter und Sohn küßten sich, und zwar öffentlich, was bei Mohammedanern eine unverzeihliche Sünde gegen die gute Sitte ist.

Yussuf Ali riß sie auch schnell und zornig auseinander und rief:

„Was tut ihr da? Was fällt euch ein! Habt ihr die Satzungen unseres Glaubens schon so weit vergessen, daß ihr den Leuten hier ein solches Schauspiel vorführt? Geh her, mein Sohn, und begrüße zunächst diesen fremden Effendi, der deiner Mutter heute das Leben gerettet hat! Dann habe ich sogleich ein ernstes Wort mit dir zu reden."

Er schob den Sohn zu mir hin. Dieser begrüßte mich und fragte dann:

„Was ist denn mit der Mutter geschehen? Hat sie sich in Gefahr befunden?"

„Ja, sie sollte von den Hunden der Mir Mahmalli zerrissen werden", erwiderte ich. „Doch davon mag sie dir selber erzählen."

Da mischte sich Yussuf Ali ein:

„Jetzt beantworte mir eine Frage: wirst du bei dem Patrik bleiben oder zu uns kommen?"

Er hatte die Arme über die gewaltige Brust gelegt und stand hoch aufgerichtet vor dem Sohn, der sich zwar wunderte, daß anstatt eines Willkommens diese Frage in solcher Weise an ihn gerichtet wurde, aber sofort und ruhig antwortete:

„Vater, ich käme gern zu euch, aber das ist nun nicht mehr gut möglich."

„Nicht? Warum?"

„Weil ihr zu uns kommen sollt."

„Wir — —? Zum Patrik etwa?"

„Ja. Er hat mich abgesandt, euch zu holen. Ihr seid arm und lebt in diesen Wäldern kümmerlich. Ich habe mich gesehnt, für euch sorgen zu können, und das ist mir von jetzt an möglich geworden. Der Patrik hat mich einstweilen zu seinem Katib[1] gemacht; da habe ich eine schöne, große Wohnung und alles, was ihr sonst noch braucht. Später wird es dann noch besser."

„Noch besser?" fragte der Riese spöttisch. „Ja, inwiefern denn das?"

„Weil ich dann nicht mehr Katib, sondern — — Kha — — Khassis sein werde."

Er brachte das Wort doch nicht mit einemmal heraus, denn Khassis heißt Priester.

„Khassis!" schrie sein Vater auf. „Ein christlicher Priester willst du werden! Ein Oberster der ungläubigen Hunde sollst du sein! Willst du dem Islam entsagen?"

„Vater, zürne nicht; vergib mir! Ich konnte nicht anders. Ich habe es schon getan. Ich bin ein Christ; ich habe Il Kurban il mukad'das er Ritas[2] erhalten."

„So — bist du — — also wirklich schon — — ein verdammter — — Giaur geworden?" stieß der Alte hervor, indem er vor Grimm nur absatzweise sprechen konnte.

„Ich mußte, Vater, ich mußte! Ich stand zwischen Mohammed und Isa Ben Marryam; ich habe mit beiden gerungen, Tage und Nächte hindurch. Mohammed hat mich verlassen, Isa aber nahm mich auf in den Schoß der alleinigen Wahrheit, in den Glanz der ewigen Hoffnung, die niemand täuscht. Ich — —"

„Halt ein!" fiel ihm sein Vater fast brüllend in die Rede. „Du bist ein Christ und kannst nun nicht mehr zurück? Nicht wahr?"

„Ja, ich bin ein Christ und bleibe es!"

„So sei verdammt in alle Ewigkeit — —"

„Vater!" schrie der Sohn auf, indem er sich ihm zu Füßen warf. „Halt ein! Nicht dieses entsetzliche Wort! Du bist ergrimmt. Wenn du dich beruhigt hast, wirst du anders denken und sprechen. Ich wollte dir das alles nicht so schnell und unvorbereitet sagen. Du aber

1 Schreiber 2 Das heilige Sakrament der Taufe

hast mich mit deinen Fragen dazu gezwungen. Beherrsche dich! Denk nicht nur an mich, sondern auch an die Mutter, die dir hier zu Füßen liegt!"

Die Frau hatte sich vor ihrem Mann niedergeworfen und seine Füße umschlungen. Er stieß sie von sich, erhob den Arm, drang auf den Sohn ein und schrie:

„Ich soll mich beherrschen, ich! Das sagst du mir, der Sohn dem Vater, du Kröte, du Hund! Willst du mir augenblicklich schwören, von deinem gekreuzigten Isa zu lassen, sonst — —"

Ich hatte mich vom Feuer erhoben. Der aufgeregte Mann stand im Begriff, den Sohn zu schlagen. Das wollte ich verhindern. Darum trat ich zwischen beide und sagte beruhigend:

„Yussuf Ali, willst du eine Angelegenheit, die zwischen deine Wände gehört, in solcher Weise öffentlich behandeln? Höre auf meinen Rat und — —"

„Schweig!" donnerte er mich an. „Du bist auch ein solcher Giaur, ein solcher Hund, dessen Fleisch kein Aasgeier fressen mag. Deine Worte stinken mich an. Sage noch ein einziges, so vergesse ich, daß du mein Gast bist!"

„Das hast du schon vergessen!"

„Habe ich es vergessen? So? Nun, so kann ich es auch vollenden. Hier, nimm — —"

Der Riese hielt erschrocken inne. Er hatte getan, was nicht er selbst, sondern was der Teufel seines Zornes gewollt hatte — er hatte mich geschlagen. Da mir das undenkbar gewesen war, so hatte ich mich nicht zur Abwehr bereitgehalten und den Schlag in das Gesicht also voll und gewichtig empfangen, von einer solchen Riesenhand. Ich taumelte zurück und griff zum Auge. Es war, was der Kunstausdruck einen Sauhieb nennt, ein Hieb auf die Nase, von der der Daumen ab- und in die Augenhöhle geglitten war. Das Blut drang mir aus der Nase, und mit dem rechten Auge konnte ich nichts sehen. Als ich es befühlte, hing es halb aus der Höhle.

Ein einziger, vielstimmiger Schrei erscholl rundumher. Ein Gast war von seinem Gastgeber erst beschimpft und dann sogar geschlagen worden! Das war noch nie geschehen. Yussuf Ali war übrigens selbst ganz entsetzt über sich. Er ließ die Arme sinken, starrte mich an, ergriff dann seinen Sohn beim Arm und sagte, ihn mit sich fortziehend:

„Komm! Er hat recht. Diese Sache gehört nicht vor andere. Ich allein habe mit dir zu reden."

Sie verschwanden miteinander.

Die Frau legte mir die Hände auf beide Schultern und sagte schluchzend:

„Herr, verzeihe ihm; er wußte nicht, was er tat! Er ist sonst so gut; aber wenn er zornig ist, so darf man ihm nicht widersprechen. Hat er dich sehr getroffen? Hast du Schmerzen?"

„Komm mit ins Haus und gib mir Wasser!"

Ich ging mit ihr ins Haus, um meinen Anblick den anderen zu entziehen, aus Rücksicht für ihren Mann und auch — — für mich selbst. Hadschi Halef folgte nach. Ich brachte das Auge behutsam wieder an seine Stelle. Dann stillte er mir die Blutung und legte mir einen nassen Umschlag auf. Während dieser Arbeit hörten wir einen langgezogenen Schrei erschallen, achteten aber nicht darauf. Später kam der Malkoegund, um mich aufzufordern, als Gast zu ihm zu kommen. Ich weigerte mich nicht, es zu tun, denn meines Bleibens konnte bei Yussuf Ali unmöglich länger sein. Als wir aus dem Hause traten, saß Yussuf allein bei seinem Feuer. Wir gingen an ihm vorüber, ohne ihn zu beachten.

Ich sollte mich an das Feuer des Dorfältesten setzen und mitessen, aber die Lust dazu war mir vergangen. Nase und Auge schmerzten mich, und wenn ich an

Husseïn Isa und seine arme Mutter dachte, so war es mir unmöglich, einen Bissen zu nehmen. Darum ging ich auch hier ins Haus und setzte mich in der Abteilung, die mir angewiesen wurde, nieder, um mir von dem zärtlichen Hadschi Halef kalte Umschläge auflegen zu lassen.

Damit verfloß eine ziemlich lange Zeit, bis ich einen aus der Ferne herüberschallenden Lärm hörte, der wie ein aus der Tiefe heraufdringendes Hohngelächter klang. Draußen vor dem Haus erhoben sich laute Stimmen. Man schien sich zu zanken; ich achtete nicht darauf. Da kam der Malkoegund herein und sagte:

„Chodih, Yussuf Ali will mit dir reden. Ich habe ihn abgewiesen, aber er besteht darauf. Auch sein Weib läßt dich dringend bitten, seinen Wunsch zu erfüllen."

„Ich werde gleich hinauskommen."

Er schien meine Bereitwilligkeit nicht erwartet zu haben, ging aber fort, ohne ein Wort darüber zu verlieren, und ich folgte ihm mit Halef. Draußen stand Yussuf Ali allein mit seiner Frau. Die anderen Kurden und Kurdinnen hielten sich von ihnen fern, weshalb, das war mir leicht erklärlich.

„Herr, hilf uns; mein Sohn ist gefangen!" rief uns Fatima Marryah an, indem sie vor mir auf die Knie sank und die gefalteten Hände flehend emporhob.

„Gefangen?" fragte ich, indem ich sie aufrichtete. „Von wem?"

„Von den Mir Mahmalli da drüben."

„Woher weißt du das?"

„Sie haben es uns herübergeschrien."

„Ah! Das Geheul, das auch ich hörte!"

„Hast du es vernommen? Sie riefen in einem fort: ‚Husseïn Isa gefangen, Husseïn Isa gefangen!'"

„Wie ist er denn in ihre Hände geraten? Hat er diesen Platz hier verlassen?"

„Husseïn Isa mußte. Als sein Vater dich geschlagen

hatte, führte er ihn zum Tor hinaus und verbot ihm, jemals wiederzukommen. Der Sohn ging still fort. Die Mir Mahmalli müssen hier in der Nähe gewesen sein, denn ich hörte einen langen, angstvollen Schrei."

„Sie sind um meinetwillen um euer Lager geschlichen. Auch ich hörte den Schrei, hatte aber keine Ahnung, was er bedeutete."

„Ich auch nicht, denn ich erfuhr erst später von meinem Mann, daß der Sohn fort sei. Die Mir Mahmalli haben ihn draußen ergriffen und, als er schrie, fortgeführt. Dann riefen sie es zu uns herüber, daß sie ihn gefangen hätten. Hilf uns, o Herr! Du bist der einzige, der helfen kann!"

„Ich? Warum ich allein? Hier stehen über fünfzig bewaffnete Männer. Auf, o Malkoegund! Wir müssen schleunigst hinüber, um ihn zu retten, denn die Mir Mahmalli werden nach dem, was heute geschehen ist, nicht zaudern, ihn zu töten."

Der Anführer wiegte den Kopf und antwortete:

„Wenn sie ihn töten, so ist es uns lieb. Er ist ein Christ geworden und geht uns nichts mehr an."

„Aber er ist ein Mensch und von eurem Stamm!"

„Gewesen, jetzt nicht mehr. Der Stamm stößt ihn aus."

„Ihr sagt euch also gänzlich von ihm los?"

„Ganz und gar."

„So denkt daran, daß ich euer Gast bin! Ich erkläre ihn für meinen Bruder; er ist also auch der eurige, und ihr müßt ihn befreien."

„Ein Abtrünniger kann selbst unter dieser Voraussetzung nicht unser Bruder sein. Er hat Mohammed verlassen. Mag Isa, an den er jetzt glaubt, ihn retten!"

Da wiederholte Yussuf Ali, der bis jetzt geschwiegen hatte, dumpf diese Worte:

„Er hat Mohammed verlassen. Mag Isa ihn retten! Isa vermag es nicht. Die Mir Mahmalli sind zu blutdürstig und zu stark!"

„Aber Isa ist stärker als sie und als alle Menschen", entgegnete ich. „Halef, gehst du mit?"

„Ja", antwortete der Hadschi sofort.

„Aber wir wagen das Leben und kennen die Gegend nicht."

„Die Gegend werden wir bald kennengelernt haben, und wo du etwas wagst, muß ich dabei sein. Ich hole meine Flinte."

„Die ist überflüssig, ebenso die Pistolen. Ich gebe dir meine Revolver, dazu dein Messer, das genügt."

Da wir all unser Eigentum ehrlich zurückerhalten hatten, besaß ich auch meine Revolver wieder. Wir gingen ins Haus, und ich holte den Stutzen. Als wir wieder herauskamen, stand Yussuf Ali mit seiner langen Lanze da und sagte:

„Chodih, ich gehe mit. Ich muß den Sohn wiederhaben."

„Bleib!" gebot ich ihm. „Du nützest uns nichts."

Er wollte nicht gehorchen, doch als ich ihm erklärt hatte, daß und warum er uns hinderlich sein werde, fügte er sich. Er begleitete uns mit seinem Weib bis an den Ausgang, um uns hinauszulassen. Als wir draußen standen, bat sie weinend:

„Tu alles, was du kannst, Herr, aber schone auch dein Leben! Gott wird dich begleiten und meinen Sohn durch dich retten, denn ich werde für dich und ihn beten."

4. *Es Ssalib*

Aufrichtig gestanden, war mir nicht wohl zumute. Ja, wenn ich unverletzt gewesen wäre, aber meine Nase schmerzte, und mein Auge brannte wie Feuer. Und wie war mir doch die Sehkraft jetzt in dunkler Nacht und unbekannter Gegend so nötig! Dazu der Umstand, daß die Mir Mahmalli, falls sie uns erwischten, vor Entzücken außer sich sein würden. Wir trieben ein verwegenes Spiel. Dch gab es kein Bedenken, denn wenn wir wirklich helfen wollten, so mußte schnell gehandelt werden.

Ich hatte schon am Tag die lichte Stelle auf dem bewaldeten Berg und dann des Abends die darauf brennenden Feuer gesehen und kannte also die Richtung, die wir einschlagen mußten; das war aber auch alles. Man steige doch in einem dichten kurdischen Wald einen steilen, felsigen Uferberg empor, noch dazu in möglichster Eile und völliger Lautlosigkeit!

Zunächst aber waren wir noch nicht so weit. Ehe wir drüben hinauf konnten, mußten wir erst hinab und dann durch den Fluß. Beim Hinabklettern gaben wir uns keine große Mühe, Geräusch zu vermeiden. Wir konnten uns nur auf den Tastsinn verlassen. Ich stieg voran, und Halef folgte. Fühlte ich ein Hindernis, so teilte ich es ihm mit. Ich rannte an Bäume, rutschte zwischen Sträuchern hindurch, blieb an Ästen und Dornen hängen. So stiegen, kletterten, rutschten und schlitterten wir weiter und weiter, bis wir unten das grasige Ufer erreichten. Nun ging es in den Fluß. Eine seichte Stelle zu suchen, dazu hatten wir keine Zeit. Er ging uns hier bis an die Hüften, war aber dafür um so schmaler, wir kamen schnell hinüber. Mein Umschlag war trocken geworden. Ihn kunstgerecht anzufeuchten hätte zu lange gedauert. Darum bog ich mich lieber nieder, um den ganzen Kopf ins Wasser zu halten. Dann ging es rasch zum jenseitigen Waldesrand und unter den Bäumen empor.

Nun mußten wir vorsichtiger sein, doch machte mir Halef keine Sorge, da er auf unseren früheren Wanderungen das Anschleichen von mir leidlich gelernt hatte. Er hielt sich hart hinter mir und mußte mich dennoch bitten, ein wenig stärker aufzutreten, da er meine Schritte nicht hören könne. So stiegen, kletterten und schwangen wir uns empor, bald auf den Füßen, bald auf allen vieren, ganz nach der Abwechslung des Geländes. Ob wir in dieser Stockdunkelheit die Richtung einhalten würden, war zweifelhaft. Die Nase mußte auch mit Führer sein und nach dem Rauchgeruch der Feuer fahnden. Leider war die meinige sehr unwohl. Sie schwoll infolge des Fausthiebes von Minute zu Minute mehr an und wollte sich durchaus nicht darauf besinnen, daß es ihre wohlerwogene Bestimmung sei, den Geruch eines Haferkäses vom Duft einer Resedablüte zu unterscheiden. Ich mußte mich in dieser Beziehung auf Halefs Nase verlassen, und dieser meldete mir auch endlich, daß er Rauch rieche und diese Empfindung sich von Schritt zu Schritt verstärke. Wir näherten uns also dem Ziel.

Wohl eine halbe Stunde waren wir unterwegs gewesen, als wir anlangten. Wir standen vor der Baumeinfassung, hinter der die Lichtung lag. Wie da hindurchkommen?

„Müssen wir hinein, Sihdi?“ fragte Halef.

„Zunächst hinauf“, mahnte ich. „Wenn wir dann sehen, wie es steht, werden wir auch wissen, wie es weitergehen soll.“

Wir standen bei einem Ahornbaum, der nicht allzu stark und doch so hoch war, daß er die Einfassung weit überragte. Ich legte den unbequemen Stutzen ab, und dann stiegen wir hinauf. Oben konnten wir das ganze Lager überblicken. Es war weit größer als das der Mir Yussufi, hatte aber die gleiche Anlage. Rechts von uns lagen längs der einen Seite die Weidetiere; dort gab es auch ein Dornentor. Vor uns, entlang der uns zugewandten Seite, standen Häuser und Hütten, ebenso längs der Seite links von uns. Die vierte, uns gegenüberliegende Seite war frei, einen schlanken, hochstämmigen Pistazienbaum[1] ausgenommen, der an der Einfassung stand. Auf der Mitte des weiten Platzes bemerkten wir auch Sommerhäuser und -hütten. Der Raum an der Pistazie schien für Volksversammlungen bestimmt zu sein. Dort standen die Mir Mahmalli, Männer, Weiber und Kinder, wohl über dreihundert Köpfe stark, und vollführten einen argen Lärm. Er drang mir grell in die Ohren, die der liebe Vater Yussuf Ali mir glücklicherweise nicht mit zerhauen hatte. Wem dieser Lärm galt, das erkannten wir auch, denn unser armer Husseïn Isa war an dem Stamm des Baumes festgeschnürt.

„Dort haben sie ihn", sagte der Hadschi. „Wie kommen wir hinein, und wie bringen wir ihn los und heraus, wir zwei allein bei so vielen Menschen, Sihdi?"

„Zunächst müssen wir hin, wenn auch noch nicht hinein", antwortete ich.

Wir glitten von unserem Ahorn herab und schlichen, nachdem ich meinen Stutzen wieder aufgenommen hatte, außerhalb der Einfassung hin, um die erste Ecke, an der dortigen Seite hinauf, um die nächste Ecke und dann jenseits weiter, bis wir die Stelle erreichten, über die die drinnen stehende Pistazie ihren Wipfel breitete.

Wir hörten jenseits der Einfassung die Kurden lärmen,

1 Pistacia vera

konnten sie aber nicht wahrnehmen, da hier außerhalb des Lagers ebenfalls eine Lichtung gewesen war, die nun zwar wieder Bäume trug, aber so dünnstämmige und niedrige, daß, falls wir sie auch hätten besteigen wollen, es nichts genützt hätte. Es gab da nur einen Weg, nämlich durch die Umfassung. Sie mußten wir zu diesem Zweck untersuchen.

Die Stämme waren ebenso samt den Wipfeln niedergelegt wie drüben bei den Mir Yussufi. Da wir nicht durch die Stämme konnten, mußten wir uns eine Wipfelstelle suchen. Das Glück war uns günstig. Gerade zwischen uns und der Pistazie lag die nicht sehr dichte Krone einer Haur-Pappel, also eines Baumes, dessen weiches Holz unseren Messern nicht zu widerstehen vermochte. Ich legte das Gewehr wieder ab. Dann knieten wir nieder, zogen die Messer und begannen die Zweige und dünneren Äste in der Weise zu zerschneiden, daß wir uns dadurch einen wohl einen Meter breiten und auch über einen Meter hohen Zugang öffneten. Diese Stelle hier war vielleicht die einzige schwache der ganzen Umfriedung.

Nach einer Viertelstunde waren wir so weit, daß wir, wenn wir nicht entdeckt werden wollten, die noch übrigen Äste stehen lassen mußten. Aber wir hatten nicht bloß den betreffenden Teil des Pappelwipfels, sondern auch das Unkraut und sonstige lebende Pflanzen, mit denen er dicht durchwachsen war, zu entfernen gehabt. Wir konnten nun, dank unserer Arbeit, nicht nur sehen, sondern auch hören. Sehen durfte ich eigentlich von mir nicht sagen, denn der Umschlag war wieder trocken geworden. Der Schmerz im verletzten Auge war fast unausstehlich und griff auch das gesunde Auge in einer Weise an, daß ich es mehr geschlossen als offen halten mußte.

Die Pistazie stand vielleicht zwölf Meter von uns entfernt. Jenseits hielt das ‚Volk‘ der Kurden. Diesseits stand der heute von uns zurückgewiesene Schir Seleki mit noch vier Männern, die seinen ‚Gemeinderat' bildeten. Das ‚Volk' war jetzt still, desto lauter aber sprachen die ‚Ratsherren'. Sie schienen sich zur Entscheidung über das Schicksal des Gefangenen zurückgezogen zu haben. Eben, als wir uns festgelegt hatten, um zu lauschen, hörten wir Schir Seleki sagen:

„Husseïn Isa ist stolz darauf, getauft zu sein und sich zum Ssalib Isa[1] zu bekennen. Er hat eingestanden, den fremden Effendi zu kennen, der unsere Hunde, unsere Pferde und sogar unsere Krieger erschossen hat. Er ist außerdem ein verdammter Schiit und der Sohn der Mir Yussufi, deren Blut wir trinken müssen. Schließlich nennt er auch das Weib, das die heutigen Verluste über uns brachte, seine Mutter. Der Mir Yussufi muß sterben, und da er das Ssalib Isa gar so hoch verehrt, so soll er auch seine Süßigkeit schmecken und am Kreuz enden. Wer etwas dagegen hat, der melde sich!"

Die Mir Mahmalli meldeten sich, aber nicht dagegen, sondern alle jubelten diesem unmenschlichen Vorschlag ihren Beifall zu.

„Hinauf mit ihm auf das Kreuz! Baut ein Kreuz! Gekreuzigt muß er werden!" so riefen einige hundert Stimmen frohlockend durcheinander.

„Nicht bauen!" übertönte sie der Anführer. „Einen starken Pfahl quer an den Stamm des Baumes, an dem er steht, so ist das Kreuz gleich fertig."

Es erfolgte neuer Jubel, währenddessen mich Halef fragte:

„Ist das nicht teuflisch, Sihdi? Hole schnell deinen Stutzen! Wir müssen sofort hinein!"

„Nein", entgegnete ich, „denn das wäre zu unserem Verderben. Es sind ihrer zu viele gegen uns zwei. Wir würden Husseïn Isa nicht retten können, sondern auch mit sterben müssen."

1 Kreuz Christi

„Aber was tun wir dann?"

„Ich eile zu den Mir Yussufi, sie müssen unbedingt helfen. Hoffentlich kommen wir zur rechten Zeit. Du bleibst zurück, um uns gegebenenfalls berichten zu können, was inzwischen vorgegangen ist."

„So bleibe ich hier in dieser Lücke liegen?"

„Auch nicht", erklärte ich, da ich dem Kleinen nicht recht traute. Bei seiner Gutherzigkeit und Verwegenheit konnte er sich leicht verleiten lassen, allein hineinzuspringen. „Du kletterst auf den Ahorn, auf dem wir vorhin gesessen haben, und bleibst darauf sitzen, bis ich wiederkomme!"

Wir eilten zurück bis zu dem erwähnten Baum, auf den der Hadschi stieg.

Ich reichte ihm meinen Stutzen hinauf, da ich ohne ihn schneller vorwärtskommen konnte, und lief dann weiter.

Wie ich in fünf Minuten den Fluß erreichen konnte, ist mir noch heute ein Rätsel. Zunächst den Kopf ins Wasser, um das Auge zu kühlen, dann hinein, hinüber und drüben im Wald hinauf. Nach abermals fünf Minuten war ich oben am Eingang. Er war geschlossen, und ich rief; man öffnete schnell. Da stand Yussuf Ali mit seinem Weib.

„Wo ist mein Sohn?" fragte sie mich. „Kommt er nicht auch?"

„Noch nicht. Ich brauche jetzt eure Krieger zur Hilfe."

„O Gott! So steht es schlimm um ihn! Ich habe ohne Unterlaß gebetet und die schmerzhafte Mutter angerufen, so wie er es mich gelehrt hat. Es hat nichts geholfen!"

„Bete nur weiter, so wird es helfen!"

Ich rannte fort, sie folgten mir. Im Laufen stöhnte Yussuf Ali:

„Ich bete auch zu Gott und will Kreuzzeichen machen, wie mein Weib es mir vorhin, als du fort warst, gezeigt hat. Ich bin an allem schuld. O Gott, welche Angst stehe ich dafür aus!"

Die Mir Yussufi saßen noch bei ihren Feuern. Ich rief sie zusammen und beschwor sie dringend:

„Hört, ihr Krieger! Wenn ihr tapfere Männer seid und ich euch nicht verachten soll, so müßt ihr mir jetzt folgen, sonst kommt der qualvolle Tod Husseïn Isas über eure Seelen. Die Mir Mahmalli wollen ihn kreuzigen. Hört ihr es? Am Kreuz soll er sterben! Das ist die schrecklichste aller Todesarten, und — —"

Ich wurde dadurch unterbrochen, daß Yussuf Ali einen Schrei ausstieß und davonrannte. Seine Frau schrie ebenso und eilte ihm nach. Ich konnte es nicht hindern, denn hätte ich ihnen nacheilen wollen, so wäre kostbare Zeit verlorengegangen. Ich sprach weiter, alles, was mir die Angst um Husseïn Isa eingab, fand aber kalte Hörer. Endlich brachte ich es mit der größten Anstrengung so weit, daß es zu einer Beratung kam, zu einer ewig langen Besprechung, deren Ergebnis der Malkoegund mir mit den Worten verkündete:

„Chodih, du bist unser Gast, und wir werden dir alle Freundschaft und Liebe erweisen. Aber Husseïn Isa ist zum Ssalib übergegangen, und wenn er jetzt gekreuzigt werden soll, so sehen wir darin nur die gerechte Strafe Mohammeds, der an Allahs Thron steht. Wir würden die größte Sünde begehen, wenn wir dem Abtrünnigen helfen wollten. Du bist nicht unseres Glaubens. Wenn du ihn retten willst, so tu es, aber uns verschone mit deinen Bitten."

Da war nichts mehr zu hoffen und zu machen. Ich blieb auf mich selbst und Halef angewiesen und rannte wieder fort. Mein Kommen hatte die Lage verschlimmert, da anzunehmen war, daß Yussuf Ali und sein Weib nur Dummheiten machen würden. Es kümmerte mich nicht, daß der Eingang offen stand und auch hinter mir offen blieb. Ich eilte fort, den steilen Hang hinunter, so schnell ich nur vermochte und dabei fast fieberhaft erwägend, auf welche Weise Rettung möglich sei. Dabei achtete ich nicht darauf, daß ich mehrmals stürzte und mir dabei die Kleidung und die Haut aufriß. Am Fluß angekommen, tauchte ich zunächst wieder den Kopf hinein, denn mein Auge brannte wie Feuer — Feuer, ah, das war das rettende Wort! Ja, nur durch Feuer war Husseïn Isa zu befreien, und ich hatte ja Schabheita[1] aus Rewandus mitgenommen und ein Schächtelchen davon im Gürtel stecken.

Indem ich durch das Wasser watete, erscholl oben bei den Mir Mahmalli ein Jubelschrei. Hatte man die Eltern Husseïn Isas erwischt? Ich hastete weiter und hörte bald darauf heftiges Hundegebell. Nun war vielleicht alles verloren! Da die Feinde die beiden entdeckt hatten, glaubten sie, es seien noch andere Mir Yussufi in der Nähe und waren infolgedessen beeilt gewesen, ihre Windhunde loszulassen. Wenn diese Halef fänden! Und ich mußte hinauf und hatte nur mein Messer bei mir! Es kam darauf an, wie viele Hunde es waren. Mit einem oder zweien hoffte ich auch ohne Blei und Pulver fertig zu werden. Schüsse mußten überhaupt zunächst vermieden werden, da sie unsere Anwesenheit vor der Zeit verraten hätten.

Alle diese Erwägungen gingen mir durch den Kopf, während ich in größter Eile aufwärtsstrebte. Das Bellen hörte auf, das beruhigte mich einigermaßen. Endlich, endlich kam ich oben bei dem Ahorn an.

„Halef, bist du noch oben?“ fragte ich.

„Ja, sprich leiser, und komm schnell herauf, wegen der Hunde!“

In einigen Sekunden saß ich oben bei ihm.

„Es ist vorüber, Sihdi!“ sagte er. „Sieh doch hin!“

Es durchzuckte mich ein Schreck, wie ich ihn noch nie gefühlt hatte.

1 Zündhölzer

Husseïn Isa hing am Kreuz, und seine Eltern waren unten an den Stamm gefesselt.

„Wird er tot sein?“ fragte Halef. „Er hängt schon seit einer Viertelstunde. Gleich darauf riefen seine Eltern um Einlaß.“

„Die Törichten! Wie wurde er befestigt?“

„Mit Riemen.“

„Hat man ihn gestochen?“

„Nein.“

„So kann er unter einem Tag nicht sterben. Mir wurde die Hilfe versagt. Aber wir beide holen ihn und auch seine Eltern heraus, mein lieber Halef. Wie steht es mit den Hunden? Wie viele sind's und wo stecken sie wohl?“

„Es sind drei. Sie wurden gleich nach dem Erscheinen der Eltern herausgelassen. Sie bellten ein wenig, dann schwiegen sie, immer einzeln um die Umzäunung rennend, ohne daß sie mich fanden. Sie haben schlechte Nasen.“

„Ihre Nasen sind gut, wenn sie nur erst auf die Spur gerichtet worden sind. Horch!“

Es kam plötzlich ein einzelner Hund vorübergerannt; sie waren darauf abgerichtet, nicht zusammenzuhalten, und das freute mich.

„Nun höre meinen Plan!“ fuhr ich fort. „Vor allen Dingen müssen die Tiere beseitigt werden. Wir steigen hinab. Schießen dürfen wir nicht. Du stellst dich hinter mich. Ich fasse jeden, der kommt, halte ihn fest, und du stichst ihn ins Herz.“

„Nein, Sihdi, nein! Sie reißen dir die Gurgel aus dem Hals!“

„Habe keine Sorge um mich! Diese Köter haben mir nichts an. Könnte ich nur mit beiden Augen sehen! Sind die Hunde tot, dann geht's ans Werk, und zwar mit Hilfe des Feuers. Wir brennen die trockene Umfassung hier an dieser Seite an, um die Aufmerksamkeit von der gegenüberliegenden, wo Husseïn Isa hängt, abzulenken.“

„Man wird ihn schnell töten, ehe die Mir Mahmalli hierher eilen.“

„Das werde ich mit meinem Stutzen verhindern.“

„Wenn du hier auf dieser Seite bist?“

„Ich bin drüben im Loch, das wir geschnitten haben. Damit der Brand im richtigen Augenblick beginnt, muß ich mit dem Stutzen hinüber, und du bleibst hier. Du machst dir trockene Äste zurecht, brennst, sobald der Schakal dreimal bellt, an, siehst zu, daß es schnell weiterlodert und nicht ausgelöscht werden kann, und kommst dann zu mir hinüber.“

„Ich werde mehrere Feuerherde anlegen — drei — vier — fünf.“

„Hier hast du Zündhölzer und nun komm!“

Wir stiegen hinab. Ich zog meine Jacke aus, wickelte sie lang zusammen und schlang sie mir fest um den Hals, Halef zog das Messer. Kurze Zeit darauf hörten wir von links her ein Schnaufen.

„Aufgepaßt — es kommt einer!“ mahnte ich den Hadschi, der sich, für mich zitternd, hinter mir bereitstellte.

Die im Lager brennenden Feuer warfen einen leichten Schein zu uns herüber, so daß es möglich war, ein Tier von der außergewöhnlichen Größe eines Windhundes der kurdischen Art zu erkennen. Das Schnaufen näherte sich schnell. Der Hund kam im Galopp, sah mich, blieb einen Augenblick halten und sprang mir dann, ohne einen Laut hören zu lassen, mit einem mächtigen Satz an die Kehle. Im gleichen Augenblick breitete ich die Arme aus, bog mich vor, um nicht vom Tier umgerissen zu werden, und warf ihm, gerade, als es sich verbeißen wollte, die Arme um den Hals. Seine Zähne fanden den dicken Wulst der Jacke und konnten mich nicht verletzen. Ich aber preßte ihm mit den zusammengezogenen

Armen den Hals und Kopf so fest gegen meine Brust, daß ihm der Atem ausging und sein Körper schlaff herniederhing.

„Stoß jetzt zu, Halef!"

Der Hadschi bohrte dem Tier das Messer vier-, fünfmal hintereinander in die Rippen. Dann ließ ich den Hund fallen. Er bewegte sich nicht.

„Hamdulillah, es ist geglückt!" seufzte Halef erleichtert auf. „Das hätte ich nicht für möglich gehalten. Sihdi. Wenn die anderen — —"

„Still!" fiel ich ihm in die Rede. „Es kommt wieder einer, diesmal von rechts her."

Wir wendeten uns in diese Richtung. Der zweite Hund wurde in gleicher Weise abgetan, nur mit dem Unterschied, daß er mir, als ich ihm den Hals zudrückte, in seiner Todesangst mit den Hinterklauen die Schenkel aufkratzte. Erst nach längerer Weile erschien auch das dritte, letzte Tier, das wie das erste unschädlich gemacht wurde, ohne daß es mich beschädigte. Nun half ich Halef eine kleine Weile leicht brennbare Stoffe suchen, damit er mehrere Herde anlegen und das Feuer schnell eine weite Verbreitung annehmen könne. Dann eilte ich mit meinem Stutzen auf die gegenüberliegende Seite des Kurdenlagers. Dort kroch ich in das von uns hergestellte Loch und hatte nun die Kreuzigung vor mir.

Isa, der ein Licht des Islam hatte werden sollen, hing seines christlichen Bekenntnisses wegen an dem schnell hergerichteten Kreuz, doch nicht, wie der Heiland mit schmerzenden Nägeln befestigt, sondern mit Riemen angebunden. Dennoch war sein halb zurückgeneigtes Gesicht schon äußerst qualvoll verzerrt, und seine Muskeln zuckten im Krampf. Seine Eltern waren absichtlich so an den Stamm der Pistazie festgebunden worden, daß sie diesem, also auch einander, die Gesichter zukehrten. Man hatte ihnen aber die Unterarme freigelassen, damit sie einander gut berühren, aber nicht helfen könnten.

Viele Kurden hatten sich einstweilen sattgesehen und sich entfernt. Die anderen bildeten jenseits des Baumes, wo sie das Schauspiel vor sich hatten, einen Halbkreis und erquickten sich an dem Bild der Marter, die die Gequälten nicht verbergen konnten. Diese verhielten sich keineswegs still: sie warfen einander Worte des Trostes und der Hoffnung zu, die von den Zuschauern in hämischer Weise bekrittelt wurden.

„Halt aus!" bat die Mutter den Sohn. „Er kommt gewiß; er hat es versprochen, dich zu retten. Du kennst den Herrn. Was er verspricht, das hält er auch."

Dann weinte und betete sie weiter. Das tat auch Yussuf Ali. Er unterbrach sein Gebet, um dem Sohn zuzurufen:

„Ich bin schuld, ich allein! Jetzt sind meine Schmerzen größer als die deinen. Vielleicht kommt der Herr zu Hilfe. Wenn er es tut, werde ich mir mit dem Messer ein Ssalib Isa in die Brust schneiden, zum Andenken an diese Stunden der Schmerzen, die unaussprechlich sind."

„Weine nicht, Mutter", bat Husseïn Isa. „Marryah hat tausendmal größere Qualen erduldet als du. Weine nicht, Vater, denn ich bin zu beneiden: der Tod für den Glauben öffnet den Weg zum Paradies. Mir ist's nicht um mich, sondern um euch. Ihr kamt, mich zu retten, und seid nun selbst dem Tod geweiht. Aber vielleicht naht der Herr doch noch, wenigstens euch zu retten. Ich will für euch flehen, daß er erscheine."

Er hob den Kopf empor, betete laut und rief vertrauensvoll die schmerzhafte Mutter um Hilfe und Beistand an. Die Mir Mahmalli aber warfen höhnische Bemerkungen dazwischen. Ich durfte nicht länger mehr warten, obgleich ich noch nicht wußte, wie ich mit Halef imstande sein würde, die drei mit der notwendigen Geschwindigkeit vom Stamm weg- und vom Kreuz herabzubringen. Ich legte die Hände an den Mund und bellte dreimal möglichst laut wie ein Schakal. Das Auge jetzt scharf zur gegenüberliegenden Seite richtend, sah ich sofort ein Flämmchen, dem schnell zwei, drei, vier, fünf andere folgten, um sich wie an einem Zunderzeug rasch an der Einfassung emporzufressen. Eine halbe Minute später stand von ihr eine wenigstens zwanzig Meter breite Strecke in hellen Flammen, die rasend weiterliefen.

Das Feuer wurde bemerkt und brachte die beabsichtigte Wirkung hervor. Alles heulte und rannte um Wasser. Die links drüben liegenden Tiere wurden scheu und jagten zwischen den Hütten und Menschen hindurch. Die entsetzten Kurden eilten in ihre Wohnungen, um den Inhalt zu retten. Niemand achtete der Pistazie. Ich stand schon an ihr, da ich die wenigen Pappelzweige, die mich gehindert hatten, schnell weggeschnitten hatte.

„Ich bin da!" tröstete ich die drei. „Erst schnell euch beide los und dann den Sohn!"

„O heilige Marryah, Mutter der Schmerzen, wie danke ich dir!" jubelte die Kurdin, als ihre Fesseln unter meinem scharfen Messer fielen. „Schmerzhafte Mutter hat mein Sohn dich genannt, ich trete ihn dir ab zu deinem Dienst!"

„O Ssalib Isa", rief ihr Mann, „du bist wirklich mächtiger als der Halbmond des Propheten!"

Beide waren los. Ein Schnitt empor machte auch die Füße des Sohnes frei. Das Messer zwischen die Zähne nehmend, kletterte ich hinter ihm am Stamm der Pistazie empor und auf den linken Arm des Querbalkens hinüber. Da kam Halef durch das Loch gekrochen und herbeigerannt.

„Schnell herauf und auf den anderen Arm des Kreuzes!" forderte ich ihn auf. „Wir müssen Husseïn Isa zugleich losschneiden, sonst bricht er sicher den einen Arm. Sein Vater ist stark genug, ihn aufzufangen."

Der kleine, brave Hadschi kletterte wie ein Eichkätzchen. Yussuf Ali stand mit ausgebreiteten Armen unten. Ein Schnitt hüben und einer drüben — Isa fiel in die Arme seines Vaters, der ihn an seine mächtige Brust drückte und laut aufjubelte. Die Mutter umschlang beide und jubelte mit. Da sah ich, daß wir bemerkt wurden. Mehrere Mir Mahmalli ließen alles im Stich und kamen herbeigerannt, andere folgten. Ich sprang hinab, Halef ebenso, und hob den Stutzen auf, den ich vorhin unten weggelegt hatte.

„Schnell alle fort, in den dunklen Wald und hinüber in unser Lager!" gebot ich. „Sorgt euch nicht um mich! Ich werde den Rückzug decken. Mir geschieht nichts."

Sie gehorchten. Husseïn Isa konnte nicht gehen und mußte von seinem Vater getragen werden. Aufzupassen, wie er hinausgebracht wurde, war mir unmöglich, denn die Mir Mahmalli waren nah. Glücklicherweise hatten sie keine Gewehre bei sich. Ich legte auf sie an und gebot ihnen Halt. Als sie dennoch vorwärtsrannten, gab ich drei Schüsse auf drei Beine ab. Die Getroffenen stürzten nieder, die anderen blieben stehen, alle brüllten vor Wut. Daß sie haltenblieben, war mir lieb, denn da ich auf dem rechten Auge nicht sehen konnte, mußte ich linkshändig schießen. Dann zog ich mich durch das Loch zurück, ohne daß sie mir zu folgen gewagt hätten.

Jetzt brannten schon zwei Seiten der Einfassung lichterloh. Der Wald war, so weit der Feuerschein reichte, fast taghell erleuchtet. Da ich die Feinde nicht mehr zu fürchten hatte, machte ich keinen Umweg, sondern lief zum Fluß hinab und drüben, wo es noch heller als im Tal war, wieder die Böschung hinauf. Ich stieß am Eingang des Lagers auf Halef und die drei Geretteten.

Die Mir Yussufi standen und starrten das Feuer an, das sie sich nicht zu erklären vermochten. Yussuf Ali ging, seinen Sohn auf den Armen, durch sie hindurch, ohne ihre Fragen zu beachten. Halef hatte dem Riesen erzählt, daß sein Stamm an der Rettung nicht hatte teilnehmen wollen. Ich folgte ihm mit seinem Weib. Hadschi Halef aber konnte es nicht übers Herz bringen; er blieb stehen, um den Mir Yussufi zu erzählen, was geschehen war.

Wir anderen suchten Yussuf Alis Hütte auf, wo sofort zwei Öllampen angebrannt wurden, damit ich den Zustand seines Sohnes untersuchen könne. Er hatte glücklicherweise nicht lange am Kreuz gehangen, und seine Muskeln und Sehnen waren fest. Er hatte zwar große Schmerzen und fühlte sich wie zerschmettert, eine gefährliche Verletzung aber war bei ihm nicht zu entdecken.

Was mich betrifft, so erschrak ich über mich selbst, als ich in ein Gefäß mit Wasser blickte, das mir als Spiegel diente. Auge und Nase bildeten einen einzigen, blauroten Höhenzug in meinem Gesicht, doch zweifelte ich nicht, daß beide durch häufige kalte Umschläge und Ruhe bald wieder herzustellen seien. Yussuf Ali hatte sich bei mir noch gar nicht entschuldigt, jetzt aber bat er mich in einer Weise um Verzeihung, daß ich ihm nach seiner inneren Umkehr den ‚Sauhieb' doppelt gern vergab.

Als Halef kam, ging Fatima Marryah hinaus, um das Feuer anzufachen und den Hammel vollends gar zu braten. Das so unglücklich unterbrochene Abendessen sollte nun zu einer Festmahlzeit werden, die wir im Haus einnahmen, denn wir schmollten mit den Mir Yussufi und ließen keinen herein.

Nach dem Mahl mußte Husseïn Isa schlafen. Wir anderen aber blieben noch lange wach, um das Erlebte zu besprechen. Dann mußte ich von der Heiligen Familie erzählen, von Yussuf, dem Zimmermann, von Marryah, der gebenedeiten Jungfrau, und von Isa, dem Sohn Gottes. Ich erzählte bis zum Tod, zur Auferstehung und Himmelfahrt des Erlösers und tat das in der Weise, wie man Kindern berichtet, denn das war den Geisteskräften dieser Leute am angemessensten.

Solche Stunden sind heilig. Meine Zuhörer waren so andachtsvoll, wie ich es nur wünschen konnte, und ich meine, daß kein Heidenbekehrer schönere Erfolge aufzuweisen hat als damals ich. Yussuf Ali dachte sich ganz in Joseph, den Zimmermann, hinein und wurde förmlich stolz, der Vater eines so frommen und sogar eines gekreuzigten Christen zu sein. Er zeigte sich auch fest entschlossen, mit Husseïn Isa nach Mossul zu gehen, und rief endlich begeistert aus:

„Herr, der heutige Tag hat mich für ewig mit Mohammed verfeindet. Ich werde Christ und halte es für das größte Glück, meinen Sohn als Priester zu sehen."

Fatima Marryah fiel ihm schluchzend um den Hals und küßte ihn vor unseren Augen. Ihr Sohn hatte ihr schon früher von der schmerzhaften Mutter erzählt, und dieses war ihr treu im Gedächtnis geblieben. Von allen heiligen Personen, von denen ich ihr berichtet hatte, hatte sie nebst dem Heiland die „Mater dolorosa" am tiefsten in ihr Herz geschlossen. Sie küßte mir weinend die Hände und sagte:

„Heute habe ich eine Ahnung, was die schmerzhafte Mutter alles erlitten; die Heiligste Jungfrau hat den Schmerz von mir gewendet; ihr ganz allein soll mein Sohn gehören, und ich werde nichts als seine und also auch ihre Dienerin sein. Das ist mein Gelübde und ich werde es halten."

Gegen Morgen mußten wir doch schlafen gehen. Als wir am Mittag erwachten, fühlte sich Husseïn Isa bedeutend wohler, und mein Gesicht hatte sich ein wenig gesetzt und gelbliche Farbe angenommen. Das Auge lugte schon, wenn auch nur matt, aus der Geschwulst hervor, ungefähr wie eine Rosine kleinsten Umfangs aus einem gut aufgegangenen Plumpudding.

Da wir unmöglich schon fort konnten, so mußte mit den Mir Yussufi eine Verabredung darüber eingegangen werden, wie wir uns zueinander stellen wollten. Halef blieb mit dem tapferen Kawassen als Gast bei dem Malkoegund, ich aber bei Yussuf Ali, dem der Malkoegund die Speisen lieferte. Unsere Kurden waren unendlich stolz auf uns geworden, denn zwei Mutige hatten drei Gefangene mitten aus dreihundert Feinden herausgeholt. Dazu kam, daß drüben noch tagelang der Wald brannte. Die Mir Mahmalli hatten viele Tiere verloren, ihr Sommeraufenthalt wurde durch das Feuer zerstört, und so konnten sie, da sie sich einen anderen suchen mußten, auf lange Zeit hinaus den Mir Yussufi nicht mehr lästig fallen. Diese schuldeten uns also große Dankbarkeit und trugen sie in ihrer Weise ehrlich ab.

Meine Genesung schritt schneller voran als die Husseïn Isas. Als mein Auge wieder das frühere Aussehen hatte und auch meine Nase in ihre ursprüngliche Schönheit zurückentschwollen war, lag ihm noch eine große Müdigkeit in allen Gliedern. Er mußte länger bleiben als ich. Es stand fest, daß er die Eltern mitnehmen würde, und ich bat ihn, bei dieser Gelegenheit meinen kühnen Kawassen nach Kerkuk abzuliefern. Kassem war darüber sehr erfreut, denn er hatte alle Lust verloren, ferner mit einem Menschen zu reiten, der mit einem Dutzend und noch mehr Kurden anbindet und dann noch ihre Häuser, Zäune und Wälder anzündet. Er erhielt ein Bakschisch von mir, mit dem er weit zufriedener war als mit mir selbst.

Meinen Ritt zum Urmiasee hatte ich wegen der völligen Ausheilung meines Auges und der vorgerückten Jahreszeit aufgegeben. Ich wollte nun den oberen Sab aufwärts reiten und über das Tura Ghara-Gebirge wieder zum Großen Sab zurückkehren.

Endlich ritt ich des Morgens mit Halef ab. Sämtliche Mir Yussufi begleiteten uns eine Strecke. Als sie Abschied nahmen, küßte mir Fatima Marryah weinend die Hände und bat:

„Denke meiner, Herr, wie ich deiner gedenken werde

allezeit! Du hast kein Weib, aber eine Mutter. Grüße sie von mir! Ich werde immer für sie und für dich beten."

Yussuf Ali aber hob seinen ledernen Streifenkragen auseinander, zog sein Messer, schnitt sich zwei tiefe, sich kreuzende Wunden auf die Brust und sagte:

„Das habe ich gelobt; das ist mein Zeichen: Es Ssalib Isa, das Kreuz Christi, in dem ich von nun an leben, und in dem ich auch sterben werde. Ich danke es dir. Reise in Gottes Schutz, und sei so glücklich, wie ich es jetzt bin!"

Schefakas Geheimnis

„Chodeh t'aves-schkeht; aaleïk ßallam, u rahhmeht Allah — Gott bewahre mich; der Friede und die Barmherzigkeit des Herrn sei mit dir!"

Melef, der Anführer der Schirwani-Kurden, zu dem ich diese Abschiedsworte sprach, reichte mir die Hand von seinem Schimmel herüber. Der dünne Bart zuckte um seine schmalen Lippen, und die Haut seiner Augenwinkel legte sich in Fältchen, die mir so wenig gefallen hatten.

„As kolahme tah; bu kalmehta ta siuh taksihr nakehm; atina ta, Anschiallah, kheïra — ich bin dein Diener; ich spare nichts, um dir zu dienen; gebe Gott, daß dein Besuch ein glücklicher sei!" antwortete er.

Dabei drückte er mir freundschaftlich die Hand, und ein Seitenblick sagte seiner Begleitung, daß auch sie sich jetzt verabschieden sollte.

„Chodeh schogoletah rast init — Gott stehe dir in deinem Vorhaben bei. Chodeh es-sch tah raschibith — Gott sei zufrieden mit dir. Chodeh dauleta ta masen beket — Gott vermehre deinen Reichtum. Ssallam aaleïk, jahrimen ahsis — Friede sei mit dir, mein teurer Freund!"

Diese und ähnliche andere Rufe erklangen um mich her, während sich gegen zwanzig Hände bemühten, meine Rechte zu drücken. Es war Kurmandschi, und so schwierig wie ihre Mundart war mir auch ihr Wesen während meines viertägigen Aufenthalts bei den Kurden vorgekommen. Ich war froh, ihnen mit heiler Haut entgehen zu dürfen, und kürzte daher den Abschied soviel wie möglich ab.

Ich reichte die Hand im Kreis herum. Mein Hadschi

Halef Omar tat das auch, und dann ritten wir davon, begleitet von einem Reiter, der uns auf dem besten Weg über den Großen Sab hinüber zu den oberen Sebari-Kurden bringen sollte.

Dieser Führer war seltsam gekleidet. An seinem roten Kuhlik[1] waren lange Lederstreifen befestigt, die ihm wie die Beine einer riesigen Spinne über das Gesicht und den Nacken herabhingen. Die weite Hose war schwarz und gelb gestreift. Zwei um die nackten Füße gebundene Lederstücke bildeten die Schuhe. Ein grün und weiß gewürfeltes Kleidungsstück, halb Weste und halb Rock, bedeckte seinen Oberkörper, und aus den Achsellöchern dieses Gewandes ragten zwei braune, haarige Arme hervor, die einem Menschenaffen anzugehören schienen. Der Mann hatte ein offenes Gesicht und ehrliche Augen, mit denen er mich von Zeit zu Zeit eingehend zu mustern schien.

„Sihdi", fragte Hadschi Halef, nachdem wir wohl eine halbe Stunde lang schweigsam dahingeritten waren, „was heißt Spitzbube auf Kurdisch?"

„Herambas."

„Dann ist jeder dieser Kurden ein Herambas."

„Sprich leise!"

„Warum, Sihdi! Damit der Kurde mich nicht hört? Selbst wenn er arabisch reden könnte, würde er doch meine Mundart nicht verstehen, denn ich spreche jetzt mit Absicht die Sprache der Moghreb[2], und diese ist hier fremd. Alle Kurden sind Räuber. Gott ist allwissend, und er weiß, daß vom Anführer der Schirwani nichts Gutes kommen kann. Hast du seine schiefe Nase und seine spitzen Augen gesehen? Seine Seele ist wie die eines Fuchses."

„Ich weiß es, Halef. Wir haben nichts mehr mit ihm zu schaffen."

„Hamdulillah — Preis sei Gott, daß wir fort sind von

1 Mütze aus Filz von Ziegenhaaren 2 Nordwest-Afrika

ihm! Aber hast du bemerkt, daß vor unserem Aufbruch zwei Reiter das Dorf verließen?"

„Nein. Macht dir dieser Umstand Angst?"

„Angst, Sihdi? Ich bin Hadschi Halef Omar Ben Hadschi Abul Abbas Ibn Hadschi Dawuhd al Gossarah. Ich habe dir doch stets treu und tapfer gedient, war mit dir in der Sahara, in Maßr[1], im Belad el Arab, in Mossul, bei den Teufelsanbetern und gar bei den Skipetaren und ich bin in keiner Gefahr von deiner Seite gewichen. Hast du jemals bemerkt, daß ich Angst gehabt habe?"

„Nein. Mein wackerer Halef hat sich niemals gefürchtet."

Er zwirbelte seinen Schnurrbart, der links aus wenigen und rechts aus etlichen Haaren bestand, sehr selbstgefällig in die Luft hinaus, schob den Turban aus der Stirn, richtete seine kleine, schmächtige Gestalt möglichst hoch im Sattel auf und lockerte seine silberbeschlagenen Pistolen. Nach dieser auf Eindruck berechneten Einleitung meinte er:

„Du sagst die Wahrheit, Sihdi. Du bist der weiseste Mann und der größte Krieger des Abendlandes; du hast eine starke Büchse, um den Löwen, den schwarzen Panther und den Bären zu töten. Du hast ferner eine Flinte, aus der du viele Kugeln schießen kannst, ohne zu laden, du hast auch zwei kleine Pistolen, die sechsmal losgehen in einer Minute. Ich aber bin dein Freund und Beschützer Hadschi Halef Omar, und unter meiner Obhut bist du sicher gewesen wie unter dem Schirm Allahs und des Propheten. Ich werde auch heute über dich wachen, daß der Feind kein Haar deines Hauptes zu krümmen vermag."

„Das erwarte ich", erwiderte ich ernst, obgleich ich ein kleines Lächeln kaum zurückzuhalten vermochte.

Mein kleiner Halef schnitt nämlich gern ein bißchen

1 Arabischer Name für Ägypten

auf, aber ich wußte dennoch, daß ich mich in jeder Beziehung auf ihn verlassen konnte.

Er öffnete wieder den Mund, um die Verherrlichung seiner selbst fortzusetzen, als er von unserem Begleiter unterbrochen wurde.

Wir hatten nämlich das Schirwani-Dorf beim ersten Tagesgrauen verlassen und waren von seinem Gebieter eine Strecke weit begleitet worden. Nun hatte sich der Osten allmählich mehr gelichtet, und jetzt schoß der erste Strahl der aufsteigenden Sonne an uns vorüber, um die Fluten des Sab mit glänzenden Lichtern zu überschütten. Da sprang unser Führer vom Pferd, kniete mit gen Morgen gerichtetem Angesicht nieder und rief mit ausgebreiteten Armen:

„Ia Schems, ia Schems, ia Schems — o Sonne, o Sonne, o Sonne!"

Er blieb knien, bis die feurige Kugel sich vollständig über dem Sehkreis erhoben hatte. Dann stieg er wieder auf. Ich war überrascht gewesen und wandte mich jetzt fragend an ihn:

„Du bist ein Jesidi[1]?"

„So nennt man uns, o Herr", erwiderte er, und nach einer kurzen Pause fügte er hinzu: „Nun möchtest du dich mir wohl nicht länger anvertrauen?"

„Wie kommst du zu dieser Frage?"

„Hast du nie gehört, wie schlimm die Leute von uns sprechen?"

„Ich habe es oft gehört, aber ich vertraue mich dir dennoch an. Ich habe unter den Jesidi mehr gute Menschen gefunden als unter den Anhängern Mohammeds, und ihre Scheiks und Kawals sind meine Freunde geworden."

Er blickte überrascht auf.

„Chodih, du kennst die Obersten und Prediger der Jesidi?"

1 Teufelsanbeter

„Ja. Ich war zum großen Fest in Baadri und Gast in Scheik Adi[1].“

„Verzeih, o Herr. Zum großen Fest wird kein Mohammedaner zugelassen.“

„Ich bin ein Christ. Aber Hadschi Halef ist ein Merd el Islam und wurde dennoch zugelassen.“

Ich sah die ungläubige Miene des Jesidi und zog meinen Melek Ta'us[2] hervor, den ich unter dem Gewand an einer Schnur um den Hals hängen hatte. Kaum erblickte er die kleine Gestalt, so rief er unter dem Zeichen des größten Erstaunens:

„Der Melek Ta'us, den nur die besten Vertrauten des Mir Scheik Khan erhalten! Herr, wenn du wirklich ein Christ bist, so ist dein Name Kara Ben Nemsi Effendi!“

„So hat man mich in diesem Land genannt.“

„Du bist also der Fremdling, der mit den Unsrigen damals gegen die Soldaten des Müteßarrif von Mossul gekämpft hat?“

„Ja. Beim Abschied gab mir der Mir Scheik Khan den Melek Ta'us als Erkennungszeichen, wenn ich der Dienste eines Jesidi bedarf.“

„Chodih, ein jeder Jesidi wird bereit sein, sein Leben für dich zu lassen, wenn er dieses kostbare Zeichen erblickt. Befiehl, was ich für dich tun soll, ich tue alles!“

„Ich wünsche von dir nur, daß du mich sicher zu den Sebari-Kurden bringst.“

„Dies wird geschehen, o Herr. Hier ist der Große Sab, und dort liegt ein Kellek[3] am Ufer, das uns über das Wasser tragen wird.“

„Wem gehört das Floß?“

„Der Malkoegund[4] hat es gebaut, doch jeder Bewohner kann es benutzen.“

„Kein anderer?“

„Keiner.“

1 Siehe Karl May, Gesammelte Werke, Band 2, „Durchs wilde Kurdistan“ 2 Wörtlich: König Pfauhahn 3 Floß aus aufgeblasenen Ziegenhäuten 4 Dorfälteste

„So sind es also Dorfbewohner gewesen, die vor uns hier übergefahren sind."

„Heute?"

„Ja. Sieh hier die frischen Spuren von zwei Pferden! Hier rechts hat das Kellek gelegen, und da sind die Reiter abgestiegen. Die feuchten Halme haben sich fast wieder aufgerichtet, sie wurden vor vielleicht einer Stunde niedergetreten. Was haben die zwei da drüben zu schaffen? Der Fluß bildet hier die Grenze. Sie können also nur zu den Sebari-Kurden sein. Warum sind diese Leute dann nicht mit uns geritten?"

„Chodih, es werden Männer eines anderen Dorfes sein oder Angehörige eines anderen Stammes, die das Floß fanden und benutzten."

„Nein, es sind zwei Männer eures Dorfes. Mein Gefährte hat sie beobachtet, als sie fortritten."

Er blickte nachdenklich vor sich hin und legte dabei unwillkürlich die Hand an den Griff des Messers, das seine einzige Waffe bildete.

„Herr", meinte er dann mit einem aufrichtigen Aufschlag seiner Augen, „ich weiß nichts davon. Vertraust du mir wirklich?"

„Ja, vollständig."

„Es ist möglich, daß du dich in Gefahr befindest, denn Melef liebt die Untreue mehr als die Treue. Ihr tragt bei euch kostbare Waffen und auch andere Dinge, die hier nie zu sehen und zu kaufen sind. Solange ihr seine Gäste wart, durfte er euch nichts nehmen. Jetzt aber kann er tun, was ihm beliebt."

„Und was wird das sein?"

„Melef wird den Anführer der Sebari benachrichtigt haben, euch die Gastfreundschaft zu versagen, und beide werden sich in das teilen, was ihr bei euch führt."

„In diesem Fall ist Melef nicht in das Dorf zurückgekehrt, sondern er wird uns heimlich folgen."

„Das glaube ich auch. Was wirst du tun?"

„Ich werde mich überzeugen, ob wir richtig vermuten, und, wenn das der Fall ist, dich zurücksenden."

„Chodih, das wirst du nicht tun!"

„Ich werde es dennoch tun. Melef ist dein Herr, du darfst nichts unternehmen, was gegen seinen Willen ist."

„Er soll mein Herr nicht länger sein. Ich hasse diese Kurden. Ich wollte sie schon längst verlassen und nach Westen gehen, aber sie hätten mich nicht fortgelassen."

„Und die Deinen?"

„Chodih, ich habe weder Vater und Mutter noch Weib und Kind. Ich besitze nichts außer dem, was du hier bei mir siehst, das Pferd gehört Melef. Ich will nach Baadri zu Mir Scheik Khan. Nimm mich mit dir, Chodih, und ich werde es dir danken, solange ich lebe!"

„Ich weiß, daß du beinahe als ein Sklave betrachtet wirst und dich sehr unglücklich fühlen mußt, aber ich kann über deinen Wunsch erst später entscheiden. Kannst du schwimmen?"

„Ja, Herr. Soll ich das Kellek herüberholen?"

„Nein. Ihr schwimmt jetzt an das andere Ufer und versteckt euch drüben hinter das Tschinar- und wilde Biehgestrüpp[1]. Unterdessen reite ich zurück, um zu erkunden, ob der Anführer der Schirwani uns folgt. Vorwärts!"

Die beiden lenkten ihre Pferde ins Wasser, und ich kehrte um. Im Trab erreichte ich die nächste Höhe, von der wir gekommen waren, und von hier aus erkannte ich allerdings Melef mit seinen sämtlichen Schirwani-Kurden, die soeben oberhalb meines Standorts in eine Schlucht einlenkten. Sie hatten einen Bogen geschlagen, um uns verborgen zu bleiben. Wenn auch ich von ihnen unbemerkt bleiben wollte, durfte ich keine Zeit verlieren. Ich ritt im Galopp wieder dem Fluß zu und nahm, als mein Hengst ins Wasser ging, die Waffen hoch empor, um sie vor der Nässe zu schützen.

1 Ahorn- und Weidengestrüpp

„Chodih", rief mir der Jesidi entgegen, „verfolgen sie uns?"

„Ja."

„So sind wir verloren."

„Inwiefern?"

„Blick hier empor!"

Er deutete auf den Höhenzug, der auf dieser Seite des Sab das Flußtal begrenzte. Ich erkannte einen Trupp von vielleicht dreißig Reitern, die von dort uns entgegenkamen.

„Sind es Sebari-Kurden?"

„Ja, Herr."

„Ich denke, die beiden Schirwani können das nächste Lager der Sebari noch gar nicht erreicht haben!"

„Sie müssen zufällig auf diesen Emdscherg[1] gestoßen sein. Man hat uns erblickt. Was befiehlst du, Herr?"

„Kennst du einen sicheren Weg über die Tura Ghara-Berge nach Akra oder zu den Quellen des Akraflusses?"

„Ja. Was willst du dort?"

„Ich will diese Landschaft kennenlernen. Wir müssen uns hier rechts wenden, und dann, glaube ich, können wir entkommen."

„Wir können den Feinden nicht entgehen, Herr, denn das Tal ist dort von Felsen verschlossen, die bis an das Wasser reichen. Kein Pferd kann sie erklimmen."

„Gut, so reiten wir den Männern entgegen."

„Und dann?"

„Was dann zu tun ist, wird sich finden. Auf alle Fälle wirst du dich friedlich verhalten. Du bist zwar unser Führer, aber nicht ein Feind von ihnen. Dir wird nichts geschehen."

„Herr, seit ich weiß, daß du den Melek Ta'us hast, bin ich ihr Hemscher[2] nicht mehr. Ich werde mit dir gegen sie kämpfen, wenn es nötig ist."

1 Kriegstrupp 2 Freund, Gefährte

„Das verbiete ich dir! Du bist, wie ich sehe, ein wakkerer Mann, aber dein Messer kann uns nichts nützen."

„So gib mir eine deiner Waffen!"

„Du weißt nicht, wie diese Waffen zu gebrauchen sind."

„So tue, was du willst. Ich aber schwöre dir beim Heiligtum von Adi, daß ich nicht von deiner Seite weichen werde!"

Der brave Jesidi war trotz meiner vorher ausgesprochenen Worte und trotz seines einfachen Messers ein nicht zu unterschätzender Verbündeter. Er hatte Mut und mußte, nach seinen muskelstarken Affenarmen zu urteilen, wahre Bärenkräfte besitzen. Wir drei hatten dreißig Kurden vor und zwanzig hinter uns.

Die Lage war also keineswegs angenehm, aber unsere Waffen waren ihnen überlegen, und überdies war es noch nicht erwiesen, ob ihre Gesinnung gegen uns feindselig war.

Wir ritten also auf die Höhe zu, den Sebari-Kurden entgegen. Als sie das bemerkten, hielten sie an und bildeten einen Halbkreis, in dessen Mitte sich der Anführer befand. Er trug nach kurdischem Gebrauch einen riesigen Turban, ein türkisches Gewand, das von einem ledernen, mit Silberplatten verzierten Gürtel zusammengehalten wurde, und darüber ein Aba[1] von rot- und schwarzgestreiftem Muster. Im Gürtel hatte er ein Messer und eine alte Pistole stecken, und quer über dem Sattelknopf hielt er eine lange persische Flinte, die nicht den geringsten Eindruck auf mich zu machen vermochte. Seine Begleiter waren ähnlich gekleidet und trugen meist Luntenflinten oder lange Bambuslanzen.

Ein Blick zurück überzeugte mich, daß auch die Schirwani das jenseitige Ufer erreicht hatten.

„Sind die beiden Boten deines Gebieters bei den Sebari?" fragte ich den Teufelsanbeter.

1 Weiter Kaftan

„Nein, Herr. Sie haben sich wohl zurückgehalten, um sich nicht zu verraten."

Jetzt hatten wir uns dem Halbkreis bis auf zwölf Pferdelängen genähert, und ich hielt an.

„Sabah 'l kher — guten Morgen!" grüßte ich den Anführer.

„Chodeh t' aves-schkeht — Gott bewahre dich!" erwiderte er zweideutig. „Wer bist du?"

„Wer ich bin, das hast du von den zwei Männern gehört, die dir Melef gesandt hat; wer aber bist du?"

Er schien ein wenig verlegen zu werden, faßte sich aber schnell und entgegnete:

„Wer hat hier das Recht, zu sagen ‚tu ki-e — wer bist du?' — du oder ich?"

„Nur ich allein, denn du kennst wohl mich, nicht aber ich dich!"

Ich sprach diese Worte mit fester Stimme und spielte dabei mit meinem Henrystutzen. Ich hatte den Schirwani-Kurden bewiesen, daß dieses mehrschüssige Gewehr eine gefährliche Waffe sei, und war überzeugt, daß die Boten die Sebari besonders auf unsere Gewehre aufmerksam gemacht und sie davor gewarnt hatten. Der kleine Versuch machte wirklich den gewünschten Eindruck, denn der Mann antwortete:

„Ich bin der Malkoegund jenes Lagers, das drüben hinter den Bergen liegt, und werde Scheri Schir[1] genannt."

„So hast du einen herrlichen Namen, denn ein Held ist gastfrei und der Löwe stark und ohne Falsch. Melef wird dich benachrichtigt haben, daß ich als Gast in dein Jilack[2] einzutreten wünsche. Ich werde dir alles bezahlen, was ich brauche, und morgen in Frieden weiterreiten."

„Du irrst. Melef läßt mir sagen, daß du ein Giaur bist, der die Wohnung eines wahren Gläubigen verun-

1 Held Löwe 2 Sommerwohnung

reinigt. Du wirst unser Lager sehen, aber nur als Gefangener."

„So erlaube mir, vorher mit Melef zu sprechen!"

Ich sah nämlich, daß die Schirwani-Kurden in das Wasser gegangen waren, und beschloß, diesen Umstand schleunig zu benutzen, um den Sebari zu zeigen, wie gefährlich unsere Waffen seien. Im Nu hatte ich mein Pferd herumgeworfen und jagte zum Fluß zurück. Halef folgte mir, hinter ihm der Jesidi und dann die Sebari. Melef war der vorderste im Wasser.

„Zurück, Gamssi[1]", rief ich ihm zu, „sonst wirst du Wasser schlucken!"

Melef hörte nicht auf diese Worte. Ich legte den Stutzen an. Menschenblut wollte ich nicht vergießen, aber meine erste Kugel traf sein Pferd in oder neben das Auge. Es verschwand und er mit ihm. Zwei-, drei-, sechsmal schoß ich mit gleichem Erfolg. Die sattellosen Reiter schwammen erschrocken an das gegenüberliegende Ufer zurück und die anderen besannen sich nicht lange, ihnen zu folgen. Das war in der Zeit von kaum einer Minute geschehen, während der auch Halef sein Doppelgewehr aufgenommen hatte, um mir den Rücken gegen die Sebari zu decken. Diese hielten sich jedoch in vorsichtiger Entfernung. Ich wandte mich jetzt wieder zu ihnen und an ihren Malkoegund:

„Sechs Pferde, ohne zu laden. Hast du es gesehen? Ich konnte alle erschießen, wenn ich wollte, die Pferde und auch die Männer. Ich brauche nur mein Tüfenk[2] zu erheben, um jeden von euch von seinem Hasp[3] zu werfen. Merkt euch das! Eure Waffen fürchten wir nicht, denn wer uns zuerst bedroht, der stirbt auch zuerst. Aber ich bin nicht als Duschmên[4] zu euch gekommen, und darum habt ihr nichts von uns zu befürchten. Ich wollte von euremBrot essen und von eurem Wasser trinken. Da ihr aber den Hungernden und Dürstenden

1 Verräter 2 Flinte 3 Pferd 4 Feind

dieses Merhameht[1], das der Prophet allen Gläubigen geboten hat, verweigert, so sollen die Hufe unserer Pferde sich von euch wenden. Allah bessere euch und eure Kinder!"

Ich war bedacht gewesen, während dieser Worte meinen Stutzen wieder nachzuladen, ein Vorgang, dessen Bedeutung die Kurden nicht kannten. Jetzt drehte ich mein Pferd rechts herum. Schnell verlegten sie mir den Weg und der Anführer meinte:

„Chodih, du bist ein großer Held und wirst mit uns kommen!"

„Nein. Ein Gefangener der Sebari werde ich nicht sein."

„Wir werden euch nicht fortlassen."

„Glaubst du, daß wir uns vor Kelehschan[2] fürchten? Unsere Pferde werden uns über euch hinwegtragen. Sieh meinen Hengst an, und du wirst es glauben!"

Ich hatte die bewundernden Blicke bemerkt, die Scheri Schir kaum von dem Tier wenden konnte. Es war eigentlich gefährlich, diese offenkundigen Pferdediebe noch eigens auf dieses aufmerksam zu machen.

„Hast du den Rappen selbst gezogen?" fragte er.

„Nein. Er ist ein Geschenk."

„Chodih, ein solches Pferd verschenkt kein Mensch!"

„Glaube, was dir beliebt!"

„Von wem hast du es?"

„Von Mohammed Emin, dem später im Kampf gefallenen Haddedihn-Scheik vom Stamm der Schammar."

Scheri Schir fuhr im Sattel empor.

„Heißt der Hengst Rih[3]?" fragte er.

„Ja."

„Herr, so bist du der Fremdling, der die Wüstenschlacht im Tal Deradsch mitgemacht hat, und dabei das beste Pferd jenseits des Flusses zum Geschenk erhielt?"

„Ja."

1 Barmherzigkeit   2 Räubern   3 Arabisch: Wind

„Und dieser Mann ist der Chismikar[1], den du bei dir hattest?"

„Er ist jetzt mein Freund."

„So erlaube, daß ich mit meinen Leuten spreche!"

„Tu es!"

Jetzt begann eine leise, eifrige Unterredung zwischen den Kurden. Ich konnte keine Silbe verstehen, beobachtete aber die Mienen scharf. Der Anführer schien seine unfreundliche Gesinnung gegen uns geändert zu haben. Er sprach seinen Männern eifrig zu und mochte sie endlich zu seiner Ansicht bekehrt haben, denn er wandte sich an mich:

„Chodih, wir haben viel davon gehört, daß die Haddedihn drei Stämme ihrer Feinde in das Tal Deradsch gelockt und darin gefangengenommen haben. Niemand wollte es glauben. Du sollst zu uns kommen und es uns erzählen."

„Dürfen wir als eure Freunde mit euch gehen?"

„Als unsere Freunde. Ser sere men at — ihr seid mir willkommen!"

„Und die Schirwani-Kurden da drüben, die mich verraten wollten?"

„Wir haben keine Gemeinschaft mit ihnen."

„Wo sind ihre beiden Boten?"

„Sie sind weiter unten über den Tschai[2] zurückgegangen."

„Sie haben nicht klug gehandelt. Hätten sie sich des Floßes wieder bedient, so wäre es uns unbekannt geblieben, daß sie zu euch gegangen waren. Reicht uns zum Zeichen der Freundschaft eure Hände, dann wollen wir mit euch reiten."

Die Hände wurden im Kreis herumgereicht, den Jesidi aber übersah man dabei.

„Herr", meinte der Malkoegund, „dieser Mann kehrt doch wieder zu den Schirwani zurück?"

1 Diener   2 Fluß

„Er ist mir zur Begleitung gegeben und wird bei mir bleiben, solang es ihm gefällt."

„Aber er ist kein Gläubiger. Er betet den Scheïtan an und wird in der Hölle braten."

„Be Chodera dschen'et u dschehen'eme tschebuhn — Paradies und Hölle sind durch Gott geworden. Er allein kann bestimmen, wer in die Seligkeit oder in die Verdammnis geht. Dieser Mann ist jetzt mein Gefährte, und ich bin euer Freund, so ist auch er es. Reicht ihm die Hände, wenn ihr nicht wollt, daß ich fern von euch bleibe!"

Ich verlangte sehr viel von ihnen. Ich tat es, um dem braven Jesidi zu beweisen, daß ich ihm freundlich gesinnt sei, und die Kurden gehorchten meiner Forderung, wenn auch mit finsteren Mienen. Dann setzten wir uns in Bewegung. Scheri Schir ritt an meiner Seite voran, dann folgte Hadschi Halef Omar mit dem Jesidi, und hierauf kamen die Kurden, die einen ordnungslosen Schwarm bildeten. Doch hatte ich während des ganzen Rittes die Hand am Revolver, und auch Halef hielt sein Pferd stets tunlichst in schrägem Gang, um ein wachsames Auge rückwärts auf die Sebari haben zu können.

Einen gebahnten Weg gab es nicht. Wir ritten über Steingeröll dem westlichen Höhenkamm zu. Dort hielt ich mein Pferd unwillkürlich an, um die mir hier gebotene Rundschau zu genießen. Im Osten und Südosten erhoben sich die Berge von Sidaka und Pir Hasan, zwischen denen Rewandus liegt, im Süden des Gara Surgh-Gebirge. Im Norden ragten die Höhen von Bas und Tkhuma, im Westen die Zacken des Tura Ghara und der Dschebl Haïr empor. Drüben lag auch Akra, wohin ich wollte.

Wir ritten über eine kleine Hochebene hin und lenkten dann talabwärts ein. Bisher hatten wir nur niedriges Gesträuch getroffen, bald aber wuchsen die einzelnen Büsche zu hohen Baumgruppen empor. Da gab es wilde

Esschir-, Eruk- und Judschasbäume[1], Gu'is-, Tschinar- und Tu-Bäume[2], um die sich fruchtbare Tri- oder Kundureben[3] rankten, Dari seitun-, Dari beru- und Dari benk-Bäume[4] wirr durch-, unter- und nebeneinander. Und nun öffnete sich auch ein Weg, der so breit war, daß zwei Pferde nebeneinander gehen konnten. Später führte er über saftige Matten und zwischen sumpfigen Flächen hindurch, bis er an einem breiten, rauschenden Bach wieder emporstieg.

Bis hierher hatten wir uns alle schweigsam verhalten. Meine Gedanken waren auf die Gefahr gerichtet, in der wir uns bei jedem Schritt befanden. Mit drei Schüssen oder drei guten Speerwürfen konnten die hinter uns reitenden Kurden uns töten. Aber sie mußten es meiner Haltung ansehen, daß dann wenigstens auch ihr neben mir reitender Malkoegund verloren sei. Der tat, als bemerke er den Revolver gar nicht, den ich längst aus dem Gürtel genommen hatte, und fragte mich nun nach langer Stille:

„Dein vollständiger Name ist Kara Ben Nemsi Effendi?"

„Ja. Wer hat ihn dir genannt?"

„Die beiden Schirwani. Du bist der Fremdling vom Tal Deradsch. Du sollst Löwen geschossen haben, ganz allein und mitten in finsterer Nacht?"

„Ja, mit der Büchse, die du hier auf meinem Rücken siehst."

„Warum führst du zwei Gewehre bei dir?"

„Das große ist für gewaltige Tiere und weite Entfernungen. Das kleinere nehme ich, wenn der Feind zahlreich und nahe ist. Ich brauche es nicht zu laden."

„Solche Waffen gibt es bei uns nicht. Dein Volk muß sehr klug sein. Du sollst bei mir sitzen und mir erzählen von fernen Ländern und von allem, was du er-

1 Feigen-, Pflaumen- und Pomeranzenbäume 2 Nuß-, Ahorn- und Maulbeerbäume 3 Wein- und Melonenreben 4 Oliven-, Eichen- und Terpentinbäume

fahren hast. Siehst du die Häuser dort rechts hoch oben am Berg?"

„Ich sehe sie."

„Das sind unsere Jilacks, in denen wir noch wohnen. Die Hitze des Sommers ist schon vorbei."

„Du bist der Malkoegund deines Dorfes. Hast du die Macht, einen Fremdling gegen die Deinen zu schützen?"

„Ich habe sie", antwortete Scheri Schir stolz, doch schien mir seine Stimme ein wenig unsicher zu sein.

Zugleich gab er seinem Pferd den Schenkel, so daß es rascher ausgriff als bisher. Es schien mir, als wollte er ähnlichen Fragen ausweichen.

Um vom Sab bis hierher zu gelangen, hatten wir fast zwei Stunden gebraucht. Nach zehn Minuten sah ich einen Verhau von starken Stämmen, der sich quer über den Weg rechts und links in den Wald hineinzog — wir hatten das Dorf erreicht. Auf einen lauten Ruf des Malkoegund öffneten sich die schmalen Verhaue, durch die wir einzeln einreiten konnten, und nun erblickte ich eine Lichtung, die sich fast bis zur Spitze des Berges emporzog. Auf ihr standen regellos die Hütten des Dorfes, die eigentlich besser Blockhäuser zu nennen waren. Die bedeutendste von ihnen glich einer kleinen aus Baumstämmen errichteten Festung. Auf sie ritten wir zu.

Es war ein eigentümliches Gefühl, das mich dabei beschlich. So wie mir mußte es einer Maus in der Falle zumute sein. Am liebsten wäre ich gleich wieder umgekehrt. Wie ich später hörte, war das Dorf von ungefähr dreihundert Seelen bewohnt, und alle, Männer, Frauen und Kinder, kamen jetzt herbeigeeilt, um den seltenen Fang, den die Ihrigen gemacht hatten, in Augenschein zu nehmen.

„Das ist mein Hani[1]", meinte der Malkoegund, indem er vom Pferd stieg. „Tretet mit mir ein!"

1 Haus

„Sage mir zuvor, daß ich dein Mivan[1] bin!"

„Habe ich dich nicht schon meinen Freund genannt?"

„Ist bei den Sebari-Kurden Gast und Freund das gleiche?"

Scheri Schir runzelte die Brauen.

„Ich bin dein Freund, das ist genug. Tritt ein!"

Ich erkannte, daß ich mich allerdings in einer Falle befand; aber was tun? Wir waren von zahlreichen Menschen umgeben, und selbst wenn wir uns mit unseren Waffen Raum verschafft hätten, so war der Verhau so hoch, daß es höchstens meinem Hengst geglückt wäre, darüber hinwegzusetzen. Halef und der Jesidi hätten zurückbleiben müssen. Und wenn wir einen Kurden töteten, so hätten wir selbst im Falle eines glücklichen Entkommens die ganze Meute hinter uns behalten. Mit der Blutrache ist zwischen diesen wilden Bergen nicht zu scherzen. Gewalt war also nicht am Platz, aber Furcht zu zeigen wäre ein ebenso großer Fehler gewesen.

„Wohl dir, wenn sich dein Wort bewährt", antwortete ich. „Schreite voran!"

Ich stieg ab und nahm meinen Rappen beim Zügel. Meine beiden Begleiter folgten meinem Beispiel.

„Die Pferde bleiben im Freien", meinte Scheri Schir. „Es ist im Haus kein Platz für sie."

Ohne die Tiere wären wir hilflos gewesen. Bevor ich meinen Rappen verließ, hätte ich ein Dutzend Kurden angeschossen.

„Die Pferde bleiben bei uns", entgegnete ich. „Vorwärts!"

Ich schob Scheri Schir zur Seite und trat in das Haus, meinen Rih hinter mir herziehend. Halef und der Jesidi folgten mir. Das Erdgeschoß des Gebäudes glich so ziemlich einer deutschen Scheune mit Tenne und Bansen. Es war in zwei gleich große Abteilungen geschieden, von

1 Gast

denen die zur rechten Hand als Versammlungs- und Beratungsort, die zur linken aber als Wohnraum zu dienen schien. Kleine, rechteckige Löcher ohne Glas vertraten die Fenster. Einen Hof konnte es nicht geben, da ich weiter keine Tür bemerkte. Die beiden Abteilungen waren durch ein dünnes Flechtwerk voneinander getrennt. Im Hintergrund führte eine Art Leiter zum niedrigen Dachraum empor. Kein Zweifel, dieser Jilack war eine rechte Mausefalle. Drinnen waren wir, das übrige mußte abgewartet werden.

Die erste Person, die ich im Innern des Gebäudes erblickte, war ein junges Kurdenweib. Sie trug eine türkische Hose, die über den feinen Knöcheln zugefältelt war und ein kleines, in Pantoffeln steckendes Füßchen sehen ließ. Eine blaue, gestickte Miederweste umschloß den Oberkörper, und darüber fiel ein vorn offener Kaftan bis über das Knie herab. Das schwarze Haar war in schwere Flechten geordnet, in denen Gold- und Silbermünzen glänzten. Die Frau war sehr schön, am allerschönsten aber war das große himmelblaue Auge, das sie halb neugierig und halb besorgt auf mich richtete. Auf dem Arm trug sie ein allerliebstes Mädchen, das die gleichen blauen Augen wie die Mutter hatte. Hinter ihr erhob sich ein junger Kurde vom Boden. Die Ähnlichkeit sagte mir, daß er ein Sohn von Scheri Schir sein müsse. Er war der Mann des schönen Weibes.

„Ni' vro'l ker — guten Tag!" grüßte ich.

Beide neigten schweigend die Köpfe als Antwort.

„Sselâm aleïkum!" grüßte Halef arabisch. Das Kurdische war ihm nicht geläufig.

„Aleïkum es ßelâm!" antwortete schnell die Frau. Halef machte ein freudig überraschtes Gesicht. „Wie? Du sprichst die Sprache des Koran?" fragte er.

„Ja", antwortete sie.

„Hamdullilah — Preis sei Gott, denn nun brauche ich nicht stumm zu sein!"

„Wer bist du?“ erkundigte sie sich.

„Wisse, du Rose dieses Tals, du Stern dieses Jilack, daß ich bin Hadschi Halef Omar Ben Hadschi Abul Abbas Ibn Hadschi Dawuhd al Gossarah, der Begleiter und Beschützer dieses großen Helden, der hier vor dir steht. Wir haben viele Taten verrichtet und große Abenteuer überwunden. Dann sind — — —“

„Führt eure Pferde nach hinten!“ unterbrach ihn die scharfe Stimme des Hausherrn, der hinter uns eingetreten war.

Zugleich fing ich einen Wink auf, mit dem er den Seinen bedeutete, uns nicht mit übermäßiger Freundlichkeit zu überschütten.

Daher sagte ich ihm ebenso scharf:

„Scheri Schir, du wirst dafür sorgen, daß diese drei Tiere Wasser und Futter erhalten. Aber merke dir, mein Gefährte wird jeden Kurden niederschießen, der es wagt, eins von ihnen anzurühren. Ich selbst werde als Gast deine Wohnung betreten, um mich auszuruhen.“

Nach einigen kurzen Weisungen an Halef trat ich links in den Wohnraum. Auf dem festgestampften Erdboden lagen längs der Wände dicke Stroh- und Binsenmatten, und in der Mitte der Hauptwand zeigte sich eine Erhöhung, die mit einem Teppich belegt war. Das war jedenfalls der Ehrensitz, und ich zögerte keinen Augenblick, ihn einzunehmen. Meine beiden Gewehre dicht neben mich legend, ließ ich mich in jene Stellung nieder, die der Türke Rahat otturmak, Ruhen der Glieder, nennt.

„Erlaube, daß ich dir deine Waffen aufbewahre!“ sagte der Hausherr, der mir mit seinem Sohn und dessen Frau gefolgt war.

„Ein Se'idvar[1] trennt sich nie von seinen Waffen“, antwortete ich ihm, „ganz so, wie ein Suar[2] nie von seinem Pferd. Wer mein Tier oder eine meiner Waffen

1 Jäger, Schütze 2 Reiter

anzutasten wagt, der ist des Todes. An dieser Vorsicht trägst nur du die Schuld."

„Warum?"

„Du hast nicht die Pflicht eines Freundes erfüllt, mich in deinem Hani willkommen zu heißen. Du zwingst mich, dich und deine Sebari als Leute zu betrachten, die mir verdächtig sind."

„Ich bin dein Freund, denn ich werde dir nur zu solchen Dingen raten, die geeignet sind, dein Leben zu erhalten."

„Ah, jetzt wirst du deutlich! Ich sage dir, daß Kara Ben Nemsi Effendi deines Rates nicht bedarf. Mein Leben steht in Gottes Hand. Er hat mir diese Waffen gegeben, es zu verteidigen. Hier stehen Krüge mit Wasser, und da liegt Brot genug auf viele Tage. Soll ich dir eine Kugel geben und dann dein Haus als Festung benutzen, von der aus es mir leicht sein wird, deine Sebari der Reihe nach zur Dschehenna zu senden?"

„Auch wir haben Waffen!"

„Sei still, sie taugen nichts! Die meinigen aber fehlen nie, und ehe du nur den Finger bewegst, würdest du zu deinen Vätern versammelt sein. Wer ist dieser junge Krieger?"

„Mein Sohn."

„Und dieses Weib?"

„Es ist seine Frau."

„So sieh zu, daß du nicht auch sie in das Verderben führst. Ich bin kein Kur'o[1], der mit sich scherzen läßt."

„Chodih, ich kann nichts tun, ohne vorher meine Männer gefragt zu haben."

„Dann hast du mir da unten im Tal die Unwahrheit gesagt. Höre, was ich beschlossen habe: dieses Haus gehört jetzt mir. Nur du, dein Sohn und dessen Weib dürfen es betreten. Der Eingang liegt offen vor meinen

1 Knabe

Augen. Jeden anderen, der einzutreten wagt, werde ich niederschießen. Du und die Frau, ihr könnt frei ein- und ausgehen. Dein Sohn aber bleibt hier in diesem Raum, und bringst du mir bis zur Zeit, in der die Sonne am höchsten steht, nicht die Nachricht, daß ich dein Gast bin, so erschieße ich ihn. Sieh, ich habe die Büchse in der Hand — — —"

Scheri Schir wollte mich unterbrechen, ich aber erhob mich und winkte ihm Schweigen zu.

„Still! Gehe jetzt, oder bei Chodeh, dem Allwissenden, sagst du noch ein einziges Wort, so schieße ich euch beide nieder!"

Es ist richtig, mein Verhalten war gewagt, aber ich habe nie zu denen gehört, die meinen, der Reisende müsse demütig und nachgiebig durch die Völker schleichen. Die Pflicht gegen die Heimat und das Volk, dem man entstammt, erfordert, daß man sich als Mann benimmt. Man muß den richtigen Scharfblick besitzen, um zu unterscheiden, ob der Mut oder die List, das Messer oder — der Geldbeutel zum Ziel führen werde. Ich hatte mich hier nicht verrechnet. Der Dorfälteste starrte eine Weile wortlos in die Mündung meines auf ihn gerichteten Gewehrs. So etwas war ihm noch niemals vorgekommen, er fürchtete sich.

„Herr, ich gehe!" sprach er endlich, wandte sich um und verschwand.

Jetzt war ich überzeugt, daß ich das Spiel gewinnen würde. Ich richtete die Mündung meiner Waffe jetzt auf den Sohn und befahl ihm:

„Setze dich in jene Ecke!"

Er blieb mit trotzigem Angesicht stehen, und sein Auge schweifte suchend über die Wand hinter mir, an der die Waffen hingen.

„Ich zähle bis drei", fügte ich hinzu. „Eins — — zwei — —"

Da drehte er sich langsam um und ließ sich an der

bezeichneten Stelle nieder. Die junge Frau stand noch vor mir. Ihr Gesicht war leichenblaß, und in ihren Augen zitterte es angstvoll.

„O Chodih, willst du uns wirklich töten?" fragte sie leise.

„Allah jihfasak — Gott schütze dich!" erwiderte ich ihr arabisch. „Ein Krieger tötet kein Weib."

„Aber Hamsa Mertal, meinen Mann, wirst du umbringen?"

„Ja, wenn die Versammlung der Krieger nicht beschließt, daß ich frei sein soll."

„Kennst du die Gebräuche der Kurden, Effendi?"

„Ja."

„Weißt du auch, daß bei ihnen ganz sicher ist, wer sich unter den Schutz der Frauen begibt?"

„Ja."

„Soll ich dich schützen?"

„Mich, die Meinen, meine Tiere und alles, was ich habe?"

„Ja."

„So hole das Brot!"

Sie nahm einen der runden Brotkuchen von der Matte auf, brach aus der Mitte ein Stück heraus, aß davon und gab auch mir.

„Reich mir deine Hand und komm", meinte sie hierauf. „Ich will auch deinen Männern und Tieren geben."

Jetzt war ich wenigstens für den Augenblick sicher. Als wir aus dem anderen Raum wieder zurückkehrten, hatte sich Hamsa Mertal aus seiner Ecke erhoben.

„Geh", gebot ich ihm, „und sage deinem Bav[1], was du gesehen hast! Wie heißt die Blume deines Hauses?"

Bei den Kurden spricht man ungezwungener von einem Weib als bei anderen mohammedanischen Völkerschaften.

„Schefaka[2]", antwortete er.

1 Vater 2 Morgenröte

„So erzähle den Kriegern, daß ich unter dem Schutz der ‚Morgenröte' stehe und meine Waffen zu den deinigen gehängt habe! Sie können euer Haus betreten."

Ich hängte meine Waffen an die Wand, griff in den Gürtel und zog eine jener Spiegelketten hervor, die man in Paris für weniger als einen Franken kaufen kann. Ich hängte sie der schönen Kurdin um den Hals.

„Nimm, o Schefaka! Möge der Glanz deiner Wangen und der Strahl deiner Augen immer auf diese Perlen leuchten!"

Ihre Wangen röteten sich vor Entzücken.

„Effendi, ich danke dir! Du sollst bei mir wohnen so sicher wie im Schoß Ibrahims, des Erzvaters. Erlaube, daß ich dir Trank und Speise bringe, und dann magst du ruhen und deine Augen ohne Sorge schließen."

Es geschah, wie sie gesagt hatte. Ich aß und trank und streckte mich dann zum Schlaf nieder. Als ich erwachte, herrschte tiefe Stille in dem Haus. Draußen unter den Bäumen hörte ich eine laute Stimme, die die Gläubigen aufforderte, el Asr[1] zu beten. Ich hatte lange geschlafen, und niemand hatte es gewagt, meine Ruhe zu stören. Als ich die andere Abteilung betrat, lagen auch Halef und der Jesidi schlafend zwischen den Pferden. Ich ließ sie liegen, steckte die Revolver und das Messer zu mir und trat vor das Haus. Das Gebet war beendet, und viele Krieger saßen rauchend im Kreis. Meine beiden Wirte waren bei ihnen. Scheri Schir erhob sich, und die anderen mit ihm. Sie alle gaben mir die Hände, und ich mußte mich zu ihnen setzen.

„Was habt ihr über mich nun beschlossen?" fragte ich den Malkoegund.

„Die ‚Morgenröte' leuchtet über dir", erwiderte er. „Du bist sicher, solange du dich in unserem Dorf befindest."

„Ich danke dir! Ich werde auch dann noch sicher sein,

1 Nachmittagsgebet

wenn ich morgen das Dorf verlassen habe. Sieh das erste Blatt dort an dem Eichenzweig. Sechsmal werde ich schießen, und sechs Löcher werden in einer geraden Reihe im Blatte sein."

Ich zog den Revolver hervor und schoß. Nach dem sechsten Schuß sprangen alle auf. Das Blatt wurde abgeschnitten und ging aus einer Hand in die andere. Das Staunen dieser Männer läßt sich nicht beschreiben. Sie konnten diese Sicherheit des Schusses ebensowenig begreifen wie den wunderbaren Umstand, daß ich zu schießen vermochte, ohne zu laden. Mein Ansehen wuchs ebenso rasch wie die Furcht, die sie vor mir empfanden. Nur nach langer Verwunderung nahmen sie ihre vorigen Plätze wieder ein. Hamsa Mertal holte mir eine Pfeife, und ich mußte nun erzählen, wie ich es ja seinem Vater am Morgen versprochen hatte. Die Unterhaltung wurde erst mit dem Mogreb[1] beendet.

Nachdem die hervorragendsten Krieger zum Abendmahl eingeladen waren, kehrten wir drei ins Haus zurück. Meine beiden Begleiter waren mit dem Füttern der Pferde beschäftigt, und Schefaka erwartete uns mit dem Kahwe[2]. Während wir rauchten und tranken, errichtete sie aus zwei Pfählen, einer Querstange und einigen Decken eine Art spanischer Wand, hinter der sie mit dem Kind verschwand. Nach einigen Augenblicken vernahm ich ein leises Flüstern und dann die helle Stimme des kleinen Mädchens. Langsam und deutlich erklang es:

„Tisti — tut — te — täch — tig — teit — tis — tei — tuk — tun — te — ten — teit"

Was war das!? Hatte ich richtig gehört, oder ließ meine Einbildungskraft mich diesen kindlichen Stammellauten eine falsche Bedeutung geben? Kurdisch war das nicht, persisch, arabisch, türkisch auch nicht. Hatte ich nicht selbst ähnliche Laute gestammelt, in den Armen

1 Gebet beim Sonnenuntergang 2 Kaffee

der alten lieben Großmutter, wenn sie mich zu Bett legte, als ich noch nicht reden konnte? Ich lauschte weiter. Mir wurde ganz eigentümlich zumute, der Atem und der Puls wollten mir stillstehen.

„Was tut das Kind?" fragte ich leise.

„Es betet", erklärte Hamsa Mertal, „denn es geht schlafen."

„Was betet es?"

„Das Gebet des Vaters meines Weibes."

„Wo ist er? Wo lebt er?"

„Er ist tot."

„War er ein Muslim?"

„Ich weiß es nicht. Ich habe ihn nicht gekannt."

„Verzeih mir! Wo nahmst du dein Weib?"

„Ich nahm sie mit, als wir bei den Abu Salman-Arabern einfielen."

„Darf ich sie fragen?" bat ich, als in diesem Augenblick Schefaka wieder hinter dem Schirm hervortrat.

„Frage sie!"

„Sag mir, o Schefaka, was dein Liebling jetzt gebetet hat!"

„Das Gebet, das mein Vater mich lehrte", antwortete sie errötend.

„Wie lautet es?"

„Es ist eine fremde Sprache, die ich nicht kenne. Du wirst sie auch nicht verstehen."

„Oh, sage nur das Gebet! Schnell, schnell!"

Sie hob die Hände, senkte verwirrt die Augen und sprach, wenn auch mit fremder Betonung fehlerhaft, aber für einen Deutschen immerhin verständlich, den Reim:

„Christi Blut und Gerechtigkeit
ist mein Schmuck und Ehrenkleid.
Damit will ich vor Gott bestehn,
wann ich in den Himmel werd' eingehn.
Amen!"

Ich war aufgesprungen und hatte die Hände gefaltet. Hier in den wilden Bergen Kurdistans, mitten in einer Bevölkerung muslimischer Glaubenseiferer vernahm ich das erste Gebet meiner Kindheit, und zwar in meiner Muttersprache! Ich weiß nicht mehr, was ich in den nächsten Augenblicken getan und gesprochen habe; ich weiß nur, daß selbst die beiden Kurden voll Rührung waren, und daß Halef Omar und der Jesidi am Eingang standen und verwundert unserer Unterredung lauschten.

„Wer war dein Vater?" fragte ich endlich die „Morgenröte'.

„Er starb, als ich ein kleines Mädchen war und eben dieses Gebet von ihm gelernt hatte, aber der Vater meiner Mutter hat mir von ihm erzählt. Er war aus einer sehr fernen Stadt, die Pre-nis heißt, mit anderen nach Stambul gekommen, um mit ihnen die Kamantsche[1] zu spielen. Allah war ihnen nicht gnädig, und er ging mit einem Inglis nach Halep und Mossul. Der Inglis verließ ihn, und er blieb. Er wurde Dschenkdschi[2] des Müteßarrif, und als er gegen die Abu Salman kämpfen sollte, nahmen diese ihn gefangen. Er blieb bei ihnen, und die Tochter meines Großvaters wurde sein Weib. Weiter weiß ich leider nichts."

„Schefaka, dein Vater war aus meinem Land. Ich war oft in der Stadt, aus der er kam. Du nennst sie Pre-nis, aber sie wird dort Preßnitz genannt, und viele Männer und Frauen, viele Burschen und Mädchen gehen von dort hinaus in fremde Lande, um zu singen und allerlei Instrumente zu spielen."

„Allah akbar — Gott ist groß!" rief sie, die Hände zusammenschlagend. „Du hast die Stadt meines Vaters gesehen? Du sprichst die Sprache meines Gebetes? Oh, vielleicht kannst du auch meinen Talisman lesen?"

„Welchen?"

[1] Violine [2] Soldat

„Der Vater meiner Mutter gab mir ihn. Er ist das einzige, was mein Vater von seinem Land und seinem Volk noch besessen hat. Es sind Linien und Punkte darauf und eine Schrift, die niemand lesen kann."

„Zeige mir ihn!"

Schefaka trat hinter die Wand zurück. Jedenfalls trug sie den ‚Talisman' auf ihrem Herzen. Als sie wieder hervortrat, überreichte sie mir ein Notenblatt, das vielfach zusammengeschlagen und in ein viereckiges Stück Schafleder gefaltet war. Ich öffnete es und fand — — das „Ännchen von Tharau", in D-Dur gesetzt für vier gemischte Einzelstimmen. Soviel ich suchte, es war keine Unterschrift, kein Name zu finden.

„O Schefaka, diesen Talisman kann ich lesen, er ist in meiner Muttersprache geschrieben. Aber er muß nicht gesprochen, sondern gesungen werden. Soll ich ihn dir vorsingen?"

„Effendi, wenn du das wirklich tun wolltest!"

„So höre!"

Ich sang ihr alle Verse dieses Liedes vor. Ich habe nie so gern und mit solcher Hingebung gesungen wie jenes einfache Lied in dem Jilack Scheri Schirs. Als ich geendet hatte, stand die ganze andere Abteilung des Hauses und auch der Platz davor voller Menschen. Niemand wagte ein Wort zu sagen. Die Macht des deutschen Liedes hatte die rauhen Seelen der Kurden ergriffen, obgleich sie den Wortlaut nicht verstanden.

„O schöne ‚Morgenröte'", fragte ich, „soll ich dir erzählen vom schönen Land, von dem guten Volk deines Vaters? Soll ich dir noch viele andere Lieder vorsingen, die er gesungen und gespielt hat auf der Kamantsche?"

Ihre blauen Augen leuchteten auf in einem freudig dankbaren Blick.

„O Effendi, tu es, und ich werde für dich beten zu Allah und dem Propheten, solange ich lebe!"

„Ja, tu es, Chodih!" bat auch Hamsa Mertal, der

Mann der schönen Enkelin des deutschen Vaterlandes. „Du sollst uns die Worte dieses Talisman übersetzen und der Gast des ganzen Stammes sein, solange es dir gefällt."

Dieser Mann und dieses Weib, sie hatten sich lieb. Wer hätte Schefaka, die ‚Morgenröte', nicht lieben sollen! Auch der alte ‚Held Löwe' erhob sich. Meine Hand erfassend, bat er mit lauter Stimme:

„Chodih, das Weib meines Sohnes nennt dich Effendi. Ja, du bist Kara Ben Nemsi Effendi, ein großer Gelehrter und ein tapferer Krieger, der weder Furcht noch Kleinmut kennt. Du bist würdig, unter die Sipah[1] der Sebari aufgenommen zu werden. Du hast das Leben der Kurden geschont, obwohl sie dich verrieten und dann in deine Hand gegeben waren. In deinem Land müssen weise Denker, kühne Streiter, barmherzige Sieger und viele schöne, treue Frauen wohnen. Die Lieder deines Volkes sind sanft wie das lispelnde Blatt und mächtig wie der brüllende Löwe. Du sollst uns von diesem Land und von diesem Volk erzählen. Du sollst unser Mivan, unser Gast sein, und niemand soll ein Haar deines Hauptes krümmen. Wir verlangten nach deinem Rappen und nach euren Waffen, aber sie sollen dir bleiben, und wenn du von uns gehst, so werden wir dich begleiten weit über Berg und Tal, bis du in Sicherheit bist. Sere men — bei meinem Haupt, das schwöre ich dir!"

Seit jener Zeit sind Jahre vergangen, aber heute noch, wenn ich eine süße Kinderstimme lallen höre, denke ich an jenen Abend im Nebental des Sab. Denken auch jene Sebarikrieger, denkt jenes holde Weib zuweilen an mich? Chodeh te b'elit, ia schefaka — Gott erhalte dich, o Morgenröte!

1 Streiter

Eine Weihnachtsfeier in Damaskus

Es war in Damaskus. Am Weihnachtsheiligabend. Ein gutes Stück hinter dem Vorort Es Salehije. Auf dem Weg, den man zu jener Zeit den „Weg der Aussätzigen" nannte, weil er an der Stätte vorüberführte, die diesen Unglücklichen damals zum Aufenthalt im Freien angewiesen war. Der Eindruck, den sie infolge der entstellenden und abschreckenden Hautausschläge hervorriefen, war grauenerregend. Sie hockten und lagen da in allen möglichen Entwicklungsstufen ihrer entsetzlichen Krankheit an der Erde herum und flehten das Mitleid der Vorübergehenden an, von deren Gaben sie lebten. Geld nützte ihnen nichts, da kein Mensch es nach ihnen berührt hätte. Grund war die bekannte ungeheure Ansteckungsgefahr des Aussatzes, die allerdings nur durch persönliches Berühren der Kranken oder durch Angreifen der von ihnen benützten oder angefaßten Gegenstände erfolgt, nicht etwa schon durch den Atem wie bei anderen Seuchen. Darum konnte man sie nur mit Gebrauchssachen und Nahrungsmitteln unterstützen. Und da nur sehr wenige von den Leuten, die diesen Weg begingen, dergleichen Dinge bei sich führten oder übrig hatten, so kann man sich denken, daß diese Gaben sehr spärlich ausfielen. Sie waren nicht imstande, den Hunger dieser armen Geschöpfe zu stillen und ihre Blöße zu bedecken. Dabei war es den Erkrankten bei strenger Strafe verboten, sich den Gesunden zu nähern oder gar sie anzurühren. Bis auf zwanzig Schritte durften sie herankommen, weiter nicht. Man warf ihnen von da aus die Gabe zu und entfernte sich schleunigst.

Ich war jetzt schon über zwei Wochen lang in Damaskus mit Hadschi Halef Omar, meinem arabischen

Diener, Freund und treuen Reisebegleiter. Gleich mir fühlte er sich von dem Elend der Aussätzigen tief ergriffen und bat mich, täglich hinausreiten zu dürfen, um ihnen etwas zu bringen. Selbstverständlich gab ich ihm nicht nur meine Erlaubnis, sondern ich ritt selber mit. Wir wählten Gaben, die ihnen sonst niemand bot und die trotz aller Billigkeit Leckerbissen für sie waren. Das gewann uns ihre Herzen. Wenn wir kamen, sahen wir schon aus weiter Ferne, wie erwartungsvoll sie nach uns ausschauten. Und sobald sie uns erblickten, brachen sie in Jubel aus. Wenn es Beobachter gab, mußten wir vorsichtig sein; waren wir aber mit ihnen allein, so beachteten wir das Gebot der zwanzig Schritte nicht, sondern gingen näher zu ihnen hin, um ihnen das, was wir mitgebracht hatten, in die Hände zu geben, ohne dabei jedoch die Personen selbst zu berühren. Man kann sich denken, wie lieb sie uns gewannen, besonders den kleinen Hadschi, der sie durch seine Heiterkeit und seine drolligen Witze auch innerlich beschenkte.

Sie hatten unter sich einen Anführer gewählt, dem sie unbedingt gehorchten. Man nannte ihn den „Scheik der Aussätzigen". Es war ein langer, starker Mann mit sehr entstelltem Gesicht und nur einer Hand; die andere hatte ihm der Aussatz weggefressen. Früher war er im deutschen Heim für Aussätzige in Jerusalem untergebracht gewesen, hatte dort die echte Menschlichkeit des Christentums von der erzwungenen Wohltätigkeit des Islams unterscheiden gelernt und sich einige Kenntnisse angeeignet, die ihn befähigten, hier in Damaskus im Namen seiner Leidensgenossen mit der Behörde zu verkehren. Er stand gerade jetzt mit ihr in einem außerordentlich erbitterten Zwist. Man wollte die Aussätzigen nicht mehr an ihrer jetzigen Stelle lassen. Man warf ihnen vor, sie verpesteten die Luft. Die noch leidlich Aussehenden sollten in ein dicht verschlossenes Haus gesteckt werden und die Freiheit nie wieder erblicken. Die anderen aber wollte man nach einer Ruine in der Wüste bringen, wo sie von Soldaten streng zu bewachen waren, bis sie vollends starben. Es konnte kein Zweifel bestehen, daß beides einem Todesurteil gleichzunehmen war. Daher die große Aufregung, die unter den Aussätzigen hierüber herrschte. Sie wollten ihre freie Luft, ihren Sonnenschein und den Anblick des Himmels nicht hergeben und wollten weder eingesperrt noch in die Wüste geschafft werden. Sie behaupteten, daß man es in beiden Fällen darauf abgesehen habe, sie schnell verhungern und verschmachten zu lassen, damit man sie los sei. Der Pascha aber achtete auf ihre Einwendungen und Wünsche nicht. Er ließ ihnen befehlen, sich bereit zu halten, es bleibe bei seinen Bestimmungen. Sie waren hierüber derartig ergrimmt, daß sie nun nicht mehr auf Abwehr, sondern auf Rache sannen. Diese konnte eine außergewöhnliche und fürchterliche werden.

Das erfuhren wir nicht nur von ihnen selbst, sondern auch von unserem Gastfreund, dem reichen Kauf und Handelsherrn Jacub Afarah, bei dem wir wohnten. Meine Leser haben ihn und sein Haus im Band „Von Bagdad nach Stambul" kennengelernt. Er war ein überaus menschenfreundlich denkender Herr und hatte sich, was hier ganz besonders zu erwähnen ist, den Pascha zur Dankbarkeit verpflichtet. Daß die Aussätzigen vernichtet werden sollten, war Stadt- und Tagesgespräch. Jacub Afarah bemitleidete sie. Er wußte, daß ich mit Halef täglich zu ihnen hinausritt, um sie zu beschenken, und fügte an jedem Morgen zu dem, was wir aus unseren armen Mitteln spendeten, auch seine reichlicher bemessenen Gaben bei. Nun fügte es sich, daß mein Halef, der innerliche Christ und äußerliche Mohammedaner, auf den Gedanken gekommen war, am heutigen heiligen Weihnachtsabend bei den Aussätzigen eine Christbescherung zu veranstalten. Wie das anzufangen sei, das wußte er genau. Ich hatte es ihm oft beschrieben und dann später einmal am Lagerplatz seiner Haddedihn-Araber einen großen, weithin leuchtenden Christbaum angebrannt. Als Jacub Afarah von diesem Plan hörte, erklärte er, daß er sich beteiligen werde. Die Geschenke seien von ihm, die Bäume aber von uns zu liefern. Er bitte aber um Verschwiegenheit, damit niemand die einzigartige Feier störe. Nur einigen seiner vornehmen Freunde und ihren Frauen dürfe gestattet sein, an ihr teilzunehmen.

So war ich denn gestern mit Halef hinauf in das Wadi Methelun geritten, wo wir einige gut passende Tannen fanden. Von da zurückgekehrt, erfuhren wir, daß die geladenen vornehmen Freunde und ihre Frauen bereits in allen Basaren herumgelaufen seien, um auch ihrerseits Geschenke einzukaufen. Wir freuten uns herzlich, daß die von uns ursprünglich nur bescheiden geplante Bescherung jetzt ein so glänzendes Gepräge bekam, und verwendeten den heutigen Vormittag darauf, für gute Kerzen und eine reichliche Anzahl von Lichthaltern zu sorgen. Als es zu dunkeln begann, waren wir bereit. Es regte sich, solange die Bäume dann brannten, auch nicht ein einziges Lüftchen.

Es war bestimmt worden, daß die einzelnen Parteien zur Stunde des Abendgebetes aufbrechen und sich am Ende von Salehije zusammenfinden sollten. Das geschah. Dann ging es auf dem „Weg der Aussätzigen" weiter. Voran Halef hoch zu Roß, zwischen zwei Kamelen mit je zwei Tannenbäumen, hierauf Jacub Afarah mit seinen Freunden. Hinter ihnen die Frauen im Ochsenwagen, der mit Geschenken derart gefüllt war, daß gar nichts mehr hineinging. Zuletzt ritt ich allein. Ich wollte mir diese Stunde nicht durch die Rücksicht auf andere aus dem Herzen stehlen lassen.

Wir waren heute noch nicht bei den Unglücklichen gewesen. Sie hatten uns vergeblich erwartet und sich enttäuscht zur schlaflosen Ruhe hingelegt. Der Himmel stand voller Sterne, doch Mondschein gab es nicht. Es herrschte tiefes Schweigen. Da erscholl Halefs laute Stimme, die sie alle kannten. Sofort erhoben sich Freudenrufe und dann, als er ihnen sagte, was geschehen sollte, jubelnde Stimmen, die Allahs und der Menschen Güte priesen. Ich hatte ihm genau Anweisung gegeben. Er leitete das ganze Werk, von den Kutschern und Kameltreibern unterstützt. Die Bäume wurden in der Erde befestigt und die Geschenke vor ihnen ausgebreitet. Hierauf stellten sich die Aussätzigen im Halbkreis auf, die Augen nach den Bäumen gerichtet. Zwanzig Schritt hinter ihnen die bescherenden Männer und Frauen. Ich hielt mich abseits, um nicht gestört zu werden. Da erblickte ich, noch weiterhin entfernt, eine Gruppe von vier oder fünf Männern, die nicht zu uns gehörten. Das waren jedenfalls Neugierige, die zufällig vorübergekommen und, als sie uns bemerkten, stehengeblieben waren. Ich achtete nicht auf sie, zumal Halef mit seinen Gehilfen jetzt die Kerzen anzubrennen begann.

Noch nie hatte man hier einen brennenden Lichterbaum gesehen. Und nun gar mehrere! An dieser Stelle des berühmten Dschebel Kassium! Unter diesem unbeschreiblichen, heilig flammenden Sternenhimmel! Hilflos, flehend, wie nach Rettung suchend, flackerte das irdische, vergängliche Licht zu den ewigen Lichtern des Himmelszeltes empor, und ein langer, tiefer, hörbarer Atemzug entrang sich den Herzen all der Unglückseligen, die hier im Staub lagen! Einige begannen zu weinen, erst leise, dann laut und lauter. Das war die einfache, die unmittelbare Wirkung der strahlenden Bäume, das ganze Geheimnis der natürlichen Weihnachtsqual und Weihnachtsfreude!

„Maschallah! Weihnachtsbescherung, wirkliche Weihnachtsbescherung!“ hörte ich einen jener Männer sagen, die ich nicht kannte.

Da sah ich die hohe Gestalt des „Scheiks der Aussätzigen", der zu den Bäumen trat. Er war natürlich der erste, dem Halef gesagt hatte, daß heute Weihnacht sei. Er kannte von Jerusalem aus die Bedeutung dieses Wortes und wußte wohl auch, in welcher Weise der Christ dieses Geburtsfest seines Erlösers zu feiern pflegt. Er sah mich nicht und erhob seine Stimme zu der Frage:

„Wo ist der deutsche Effendi? Er sage es."

„Hier bin ich!" antwortete ich ebenso laut.

„Dürfen wir singen zu dieser Stunde der Menschenfreundlichkeit?"

„Ja. Ich bitte darum!"

„Und darf ich auch den Gefährten meines Unglücks sagen, was mir Allah jetzt auf meine Zunge legt?"

„Du darfst — — — du sollst — — — ja, du mußt es sogar tun!"

„Ich danke dir. Ich habe dich verstanden und du auch mich."

Er ging von Gruppe zu Gruppe seiner Leute, um ihnen zu sagen, was er wünsche. Dann kehrte er nach seinem Platz vor den Bäumen zurück und gab das Zeichen, mit dem Gesang anzuheben.

Er begann. Es war eines jener Lieder des arabischen Dichters Kadar, deren Klang die Tränen zwingt, aus der tiefsten Tiefe in die Augen emporzusteigen. Als es zu Ende war, weinten die Aussätzigen alle, nur ihr Scheik nicht. Er, der Moslem, begann seine Weihnachtsrede. Er sprach von der Qual der Aussätzigen und Ausgesetzten im besonderen, die beide kein Ende nehmen; ferner von der Grausamkeit der menschlichen Gesetze und von der Erbarmungslosigkeit derer, die Liebe geben sollen und doch keine haben. Seine Worte wirkten so überzeugend und so hinreißend, daß es alle Anwesenden ergriff und auch mich erschütterte und durchschauerte. Zuletzt rief er:

„Und wenn die Not am allergrößten ist, wenn nirgends Hilfe, nirgends Rettung winkt, wenn wir vergeblich uns an Mohammed und auch erfolglos uns an Allah wenden, so kommt der Christ mit seinem Stern aus Bethlehem, mit seiner heiligen Weihnachtskunde, mit seiner Liebe, seiner Herzensgüte und rettet uns aus aller — — —"

Er kam nicht weiter; er wurde unterbrochen. Nämlich derselbe Mann in der seitwärts stehenden Gruppe, der schon einmal gesprochen hatte, sprang plötzlich herbei, blieb in der Nähe des Redners halten und schrie ihn zornig an:

„Schweig, Halunke! Du hast mich gerührt mit deinen Bäumen, deinen Lichtern, deinen Klagen. Auch wir sind Menschen. Doch brauchen wir keine Weihnachten — —"

„Aber wir!" unterbrach ihn der Scheik, ohne sich einschüchtern zu lassen.

„Auch ihr nicht! Denn ich nehme meinen Befehl zurück. Ihr werdet nicht eingesperrt und nicht in die Wüste geschafft. Es bleibt so, wie es war und wie es ist!"

Das geschah so plötzlich und so schnell, daß man erst jetzt rundum den Ruf der Überraschung hörte: „Der Pascha — der Pascha — der Pascha ist es selbst!"

„Ja, ich bin es selbst!" antwortete jener, sehr befriedigt von dem Schreck, den er verbreitete. Und sich an unseren Jacub Afarah wendend, fuhr er fort: „Die Aussätzigen wurden bewacht, ich traute ihnen nicht. Auch deinem Deutschen nicht, der bei dir wohnt und täglich mit ihnen redet. So erfuhr ich von eurer Bescherung und kam in eigener Person hierher, um euch zu beobachten. Danke Allah, daß meine Seele dir nicht übel will! Diese aussätzigen Schurken wagten, sich gegen meine Befehle zu empören. Es hätte mich nur einen Wink gekostet, sie zu vernichten, aber um diesem Christen, deinem Gast, zu beweisen, daß — — —"

Jetzt war er es, der nicht weitersprechen konnte, weil er vom Scheik unterbrochen wurde.

„Schweig!" rief dieser ihm sein eigenes Wort entgegen. „Du bist der Pascha von Damaskus, weiter nichts. Ich aber bin der Scheik der Aussätzigen. Wer ist mächtiger, du oder ich?"

Er streckte den Arm, an dem die Hand fehlte, nach ihm aus. Da wich der Pascha erschrocken zurück.

„Rühre mich nicht an!" schrie er voller Angst und wollte sich entfernen, konnte aber nicht, weil die Aussätzigen alle aufgesprungen waren und ihn umringten. Er schrie um Hilfe. Er rief seine Begleiter herbei, die Offiziere waren, sich aber sehr hüteten, ihm zu gehorchen.

„Nun, wo ist deine Macht?" fragte der Scheik. „Siehst du die Lumpen, Lappen und Fetzen liegen, dort hinter den brennenden Bäumen? Die waren für dich aufgestapelt. Unsere Waffen gegen dich und deine Macht! Solche Waffen gibt es nicht wieder, soweit die Erde reicht! Wenn ich will, so rühre ich dich an, und deine Glieder werden zerfressen werden wie die meinigen. Schicke deine Soldaten her, uns von hier fortzuschaffen. Wir schreiten durch ihre Schar hindurch und keiner von ihnen wagt es, uns auch nur anzutasten! Hättest du uns von hier verjagt und in den Tod geschickt, so waren diese von unserem Speichel und Eiter durchtränkten Fetzen bestimmt, in deinem Hause und in den Wohnungen deiner Anhänger verteilt zu werden. Was euer Schicksal gewesen wäre, das weißt du wohl? Kennst du nun meine Macht? Ich darf dir wohl widerstehen, doch du nicht mir!"

Er trat noch näher an den Pascha heran, so daß dieser vor Entsetzen ganz in sich zusammenbrach, und raunte ihm halblaut, aber in drohendstem Ton zu:

„Du magst diesen Deutschen, diesen Christen nicht; aber glaube mir, er hat heute dich und viele andere aus großer Gefahr gerettet. Und nun höre, was ich dir sage: Du hast deinen Befehl zurückgenommen, aber ich traue dir nicht. Ich gebe dir genau einen Monat Zeit. Wenn du dann noch Pascha bist und Damaskus nicht verlassen hast, so bist du mir, dem Scheik der Aussätzigen, für immer verfallen. Jetzt fort mit dir!"

Der Kreis der Aussätzigen öffnete sich, zugleich stellte sich der Scheik, als ob er nach dem Pascha fassen wollte. Dieser tat einen Schreckenssprung, der ihn aus der unmittelbaren Nähe der Gefahr brachte, eilte schleunigst davon und wurde nicht mehr gesehen.

Ich war natürlich nicht auf der Straße stehengeblieben, sondern herbeigekommen. Jetzt stand ich in der Nähe des Redners. Ich sah den großen Haufen verseuchter Lumpen liegen. Mich schauerte bei seinem Anblick und bei dem Gedanken an den Zweck, dem er hatte dienen sollen. Der Scheik bemerkte es, lächelte und sprach:

„Effendi, wir hatten teuflische Gedanken, weil wir teuflisch behandelt werden sollten. Schenke mir einen einzigen deiner Weihnachtsbäume! Er genügt, um alle von dieser Sünde zu erlösen. Willst du?"

Ich nickte. Da wurde einer der Bäume zur Seite geschafft und mit all den ekelhaften Fetzen behangen. Sie wurden von dem Talg der Weihnachtslichter durchtränkt und von den Flammen ergriffen. Ihre Lohe stieg empor, sank aber bald nieder. Der Gestank, den sie verbreiteten, verflog. Die letzten Reste der überwundenen Unmenschlichkeit wurden von den letzten hin und her perlenden Fünkchen verzehrt, dann brach und floß alles in Asche, in nichts zusammen. Als dies geschehen war, rief der Scheik mit weithin schallender Stimme:

„Wir sind erlöst! Der Pascha ist besiegt, mit ihm auch unsere Rache! Er sagte zwar, daß wir keine Weihnacht brauchen, doch wäre er heute nicht zu uns gekommen, so hätten wir uns wohl rächen, jedoch nicht retten können. Die Rettung aber steht hoch über der Rache, soweit die Erde und soweit der Himmel reicht. Der Gestank, den die Vernichtung unserer Gedanken hier verbreitete, hat sich verzogen. Wir atmen wieder den reinen, heiligen Duft der Weihnachtsbäume. Die Liebe darf nun geben, und die Dankbarkeit darf nehmen. Kommt her zu mir und freut euch an den Gaben, die man uns bringt, weil man uns liebt, nicht aber, weil der Koran es befiehlt. Die Bescherung kann beginnen!"

Einen Monat später war der Pascha versetzt und sein Nachfolger bereits nach Damaskus unterwegs.

Old Shatterhand a. D.

„Ei ku guli dichaze,
istiriyahn ssi lahzime bechaze!"

Wenn ein Schriftsteller von seinen Lesern aufgefordert wird, „doch auch einmal etwas über sich selber zu schreiben", so geht er nur mit Zittern und Zagen an die Erfüllung dieses Wunsches; denn er stürzt sich dabei kopfüber in die unvermeidliche Gefahr, ein Abu el Botlahn[1] oder Dschidd el Intifahch[2], wie der Araber sich auszudrücken pflegt, genannt zu werden.

Daß ich indes kein Abu el Botlahn, sondern im Gegenteil ein bescheidener, im übrigen allerdings höchst beneidenswerter Schriftsteller bin, davon werde ich den Leser mit Leichtigkeit überzeugen; ich lasse einfach die Tatsachen sprechen, indem ich einen Tag, allerdings einen der schwierigsten aus dem laufenden Jahr (1896) schildere.

Es ist Mittwoch morgen sieben Uhr. Mein Verleger Fehsenfeld bestürmt mich aus Freiburg i. Br. mit Briefen und drahtlichen Mahnungen um neue Arbeiten. Deshalb habe ich seit drei Uhr vorgestern nachmittag vierzig Stunden lang am Schreibtisch gesessen und kann, auch wenn ich nicht gestört werde, vor abends acht Uhr nicht fertig werden. Die Nacht, oft zwei, drei Nächte hintereinander, ist überhaupt meine Arbeitszeit, da ich am Tag nur selten schreiben kann, der vielen Besucher wegen, die täglich kommen, um „ihren" Old Shatterhand oder Kara Ben Nemsi Effendi persönlich kennenzulernen. Es ist auch ganz gut, daß sie am Tag erscheinen, denn bei Nacht habe ich zu arbeiten, sie aber haben

1 „Vater der Eitelkeit"   2 „Großvater des Eigendünkels"

zu schlafen, während es mir gar nichts ausmacht, wenn ich gelegentlich vierzehn Tage lang nicht zum Ausschlafen komme. Wozu ist man denn ein abgehärteter Westmann?

Es klingelt unten am Eingang, und trotz der frühen Stunde wird mir ein Gymnasiast gemeldet, der so zeitig aus Dresden gekommen ist, um mich sicher zu treffen. Beim Eintritt in mein Arbeitszimmer erblickt er den mächtigen „Abu er Rad" im Hintergrund, läßt vor Schreck die Tür offenstehen, macht dann einen Sprung vorwärts und stürzt mit dem Ruf „Dunner unds Messer, das ist ja ein Löwe, ein richtiger und wirklicher Löwe!" auf das ausgestopfte Raubtier zu, wobei er aber am Kopf des Grislybären hängenbleibt. „Allerdings", bestätige ich lächelnd. Das macht ihn darauf aufmerksam, daß ich auch da bin, und er wendet sich mir mit einer Verbeugung aus der Obersekunda zu, um mir den Zweck seines Besuches zu erklären. Er will nämlich folgendes von mir erbitten: eine Locke von Winnetou, ein Straußenei, ein Viertelpfund von dem echten Dschebelitabak, den ich in meinen Werken so gepriesen habe, und meinen Henrystutzen. Auf meinen Bärentöter wollte er verzichten, weil er ihn wegen seiner Schwere nicht gebrauchen könne. Ich machte ihn höflich begreiflich, daß ich einige seiner Bitten nicht erfüllen könne, erlaube ihm aber, sich einen Tschibuk mit Dschebeli zu stopfen, und während er, auf dem Diwan sitzend, ihn mit der Miene eines Pascha von zwanzig Roßschweifen raucht, versuche ich, weiterzuschreiben, komme aber vor den hundert Fragen, die ich ihm beantworten muß, nicht dazu. Zu meiner Freude bittet er mich, meinen Garten und besonders „das künstliche Gehege" mit dem chinesischen Gartenhäuschen ansehen zu dürfen. Ich gestatte es; er geht mit einer rätselhaften Verbeugung zur noch immer offenen Tür hinaus, wirft sie mit Riesenkraft ins Schloß, und ich kann wieder weiterschreiben.

Es klingelt abermals. Man bringt mir eine Drahtnachricht folgenden Inhalts: „Heute mittag zwölf Uhr Hotel Europäischer Hof, Dresden — — Herbig." Weil das Telegramm aus Leipzig kommt und Fehsenfelds dortiger Kommissionär Herbig heißt, nehme ich mir vor, nach Dresden zu fahren, obgleich es mich befremdet, daß dieser Herr, anstatt mich in Radebeul aufzusuchen, mir meine kostbare Zeit verkürzt.

Acht Uhr! Die erste Post wird abgegeben; dreißig Briefe von Lesern, darunter zehn mit zusammen zwei Mark Strafporto. Bald darauf bringt der Postwagen drei Pakete und ein Kistchen. Das Kistchen enthält zwei Flaschen Wein, die mir ein von meinen Werken entzückter Franzose schickt. Ich prüfe die Aufschrift, nachdem ich zwei Mark fünfundneunzig Pfennig für unterlassene Freimachung und Verzollung bezahlt habe. Als Kenner wittere ich, daß es ein Landwein für einen Frank die Flasche ist. Ich bin natürlich, wie mir der Leser wohl nachfühlen wird, von diesem Werk des Absenders nicht so entzückt, wie er von dem meinigen, fühlte mich aber verpflichtet, ihm einen mit zwanzig Pfennig freigemachten Dankesbrief zu schreiben. Zwei Pakete enthalten Manuskripte jener Art Schriftsteller, die keinen Verleger finden; ich soll sie verbessern und dann an Schriftleitungen senden, die gut bezahlen. Das dritte Paket enthält eine Schachtel, in der sich ein länglicher eingewickelter Gegenstand befindet, und als ich die Umhüllung löse, entpuppt sich der Inhalt zu meinem Staunen als ein aus Pappe gefertigter winziger schwarzer — — Sarg. Was soll das bedeuten? Und was ist darin enthalten? Ich denke an die zahlreichen Feinde, denen ich gegenübertreten mußte und die mich sicher vernichten würden, wenn das in ihrer Macht stünde. Bedeutete der Sarg vielleicht eine derartige Kampfansage, wie sie bei gut ausgebauten Verbrechergesellschaften nicht selten üblich sind? Oder war vielleicht gar eine der Höllenmaschinen darin verborgen, die neuestens aufgetaucht sind? Bedenklich betrachte ich eine Weile den verfänglichen Gegenstand, bis ich mich endlich entschließe, den Sarg zu öffnen — allerdings unter Anwendung aller nur erdenklichen Vorsichtsmaßregeln. Im Sarg liegt — ich atme überaus erleichtert auf — eine rote verwelkte Rose und ein Brief, der mich über das sonderbare Geschenk aufklärt. Ihre Liebesentsagung hatte die Absenderin in sinnbildlicher Weise zum Ausdruck gebracht.

In den bis vor kurzem geschriebenen Werken, deren Geschehnisse in eine verhältnismäßig frühe Zeit fallen, hatte sich der Leser, wie aus mancherlei Bemerkungen hervorgeht, den furchtbaren Krieger Old Shatterhand — Kara Ben Nemsi zugleich auch als unnahbaren Junggesellen zu denken. Die Folge war, daß sich zahlreiche meiner Leserinnen so ausgiebig und nachhaltig mit diesem ihr Mitleid erregenden Gedanken beschäftigten, daß sie alle Angst vor dem furchtbaren Krieger vergaßen und ihn mit einem Haufen verblümter und unverblümter — — — Heiratsanträge überschütteten. Die Menge dieser sicherlich äußerst gutgemeinten, im übrigen aber höchst überflüssigen Anträge häufte sich in so beunruhigender Weise, daß sie dem oben genannten furchtbaren Krieger allmählich auf die Nerven gingen, nicht nur seiner ihm schon seit Jahren angetrauten Ehegattin. Er setzte sich also hin und schrieb eine neue Reiseerzählung[1], in der er geschickt die Neuigkeit unterbrachte, daß die Stimme seines Herzens schon gesprochen habe, wodurch er nicht nur seinen Hadschi Halef, sondern auch seine Leserwelt, besonders jenen Teil, der es auf seine Person abgesehen hatte, in maßloses Staunen versetzte. Ich erreichte denn auch damit, was ich bezweckte — die Heiratsanträge und Liebesbriefe blieben aus. Höchstens daß manchmal noch, wie heute, wo es sich

1 Siehe Gesammelte Werke, Band 27, „Bei den Trümmern von Babylon"

offenbar um ein Herz handelt, das nicht vergessen konnte, ein Hauch schmerzlicher Entsagung durch mein Zimmer weht.

Ich unterdrücke tapfer eine aufsteigende wehmutsvolle Träne und greife nach den eingelaufenen Briefen. Der erste enthält den humorvollen Erguß eines edlen Musensohnes:

„Lieber Old Shatterhand,
ich bin ganz abgebrannt;
lös' ich den Ehrenschein
nicht in fünf Tagen ein,
muß ich Schmul Veit verführn,
ihn mir zu prolongiern.
Ungefähr achtzig Mark
macht nur der ganze Quark.
Schick' sie mir mit Verstand
F. G. R. poste restant'!"

Der Fassung dieser Zeilen nach vermute ich, daß mich der Bittsteller persönlich kennt; auch seine Handschrift kommt mir bekannt vor. Ich suche und finde dieselbe Schrift auf dem noch nicht eingelösten Schuldschein, den mir der Sohn eines Freundes als Primaner ausgestellt hatte. Er war ein leichtlebiger, aber sonst braver junger Mann und wollte sich damals dem reichen Vater nicht entdecken. Ich nehme mir vor, dies jetzt an seiner Stelle zu tun, und will auch gleich den Erfolg meines Vermittlungsversuches berichten. Der Vater bezahlte mich und die neuen Schulden, und ich erhielt nach einigen Tagen folgende Epistel:

„Mein lieber Shatterhand,
Du warst bisher bekannt
mir als verschwiegner Mann,
dem man vertrauen kann.
Doch dieser Illusion
spricht Dein Verhalten Hohn,

denn Du hast mich zwar heut
von dem Schmul Veit befreit,
jedoch auf eine Art,
die nicht korrekt und zart.
Dich, der nicht schweigen kann,
pump' ich nie wieder an!"

Man sieht, seine Reime besitzen ganz dieselbe Eigenschaft, wie er selbst: sie sind nicht ganz schlecht, und ich will zur allgemeinen Beruhigung hinzufügen, daß er mich trotz seines fürchterlichen Racheschwurs doch wieder angepumpt hat.

„Da wir aber", so lautet der Inhalt eines anderen Briefes, „nicht die Mittel besitzen, ihn aufs Gymnasium zu tun, bin ich mit meiner Frau übereingekommen, Ihnen folgenden Vorschlag zu machen: Sie nehmen unseren Emil ganz zu sich, in Wohnung, Kost, Wäsche und Kleidung, geben ihm Unterricht in allem, was man auf dem Gymnasium lernt, ganz besonders aber in allen Sprachen, die Sie selbst können, und wenn er dann nach vier Jahren neunzehn Jahre alt geworden ist, so dürfen Sie ihn dafür drei Jahre lang als Ihren Begleiter umsonst mit auf Reisen nehmen." Als ich den Brief zu Ende gelesen habe, weiß ich vor Freude kaum zu fassen. Ich bin entzückt, ja begeistert über diesen Vorschlag und die glänzenden Aussichten, die sich mir für die nächsten Jahre bieten. Ich springe vom Stuhl auf und renne wie toll vor Freude im Zimmer umher. Als sich mein Jubel ein wenig gelegt hat, nehme ich einen Briefbogen zur Hand: „Mein lieber, sehr verehrter Herr! Schicken Sie mir Ihren Jungen sofort! Ich werde ihn mit offenen Armen — — —" Da kommt mir ein Gedanke. Halt! Nicht so schnell! Was wird mein Hadschi Halef zu dem neuen Reisebegleiter sagen? Ist es so gewiß, daß er meine Begeisterung teilen wird? Hm! Er wird leicht eifersüchtig! Und ich könnte es für immer mit ihm verderben, wenn er es so auslegen würde, als genüge mir seine Gesellschaft nicht mehr. Es wird also doch wohl besser sein, wenn ich vorerst noch nicht antworte und ich in meinem nächsten Brief an meinen Halef vorsichtig auf den Gegenstand zu sprechen komme. Es ist besser, ihm die Entscheidung zu überlassen.

Ein anderer Brief lautet: „— — Wie gesagt, es genügen zu dieser Vergrößerung meines Geschäftes dreitausend Mark, die bei Ihnen nichts ausmachen, mich aber, Ihren größten Verehrer und Bewunderer, glücklich machen würden, falls ich sie bald bekäme." Ich finde, daß der Mann nicht unbescheiden ist, bin aber augenblicklich leider nicht in der Lage, seine Bitte zu erfüllen. Aber der Mann muß zu dem Geld kommen! Was tun? Ich besinne mich nicht lang, sondern versehe den Brief des Bittstellers, der der edlen Bäckergilde angehört, mit dem Vermerk: „Für Lord Raffley!" Meinem reichen Freund wird es geradezu eine Wonne sein, meinem Verehrer und dadurch auch mir diesen kleinen Gefallen zu erweisen. So machte ich es immer, wenn ich selber nicht die Mittel habe, um Bitten um Geld zu befriedigen. Die Briefe wandern abwechslungsweise zu Lord Raffley, Sir David Lindsay und Emery Bothwell, die sich jedesmal ein Vergnügen daraus machen, für mich in den Beutel greifen zu dürfen. Der gute Bäcker muß allerdings einige Zeit warten, bis von Raffley die Antwort und das Geld kommt, aber ich kann das leider nicht ändern.

So ackere ich mich langsam und mühevoll durch die dreißig Briefe hindurch. Einer enthält auch ein Angebot: „Ich habe von meinen Eltern und Großeltern eine reichhaltige Sammlung von alten Kalendern, Bibeln, Erbauungsschriften usw. geerbt. Da ich dafür keine Verwendung habe, biete ich sie Ihnen zum Kauf an, da Sie zweifelsohne die Sachen brauchen können. Ich verlange die runde Summe von tausend Mark, was Sie sicher billig finden werden." Ich finde diese Summe allerdings sowohl rund als billig, bin aber trotzdem augenblicklich in Verlegenheit, was mit den Sachen anfangen. Doch da fällt mir mein Freund Lindsay ein, von dem ich ja noch von früher her weiß, daß er ein Liebhaber von „Altertümern" ist. Allerdings ist mir nicht bekannt, daß er alte Kalender sammelt, aber man könnte ja den Versuch machen. Ich lege also den Brief für meinen Freund beiseite, der sich gegenwärtig auf einer Entdeckungsreise in Australien befindet, wo, weiß ich nicht; aber die Sache wird nicht so eilen.

Ein anderer Leser, der aber merkwürdigerweise eine Leserin ist, scheint eine besondere Teilnahme für meine Gepflogenheiten zu hegen: „Wie ist die Farbe Ihres Haares und Ihres Bartes? Was für einen Bart tragen Sie überhaupt? Welche Augen haben Sie? Singen Sie Tenor, Bariton oder Baß? Von welcher Gestalt sind Sie? Wieviel Kilo wiegen Sie? Rauchen Sie? Spielen Sie Billard, Schach, Skat? Sind Sie musikalisch? Welches ist Ihr Lieblingstanz? Wie gehen Sie am liebsten gekleidet, dunkel oder hell? Welches ist Ihre Leibspeise, Ihr Leibgetränkt? Was ziehen Sie vor, die Oper oder das Drama? Schlafen Sie lange? Welcher Klasse fahren Sie?"

Ich nehme einen Briefbogen zur Hand und schreibe:

„Ich trage Schnurrbart und Fliege; beide waren, wie auch das Kopfhaar, sehr dunkelblond; jetzt beginnt eine zwar ehrwürdige, mir aber ‚gräuliche' Färbung überhandzunehmen, denn ich zähle sechsundfünfzig Lenze, sehe aber zehn Jahre jünger aus. Meine Augen sind graublau. Ich singe ersten und auch zweiten Baß, je nachdem, wohin mich der Herr Direktor stellt. Meine Gestalt ist schlank: ich bin 170 Zentimeter hoch und wiege fünfundsiebzig Kilo. Ich rauche gern und spiele alles, finde aber keinen Genuß dabei. Auch bin ich musikalisch und blase und streiche die meisten Instrumente, keines aber mir zur Genüge. Ich tanze alle Tänze, doch nur, wenn ich muß; lieber bin ich Mauerblümchen. Dunkelblau ist in Beziehung auf meinen Anzug meine Lieblingsfarbe. Frack und Zylinder können mich zur Verzweiflung bringen. Die Handschuhe sind bei mir stets zu finden, nämlich in der Tasche. Den Regenschirm nehme ich bei verdächtigem Wetter zwar mit, lasse ihn aber nicht naß werden. Jetzt liegt er in Regensburg, und ich wohne in Radebeul bei Dresden. Meine Lieblingsspeise ist Brathuhn mit Reis, mein liebstes Getränk Magermilch. Ich gedenke jetzt selber eine Oper zu vertonen, stelle aber ein gutes Drama gleich hoch. Ich schlafe sehr wenig und fahre zweiter Klasse."

Trotz dieser ausführlichen Auskunft hat die wißbegierige und schreiblustige Dame postwendend nach weiteren Einzelheiten gefragt.

Aber der letzte Brief setzt mich wirklich in Verlegenheit. „— — Wir benötigen dringend eine neue Kirche, da sich die bisherige längst als zu klein erweist. Es fehlen uns aber noch vierzigtausend Mark, die Sie uns sicher zur Verfügung stellen werden. Die Gemeinde kann das Geld nicht aufbringen; sie ist zu arm." Hm! vierzigtausend Mark. Das ist ein wenig viel, und ich bin im Zweifel, ob mein Einkommen in diesem Jahr ausreichen wird, um den fehlenden Betrag zu decken. Das ist mißlich! Und ich weiß auch nicht, ob ich mich mit einer so großen Summe an meine reichen englischen Freunde wenden darf. Was tun? Die Gemeinde muß selbstverständlich ihre Kirche haben! Ich verfalle in tiefes Nachdenken — — — Heureka! Ich hab's! In der nächsten Zeit muß ich ohnehin nach Amerika hinüber, wo ich mich seit dem Tod Winnetous selten habe sehen lassen. Und dort drüben im Felsengebirge weiß ich genug Löcher, in die ich nur die Hand zu stecken habe, um sie mit Nuggets gefüllt wieder herauszuziehen. Ja, so wird's gemacht, und damit ist beiden geholfen, meinen Apatschen, die nach mir Sehnsucht haben, und der Gemeinde, die nur durch mich zu einer Kirche kommen kann.

Ich bin mit der Durchsicht der Briefe fertig und mache mich mit Feuereifer wieder über meine Arbeit her. Eine halbe Seite habe ich geschrieben, da höre ich auf der Straße wiederholt meinen Namen nennen. Ich trete auf den Balkon und blicke, hinter Blumenranken versteckt, hinab. Da stehen vier junge Burschen, nehmen die Villa in liebreichen Augenschein und werfen sich ihre leise sein sollenden, aber sehr vernehmbar ausfallenden Bemerkungen zu:

„Es ist richtig, ganz richtig! Mer ham uns nich verloofen! Siehste denn nich die großen goldenen Buchschtaben da droben, du Dummkopp, du? Das heeßt ‚Villa Schschschatterhand'. Mer sin also an Ort und Schtelle! Jetzt kannste klingeln!"

„Nee, ich nich!"

„Warum denn nich?"

„Ich fürcht mich so!"

„Unsinn! Er wird dich nich beißen! Hast's doch gelesen, was für een guter Kerl er is!"

„Wenn er aber grad heut schlechte Laune hat —!"

„Warum denn grad heute? Klingele nur; drück nur immer offn Knopp! Du wirscht gleich sehn, daß das elektrisch is!"

„Nee, ich drücke nich!"

„Na, da drück du, August!"

„Ich ooch nich! Höre, wenn er böse wird! Mer wolln lieber wieder heemegehn!"

„Emil, du?"

„Nee, ich hab ooch solche Angst!"

„Na, wißt ihr, was mer machen? Mer losen, und wen's trifft, der drückt offn Knopp, aber feste, daß mer's ooch hört!"

Sie losen mit Streichhölzern, und dann schieben sie den Betreffenden an den „Knopp". Die Glocke tönt, und sie fahren erschrocken auseinander. Ich trete ins Zimmer zurück, und bald werden mir die vier angemeldet. Es sind chemische Arbeiter. Ihr Brotherr feiert heute seinen Geburtstag; da wird nicht geschafft, und die dadurch hervorgerufene feierliche frohe Stimmung hat ihnen den Mut gemacht, den Verfasser ihrer Lieblingsbücher aufzusuchen. Ich lasse sie natürlich kommen. Sie stellen sich wie Orgelpfeifen nebeneinander an der Tür auf, starren mit weit offenen Augen meine Sammlung ausländischer Gegenstände an und wagen vor Angst nicht zu sprechen. Meine Freundlichkeit verfehlt aber ihre Wirkung nicht, und bald erklärt mir der Beherzteste von ihnen:

„Eegentlich sin wir viere als Abordnung abgeschickt. Sie werdn nämlich von der ganzen Fabrik gelesen, wenn ooch bloß nur aus der Leihbücherei. Aber mer ham Sie alle liebgewonnen, und ooch die Großen halten sich lieber Ihre Bücher, als daß sie ins Wirtshaus gehen."

Ich zeige ihnen alles Sehenswerte, beglücke sie mit einem Glas Wein, weil Geburtstag ist, und entlasse sie mit einem Gruß an den Brotherrn und ihre Mitarbeiter. Sie gehen stolz wie Spanier ab, und als sich unten das Tor hinter ihnen geschlossen hat, höre ich die Urteile, die sie über mich fällen:

„Na, is er nich ganz gemütlich gewesen? Gradso wie unsereener! Schtolz scheint er nich zu sein, gar nich!"

„Nee, er hat grad so mit uns geredet, als ob mer ooch mit in Amerika und in Ägypten gewesen wären. Er hat mir sehr gefallen, sehr; das muß ich sagen!"

„Und die vielen großartigen Sachen, die er hat, Allabonnöhr! Es ist mir ganz angst und bange geworden, als mich der wilde Büffel so anguckte, und der Koyote und der Leopard! Und der Löwe erscht! Und sogar Wein ham mer gekriegt! Na, kommt, mer wolln machen, daß mer heeme kommen und erzählen können, sonst vergessen mer alles wieder! Die andern wern sich aber ärgern, daß sie nich ooch mitgewesen sin. So ist es aber, wenn mer keenen Mut besitzt; nu ham se nischt gesehn!"

Nachdem sie fort sind, begebe ich mich von neuem an meine Arbeit, in der angenehmen Hoffnung, nun bis zum Abend nicht mehr gestört zu werden, und ich bin gerade daran, in guten Fluß zu kommen, da klingelt es schon wieder. Das geht mich nichts an, und doch lege ich die Feder weg, um zu horchen. Ein lebhafter Wortwechsel klingt vom Tor zu mir herauf. Ich höre jemand, der nicht hereingelassen werden soll, von „Wichtigkeit" und „Unaufschiebbarkeit" sprechen, und dann bringt mir das Mädchen eine Karte. Der Herr sei nicht abzuweisen; er wolle mich unbedingt sprechen, da die Sache heute erledigt werden müsse. Der Einlaßbegehrende ist auf seiner Karte als Gerichtssekretär bezeichnet, und für die Behörde muß man jederzeit verfügbar sein; ich lasse ihn also zu mir herein.

Er tritt in sehr höflicher Weise ein; ich biete ihm einen Stuhl und bemerke bei dieser Gelegenheit, daß seine Stiefel etwas offenherzig sind und seine übrige Körperbedeckung sich in einem außergerichtlich-fadenscheinigen Zustand befindet. Auch riecht man deutlich den Fusel, dem er schon zu früher Morgenstunde gehuldigt hat.

Der Aufforderung, die in meinem Blick liegen mag, kommt er mit außerordentlicher Zungenfertigkeit nach, indem er mir erzählt, die „Liebe zur Feder" habe ihn veranlaßt, auf seine vielverheißende gerichtliche Laufbahn zu verzichten und Journalist zu werden. Sein innerer, unwiderstehlicher Drang bestimme ihn zur Kritik, und so sei er für dieses Fach Mitarbeiter der bedeutendsten deutschen Zeitungen geworden. Leider werde aber gerade die Kritik unter aller Kritik bezahlt, auch sei es ganz unvermeidlich dabei, sich einflußreiche Feinde zu erwerben; diese beiden Umstände, vereint mit dem dritten, daß gerade das Genie am meisten verkannt und am meisten verfolgt werde, haben ihn nach und nach um alle Stellungen gebracht und mit Verlaub zu melden, ein so großes Loch in seinen Beutel gebohrt, daß vor einigen Tagen der letzte seiner Pfennige hindurchgeschlüpft sei. Er befinde sich auf der Reise von Berlin nach Wien, und seine Frau sitze mit zwei Kindern im Gasthof zu Dresden, von den Kellnern bewacht, weil eine dreitägige Rechnung zu bezahlen sei. Ein Rundgang bei den Journalisten Dresdens habe nichts gefruchtet, und nun sei Karl May der einzige Rettungsanker, den es für ihn gebe.

„Wieviel brauchen Sie?" frage ich in der Absicht, die Sache kurz zu machen.

„Rund hundertfünfzig Mark."

„Das muß ich allerdings auch rund nennen! Sie hatten freilich recht, wenn Sie diese Angelegenheit meinem Mädchen als wichtig und unaufschiebbar bezeichneten; sie ist aber wichtig und unaufschiebbar nur für Sie, während sie es für mich nicht ist. Einem Genie, als das Sie sich bezeichnen, darf ich kein Almosen anbieten, aber ich gebe Ihnen Gelegenheit, die genannte Summe in kürzester Zeit bei mir zu verdienen, indem Sie einen neuen Katalog meiner Bibliothek anfertigen."

„Katalog?" fragte er erstaunt. „Ich bin Kunstkritiker, aber kein Bibliograph!"

„Das ist im allgemeinen kein Fehler, denn ein Kritiker kann auch einmal das Geschick besitzen, einen brauchbaren Katalog auszuarbeiten."

„Sie scheinen spöttisch zu werden!"

„Kein Gedanke! Ich bin bereit, Ihnen auf eine anständige Weise, durch die Sie sich nicht erniedrigen, zu helfen; Sie aber scheinen sich über mein Entgegenkommen zu wundern."

„Dazu bin ich doch berechtigt, denn ich brauche bares Geld, nicht aber Arbeit."

„Wenn ich Geld brauche, so arbeite ich. Da Sie nicht arbeiten wollen und doch Geld verlangen, so scheinen Sie anzunehmen, daß die Arbeit für den einen, das Geld aber für den anderen sei."

„Was ich annehme, geht Sie gar nichts an! Ich verzichte auf Ihre Arbeit und auch auf Ihr Geld. Wahrscheinlich haben Sie selber nichts als Schulden. Ein Schriftsteller, der nicht lumpige hundertfünfzig Mark für einen Kollegen übrig hat, der ist in meinen Augen nichts; das merken Sie sich! Servus!"

Er geht mit einer höhnischen, verachtungsvollen Gebärde zur Tür hinaus und hält sich für zu vornehm, sie hinter sich zu schließen. Ich aber bleibe im bedrückenden Gefühl meines „Nichts" zurück. Ein Blick auf die Uhr belehrt mich, daß es höchste Zeit ist, nach Dresden zu fahren, wenn ich Fehsenfelds Kommissionär nicht verfehlen will.

Bevor ich das Haus verlasse, fällt mein Blick in den Garten, wo meine erste Heimsuchung vom heutigen Tag, der Gymnasiast, lustwandelt. Wahrscheinlich aus Rache, weil ich ihm die gewünschte Locke Winnetous nicht verehrte, hat er sich über meine Himbeeren gemacht. Damit die Sträucher nicht ganz leer werden, verabschiede ich ihn schleunigst mit dem Hinweis, er solle nicht sein Mittagessen in Dresden versäumen.

Unterwegs zur Bahn begegnet mir eine Dame in Trauer, die mich nach der Wohnung von Herrn May fragt. Ich beschreibe ihr den Weg, ohne ihr zu sagen, daß ich der Genannte selber bin, denn ich bin überzeugt, daß ich, wenn ich dies täte, den Zug versäumen würde. Am Bahnhof faßt mich ein hiesiger Herr ab, um mich zu fragen, wann ich heute zu sprechen sei; er habe Besuch aus Breslau, einen Herrn und eine Dame, die nicht hier gewesen sein wollen, ohne daheim sagen zu können, daß sie „ihn" gesehen haben; morgen seien sie nicht mehr da. Ich gebe vier Uhr an, denn ich weiß jetzt, daß ich meine Handschrift nun ohnehin nicht bis abends acht Uhr fertigbringe, sondern auch die nächste Nacht daran zu schreiben habe. In Dresden angekommen, fahre ich, um ja nicht verspätet zu kommen, im Wagen nach dem „Europäischen Hof".

Da der Kommissionär Herbig dort nicht zu sehen ist, muß ich warten und bestelle Wein, weil es hier kein Bier gibt. An einem Tisch frühstücken drei Herren. Nach einiger Zeit gesellt sich ein vierter hinzu, der Herbig genannt wird. Ich gehe hin, nenne meinen Namen und frage ihn, ob er vielleicht heute früh von Leipzig aus an mich gedrahtet habe. Er springt erfreut auf, streckt mir die Hand entgegen und ruft:

„Ja, das habe ich, das habe ich! Ich bin aus Nürnberg, Reisender in Spielwaren. Sie besitzen dort viele Freunde und Leser, und ich bin beauftragt, Sie aufzusuchen, um genau beschreiben zu können, wie Sie eigentlich ausschauen. Geben Sie mir Ihre Hand!"

Ich bin natürlich ebenso erfreut, Herrn Herbig kennenzulernen, wie er, mich anzutreffen, und streckte ihm in wirklich ganz harmloser Art meine Hand entgegen, habe aber kaum die seinige ergriffen, da brüllt er:

„O weh, o weh! Halten Sie ein; lassen Sie mich los! Sie sind nicht gescheit!"

Die Anwesenden sind bei seinem Schmerzensschrei alle aufgesprungen; er hält die Rechte mit der Linken und hüpft von einem Bein auf das andere. Ich bezahle den Wein und gehe, mit mir selbst nicht ganz zufrieden, daß ich ihm die Hand nicht fester gedrückt habe; er hätte da für einige Zeit das Schreiben von Drahtnachrichten, und nicht nur dies allein, unterlassen müssen.

Es ist gegen zwei Uhr, als ich wieder nach Haus komme. Die Dame in Trauer sitzt im Empfangszimmer; sie will mich unbedingt sprechen und hat sich durch nichts bewegen lassen, fortzugehen, selbst nicht durch die Erklärung meiner Frau, daß sie in der Küche beschäftigt sei und sie allein lassen müsse. Erstaunt über eine solche Beharrlichkeit, begebe ich mich zu der Wartenden. Sie erkennt mich und macht mir Vorwürfe, daß ich ihr nicht gesagt habe, wer ich bin; ihre Angelegenheit sei so wichtig, daß ich sicher nicht nach Dresden, sondern mit ihr zu mir zurückgegangen wäre. Dann fährt sie fort:

„Mein Mann war Grenzaufseher und nebenbei ein hochbegabter Kunstmaler. In seiner letzten langwierigen Krankheit schenkten Sie ihm infolge einer Bitte unseres Pfarrers einige Ihrer Bände. In seiner Begeisterung über den Inhalt hat er zu ihnen Bilder entworfen, und nun komme ich nach seinem Tod, um Ihnen die Kunstwerke zu verkaufen. Ich bekomme dadurch die Mittel zu meinem Unterhalt, Sie aber werden noch viel berühmter werden, als Sie schon sind, und die großartigsten Geschäfte machen, denn wenn Ihre Werke mit solchen Bildern erscheinen, muß sich ihr Absatz schon in einem Jahr auf Hunderttausende belaufen."

„Was war Ihr Mann, bevor er Grenzbeamter wurde?"

„Unteroffizier. Er hat in Frankreich einen Säbelhieb über den Kopf erhalten; das hing ihm in der letzten Zeit so an, daß er beurlaubt werden mußte."

Sie zieht ein Papierpaket aus der Tasche und gibt es mir. Es enthält die Bilder. Ich öffne es und lasse Blatt um Blatt durch meine Hände gleiten. Sie gleichen den Bleistiftversuchen eines Tertianers. Die Unterschriften beziehen sich auf Namen und Gelegenheiten, die in meinen Reiseerzählungen vorkommen; wäre das nicht, so wüßte man gar nicht, was diese „Kunstwerke" vorstellen sollen. Arme Frau! Ich muß ein herzliches Mitleid mit ihr fühlen. Der Säbelhieb hatte nicht nur den Kopf, sondern auch den Geist ihres Mannes getroffen, wenngleich diese Verletzung erst später zu bemerken war. Und sie, die Kenntnislose, hat an diese Befähigung geglaubt! Während ich darüber nachsinne, wie ihr die

Wahrheit ohne Kränkung und allzugroße Enttäuschung mitzuteilen ist, richtet sie ihr Auge mit ruhelosem, fast fieberhaftem Blick auf mich und zieht, wohl um mein günstiges Urteil zu beschleunigen, einen Brief hervor, den ihr Pfarrer an mich geschrieben hat. Ich lese ihn. Es ist so, wie ich dachte. Sie ist durch Leiden geistesschwach geworden und hält jeden, der behauptet, daß die Zeichnungen nichts taugen, für einen Feind; sie war durch nichts davon abzubringen, zu mir zu fahren, um mir die Bilder zu einem hohen Preis anzubieten. Ich muß sehr vorsichtig verfahren und lade sie ein, einige Tage bei mir zu wohnen, bis ich mir die Angelegenheit überlegt habe. Sie geht vergnügt darauf ein, und ich begebe mich in die Küche, um meiner Frau die nötigen Weisungen zu geben.

Es wird gedeckt, und wir setzen uns mit der neuen Bewohnerin unseres Hauses zu Tisch. Kaum habe ich die Suppe gekostet, so muß ich den Löffel wieder weglegen, weil bereits der hiesige Bekannte mit seinem Breslauer Besuch eintrifft. Die guten Leute stellen sich zwei Stunden früher ein, weil sie gerade jetzt zufällig hier vorbeigegangen sind. Der Breslauer Herr ist ein dicker, gemütlicher Mann mit einem Vollmondgesicht; ich kann ihm wirklich nicht zürnen, daß er gerade die Essenszeit für seinen Besuch gewählt hat, und erlaube mir nur eine sehr bescheidene und versuchsweise Hindeutung darauf, daß meine Frau bei Tisch sitze und auf mich warte. Da erklärt er mir, gemütlich lachend:

„Mein Herr, der Mensch soll sich mehr auf das Trinken als auf das Essen verlegen; ich verstehe das gründlich, denn ich bin Bierbrauer! Jetzt sehen wir uns bei Ihnen um, und dann gehen Sie mit uns, ein Glas Pilsner zu trinken. Wer soviel gedürstet hat wie Sie in der Sahara und auch anderwärts, der muß trinken, trinken, trinken!"

„Vorausgesetzt, daß er Zeit und Lust dazu hat; ich

aber habe weder das eine noch das andere. Besonders heute ist mir meine Zeit so karg zugemessen, daß — —"

Er läßt mich nicht ausreden, sondern fällt mir schnell in die Rede:

„Wie meinen Sie? Sie haben keine Zeit? Ich sage Ihnen, ein Verfasser, dem soviel Liebe und Anerkennung entgegengebracht wird wie Ihnen, muß stets Zeit für seine Leser haben. Ich bin mit meiner Frau eigens von Breslau nach Dresden gefahren, um Sie zu sehen, und Sie quasseln etwas daher von ‚keine Zeit und Lust haben'! Schämen Sie sich!"

Wenn ich mir die Sache recht überlege, kann ich ihm nicht so unrecht geben. Ich schäme mich also, während er sich heiteren Mutes über die unschätzbaren Freuden verbreitet, die mir die schriftliche und persönliche Anhänglichkeit so vieler Menschen bereiten müsse, und mir bis zur Unwiderleglichkeit beweist, daß ich dafür verpflichtet sei, die dabei unvermeidlichen kleinen Leiden in Kauf zu nehmen. Vor Hunger und um seinen Redestrom einzudämmen, rufe ich, in Ergebenheit die Hände faltend:

„Sie haben recht, nur zu recht! — Ei ku guli dichaze, istiriyahn ssi lahzime bechaze!"

„Wie heißt das, und aus welcher Sprache ist es?"

„Es ist Kurmandschikurdisch und heißt: Wer sich die Rose wünscht, muß auch die Dornen wünschen!"

„Das ist richtig, sehr richtig! Nehmen Sie meine Frau hier als Rose und mich als Dorn, so haben Sie beides, und alle Ihre Wünsche sind erfüllt! Horch! Hat das nicht unten geklingelt?"

„Ja", antworte ich, sogleich von einer schlimmen Ahnung wie von einem feindlichen Indianer beschlichen.

„Hoffentlich wieder ein Besuch! Sollte mich sehr freuen!"

Wie gern würde ich dem holdselig lächelnden Bierbrauer meinen Jagdhieb zu fühlen geben; aber wir befinden uns nicht im Wilden Westen, sondern in meinem Arbeitszimmer, und er reibt sich mit so aufrichtigem Vergnügen, bei mir einen meiner Leser kennenlernen zu dürfen, die Hände, daß ich ihm nicht bös sein kann. Meine Ahnung hat mich nicht betrogen, denn das Zimmermädchen kommt, zu fragen, ob mein Weinhändler eintreten dürfe. Er ist ein eifriger Leser meiner Werke und fühlt sich als solcher verpflichtet, in meinem Keller nur unverfälschte Tropfen zu dulden. Ein heiterer Lebemann, macht er, wie jeder seiner Kollegen, sehr gern Geschäfte, und es ist wohl selten einem Sterblichen geglückt, mit ihm eine halbe Stunde beisammenzusitzen, ohne eine Bestellung aufzugeben. Ich begrüße ihn in zuvorkommender Weise, denn es ist mir ein teuflischer Gedanke aufgetaucht; dieser Jünger des Bacchus aus Frankfurt am Main soll mich, ohne daß beide es ahnen, von dem klebrigen Jünger des Gambrinus aus Breslau befreien! Ich stelle die Herrschaften einander vor und werfe ihnen einige Millionen Gärungspilze in das beginnende Gespräch. Das ist die Brücke, auf der sie sich schnell nähern und Wohlgefallen aneinander finden. Dann führe ich den Weinhändler in die nebenanliegende Bücherei, um ihm seine Rechnung zu bezahlen, und werfe die hinterlistige Bemerkung hin:

„Dieser Herr würde wahrscheinlich ein Faß Niersteiner oder Josephshöfer bestellen."

„Wirklich?" erklang die schnelle, eifrige Frage. „Da will ich Sie nicht lange belästigen. Was hat der Mann für jetzt vor?"

„Er wollte gehen, ein Glas Pilsner zu trinken!"

„Bier? Fällt mir nicht ein! Ich schleppe ihn mit in Scheidings Weinstube, und zwar unverweilt. Bitte, gehen Sie nicht mit! Ich möchte nicht, daß er durch Ihre Gegenwart abgelenkt wird. Nehmen Sie mir das nicht übel, und leben Sie für heute wohl!"

Zwei Minuten später sehe ich die Überlisteten unten

aus dem Tor treten und Arm in Arm den Weg zu Scheiding einschlagen. Ich bin der Überzeugung, daß beide morgen wieder zu mir kommen werden, um mir mitzuteilen, daß der Gambrinus noch nicht abgereist sei, weil ihm der Bacchus so gut gefallen habe. Ich aber habe meinen heimtückischen Zweck erreicht und kann nun wieder nach dem Speisezimmer gehen.

Nicht jedesmal gelingt es mir, mich meiner Besucher so rasch und nachhaltig zu entledigen. Neulich besucht mich ein ungarischer Professor — nur für zwei Stunden. Er verweilt aber neun Tage in Radebeul. Ein Leser aus Amerika will mir die Hand drücken, nichts weiter; auch seine Frau will drüben sagen können, daß sie die Hand Old Shatterhands in der ihrigen gehabt habe. Ich tue ihnen den Gefallen, und so drücken wir uns zwei Wochen lang die Hände — denn so lange sind sie in Radebeul geblieben. Ein sehr hochstehender Herr besucht mich, als ich schwer an der Grippe liege; aus Rücksicht auf seinen Stand stehe ich auf und habe ihm nun bei neununddreißig Grad Fieber alle möglichen und unmöglichen Fragen zu beantworten — sechs Stunden lang. Das hat mich so zermürbt, daß ich noch heute, wenn ich ihn sehe, in eine Art von Fieber gerate. Es ist mir unmöglich, mich ihm in der Ruhe zu zeigen, die sonst Old Shatterhand eigentümlich ist. Bevor ich noch einmal etwas Ähnliches durchmache, würde ich mich lieber von dem grausamsten Indianerstamm an den Marterpfahl binden lassen.

Da war doch folgender kleiner Vorgang weniger gefährlich:

Ich will mit meiner Frau ein Nachmittagskonzert besuchen und habe schon seit einer Stunde drei Realschüler bemerkt, die draußen auf- und abschreiten, ohne sich an die Klingel zu wagen. Als wir auf die Straße treten, werde ich von sechs Augen verschlungen und höre die Worte:

„Das ist er; ja, er ist's! Und das ist seine Frau! Kommt, wir machen hinterher! Ich muß wissen, wo er hingeht!"

Sie folgen uns, bald mehr und bald weniger nahe hinter uns her wandernd, und wir hören nun folgende Urteile:

„Hört, sie ist nicht übel, seine Frau! Beinahe majestätisch! Er hat etwas krumme Beine; in dunklen Hosen sähe man es nicht so deutlich. Wahrscheinlich vom vielen Reiten; das drückt die Knochen rund!"

„Ich bin mit dem Schnurrbart nicht zufrieden; er müßte eigentlich größer sein."

„Dafür ist der Gang um so schneidiger; der reine Apatsche! Schaut, jetzt hängt sie gar bei ihm ein! Herr und Squaw Old Shatterhand! Ob sie nach dem Jägerhof gehen? Da ist Konzert. Wer da mit hinein könnte! Dazu fehlen aber die Moneten!"

Wir betreten den genannten Konzertgarten, und die drei Kritiker meiner Beine stellen sich draußen am Zaun auf und lassen mich so wenig aus den Augen, daß ich hingehe und sie frage:

„Sie fixieren mich! Kennen Sie die Folgen davon? Was wählen Sie, Pistolen oder Säbel?"

Sie starren mich mit hochroten Gesichtern erschrocken an, bis der älteste mir erklärt:

„Wir haben nicht fixiert, sondern nur so hingeguckt."

„Das bleibt sich gleich! Kennen Sie mich?"

„Ja."

„So kommen Sie herein! Wir müssen die Angelegenheit besprechen!"

„Wir können nicht hinein; uns fehlt der Nervus rerum!"

„Das tut nichts. Kommen Sie an die Kasse!"

Sie kommen dieser Aufforderung mit sorgenvollem Herzen nach und sitzen dann höchst niedergedrückt beim Kulmbacher, das ich ihnen geben lasse. Aber als ich kein

Wort von Fixieren, Duell und Sekundanten erwähne, heitern sich ihre Mienen auf; sie bekommen den Mut, mir ihre „Blumen“ zuzutrinken, und bald sitze ich als Prüfling vor ihnen und werde so gründlich über meine Reisen ausgefragt, daß ich, als das Konzert zu Ende geht, beim besten Willen nicht sagen kann, was geblasen worden ist. Sie aber trennen sich mit der Versicherung von uns, daß sie zwar gehörig erschrocken seien, bald aber bemerkt hätten, daß ich nur gescherzt habe; nun bitten sie mich mit dankbarem Herzen, ja nicht zu vergessen, daß die zwei seligen Stunden hier im Garten der schönste Tag in ihrem Leben sein und bleiben werden. —

Nach dieser Abschweifung führe ich den Leser in mein Speisezimmer zurück, wo er beobachten kann, wie ich in wenigen Minuten die gestörte Mahlzeit beende. Dann flüchte ich mich wieder in mein Arbeitszimmer und gehe die Umschläge der zweiten Post durch. Zum Öffnen und Lesen habe ich heute keine Zeit mehr. Ein Brief ist kurz gerichtet an: „Mr. Shatterhand, Dresden“; die pfiffige Post hat ihn nach Radebeul weitergeleitet. Ein Brief aus Köln am Rhein ist mit der Aufschrift versehen: „Herrn Schriftsteller Karl May.“ Der Schreiber hat vergessen, den Bestimmungsort hinzuzufügen; die postalische Ergänzung lautet: „Wahrscheinlich Radebeul bei Dresden, Villa Shatterhand.“ Der findige Postbeamte ist jedenfalls ein Leser meiner Werke. Ein anderer Brief kommt aus dem Kaukasus, anscheinend eine Einladung zur Auerochsenjagd. Ich lege das alles weg und beginne zu schreiben. Von jetzt an bringe ich ungestört neun oder zehn Seiten fertig; ich höre klingeln und wieder klingeln, achte aber nicht darauf, weil ich ja gar nicht zu Hause bin. Da kommt meine Frau und teilt mir mit, zehn Gymnasialschüler wollten mich sehen.

„Aber, liebe Frau, ich habe jetzt wirklich keine Zeit. Führe sie doch ins Empfangszimmer!“

„Das geht nicht. Im Salon sitzt schon ein Besuch, die

Gräfin X mit ihren beiden Söhnen, die deine Gewehre sehen wollen."

„So sollen sie einstweilen in der Bücherei Platz nehmen."

„Die ist auch schon besetzt. Von unserem Weinreisenden und dem Besuch aus Breslau."

„Aber die sind doch in Scheidings Weinstube!"

„Schon lange nicht mehr! Die sitzen bereits seit einer Stunde in deiner Bücherei und brechen einer Flasche Wein nach der anderen den Hals. Und es scheint ihnen so gut zu gefallen, daß sie an ein Fortgehen nicht denken."

Himmel! Sämtliche verfügbaren Räume meines Hauses sind belegt! Ich bekomme einen gelinden Tobsuchtsanfall.

„Aber warum hast du nicht wenigstens die Jungen fortgeschickt?"

„Ich wollte wohl, aber sie wollten nicht. Sie sagten, sie würden dich nicht im geringsten in deiner Arbeit stören."

Ich bin besiegt. „So sollen sie in Gottes Namen kommen!"

Und sie kommen! An ihrer Spitze der Gymnasiast von heute morgen, dessen begeisterte Schilderung seines Besuches bei mir die anderen angeregt hat. Ich bedeute ihnen in der sanftmütigsten Weise, daß ich notwendig zu arbeiten habe. Der Gymnasialschüler von heute früh, der sich wegen unserer „alten Bekanntschaft" nicht wenig zugute tut, gibt zur Antwort:

„Oh, das macht nichts! Sie stören uns nicht im geringsten!"

„Das beruhigt mich!"

„Ja, wir wollen nur Sie und die Gegenstände in diesem Zimmer sehen, sonst nichts. Schreiben Sie nur weiter und tun Sie, als wenn Sie allein wären!"

Ich folge diesem guten Rat und bemühe mich in der

nächsten halben Stunde, „so zu tun, als wenn ich allein wäre". Als mir das bei dem Lärm, den die zehn jungen Leute verursachen, nicht gelingen will, hole ich mir Watte und stopfe mir in jedes Ohr ein halbes Pfund. Aber die Jungens besitzen so ausgiebige Sprachwerkzeuge, daß ich nach einer weiteren halben Stunde zur Überzeugung von der Unzulänglichkeit dieser Maßregel gelange. Und dem unbesiegten Old Shatterhand bleibt kein anderer Ausweg als die Flucht. Er öffnet die auf den Balkon führende Tür, zieht seinen Schreibtisch nebst Stuhl hinaus und schließt dann die Tür schalldicht hinter sich ab! So! Jetzt bin ich endlich allein und kann ungestört schaffen. Zwar dringt das Geräusch der Straße zu mir herauf, aber es ist wie ein leises Säuseln des Windes im Vergleich zu dem brausenden Sturm, der da drinnen tobt. Von jetzt an komme ich mit Riesenschritten vorwärts. Ich schreibe gegenwärtig an meinem Band „Weihnacht" und beginne gerade mit der Schilderung der Szene, wie wir von den Blutindianern überfallen und niedergeschlagen werden. Während ich schreibe, treten die damaligen Erlebnisse in so lebendiger und greifbarer Gestalt vor mein geistiges Auge, daß ich alles um mich her vergesse. Ich glaube mich in den Felsenbergen zu befinden und mit Winnetou die feindlichen Blutindianer zu beschleichen. Wir liegen hinter den Büschen und suchen aus ihren Reden zu erfahren, welchem Stamm sie angehören. Gerade berührt Winnetou leise meinen Arm, da — — —

„Iwiwiwiwiwiwiwiwi!" tönt das fürchterliche Kriegsgeheul der Blutindianer, in den höchsten Fisteltönen ausgestoßen, in meine Ohren. Himmel! Wir sind überfallen! Die Blutindianer sind da! Ich springe auf und greife unwillkürlich in meinen Gürtel, um den Revolver zu ziehen. Aber was ist das? Wo ist denn mein Gürtel, und wohin habe ich meine Waffen gelegt? Infolge meiner bewundernswerten Geistesgegenwart kommt es mir indes bald zum Bewußtsein, daß ich mich nicht im Wilden Westen, sondern in Radebeul auf dem Balkon meines Hauses befinde. Aber ich habe doch das Kriegsgeschrei der Indianer in meinen Ohren gehört! Ich könnte hundert Eide darauf schwören! Es war zwerchfellerschütternd und nervenzerrüttend! Mit einem Wort: echt indianisch! Ich kann nicht glauben, daß es nur Sinnestäuschung war, eine Folge der Versunkenheit in meine Arbeit. Ich stoße die Tür in mein Arbeitszimmer auf und mache sofort eine Beobachtung, die meinen Verdacht erweckt. Meine Gewehre fehlen; auch Winnetous Silberbüchse, die Liddy Sam Hawkens, das Schießeisen Sansears und sämtliche Revolver und Tomahawks, die sonst an der Wand hinter meinem Schreibtisch hängen, glänzen durch Abwesenheit. Dieser Umstand sowie die Beobachtung, daß die Gymnasiasten ebenfalls verschwunden sind, erwecken in mir den Argwohn, daß die Unsichtbarkeit der Gymnasiasten und meiner Waffen wahrscheinlich in ursächlicher Beziehung zueinander stehen. Mein Blick fällt auf die Wand neben der Tür, die auf den Flur führt. Richtig! Auch mein hirschlederner Jagdrock, ein vollständiges indianisches Kostüm und ein indianischer, aus den Federn des Kriegsadlers bestehender Häuptlingsschmuck haben sich unsichtbar gemacht. Dieser Anblick bringt mein Blut in Wallung! Die verruchten Diebe haben Old Shatterhand vollständig ausgeplündert! Aber sie sollen ihres Raubes nicht froh werden! Ich muß meine Waffen wiederhaben, ich werde alles, selbst mein Leben daransetzen, sie zu bekommen. Der Westmann in mir erwacht.

Das erste ist, daß ich nach den Spuren der Diebe suche. Der Flur und das Treppenhaus sind leer. Ich werfe einen Blick ins Empfangszimmer — ebenfalls leer. Aber ich gebe die Hoffnung noch lange nicht auf. Ein unbestimmter, verworrener Lärm, der aus dem Garten zu kommen scheint, lenkt meine Schritte dorthin.

Die Gartentür steht offen, und als ich hinaustrete, enthüllt sich meinen Augen ein Bild, das mich mit einem Schlag in den Wilden Westen versetzt. Ich fühle, wie sich meine Haare langsam sträuben, denn es ist wirklich entsetzlich, was ich mit einem einzigen Blick erfasse.

In einer Entfernung von zwanzig Schritt stehen zwei Gestalten in würdevoller Haltung. In der ersten erkenne ich bei näherem Zusehen meinen Gymnasiasten von heute morgen. Er ist mit meinem Jagdrock angetan; auf dem Rücken hat er meinen Bärentöter, und in den Händen hält er den Henrystutzen. Neben ihm steht ein anderer, der meine indianischen Gewandstücke trägt; vom Haupte wallt majestätisch der Häuptlingsschmuck, und in seiner Hand erblicke ich die Silberbüchse. Sie verfolgen mit Spannung die Szene, die sich vor ihnen abspielt. An einem Baum lehnt, mit Händen und Füßen an ihn gebunden, meine Frau, während die übrigen acht Räuber, die gestohlenen Revolver und Tomahawks schwingend, um den Baum den Kriegstanz aufführen und einen Lärm vollbringen, daß mir die Ohren tönen. Mein Plan ist sofort gefaßt. Die beiden „Anführer“ stehen mit dem Gesicht von mir abgewendet, haben mich also nicht nahen sehen, und ihre „Krieger“ sind so in den Tanz vertieft, daß sie für nichts anderes Auge und Ohr haben. Ich lasse mich lang auf den Boden nieder und schleiche mich auf Händen und Fußspitzen an. Es gelingt mir auch, von allen unbemerkt hinter die beiden zu kommen. Hinter „Old Shatterhand“ und „Winnetou“ richte ich mich langsam auf — ein Griff mit beiden Händen nach den Hälsen der Überraschten — und ich bin Herr der Lage. Mein Griff muß nicht ganz sanft gewesen sein, denn die beiden knickten unter meinen Händen vor Schreck zusammen und lassen die Waffen fallen. Als die feindlichen Krieger bemerken, daß ihre Anführer gefangen sind, halten sie die Sache für verloren; sie werfen ihre Waffen weg und laufen heulend und schreiend davon. Ich gebe den beiden Anführern, die sich unter meiner Faust krümmen, noch meinen Jagdhieb hinter die Ohren, allerdings mit einer Abschwächung von fünfzig Prozent, und lasse sie dann ebenfalls laufen; denn ich dürste nicht nach dem Blut meiner Feinde, und mein Zweck, die Befreiung meiner Frau, ist ja geglückt. Also sollen sie in Gottes Namen entwischen! Mit eigenen Händen löse ich dann die Fesseln der Gefangenen und führe sie siegreich in mein Wigwam zurück.

Nachdem ich meine vollkommen erschöpfte Frau in die Küche gebracht habe, begebe ich mich wieder an meine Arbeit zurück — zum zwanzigstenmal im Laufe des heutigen Tages. Als ich oben an der Bücherei vorbeikomme, wandelt mich die Neugier an, zu sehen, was aus meinem Weinreisenden und aus dem Breslauer Besuch geworden ist. Ich öffne die Tür, bleibe aber überrascht stehen. Wenn Goethe an meiner Stelle gewesen wäre, hätte er nicht mehr nach einem Vorbild für seine Szene in Auerbachs Keller zu suchen brauchen, denn meine Gäste sind in einer Stimmung, daß sie getrost singen könnten:

„Uns ist so kannibalisch wohl
als wie fünfhundert Säuen."

Der dicke Bierbrauer sitzt mit untergeschlagenen Beinen wie ein Türke auf meinem Diwan und pafft aus meinem Tschibuk dicke Wolken in die Luft — natürlich von meinem Dschebelitabak, das Pfund für dreißig Mark. Den rechten Arm hat er um den Hals meines Frankfurter Bacchusapostels gelegt, der sich vergeblich bemüht, die gleiche malerische Stellung wie sein neuer Freund zu behaupten, diesen Mangel aber dadurch gutzumachen sucht, daß er wie ein Kaminschlot mächtige Rauchwolken aus meiner persischen Hukah[1] qualmt. Vor ihnen steht auf dem Tisch ein ganzer Satz geleerter Weinflaschen, der Beweis, daß es ihnen bei mir gut ge-

1 Wasserpfeife

fällt. Natürlich nicht den Weinflaschen, sondern meinen Besuchern! Denn der Wein ist fort, aber meine Gäste sind noch da. Der Herr von hier, der den Breslauer Besuch eingeführt hat, ruht halb liegend in meinem Lehnstuhl und ist, seinem Gesichtsausdruck nach zu schließen, in eine selige Welt hinübergeschlummert, und auch die Mienen der beiden auf dem Diwan strahlen mit einem Lächeln von mindestens sechzig Grad Celsius. Die einzige, die noch auf den Gefilden dieser traurigen Erde wandelt, ist die „Rose" des Bierbrauers, deren Blicke verlegen ängstlich zwischen mir und den Männern hin und her wandern und die offenbar nicht recht weiß, wie sie die Lage retten soll.

Ich wende mich an die beiden Rauchenden auf dem Diwan.

„Die Herrschaften werden entschuldigen, daß ich mich so lang nicht sehn ließ. Es ist zwar eine Unhöflichkeit von mir, aber ich bin — — —"

„O bitte", unterbricht mich der Bierbrauer fröhlich. „Sie haben uns wirklich gar nicht gefehlt. Ich muß sagen, wir haben uns köstlich unterhalten."

„Es gefällt Ihnen also bei mir?"

„Ausgezeichnet!"

„Das freut mich. Und wie ich sehe, findet auch mein Dschebelitabak Ihren Beifall. Wenn Sie wünschen, können Sie zehn Pfund davon haben. Ich habe zwar augenblicklich nicht soviel im Hause, aber ich brauche nur eine Zeile an meinen Freund Maflei in Konstantinopel, den Großkaufmann, zu schreiben, so kann ich Ihnen — —"

„O danke, danke! Wir wollen Sie nicht berauben, wir sind schon mit fünf Pfund zufriedengestellt."

„Schön! Ich werde Ihrem Wunsch mit Vergnügen nachkommen. Jetzt will ich nicht weiter stören. Unterhalten Sie sich auch fernerhin recht gut!" — — —

*

Es ist zehn Uhr abends, und ich bin allein. Meine Besuche haben sich verabschiedet und sind gegangen. Alles im Haus ist ruhig. Nur ich bin noch wach und werde auch die ganze Nacht wach bleiben. Denn ich habe an meinem Manuskript zu arbeiten. Wenn es gut geht, kann ich bis morgen früh sieben Uhr fertig werden. Und sollte mir doch die Schlaflust kommen, so habe ich ein sicher wirkendes Mittel dagegen. Auf meinem Schreibtisch prangt eine mächtige Kaffeemaschine, und daneben steht in einladender Nähe, so daß ich es mit der Hand erreichen kann, ein Kistchen Zigarren.

Und ich schreibe — schreibe von Winnetou, dem großen Häuptling der Apatschen, und meinem Freund Carpio, schreibe von Peteh, dem grausamen Führer der Blutindianer, und den freundlichen Schoschonen, und indem in mir das Bild des kleinen Rost mit seinem „Kapuzenmuskel" aufsteigt, sagt mir eine „innere Stimme", daß der Old Shatterhand von damals doch ein ganz anderer beneidenswerterer Kerl gewesen sei als der von heute. Aber diese innere Stimme wird gar bald übertönt von einer anderen, die mir hundertmal in dieser Nacht ins Ohr flüstert: „Der Verleger wartet auf deinen Roman! Darum schreibe — schreibe — —!"

Der Zauberteppich

Der Zauberteppich

In der Hauptmoschee zu Meschhed Hosseïn, der berühmten schiitischen Pilgerstadt, ist unter der Gebetsnische ein Teppich zu sehen, dessen Geschichte man folgendermaßen erzählt:

Zu Ijâr, dem im ganzen Morgenland bekannten Teppichweber, kam Yussuf el Kürkdschi, der ebenso berühmte Musan'nif, um einen Teppich zu bestellen, der Eigentum seines Freundes Masah, des jungen Kutubi, werden sollte. Ijâr sprach:

„Ich habe eigentlich keine Zeit zu dieser Arbeit, jedoch weil du es bist, will ich sie übernehmen. Sie ist für Masak bestimmt, dem meine Achtung angehört; darum werde ich dir nicht etwas Gewöhnliches, sondern das Beste liefern, was ich liefern kann."

Nach einiger Zeit kam Yussuf el Kürkdschi wieder, um die begonnene Arbeit zu betrachten. Als er dies getan hatte, sagte er:

„Ich bin unzufrieden mit dir, o Ijâr. Ich will ein Muster, das allen Leuten, besonders aber den Packträgern und Eselsjungen gefällt; du aber scheinst mich nicht verstanden zu haben."

Da antwortete der Teppichweber:

„Du hast diese Arbeit für Masak, den Kutubi, bestimmt, der weder Lastträger noch Eselsjunge ist, und wenn du glaubst, daß meine Kunst um das Wohlgefallen der Verständnislosen zu buhlen habe, so irrst du dich. Laß mich machen, wie ich will; du wirst zufrieden sein!"

„Was ist es, was du willst?" fragte Yussuf.

„Einen Zauberteppich, der jeden Fuß, der ihn betritt, zum Pfad der Liebe lenkt. Ich webe ihn aus Fäden, die nie vergehen, sondern ewig währen."

Diese Versicherung genügte dem Kürkdschi; er ging beruhigt fort. Aber als er nach einigen Tagen wiederkehrte, um die fortschreitende Arbeit in Augenschein zu nehmen, verfinsterte sich sein Angesicht, und er sprach:

„Ich sehe Gestalten, die mir nicht gefallen und auch keinem anderen gefallen werden! Und ich sehe den Untergrund gefüllt mit Sprüchen der Weisheit, der Liebe und Barmherzigkeit, die das Auge des Beschauers stören. Ich bitte dich, ja nicht in dieser Weise fortzufahren!"

Da schaute ihn der Weber ernst an, schüttelte verwundert seinen Kopf und erwiderte:

„Ich habe dich für einen Kenner meiner Kunst gehalten und geglaubt, daß du Vertrauen zu mir hegest. Sollte ich mich geirrt haben? Willst du ein Werk von mir, so störe sein Entstehen nicht, sondern warte mit deinem Urteil, bis es fertig ist. Kannst du das aber nicht, so gehe in den Basar, wo man mit Schmerzen auf die Käufer wartet und heute verschachert, was morgen schon zerrissen wird."

Der Kürkdschi entfernte sich schweigend. Er war nicht mit Ijâr einverstanden, obgleich er ihm nichts entgegnen konnte. Aber als er zum drittenmal kam und seinen Blick auf den nun halbfertigen Teppich fallen ließ, rief er aus:

„Maschallah! Was sehen meine Augen! Du füllst trotz meines Wunsches den Untergrund noch immerfort mit unwillkommenen Worten, und die Gestalten, die auf ihm entstanden sind, werden das Mißfallen jedes wahren Gläubigen erregen! Kürze das Werk und füge schnell den Rand hinzu! Da ich es bestellt habe, werde ich es behalten, obgleich es mir nicht gefällt. Zwar wird der Teppich nun kürzer, als ich dachte, aber auf dem Basar sind genug andere zu haben, die ich für Masak, den

Kutubi, hinzufügen kann, damit er befriedigt werden möge."

Da erhob sich Ijâr von seiner Arbeit, lächelte wehmütig und sprach:

„So hast du also auch mir nur Ware des Basars zugemutet, und mich für einen Sohn gewöhnlichen Geschmacks gehalten! Wäre ich das, so säße ich bei den anderen auf der Ladenbank und müßte mich wie sie um die Käufer heiser schreien. Aber ich webe nach Gedanken, die nicht zu kürzen sind, und wenn ich fertig bin, so haben diese Gedanken eine Tat vollbracht. Gehe getrost hin und kaufe da, wo du nun kaufen willst! Du brauchst meine Arbeit nicht zu behalten und nicht zu bezahlen. Nicht mein Geschäft, sondern Allah sorgt für mich!"

Yussuf el Kürkdschi entfernte sich zögernd, begleitet von der Ahnung, daß er töricht gehandelt habe. Ijâr aber sandte den Teppich, als er ihn vollendet hatte, an El Akil, den weisesten der Kalifen.

Dieser ließ ihn vor seinem Thron ausbreiten, rief die Großen seines Reiches zusammen und sprach, als sie vor dem Teppich standen:

„Betet die heilige Fatha, und laßt euch dann auf dieses Gewebe nieder! Es wurde mir gesagt, daß es ein Teppich der Beratung sei. Ich will ihn prüfen."

Da trat der Großwesir hervor und sagte:

„Wolltest du nicht die heilige Fahne des Propeheten entfalten, um die Lehren des Islams auf den Spitzen unserer Schwerter hinaus in alle Welt zu tragen? Laß uns beraten, ob es der Wille Allahs ist!"

„Es sei euch gewährt", antwortete der Kalif, „kniet auf den Rand des Teppichs, um zu beten!"

Sie gehorchten alle. Der Teppich war von grauer Farbe und nichts, kein Spruch, kein Bild auf ihm zu sehen. Aber kaum sprachen sie dem Vorbeter die ersten Worte der Fatha nach, so begann er sich zu beleben.

Der Spiegel des Gewebes füllte sich mit Dunkel, auf dem, goldig glänzend, Spruch um Spruch in der Reihenfolge erschien, in der vom Ijâr gewebt worden war. Die grüne, wehende Fahne des Propheten wuchs hervor, und um sie scharten sich alle die Gestalten, die Yussuf el Kürkdschi nicht gefallen hatten: heulende und tanzende Derwische, Softas, Ulemas, Missionare, stürzende Säulen, Tempelmänner. Das alles kam und stand deutlich vor den Augen der Betenden, bis sie die letzten Worte der Fatha sprachen:

„Und führe uns nicht den Weg der Irrenden!"

Kaum waren diese Worte gesprochen, so begannen sich die Gestalten zu verwandeln, und zwar waren es gerade so viel, wie es Beter gab, und jeder von diesen hatte sein eigenes Bild gerade vor sich stehen, ihm ähnlich, zum Erstaunen ähnlich, aber doch das Zerrbild seines eigenen Glaubens.

Da sprang der Vorbeter erschrocken auf und rief voller Entsetzen:

„Nein, nein, das bin ich nicht! O Allah, gib, daß ich ein anderer bin!"

Da stieg El Akil, der Kalif, von seinem Thron herab, stellte sich auf die Mitte des Teppichs und sprach:

„Ihr seid es alle, wie ihr euch hier seht. Es zeigt der Teppich euch die Züge eures Glaubens. Habt nun wohl acht, was jetzt geschehen wird!"

Sie sahen zu ihm auf, voller Erwartung, was nun geschehen werde. Sein Gesicht verwandelte sich; seine Gestalt wurde eine andere; nicht mehr der Kalif, sondern Ijâr, der Weber, stand auf seinem Teppich. Er erhob gebieterisch seine Hand und sprach:

„Tretet zurück; ihr habt genug gesehen! Wenn dieser Teppich euch ein besseres Bild von eurem Glauben zeigt, dann ist es euch erlaubt, die Fahne des Propheten zu entfalten. Ihr seht jetzt meinen Geist, der hier bei seinem Werke lebt. Ich lege es in Allahs Tempel nieder.

Geht hin, sooft ihr euch beraten wollt! Mein Geist wird doch euch stets die Wahrheit sagen!"

Kaum hatte er diese Worte gesprochen, so war er wieder verschwunden und mit ihm der Teppich vor ihren erstaunten Augen. Am anderen Tag aber verbreitete sich das Gerücht, daß in der Moschee zu Meschhed Hosseïn ein großer, grauer Teppich unter der Gebetsnische liege, den man von dort nicht entfernen könne. Er sei unsichtbar über Nacht gekommen, und niemand habe ihn gebracht; und alle Wächter der Moschee seien bereit, dies zu beschwören.

Vorstehend findet der Leser die märchenartige Erzählung ‚Der Zauberteppich', die sich in Karl Mays Nachlaß fand. Die Karl-May-Forschung wußte lange nichts mit ihr anzufangen. Offenbar war sie ein Gleichnis; stammte sie doch aus einer Zeit — nach 1901 —, da May sich immer entschlossener in Bildern äußerte. Es lag nahe, hinter den Namen unmittelbare Verschlüsselungen zu vermuten, denn May verfuhr in dem zur gleichen Zeit entstandenen Werk ‚Die Schatten des Ahriman'[1] in ganz ähnlicher Art. Ein Hinweis der Witwe und der Name Yussuf führen zur Lösung des Rätsels.

Das Zauberteppich-Märchen steht äußerlich wie innerlich in Zusammenhang mit der Entstehungsgeschichte der Erzählung ‚Und Friede auf Erden'[2].

Diese Erzählung erschien, kürzer und in etwas anderer Fassung, unter der Überschrift „Et in terra pax!" in einem großen vaterländischen Sammelwerk des berühmten Herausgebers Geh. Hofrats Professor Josef Kürschner. Es hieß

> „China. Ein Denkmal den Streitern in der Weltpolitik. Schilderungen aus Leben und Geschichte, Krieg und Sieg", mit 30 farbigen Kunstblättern, 716 Textbildern und 2 Karten. Verlag Hermann Zieger, Leipzig, später: Berlin, Deutsche Kriegerbund-Buchhandlung Dr. Hans Natge. Vorwort von Ende 1901.

1 Gesammelte Werke Bd. 28 ‚Im Reiche des silbernen Löwen' und 29 ‚Das versteinerte Gebet' 2 Bd. 30 der Gesammelten Werke

Dieses Werk, ursprünglich in Lieferungen, erschien als Sammelband in kostspieliger, doch künstlerisch unwertiger Ausstattung. Seine Richtung ging darauf, den nach dem Boxeraufstand gegen die Chinesen errungenen Sieg zu verherrlichen, Deutschlands Ausdehnung zu fördern und das fremde Land fesselnd zu schildern. Mays Beitrag entsprach nun, wie sich in der Folge der Lieferungen immer mehr herausstellte, mit seiner Friedensfreundlichkeit keineswegs den Absichten des Herausgebers und der Mitarbeiter, unter denen sich auch höhere Offiziere befanden. Kürschner veranlaßte ihn deswegen, die Erzählung zu kürzen und mit einem passenden vorzeitigen Schluß zu versehen. Dies gelang denn auch May vortrefflich. Josef Kürschner entschuldigt sich im Vorwort zum Chinawerk gleichsam, wenn er, mit Beziehung auf die abgedruckte Erzählung „Et in terra pax!", sagt:

> „Karl Mays Reiseerzählung, die erst während des Erscheinens der einzelnen Lieferungen des Buches vollendet wurde, hat einen etwas anderen Inhalt und Hintergrund erhalten, als ich geplant und erwartet hatte. Die warmherzige Vertretung des Friedensgedankens, die sich der vielgelesene Verfasser angelegen sein ließ, wird aber gewiß bei vielen Anklang finden."

Die Reiseerzählung ‚Und Friede auf Erden', vormalig also genannt: „Et in terra pax", ist von Karl May in der Weltabgeschiedenheit des Rigi-Kulm-Gipfels verfaßt worden. Dort weilte er mit seiner Gattin im Herbst 1901 vier Wochen. Während unten die Matten noch grün waren, schneite das Hotel hoch oben allmählich ein. Karl May wollte sein Werk von vornherein zu einem entschiedenen Widerspruch gegen die kriegsfrönige Weltanschauung säbelrasselnder Militaristen gestalten. Der „China"-Feldzug fand in ihm einen scharfen, ja leidenschaftlich aufgebrachten Gegner. May schätzte ja über alles die feine alte Kultur und das Glaubensleben der Chinesen. Welch liebevolle Einfühlung in die fremde Welt Ostasiens zeigt, wenn wir darauf verzichten, die Sonde der Sachverständigkeit anzulegen, das launige und so überaus spannende Werk ‚Der blaurote Methusalem'[1].

1 Bd. 40 der Gesammelten Werke

Professor Josef Kürschner, der schon früher viel mit Karl May gearbeitet und den Dichter beispielsweise auch für die von ihm und Spemann gegründete Knabenzeitschrift „Der gute Kamerad" gewonnen hatte, erwartete, für sein China-Werk einen auf kriegerische Töne gestimmten Schlager aus der Feder des berühmten Schöpfers der „Old Shatterhand"- und „Winnetou"-Gestalt zu empfangen. Er verkannte dabei, daß May viel mehr als nur romantischer Phantast sein wollte, nämlich Träger einer großen sittlichen Sendung. May hat mit einer gewissen verzeihlichen Hinterhältigkeit von vornherein den Plan gehabt, mit der Gesamtrichtung seiner friedensfreundlichen Erzählung den Militaristen in die Parade zu fahren. Er wußte von Kürschner zu erwirken, daß ihm dieser völlig freie Hand ließ. Kürschner drängte nur immer voll unruhigen Verlangens, den heißbegehrten Beitrag zu erhalten. Der Schriftverkehr zwischen beiden erfolgte in Drahtnachrichten. Karl May hatte sich geweigert, die sehr schlechte Handschrift des berühmten Herausgebers zu lesen. Als Vergütung für die Erzählung waren 2000 Mark vereinbart. Diese Summe ging dem Dichter dann verloren, nachdem er zu seinem eigenen höchsten Vergnügen und zu Kürschners Schmerz und Ärger dem kriegsfreudigen China-Werk ein Schnippchen geschlagen hatte. May wurde einigermaßen durch die Genugtuung entschädigt, daß der Streich gelungen war.

Erwähnt sei in diesem Zusammenhang, daß May mit seinem Friedensroman in der berühmten Friedensvertreterin Bertha von Suttner eine warme Verehrerin gefunden hatte. Als er in Wien war, um im Sophiensaal seinen letzten Vortrag zu halten[1], besuchte sie ihn zu einer längeren Unterredung im Hotel. Nach seinem Tod und nach Rückkehr von ihrer Amerikareise stattete sie der Villa Shatterhand ihren Besuch ab und hat auf dem Sessel vor demselben Schreibtisch gesessen, auf dem die versöhnungpredigenden Werke Karl Mays entstanden sind. Ergriffen sagte sie mit Tränen der Rührung: „Wenn ich nur eins dieser Werke hätte gestalten können, dann hätte ich mehr erreicht!"

1 Am 22. März 1912, siehe Karl Mays Selbstbiographie „ICH" (Bd. 34 der Gesammelten Werke): „Empor ins Reich der Edelmenschen"

Die in dem Sammelwerk erschienenen 4 Kapitel, von Linder durch 60 mäßige Bilder belebt, entsprechen den ersten beiden Hauptteilen der nachmaligen Buchausgabe, die mit der verdeutschten Überschrift ‚Und Friede auf Erden' als Band 30 der Gesammelten Reiseerzählungen erschien. Den Eingang des letzten, neu hinzugeschriebenen Hauptabschnitts benutzte der Dichter zu einer Erklärung, die mit männlichem Bekennermut gegen die Richtung von Kürschners Sammelwerk angeht:

> „Ich hatte etwas geradezu Haarsträubendes geleistet...: Das Werk war nämlich der ‚patriotischen' Verherrlichung des ‚Sieges' über China gewidmet, und während ganz Europa unter dem Donner der begeisterten ‚Hip, hip, hurra!' und ‚Vivat!' erzitterte, hatte ich mein armes, kleines dünnes Stimmchen erhoben und voller Angst gebettelt: „Gebt Liebe nur, gebt Liebe ganz allein!" Das war lächerlich; ja, das war mehr als lächerlich, das war albern. Ich hatte mich und das ganze Buch blamiert und wurde bedeutet, einzulenken. Ich tat dies aber nicht, sondern ich schloß ab, und zwar sofort, mit vollstem Recht. Mit dieser Art von Gong habe ich nichts zu tun!"

Man kann sich unschwer vorstellen, daß der schon damals (1901) durch recht erhebliche buchhändlerische Erfolge verwöhnte Schriftsteller May durch Kürschners Forderung, die mißliebige Erzählung zu schließen, gekränkt wurde. Er fühlte sich in seinem Sendungsbewußtsein als überzeugter Christ getroffen.

Wie äußerte sich nun diese Empfindung?

Die Antwort darauf gibt die vorstehend abgedruckte Märchen-Erzählung ‚Der Zauberteppich'. Von der Witwe des Dichters wurde in Erfahrung gebracht, die Erzählung sei einem langen Brief an den Leipziger Verleger Zieger beigelegt worden und von diesem auf Wunsch Mays zurückgesandt. Die Namen und die Zielrichtung des Märchens, die an die Zauberwelt der „Märchen aus Tausendundeiner Nacht" erinnert, führten schließlich zur Lösung.

Yussuf? Joseph? Und Kürkdschi? Seltsamer Anklang an den Namen des großen Herausgebers Joseph Kürschner!

Die Nachforschungen ergaben folgende Übersetzungen:

kürkdschi (türkisch) = Pelzhändler, Kürschner
akl, akil (arabisch-türkisch) = Vernunft, Geist, Verstand
îjâr (arabisch) = Mai (Monat), der Name des Dichters selbst
mase (arabisch) = Ziege
musan'nif (arabisch) = Schriftsteller
kutubi (arabisch) = Buchhändler

Masak dürfte etwa dem deutschen „Zieger" entsprechen, also dem Namen jenes Leipziger Verlegers, mit dem Kürschner in Verbindung stand. Es fand sich im Nachlaß auch noch ein Umschlag mit der Aufschrift: „Gleichnis für Zieger".

Nunmehr ergibt sich die Entschlüsselung ganz von selbst.

Der im ganzen Morgenland bekannte Teppichweber Ijâr ist niemand anders als May selbst. Mit Yussuf el Kürkdschi meint er den durch seine ausgedehnte Herausgebertätigkeit (Kürschners Bücherschatz) verdienten, 1902 verstorbenen Geheimrat Josef Kürschner. Dessen Freund Masak, der junge Kutubi, ist Hermann Zieger, der frühere Verleger des Sammelwerkes „China". Der bestellte Teppich, der in seinen Besitz übergehen sollte, ist dann natürlich die Erzählung „Et in terra pax!", nachmalig ‚Und Friede auf Erden'.

May war — wie erwähnt — um die Jahrhundertwende dazu übergegangen, die ihn schmerzenden Erlebnisse in sinnbildlichen Erzählungen zu überwinden. Ein anderer Schriftsteller hätte, auf Ruhm und Erfolg pochend, gegen Kürschner aufbegehrt. May nimmt eine feine Vergeltung mittels einer Erzählung. Kürkdschi kommt mehrmals, um den Teppichweber Ijâr bei der Arbeit zuzuschauen. Das zielt auf die Art des Erscheinens in Lieferungen. Als er zum drittenmal kam, war der Teppich halb fertig, d. h. die Erzählung „Et in terra pax!" (im ganzen 4 Kapitel) beim 3. Kapitel. Er fürchtet, daß die eingewebten „Sprüche der Weisheit, Liebe und Barmherzigkeit" das „Mißfallen jedes wahren Gläubigen", d. h. der Kriegsanhänger, erregen werden. Also: „Kürze das Werk und füge schnell den Rand hinzu! Da ich es bestellt habe, werde ich es behalten, obgleich es mir nicht gefällt." Als Ersatz für die Kürzung will er auf dem „Basar", d. h. dem Schriftsteller-Markt (d. i. die Leipziger Kantatemesse) andere Teppiche, d. h. Beiträge kaufen, um den „Kutubi" zu befriedigen.

Die ganze Erzählung verrät das wehmütige Lächeln des Enttäuschten, doch regt sich auch das berechtigte Selbstbewußtsein Mays. Ja, um den Vorwurf des Minderwerts aufzuheben, steigert es sich, fast krankhaft, zur Selbstüberhebung. „Du brauchst meine Arbeit nicht zu behalten und nicht zu bezahlen. Nicht mein Geschäft, sondern Allah sorgt für mich!"

Der Fortgang des Gleichnisses erschließt sich weniger zwanglos der Deutung. Wer ist El Akil, der weiseste der Kalifen, dem Ijâr den vollendeten Teppich schließlich sandte? Vielleicht Fehsenfeld. Wer sein Großwesir? Wer der Vorbeter? Sind hier auch bestimmte Zeitgenossen Mays gemeint? Man könnte bei dem Großwesir an den Buchdrucker Mays, den ihm befreundeten Kommerzienrat Felix Krais, Besitzer der Hoffmannschen Buchdruckerei in Stuttgart, denken. Oder ist es abwegig, nach weiteren Entsprechungen zu suchen? Jedenfalls entfaltet der Teppich Wunderkräfte. Er wird vor einem kriegerischen Unternehmen, das den Islam in alle Welt tragen soll, als Teppich der Beratung benutzt. Vor dem erstaunten Blick der Beter, die auf seinem Rand knien, erscheinen nacheinander Ijârs goldene Weisheiten, dann die „grüne, wehende Fahne des Propheten", offenbar das Sinnbild unduldsamen Eiferer- und Bekehrertums, das in der Reiseerzählung ‚Und Friede auf Erden' der Missionar Waller vertritt. Dann zeigen sich die übrigen Gestalten der Erzählung, bis bei den Schlußworten der heiligen Fatha „Und führe uns nicht den Weg der Irrenden!" die Gestalten sich verwandeln in der Weise, daß jeder Beter gerade vor sich sein eigenes Bild erblickt. Dies ist jedem zum Erstaunen ähnlich und doch das Zerrbild seines eigenen Glaubens. Ein Widerspruch, den Tiefsinn zu reizen. Der wirkliche Mensch und das innere Entwicklungsbild, dem er zustrebt, weichen ab wie Vorlage und Zerrbild. Der Spiegel des Teppichs wird zum Spiegel der Selbsterkenntnis. „Nein, nein, das bin ich nicht! O Allah, gib, daß ich ein anderer bin!" ruft der tödlich erschrockene Vorbeter aus, und mit ihm jeder, der sich ehrlich erkennt.

Nun erfolgt in der Art der Märchen aus „Tausendundeiner Nacht“ die Verwandlung des Kalifen El Akil in den Teppichweber Ijâr. Er gebietet — die Sprache erhebt sich hier zum Versmaß —, erst dann an Bekehrung anderer zu denken, „wenn dieser Teppich euch ein besseres Bild von eurem Glauben zeigt“. Der Teppich selbst verschwindet und erscheint in einer schiitischen Moschee unter der Gebetsnische wieder. May bezeichnet den Teppich als einen „großen, grauen“, womit er darauf anspielt, daß sich in der Erzählung ‚Und Friede auf Erden‘ vergleichsweise wenig bunte Handlung findet.

Alles in allem eine feinsinnige Antwort an Kürschner; die geistvolle Vergeltung des Schriftstellers, der sich dagegen auflehnt, nur Marktgängiges zu liefern, und wagen darf, gegen den Strom damals herrschender Anschauung zu schwimmen. Noch entschiedener bekennt sich May zum Frieden in BABEL UND BIBEL[1], einem Werk, dessen Abfassung im Jahre 1906 innerlich mitbedingt wurde durch den Widerstand der deutschen Gebildeten gegen Mays Herzens-Christentum.

1 Bd. 49 der Gesammelten Werke „Lichte Höhen“

Abdahn Effendi

1. In der Schmugglerschenke

Viele berufene und unberufene Menschen haben sich Mühe gegeben, das Rätsel zu lösen, das ich heute erzähle: doch stets vergeblich. Keiner brachte es fertig, die ganze unsaubere Bande zu durchschauen, die aus fünf Personen bestand, aber insgesamt nur drei Namen hatte, nämlich zwei Achmed Agha, zwei Selim Agha und Abdahn Effendi, der eigentliche Gebieter.

Die vier Agha waren Offiziere; der Effendi aber war Nichtsoldat und zugleich ein so dicker Mensch, wie ich nicht oft einen gesehen habe. Er betrieb die Viehzucht, die Landwirtschaft, die Bäckerei, die Fleischerei, die Fischerei, die Jagd, die Gastwirtschaft, den Binnen- und Außenhandel und war zu gleicher Zeit der Schech el Beled, der Kadi und der Imam — Schultheiß, Richter und Geistlicher — der weit ausgedehnten Landschaft Dschan, durch die sich die türkisch-persische Grenze zieht.

Daher der Titel Effendi, den er von jedermann verlangte und auch wirklich zugesprochen erhielt.

Dschan liegt sehr hoch, im Süden des kurdischen Gebirges. Dort ragen die Berge von Uluhm empor, zwei Reihen zum Teil scharf abgegrenzter, zum Teil auch ineinander fließender Höhen, die immer nebeneinander, von Nordwest nach Südost, verlaufen und zwischen sich ein langes, vielgewundenes, tief und steil eingeschnittenes Tal bilden, auf dessen Sohle ein fischreiches Wasser fließt. Die Fische gehörten dem Effendi. Er behauptete das und hatte gedroht, einen jeden niederzuschießen, der sich an einer einzigen Flosse zu vergreifen wage.

Die Berge von Uluhm sind, ebenso wie das zwischen ihnen liegende Tal, sehr dicht mit Busch und Wald bestanden, worin es Wild in Menge gibt. Der Effendi behauptete, daß auch dies ihm gehöre und daß er einen jeden aufhängen werde, der sich erdreiste, auch nur eine einzige Maus anzutasten.

Wer die Türkei und Persien kennt, der weiß, daß an der Grenze beider Länder allzeit ein ebenso reger wie einträglicher Schmuggel betrieben worden ist. Und nie hat es eine Stelle gegeben, die die Aufmerksamkeit der beiderseitigen Zoll- und Steuerbehörden in der Weise auf sich gezogen hat, wie die Landschaft Dschan, die mit ihren Bergen, Schluchten und Wäldern die Pascher geradezu herausforderte, sich hier zusammenzuziehen.

Ein breiter Karawanenzug führt, Persien mit der Türkei verbindend, quer durch Dschan und also ebenso quer zwischen den Bergen von Uluhm hindurch. Das ist der öffentliche, der befohlene Weg, den alle Personen und Güter zu nehmen haben. Jeder andere Weg wird als Schleichweg angesehen, und wer ihn geht, setzt sich der Gefahr aus, als Schmuggler behandelt zu werden, vielleicht gar als Dieb und Räuber von Fisch und Wild. Da, wo diese Karawanenstraße auf der östlichen Seite ins Tal hinuntersteigt, befindet sich die Hauptwache der persischen Zollbeamten. Da, wo sie auf der westlichen Seite von der Höhe herunterführt, stehen die Gebäude der türkischen Zollstelle. Beide also hoch oben auf den beiden Rändern des Tales, während unten, zwischen ihnen, die Besitzung des Effendi an der über das Wasser führenden Brücke liegt. Er behauptete, daß diese Brücke ihm auch gehöre, und drohte, einen jeden einzusperren, der hinüber- oder herübergehe, ohne ihm den Brückenzoll zu entrichten. Sein Anwesen bestand aus einer nicht unbedeutenden Anzahl von Häusern, Hütten, Stallungen, Schuppen, Tennen, Winkeln und Löchern, die alle dem Betrieb der obenerwähnten Tätigkeiten und Berufe zu dienen hatten. Die beiden geräumigsten unter diesen Baulichkeiten waren zwei Karawansereien, rechts an der Straße eine für die, die von rechts her, also von Persien, kamen und nach der Türkei wollten, links an der Straße eine für die, die von links her, also von der Türkei, kamen und nach Persien reisten. Da war den von beiden Seiten Kommenden Gelegenheit gegeben, mit ihren Tieren und Waren Unterkunft zu finden und sich auszuruhen oder auch zu übernachten. Im Hauptgebäude, worin Abdahn Effendi selbst hauste, war auch vornehmeren Leuten Gelegenheit geboten, zu wohnen: nämlich zwei Zimmer über dem Erdgeschoß und noch zwei Stuben, die über diesen beiden lagen. Es gab also eine Art erstes und zweites Stockwerk, die aber beim Bau der Schenke nicht mit geplant worden waren. Sie bildeten vielmehr einen einfachen Würfel von Bretterwänden, die man erst später auf das platte Dach gesetzt hatte, um diese vier Unterkunftsräume zu gewinnen.

Ich war mit meinem drolligen Hadschi Halef Omar von Bagdad hier heraufgekommen, um nach Teheran zu reiten. Wir kehrten nicht in einer der beiden Sereien, sondern im Hauptgebäude ein, wo es auch eine Gaststube gab. Man hielt uns für vornehme Leute, weil man uns nach unseren Pferden einschätzte, die Araber von reinstem Blut und in jener kostbaren Weise aufgeschirrt waren, die man in Persien mit dem Namen Reschma bezeichnet. Im Gastzimmer saßen fünf Personen, drei ältere und zwei jüngere. Einer von den Alten war ungeheuer dick. Er hockte auf einem Sitz, der ganz augenscheinlich für ihn besonders stark angefertigt worden war. Sich in orientalischer Weise niederzusetzen, durfte er nicht wagen, weil es ihm in diesem Fall unmöglich war, wieder aufzustehen. Halef sagte, als er ihn erblickte, leise zu mir:

„Maschallah — Wunder Gottes, was für ein Mensch!

Wer dreimal um ihn herumgeht, muß unterwegs viermal ausruhen."

Dieser Mann war Abdahn Effendi, der Wirt. Seine Wangen standen wie Halbkugeln hervor, und seine Äuglein verschwanden fast hinter dem Fettpolster, das sie umgab. Den Mund sah man kaum, und der Schnurrbart war unter der dicken Rindstalgnase vor Fett verdünnt, erstickt und verkümmert. Aber der Zug von Gutmütigkeit, der wohlbeleibten Leuten eigen zu sein pflegt, war diesem Gesicht fremd. Die Augen schielten, und wenn der „Effendi" sprach, so hatte seine Stimme einen hochmütigen, rücksichtslosen Klang. Eben als wir in die Stube traten, aß er. Wie ich bald bemerkte, war das seine Lieblingsbeschäftigung.

Von den beiden anderen Alten hatte der eine ein langes schmales Vogel-, der andere aber ein kurzes, recht breites Bulldoggengesicht, doch beide echt orientalisch geschnitten und in lange, dichte Vollbärte gehüllt.

Die zwei jüngeren Männer sahen einander ähnlicher. Der eine lächelte immerfort wie ein Fuchs, der einer Gans die Ehe verspricht, und der andere saß, ging und stand ohne Unterlaß geduckt wie ein Marder, der einen Hühnerstall beschleicht.

Man sieht, anziehend waren die Leute eben nicht, aber überaus seltsam. Man fühlte gleich beim ersten Blick, daß man nicht mit ihnen anbinden durfte, außer man wünschte, daß einem irgend etwas mehr oder weniger Unangenehmes zustoße. Nach altem orientalischem Brauch sagte mir der Effendi, daß er der Wirt sei, und nannte mir die Namen und die Berufsstellungen der vier anderen Männer. Sie betitelten sich gegenseitig Agha, was soviel wie „Herr" bedeutet und stets hinter den Namen gesetzt wird. Diese vier hatten nur zwei Namen. Die beiden älteren hießen Achmed Agha und die beiden jüngeren Selim Agha. Hinzu kam, daß zu dem gleichen Namen sich der gleiche Rang gesellte. Die beiden Achmeds standen im Oberstenrang, die beiden Selims waren Leutnants, alle vier also Offiziere. Ich fragte mich, welche Gründe man in Konstantinopel und Teheran wohl gehabt haben könne, zwei so hohe und verdiente Offiziere, wie ein Oberst doch wohl ist, in diese abgelegene Gegend zu versetzen; aber die Herren zeigten sich außerordentlich mitteilsam; sie freuten sich sichtlich, wieder einmal mit einem gebildeten Menschen sprechen zu können, und als sie gar hörten, daß ich Europäer sei, schien ihnen sehr daran zu liegen, sich vor mir in gutes Licht zu stellen.

Darum erzählten sie mir unaufgefordert, weshalb sie von Bagdad und Teheran hierher gekommen und dann hier geblieben seien.

Es war, wie sie versicherten, mit der Schmuggelei hier nicht mehr auszuhalten gewesen. Die Zölle hatten fast nichts mehr eingebracht, und so waren die beiden Regierungen darin übereingekommen, die Bewachung der Grenze der bisherigen liederlichen Aufsicht zu entziehen und in feste militärische Hände zu legen. Dies konnte aber nicht geschehen, ohne daß die betreffenden militärischen Personen vorher bei der jetzigen Zollwache eine Lehrzeit durchgemacht hatten, um ihre Pflichten kennenzulernen und sich in ihren Beruf einzuleben. Darum wurde von beiden Seiten je ein Hauptmann, ein Oberleutnant und ein Leutnant, nebst drei gewöhnlichen Soldaten zu ihrer Bedienung, herauf nach Dschan geschickt. Der Erfolg zeigte sich überraschend schnell. Die beiden Hauptleute und die beiden Oberleutnants wurden mit ihren Soldaten von den Paschern schnell weggeputzt. Man begrub ihre Leichen, wo man sie fand. Die beiden Leutnants aber bewährten sich. Sie hielten sich mit ihren zwei Soldaten. Sie schafften Wandel und wiesen nach, daß die bisherigen Befehlshaber mit den Schmugglern gemeinschaftliche Sache gemacht und die Behörden um ungeheure Summen betrogen hatten. Die

Verbrecher wurden abgesetzt und in Ketten nach Teheran und Bagdad gebracht; ganz selbstverständlich bekamen die Leutnants die freigewordenen Stellen. Sie blieben für immer, doch nur aus Pflichtgefühl und Aufopferung, denn wenn sie gegangen wären, hätte die mühsam unterdrückte Schmuggelei sofort ihr Haupt von neuem erhoben, und alle bisherige Mühe wäre vergeblich gewesen. Aber die vorgesetzten Behörden waren dankbar für eine so beispiellose Uneigennützigkeit und Treue. Sie ließen die Leutnants und Soldaten entsprechend befördern. Die Leutnants hatten es, als ich nach Dschan kam, schon bis zum Obersten gebracht, und die Soldaten standen bereits im Leutnantsrang. Weil die ersteren beide Achmed und die letzteren Selim hießen, alle vier aber Agha waren, konnte man sie nur dadurch auseinanderscheiden, daß der Rang der beiden türkischen Offiziere nach türkischem Gebrauch, der der beiden persischen Offiziere aber in persischer Weise bezeichnet wurde. Oberst heißt türkisch Mir Alai, persisch aber Särtix. Leutnant heißt türkisch Mülasim, persisch aber Naib. Darum hieß der Alte mit dem Vogelgesicht Mir Alai Achmed Agha, der Alte mit dem Bulldoggengesicht Särtix Achmed Agha, der Junge mit dem Fuchsgesicht Mülasim Selim Agha, und der Junge mit dem Mardergesicht Naib Selim Agha.

Wir, Halef und ich, hatten gar nicht hier bleiben, sondern nur einen Imbiß nehmen und unsere Pferde ausruhen lassen wollen, aber der Anblick dieser fünf Männer erweckte den Wunsch in mir, sie kennenzulernen. Wir aßen etwas; dann verließ ich die Stube, um einen kurzen Gang durch die Umgebung zu machen. Als ich nach vielleicht zwei Stunden zurückkehrte, saß Halef nicht mehr an seinem Platz, sondern bei den fünf Männern. Sie hatten gewünscht, daß er zu ihnen komme, und ihn dann ausgefragt. Wer meinen kleinen Hadschi Halef kennt, der weiß, welche Schleusen von

Beredsamkeit da von ihm geöffnet worden waren, um unsere Erlebnisse und alle tausend Vorzüge, die er uns andichtete, ins hellste Licht zu stellen. Ich wurde zu meinem großen Erstaunen mit lautem Jubel begrüßt. Sämtliche Agha taten, als ob sie mich schon längst gekannt und geliebt hätten, und der kleine dicke Abdahn Effendi bat mich inständigst, so lange sein Gast zu sein, wie es mir beliebe, und ohne etwas zu bezahlen; nur müsse ich ihm den Gefallen tun, ihm möglichst viel Wild zu schießen. Wir gingen darauf ein, weil es uns den Vorteil brachte, ungehindert den Wald durchstreifen zu dürfen. Ich stellte nur die Bedingung, daß uns gute Unterkunft und kräftiges, gesundes Futter für unsere Pferde geboten werde. Dieser Bescheid erregte allgemeine Freude. Die Tiere bekamen einen schnell gesäuberten Stall für sich allein angewiesen und so viel Gerste, gequollenen Mais und gequetschte Bohnen, daß sie sich gütlich tun konnten. Was uns selbst betraf, bedeutete der überdicke Effendi, daß er uns in eigener Person die Zimmer anweisen werde, die wir bewohnen sollten. Er bekümmere sich um seine Gäste nie, denn er habe keine Zeit dazu. Daß er sich mit uns jetzt diese Mühe gebe, sei eine Auszeichnung, die wir dankbar anzuerkennen hätten.

Er führte uns hinaus und hinter das Haus, wo eine Holztreppe auf das platte Dach mündete. Er stieg uns da voran, ächzend und stöhnend, in der Minute einen Schritt. Wir, die wir hinter ihm gingen, hatten das Glück, den Anblick seiner unförmlichen Fleischmasse mit Demut und Ergebenheit zu genießen. Das Dach war lang und breit. Es bestand aus festgeschlagenem Lehm. Man konnte mit großen Schritten darauf umhergehen. Es büßte durch den schon erwähnten Bretterwürfel, der die vier Stuben enthielt und auf der Mitte des vorderen Randes stand, nur den vierten Teil seiner Oberfläche ein. Wir bekamen die zwei Stuben, die unmittelbar auf dem flachen Dach standen. Man trat von ihm durch eine Tür hinein. Zu den beiden oberen Stuben führte ein schwankes, hölzernes Mittelding zwischen Treppe und Leiter hinauf. Sie waren schon bewohnt, und zwar auch von zwei Fremden. Der eine von ihnen sei aus dem Sumpfland von Basra, also ein Türke, der andere aus dem Fieberland von Luristan, also ein Perser. Das Sumpffieber habe sie an den Rand des Todes gebracht und sie gezwungen, für einige Monate hier herauf nach Dschan zu gehen, um in der stärkenden Höhenluft zu gesunden. Sie seien schon zwei volle Wochen hier und würden uns nicht belästigen, da sie sich während des ganzen Tages im Wald aufhielten.

Unsere Zimmer gefielen uns sehr, weil sie uns einen freien Ausblick nach allen vier Himmelsrichtungen boten, und weil wir nur aus der Tür zu treten brauchten, um im Freien sein zu können, ohne zu den anderen Leuten hinuntersteigen zu müssen. Leider waren wir aber nicht die einzigen Bewohner dieser mit Kissen, Decken und Teppichen reichlich ausgestatteten Räume. Es lebte da eine Unmenge jener kleinen, lieblich duftenden und zutraulichen Wesen, die der Araber Bakka, der Perser aber Sas oder Milä — Wanze — nennt. Diese Sorte ist übrigens nicht ungefährlich, da ihr Biß unter Umständen giftig wirkt. Der Effendi hatte davon gesprochen, daß er keine Bezahlung von uns nehmen wolle. Mir ahnte aber, daß unser Gehen nicht so friedlich wie unser Kommen verlaufen werde, und so hielt ich es für ausgeschlossen, irgend etwas ohne Gegenleistung von ihm anzunehmen. Deshalb eröffnete ich ihm jetzt, als ich mich bereit erklärte, die Zimmer anzunehmen, daß ich sie und alles andere bezahlen würde, obwohl er darauf verzichtet habe. Da gestand er mir mit überraschender Aufrichtigkeit, daß er sich das genauso gedacht habe, wie ich es ihm jetzt sage. Ein anständiger Mensch lasse sich nichts schenken, sondern er bezahle um so mehr, je weniger man von ihm verlange. Da er aber gar nichts von mir verlangt habe, so rechne er auf den höchsten Preis, den es hier oben gebe. Als ich ihn aufforderte, diesen Preis zu bestimmen, schüttelte er den Kopf und antwortete, das überlasse er mir. Dann ließ er uns oben stehen und stieg wieder vom platten Dach hinab, daß alle Stufen der Treppe krachten. Halef lachte:

„So dick und ungeschlacht er ist, so unförmlich ist auch seine Geldschneiderei! Wir werden ihn bezahlen, nicht wahr, Effendi? Nicht zu viel und nicht zu wenig!"

Er zog dabei seine geliebte Nilpferdpeitsche aus dem Gürtel, um mit einigen kräftigen Bewegungen des Armes die Münze anzudeuten, in der er sich diese Bezahlung dachte. Dann folgten wir dem Effendi hinab, um das uns aufgetragene Werk sofort zu beginnen. Bevor wir aufbrachen, erhielten wir von Abdahn Effendi folgende Verhaltungsmaßregeln:

„Der ganze Wald ist mein, und die ganze Gegend ist mein. Ihr könnt also überall hin, wohin ihr wollt. Nur vor dem Sägemüller Ben Adl habt ihr euch zu hüten. Der ist mein Feind. Ich warne euch, seine Besitzung zu betreten oder mit ihm zu reden. Er schießt nämlich jeden nieder, der es wagt, sich ihm zu nähern. Nehmt euch also in acht!"

„Wo ist die Mühle?" erkundigte ich mich.

»Wenn ihr hier am Wasser aufwärts geht, kommt erst ein Bach von rechts, dann einer von links, dann wieder einer von rechts. An diesem Bach hat Ben Adl, der Schurke, sich festgesetzt, um unser schönes Dschan zu verschandeln. Sein Vater war der hiesige Befehlshaber der persischen Zollwache. Er ist jetzt Kettengefangener. Der Vater seines Weibes war der hiesige Befehlshaber der türkischen Zollwache, der ebenfalls in Ketten liegt. Beide wurden abgesetzt und bestraft, weil sie große Unterschleife und Betrügereien begangen hatten. Sie mußten alles hergeben, was sie besaßen. Nur eins konnte man ihnen nicht nehmen, nämlich das Land, das sie für ihre Kinder gekauft hatten. Sie haben ihnen ein Haus darauf gebaut und sie dann miteinander vermählt. Aus diesem Haus ist eine Schneidemühle geworden, in der diese Kinder nun als Mann und Weib wohnen, um mir meine Bäume wegzufällen und mich totzuärgern. Sie machen aus diesen Bäumen Bretter, die sie über das ganze Hochland bis nach Kurdasir und Feridan, sogar bis Teheran und Ispahan versenden, wo Pilgersärge aus ihnen gezimmert werden. Dieses viele Geld könnte ich mir selbst verdienen. Sie nehmen es mir weg. Sie bestehlen und berauben mich! Darum verbiete ich euch, mit ihnen zu verkehren. Wenn ihr es dennoch tätet, würde meine Rache euch vernichten."

„Die meine auch!" rief Achmed Agha, das Vogelgesicht.

„Die meine auch!" rief Achmed Agha, das Bulldoggenantlitz.

„Die unsere auch!" warnten die beiden Selim, Fuchs und Marder, zusammen.

Nachdem sie ihre Pflicht hiermit getan zu haben glaubten, nahmen ihre Gesichter sofort wieder die freundlichsten Züge an, und wir wurden mit strahlendem Wohlwollen entlassen.

2. *Die beiden Sendlinge*

Schweigend wanderten wir am Wasser hinauf, jeder mit seinen Gedanken beschäftigt. Wir befanden uns kaum erst drei Stunden bei diesen Leuten und wußten trotz dieser kurzen Zeit doch schon, wie tief sie standen. Sie zu durchschauen war freilich noch nicht möglich, aber wir hegten beide die Überzeugung, daß es uns wahrscheinlich beschieden sei, nur Schlimmes aufzudecken. Nachdem wir lange Zeit still nebeneinander hingegangen waren, fragte Halef:

„Sihdi, soll ich dir sagen, was wir beide jetzt denken?"

„Wir denken beide", antwortete ich, „daß wir nun erst recht zu Ben Adl, dem Sägemüller, gehen. Der wird wahrscheinlich ein braver Mensch sein!"

„Ganz meine Ansicht. Ich habe ihn jetzt schon lieb. Wen so ein dicker, schielender, habsüchtiger Abdahn haßt, der verdient gewiß, daß man ihm Achtung und Vertrauen schenkt. Hast du gerochen, wie der Effendi stank, als er vor uns die Treppe emporstieg?"

Ich nickte nur. Da fuhr er fort:

„Er stank nach allen möglichen schlechten Düften, besonders aber nach Geist- und Seelenlosigkeit. Lauf, Effendi, damit wir schneller vorwärtskommen!"

Er verdoppelte die Schritte seiner kurzen Beine und zwang mich dadurch, auch meinerseits schneller auszuschreiten. Nach einer halben Stunde erreichten wir den ersten, von rechts herbeirauschenden Bach, nach einer zweiten halben Stunde den, der von der linken Seite her sich, gleich dem ersten, in das Hauptwasser ergoß. Das Tal, dem wir folgten, war oft sehr breit, zuweilen aber auch ebenso schmal, immer aber von dichtem Unterholz besetzt, aus dem die Kronen hoher Bäume ragten. Es gab hier einen Holzreichtum, der für Persien beinahe als Wunder zu betrachten war. Es mochte wieder fast eine halbe Stunde vergangen sein, so daß wir nun anderthalb Stunden lang gewandert waren, da erreichten wir den dritten Bach, den zweiten, der von rechts her mündete. Wir bogen in diese Richtung ein, um seinem Lauf entgegenzugehen. Der Weg wurde hier gangbarer. Er verließ sogar zuweilen den Bach, um in gerader Richtung eine Windung abzuschneiden. Während wir ihm aufwärts folgten, hatten wir diese Windungen bald zur rechten, bald zur linken Seite neben und unter uns liegen. Es galt, kleine Brücken zu übersteigen. Das Plätschern und Murmeln des Wassers erklang bald hüben, bald drüben. Bei einer dieser Gelegenheiten hörten wir auch menschliche Stimmen. Es schienen weibliche zu sein. Wir blieben stehen und lauschten. Der Weg lag an dieser Stelle über dem Bach. Zwei Riesenbuchen standen in einiger Entfernung von ihm, und zwar genau am Rand, der sich zum Bach niedersenkte. Die Hälfte ihrer Wurzeln verlief nach unserer Seite in die Erde. Die andere Hälfte stieg auf der Gegenseite im Freien abwärts, bis sie unten den Boden erreichten und in ihm verschwanden. Diese freiliegenden Wurzeln bildeten eine Art von Nische, in der zwei Bänke standen, eine niedrige und eine höhere, aus Stein und Moos gebaut.

Man sah, das war zum Beten.

Um zu erkunden, wer da sprach, waren wir an die Buchenstämme getreten, ließen uns leise nieder und schauten heimlich hinab. Auf der niedrigen Bank knieten zwei Kinder nebeneinander, ein Knabe und ein Mädchen. Sie hatten die Hände gefaltet auf den Schoß einer Frau gelegt, die vor ihnen auf der höheren Bank saß. Alle drei beteten, und zwar mit vereinten Stimmen. Und was sie beteten, das war nicht aus dem Koran, sondern aus der Bibel, nämlich das Vaterunser, natürlich in arabischer Sprache.

Sie beteten in einer unendlich rührenden, gläubigen Weise. Die Augen der Kinder waren voll Liebe auf das Gesicht der Mutter gerichtet; diese hatte den Blick zum Himmel erhoben, und ihre Augen erglänzten in heiligem Feuer. Man sah und hörte, daß hier drei Herzen beteten, die wirklich an die Macht und an die Güte dessen glaubten, an den sie sich wendeten. Als wir zu horchen begannen, waren sie mit den ersten Bitten schon vorüber. Nun fuhren sie fort:

„Unser tägliches Brot gib uns heute! Vergib uns unsere Schuld, wie auch wir vergeben unsern Schuldigern! Führe uns nicht in Versuchung, sondern erlöse uns von dem Übel! Erlöse uns von Abdahn Effendi und allen seinen Freunden! Erlöse den Vater unseres Vaters und den Vater unserer Mutter von den Ketten, in die sie unschuldig gefallen sind! Du kannst sie retten, wenn du willst! Amen!"

Als sie geendet hatten, drückte die Mutter die Köpfchen der Kinder ans Herz und gab jedem einen Kuß. Mich faßte tiefe Rührung; ich stand auf und trat von den Bäumen zurück. Daß wir hier lauschten, kam mir wie eine Entheiligung des Gebetes vor. Halef schien dasselbe zu fühlen. Er zog mich noch weiter fort und sagte:

„Komm, wir gehen!"

Erst als wir uns weit genug entfernt hatten und rings von Gebüsch umgeben waren, hielt Halef die Schritte wieder an. Dann fragte er:

„Für wen hältst du diese drei Personen, Effendi?"

„Für die Frau und Kinder des Sägemüllers Ben Adl", antwortete ich.

„Ich auch. Die Mühle scheint nicht mehr fern von hier zu sein, denn dieser Platz war doch der Gebetsplatz, und den legt man sich so nahe wie möglich ans Haus. Gehen wir geradewegs in die Mühle?"

„Nein. Wenigstens nicht gleich. Wir umkreisen sie erst einmal, ohne daß man uns sieht. Es ist immer vorteilhaft, ein sicheres Bild von der Wohnung zu haben, bevor man zu den Leuten geht, die sich darin befinden."

„Du meinst, daß es geraten ist, sich erst um den Körper zu bekümmern, ehe man sich an die Erforschung des Geistes macht?"

„Ja. Nun komm!"

Wir schritten weiter. Wie Halef vermutet hatte, so war es: die Mühle lag in der Nähe. Wir waren noch nicht weit gegangen, so blieb ich überrascht stehen; denn ich sah ein reizendes Landschaftsbild vor mir liegen, das von einem Künstler nicht lieblicher und traulicher hätte angelegt werden können und mich fast heimatlich anmutete. Die bisher schmale Schlucht des Baches erweiterte sich plötzlich zu einem nicht unbedeutenden Talkessel, der von hier gegen Morgen lag und uns gleich beim ersten Blick verriet, daß sein Besitzer ein fleißiger, umsichtiger und überhaupt befähigter Mann sei. Der Kreis, den der Boden des Kessels bildete, war mit Feldern, Wiesen und Weiden, die vom Bach bewässert wurden, ausgelegt. Uns gegenüber sah ich einen Steinbruch, in dem man arbeitete. Hüben zogen sich zwei große, wohlgepflegte Gärten am Abhang des Berges hinauf. Zwischen ihnen lag die Mühle, deren Rad aber nicht durch den Bach, sondern mit Hilfe eines von weiter oben herbeigeleiteten Wassergrabens in Bewegung gesetzt wurde. Ihre innere Einrichtung war uns unbekannt, doch stand zu vermuten, daß sie einer einfachen deutschen Sägemühle ähnlich sei. Vor ihr waren große Haufen von Stämmen, Klötzen und Brettern aufgestapelt. Seitwärts stand ein zwar niedriges, aber sehr geräumiges Gebäude, das jedenfalls als Unterkunftshaus diente. Daneben gab es eine Hürde, in der fremde Kamele, Maultiere und Maulesel standen, die für das Fortschaffen der Bretter bestimmt waren. Überall sah man arbeitende Menschen.

Auf den Weiden grasten Pferde, Kühe, Schafe und Ziegen, und rund um dieses schöne, erfreuliche Bild zog der Hochwald seinen dichten schützenden Rahmen. Man konnte es verstehen, daß der dicke Abdahn Effendi sich über diesen Besitz, über diesen Fleiß und über diesen unverkennbaren Wohlstand reichlich ärgerte.

Wir hielten am Rand des Waldes und brauchten, um ins Freie zu gelangen, nur noch einige Schritte zu tun. Das Unterholz wurde aus dichten Jasmin- und wilden Weichselbüschen gebildet, die in Blüten leuchteten und einen Duft verbreiteten, den diese Sträucher in Deutschland nie erreichen. Eben wollte ich für einen Augenblick den Schutz der Bäume verlassen, um mich zu vergewissern, wohin wir uns zu wenden hätten, da trat ich rasch wieder zurück, weil aus dem einen naheliegenden Garten drei Männer kamen, die ihre Richtung nach der Stelle nahmen, wo wir uns befanden. Da mündete ja der Weg, der wahrscheinlich nicht nur der unsrige, sondern auch der ihrige war. Sie wollten vermutlich da hinunter, wo wir heraufgekommen waren. Wir verbargen uns hinter dem hellen Grün und duftenden Weiß der Jasmine, um sie an uns vorübergehen zu lassen, doch kam es etwas anders, als wir dachten.

Zwei von ihnen waren bejahrte Männer, aber noch rüstig. Ihre Bewegungen waren würdevoll, ihre Haltung stolz und fest, beinahe militärisch. Sie hatten Vollbärte. Der dritte war bedeutend jünger als sie, stark und kräftig gebaut, mit einem ungewöhnlich offenen, klugen Gesicht. Er trug nur einen Schnurrbart. Sein Anzug zeigte die Spuren der Arbeit, doch sah man ihm an, daß er nicht als Untergebener tätig war. Er behandelte die beiden älteren Männer mit sichtbarer Hochachtung.

„Ob das etwa Ben Adl, der Müller, ist?“ fragte Halef.

„Sehr wahrscheinlich“, sagte ich.

„Die beiden anderen sind nicht von hier“, fuhr er fort. „Das sind zwei vornehme Herren. Und sie lenken nach dem Weg, der hinunter ins Hauptttal und dann nach Abdahn Effendis Haus führt. Weißt du, mir erscheint der Gedanke annehmbar, daß es die beiden Fremden sind, die in den Zimmern über uns wohnen, obwohl ich gar keine Anhaltspunkte dafür habe. Wenn Abdahn Effendi uns verboten hat, hierher zu gehen, so ist wohl anzunehmen, daß er es auch den beiden anderen Gästen untersagte."

„Die aber ganz so wie wir der Meinung waren, daß sie nicht verpflichtet sind, ihm zu gehorchen! Doch still! Sie sind schon da."

Wir waren der Ansicht gewesen, daß diese Leute an uns vorüberschreiten würden. Das taten sie aber nicht, sondern sie blieben an der Stelle, wo der Steg aus dem Wald mündete, stehen. Bald sahen und hörten wir, warum. Wir hatten uns nicht geirrt. Sie waren die, für die wir sie gehalten hatten, nämlich der Sägemüller und die beiden Fremden aus Basra und Luristan, die gerade über unseren beiden Zimmern wohnten. Sie hatten im Garten ein wichtiges Gespräch gehabt, und der Müller begleitete seinen Besuch nun bis hierher, wo ihr Heimweg durch den Wald begann.

Da verweilten sie einige Augenblicke, um sich voneinander zu verabschieden.

„Hierbei hat es also zu bleiben", sagte einer der beiden älteren Herren auf arabisch, doch hielt ich ihn infolge seiner Aussprache für einen Perser. „Es bleibt uns leider kein anderes Mittel mehr übrig. Ist auch das ohne Erfolg, so geben wir diese Forschungen auf und gehen in unsere Standorte zurück."

„Das verhüte Gott!" seufzte der Müller und faltete die Hände.

„Weiter bleibt uns dann allerdings nichts übrig", bestätigte der andere ältere Herr, der unbedingt ein Türke war. „Wir geben zu, daß diese drei Personen im höchsten Grad verdächtig sind; aber wir können ihnen nichts beweisen. Der Zoll bringt nichts mehr ein, und doch wissen wir, daß bedeutende Mengen von Waren gerade hier durch Dschan nach beiden Richtungen gehen. Wir hofften auf dich. Du lebst ja hier und kennst die Verhältnisse. Du behauptest, daß dein Vater und der Vater deiner Frau unschuldig bestraft worden seien. Also hast du allen Grund, uns nachweisen zu helfen, was für Schurken die drei Kerle sind. Was aber haben wir entdeckt?"

„Nichts, gar nichts!" antwortete der Perser schnell. „Nur eins haben wir gefunden, nämlich, daß die beiden Achmed Agha sich als Obersten und die beiden Selim Agha sich als Leutnants bezeichnen, obwohl kein Mensch daran gedacht hat, sie zu befördern. Die Achmeds sind heute noch Leutnants und die Selims heute noch gewöhnliche Soldaten. Aber das gibt keinen Grund, sie zu bestrafen. Sie würden einfach sagen, daß es ein Scherz sei, oder daß sie diese Täuschung wegen der Schmuggler für notwendig gehalten haben, um Eindruck zu machen und sie vom Verbrechen abzuschrecken. Sie haben sich in ihren Berichten niemals als etwas Höheres bezeichnet, als sie sind, und darum könnte auf diese falsche Rangbezeichnung der Bevölkerung gegenüber höchstens ein Verweis erfolgen, zumal sie niemals Uniform getragen haben, am allerwenigsten die eines Ranges, den sie nicht bekleiden. Diese drei Männer sind entweder grundehrliche Leute oder so abgefeimte Schurken, daß wir nicht die geringste Waffe gegen sie in die Hand bekommen werden. Trotz deiner Hilfe, und obwohl wir schon zwei Wochen lang, von ihnen unerkannt, bei ihnen wohnen und sie so scharf beobachten, daß uns sicherlich nichts entgangen ist, haben wir nichts erreicht. Nun müssen wir nur noch die Wirkung unseres neuen Plans abwarten. Der von mir in Teheran bestellte Bote wird von heute an in vier Tagen eintreffen — —"

„Der, den ich in Bagdad bestellt habe, ungefähr an

demselben Tag", bestätigte der Türke, indem er ihm in die Rede fiel.

„Sie kommen also wohl an einem und demselben Tag nach Dschan", sagte der Sägemüller, „und die beiden sogenannten Obersten werden daher zu gleicher Zeit die Meldung erhalten, daß ein persischer und ein türkischer hochstehender Geheimbote als Beauftragte und Bevollmächtigte ihrer Regierungen kommen werden, um eine Untersuchung gegen sie einzuleiten. Daß diese beiden Sendlinge schon da sind, das wissen und ahnen sie nicht. Durch diese Botschaft werden sie in eine gewaltige Aufregung versetzt werden. Sie werden hin und her rennen, werden Tag und Nacht arbeiten und alles mögliche aufbieten, die Spuren ihrer verbrecherischen Tätigkeit zu verwischen. Sie werden ihre Ruhe verlieren und weniger vorsichtig sein. Wir aber werden unsere Aufmerksamkeit verdoppeln und es bemerken, wenn sie sich durch irgend etwas verraten.

„Das ist es, was wir hoffen", gestand der Perser. „Daß dann auch dein Vater und der Vater deines Weibes unterwegs sind, wird den Obersten nicht mitgeteilt. Sie werden fürchterlich erschrecken, wenn sie beide sehen, und der Augenblick dieses Schreckens wird, so hoffe ich, sie so betroffen machen, daß sie alle ihre Geheimnisse verraten."

„Und dann werden unsere Väter freigelassen?" erkundigte sich der Müller.

„Nur für den Fall, daß erwiesen wird, daß sie damals unschuldig waren. Denn was die drei Schurken nachher taten, kann eure Väter nicht befreien."

„Wir bitten Gott täglich um Hilfe."

„Das ist umsonst."

„Warum? Wohl, weil ich Christ bin?"

„O nein!" lächelte der Perser. „Nicht deshalb. Ich bin Schiit; mein Kamerad hier ist Sunnit, und du bist Christ. Wir sind das nur, weil unsere Väter das waren, was wir sind. Das gewöhnliche Volk aber rechnet sich das als

Verdienst an. Es verlangt für dieses Verdienst, daß Allah stets bereit sei, ihm zu dienen. Es betet; das heißt, es belästigt ihn; es fordert von ihm Dinge, zu denen er nicht verpflichtet ist. Mein Kamerad hier ist zwar Sunnit, er leugnet aber Allah ganz. Ich, der Schiit, will ihn zwar nicht leugnen, aber ich mute ihm auch nicht zu, unser Packträger und Wunscherhörer zu sein, sooft wir es von ihm verlangen. Wenn du glaubst, daß er etwas auf das Plappern und Beten der anderthalbtausend Millionen Menschen, die es gibt, achtet, so bist du unheilbar irr im Kopf."

„Nein, ihr seid irr!"

„Beweise es!"

„Das kann ich nicht. Das kann nur Gott!"

„So mag er es beweisen!"

„Ja, das ist die Art der Ungläubigen", nickte der Müller. „Erst sagen und behaupten sie, daß es keinen Gott gebe, und dann verlangen sie, daß er sie dennoch höre und sich ihnen offenbare. Es sind also sehr schwache Füße, auf denen euer Unglaube steht."

„Spotte nicht!" gebot ihm der Türke. „Du bist Müller, nichts weiter. Du sägst dein Holz und staubst deine Gebete wie Sägemehl in die Luft. Sie fallen ganz von selbst wieder nieder. Wir aber wissen das besser. Du beteuerst, es walte ein Gott, kannst es aber nicht beweisen. Ich aber glaube, daß es keinen Gott gibt, und mein Kamerad, der Schiit, behauptet, daß ein Gott, selbst wenn es einen gäbe, unmöglich auf dein Lallen hören kann. Wir werden dir das beweisen. Du, dein Weib und deine Kinder, ihr betet täglich, daß der Gott der Christen euch von Abdahn Effendi und allen seinen Freunden erlösen möge?"

„Ja."

„Und ihr glaubt, daß er es erhört? Dann muß er euch erhören, muß, muß! Sonst ist er ja noch schlimmer als dieser Abdahn Effendi nebst allen seinen Schmugglern,

Dieben und Betrügern! Sag das deinem Gott! Laß es ihm auch durch deine Frau und deine Kinder sagen! Und füge noch folgendes hinzu: Wenn es wirklich einen Gott gibt, der die Gebete der Christen hört, so verlangen wir von ihm, da er das eurige erfüllt, und zwar nicht durch uns, sondern eben auch durch einen Christen und ——"

„Und", fiel ihm der Perser in die Rede, „und wir verlangen ferner von ihm, daß Abdahn Effendi selbst zu ihm beten soll: Erlöse uns von Abdahn Effendi und allen seinen Freunden! Hast du das verstanden, Ben Adl?"

Der Gefragte war vor Schreck einige Schritte zurückgetreten. Er entgegnete:

„Verstanden habe ich es. Aber das ist ja Gotteslästerung!"

„O nein! Wir geben dem Gott der Christen nur Gelegenheit zu zeigen, daß er wirklich vorhanden, und daß seine Ohren offen stehen, zu hören, was man betet."

„Aber das ist es ja eben, was ich als Gotteslästerung bezeichne!"

„So mag er ihn hören, diesen Frevel!"

„Das heißt soviel, wie euch bestrafen!" rief der Müller entsetzt.

„Laß es so heißen; wir fürchten uns nicht!" erwiderte ihm der ungläubige Türke. „Wenn es einen Gott der Christen gibt, ist er noch lange nicht ein Gott der Mohammedaner."

„Er ist beides! Er ist der Gott aller Menschen, der Herr und Vater der ganzen erschaffenen Welt."

„Der meine nicht! Er lasse mich in Ruhe! Doch nun, leb wohl, Ben Adl; wir gehen."

Er reichte ihm die Hand und entfernte sich. Auch der Perser gab ihm die Hand und sprach:

„Leb wohl! Ich verwerfe Allah nicht ganz. Nur behaupte ich, daß er viel zu hoch steht, als daß er sich um uns bekümmern kann. Laß dich von ihm behüten — wenn er will!"

Er folgte dem Türken. Dieser war schon einige Schritte in die Waldung hineingegangen. Da drehte er sich noch einmal um, und nickte dem Müller zu:

„Also laß es ihn wissen, was wir von ihm verlangen! Er soll jemand senden, der uns das beweist. Wenn er das tut, werde ich an ihn glauben."

Da blieb auch der Perser wieder halten und fügte hinzu:

„Und Abdahn Effendi hat ihn in eigener Person und mit seinem eigenen Mund zu bitten, daß er euch von ihm erlöse."

„Und die Strafe für diese eure Lästerung?" fragte der Müller mit einer Stimme, die man zittern hörte.

„Die gibt es nicht", — beteuerte der Türke.

„Und wenn es sie doch gibt?"

„So mag sie kommen", erwiderte der Perser. „Wir fürchten uns nicht."

Dann gingen sie. Der Müller blieb noch eine kurze Weile stehen. Er schaute in die Richtung, die sie genommen hatten.

„Gott hat es gehört!" sagte er, indem er seine Hände zusammenschlug. „Er wende es zu unserem Heil und Segen!"

Nach diesen Worten schritt er fort, der Mühle zu. Wir warteten noch einige Zeit, bevor wir unser duftendes Jasminversteck verließen. Dann schauten wir hinter ihm drein, bis er in der Mühle verschwand.

„Sihdi, was sagst du hierzu?" fragte Halef.

„Nichts. Wir gehen", entgegnete ich. „Für heute haben wir genug gehört und gesehen."

Unterwegs verhielt sich Halef zunächst gegen seine Gewohnheit schweigsam. Er schien an die Mühle zu denken und an das, was wir erfahren hatten. Auch ich grübelte nach. Aber er konnte das nicht lange aushalten; er mußte reden.

„Sihdi", meinte er, „du glaubst an keinen Zufall?"

„Nein", antwortete ich.

„So wurden wir hierhergeführt, und du hältst dich also für den Christen, der retten und helfen soll?"

„Ja."

Hierauf schwieg er eine Weile, dann fuhr er fort: „Du weißt, daß ich dich in der ersten Zeit, nachdem wir uns kennengelernt hatten, immer zum Islam bekehren wollte. Nun aber hast du beinahe gesiegt. Ich bin fast Christ geworden, ohne daß du den geringsten Versuch, mich zu überzeugen, nötig hattest. Das ist die Macht des Glaubens, der nur in Taten lehrt. Aber heute bist du doch zu kühn. Heute ist dein Glaube gar zu groß! Auch ich bin überzeugt, daß wir bald entdecken werden, was diese beiden geheimen Sendlinge nicht herausbekommen haben. Wenn uns das gelingt, so ist die Bedingung, die der Türke stellt, erfüllt. Jedoch die Bedingung des Persers! Abdahn Effendi soll selbst beten, daß Gott die Menschen von ihm erlöse! Hältst du das überhaupt für möglich?"

„Es ist in fast jeder Beziehung eine Unmöglichkeit, nur nicht in Beziehung auf meinen Glauben. Noch vor einer Woche wollten wir nach Mossul. Wir hätten es für unmöglich gehalten, heute hier in Dschan zu sein. Jetzt sind wir dennoch hier! Aus welchem Grund? Nur allein, weil mir der Gedanke kam, nach Teheran zu gehen, obgleich es nichts zu diesem Entschluß Treibendes gegeben hat. So gibt es auch für Abdahn Effendi jetzt keinen Grund, ein solches Gebet gegen sich selbst zu tun. Aber wenn es hoch über ihm beschlossen ist, daß es geschehe, so hat er zu gehorchen. Zerbrechen wir uns nicht den Kopf, sondern warten wir es ab!"

„Gut, warten wir es ab! Aber wenn sich deine Zuversicht bewähren sollte, so bin ich besiegt und muß für immer schweigen."

Hiermit hatte er seinem Herzen Luft gemacht und war nun wieder still.

3. Der betäubende Trank

Als wir daheim eintrafen, sah ich den türkischen Achmed Agha, der von der Anhöhe herabgestiegen war, um das Abendbrot bei Abdahn Effendi zu essen. Die vier Agha waren nämlich alle unverheiratet und pflegten ihre Mahlzeiten bei ihrem dicken Freund einzunehmen. Als der „Mir Alai" mich sah, grüßte er mich schon von weitem. Das veranlaßte mich, halten zu bleiben, und das Gewehr, das ich mitgenommen hatte, Halef mit der Bitte zu geben, es mit dem seinigen hinauf zu uns zu tragen. Ich ging dem „Obersten" die kurze Strecke, die uns trennte, entgegen. Er verbeugte sich höflich, reichte mir die Hand und fragte mit wohlwollendem Lächeln:

„Schon zurück? Es ist Essenszeit. Speist ihr, du und dein Hadschi Halef Omar, mit?"

„Gewiß!"

„Das freut mich. Ich habe ihn schnell liebgewonnen, er mich aber auch. Und das ist kein Wunder, denn weißt du, ich bin eine Seele von einem Menschen, und was ich anderen Leuten an den Augen ablesen kann, das tue ich. Auch dein Herz wird mir bald gehören. Also komm!"

Er schritt der Tür des Hauses zu. Da erscholl von der anderen Seite her eine rufende Stimme. Ich sah den persischen Achmed Agha nahen. Auch er grüßte schon von weitem, und ich ging ihm entgegen. Er verneigte sich tief, drückte mir die Hand und sprach:

„Ich freue mich außerordentlich, daß ihr schon zur Essenszeit wieder heim seid. Ihr speist doch mit? Wenn ja, so erlaube mir, mich neben dich zu setzen! Ich habe dich nämlich schnell liebgewonnen, denn ich bin wirklich eine Seele von einem Menschen, wie du wohl schon bemerkt haben wirst. Wenn es mir gelänge, auch deine Teilnahme zu finden, so wäre ich sehr glücklich!"

Soeben kam Halef wieder von oben herab. Wir traten in dieselbe Stube, in der wir schon gewesen waren. Da saß Abdahn Effendi schon bei seiner Mahlzeit.

Wir begrüßten ihn und nahmen bei ihm Platz.

Zu essen gab es genug: Fleisch, Reis, anderes Gemüse, auch Mehlgebackenes. Als Halef um Wasser bat, sahen die drei einander fragend an: dann erkundigte sich der Dicke:

„Trinkt ihr nur Wasser?"

„Nein, sondern auch alles andere, was nicht giftig ist", lachte Halef.

„Auch Wein?"

„Ja. Warum sollten wir nicht?"

„Weil er dem Moslem verboten ist!"

„Da irrst du dich! Der Koran verbietet alles, was betrunken macht. Also darf man von allem trinken, bis man bemerkt, daß sich der Rausch einstellt; dann aber hört man auf."

„Hamdulillah, bist ein kluger Kerl!" rief der Effendi und die beiden anderen stimmten in dieses Lob mit ein. Man hatte nur gewartet, was wir sagen würden; nun man unsere Ansicht kannte, wurde sofort nach Wein gerufen, den man in einem Krug brachte und der aus irdenen Bechern getrunken wurde. Es war jene orientalische schwere Sorte, die man jahrelang auf Harz oder Tannenzapfen liegen läßt, um sie haltbar zu machen. Wir beide waren vorsichtig und nippten nur. Die anderen aber genossen dieses starke Getränk wie Wasser. Wir wurden wegen unserer Mäßigkeit ausgelacht. Man sprach von allen möglichen Getränken und ihren Wirkungen. Das Allerherrlichste, was sie kennengelernt hatten, war ein heißer Trank mit sehr viel Zucker gewesen, aber nicht aus Wein, sondern aus etwas anderem;

auch Zitrone sei dabei. Ein Engländer, der mit einer großen Dienerschaft nach Ispahan wollte, hatte hier übernachtet und seinen eigenen Koch und seine eigenen Getränke mitgehabt. Dieser Koch hatte dieses Getränk in der Küche zubereitet und dem Wirt und den beiden Obersten je ein Glas davon gegeben.

„Haben sie nicht gesagt, wie der Name dieses Trankes lautet?“ fragte Halef. „Mein Sihdi weiß alles. Wenn er den Namen hört, kann er das ebensogut machen, wie dieser englische Koch.“

„Wirklich?“ fragte da der Dicke, und: „Wirklich, wirklich?“ riefen auch die beiden Achmeds, denen dieser Gesprächsstoff ebenso willkommen zu sein schien wie dem Effendi.

„Ja, wirklich!“ versicherte Halef.

Da stand der Türke von seinem Sitz auf, sah mir erwartungsvoll ins Gesicht und sagte, indem er jedes einzelne Wort betonte:

„Dieser — Wundertrank — heißt — — Plöntsch!“

„Plöntsch?“ fragte Halef, sich besinnend. „Das kenne ich nicht. Plöntsch habe ich noch nie getrunken. Du wohl auch nicht, Effendi?“

„O doch!“ antwortete ich. „Und auch du hast schon von ihm getrunken. Nur heißt der Name nicht Plöntsch, sondern Pöntsch. Wir Deutschen sagen Punsch.“

„Ja, Pöntsch, Pöntsch!“ rief der Oberst mit dem Vogelgesicht.

„Pöntsch, Pöntsch!“ stimmte der Oberst mit dem Bulldoggengesicht bei.

„Pöntsch, Pöntsch!“ fiel der Dicke in seinem seligsten Ton ein. „Pöntsch ist richtig, Pöntsch! Du weißt es ja noch viel besser als ich! Doch sag: Kannst du das machen, Sihdi?“

„Ja. Aber nur dann, wenn ich alles habe, was dazu gehört.“

„Und was gehört dazu?“

„Hast du Rum oder Arrak?"

„Beides!" erwiderte er leise, indem er beide Hände in Form einer sich heimlich öffnenden Doppelklappe vor den Mund legte.

„Dann ist es ja gut! Der Zoll, die Steuer und solche Dinge gehen mich ja nichts an. Also, wer Pöntsch machen will, muß haben Rum, Arrak, Zucker, Zitronen, Zwiebeln, Knoblauch, heißes Wasser und — und — — und etwas, was dir leider fehlen wird."

„Was mir fehlen wird? Was ist das?" fragte er in höchster Spannung.

„Aloe!" antwortete ich.

„Aloe! Die hab' ich!" jubelte er auf.

„Er hat sie!" rief der eine Achmed.

„Er hat sie!" schrie der andere Achmed.

„Ja, ich habe sie!" brüllte er selbst. „Wie mich das freut! Weißt du, Sihdi, ich bin ein Gemütsmensch! Ich habe immer alles, was andere Leute brauchen. Es sollte mal ein ganzer, großer Korb voll hier durchgepascht werden; der wurde von der Behörde beschlagnahmt. Nun habe ich ihn! Du kannst ihn bekommen. Den ganzen Korb voll, wenn du ihn brauchst."

„Wieviel enthält der Korb?"

„Eine halbe Maultierlast."

„Das ist mir fast zuviel für einen einzigen Pöntsch", lachte ich. „Gib mir ein Stück, so groß wie eine Pflaume, dazu acht große Zwiebeln, sechs Knollen Knoblauch, zwölf Zitronen, eine Flasche Rum, eine Flasche Arrak und den nötigen Zucker, so sollst du einen Pöntsch bekommen, der auf alle Fälle noch weit besser als der des Engländers ist. Aber ich stelle die Bedingung, daß ich ihn selbst in der Küche machen darf und daß es keinem Menschen erlaubt ist, mich dabei zu stören."

„Das wird alles geschafft. Und niemand soll es wagen, dir dabei zu nahe zu kommen", versicherte der Dicke. „Allah segne dich, Effendi, Allah segne dich! Du bist ein von ihm begnadeter Mann. Erstens, weil du die Zutaten so genau weißt, und zweitens, weil du es unterwegs nicht vergessen hast. Man darf zwar keinem Menschen wissen lassen, daß man Rum und Arrak hat, weil nämlich ein entsetzlich hoher Zoll darauf liegt. Zu dir aber haben wir Vertrauen; dir darf man alles sagen. Ich werde also selber gehen, um dir diese Dinge zu besorgen. Dann führe ich dich in die Küche!"

Er rannte fort, so schnell sein Körperbau es ihm gestattete. Halef machte ein Gesicht wie ein Kaninchen, dessen Bau verregnet ist. Die Aloe, der Knoblauch und die Zwiebeln wollten ihm nicht in den Kopf; ich aber blieb ernst und tat, als ob ich von den Gewissensschlägen, die er fühlte, keine Ahnung hätte. Wir aßen weiter, bis der Wirt mich nach einiger Zeit in die Küche holte. Das war ein großer, auf der anderen Seite des Hauses liegender, nur von brennenden Spänen erleuchteter Raum, in dem mehrere weibliche Gestalten unter der Anleitung einer ewig langen und unendlich dürren Frau beschäftigt waren, fürs leibliche Wohl der Gäste zu sorgen. Der Effendi sagte mir, daß dies seine Gattin sei, daß er keine Töchter habe, und daß seine beiden Söhne sich in Bagdad und Teheran als Kaufleute niedergelassen hätten. Er schnippste dabei mit den Fingern, um mir anzudeuten, wie vorzüglich sie sich in ihren Geschäften ständen. Ich vermutete, daß ihre einträgliche kaufmännische Tätigkeit sehr nahe mit dem hiesigen Schmuggel zusammenhing. Dann führte er mich an einen einzeln stehenden Tisch, auf dem ich alles liegen sah, was ich für nötig befunden hatte.

„Darf ich zusehen, wie du das machst?" fragte er.

„Leider nein", antwortete ich. „Du würdest mich in meiner Andacht stören. Man hat bei der Bereitung dieses Trankes gewisse geheimnisvolle Verse herzusagen. Paßt man da nicht auf, so schmeckt er bitter und derart widerwärtig, daß man ihn nicht genießen kann."

Er ging. Nun gab ich der Frau das Stückchen Aloe, um es im Mörser zu Mehl zu stoßen, die Zitronen, um sie zu schälen, und die Zwiebeln und den Koblauch, um sie auf dem Reibeisen klein zu machen. Das hatte den Erfolg, daß die Frauenzimmer alle zu niesen begannen. Inzwischen sah ich mich nach einem Gefäß um, das sich dazu eignete, als Punschschüssel benützt zu werden. Zwei alte große Krüge erschienen mir am besten geeignet.

Ich spülte sie in dem frischen Wasser aus, das in sehr praktischer Weise vom Bach her durch die Küche geleitet war und gerade an meinem Tisch vorüberfloß. Als mir dann die Zutaten in verfeinerter Form zurückgegeben wurden und auf dem Herd das Wasser zu sieden begann, machte ich mich an die Arbeit. Aloe, Zwiebeln, Knoblauch und so viel von den Zitronen, wie ich zuviel genommen hatte, ließ ich heimlich in das Wasser fallen; alles verschwand, ohne daß man es bemerkte. Der Rum und Arrak gaben gerade und genau die zwei Krüge voll Punsch, dessen Duft durch die ganze Küche ging. Ich winkte die Frau herbei und gab ihr zu kosten. So lang und schmal sie war, so verschüchtert sah sie aus. Sie hatte große Augen und einen so traurigen Blick, daß ich mich herabließ, freundlich mit ihr zu sein. Das machte sie so verlegen, daß sie kein Wort zu sprechen wagte. Aber während sie kostete, sagte mir ihr Gesicht, daß ihr das Getränk überaus lecker vorkam. Ich sagte ihr, daß der eine Krug für uns sei, der andere aber für sie und ihre Dienerinnen und Schützlinge unter den armen Gästen der Karawanserei. Da griff sie schnell nach meiner Hand, um sie zu küssen, und faßte dann strahlenden Auges nach ihrem Krug. Ich trug den meinen ins Speisezimmer, das eigentlich das Wohnzimmer des Effendi war und nicht von jedermann betreten werden durfte. Man versuchte. Man schnalzte mit den Zungen. Man war entzückt; man trank! Man war des

Lobes voll! Man versicherte, daß der Pöntsch des Engländers nicht halb so gut gewesen sei wie der meinige! Ich trank wenig; Halef auch. Um so fleißiger waren die drei anderen. Der Inhalt des Kruges reichte gerade aus, sie in jene Stimmung zu versetzen, in der man mit der Seligkeit keines anderen Menschen tauscht; um sie aber betrunken zu machen, was er zuwenig. Wir bekamen eine Menge Lobeserhebungen und Liebeserklärungen anzuhören, denn die beiden „Obersten" erhielten durch den Punsch eine Redseligkeit sondergleichen. Wenn der eine soeben zum zehntenmal versichert hatte, daß er eine wahre Seele von einem Menschen sei, so behauptete der andere bereits zum dreizehntenmal, daß er das von sich gar nicht erst zu sagen brauche, denn das wisse doch schon alle Welt. Der Effendi aber wurde still. Nur in den Augenblicken, in denen es ihm gar zu gut schmeckte, schlug er mit der Faust auf den Tisch und schrie:

„Ich bin ein Gemütsmensch! Daß ihr es wißt! Und wer es nicht glaubt, den schmeiße ich hinaus."

Als der Krug leer war, überkam den persischen Achmed eine Schläfrigkeit, der er nicht widerstehen konnte. Nach einiger Zeit folgte ihm der Wirt. Beide schliefen. Der türkische Achmed lachte über sie, fühlte sich aber auch ermüdet und sagte, daß er heimgehen werde, ohne die Schläfer aufzuwecken; das werde sie ärgern. Ich begleitete ihn hinaus. Draußen gestand er:

„Sihdi, ich habe dich unendlich lieb. Willst du mir eine Bitte erfüllen?"

„Gern, wenn ich kann", versicherte ich.

„Ihr geht doch morgen wieder in den Wald. Besucht mich vorher. Ich habe euch etwas Hochwichtiges mitzuteilen, das euch große Freude bereiten wird. Werdet ihr kommen?"

„Ja."

„Ich danke dir! Ihr werdet es nicht bereuen. Es ist

immer verdienstvoll, so eine Seele von einem Menschen, wie ich bin, zu besuchen, und ich werde es euch königlich lohnen."

Er hob den Arm bei dieser ernsthaften Beteuerung wie zum Schwur und ging davon, ohne einen Gruß zu sagen. Als ich wieder in die Stube trat, wachte der Perser soeben auf. Er entdeckte, daß sein Kamerad gegangen war. Da entfernte er sich auch, ohne den Effendi zu wekken. Wir gingen mit ihm hinaus.

Draußen sagte er, indem er sich Mühe gab, nicht hin- und herzuschwanken:

„Sihdi, ich bin dein Feund, dein bester Freund! Glaubst du das?"

„Wünschst du, daß ich daran zweifle?" entgegnete ich vorsichtig.

„Nein, wahrhaftig nein! Ich liebe dich. Ich liebe euch alle beide. Und ihr liebt mich wieder, denn ihr habt gesehen, daß ich eine Seele von einem Menschen bin. Ich muß auch beweisen, wie nahe ihr meinem Herzen getreten seid. Darum würde ich euch bitten, mich gleich morgen früh zu besuchen, doch befürchte ich, daß ich noch schlafe. Deshalb lade ich euch ein, zu Mittag zu mir zu kommen. Willst du mir diese Liebe erweisen?"

„Mit Vergnügen!"

„Ich danke dir! Allah sende euch einen recht dicken, fetten Schlaf! Gute Nacht!"

„Gute Nacht."

Er ging. Ich bemerkte, daß Halef etwas sagen wollte, und verhinderte ihn daran.

„Pst, still! Die beiden Geheimboten schauen oben heraus. Ich hörte, daß sich ein Laden bewegte. Sie haben alles vernommen, denn der Perser sprach überlaut."

„So werden sie uns für Freunde dieser Verbrecherbande halten. Treten wir wieder ein?"

„Nein. Wir gehen schlafen. Komm!"

Wir begaben uns nach der Rückseite des Hauses und

stiegen die Treppen nach dem platten Dach empor, um unsere Wohnung aufzusuchen. Die beiden über uns hausenden Männer hörten uns jedenfalls kommen; sehen konnten sie uns nicht, denn die Nacht war stockdunkel. Ohne vorher unsere kleinen Sesamöllämpchen angebrannt zu haben, legten wir uns zur Ruhe und schlummerten bald ein. Doch dauerte der Schlaf wohl keine Viertelstunde lang, so wurden wir geweckt. Nun machten wir Licht und sahen jetzt die lieben Tierchen laufen, die sich aus allen Rissen und Ritzen des Holzes auf uns gestürzt hatten. Wie die beiden Männer über uns die Angriffe dieser Menge von Insekten auszuhalten vermochten, das war mir unbegreiflich.

Wir ergriffen die Flucht. Draußen auf dem Dach, möglichst weit von unseren Zimmern entfernt, richteten wir uns mit Hilfe unserer eigenen Decken so gut es ging, ein Lager her, das uns eine längere Ruhe versprach. Aber auch da gab es eine Störung, wenn auch keine so häßliche. Wir hatten uns kaum eingerichtet und lagen nun still, den Schlummer zu erwarten, da hörten wir eine laute Stimme unter uns, die so nahe klang, als ob der Sprechende seinen Mund von unten herauf an das Dach halte. Er schien sehr aufgeregt zu sein. Man konnte ihn gut hören, sogar die Worte unterscheiden, nur war es unmöglich, sie zu verstehen. Das klang zwischen Halef und mir, von einer bestimmten Stelle. Wir tasteten beide zu gleicher Zeit hin. Da war ein Loch gewesen, ungefähr vom Durchmesser eines gewöhnlichen Ofenrohrs. Das hatte man mit Lappen zugestopft und diese Lappen dann oben mit dem Fuß geebnet.

„Du, Effendi, weißt du, wo wir sind?“ fragte Halef leise. „Ich glaube, wir liegen gerade über der Stube, in der wir gesessen haben!“

Er hatte recht. In dieser Stube stand ein Herd, oder vielmehr, er lag zu ebener Erde. Einen Herdmantel gab es nicht, sondern hüben und drüben einen vorstehenden

Mauerpfeiler, zwischen denen der Rauch emporgeleitet wurde. Und oben ging ein rundes Loch durchs Dach, in das im Winter jedenfalls ein Rohr gesteckt wurde, um als Schornstein zu dienen. Jetzt, im Anfang des Sommers, wo man nicht heizte, hatte man es herausgenommen. Wir zogen die Lappen so vorsichtig heraus, daß nichts davon hinunter in die Stube fiel. Als ich nun durch die Öffnung schaute, konnte ich fast den ganzen Raum überblicken und jedes Wort deutlich verstehen. Nachdem wir den Effendi verlassen hatten, war ein Mann zu ihm gekommen, den Abdahn uns nachschickt hatte, um uns zu beobachten, ob wir nach der Mühle gehen würden. Er hatte sich hart hinter uns gehalten und alles belauscht. Nun hatte er gewartet, bis wir schlafen gingen, und stand jetzt vor dem Effendi, um ihm Bericht zu erstatten. Der Dicke war sehr aufgeregt. Er schritt auf und ab, bewegte aufgeregt beide Arme und sprach in lautem, zornigem Ton. Er war eben jetzt mitten in einem angefangenen Satz:

„— — der Frau und den Kindern solche Schlechtigkeit zu lehren! Oder hast du etwa falsch verstanden?"

„Nein", versicherte der Mann. „Die beiden Fremden hatten sich unter den Bäumen niedergelegt; ich aber war über den Bach hinübergesprungen und konnte von drüben aus die Betenden viel deutlicher sehen und hören als sie."

„Und du hast wirklich verstanden, was du behauptest?"

„Ja. Sie beteten das Vaterunser der Christen. Sie sagten alle drei: ‚Erlöse uns von dem Übel! Erlöse uns von Abdahn Effendi und allen seinen Freunden'! Dann später rief der Perser, der bei uns wohnt, dem Müller die Worte zu: ‚Und Abdahn Effendi hat in eigener Person und mit seinem eignen Mund zu bitten, daß er euch von ihm erlöse!' Auch das habe ich deutlich vernommen."

„Wer ist das, den ich bitten soll?"

„Das weiß ich nicht."

„Was hast du sonst noch erkundet?"

„Weiter nichts. Der Deutsche stand mit dem kleinen Scheik, der so gern erzählt, im Gebüsch und lauschte. Diese beiden haben jedes Wort gehört. Ich aber konnte nur verstehen, was zu allerletzt so laut gerufen wurde. Später folgte ich unseren neuen Gästen dann weiter durch den Wald, kam ihnen aber nie so nahe, daß ich vernahm, was sie miteinander sprachen."

„Das ist sehr schlimm. Es wäre gut, zu erfahren, was sie erlauscht haben. Der Türke ist nicht aus Basra und der Perser nicht aus Luristan. Beide sind Offiziere. Man hat Verdacht gegen uns geschöpft. Sie sind gekommen, eine Untersuchung einzuleiten. Das haben die beiden ‚Seelen', sowohl der türkische als auch der persische Achmed Agha, sofort durchschaut. Bei uns hier hat man Wohnung genommen, um uns aus erster Hand beobachten zu können, und den Müller besucht man heimlich, um sich mit ihm zu verschwören. Sie ahnen nicht, daß du sie schon so lange beobachtest, wie sie sich hier befinden. Sobald sie anfangen es zu arg zu treiben, stechen wir sie einfach nieder und schießen den Deutschen mit seinem kleinen Hanswurst als ihre Mörder über den Haufen."

„Das ist zu gefährlich", fiel der Berichterstatter ein. „Ich schlage das Mittel vor, das uns schon einmal gerettet hat: Pulver in die Schlafstatt und eine Zündschnur daran, die draußen am Stamm des Pfirsichs herunterführt. Dann fliegen alle vier, die verkappten Offiziere, der Deutsche und der kleine Hadschi mit einemmal in die Luft, und alle Welt glaubt, daß sie selbst schuld sind, weil sie mit Pulver und Patronen gespielt haben."

„Ja, das ist besser und kürzer", stimmte der Dicke bei. „Würdest du die Sache wohl wieder wie damals ausführen?"

„Gegen den damaligen Lohn, tausend Yäk quirahn[1], sehr gern."

„Die gebe ich, wenn es wieder so gelingt wie mit den beiden Schnüfflern, die ausfindig machen sollten, von wem damals die zwei Hauptleute und die zwei Oberleutnants mit ihren vier Soldaten ermordet worden seien."

„Das haben die beiden Leutnants gut besorgt. Daß ich ihren Führer machte, brachte mir zweitausend Yäk quirahn von ihnen ein." Und mit einem grausamen Lachen fügte er hinzu: „Sie bluten noch heute manches Gold- und Silberstück, weil die Beweise von ihrer Schuld noch immer in meinem — Bein stecken." Bei diesem Nachsatz war seine Stimme in gedankenverlorenes Murmeln übergeglitten.

„In welchem Bein? Du sprichst nur immer von Schuldbeweisen in deinem Bein! Das ist doch wohl Unsinn?"

„Nein, es ist Wahrheit, geht aber dich nichts an. Es genügt, wenn ich dir sage, daß es mir jetzt nicht schlechter gelingen wird als damals. Die tausend Yäk quirahn sind mir sicher. Soll ich den Deutschen mit seinem kleinen Scheik auch morgen wieder beobachten?"

„Ja, Ich muß unbedingt wissen, ob das heute nur Zufall war, oder ob er die wirkliche Absicht hat, den Müller aufzusuchen."

„So will ich schlafen gehen, sonst bricht er morgen auf, noch bevor ich aufgestanden bin."

Er entfernte sich. Als sich die Tür hinter ihm geschlossen hatte, hob Abdahn Effendi die geballte Faust und schüttelte sie ihm drohend nach:

„Lauf heute noch hin, Bursche! Auch deine Zeit ist nahe! Du spielst dein letztes Pulver aus; dann fliegst du hinterdrein."

Er ging noch einigemal hin und her, dann schob er den Innenriegel der Tür vor und trat zum Herd. Da

1 Tausend Franken

lag ein Borstenbesen. Mit dem kehrte er den aufgehäuften Schmutz von der steinernen Platte, die in gleicher Linie mit dem Boden lag, und richtete sie nach einer Seite in die Höhe. Jetzt wurde eine große, tiefe, viereckige Grube sichtbar. Er griff hinein, zog ein Korbgeflecht, das genau hineinpaßte, in die Höhe und setzte es auf den Fußboden. Das geschah gerade senkrecht unter meinen Augen. Es war nicht möglich, alles deutlicher zu sehen. Als der Korb nun stand, glich er einer Kommode mit fünf übereinanderliegenden Fächern, nur daß es keine Kästen zum Herausziehen und Hineinschieben gab. Die Böden waren unbeweglich und die Fächer mit geflochtenen kleinen Türen verschlossen. Der Effendi öffnete eine und entnahm dem Fach ein dickes Geschäftsbuch. Damit begab er sich an den Tisch, an dem wir gesessen hatten, und rechnete irgend etwas nach. Dann schlug er das Buch wieder zu, legte es in das Fach und verschloß es. Endlich versenkte er den Korb wieder in das Loch und ließ die Platte darauf nieder, um sie von neuem mit Schmutz und Asche zu bedecken. Diese Arbeit fiel ihm bei seiner Wohlbeleibtheit überaus schwer. Als er sich wieder aufrichtete, holte er tief Atem und sprach halblaut, für mich aber doch vernehmlich, vor sich hin:

„Alle Geheimnisse liegen hier vergraben. Niemand kann es finden! Sie sind zu dumm dazu, zu dumm!"

Er blies die Öllampe aus und verließ die Stube. Es gab keine Lagerstatt darin; er schlief also an einem anderen Ort.

Welch eine unendlich wichtige Entdeckung hatte ich da gemacht; Halef hatte nicht mit lauschen können. Ich erzählte ihm alles. Er war nicht sehr erstaunt. Daß wir in die Luft gesprengt werden sollten, überraschte ihn am meisten. Und sein größer Ärger war, daß der Effendi gewagt hatte, ihn einen kleinen Hanswurst zu nennen.

„Der soll den Hanswurst kennenlernen!" drohte er. „Hast du bemerkt, daß man die zwei Obersten die ‚beiden Seelen' nennt?"

„Ja. Wegen ihrer ständigen Redensart!"

„Und daß der Dicke nun auch schon das vom Vaterunser weiß?"

„Das ist mir das Wichtigste! Das ist Fügung! Das ist die Einleitung zur Erfüllung der zweiten Bedingung. Es wird in ihm solange wirken und arbeiten, bis er plötzlich platzt. Doch, nun haben wir auch nach dem Schlaf zu trachten! Gute Nacht, Halef!"

4. Zwei ‚Seelen'

Lange wollte uns der Schlaf nicht kommen. Halef hatte noch eine Menge von Fragen, und fast hätten wir vergessen, das Kaminloch wieder zu verstopfen. Endlich kam doch der Schlummer und ging nicht eher wieder fort, bis die Sonne aufgegangen war. Da badeten wir im Bach, tranken unseren Morgenkaffee, sorgten für Mundvorrat, nahmen unsere Gewehre und begannen unser Tagewerk. Der Dicke schlief noch. Er mochte annehmen, daß wir uns auf die Jagd begeben hätten, in Wahrheit aber stiegen wir zu Achmed Agha, dem Mann mit dem Vogelgesicht, hinauf.

Die Karawanenstraße zog sich in mehreren Windungen zur Höhe und war zu beiden Seiten von Büschen eingesäumt. Nach der ersten Windung blieben wir hinter diesen Sträuchern stehen, um zurückzuschauen. Wirklich! Der Berichterstatter, den ich gestern abend mit dem Effendi belauscht hatte, folgte uns. Er hatte uns abgelauert.

„Wer mag er sein?" fragte Halef.

„Das werden wir vom türkischen Achmed Agha erfahren, der ihn ja vorübergehen sieht", entgegnete ich.

Hierauf eilten wir weiter, um den Spion nicht merken zu lassen, daß er von uns durchschaut worden sei. Es hat keinen Wert, die Gebäude der türkischen Zollwache zu beschreiben; es genügt, zu sagen, daß der Befehlshaber schon munter war und uns von weitem kommen sah. Er trat heraus, um uns zu empfangen. Kaum war dies geschehen, so erschien auch der Spion. Ich hatte angenommen, daß er, sich gleichgültig stellend, vorübergehen werde. Zu meiner Verwunderung aber tat er das nicht, sondern als er uns stehen sah, kam er geradewegs auf uns zu. Achmed Agha winkte nach ihm hin:

„Da kommt Omar, mein Basch Tschausch[1]. Er ist ein tüchtiger Mann. Erlaubst du, daß er bei uns bleibt?"

„Du bist der Herr; dein Wille geschieht. Er ist also auch Militär?"

„Eigentlich nicht. Er stammt von hier. Ich nehme meine Mannschaften nicht vom Militär, sondern aus der hiesigen Gegend; das ist vorteilhafter. Tretet ein! Möge es euch bei mir gefallen!"

Er führte uns nicht in den Dienstraum, sondern in sein Privatgemach, wo er wohnte, rauchte und schlief. Der Feldwebel stellte sich außerordentlich untertänig, glückselig, sich uns zugesellen zu können, und wir behandelten ihn so freundlich, als ob wir gar nichts wüßten. Sobald wir Platz genommen hatten, zögerte Achmed Agha nicht, uns mitzuteilen, welchen Grund seine Einladung hatte. Er hielt eine lange Rede über seine Liebe zu uns und über meine Geschicklichkeit, Pöntsch zu machen. Dieser Pöntsch sei der höchste aller irdischen Genüsse, und er hoffe, daß ich das, was ich gestern für Abdahn Effendi getan habe, heute auch für ihn tun werde. Er sei eine Seele von einem Menschen und werde mir gewiß sehr dankbar sein. Er habe alles besorgt: Zitronen, Zwiebeln, Knoblauch, Arrak und Rum sei trotz der hohen Zölle immer da. Nur Aloe habe er nicht. Ob es nicht vielleicht auch einmal ohne diese gehe? Ich könne ja die Verse, die ich dabei zu singen habe, auf das Fehlen der Aloe einrichten. Es sei heute ein so schöner, sonniger Morgen; da müsse ein Pöntsch oder zwei gedeihlich sein. Wenn der Pöntsch ohne Zeugen gemacht werden müsse, so solle ich ihn drüben in der Stube zubereiten, wo der Basch Tschausch

[1] Feldwebel

wohne, da dessen Zimmer ja jetzt frei sei. Dort gebe es auch einen Herd.

Man kann sich denken, wie gerne ich auf die Wünsche Achmed Aghas einging. Welch eine vortreffliche Gelegenheit, nach dem „Bein“ des Feldwebels zu suchen, in dem die Schuldbeweise versteckt sein sollten!

Als ich mich bereit erklärt hatte, wurde ich hinübergeführt. Was ich brauchte, wurde beschafft, und zwar genausoviel wie gestern, obwohl heute weniger Personen waren. In Beziehung auf die fehlende Aloe gab ich den Trost, daß der Pöntsch hierdurch zwar weniger glühend, aber um so wärmer werde. Achmed Agha machte in eigener Person Feuer; dann entfernte man sich. Ich war allein und schob den Riegel vor, damit mich niemand überraschen könne. Während der Zeit, die das Wasser brauchte, um ins Kochen zu kommen, forschte ich. Es verstand sich von selbst, daß der Feldwebel das Bein irgendeines Möbels gemeint hatte. Es war aber kein anderes Möbel mit Beinen zu sehen als das niedrige, orientalische Bettgestell in der einen Ecke. Vielleicht war eins der vier Beine hohl! Ich hob das Gerät erst auf der einen, dann auf der anderen Seite empor, um nachzuschauen. Wirklich! Von dem im äußersten Winkel stehenden Bein war unten ein dünnes Scheibchen quer herüber abgesägt und dann mit kleinen, kurzen Holzstiften wieder angenagelt worden. Mit Hilfe meiner Messerklinge gelang es mir leicht, diese Scheibe mitsamt den Stiften zu entfernen. Als dies geschehen war, sah ich, daß der Basch Tschausch das Bein etwas über fingerstark ausgebohrt hatte. In dem so entstandenen, röhrenartigen Loch steckten Papiere, die ich herauszog. Sie waren zusammengerollt; ich entfaltete sie und las. Es waren zwei Berichte, der eine in türkischer und der andere in persischer Sprache geschrieben. In dem türkischen wies der türkische Achmed Agha nach, daß der persische Achmed Agha damals den persischen Hauptmann, den persischen Oberleutnant und die ihnen beigegebenen Soldaten nach und nach erschossen habe, um selbst Befehlshaber zu werden, und in dem persischen brachte der persische Achmed Agha die Beweise, daß der türkische Achmed Agha damals den türkischen Hauptmann, den türkischen Oberleutnant und ihre beiden Soldaten nacheinander weggeknallt habe, um die oberste Stelle hier zu erhalten. Dabei lagen einige Bemerkungen von des Feldwebels Hand, aus denen hervorging, daß diese Berichte von den beiden Achmed Agha verfaßt worden waren, um einander gelegentlich zu vernichten, und daß der Basch Tschausch sie ihnen gestohlen hatte, um Erpressungen auszuüben. Ich wußte genug, rollte die Papiere zusammen und steckte sie wieder in das hohle Bein. Die Holzscheibe, deren Stifte genau in die kleinen Löcher paßten, wurde wieder festgeklopft und das Bett sodann an seine vorige Stelle gerückt.

Nach diesem Erfolg machte ich mich an meine eigentliche Aufgabe, nämlich an den Pöntsch. Die guten Leute hatten mir ein Feuer angezündet, an dem ich ein Kalb hätte braten können. Ich warf die Zwiebel, den Knoblauch und die überflüssigen Zitronen hinein, und es dauerte nur kurze Zeit, bis ich sie in Asche verwandelt sah. Dann goß ich Arrak und Rum zusammen und verteilte beides derart in die zwei Krüge, daß der Punsch in dem einen recht mild und lieblich, in dem anderen aber zehnfach stark geriet. Jetzt löschte ich das Feuer aus und tug das Getränk zu den sehnsuchtsvoll Wartenden hinüber. Natürlich stellte ich die Krüge so, daß die milde Sorte auf Halef und mich, die starke aber auf die beiden anderen kam.

Wollte ich berichten, was während des Trinkens alles gesprochen wurde, so würde diese Erzählung zu einem Schwank werden. Doch darf ich nicht verschweigen, daß wir nach einem kleinen Stündchen den Basch Tschausch hinüber auf sein Bett schaffen mußten, weil er sich nicht mehr aufrecht halten konnte. Ich war froh, als er fort war; denn da nun Achmed Agha sich allein mit uns befand, konnte er freier reden als vorher. Auch er hatte bereits einen Rausch, doch befand er sich noch im Zustand des Prahlens, aus dem man dann in den der Aufrichtigkeit tritt. Ich übergehe alles nicht hierher Gehörige. Wir erfuhren, daß die beiden Zollwachen gleich gebaut seien; ein großes Haus für den Obersten und ein kleines für den Leutnant; hierzu die nötigen Diensträume. Aber die Leutnants waren so verteilt, daß der türkische Leutnant drüben auf der persischen Zollwache und der persische Leutnant hüben auf der türkischen wohnte, weil auf der türkischen Seite auch persisch und auf der persischen Seite auch türkisch befördert werden mußte. Als er uns dies erklärte, war er mit seinem Rausch bereits so weit gekommen, daß er die beiden Achmeds, die beiden Selims, die beiden Zollwachen und das Türkische und Persische schon nicht mehr auseinanderhalten konnte. Er verwechselte alles. Er kam nach und nach ins Lallen. Als ich ihn fragte, warum der persische Leutnant hier hüben und sein eigener Leutnant drüben beim Perser sei, sah er mich erst ganz verständnislos an und antwortete dann:

„Wie sollte ich denn sonst die Durchlaßmarken erhalten?"

Diese Worte verstand ich nicht. Während er sie sagte, ließ er den rechten Arm sinken und machte mit der Hand jene von vorn nach hinten gehende, schraubende Bewegung, die soviel wie verschwinden lassen oder stehlen bedeutet. Ich fragte nicht weiter, denn solche Dinge darf man nicht erzwingen wollen, sondern man muß sie an sich kommen lassen. Als sich seine Betrunkenheit so vergrößert hatte, daß sie übermächtig wurde, war das Letzte, was wir von ihm erfuhren, sein unüberwindlicher Abscheu vor den schiitischen Perserleichen, die hier sehr häufig, oft sogar in ganzen Karawanen vorübergeschafft wurden, um drunten in den heiligen Städten des Irak Arabi begraben zu werden. Er konnte diesen Gestank nicht vertragen und ergriff die Flucht, sooft sich so etwas nahte. Eben, als er das erzählte, kam ein Mann herein, der sehr vertraut mit ihm zu verkehren schien. Der meldete, daß der persische Leutnant jetzt nicht aufpasse und daß die drei Maultiere also jetzt abgehen könnten. Er bitte um drei Marken.

„Ich komme gleich", erwiderte der Befehlshaber.

Der Mann entfernte sich, und Achmed Agha wollte sich von seinem Sitz erheben, fiel aber, sooft er es versuchte, immer wieder nieder. Da zog er unter der Weste ein kleines Täschchen hervor, reichte es mir hin und lallte:

„Nimm drei heraus, und geh hinaus! Klebe sie auf!"

„Wohin?" fragte ich.

„Den Ma—ma—maultieren a—a—auf den Sti—ti—tirnriemen. Da kl—le—lebt sie der Pe—pe—perser immer hi—hi—hin!"

Ich öffnete.

Das Täschchen enthielt Durchlaßmarken.

„Aber das sind ja persische!" sagte ich erstaunt. „Du darfst nur türkische aufkleben!"

„Ich dda—darf, was ich will!" schnaubte er mich an. „Du hast zu geho — ho — horchen! Packe dich!"

Ich gehorchte in guter Absicht, nahm drei Marken heraus, gab ihm das Täschchen zurück und ging hinaus. Da hielt der Mann mit den drei Maultieren. Ich klebte jedem eine Durchlaßmarke auf den Stirnriemen. Der Mann bedankte sich und zog dann mit seinen Tieren davon. Er hielt mich für eingeweiht, und ich war es nun allerdings. Der türkische Achmed Agha stahl sich von dem persischen Selim Agha persische Durchlaßmarken, um auf eigene Hand Schmuggel zu treiben. Infolge dieser Marken unterließ es der persische Befehlshaber, das Gepäck zu untersuchen, weil er annahm, daß es schon von seinem Leutnant untersucht worden sei. Als ich wieder hinkam, lag der Türke auf seinem Kissen und schnarchte. Wir gingen fort, ohne den Versuch zu machen, ihn aufzuwecken.

Eben als wir aus dem Hause traten, sahen wir drei halbnackte Kerle eintreffen, die die persische Grenze hier überschritten hatten und an der türkischen Maut sich und ihr Gepäck untersuchen lassen mußten. Jeder von ihnen führte ein abgetriebenes Maultier, und jedes Maultier trug zwei geradezu pestartig stinkende Särge, in denen sich die faulenden Überreste verstorbener Perser befanden. Die Schiiten glauben bekanntlich, daß man geradewegs in den Himmel komme, wenn man sich nach dem Tod nach Meschhed Ali oder Kerbela schaffen läßt, um dort begraben zu werden. Der Gestank war so groß, daß wir uns die Nasen zuhalten mußten. Da kein Beamter sich blicken ließ, gingen die drei Menschen langsam vorüber und lächelten einander dabei so frohlockend zu, daß es auffällig war.

„Sihdi, denen schleichen wir nach! Die haben etwas!" flüsterte Halef.

Ich war einverstanden. Wir ließen sie erst um die nächste Wegbiegung verschwinden und huschten ihnen dann nach. Die Hochebene war noch auf eine große Entfernung hin, soweit die Feuchtigkeit des Tals reichte, mit Busch und Baum besetzt. Das bot uns gute Deckung. Die drei Maultiertreiber sahen nicht, daß wir ihnen folgten. Es verging eine Viertelstunde und noch eine, ohne daß irgend etwas geschah. Dann aber blieben sie plötzlich stehen, schauten sich lange und vorsichtig um und drangen, als sie sich unbemerkt glaubten, von der Straße ab in die Büsche ein. Wir folgten ihnen nicht, sondern warteten. Nach einiger Zeit erschienen sie an derselben Stelle wieder, um den unterbrochenen Weg fortzusetzen. Als sie in der Ferne verschwunden waren, gingen wir bis an die betreffende Stelle und ließen uns von der sehr deutlichen Spur ins Gebüsch führen. Schon nach wenigen Schritten rochen wir, daß sie ihre stinkenden Lasten hier zurückgelassen hatten. Je weiter wir kamen, desto fürchterlicher wurde der Gestank, bis wir eine tief eingesunkene Bodenstelle erreichten, wo der duftende Inhalt ihrer Särge lag, gräßlich faules, höllische Pestdünste aushauchendes Fleisch. Und zwar war es Wild, nur Wild.

„Also keine menschliche Leiche", staunte Halef. „Man füllt die Särge halb mit stinkendem Fleisch und halb mit Schmuggelware! Hat man die Zollwache hinter sich, so wirft man das Fleisch weg und lacht Achmed Agha, den Türken aus, der den Gestank nicht vertragen kann und also keinen Sarg untersucht. Wer mag der Pfiffikus sein, der sich das ausgedacht hat?"

„Ich vermute, daß wir das bald erfahren werden. Für jetzt wissen wir genug und können gehen."

Wir kehrten nach dem Tal zurück, durchquerten es aber nicht auf der Karawanenstraße, weil wir da von Abdahn Effendi oder seinen Leuten gesehen worden wären, sondern auf einer im Wald liegenden Stelle, wo der Bach schmal genug zum Überspringen war. Dann stiegen wir jenseits unter den Bäumen nach dem hohen Rand hinauf, um nun den persischen Achmed Agha aufzusuchen, denn der Mittag war inzwischen nahe herangerückt. Als wir die Zollwache, die genau wie die türkische gebaut war, vor uns liegen sahen, blieb Halef stehen und sagte:

„Effendi, es überkommt mich der Verdacht, daß du auch hier wieder Pöntsch kochen sollst. Was meinst du dazu?"

„Ich glaube, daß du höchstwahrscheinlich recht vermutest."

„Ich bin überzeugt, daß auch der persische Achmed Agha Zitronen, Zwiebeln und Knoblauch besorgt hat!"

„Vielleicht sogar auch Aloe!" fügte ich hinzu.

„Was wirst du machen, wenn man das von dir verlangt?"

„Pöntsch werde ich machen, Pöntsch, Pöntsch! Diese Leute wollen ihn ja haben, und du wirst sehen, daß heute abend auch der Dicke mit demselben Wunsch kommen wird, wenn er sich inzwischen nicht selbst geholfen hat."

„Allah verhüte es!" rief er aus. „Der täte ja wirklich hinein, was du nur scheinbar hineingegeben hast! Wie soll das schmecken und wirken?"

„Hoffentlich sehr gut, nämlich uns. Für einen Mann, der uns in die Luft sprengen will, kann der Pöntsch gar nicht genug Zwiebeln und Knoblauch haben. Vorwärts!"

Wir traten aus dem Wald und schritten auf die Rückseite der Zollwache zu. Dennoch wurden wir erblickt, denn als wir um das Hauptgebäude herumgegangen waren und uns dem Eingang näherten, kam der Befehlshaber heraus, um uns schon an der Tür zu empfangen.

„Welche Freude! Welches Glück!" rief er aus. „Kommt schnell, schnell! Es liegt schon alles bereit!"

„Was liegt bereit?" fragte Halef.

„Der Rum, der Arrak, die Aloe und alles andere, was dazu gehört."

„Woher hast du die Aloe?"

„Von Abdahn Effendi. Ich ließ ihm sagen, daß ich das bittere Zeug zum Beizen des Holzes brauche. Du weißt doch wohl, daß man es auch hierzu verwenden kann? Also tretet ein! Ich habe dafür gesorgt, daß kein Mensch uns stört. Wir sind vollständig allein."

Er führte uns in das Haus, und zwar zunächst in den Raum, wo sich der Herd befand. Dort lagen auch die Zutaten. Sogar das Feuerholz hatte er bereits so angeschichtet, daß man es nur anzuzünden brauchte.

„Siehst du, wie liebreich ich das alles eingeleitet habe?" sagte er. „Ja, ich bin eine Seele von einem Menschen. Und darum wirst du mir den Pöntsch so gut und so stark wie möglich machen. Wir verlassen dich, der Verse wegen, die du zu sagen hast. Wenn du fertig bist, so komm in die Stube gegenüber; da warten wir auf dich."

Er führte Halef fort, und ich konnte mein Werk beginnen. Ich will Begebenheiten, die ich schon beschrieben habe, nicht wiederholen; es sei nur kurz erwähnt, daß der Mann mit dem Bulldoggengesicht durch den Punsch wenigstens ebenso unvorsichtig und plauderhaft gemacht wurde, wie drüben der Mann mit dem Vogelantlitz. Ich erfuhr ziemlich viel. Beide waren Geschöpfe des dikken Effendi, überragten ihn an Schlauheit aber ganz bedeutend. Beide haßten ihn und betrogen ihn. Beide haßten und betrogen auch einander. Der persische Selim Agha lachte über den Abscheu, den sein türkischer Kamerad und Namensbruder gegen den Geruch der Leichen hatte, und der höhnische Klang dieses Lachens ließ vermuten, daß der erwähnte Abscheu auf der anderen Seite eine ganz befriedigende Wirkung habe. Schließlich schlief der diesseitige Befehlshaber ebenso lallend ein, wie der jenseitige. Wir betteten ihn bequem auf seine Kissen und gingen dann fort, ohne uns um weiteres zu bekümmern.

Es war erst zwei Stunden nach Mittag. Also beschlossen wir, wieder nach der Schneidemühle zu gehen, und suchten von der anderen Seite an sie heranzukommen. Wir stiegen nicht wieder ins Tal hinab, sondern wir blieben auf der Höhe, um an deren Rand hinzuschreiten. Während wir dieses taten, bemerkten wir, daß Spuren von Stiefeln und Hufen in das Gebüsch hinunterführten. Wir folgten ihnen und kamen an eine Stelle, an der es fürchterlich stank. Wir untersuchen sie.

Hier waren nach unserer Meinung unbedingt die drei Särge gefüllt und die Maultiere beladen worden. Die beiden Achmed Agha betrieben im Verein mit Abdahn Effendi eine sehr einträgliche Schmuggelei. Sie betrogen sich aber auch gegenseitig, der eine mit Hilfe gestohlener Durchlaßmarken, die er seinen Waren aufklebte, und der andere brachte das Schmuggelgut als „Leichen" über die Grenze. Das hierzu nötige Wild schoß er sich wahrscheinlich selbst. Nach dem Ort zu suchen, wo er es aufbewahre, bis es stank, war heute nicht nötig. Wir stiegen also wieder zur Höhe hinauf und wanderten der Mühle entgegen.

Bald kamen wir über den Oberlauf des ersten Baches und dann eine Stunde später an den dritten, an dem die Mühle lag. Wir folgten diesem. Als wir sie erreichten, befanden wir uns schräg gegenüber der Stelle, an der wir uns gestern hinter die Jasmine versteckt hatten. Die Müllerin war mit den Kindern im Garten. Sie schnitt Rosen. Auch den Müller sahen wir. Er band junge Obstbäume an die Pfähle. Wir schritten über die Weiden hinüber, gerade auf sie zu. Sie sahen es und kamen an den Zaun. Der Müller auch. Als wir sie erreichten, grüßten wir und äußerten unsere Freude über die prachtvollen Rosen. Sofort griffen die Kinder mit allen vier Händchen in den Korb, um mir eine ganze Menge zu bringen. Ich aber bat nur um zwei, für mich eine und für Halef eine. Hierauf suchte die Müllerin die zwei schönsten aus und reichte sie uns. Ich nahm die meine und dankte mit den Worten:

„Weißt du schon, o Müllerin, daß die Engel des Gebetes am liebsten auf Blumendüften auf- und niedersteigen?"

„Ich hörte es", antwortete sie.

„Du betest mit deinen Kindern: ‚Erlöse uns von Abdahn Effendi und allen seinen Freunden!' In diesem Gebet steigen deine Engel zum Himmel auf. Und auf dem Duft dieser Rosen kehrten sie zu dir zurück, um dir zu sagen: Euer Gebet ist erhört. Nur noch wenige Tage, so seid ihr erlöst."

Und mich an ihren Mann, den Müller, wendend, fuhr ich fort:

„Die Bedingung des türkischen Geheimboten ist bereits erfüllt: Gott hat den Christen gesandt! Nun warte getrost, was weiter geschieht! Lebt wohl! Und Dank für eure Rose!"

Ich ging schnell fort. Halef dankte auch und folgte ebenso rasch. Ihre Stimmen klangen hinter uns her. Wir sahen aber nicht zurück, sondern beeilten uns, im Wald zu verschwinden. Hierauf machten wir eine gemütliche Wanderung durch den herrlichen Forst, wobei wir einen großen Wildstand wahrnahmen.

Dann gingen wir heim.

Als wir dort ankamen, war es bereits dunkel. Das Eßzimmer war leer. Man sagte uns, daß Abdahn Effendi sehr krank sei und mich bitten lasse, zu ihm zu kommen. Ich wurde nach seiner Schlafstube geführt. Da lag er in einem eigenartigen Zustand. Seine Frau wußte weder aus noch ein mit ihm. Er hatte schon gleich am Vormittag „Pöntsch" gemacht, er selbst, mit Aloe, Knoblauch und Zwiebeln. Das war nichts Wunderbares; das hatte ich sogar erwartet. Aber er hatte ihn auch getrunken, und das war eine Leistung, die ich mir als keine menschliche denken konnte. Dann hatte er wie ein Klotz gelegen und geschlafen. Am Nachmittag war Bewegung über ihn gekommen. Er hatte sich hin und her geworfen und allerlei dummes Zeug gesprochen, besonders einige eigentümliche Worte über sich selbst, die sie nicht begreifen könne. Ich erkundigte mich, welche Worte das seien; da gab er mir die Antwort ungefragt. Er richtete sich halb auf, starrte wie in die Ferne und rief:

„Erlöse uns von Abdahn Effendi und allen seinen Freunden! Das soll ich sagen! Ich will nicht, ich will nicht! Aber ich fühle, daß ich muß, ich muß, ich muß."

Dann fiel er wieder um. Er war ohne Besinnung. Er hatte uns gar nicht beachtet. War das nur der Rausch? Oder wirkte auch noch etwas anderes mit?

„Das sind die Worte, die ich meine", sagte die Frau.

„Und was hat er außerdem noch alles gesprochen?" forschte ich.

Das brachte sie in große Verlegenheit. Sie schwieg. Antworten konnte sie nicht; sie hätte ja alles verraten. Sie wollte die ganze Nacht hier sitzen bleiben und keinen Menschen zu ihm lassen. Mich habe sie nur fragen wollen, ob diese Krankheit schlimm und langwierig sei. Ich gab ihr den Bescheid, daß sich das erst morgen zeigen werde, und ging fort, um Abendbrot zu essen und mich dann zur Ruhe zu legen. Die zweimalige Trinkerei hatte auch uns ermüdet.

Heute versuchten wir gar nicht erst, in unserem Wanzenzimmer zu schlafen. Wir machten es uns gleich auf dem Dach bequem und zwar auf derselben Stelle wie gestern. Die zwei Achmed Agha hatten wir nicht zu erwarten, denn es war die Botschaft von beiden gekommen, daß sie am Abend amtlich ungemein beschäftigt seien. Die verkappten Bevollmächtigten waren daheim. Es brannte Licht in den beiden Stuben. Am anderen Morgen waren sie so zeitig wach wie wir, nämlich schon beim Tagesgrauen. Sie gingen an uns vorüber, als wir unseren Pferden einige Bewegung machten. Wir grüßten. Sie taten, als ob wir gar nicht vorhanden seien.

Dann brachen wir auf zu einem Pirschgang. Nach unserer Rückkehr trafen wir auf Abdahn Effendi. Er hatte sich heute von seiner gestrigen Niederlage wenigstens körperlich erholt. Man sah deutlich, es ging ihm irgend etwas im Kopf herum, und er bewegte sehr oft die Lippen, als ob er heimlich mit sich selbst zu sprechen habe. Davon, daß er Pöntsch gekocht und getrunken hatte, sagte er kein Wort. Auch die beiden Befehlshaber, die heute wieder mit zu Abend aßen, schwiegen über ihre Gastereien und ihre Bombenräusche. Als sie später heimgingen und auch ich mich mit Halef entfernen wollte, bat Abdahn Effendi uns, noch einige Minuten zu warten; er habe uns eine Frage vorzulegen. Wir blieben also.

Zunächst warnte er uns vor dem Türken und dem Perser, die über uns wohnten. Die hatten ihm gesagt, er solle sich vor uns hüten, weil wir sicher weiter nichts als nur Pferdediebe seien. Solche Pferde und solche Menschen könnten höchstens nur durch Diebstahl zusammenkommen. Sodann fragte er mich insbesondere, ob ich, der ich ja ein Gelehrter sei, etwas von den Krankheiten des Geistes wisse.

Ich nickte.

Da fuhr er fort:

„Ich komme mir seit gestern vor, als ob ich wahnsinnig werden sollte. Es steckt ein fremder Kerl in mir, der mich zwingen will, etwas zu sagen, was die größte Dummheit ist, die es geben kann."

„Was ist das, was du sagen sollst?" fragte ich.

„Das sage ich ja eben nicht. Es ist ein bestimmter Satz, mit dem ich innerlich geladen bin, wie eine Flinte mit der Kugel. Und immerwährend greift eine Hand nach dem Drücker, um diesen Satz, diese Kugel abzuschießen. Das ist eine entsetzliche Qual! Ich habe nur immer auf diese Hand aufzupassen, daß sie den Drücker nicht erwischt. Kennst du das, Sihdi? Hast du schon einmal von so etwas gehört?"

„Ja; oft sogar."

„Und gibt es ein Mittel dagegen?"

„Nein!"

„So muß ich es sagen?"

„Unbedingt! Es gibt keine andere Hilfe!"

„Aber ich will doch nicht!"

„Du mußt! Du wirst gezwungen."

„Es schadet mir."

„Das ist nicht wahr! Es schadet dir nur, wenn du es darin behältst. Wenn du es nicht vor Menschen sagen willst, weil es dir schaden würde, so knie nieder und sage es Gott! Die Hand, die nach dem Drücker greift, ist die Hand deines Gewissens. Dieses Gewissen will dich retten. Du sollst bekennen; du sollst beten. Du sollst ein anderes, ein neues Leben beginnen. Wenn du das nicht tust, so wirst du entweder verrückt, oder du stirbst."

Da stand er von seinem Sitz auf und richtete sich stolz in die Höhe:

„Bekennen? Beten! Ein neues Leben? Ich glaube, nicht mir droht der Wahnsinn, sondern du wirst verrückt. Hältst du mich für einen Verbrecher, der sich zu bessern hat?"

„Wofür ich dich halte, kommt gar nicht in Betracht. Du hast mich nach Geisteskrankheiten gefragt, und ich gebe dir Auskunft. Das ist eine Gefälligkeit von mir, die dich zu Dank verpflichtet, weiter nichts. Was dein Gewissen mit dir zu sprechen hat, kann ich nicht wissen. Und ob du das, was es dir befiehlt, den Menschen beichtest oder Gott, das ist mir einerlei. Aber ich kenne das und weiß, daß es kein Entrinnen gibt. Ist das Gewissen noch so sehr durch Arrak, Rum, Zucker und heißes Wasser betäubt, und schläft es noch so fest in diesem Rausch, die Aloe, der Knoblauch und die Zwiebeln, die sich der Mensch so toll ins Leben mischt, sie wirken doch. Ein einziges Wort, das dir zu Ohren kommt, steigt in die Tiefe deiner Seele, weckt dein Gewissen aus dem Schlaf und läßt dir nicht eher wieder Ruhe, bis du dich entschieden hast, ob du gehorchen willst oder nicht. Du hast dich zu entscheiden! Gute Nacht!"

Wir gingen und ließen ihn stehen. Rasch stiegen wir nach oben. Sobald wir das platte Dach erreichten, öffneten wir das Kaminloch. Als ich hinunter in die Stube schaute, öffnete sich soeben die Tür, und der Basch Tschausch trat ein. Dieser Mensch schien sonach den Befehl zu haben, allabendlich auf unser Gehen zu warten und dann Bericht zu erstatten. Er hatte ausgekundschaftet, daß wir gestern in der Mühle gewesen waren und mit Ben Adl gesprochen hatten. Das erzählte er.

„Also daher die zwei Rosen, die sie oben bei sich im Wasser stehen haben", sagte der Effendi. „Sie verkehren mit dem Müller. Sie sind vertraut mit ihm. Sie bekommen sogar Rosen geschenkt. Von jetzt an werde ich dafür sorgen, daß immer einer der beiden Leutnants bei ihnen ist, damit sie nicht weiter schnüffeln können. Waren sie vielleicht schon in einer der Zollwachen?"

„Ja, gestern; sogar in beiden", erwiderte der Feldwebel.

„Und das erfahre ich erst jetzt; Hütet euch! Wenn ich einmal aufhöre, Gemütsmensch zu sein, so schlage ich euch alle tot und schmeiße euch außerdem alle hinaus. Nehmt euch in acht, daß sie nichts von den Schmuggelkellern erfahren, die wir damals von den Regierungsgeldern heimlich mit in die Zollwachen bauten!"

„Und daß man durch die Brunnen zu ihnen hinuntersteigt", fügte der Basch Tschausch lachend hinzu. „Das war der pfiffigste Streich, den wir jemals ausgesonnen haben. Die Regierungen haben die Keller selber gebaut und bezahlt, in denen wir unsere Schleichwaren verbergen. Sie sorgen also, ohne daß sie es ahnen, für unsere Unterkunft und daß wir nie entdeckt werden können."

„Ja, nie entdeckt! Das ist richtig!" stimmte der Dicke bei. „Mag man hier bei mir suchen, soviel man will, es ist nichts zu finden. Und wenn ja das Unmögliche geschähe, daß die Keller entdeckt werden, so findet man dort nicht ein einziges Haar, durch das bewiesen werden könnte, daß du oder ich zu den Paschern gehören. Wir beide sind auf alle Fälle sicher. Sollten aber einmal die vier Aghas erwischt werden, so mache ich mir nichts daraus, ja, es wäre mir sogar lieb, denn sie betrügen mich doch, wenn ich auch noch nicht habe entdecken können, wie."

Was noch gesprochen wurde, bezog sich auf andere Dinge, die mir gleichgültig waren; ich stopfte also das Loch wieder zu; dann legten wir uns schlafen. Mochte man uns von nun an immerhin strenger bewachen als bisher, wir konnten uns das gefallen lassen; wir wußten mehr als genug!

Am Montag waren wir gekommen. Nun war Mittwoch. Schon am anderen Morgen gesellte sich, als wir pirschen gingen, der türkische Leutnant zu uns. Er tat das in möglichst zufällig erscheinender Weise, und wir hüteten uns, ihn merken zu lassen, daß wir es besser wußten. Er blieb den ganzen Tag um uns. Am Freitag trat der persische Selim Agha an seine Stelle. Es war ekelhaft, wie böse es diese Menschen meinten und wie freundlich sie doch taten.

Man weiß, daß der Freitag der Wochenfeiertag der Mohammedaner ist. Abdahn Effendi nannte sich Imam, war aber höchstens nur Vorleser. In seinen Bereich gehörten alle Bewohner der kleinen, ärmlichen Hütten, die einzeln, weit zerstreut, im Umkreis lagen. Ein Bethaus befand sich inmitten dieses Bezirks, einsam auf einem kahlen Hügel. Der Dicke lud uns ein, mit ihm zu gehen und dem Gottesdienst beizuwohnen. Wir taten es. Hieran schloß sich eine öffentliche Gerichtssitzung, die an jedem Freitag hier abgehalten wurde. Er war ja Schultheiß und Richter; Kadi nannte er sich. Auch das war nichts als ein Narrenspiel. Ich hatte den Eindruck, daß alle die versammelten Leute doch nur Schmuggler seien, die unter dem Deckmantel der Religion und der Rechtsprechung ihre verwerflichen Geschäfte besorgten. Als wir dann heimkehrten, erfuhren wir, daß inzwischen der Blitz, von dem wir an der Mühle gehört hatten, pünktlich niedergefahren war. Heute, am vierten Tag, waren an den beiden Zollwachen zwei Boten eingetroffen, die die Ankunft eines persischen und türkischen Bevollmächtigten gemeldet und sich dann wieder entfernt hatten. Das einzige, worüber sie sich noch geäußert hatten, war, daß eine Untersuchung wegen Schmuggelei eingeleitet werden solle.

Daß dieser Blitz getroffen hatte, war den „zwei Seelen", dem türkischen und dem persischen Achmed Agha, deutlich anzusehen, als sie zum Mittagessen kamen. Sie rührten das Essen fast gar nicht an und tranken auch nur Wasser. Gegen Ende der Mahlzeit sagte der türkische Achmed Agha zu mir:

„Shidi, ich glaube, daß du mich für einen Mir Alai (Obersten) hältst; ich mache dich aber darauf aufmerksam, daß ich nur Kaimakam (Oberstleutnant) bin."

Da fiel der persische Achmed Agha gleich auch ein:

„Derselbe Irrtum geschieht dir auch mit mir. Aus deinen Reden vermute ich, daß du glaubst, ich sei Särtix (Oberst); ich bin aber nur Särhang (Oberstleutnant)."

Und beim Abendessen desselben Tages veränderten sich diese Dienstgrade schon in der Weise, daß der Türke die vertrauliche Frage an mich stellte:

„Sihdi, ich habe dir heute mittag gesagt, daß ich nur Bimbaschi (Major) bin. Halte mich nicht etwa für einen Kaimakam!"

Und der Perser sprach:

„Ich muß es dir in dein Gedächtnis zurückrufen, daß ich Yawär (Major) bin, keineswegs Särhang, wie du zu denken scheinst."

Nach diesem Abendessen machten die zwei Befehlshaber keine Anstalt, nach Hause zu gehen. Sie hatten augenscheinlich die Absicht, zu bleiben, bis wir uns entfernt hatten. Deshalb gingen wir, beeilten uns aber, auf unseren Horchposten zu kommen. Während ich da lauschte, stand Halef Wache, um zu verhüten, daß die beiden Geheimboten mich überraschten. Sie verließen aber des Abends ihre Stube für keinen Augenblick.

Nun wir nicht mehr dabei waren, ging es unten sehr lebhaft zu, aber verraten wurde nichts. Ein jeder hielt den anderen für einen Betrüger; darum ging keiner aus sich heraus. Man kam während des Gespräches auf den Gedanken, daß die beiden Bevollmächtigten gar nicht mehr unterwegs, sondern schon hier seien, doch unerkannt, um so leichter forschen zu können. Man hielt mich für den türkischen Adjutanten und Halef für meinen Schreiber; der persische Adjutant aber wohne nun schon über zwei Wochen hier, auch mit einem Schreiber. Beide Paare in den vier Stuben auf dem platten Dach. Wie bequem, uns in die Luft zu sprengen. Dieser Ansicht war besonders der Effendi. Die Achmeds aber zweifelten. Sie forderten, daß unbedingt noch einige Tage gewartet werde. Stelle sich dann weiter niemand mehr ein, so möge das Pulver sprechen, eher aber nicht.

5. Beim Bergmüller

Als wir am anderen Morgen zum Kaffee hinunterkamen, saß der türkische Selim Agha bereits da, um zu fragen, ob er uns wieder begleiten dürfe. Wir erlaubten es mit Vergnügen. Da fuhr er fort:

„Effendi, du hast mich immer Mülasim (Leutnant) genannt; ich muß dich daran erinnern, daß ich nur Tschausch (Sergeant) bin. Genauso verhält es sich bei meinem Freund, dem Perser Selim Agha: er ist nicht Naib (Leutnant), sondern nur Bingsadeh (Sergeant)."

Ich nahm sein nicht unerwartetes Geständnis schweigend entgegen und fragte ihn kurz, wo er sein Pferd habe; wir würden heute nicht gehen, sondern reiten. Da wurde er sehr betroffen und erklärte, daß er weder ein Pferd besitze noch reiten könne. Bevor er sich über diesen unvorhergesehenen Fall bei Abdahn Effendi Rat holen konnte, waren wir fort.

Wir ritten heute, am Samstag, absichtlich in die Irre, ohne festen Plan und bestimmtes Wohin; im stillen aber fühlte sowohl ich als auch Halef, daß es uns nach der Mühle trieb. Wir kamen dort an, nachdem wir bis zum späten Nachmittag die weite Umgebung durchstrichen hatten. Auf den geschälten Stämmen vor dem Haus, die geschnitten werden sollten, saßen der Müller, die Müllerin und die beiden Geheimboten. Sie hatten uns eher gesehen als wir sie. Wir ritten hin und stiegen von den Pferden. Da standen die beiden Sendlinge auf und verabschiedeten sich. Sie sahen uns gar nicht an. Das wurmte den kleinen Halef. Er trat ihnen in den Weg, gerade vor sie hin und sagte:

„Ihr scheint blind zu sein; darum sollt ihr wenigstens hören! Wer Schmuggler fangen und Abdahn Effendi übertölpeln will, der muß es klüger anfangen als ihr. Er läßt euch schon über zwei Wochen lang auf euren Gängen nach der Mühle belauschen und ahnt schon längst, wer ihr seid."

Die beiden sahen ihn auch jetzt noch nicht an.

„Was wollte der Knirps?" fragte der Perser mit unendlicher Verachtung.

„Mag Abdahn Effendi es wissen! Pferdediebe sind wir nicht. Des Abends betrunken sind wir nicht. Und an Engel glauben wir nicht", ließ sich der Türke in demselben Ton hören.

Halef wollte den „Knirps" zurückgeben; ich aber winkte streng ab. Da trat er ihnen aus dem Weg. Sie gingen. Die Müllersleute befanden sich in Verlegenheit.

„Laßt euch das nicht quälen", forderte ich sie auf. „Ihr habt mit diesen Männern von uns gesprochen und dabei erfahren, daß sie uns für Pferdediebe halten. Wie klug das von ihnen ist, magst du sehen."

Wir zogen unsere türkischen und persischen Pässe aus den Taschen und gaben sie ihnen hin.

„Das ist gar nicht nötig", rief die Müllerin. „Wir glauben euch."

„Dein Mann soll sie aber lesen", entgegnete ich. „Es ist mein Wunsch."

Er tat es. Als er sie überflogen hatte, verbeugte er sich tief:

„Ja, es war nicht nötig. Aber ich kann doch nun diesen beiden Ungläubigen beweisen, daß wir recht hatten, als wir mit Hochachtung von euch sprachen. Ihr scheint viel mehr zu wissen als wir selbst. Wir werden aber nicht wagen, euch mit Fragen zu belästigen. Unser Haus ist das eure. Tretet ein, wenn es euch beliebt!"

„Wir bleiben hier im Freien. Laßt eure Kinder kommen und uns holt einen Schluck Milch! Zu sagen haben wir euch für heute noch nichts. Eure behördlichen Berater sind nicht wir, sondern die beiden Bevollmächtigten. Wir treten nur dann für euch ein, wenn sie sich als unbrauchbar erweisen."

Wie ich da gesagt hatte, so geschah es. Wir tranken Milch. Halef setzte die beiden Kinder auf unsere Pferde, die von den Eltern hoch bewundert wurden, und tummelte sich mit ihnen herum. Ich unterhielt mich indessen mit dem Mann und der Frau, die zwar erst in der Mitte der Dreißiger standen, aber doch schon so viel Lebensernst und Lebenserfahrung besaßen, daß sie mir in hohem Grade vertrauenswürdig erschienen. Ich fragte nach nichts. Dieser Besuch hatte nicht den Zweck, sie auszuforschen, sondern nur, sie überhaupt kennenzulernen, um gegebenenfalls zu wissen, wie weit man für sie eintreten durfte. Doch erfuhr ich immerhin einiges, was mir wichtig war. Hierzu gehörte vor allen Dingen die Neuigkeit, daß die Frau Abdahn Effendis heimlich hier gewesen war, um zu fragen, ob sie sich in den Schutz des Müllers flüchten dürfe. Sie könne es als Sklavin ihres Mannes und seiner Bekannten unmöglich mehr aushalten. Sie war stets eine heimliche Freundin der Müllersleute gewesen, und darum hatten diese ihr den nachgesuchten Schutz zugesagt. Wo man sie unterzubringen gedenke, ob hier in der Mühle oder anderswo, danach erkundigte ich mich nicht. Aber ebensowenig verriet ich, woher wir wußten, was Mutter und Kinder gebetet hatten. Ich kann sagen, wir gewannen uns gegenseitig aufrichtig lieb.

Als wir dann am Abend nach Hause kamen, versorgten wir zunächst unsere Pferde und gingen hierauf zum Abendessen. Da saßen alle vier Agha mit dem Effendi beisammen, der natürlich schon aß, bevor noch die anderen angefangen hatten.

Es war das eine ausgebildete Gefräßigkeit, vor der ich schon während der ganzen Woche gewarnt hatte und nun auch weiter warnte. Dieser dicke, fette, kurz- und starkhalsige Mann, der oft kaum atmen konnte, besaß alle Zeichen der gefährlichsten Schlagfälligkeit in so hohem Grade, daß es einem angst wurde, wenn er sich einmal aufzuregen begann. Dann färbte sich sein Gesicht blau; er zitterte am ganzen Körper, und alles deutete darauf hin, daß er ersticken wolle, und doch tat er gerade das, was diese Schlagfälligkeit erhöhte. Seine Freßbegier war entschieden widerlich, und leider durfte das, was ich dagegen vorbrachte, nicht deutlich sein, weil es ihn sonst beleidigt hätte. Ich konnte nur im allgemeinen sprechen, und da war er weit davon entfernt, es auf sich zu beziehen.

Unser Kommen wurde mit einem Jubel begrüßt, der zu laut war, als daß er hätte aufrichtig sein können. Da gab es lauter „Gemütsmenschen", lauter „Seelen von Menschen", lauter „Freunde"! Besonders mit diesem Wort warf man in einer Weise um sich, die beinahe beleidigend war. Wir nahmen das ruhig hin und taten, als ob wir es glaubten.

Abdahn Effendi war sehr zerstreut. Er gab sich zwar Mühe, dies nicht merken zu lassen, doch vergeblich. Man sah zu deutlich, wie er von Zeit zu Zeit sich zusammenraffte. Es drückte ihn etwas schwer, und sein Auge kehrte immer unwillkürlich mit einem Ausdruck zu mir zurück, als ob er bei mir Hilfe suchen wolle und doch nicht dürfe. Er blieb nach dem Essen nicht sitzen. Es trieb ihn hinaus. Wir hörten seine zornige, scheltende Stimme bald von hier, bald von dort erschallen. Er brachte alles in Aufruhr. Dann legte er sich schlafen. So blieben auch die anderen nicht; sie gingen fort. Wir ebenso.

Anderntags war Sonntag. Wir blieben am Morgen daheim und bemerkten, wie sehr wir die verkappten Sendlinge störten. Nun die erwartete Botschaft aus Teheran und Bagdad eingetroffen war, wollten sie alles, was noch geschah, vom platten Dach herab heimlich beobachten, und da standen wir ihnen überall im Weg. Sie haßten uns. Einige Zeit vor Mittag sahen wir, daß Abdahn Effendi umherlief, überall eifrig fragend und suchend. Seine Frau war verschwunden. Er hatte sich gestern abend mit ihr gezankt, hatte sie sogar geschlagen. Gleich heute früh hatte er sich wieder mit ihr geärgert. Da war sie unbemerkt geflüchtet, ohne es ihm vorher mitzuteilen. Das brachte ihn um alles Gleichgewicht. Er hatte nicht gewußt, daß diese knechtisch gehorchende, niemals klagende Frau eigentlich seine einzige seelische Stütze gewesen war. Nun, da er sie vergeblich suchte, fiel sein Inneres langsam zusammen. Als wir zum Mittagessen hinunterkamen, saß er am leeren Tisch, das bläuliche Gesicht in beide Fäuste gestemmt.

„Wir essen in zwei Stunden. Es muß erst gekocht werden“, sagte er. „Meine Frau ist fort.“

Wir waren still. Da stand er langsam auf, kam auf uns zu, blieb vor uns stehen, stierte uns mit irrem Blick an und wimmerte:

„Nun werde ich es doch wohl sagen müssen!“

Dann aber gab er sich einen Ruck. Es war, als ob er aus einer Ohnmacht wieder zu sich komme. Er schaute uns zunächst überrascht an, zog dann die Stirne zusammen und fragte:

„Habt ihr es schon gehört? Sie ist fort!“

„Wer?“ fragte ich.

„Meine Frau, das — — Weib! Sie ist eine heimliche Christin. Während der letzten Nächte hat sie an meinem Bett gesessen, von abends bis früh, und auf das Wort und den Schuß gewartet. Sie betete. Ich sagte das Wort nicht. Da ist sie verrückt geworden und verschwunden. Ich weiß, sie kommt nicht wieder. Wir essen in zwei Stunden. Die Mägde werden kochen.“

Wir gingen. Als die zwei Stunden vorüber waren, stand der Tisch gedeckt. Er aß häßlich, wie ein Wahnsinniger. Als er nicht mehr konnte, sprang er, ohne ein Wort zu sagen, von seinem Platz auf und rannte hinaus. Wohin, das wußte niemand. Kein Mensch bekam ihn an diesem Abend wieder zu Gesicht.

Am Montag früh schien alles wieder in Ordnung zu sein. Als wir zum Morgenkaffee hinunterkamen, saß der Dicke an seinem Platz und aß. Am Mittag tat er dasselbe, am Abend auch. Nichts schien ihm seinen Appetit verdorben zu haben. Er unterhielt sich auch, doch nicht wie früher. Man fühlte, der Bogen war gespannt, das Gewehr geladen. Er ging schon vor uns zur Ruhe. Aber er sah am anderen Morgen so elend und übernächtig aus, wie einer, der sich die ganze Nacht zwischen Wachen und schlechten Träumen herumgeworfen hat.

Um die Mittagszeit gab es einen großen Lärm. Es kamen zwanzig Mann türkische Soldaten unter dem Befehl eines Leutnants und eines Sergeanten. Sie nahmen in der türkischen Karawanserei Wohnung. Gegen Abend wiederholte sich der Lärm. Es kamen persische Soldaten, zwanzig Mann, auch unter dem Befehl eines Leutnants und eines Sergeanten. Sie bezogen die persische Karawanserei. Keiner der beiden Leutnants meldete sich und seine Truppe dem Befehlshaber der betreffenden Zollwache. Und keiner der beiden Leutnants betrat Abdahn Effendis Haus.

Das ließ nichts Gutes ahnen. Sie wohnten bei ihren Mannschaften in der Serei.

Halef und ich machten am Nachmittag einen Ausflug, bei dem uns der persische Selim Agha begleitete. Unterwegs nahm er Gelegenheit, mich zu fragen:

„Sihdi, hat mein türkischer Kamerad den Irrtum berichtet, in dem du dich über uns befindest?"

„Ja", antwortete ich.

„Was sagte er?"

„Daß er nicht Leutnant, sondern Sergeant sei."

„Das mußt du falsch verstanden haben. Er ist nicht

Tschausch (Sergeant), und ich bin nicht Bings Sadeh (Sergeant), sondern er ist Onbaschi (Korporal), und ich bin Deh-Baschi (Korporal). Ich bitte, dir dies zu merken."

Und als wir dann zum Abendessen kamen, saßen die beiden Achmed Agha schon bereit. Der türkische fragte:

„Weißt du noch, daß ich nicht Bimbaschi (Major), sondern nur Jüs-Baschi (Hauptmann) bin?"

„Und ich nicht Yawär (Major), sondern Sultan (Hauptmann)?" fügte der persische hinzu.

Ich nickte nur und winkte ab. Halef aber besaß diese Selbstbeherrschung nicht. Er lachte laut auf. Es klang auch wirklich komisch, wie diese vorgetäuschten Dienstgrade immer tiefer herunterstiegen. Dieses Rückwärtsschreiten erreichte am nächsten Morgen seinen niedrigsten Grad, also seinen ursprünglichen Stand. Da kamen die vier Agha zum Kaffee gelaufen, um einander und dem Effendi zu berichten, daß die Soldaten gesagt hätten, heute sei noch Ruhe, morgen aber gehe die Untersuchung los. Die Bevollmächtigten seien schon längst hier. Hierauf herrschte zunächst allgemeine Stille. Dann nahm mich der Dicke in die Augen, als ob er mich vor Haß verschlingen wolle, denn er hielt mich ja für den türkischen Geheimboten. Der türkische Achmed Agha aber sprach:

„Sihdi, du wirst dich auf das besinnen, was ich dir gestern abend offen sagte, nämlich, daß ich nicht Jüs-Baschi (Hauptmann), sondern Mülasim (Leutnant) bin?"

„Und ich nicht Sultan (Hauptmann), sondern Naib (Leutnant)!" gestand der persische.

Diese Gelegenheit nahm der türkische Selim Agha schleunigst wahr, indem er mich fragte:

„Weißt du noch, daß ich nicht Onbaschi (Korporal), sondern Nefer (Gemeiner) bin?"

„Und ich nicht Deh-Baschi (Korporal), sondern Särbahs (Gemeiner)?“ folgte der persische Selim Agha seinem Beispiel.

Da lachte Halef wieder auf und rief:

„Hörst du, Sihdi, wie sie müssen, obgleich sie nicht wollen. Es drängt doch jede Lüge mit Gewalt nach der Wahrheit zurück. Sie kann keinen Augenblick länger bestehen, als Allah will.“

Die vier ‚abgedankten‘ Würdenträger waren mäuschenstill; die Stimme Abdahn Effendis aber klang scharf zu uns herüber:

„Sihdi, ich habe eine Bitte. Der Perser und der Türke, die über euch wohnen, behaupten, daß sich Ungeziefer bei ihnen eingenistet habe. Sie können nicht schlafen. Ich will heute oben säubern und reinlichere Möbel hineinsetzen lassen. Auch bei euch; ist dir das recht?“

„Sehr recht“, antwortete ich. „Ich bin sogar überzeugt, daß du noch weit gefährlicheres Ungeziefer vernichten wirst, als du jetzt denkst. Ich werde dich heute abend hieran erinnern. Für jetzt lebt wohl! Sobald unsere Stuben bereit sind, kehren wir zurück.“

Wir gingen und eilten auf das Dach zu unserem Beobachtungsloch. Da erfuhr ich alles, ohne selbst entdeckt zu werden, denn die beiden Sendlinge waren schon fort, und von unten aus konnte man uns nicht bemerken, da wir platt niederlagen. Es war beschlossene Sache, daß wir heute in die Luft gesprengt werden sollten. Nach dem Abendessen sollte es geschehen, und der Basch Tschausch war es wieder, der sich an den Pfirsichbaum zu schleichen und der Zündschnur Feuer zu geben hatte. Man lachte schon jetzt über das Entsetzen, mit dem die gestern angekommenen Soldaten sich beeilen würden, wieder zu verschwinden. Abdahn Effendi schloß die Beratung mit den Worten:

„Man hat gesagt, heute gehe die Untersuchung los. Sie mag beginnen! Das Urteil aber ist schon gesprochen und wird auch heute noch ausgeführt! Ihr wißt, daß ich ein Gemütsmensch bin; wenn es sich aber um Sein oder Nichtsein handelt, dann wehre ich mich bis aufs Messer. Mit den vier Kerlen ist es aus! Und wenn die Soldaten nicht verduften wollen, so helfen wir mit unserem Heer von Paschern nach."

Länger zu horchen, wäre unnütz gewesen. Wir gingen, geradewegs nach der Mühle, weil ich als sicher annahm, daß die Geheimboten dort zu finden seien. Diese Vermutung erwies sich als richtig; aber die Mühle war rings von Soldaten umstellt, die uns nicht durchlassen wollten. Ich machte es kurz, gebärdete mich als Vorgesetzter und schob den Doppelposten einfach beiseite. Die Müllersleute freuten sich, als sie uns sahen. Die Sendlinge verhielten sich einsilbig. Sie hatten von unseren Pässen erfahren und befanden sich nun in einer Verlegenheit, die sie nur unter der Maske der Zurückhaltung verstecken konnten. Halef wollte Gleiches mit Gleichem vergelten und nun seinerseits sich stellen, als ob er sie nicht sähe; ich sagte ihm aber, daß dies nicht edel sei, und da er mit Eifer darnach trachtete, für einen guten Menschen gehalten zu werden, so verzichtete er gern auf diese Rache und befand sich bald in angelegentlichem Gespräch mit ihnen.

Die Soldaten hatten die beiden Väter des Müllerpaars gebracht, die einstigen Befehlshaber der hiesigen Zollwachen, die seinerzeit in Ketten abgeführt und dann verurteilt worden waren. Sie galten noch heute als Gefangene, aber es stand im Belieben der Geheimboten, sie sofort freizulassen, sobald ein Zeichen ihrer Unschuld zu finden sei. Die Steuern hatten in den letzten Jahren keine Einnahmen mehr ergeben, und man war auf das unvorsichtige prahlerische Gebaren der Söhne des dicken Effendi aufmerksam geworden. Es entstand der Verdacht, daß diese Geldquelle des Staates auf eine bisher unerhörte Weise in Privattaschen abgeleitet werde. Zwei Bevollmächtigte wurden abgesandt, hier heimlich zu forschen. Sie konnten nichts entdecken. Sie baten um Soldaten und um Zusendung der abgesetzten früheren Befehlshaber, weil diese die Verhältnisse kannten und die Tücke ihrer einstigen Ankläger und Widersacher wohl durchschauen würden. Nun waren sie gestern eingetroffen. Wir bekamen sie und ihre beiden Frauen zu sehen, die bei ihren Kindern hier auf der Mühle lebten, uns aber noch nicht vor die Augen getreten waren.

Diese guten, alten unschuldigen Leute! Man sah es den beiden Frauen an, wie sehr sie sich gegrämt und nach ihren Männern gesehnt hatten. Und die Männer trugen noch heute die von Handring zu Handring gehende Kette, durch die sie an der Flucht verhindert werden sollten. Ich sagte ihnen schon gleich während der ersten fünf Minuten, daß sie diese Ketten morgen nicht mehr tragen würden. Da fielen mir aber die beiden Geheimboten sofort in die Rede, indem sie mich aufforderten, mich nicht in ihre Obliegenheiten zu mischen; sie hätten nichts erfahren, und es könnten noch Wochen vergehen, bis man etwas entdecke.

„Bis dahin seid ihr längst in die Luft gesprengt!" antwortete ich.

„In die Luft gesprengt?" fragte der Perser verwundert. „Wieso?"

„Wo schlaft ihr heute abend?" fragte ich dagegen.

„Natürlich da, wo wir immer geschlafen haben, in unseren beiden Stuben."

„Wißt ihr, daß schon einmal zwei Beamte von der persischen und türkischen Regierung hier gewesen sind, um eine Untersuchung anzustellen?"

„Wir wissen es. Sie fanden ebensowenig wie wir, und sie gingen unvorsichtig mit ihrem Pulver und ihren Patronen um. Sie waren starke Raucher und machten oft Feuer; sie flogen in die Luft."

„So? Ich weiß das anders. Es ist mit ihnen dasselbe geschehen, was sich heute mit euch und uns zutragen soll.

Man hält euch beide für den persischen Geheimboten und seinen Schreiber. Weißt du, was zur Zeit mit unseren Wohnungen geschieht?"

„Sie werden gesäubert."

„Fällt keinem Menschen ein! Man gibt nur andere Möbel hinein, um die es nicht schade ist, in die Luft zu fliegen. Man schafft aber auch Pulver oder einen anderen Sprengstoff in unsere Stuben. Eine Zündschnur wird gelegt, die vom Dach an dem Pfirsichbaum niederläuft, der an der Ecke des Hauses steht. Diese Schnur wird nach dem Abendessen von dem Basch Tschausch des türkischen Befehlshabers angezündet. Wir werden getötet, und dann wird es wieder heißen, daß die Beauftragten zu dumm gewesen sind, etwas zu entdecken, und daß sie unvorsichtig mit Feuer, Pulver und Patronen gespielt haben."

Die Wirkung dieser Worte war groß. Eine tiefe Stille, dann hundert drängende Fragen von allen Seiten. Die Sendlinge forderten Beweise.

„Holt sie euch", sagte ich. „Heute abend! Ich habe gelauscht. Ich erzähle nur, was ich gehört habe. Was ihr tun wollt, ist eure Sache. Ihr habt uns ja verboten, uns um eure Angelegenheiten zu kümmern."

Nun stand ich von meinem Sitz auf und entfernte mich, um weiteren Fragen zu entgehen. Halef folgte mir. Ich verbot ihm, diesen beiden Männern auch nur das geringste anzudeuten. Wir gingen wohl gegen zwei Stunden lang spazieren. Als wir zurückkehrten, wurde uns mitgeteilt, es sei beschlossen worden, die Wahrheit unserer Behauptungen zu prüfen. Man werde unsere vier Stuben genau durchforschen und, falls das, was ich sagte, richtig sei, die ganze Bande gefangennehmen und mit der Untersuchung sofort beginnen. Es stehe zu erwarten, daß es infolge der gewaltigen Überraschung und des Schuldgefühls zu einem schnellen, allgemeinen Geständnisse komme, zumal, wenn man plötzlich die früheren

Befehlshaber in Ketten vorführe und den Verbrechern in dieser Weise ihr eigenes Schicksal zeige. Es fiel mir nicht ein, mich über diesen Plan zu äußern. Ich deutete nach dem Steinbruch hinüber und fragte den Müller kurz:

„Gehören die Arbeiter da drüben zu dir?"

„Ja", entgegnete er.

„Da wird zuweilen gesprengt?"

„Ja."

„So hast du Zündschnur?"

„Einen Vorrat für lange Zeit", nickte er.

„So bring mir ein Stück, vielleicht vier Meter lang. Wir brauchen es heute abend."

„Wozu?" fragte der türkische Bevollmächtigte.

„Um den Basch Tschausch auf der Tat zu ertappen, so daß kein Leugnen möglich ist. Man wird mit dem angeblichen Säubern erst fertig sein, wenn es dunkel ist, damit wir nichts entdecken können. Wir brauchen die Stuben nicht zu untersuchen. Es genügt vollständig, wenn wir finden, daß die Zündschnur am Pfirsichbaum niederhängt. Sie führt nach unseren Wohnungen. Wir entfernen sie und bringen an ihre Stelle eine andere, die nur bis auf das Dach führt, aber nicht weiter. Ihr Funke erlischt, wo sie aufhört; sie ist ungefährlich. Dann warten wir, bis nach dem Essen der Basch Tschausch kommt. Sobald er sie angezündet hat, wird er ergriffen. Es ist bewiesen. Er kann nicht leugnen."

Dieser Vorschlag fand allseitigen Beifall. Es wurde beschlossen, ihn auszuführen, und Ben Adl lud uns ein, bis zum Abend hierzubleiben. Wir taten dies gern, hüteten uns aber, während der ganzen Zeit noch weiteres mitzuteilen.

Als die Zeit gekommen war, brach ich mit Halef zuerst auf. Wir beide hatten es übernommen, den Pfirsichbaum zu untersuchen und die zweite Zündschnur zu befestigen. Es war so eingerichtet, daß keiner von uns vor

Nacht eintraf. Die beiden früheren Befehlshaber, mit denen man die Täter überraschen wollte, sollten den hierzu geeigneten Augenblick heimlich in der Karawanserei erwarten. Der Müller bat, mit dabei sein zu dürfen. Es wurde ihm erlaubt.

Wir kamen an, als es schon völlig dunkel war, und schlichen uns durch das Gebüsch, das nahe an die betreffende Ecke des Hauses heranreichte. Kein Mensch war in der Nähe. Wir huschten zum Baum hin. Ja, da hing die Zündschnur herab. Wir fühlten sie. Man hatte sie nicht an dem Baum befestigt, sondern sie nur lose herabgelassen, und zwar so, daß sie am Stamm niederging. Das machte uns die Sache leicht. Ich wickelte die mitgebrachte Schnur, die von derselben Sorte war, auseinander und verband sie durch einen Knoten mit der ersteren, um sie an dieser emporzuziehen. Dann schlich ich mich ungesehen hinauf auf das Dach. Halef blieb unten, um aufzupassen. Er ließ, als ich oben zog, die Schnur so lange nach oben gleiten, bis die mitgebrachte genauso weit herniederhing, wie die vorherige. Dann gab er mir das Zeichen und entfernte sich, um nicht doch noch entdeckt zu werden. Ich aber knüpfte den Knoten wieder auf und befestigte das Ende der neuen, kurzen Schnur an dem hervorstehenden Nagel, bis zu dem der Funke also laufen konnte, weiter aber nicht. Die alte, lange aber wickelte ich zu einem Knäuel zusammen, den ich eben, ohne die Leitung zu zerreißen, durch den geöffneten Laden hinein in meine Stube legen wollte, als die beiden Sendlinge eintrafen und nach ihrer Wohnung kamen. Das gab mir gute Gelegenheit, ihnen den Befund zu melden. Nun war der zerschmetternde Stein im Rollen; er konnte nicht mehr aufgehalten werden. Ich schlich mich wieder hinab, wo Halef unten an der Treppe auf mich wartete. Hierauf stellten wir uns, indem wir taten, als ob wir erst jetzt einträfen, beim Abendessen ein.

Da ging es sehr ruhig zu. Es wollte heute kein Gespräch zustande kommen, obgleich sie alle da waren, der Effendi, die beiden Achmed Agha, die zwei Selim Agha und sogar der Feldwebel, der den tödlichen Funken in Gestalt eines Zündholzes in der Tasche trug.

Abdahn Effendi stand mehreremal vom Essen auf und ging hinaus und wieder herein.

Er befand sich in großer Aufregung. Seine Hände zitterten. Sein Gesicht hatte fast einen blaugrauen Schein. Er holte oft tief und röchelnd Atem und trank aber wohl gerade wegen dieser Aufregung den schweren Wein wie reines Wasser.

Als wir beide fertig waren, erhob ich mich und sagte:

„Wir gehen schlafen. Allah schenke euch allen eine gute Nacht und freundlichere Gedanken, als die sind, die jetzt hier in diesem Zimmer wohnen!"

Da sprang der Dicke auf und schrie mich, scheinbar ohne alle Ursache, zornig an:

„Meinst du etwa, daß ich es sage?"

„Was?" fragte ich.

„Das Wort! Den Aufschrei, der mir die Brust zu zersprengen droht", antwortete er, wobei er sich mit der Hand an die Brust schlug.

„Ja, auch das meine ich. Du wirst es sagen."

„Nein! Nein! Nein!"

„Und doch! Du sollst und mußt es sagen! Wir alle, die hier versammelt sind, wir werden es hören! Noch heute! Noch vor Mitternacht!"

Da sank er in seinen Sitz zurück, stemmte das Gesicht in die Hände und jammerte:

„Dieser Mensch! Dieser Mensch! Hinaus mit ihm, hinaus!"

Wir gingen. Auf dem Dach bemerkten wir, daß die beiden Geheimboten auf uns warteten. Sie schlichen sich hinab, um den Feldwebel zu ergreifen. Während wir aßen, hatten sie ihre Maßregeln getroffen. Die Soldaten standen bereit. Ihre Lampen brannten, damit man denken sollte, daß sie daheim seien. Ich riet ihnen, auf mich zu achten, weil ich ihnen wahrscheinlich sagen könne, wann der Feldwebel komme. Als sie fort waren, brannten auch wir unsere Lampen an. Dann legte sich Halef an das Kaminloch, um zu lauschen. Ich setzte mich in seine Nähe, meine beiden Revolver griffbereit.

6. Erlöse uns von dem Übel . . .!

Die Entscheidung nahte schnell. Man war da unten über das, was ich gesagt hatte, in höchstem Grade aufgebracht. Man beschloß, mit der Antwort auf meine Frechheit keinen Augenblick zu warten. Der Basch Tschausch sollte gehen und, falls Licht in allen Stuben sei, die Schnur anzünden.

„Sihdi er erscheint!" meldete Halef, in dem er das Beobachtungsloch wieder schloß.

„So komm! Wir schauen zu", entgegnete ich.

Wir huschten über das Dach an die Ecke hinüber, wo der Baum stand.

„Pst! Seid ihr schon da?" raunte ich hinunter.

„Ja", tönte es zurück.

„Paßt auf!"

Wir kauerten uns nieder und blickten hinab. Wir hörten ihn. Er trat an den Baum. Das Zündholz brannte auf. Als er es ausblies, sahen wir, daß etwas langsam, wie ein Leuchtkäferchen, am Baum in die Höhe lief. Er wollte sich entfernen.

Da aber wurde er gepackt. Er schrie vor Schreck laut auf.

„Herbei!" befahlen die beiden Lauscher.

Da riß er sich von ihnen los. Aber wohin er sich wendete, sah er die Gestalten der Soldaten, die sich näherten. Es blieb ihm nur die Flucht in das Haus; er rannte hinein. Wir eilten an das Kaminloch. Ich öffnete es wieder und schaute hinab, ich sah sie, die alle von ihren Sitzen aufgesprungen waren und nun Zetermordio heulten. Ich sah auch den Basch Tschausch. Er hatte das scharfe Vorlegemesser vom Tisch gerissen und stürzte sich damit auf die Sendlinge, die soeben eintraten, um ihn wieder festzunehmen. Das konnte schlimm werden. Wir eilten hinab. Der Hausgang und die vordere gewöhnliche Stube standen voller Soldaten. Jeder schrie, so weit er den Mund nur aufsperren konnte. Wir bahnten uns mit den Ellbogen einen Weg nach dem Eßzimmer. Als wir es erreichten, war das kurze Handgemenge bereits vorüber. Der wütende Feldwebel hatte dem türkischen Bevollmächtigten vier Finger der rechten Hand abgeschnitten; nur der Daumen war geblieben. Und der persische Beauftragte hatte einen Schnitt quer über die Nase bekommen; sie war für immer entstellt. Außerdem hatte es einige Messerstiche für die Soldaten gegeben, die nun auf dem am Boden liegenden Menschen knieten, um ihn derart zu fesseln, daß er sich nicht mehr bewegen konnte. Seine Mitschuldigen hatten sich gehütet, ihm beizustehen.

Sie saßen jetzt wieder auf ihren Plätzen und stellten sich wie Kinder, die keine Ahnung haben. Ich versuchte zunächst, den Lärm zu stillen. Es gelang. Dann galt es, nach den Wunden zu sehen. Die Soldaten verbanden einander selbst. Sie hatten Verbandstoffe in ihren Taschen. Auch die Hand des einen Bevollmächtigten machte wenig Mühe. Das Gesicht des anderen aber setzte mehr Kenntnisse und Übung voraus, als hier vorhanden waren. Dennoch hatten wir nach einer Stunde die Blutung gestillt und den klaffenden Schnitt soviel wie möglich wieder zu schließen versucht. Beide Herren waren nun für das Leben gezeichnet, und zwar so, daß sie nicht weiterdienen konnten. Man kann sich denken, in welcher Stimmung sie sich befanden. Sie bestanden trotz ihrer Verletzungen darauf, die Sache gleich ein für allemal zu Ende zu bringen, und so sehr ich sie aufforderte, sich zu schonen, sie führten es aus. Die Speisestube wurde zum Verhörzimmer, und die draußen in der vorderen

Stube aufgestellten Soldaten hatten die Aufgabe, dem, was die beiden Geheimboten befahlen, Nachdruck zu geben.

Zunächst wurde der Basch Tschausch vernommen. Er wußte von nichts. Er sagte, er habe sich dort an der Ecke des Hauses eine kleine Sighara — Zigarette — anbrennen wollen, und da habe man ihn plötzlich gepackt, er wisse nicht, warum. Natürlich habe er sich gewehrt. Kein Mann aus Basra und kein Mann aus Luristan habe ihm etwas zu befehlen. Er sei Basch Tschausch und gehorche nur Offizieren.

Jetzt begannen die Bevollmächtigten einzusehen, wie fehlerhaft sie verfahren waren. Die anderen Überrumpelten verhielten sich wie der Gefesselte. Sie behaupteten, nichts zu wissen. Da griffen die beiden Beauftragten zu dem Mittel, auf dessen Wirkung sie sich so sehr verlassen hatten: sie ließen die zwei früheren Befehlshaber kommen. Der Müller begleitete sie. Aber auch das war vergeblich. Die Bande war nicht einmal überrascht, geschweige denn über das Erscheinen dieser ihrer alten Bekannten erschrocken. Das Ergebnis der ganzen Untersuchung war, die Angeklagten heute einzeln einzusperren und sie morgen zu vernehmen. Nachdem die Geheimboten die hierzu nötigen Befehle erteilt hatten, wollten sie sich entfernen. Abdahn Effendi rief mir höhnisch zu:

„Nun Sihdi, wo bleibt mein Wort, und wo bleibt deine Drohung? Bevollmächtigter der Regierung bist du nicht; das sehen wir nun. Also bleibt es beim Pferdedieb."

Da wendete ich mich an die beiden Befehlenden:

„Geht hinauf nach den beiden Zollwachen und steigt in die Brunnen! Da werdet ihr die Keller finden, die vom Geld der Regierungen heimlich erbaut worden sind und nun voller Schmuggelwaren stecken."

Die beiden Achmed Agha und die beiden Selim Agha

schrien vor Schreck laut auf. Abdahn Effendi ließ ein röchelndes Stöhnen hören.

Ich fuhr fort:

„Und geht auf der türkischen Wache in die hintere, kleine Stube links, wo ein Herd zu finden ist. Da wohnt der Basch Tschausch. Ein Bein seiner Bettstelle ist hohl und mit einer dünnen Holzscheibe vernagelt, die man aber mit dem Messer leicht losmachen kann. Darin stecken die Beweise, daß diese Kerle hier ihre damaligen Vorgesetzten ermordet haben."

Zunächst klang ein vereinter, großer Schrei durch das Zimmer. Dann brüllte Abdahn Effendi den am Boden liegenden Feldwebel an:

„Das Bein, das Bein! Das also ist das Bein, von dem du immer gesprochen hast! Mensch, ich erwürge dich!"

Er wollte sich auf ihn stürzen, wurde aber von der Wache daran gehindert.

„Sihdi, woher weißt du das alles?" fragte der persische Sendling erstaunt.

„Pah!" lächelte ich. „Tut erst das! Dann werdet ihr noch mehr erfahren."

„Noch mehr?" schrie der Dicke, indem sich sein Gesicht dunkel färbte. „Mensch, ich schlage dich tot, ich —"

„Schweig!" unterbrach ich ihn, denn nicht nur er wollte zu mir her, sondern auch die vier Agha machten Miene, aufzuspringen. Darum nahm ich meine Revolver heraus und legte sie vor mich hin. Halef zeigte sofort auch die seinen. Dann fuhr ich fort:

„Die beiden Befehlshaber tun jetzt, was ich gesagt habe! Inzwischen werden diese Leute hier alle gefesselt! Einem jeden, der sich wehrt, schieße ich eine Kugel durch den Kopf."

So geschah es. Die Kerle hatten Angst vor den Revolvern; sie ließen sich binden. Abdahn Effendi war so fürchterlich erregt, daß ich einen Schlaganfall erwartete. Seine Brust bebte, und seine Augen füllten sich mit Blut.

Einmal stand er auf, öffnete den Mund, als ob er reden wolle; dann setzte er sich nieder und stöhnte:

„Nein, nein! Ich sage es nicht! Lieber sterbe ich — sterbe ich!"

Es dauerte lange Zeit, wohl bis eine Stunde vor Mitternacht, da kehrten die Bevollmächtigten von ihrer Suche zurück. Sie jubelten.

„Wir haben alles gefunden", rief der türkische, und der persische fuhr ganz begeistert fort: „Die Beweise in dem hohlen Bein des Bettgestells! Die Keller! Zwei vollständige Buchführungen! Und eine Menge von Pascherwaren im Werte vielen Hunderttausenden!"

„Aber ich bin unschuldig!" brüllte der Dicke. „Auf mich bringt ihr nichts!"

Da ging ich langsam nach dem Herd, nahm den Besen und kehrte den Schmutz hinweg. Im Zimmer herrschte tiefe Stille. Jeder wußte, es komme etwas Unerwartetes. Ich hob die Herdplatte zur Seite. Da tat es hinter mir einen entsetzlichen Schrei und einen schweren Fall. Der Schrei kam von Abdahn Effendi; denn er war vom Stuhl gestürzt. Ein krampfhaftes Zittern ging über seinen Körper. Seine Augen standen offen. Sein Blick folgte meinen Bewegungen.

„Hebt — — mich auf!" lallte er. „Hal — haltet mich!"

Vier Soldaten gehörten dazu, den schweren Körper aufzurichten und festzuhalten. Der Schweiß stand ihm in dicken Tropfen auf der Stirn. Eine entsetzlichere Angst als die, die sich jetzt in diesem unförmlichen Fleischklumpen offenbarte, ist nicht zu denken. Da griff ich in das Loch, zog den hohen Korb heraus und stellte ihn, weil der Platz das so erforderte, gerade vor den Effendi hin.

„Du siehst, das Ungeziefer wird ausgerottet!" sagte ich zu ihm. „Ich halte Wort. Ich gab dir Zeit bis Mitternacht. Nur noch wenige Minuten, dann ist es vorbei."

Da öffnete es ihm den Mund, und erst leise, dann immer stärker preßte es sich heraus:

„Führe uns nicht in Versuchung — sondern erlöse uns von dem Übel — — erlöse uns von Abdahn Effendi und von seinen Freunden!“

Die vier Soldaten hatten, als der Effendi sprach, ihre Hände von ihm genommen; er stand allein. Plötzlich war es, als ob ihn eine fremde, außer ihm liegende Kraft einmal um seine eigene Achse drehe; er sank in beide Knie und brach dann langsam in sich selbst zusammen, wie ein lockerer Haufen von Erde oder Asche, der sich in nichts verlieren will. Ich untersuchte ihn. Er war tot. Da wendete ich mich an die beiden Bevollmächtigten:

„Hier steht der Christ, den ihr von Gott verlangtet. Und das Wort, das Abdahn Effendi sprechen sollte, ist erklungen — —“

„Aber ich, ich warnte euch vor dieser Lästerung“, fiel mir der Müller in die Rede. „Ich wollte euch bewahren vor den Folgen — — “

„Die kamen allerdings“, unterbrach ihn der Türke, indem er den Stummel seiner Hand hob. „Ich muß den Abschied nehmen. Vorher aber sollen mir diese Halunken an Gott glauben lernen, so wie er mich durch dich gezwungen hat, an ihn zu glauben!“

„Solche Menschen“, fiel der Perser ein, „können ihn nicht in seiner Liebe, sondern nur in seiner Gerechtigkeit kennenlernen, und die soll ihnen werden, Buchstabe für Buchstabe, Silbe für Silbe, Wort für Wort! Sihdi, du hast uns besiegt. Aber ich danke dir dennoch.“

„Ich auch“, fügte der Türke hinzu.

Beide reichten mir die Hände. Da bat ich sie:

„Nicht Dank will ich, sondern nur Gerechtigkeit für diese hier.“ Ich zeigte auf die früheren Befehlshaber. „Könnt ihr ihre Ketten öffnen?“

„Ja; wir haben die Schlüssel zu den Spangen.“

„So laßt sie frei; denn ihre Unschuld ist erwiesen."

Die Fesseln wurden den Gefangenen abgenommen. Beide waren so tief ergriffen, daß sie nicht wünschten, der Gerichtssitzung weiter beiwohnen zu müssen. Mir ging es genau so wie ihnen. Sie wollten sich nach der türkischen Karawanserei zurückziehen, und ich versprach, ihnen bald dorthin zu folgen. Da ich als Zeuge gebraucht wurde und Halef auch, so hatten wir nur noch Bericht zu erstatten über die Art und Weise, wie wir zu so genauer Kenntnis der Tatsachen gekommen waren. Dann wurden wir entlassen, mußten aber versprechen, in der Nähe zu bleiben, bis die Angelegenheit für heute erledigt sei. In der türkischen Karawanserei trafen wir die beiden alten Frauen und auch die junge Frau aus der Mühle an. Sie waren trotz der Dunkelheit durch den weiten Wald gekommen, um mit teilzunehmen. Welche Liebe und Dankbarkeit uns da von allen Seiten entgegengebracht wurde, ist nicht zu beschreiben. Nach einer Stunde erhielten wir die Botschaft, daß man im Korb des toten Effendi die Lösung aller Rätsel und die Beseitigung aller Zweifel gefunden habe. Es sei jeder Wunsch erfüllt. Nach wieder einer Stunde kam einer der Leutnants mit mehreren Soldaten, die unsere sämtlichen Gegenstände brachten, die sich in unseren zwei Stuben befunden hatten. Wir sollten sagen, ob noch etwas fehle; es fehlte aber nichts. Auf die Frage, warum man uns das sende, erhielt ich den Bescheid, daß wir heute woanders schlafen würden. Und nach einer halben Stunde kamen die Bevollmächtigten selbst. Sie waren sehr ernst und verkündeten, daß die Untersuchung des Falles vorüber sei; die Aufklärung über den Umfang der Unterschlagungen erfordere längere Zeit. Die werde man wohl den Händen des Müllers anvertrauen können, der mit Hilfe der beiden alten, braven Befehlshaber, die nun aber wieder die neuen seien, gewiß Recht und Ordnung schaffen werde. Für heute handle es sich nur noch um den richtigen Schluß, und da seien sie auf einen Gedanken gekommen: wenn wir nämlich nicht klüger gewesen wären als sie, so wären wir zusammen in die Luft geflogen. Wie ein solches In-die-Luft-Fliegen ausgesehen haben würde, das möchte man gern wissen. Darum habe man jetzt alles, was nicht mitfliegen solle, fortgeschafft und die alte Zündschnur wieder heruntergelegt. Es bedürfe nur noch des Anzündens, so erfolge die Sprengung. Man werde den Befehl hierzu sofort erteilen. Auf keinen Fall sei es um das stinkende Ungeziefer schade, das jetzt darin vorhanden sei.

Dieser Gedanke war allerdings überraschend. Uns konnte die Sprengung nichts anhaben, denn wir saßen geschützt in der Serei. Am allermeisten darauf gespannt, wie es ausgesehen hätte, zeigte sich mein kleiner Halef. Er erbot sich selbst, die Schnur anzuzünden, leider aber war bereits ein Soldat hierzu bestimmt. Der stand schon dort am Pfirsichbaum und wartete auf das Zeichen. Es wurde gegeben. Das Hölzchen flammte auf. Wir sahen das Glühwürmchen am Stamm entlang emporsteigen, quer durch die Äste, bis auf das Dach, wo es verschwand, um nach den vier Stuben zu laufen. Meine Gedanken folgten ihm dorthin, und da wurde es plötzlich hell in mir. Ich wußte mit einmal, was die beiden Beauftragten mit dieser Sprengung eigentlich wollten. Sie war kein Feuerwerk, sondern eine Hinrichtung. In den Räumen, die wir bewohnt hatten, steckten jetzt die Verbrecher. Sie sollten genauso in die Luft fliegen, wie es für uns bestimmt gewesen und früher schon einmal auch wirklich geschehen war. Sobald mir die Erkenntnis kam, verlangte es mich, das Entsetzliche zu verhüten. Aber es war zu spät. Der Funke hatte sein Ziel erreicht. Es erfolgte ein mächtiger Schlag, ein Krach, ein brausendes Pfeifen; eine Feuergarbe stieg auf, verbreitete und zerteilte sich hoch oben, und dann hörten wir rundum das Prallen, Schlagen und Klatschen der Trümmer, die auf die Erde niederfielen. Uns schützte das Dach. Es wurde überhaupt kein Mensch getroffen, weil jedermann vorher gewarnt worden war.

„Prächtig! Herrlich! Köstlich!" rief Halef. „Dieses Schauspiel ist — —"

„Schweig!" fiel ich ihm in die Rede. „Geh hinaus! Sieh dir die Trümmer, die Knochenstücke und Fleischfetzen an!"

„Ah! Du ahnst, Sihdi?" fragte der türkische Sendling.

„Ja, ich ahne!" erwiderte ich.

„Und hältst du es für richtig?"

„Was ist richtig? Richtig auf Erden ist alles, und richtig auf Erden ist nichts. Aber mir graut vor euch. Ich gehe fort. Was ich hier tun sollte, habe ich getan. Ich wäre wohl länger geblieben, denn ich habe hier gute Menschen gefunden, über die ich mich freue, aber der Anblick eurer gräßlich nackten Rache treibt mich fort. Komm Halef, komm!"

Da griffen die beiden Sendlinge nach mir, um mich festzuhalten, und der persische sprach:

„Bleib hier! Auch wir haben dich liebgewonnen. Bedenke, was diese Menschen taten! Zwei Bevollmächtigte umgebracht! Zwei Hauptleute und zwei Oberleutnants umgebracht! Vier Offiziersdiener umgebracht! Zwei Befehlshaber unschuldig in Ketten gelegt! Heute wieder im Begriff, vier Personen umzubringen! Allezeit bereit, sich untereinander abzuschlachten! Den Staat um Millionen beraubt. Dazu ein Heer von vergangenen Missetaten, die wir nicht kennen, und eine Unsumme Verbrechen, die noch geschehen wären, wenn wir sie nicht verhütet hätten. Bedenke auch, daß ich nicht dein Gott der Christen bin, an den zu glauben du uns gezwungen hast, sondern nur ein Mensch, ein Beamter, der verpflichtet ist, seine Nebenmenschen vor solchen Bestien zu schützen! Denke auch an mein Gesicht und an den blutigen Armstummel meines Kameraden!"

„Ich denke an alles!“ antwortete ich. „Bei mir wiegt es sogar noch schwerer als bei euch. Ich gebe euch ebensowenig unrecht, wie der Soldat dem Fleischer oder Schinder unrecht gibt. Aber mich treibt es fort. Halef, hole die Pferde! Wir reiten!“

Kaum war er zur Tür hinaus, so hörten wir einen Schrei aus seinem Mund. Er war auf etwas getreten, hatte es aufgehoben und brachte es herein, um es bei Licht zu betrachten. Es war ein menschlicher Oberarm! Aus den Schultern herausgerissen! Die zerfetzten Muskeln hingen noch daran. Die Frauen schrien auf. Halef erschrak.

„Was habt ihr getan?“ fragte er die beiden Beauftragten.

„Gerichtet haben wir!“ entgegnete der türkische. „Erst ließen wir die Leiche des Effendi hinaufschaffen, dann auch die Gefangenen, so fest gebunden, daß sie sich nicht rühren konnten.“

„Wußten sie, was mit ihnen geschehen sollte?“

„Natürlich! Sonst wäre es ja keine Strafe für sie gewesen.“

„Aber man hörte sie doch nicht schreien?“

„Weil sie nicht konnten. Sie waren geknebelt. Die Gerechtigkeit erfordete es.“

„Die Gerechtigkeit!“ lachte der Hadschi. „Und Gnade gab es nicht?“

„Gnade? Wofür?“

„Wofür? Als ob der Mensch auch noch die Gnade eigens zu bezahlen hätte!“

Er warf ihnen die gräßlichen Überreste vor die Füße und trat nahe an die Bevollmächtigten heran:

„Wer hat diese Leute in eure Hand gegeben? Wir! Wer hat alle ihre Taten entdeckt? Nur wir! Wem aber war es drei Wochen lang unmöglich, die geringste Spur von Geist und Befähigung zu zeigen? Euch! Und trotz dieses geradezu lächerlichen Unvermögens haltet ihr euch für berufen, über Strafe und Gnade, über Leben und Tod, über Seligkeit oder Verdammnis zu entscheiden? Ihr armen Teufel ihr, die ihr nur immer von Gerechtigkeit redet und doch nur selbst Gnade und Mitleid braucht!"

Er ging. Auch die anderen entfernten sich, ohne ein Wort zu sagen. Nur die Müllerin blieb am Ausgang stehen und richtete an mich die Worte:

„Verzeih, Effendi! Das Entsetzen treibt uns fort. Wir gehen heim; dort ist die Erde rein! Ist es wahr, daß du dieses Tal verläßt?"

„Ja, sofort!"

Da faltete sie die Hände, bog das Knie und sah in rührender Bitte zu mir auf. Ich verstand sie.

„Ja, ich komme!" lächelte ich ihr dankbar zu. Da stieß sie einen Jubelruf aus und eilte den anderen nach.

„So siegst du auch hier", sagte der persische Sendling, der mit dem türkischen noch dastand, wie zuvor. „Leb wohl!"

„Leb wohl!" sagte auch der türkische. Dann gingen sie hinaus. Ich war allein.

Halef brachte die Pferde, die er in fliegender Eile gesattelt hatte. Er versicherte, er ersticke fast in der hiesigen Luft. Wir ritten davon, den Weg, den wir am vorigen Montag gekommen waren, an der türkischen Maut vorüber, ein Stück zurück und dann nach rechts in die köstliche, staub- und schmutzfreie Luft der Hochebene hinein.

Das war schon über drei Stunden nach Mitternacht. Es galt nicht zu reisen, sondern nur zu reiten. Die Pferde brauchten es nach so langer Ruhe, und wir hatten uns die Dünste des Tales aus der Seele zu atmen. Da unten hatte Finsternis geherrscht. Hier oben grüßten uns die Sterne, und die zarte Sichel des zunehmenden Mondes stand am Himmel. Wir sprachen nicht. Jeder folgte seinen eigenen Gedanken. Wir schlugen einen großen, weiten Bogen, nach West, über Nord, dann nach Ost zurück, um nicht vor Tag bei der Mühle anzukommen. Wir kannten die Gegend nicht, doch war uns das gerade recht, denn es lenkte unsere Aufmerksamkeit von den letzten Stunden ab. Als der Tag zu grauen begann, ritten wir langsamer, denn wir näherten uns dem Ziel. Da konnte Halef das lange Schweigen nicht mehr ertragen. Er begann, das Erlebte zu besprechen, und ich hielt es für meine Pflicht, hierauf einzugehen, um ihm das Herz zu erleichtern.

Die Sonne ging auf, gerade als wir die Mühle vor uns liegen sahen. Sie erschien uns nach den dunklen, häßlichen irdischen Ereignissen der vergangenen Nacht wie ein Bild aus dem Garten Eden, vom reinen, heiligen Glanz des Himmels überflutet. Das Wasser rauschte; schalkhaft knarrte das Rad; laut pries die Säge ihren eigenen Fleiß. Auf dem Hof brüsteten sich die Pfauen. Tauben badeten ihr lichtes Gefieder in der Morgenglut. Zwei Hunde sprangen uns schweifwedelnd entgegen. Da öffnete sich die Tür, und aus ihr qollen voran die jubelnden Kinder, mit großen Rosenbuschen in den kleinen Händen, dann Vater und Mutter, die Großeltern, hinterdrein ein junges Kätzchen, das noch nicht ausgeschlafen hatte und sich draußen sofort hinsetzte und sich die staunenden Augen auswischte. Und um alle Ecken lugten die Köpfe des Gesindes, der Arbeiter und anderer Leute, die zufällig anwesend waren.

„Welch eine Menge!“ rief ich fröhlich aus. „Ist da denn Platz für uns?“

„Ob Platz ist, hat er gesagt!“ meldete das kleine Mädchen in besorgtem Ton zur Mutter empor.

„Mehr als genug!“ antwortete diese. „Für solche liebe Gäste stets. Sag ihm das, und gib ihm deinen Buschen!“

Da hielt das Kind mir die Rosen entgegen und sprach:

„Für solche liebe Buschen stets! Hier hast du deinen Gast! Mehr als genug!“

Alles lachte. Wir stiegen ab und wurden mit Frohlocken in das Haus geführt, zur hinteren Tür wieder hinaus und in den Garten. Dort stand unter schattigen Bäumen ein kleines weißglänzendes Häuschen. Man bat uns, es anzusehen, ob es uns als Wohnung gefalle, und dann zurückzukommen; das Frühstück sei bereit. Das Häuschen bestand aus zwei kleinen, netten Stuben. In der einen fanden wir einen Zettel, darauf stand: „Für den Scheik der Haddedihn."

Halef steckte seinen Rosenbusch in einen Wasserkrug und frohlockte: „Hier wohne also ich; du kannst gehen."

In der anderen sah ich einen zweiten Zettel, darauf stand: „Für ihn." Kein Titel und kein Name. Auch ich tat meine Rosen in das Wasser.

Da kam Halef mir nach und fragte: „Hast du schon zum Fenster hinausgeblickt? Wenn nicht, so schau!"

Er deutete in die Richtung, die er meinte. Mein Blick fiel zwischen den Stämmen hoher Zapfenbäume hinüber in das Tal des Baches, gerade auf die Stelle, wo die zwei Bänke standen, auf denen die Mutter mit den Kindern gebetet hatte. Auch jetzt saß jemand da, nämlich eine sehr lange, sehr dünne und sehr vergrämt aussehende Frau. Sie hielt den Kopf gesenkt und schien gebetet zu haben; ihre Hände waren gefaltet. Es war — — Abdahn Effendis gerettete Seele.

„Sie ist also hier", sagte er. „Man hat sie aufgenommen. Bleiben auch wir?"

„Ja, wir bleiben."

„Allah sei Dank! Wie mich das freut! Als wir den Müller mit den beiden Adjutanten belauschten, hörten wir ihn auf ihre Lästerungen sagen: ‚Gott hat es gehört! Gott hat es gehört. Er wende es zu unserem Heil und Segen!' Er hat es getan. Und darum wiederhole ich: Ihm sei Lob gesagt, Lob und Ruhm und Preis und Dank!"

Anmerkungen des Herausgebers

Zum näheren Verständnis dieser Erzählung mögen die notwendigsten Erläuterungen folgen.

Der Dichter führt uns in die Landschaft „Dschan“, auf deutsch „Seele“. Er will damit darlegen, daß alles, was erzählt wird, sich auf seelischem Gebiet ereignet. „Uluhm“ ist die Mehrzahl von „Ilm“, „Wissenschaft“: dieser Bergzug bedeutet die innerliche Erhebung, dargeboten durch die Erziehung und den Unterricht der Seele.

Des Bergmüllers Name „Ben Adl“ bezeichnet den „Sohn der Gerechtigkeit“, die nur auf den Höhen, nicht aber in den Niederungen des Lebens zu finden ist. Bei Ben Adl finden sich alle die zusammen, die dazu beitragen, daß Abdahn Effendi dem Fluch seiner Taten anheimfällt.

„Abdahn“ ist die Mehrzahl von „Beden“, d. i. „Leib“. Er versinnbildlicht also den Leibesmenschen, der nur Wert auf das körperliche Eigenwohl legt, während er seine Seele, dargestellt durch seine Frau, vollkommen vernachlässigt und verkümmern läßt. Seine Karawanserei bildet den Inbegriff des Genußlebens, das keine höheren Ziele kennt. Ja, auch die Güter höherer Ordnung, die nicht ohne persönliche Opfer (Zoll) erworben werden können, versteht er, sich mühelos anzueignen. Deshalb ist er der Anführer der Schmuggler, die mit inneren Werten Handel treiben, und wird unterstützt von den zwei Achmed Aghas, die sich beide als die „Seele“ eines Menschen zu geben wissen, während sie doch nur die Rücksichtslosigkeit (Bulldoggengesicht) und Habsucht (Vogelgesicht) verkörpern, sowie von den beiden Selim Aghas, die als Untergebene jener beiden die Hinterlist (Fuchs) und den Betrug (Marder) darstellen. Zur Erreichung ihrer niedrigen Zwecke schrecken sie nicht davor zurück, sich unter Umständen des Basch Tschausch, der Freveltat (Mord), zu bedienen. Es ist klar, daß eine derartige Welt- und Lebensanschauung einer strengen Untersuchung (durch die beiden geheimen Sendlinge) nicht standhält. Ein angemaßter Titel nach dem anderen bröckelt von den erhabenen „Aghas" ab, und sie erscheinen schließlich in ihrer wahren Gestalt, als auf der niedrigsten Rangstufe stehende Triebe. Abdahn Effendi bricht zusammen, indem er zur Erkenntnis und zum Bekenntnis der Gemeingefährlichkeit seiner Lebensanschauung gezwungen wird, dargestellt in der Bitte: Erlöse uns von Abdahn Effendi und von seinen Freunden!

Merhameh

Es war im östlichen Teil von Ardistan, also tief im morgenländischen Hinterland. Der Anlaß zu diesem Ritt war für mich und den kleinen, treuen Hadschi Halef Omar sehr ehrenvoll. Mein Freund Abd el Fadl[1], dessen Stellung meine Leser aus Ardistan und Dschinnistan kennen[2], hatte uns seine Lieblingstochter anvertraut, damit wir sie sicher nach dem fernen Wadi Ahza brachten, wo liebende Verwandte sie erwarteten. Der Weg, der uns dorthin führte, ging durch Gegenden, die man damals nicht nur beschwerlich, sondern sogar gefährlich nennen mußte, weil die Scheiks mehrerer dortiger Stämme sich miteinander zerstritten hatten und jeden Augenblick der offene Ausbruch der Feindseligkeiten zu erwarten war. Da konnte man sehr leicht zwischen die scharfen Schneiden einer sich öffnenden Schere geraten, und Abd el Fadl bewies uns gewiß ein großes Vertrauen dadurch, daß er die Sicherheit seines Kindes gerade in unsere Hände legte, die wir doch eigentlich fremd im Land waren.

Die Tochter hieß Merhameh, zu deutsch „Barmherzigkeit".

Sie war jung und schön, und zwar von einer so edlen, reinen, keuschen, ich möchte sagen heiligen Schönheit, daß sie gar kein Wort zu sagen, sondern nur das Auge aufzuschlagen brauchte, um alles, was nicht lauter, klar und sauber war, von sich zu weisen. Sie übte, ohne es zu wissen, eine unwiderstehliche Macht sogar auf rohe Menschen aus, und es ist nicht nur damals,

1 „Vater der Güte" 2 Vgl. Gesammelte Werke Band 31 „Ardistan" und Band 32 „Der Mir von Dschinnistan"

sondern auch anderweit vorgekommen, daß sie es war, die uns durch diese Macht beschützte, anstatt wir sie mit Hilfe unserer Waffen.

Wir waren zu Pferd: Halef und ich auf unseren beiden wohlbekannten Rappen, Merhameh nach Art der Beduininnen auf einem hochedlen Braunen aus Amahnistan. Hinter uns folgte ein Diener, den Abd el Fadl uns mitgegeben hatte, um zwei Packpferde zu leiten, auf denen die Lagerkissen, Decken, Mundvorrat, Geschenke und ähnliche Dinge verladen waren. Die Gegend, durch die wir heute kamen, war bergig, doch unbewaldet. Sie gehörte dem Stamm der Münazah und grenzte an das Gebiet des Stammes Manazah. Beide Völkerschaften waren, wie schon der Name andeutet, eng miteinander verwandt, hörten aber niemals auf, sich herüber und hinüber zu streiten. Kürzlich hatte ein Manazah einen Münazah ermordet. Das erforderte Blutrache. Der Blutpreis war zwar angeboten, aber nicht angenommen worden, und so standen Kämpfe bevor, die unserer Reise leicht hinderlich werden konnten, da sie uns gerade mitten durch das Gebiet der beiden Stämme führte. Eine Umgehung war nicht möglich.

Eine Straße nach europäischen Begriffen gab es nicht. Wir folgten einem langgezogenen, schmalen Wässerlein, das gar nicht enden wollte, aber auch nicht breiter zu werden schien. Es tränkte hier und da einen Grasstreifen oder ein Gebüsch, aber ein Feld, einen Garten, ein Zelt oder gar ein Haus sah man nirgends. Man wohnte wegen der unaufhörlichen Kämpfe nicht am Weg, sondern man sah sich, obgleich man Besitzer war, gezwungen, sich wie ein Dieb oder Räuber zu verbergen. Man wohnte so fern wie möglich von oft betretenen Stellen. Hieraus war zu erklären, daß wir während des ganzen heutigen Tages noch keinen einzigen Menschen erblickt hatten. Erst jetzt, wo es um die Mitte des Nachmittags war, sahen wir plötzlich auf der nächsten Höhe links von uns einen Reitertrupp erscheinen. Er bestand aus zehn bis zwölf Männern, die stutzten, als sie uns erspähten, dann trotz der Steilung im Galopp zu uns herunterkamen und uns umzingelten. Sie waren nach dortiger Art sehr gut bewaffnet. Einer von ihnen, der älteste, fragte in strengem Ton, wer wir seien und wohin wir wollten. Ich antwortete:

„Wir kommen von Abd el Fadl, dem Fürsten von Halihm, und wollen nach dem Wadi Ahza, das Ihr wohl kennen werdet".

„Wir kennen es", nickte er, während seine Haltung ehrerbietiger, sein Gesicht freundlicher und sein Ton höflicher wurden. „Es herrscht dort große Not: Krankheit und Hunger sind ausgebrochen. Da sendet Abd el Fadl, was er nur senden kann, um Trost und Hilfe zu spenden, obgleich die Leute von Ahza nicht seines Stammes, sondern Fremde für ihn sind. Er ist ein Fürst nicht nur von Geburt, sondern auch ein Fürst der wahren Menschenliebe. Du kennst ihn also wohl?"

„Ich bin ein Gast seines Hauses."

Da legte er seine rechte Hand grüßend auf Brust, Mund und Stirn und sprach:

„So bitte ich dich, auch Gast bei mir zu sein. Wo wolltest du ruhen für heute?"

„Im Freien. An der Stelle, wo uns der Abend begrüßt."

„So begrüße ich dich hiermit an dieser Stelle und biete dir mein Zelt zur Wohnung an. Ich bin Omar Ben Amarah, der Scheik der Münazah."

Er hatte, während er mit mir sprach, mich nur einmal ganz flüchtig angesehen. Sein Blick wurde vielmehr von unseren edlen Pferden angezogen und richtete sich dann auf Merhameh. Ihr Auge begegnete dem seinen. Da führte er die Hand abermals vom Herzen bis zur Stirn empor und verbeugte sich, ohne zu wissen, wer sie war, er, der Orientale, für den es eigentlich eine Schande war, ein Weib überhaupt zu beachten. Dann setzte er sich an die Spitze des Zuges; seine Leute warteten, bis wir folgten, und kamen dann hinter uns drein.

Es ging rechtwinklig von unserer bisherigen Richtung ab, nach rechts hinüber. Nicht ein einziges Mal schaute er sich um, ob wir ihm folgten. Er ritt Galopp; wir galoppierten demzufolge auch. Sein weißes Kopftuch flatterte. Der lange, volle Schweif seines Halbbluthengstes wehte hinter ihm her. So ging es eine Berglehne hinauf und drüben wieder hinunter, wo ich an das Tal des Sab erinnert wurde. Da lagen steinerne Häuser und Hütten mit glatten Dächern weitum zerstreut, dazwischen Zelte von verschiedener Art in Farbe und Bau. Das war wohl der Hauptort des Stammes. Es wohnten da viele Menschen. Die standen und schauten uns nach, als wir wie im Sturm vorüberflogen, durch den ganzen, langgestreckten Ort hindurch, auf ein höher gelegenes, größeres Gebäude zu, um das mehrere kleinere Zelte standen, die augenscheinlich zu ihm gehörten. Das war der Sitz des Scheiks, der hier anhielt, vom Pferd sprang und, ohne zunächst uns andere zu beachten, zu Merhameh trat, um ihr von ihrem Tier zu helfen. Sie nahm dies mit Anmut entgegen, obwohl sie sonst gewohnt war, sich ohne Hilfe herabzuschwingen.

„Welches ist das Zelt, in dem dein Harem seine Gäste unterbringt?“ fragte sie.

„Dort“, antwortete er, indem er auf ein Zelt in unserer Nähe deutete.

„So melde eurer Herrin, wo ich bin!“

Nach diesen Worten schritt sie dem Zelt zu. Er schaute ihr mit großen Augen nach, legte die Hand an seine Stirn und sagte, wie zu sich selbst:

„Wo sah ich sie doch schon? Und wann?“

Er war ein Mann von über fünfzig Jahren, hoch und kräftig gebaut, mit vollem Bart und kühn geschnittenen, sympathischen Gesichtszügen, bei jedem Schritt und bei jedem Wort von unverleugbarem Adel. Kurz und bestimmt erklangen die Befehle, die er den herbeieilenden Dienern gab, um für uns zu sorgen. Ich bekam mit Halef ein ganzes, gut eingerichtetes Zelt angewiesen, neben dem es einen besonders eingefriedigten Raum für unsere Pferde gab, für die man ebenso ausgiebig sorgte wie für uns selbst. Nur eine kurze halbe Stunde wurden wir uns überlassen, um uns zu waschen und von dem Staub der Reise zu reinigen. Dann wurde uns gemeldet, daß das Essen bereit sei.

Der Bote, der uns holte, führte uns nach dem großen Innenhof des Hauses, der auf drei Seiten von Gebäuden eingefaßt wurde, auf der vierten aber offen stand. An diese Öffnung schloß sich eine Anhöhe, auf deren Kuppe ein kreisförmiger Ring von großen Steinen lag, die als Sitze zu dienen hatten. Das war jedenfalls der Gerichtsplatz des Ortes, an dem die Dschemma[1] der Münazah ihre Sitzungen hielt.

Offenbar war so etwas auch für heute geplant, denn die Anhöhe war von Menschen besetzt, die Wichtiges zu erwarten schienen.

Im geräumigen Hof lagen zwei große aneinander geschobene Teppiche mit siebzehn Sitzkissen rund herum. Auf den Teppichen gab es geflochtene und metallene Platten und Unterlagen, die jetzt noch leer waren, doch standen die Diener bereit, die Speisen zu bringen, sobald keiner der Gäste mehr fehlte. Geladen waren die zwölf Ältesten des Stammes, Merhameh, Halef und ich. Die Ältesten waren vollständig versammelt; der Scheik stand bei ihnen. Und eben, als ich mit Halef in den Hof trat, kam auch die Frau des Scheiks mit Merhameh herbei. Bei den Münazah war es den Frauen also nicht verboten, sich unverschleiert zu zeigen und an den Mahlzeiten der Männer teilzunehmen. Der Scheik stellte uns zunächst seine Frau und dann die Ältesten vor. Die

1 Versammlung der Ältesten

Frau war in feines indisches Linnen gekleidet. In ihrem Haar glänzten goldene und silberne Ketten und Münzen. An ihren Hand- und Fußgelenken klirrten schwere Spangen. Man sah ihr an, daß sie stolz auf diese Schmuckstücke war und ebensowohl auch auf die hohe, achtunggebietende Gestalt, durch die sie sich vor den anderen Frauen, die wir sahen, auszeichnete. Dennoch richteten sich aller Augen nicht auf sie, sondern auf Merhameh, die zwar in einfachen Stoff gekleidet und ohne jedweden künstlichen Schmuck an ihrer Seite stand, aber trotz alledem nicht weniger Eindruck machte.

Die Vorstellung geschah in morgenländisch würdevoller Weise, mit Nennung aller möglichen Vor-, Zu- und sonstigen Verwandtschaftsnamen. Ich hatte sie natürlich zu erwidern. Ich tat dies, indem ich nicht von oben anfing, nämlich bei Merhameh, sondern von unten, bei Halef. Als die Münazah seinen langen Namen erfuhren, und daß er der vielgenannte Scheik der Haddedihn sei, sahen sie ihn schon mit anderen Augen an als bisher.

Über mich ging ich schnell hinweg, indem ich nur sagte, daß ich ein Effendi aus Deutschland sei.

„Aus Dschermanistan bist du?" fragte der Scheik. „Das kenne ich! Da wohnen viele gelehrte Menschen und viele Christen, die wirklich Christen sind. So ist es kein Wunder, daß du Gast im Haus Abd el Fadls geworden bist. Kennst du Merhameh, seine Tochter?"

„Ja."

„So meint es Allah gut mit dir. Denn wer sie kennt, dem ist die Erinnerung an sie wie immerwährender Sternenglanz oder wie erquickender Rosenduft, der nie vergeht. Ich sah sie nur einmal. Sie war noch ein Kind, vielleicht zwölf Jahre alt. Das war beim damaligen Mir von Ardistan. Wir hatten uns gegen ihn empört und waren in seine Hand geraten, mein Vater, mein Bruder und ich. Unser Leben war verwirkt. Wir sollten erschossen werden. Schon standen wir auf dem Richtplatz. Rund um uns saßen die Richter auf den Steinen, bei ihnen der Mir, der nur die Hand zu erheben brauchte, so hätten die Schüsse gekracht. Da kam Merhameh, das Kind, herbeigesprungen und ergriff die todbringende Hand. Sie sprach zu ihm, wie nur die Engel sprechen. Sie bat, wie nur die Erde bittet, wenn sie um Regen zum Himmel schmachtet. Sie griff ihm mutig ins harte Herz. Sie rang mit ihm. Nicht wie ein Kind, wie eine Riesin kämpfte sie für uns. Und daß ich es dir heute erzählen kann, Effendi, ist der Beweis, daß er, der Mächtige, der Starke, der Gewaltherrscher ihr unterlag. Sie siegte. Er gab uns frei! Es war das erste- und das letztemal, daß ich sie sah. Ob ich sie wiedererkennen würde, wenn sie mir heute begegnete, das weiß ich nicht. Ich glaube kaum. Denn ihr schönes, liebes Kinderantlitz hat in mir die Züge eines Wesens angenommen, das niemand, auch ich selbst nicht mehr, mit dem Auge des Körpers erfassen kann. Darum bitte ich dich, Effendi, sie mir zu beschreiben. Wie ist ihr Gesicht jetzt? Ihre Haltung, ihr Gang, ihre Stimme? Hat sie vielleicht von uns gesprochen, oder —"

„Nein", unterbrach ich ihn. „Sie spricht niemals von dem, was sie tat und gab. Man kann es nur, wie auch jetzt, von anderen Leuten hören. Aber die Beschreibung sollst du haben. Und zwar eine lebendige und treffende Beschreibung. Schau, hier steht Merhameh, die Tochter meines Freundes Abd el Fadl, des Fürsten von Halihm!"

Er trat in höchster Überraschung einige Schritte zurück und schaute die Errötende mit frohem Auge an:

„Maschallah! Welch ein Wunder, und doch kein Wunder! Also darum, darum kamst du mir sogleich bekannt vor. Und darum mußte ich dich grüßen, obgleich ich gar nicht wollte. Du bist es, jetzt sehe ich es erst. Meine Retterin! Die Retterin meines Vaters, meines Bruders!"

Er trat auf sie zu, beugte sich vor ihr bis auf die

Erde nieder, küßte den Saum ihres Gewandes und fragte:

„Weißt du noch, was wir dir versprachen? Was wir dir nachriefen, als du davoneiltest, um unserem Dank zu entfliehen?“

„Ja“, lächelte sie, indem sie ihn zwang, sich wieder aufzurichten.

„So sage es mir!“

„Dein Vater rief: Bitte dereinst von mir, was du willst, es soll dir werden! Du riefst: Es soll dir von mir und meinem Stamm werden; es sei denn, was es sei! Und dein Bruder rief: Es soll dir von uns allen werden, es sei Leben oder Tod! Du hörst, ich weiß es noch.“

„Ja, du weißt es noch. So sagten wir wörtlich. Und was wir versprochen, das ist, als ob es Allah versprochen worden sei. Mein Vater starb, mein Bruder — — —“, er hielt inne, fuhr aber dann fort: „Mein Bruder ist auch tot; aber ich bin ihr Erbe; ich habe auch ihr Versprechen geerbt und muß es jetzt dreifach halten.“

Er wendete sich zu den Ältesten, indem er fortfuhr:

„Meine Ehre ist auch eure Ehre. Ich weiß, der ganze Stamm tritt für unser damaliges Versprechen ein. Ist es so oder nicht?“

„Es ist so! Wir halten es! Wir treten ein!“ rief es im Kreis der zwölf Stammesrichter, und sie alle näherten sich Merhameh, um nach dem Beispiel ihres Scheiks den Saum ihres Gewandes zu küssen.

Daß wir unter diesen Umständen das Mahl in sehr gehobener Stimmung begannen, ist selbstverständlich. Merhameh wurde hoch geehrt. Es war, als ob eine Königin unter uns sitze. Sie wurde von zwei Söhnen des Scheiks, die schon über zwanzig Jahre zählten, persönlich bedient, nahm dies aber so anspruchslos entgegen, daß sie mit dieser Bescheidenheit den aufkeimenden Zorn der Frau des Scheiks entwaffnete. Welchen Zweck diese Versammlung ursprünglich hatte, das erfuhren wir während des Essens nicht; aber es mußte etwas sehr Wichtiges sein, denn es trafen immer mehr Leute ein, lauter Erwachsene; kein einziges Kind war dabei. Dann aber, als wir zu Ende waren und die Hände mit zerschnittenen Zitronen gewaschen hatten, teilte uns der Scheik mit, daß es sich um einen Akt der Gerechtigkeit, um die Vollstreckung einer Strafe handle.

„Wir haben eine Blutrache gegen den Stamm der Manazah", sagte er. „Der Bruder des Scheiks der Manazah hat meinen Bruder erschossen, nicht aus Versehen, sondern mit Absicht, einer elenden Beute wegen. Darum wurde den Manazah der Friede aufgesagt. Wir haben einen Hinterhalt gelegt, um den Mörder abzulauern. Es ist uns gelungen, ihn gefangenzunehmen. Heute wird er erschossen, gerade in dem Augenblick, an dem die Sonne untergeht. Das ist die von der Natur vorgeschriebene Zeit der Beendigung des Lebens. Zu diesem Zweck sind wir hier versammelt. Seht, da bringt man ihn!"

Zwei Münazah brachten den Gefangenen aus dem Haus, wo er eingesperrt gewesen war. Er sollte hinaus nach der Gerichtsstelle geschafft und dort erschossen werden. Das Urteil war schon gesprochen. Er hieß Ali Ben Masuhl und war ein hagerer, dünnbärtiger Mann, eine echte Beduinengestalt, im Alter zwischen vierzig und fünfzig Jahren. Als er an uns vorüberkam und die beiden Frauen sah, riß er sich für einige Augenblicke von seinen Begleitern los, sprang auf die Frau des Scheiks zu, faßte mit den beiden gefesselten Händen den Ärmel ihres Gewands und rief:

„Beschütze mich; beschütze mich; beschütze mich!"

Nach dieser Berührung, die nicht verhindert worden war, und der dreimaligen Aufforderung, ihn zu beschützen, war sie nach den Gesetzen des Landes verpflichtet, alles daranzusetzen, um seinen Tod zu verhüten. Auf diese Weise retten sich Verurteilte, wenn ihnen keine andere Hoffnung bleibt, zuweilen noch in den Schutz der Frauen, der von den Männern unbedingt beachtet werden muß. Diese Frau aber riß sich von ihm los, streckte beide Arme abwehrend gegen ihn aus und antwortete:

„Fort mit dir! Stirb, und verflucht sei deine Seele!"

Da trat er von ihr weg und ließ sich wieder ergreifen. Der Blick, den er auf sie warf, schauert mich noch heut! Und noch jemand trat von ihr weg, nämlich Merhameh. Sie sagte kein Wort, aber sie hat, solang wir noch bei den Münazah waren, keinen einzigen Blick mehr auf dieses kalte, erbarmungslose, goldgeschmückte Weib geworfen. Sie ging langsamen Schritts dem Richtplatz zu, ganz allein. Wir beide, Halef und ich, folgten ihr.

Man machte uns ehrerbietig Platz, denn es hatte sich blitzschnell herumgesprochen, wer sie war.

Der Scheik bildete mit seinen zwölf Ältesten den Kreis, in dem sie sich auf die schon erwähnten Steine setzten. Ali Ben Masuhl wurde in die Mitte dieses Kreises gestellt, mit dem Angesicht nach der untergehenden Sonne gerichtet. Er stand fest und aufrecht. Es war nicht das geringste Zeichen von Todesfurcht an ihm zu bemerken. Ihm gegenüber, außerhalb des Kreises, hockten fünf Krieger der Münazah, die ihn zu erschießen hatten. Wir drei, Merhameh, Halef und ich, ließen uns auf drei freigebliebene Sitze nieder. Rund um uns saß oder lag das Volk, die Augen dem verhängnisvollen Platz zugewendet. Es wurde gewartet, bis der unterste Rand der Sonnenscheibe den Himmelsrand beinahe berührte. Da erhob sich der Scheik, um zu sprechen. Er hielt eine kurze, sachgemäße, von allen sonst gebräuchlichen Schimpf- und Schandwörtern freie Rede über die zwischen den beiden Stämmen herrschende Feindschaft, über die Ermordung seines Bruders, über die Ergreifung des Mörders und das ausgesprochene Todesurteil. Dann fragte er Ali Ben Masuhl, ob dieser den Beistand des Imahm[1] verlange oder vor seinem Tod sonst noch einen Wunsch habe. Der Gefragte bat, ihm seinen muhammedanischen Rosenkranz aus der Tasche zu nehmen und in die Hand zu geben. Weiter wollte er nichts. Dann möge man schießen.

„Es ist nicht wünschenswert, auf einer Erde weiterzuleben, auf der nicht einmal mehr das Weib Erbarmen hat", fügte er hinzu.

„Hattest du Erbarmen mit meinem Bruder?" fragte der Scheik, indem er nach der Sonne sah, die bereits zur Hälfte verschwunden war.

Schon setzten sich die fünf Schützen fest in die Knie und legten die Gewehre an, um sicheres Ziel zu nehmen. In der nächsten Minute mußte der Befehl fallen. Da stand Merhameh von ihrem Sitz auf und rief:

„Halt! Noch gibt es auf dieser Erde Frauen, in deren Herzen das Erbarmen wohnt. Und noch gibt es auf ihr Männer, deren Wort so heilig ist wie Allahs Schwur!"

Sie zog mir das Messer aus dem Gürtel, ging auf den Verurteilten zu, stellte sich vor ihn hin und sprach, an den Scheik gewendet, mit erhobener Stimme:

„Gerade so wie hier war es bei dem Mir von Ardistan: Rundum saßen die Richter, und er war bereit, das letzte Wort, das Todeswort, zu sprechen. Da sandte mich Allah zu eurer Hilfe und gab mir Worte der Begeisterung, das harte Herz des Herrschers zu erweichen. Ihr wurdet frei! So sei auch dieser frei! Ich fordere ihn von dir, von euch, vom Stamm der Münazah. Ich halte euch bei jenen drei Versprechen, die ihr mir damals nachgerufen habt und heute wiederholtet! Seid ihr etwa gewillt, sie mir zu brechen?"

Sie sah sich im Kreis um. Niemand antwortete. Ich hatte das, was sie tat, erwartet. Diesen Leuten aber

1 Geistlichen

kam es so überraschend, daß sie zunächst nicht wußten, was sie sagen sollten. Da schnitt sie dem Gefangenen die Fesseln durch, so daß er die Hände frei bekam, brachte ihn zu mir herbei, gab mir mein Messer wieder und sprach, so daß die Richter es hörten:

„Ich übergebe ihn dir, Effendi, doch nur einstweilen. Führe ihn von dieser Stelle fort und beschütze ihn! Ich fordere ihn von dir zurück, so heil, wie ich ihn dir jetzt übergebe."

Ein sprühendes Leuchten zuckte im Westen auf, um funkelnd nach dem Osten hin zu grüßen. Die Sonne war verschwunden, doch Ali Ben Masuhl lebte noch. Tiefe Stille herrschte rundum. Ich nahm ihn bei der Hand, um mich mit ihm zu entfernen. Keiner wagte es, sich ihm und mir entgegenzustellen. Man machte uns Platz, betroffen, zögernd, aber dennoch! Da erklang hinter uns die laute Stimme des Scheiks. Das lenkte die Aufmerksamkeit von uns ab auf ihn. Wir erreichten unangefochten unser Zelt. Halef kam hinter uns her.

„Allah sei Dank", sagte er. „Hier bei unseren Pferden und Waffen haben wir nichts zu fürchten. Ich werde sofort satteln, um für alles gerüstet zu sein." Und sich an Ali Ben Masuhl wendend, fügte er hinzu: „Fürchte nichts! Hier bist du sicher wie im Schoß Abrahams. Du stehst unter einem Schutz, der stärker ist als die Macht und Tapferkeit aller Münazah zusammen."

Nach diesen Worten ging er in die Hürde zu den Pferden. Der vom Tod errettete Manazah schien gar nicht auf das, was Halef gesagt hatte, zu achten. Er stand hochaufgerichtet und lauschend und schaute nach der Höhe zurück, auf der jetzt, wie wir deutlich hörten, Merhameh zu der Versammlung sprach. Zwar konnten wir ihre Worte nicht verstehen, aber ihre Gestalt und jede ihrer Bewegungen zeichneten sich um so genauer und bestimmter vom leuchtenden Hintergrund des Himmels ab. Die Höhe des Richtplatzes lag nach uns herüber schon im Dämmerschatten; die jenseitige, schroffe Berglehne aber stand im vollen, schönen Glanz des Abendrots. Die Hunderte der Münazah, die am unteren Teil des Abhangs lagerten, wurden von keinem Strahl mehr getroffen. Die Ältesten aber auf der Höhe saßen still wie in goldener Flut. Um die ragende Gestalt des Scheiks zuckten diamantene Funken, und Merhameh, die auf einen der Sitzsteine gestiegen war, um weiter hin gesehen und gehört zu werden, schien ein Wesen aus jener Welt zu sein, in deren Licht sie jetzt zum Volk sprach. Ihre Linien waren in rosigem Schein getaucht. Ihr Gewand erglänzte, wenn sie im Sprechen sich bewegte, je nachdem seine Falten nach der Licht- oder nach der Schattenseite fielen, bald in purpurnen, bald in silberblauen Tönen. Ihr dunkles, nur im Nacken zusammengehaltenes, sonst aber frei, offen und lang herabwallendes Haar schien im Luftzug wie von unzähligen Rubinen und Smaragden übersät. Und als jetzt eine leichte Wolke sich wie ein Schleier durch das Leuchten zog, hatte es den Anschein, als ob das schöne Fürstenkind von der Erde hinweggenommen werden sollte, um mit dem Abendrot im Jenseits zu verschwinden.

Nicht nur ich allein fühlte den tiefen Eindruck dieser so wunderbar bewegten Gestalten, Linien und Farben; sie wurden auch von dem neben mir stehenden Manazah empfunden. Er wendete kein Auge davon ab, holte tief Atem und fragte:

„Wer ist dieses Weib? Dieses schöne, fremde Wesen, das ich noch nie gesehen habe und dem doch die Münazah alle gehorchen?“

„Es ist Merhameh, die Tochter des Fürsten von Halihm“, sagte ich.

„Merhameh, die Barmherzige?“ fragte er, indem sein Auge leuchtete und sein Gesicht einen anderen Ausdruck annahm. „Sie, sie, die in den Herzen aller Menschen und in den Versen der Dichter lebt? Allah, ich danke dir, daß du es mir vergönntest, sie zu schauen, den Blick ihres Auges und den Ton ihrer Stimme in mich aufzunehmen! Nun bin ich frei, frei! Kein Münazah kann ihr widerstehen!"

Er setzte sich vor unserem Zelt nieder, und ich nahm an seiner Seite Platz. Halef war mit dem Satteln der Pferde schnell fertig, legte unsere Gewehre zurecht und gesellte sich dann zu uns. Unweit unseres Zeltes gab es in einer anderen Hürde eine prächtige Asfar[1]-Stute, die reines, edles Blut zu sein schien. Ich machte Ali Ben Masuhl darauf aufmerksam, daß er möglicherweise schnell ein Pferd brauche, um zu fliehen, und zwar unter unserem Schutz. Da deutete er nach der erwähnten Hürde:

„So werfe ich mich auf das beste Pferd des ganzen Stammes, das du dort stehen siehst. Keiner holt mich ein. Das meinige ist für jetzt unbrauchbar. Es erlahmte unterwegs an einer Verletzung des Hufes. Das war der Grund, daß es den Münazahs möglich wurde, mich zu fangen. Aber ich glaube nicht, daß ich zu fliehen habe. Wen Merhameh beschützt, den zwingt kein Mensch zur Flucht."

Er begann von ihr zu erzählen und hatte dabei eine ganz eigene Art, sich auszudrücken. Er sprach nicht nur gut, sondern auch begeistert und in Wendungen, die nur auf der Zunge eines Dichters üblich sind. Sein Gesicht verklärte sich: er war keinesfalls ein gewöhnlicher Mensch.

Inzwischen brach der Abend herein, aber es war ein heller Abend. Der Mond hatte schon längst am Himmelszelt gestanden und schien nur auf den Sonnenuntergang gewartet zu haben, um zu beweisen, daß auch er ein Spender des Lichtes sei. Man weiß, daß er schon seit undenklichen Zeiten zu der über den ganzen nächtlichen Himmel verbreiteten Sekte der Magier gehört und in allem, was er tut, zur Heiligung und zur

[1] isabellfarben

Andacht neigt. So erteilte er auch dem vor uns liegenden Richtplatz und dem, was jetzt dort geschah, jenen geheimnisvollen, magischen Schimmer, der uns zu der Empfindung erhob, daß es sich hier nicht um das kleine Schicksal zweier unbedeutender Beduinenstämme, sondern um eine Darstellung großer, allgemeiner Menschheitsschicksale handle.

Da sahen wir, daß Merhameh die Höhe verließ. Sie kam zu uns hernieder. Ali Ben Masuhl sprang auf und holte ein Kissen aus dem Zelt für sie. Sie verschmähte es nicht, sich darauf niederzulassen. Er aber blieb stehen, an die Stange des Zeltes gelehnt, obgleich sie ihn mit der Hand wiederholt aufforderte, sich wieder niederzusetzen. Sie berichtete:

„Ich habe zu ihnen gesprochen und habe ihnen alles gesagt, was das Menschenherz zu solchem Mord und Frevel zu sagen hat. Nun beraten sie. Der Scheik ist gewonnen. Er wird kommen und uns das Ergebnis mitteilen."

Hierauf wendete sie ihr Gesicht dem neben ihr Stehenden zu, schaute freundlich zu ihm auf und fragte:

„Ich kenne einen Dichter Ben Masuhl. Aber weder die Münazah noch die Manazah scheinen ihn zu beachten. Ist er vielleicht dir bekannt?"

„Ich bin es selber", antwortete er einfach. „In der Ferne liebt man mich. In der Heimat will mich keiner."

Also deshalb wußte er so genau, daß Merhameh „in den Versen der Dichter lebt"! Sie senkte den Kopf und schwieg eine kleine Weile. Dann sagte sie:

„So kann ich nicht, sondern nur du allein kannst dich retten — — — wenn Allah es will! Begreifst du das?"

„Nein", erwiderte er.

„Du wirst es begreifen lernen, so du wirklich Dichter bist. Die Zeiten sind vorüber, in denen die Poesie des Raubes und des Mordes durch die Steppen ritt und unter den Zelten der Wüstenstämme lagerte. Kein Räuber und Mörder darf sein Gesicht mehr hinter der Heldenlarve verstecken. Du bist jetzt Dichter und Mörder, aber nicht mehr Dichter und Held. Und wo Menschen dir verzeihen, darf Allah dir nicht verzeihen. Merke dir eines: Die Gnade und Barmherzigkeit ist nur für innerlich kleine Leute; wer aber groß zu denken und groß zu werden hat, der bleibt der göttlichen Gerechtigkeit nicht einen Para schuldig. Ich kann dich heute nur körperlich befreien, doch vor Allah bist du Gefangener, bis du bezahlst, was du ihm schuldig bist. Dichter müssen groß sein, vor allen Dingen in sich selbst. Wer so, wie sie, das edelste Gold und die herrlichsten Diamanten aus voller Hand verschenkt, hat nicht das Recht, der Schuldner Gottes zu sein. Darum frage ich dich noch einmal: Ist dir der Dichter Ben Masuhl bekannt? Bist du es?"

Er war still. Es verfloß eine längere Zeit im Schweigen. Dann holte er tief Atem und sprach:

„Allah sei es, der entscheidet und dir beantwortet, was du mich fragst!"

Da machte sich oben auf dem Gerichtsplatz eine Bewegung bemerklich. Die Beratung war zum Abschluß gelangt. Der Scheik kam herab, um ihn uns mitzuteilen. Man war damit einverstanden, daß Ali Ben Masuhl sofort freizugeben sei, jedoch nur, um das Versprechen einzulösen, das man Merhameh beim Mir von Ardistan gegeben hatte. Die Todfeindschaft mit den Manazah aber solle bestehen bleiben, der Kampf mit ihnen beginnen. Da erhob sich Merhameh von ihrem Platz.

„Komm wieder mit hinauf!" bat sie den Scheik. „Wenn die Barmherzigkeit durch Liebe nichts erreicht, kann sie auch drohen. Wenn sich die Münazah etwa für Götter halten, muß ich ihnen zeigen, daß sie Menschen sind. Die umliegenden Völker sind es müde geworden, nur immer die Waffen klirren zu hören. Ich habe zu warnen! In kurzer Zeit bin ich wieder hier und werde dann sofort zur Ruhe gehen, denn morgen brechen wir beizeiten auf. Sagt, bitte, das dem Diener!"

Sie kehrte mit dem Scheik nach der Höhe zurück. Halef holte den Diener, der ihr im Zelt die Lagerstatt bereitete und sich dann vor dem Eingang niederlegte, um, selbstlos wie ein wachsamer treuer Hund, ihr Schutz und Schirm zu sein. Als droben ihre Stimme wieder erklang, war es ein sehr kraftvoller Ton, in dem sie sprach. Und, wie sie gesagt hatte, kam sie sehr bald wieder. Sie gab uns allen dreien die Hand, uns gute Nacht zu wünschen, und fügte hieran den Bescheid:

„Es ist erreicht. Ich habe ihnen die Folgen gezeigt. Bei wem vorher das Herz nicht zu rühren war, bei dem wirken nun die Einsicht und der Verstand."

Sie zog sich in ihr Zelt zurück, und kaum war dies geschehen, so verteilten sich die Ältesten und das Volk, um die Nachricht zu verbreiten, daß Friede zwischen den Münazah und Manazah gefordert werde und daß von den mächtigen Nachbarstämmen gedroht worden sei, sie würden sich diesen Frieden nötigenfalls erzwingen. Dann ergoß sich das Volk unter lärmenden Rufen von der Höhe ins Tal, um heimzukehren. Wir aber erhielten diese Kunde von dem Scheik selbst, der sich in diesen Ausgang der Sache vollständig gefunden hatte, obgleich, wie ich nach und nach immer deutlicher merkte, der Grund alles Übels in seinem eigenen Haus lag, in seiner eigenen, herrschsüchtigen, stolzen — — Frau!

Wir gefielen ihm, und er uns auch. Er lud nicht uns zu sich, sondern sich zu uns in unser Zelt, wo wir bis nach Mitternacht bei der Wasserpfeife und beim einfachen Spätessen saßen und uns lebhaft unterhielten. Nicht etwa über gewöhnliche Dinge, o nein! Sondern über Fragen, die teils nach der Tiefe, teils nach der Höhe forschen. Der Morgenländer liebt es, sich mit derartigen Dingen zu beschäftigen, während der Abendländer sie dem Fachgelehrten überläßt. In der Unterhaltung zeigte sich der Scheik als ein wohlunterrichteter, vorurteilsfreier Mann, der einem einmal gefaßten Entschluß die beste Seite abzugewinnen weiß. Nun man sich für die Aussöhnung der beiden Stämme entschieden hatte, war er auch gleich ganz Feuer und Flamme dafür und zu jedem hierauf bezüglichen Entgegenkommen bereit. Er befreundete sich mit seinem bisherigen Gefangenen in ebenso schneller wie aufrichtiger Weise, zumal wir beide, Halef und ich, alles mögliche taten, diesen Friedensschluß zu beschleunigen.

Es darf nicht verwundern, daß Ali Ben Masuhl, der soeben noch als Blutfeind erschossen werden sollte, schon so rasch nach der Versöhnung als Freund behandelt wurde. Bei den Beduinen gehören indes Raub und Blutrache zu den ritterlichen Werken: man kann also einen Bluträcher, der nach abendländischen Begriffen ein Mörder ist, persönlich achten, sogar lieben, selbst wenn man gezwungen ist, ihn der Blutrache zu opfern.

Auch der Bruder unseres Dichters, nämlich der Scheik der Manazah, wurde des öfteren erwähnt, und da hörten wir leider, daß er ein harter, eigenwilliger Mann sei, bei dem es wohl nicht ohne innere Kämpfe hergehen werde, sich für die Beendigung der Feindschaft zu entscheiden. Er schien in jeder Beziehung ein ausgesprochen selbstsüchtiger Mann zu sein und in seiner ganzen Seele nur einen einzigen, angenehm berührenden Punkt zu besitzen, und das war die Liebe zu seinem Bruder, der heute abend hier bei uns saß. Auf diesen einzigen Punkt allein konnte sich die Hoffnung gründen, daß der Frieden zwischen den beiden Stämmen zu ermöglichen sei.

Ali Ben Masuhl stimmte auch für diese Aussöhnung; er hatte ja an sich selbst erfahren, wohin die Feindschaft führt. Aber er war stiller als der Scheik. Die ihm angeborene schöne Begeisterungsfähigkeit trat heute hinter dem Ernst der Gedanken zurück, die Merhameh in ihm ins Leben gerufen hatte. Sie füllten ihn innerlich aus, das sah man ihm an, und diese Einkehr in sich selbst ließ ihn so rührend hilfsbedürftig erscheinen, daß ich mich herzlich zu ihm hingezogen fühlte.

Was uns selbst betrifft, so war unsere Abreise für den zeitigen Morgen beschlossen. Der Scheik der Münazah bat, uns bis an die Grenze seines Gebietes begleiten zu dürfen. Dann sollten wir für morgen abend die Gäste der Manazah sein, mit deren Scheik er den Friedensschluß besprechen wollte, und hierauf sollten wir von unserem Dichter und seinem Bruder bis an die Weideplätze des nächsten Stammes unter Schutz genommen werden. Wie gut und aufrichtig der Scheik es mit seinem bisherigen Todfeind meinte, war daraus zu ersehen, daß er, als dieser sein lahmgewordenes Pferd erwähnte, zu ihm sagte:

„Das kannst du nicht reiten. Es bleibt hier bei mir, bis sein Huf gesundet ist. Ich borge dir meine Isabelle. Sie ist das Köstlichste, was ich besitze. Du siehst, ich habe dich lieb."

Als wir dann auseinandergingen, hörte ich, daß Ali Ben Masuhl auch eines der leeren Zelte angewiesen bekam. Später aber trat ich, bevor ich mich niederlegte, noch einmal vor das meinige, um nach dem Wetter auszuschauen, und da sah ich, daß er auf das Zelt verzichtet hatte und demjenigen von Merhameh gegenüber an der Mauer des Hauses saß, um kein Auge von dem Dach, unter dem sie ruhte, zu verwenden.

Die Sonne war eben aufgegangen, als wir am nächsten Morgen das Dorf Omar Ben Amarahs verließen. Das heißt, sie war zwar aufgegangen, aber wir sahen sie nicht. Sie verbarg sich hinter einem häßlichen, dicken, schmutzig gelbroten Schleier. Wir hatten einen jener bösen Tage vor uns, an denen die Luft mit feinstem Sand geschwängert ist und man sich Augen, Mund und Ohr verhüllen muß, um diese edlen Organe zu schützen. Deshalb steckten wir alle so tief in unsern Mänteln, daß von uns fast nichts zu sehen war als eben nur diese Mäntel. Und das Sandtreiben hielt nicht nur den ganzen Tag an, sondern es verschlimmerte sich am Nachmittag so, daß wir unsere Pferde öfters ruhen lassen mußten und nur ganz langsam vorwärtskamen. Es lag eine unheilvolle, düstere und schwüle Witterung über dem Tag.

Merhameh hielt sich wacker. Diese schwere Dunstschicht schien ihr leichter zu werden als uns Männern. Sie ritt während der ganzen Zeit fast stets zwischen dem Scheik und Ali Ben Masuhl, der, wie verabredet worden war, auf der isabellfarbenen Stute saß, und unterhielt sich mit ihnen, so gut es eben bei der dichten Verhüllung ging. Später erfuhr ich von dem Scheik, daß es nur kurze Fragen und Antworten gewesen waren, aber von heiligem, edlem Klang. Wenn wir einmal anhielten und ich einen Blick auf Ben Masuhl bekam, fiel mir das tiefe, schwärmerische Leuchten seines Auges auf. Weil diese drei zusammenhielten, war ich auf meinen Halef angewiesen. Doch gönnte ich den beiden Männern unsere herrliche Merhameh von ganzem Herzen. Ihr Diener kam mit einer kleinen Schar von Münazah, bei denen sich drei Älteste befanden, hinterher. Diese drei sollten sich an der Friedensbesprechung mit dem Scheik der Manazah beteiligen.

Der Sand belästigte unsere Pferde so sehr, daß wir darauf verzichten mußten, das eigentliche Ziel unseres heutigen Rittes zu erreichen. Es wurde beschlossen, die Nacht beim Grab eines muhammedanischen Heiligen zuzubringen, das fast genau an der Grenze zwischen den Gebieten der beiden Stämme lag, und zwar in einem kleinen Wäldchen, in dem man einigermaßen Schutz vor dem Wetter finden konnte; es war am späten Nachmittag, als wir die Gegend, in der das Grab lag, erreichten. Man konnte es von weitem nicht sehen. Wir befanden uns in einer vielgewundenen Felsenschlucht, und als wir um eine dieser Windungen bogen, stand es ganz plötzlich vor uns, zweihundert Schritte entfernt, eine enge Tür, vier getünchte Mauern, ein plattes Dach darauf und im Innern nichts als nur die kahlen Wände. Auf beiden Seiten und hinten wurde es von spärlichen Sykomoren, Schwarzhölzern und dürrem Gestrüpp eingefaßt. Wir lenkten nach ihm ein. Das Gebäude bot uns Unterkunft für Merhameh, und wir Männer fanden wohl im Wäldchen alle Platz. Der Scheik, Ben Masuhl und Merhameh ritten auch jetzt voran. Wir erblickten keinen Menschen. Da aber trat aus der Tür des Grabes eine hohe, männliche Gestalt mit einem Gewehr in der Hand. Sie hob den Arm und rief uns entgegen:

„Seid gegrüßt, ihr Münazah! Sei gegrüßt, Omar Ben Amarah, du Mörder meines Bruders! Ich bin Hassan Ben Masuhl, der Scheik der Manazah, und fordere deine Seele. Drauf, ihr Krieger, drauf! Fangt sie lebendig, alle, alle!"

„Halt, halt! Du irrst!" rief ich ihm schnell zu.

Aber schon hatte er sein Gewehr angelegt, der Schuß krachte, und der, den er für den Scheik der Münazah hielt, weil er auf der Isabelle saß, bekam einen Ruck, warf die Arme in die Luft und glitt vom Pferd. Zu gleicher Zeit stürzte hinter dem Wäldchen, wo sie versteckt gewesen war, eine Schar von wohl sechzig Reitern hervor, die uns umzingelten. Zu einem Kampf aber kam es nicht, denn es fiel keinem von uns ein, sich zu wehren. Es gab weiter nichts als ein ungefährliches, schnell vorübergehendes Gewühl. Dann hielt ein jeder still auf seinem Pferde.

Die Feinde waren überrascht von unserer Ruhe. Ihr Anführer kam herbei. Der Scheik der Münazah ritt ihm einige Schritte entgegen, warf sich die Kapuze aus dem Gesicht und fragte:

„Deine Kugel galt wohl mir?"

„Du, du?" rief der unglückliche Schütze betroffen. „Omar Ben Amarah! Du selbst?"

„Ich lebe noch! Bitte Allah, daß auch dieser lebt! Geh hin und schau ihn an!"

Er deutete auf den Verwundeten, der vom Pferd geglitten war und an der Erde lag. Ich kniete schon bei ihm und öffnete ihm den Mantel, die Jacke und die Weste. Die Augen waren geschlossen. Die tödliche Wunde lag in der Nähe des Herzens. Sie blutete nicht.

„Mein Bruder, mein Bruder!" schrie der Scheik der Manazah, als er sah, auf wen er geschossen hatte.

Er wollte sich auf ihn werfen; ich aber schob ihn zurück und befahl:

„Schweig! Jammere nicht! Und rühre ihn nicht an! Du hast nur allzu gut getroffen. Raube ihm nicht die letzten Augenblicke, die ihm noch bleiben! Folge uns! Komm, Halef, faß mit an."

Halef war der einzige, auf dessen Geschicklichkeit ich mich verlassen konnte. Er sprang vom Pferd. Wir nahmen den Verletzten vorsichtig auf und trugen ihn in das Innere des Grabes. Dort legten wir ihn nieder. Die Kugel war ihm auf dem Rücken wieder herausgedrungen. Sein Bruder folgte, zusammengebückt wie ein Träumender. Hinter ihm kam der Scheik der Münazah, dem der Schuß gegolten hatte. Ich führte die beiden Todfeinde zu dem Sterbenden hin und ging dann nach der Tür, um Merhameh herbeizuwinken. Sie kam. Ihr Gesicht war bleich, aber ihr Auge groß, voll tiefen Glanzes.

„Soll ich dabeisein?" fragte sie.

„Du vor allen Dingen", antwortete ich. „Komm her zu ihm, damit sein letzter Blick dich gleich zuerst erfasse!"

Sie tat es und kniete bei ihm nieder. Wir warteten. Draußen waren die Reiter alle abgestiegen. Die Münazah und die Manazah standen leise flüsternd beieinander. Ein einziger Schuß hatte diese flüsternde Ruhe hervorgebracht. Die einen erfuhren von den anderen, wie grundlos dieser Schuß gewesen war.

Schmutzig gelb, fast zu greifen, wälzte sich draußen die sandige Luft vorüber. Todesfahl drang das dicke Licht wie ein schadenfrohes Grinsen zur schmalen Tür herein. Schon gestern sollte er sterben, der da am Boden lag, und heute starb er wirklich. Nur ein einziger Tag wurde ihm geschenkt. Wozu? Indem ich dies dachte, öffnete er die Augen. Er sah Merhameh vor sich knien. Sein Blick leuchtete auf. Er schaute an ihr nieder. Er bemerkte das rote Blut, das unter ihm hervor dem Lager zu entrinnen suchte. Da fühlte er die Wunde. Die Erinnerung kam. Er erschrak nicht. Er hob die eine Hand und deutete auf Hassan Ben Masuhl, den Scheik der Manazah. Dann erhob er die andere Hand und deutete auf Omar Ben Amarah, den Scheik der Münazah.

„Reicht euch die Hände!" bat er. Sie taten es. „Ich liebe euch!" fuhr er fort. „Seid Brüder im Leben, wie ich im Tod noch euer Bruder bin!"

Man sah, er wollte tief Atem holen, wagte es aber nicht. Er faltete die Hände.

„Merhameh", flüsterte er. „Weißt du noch, was du sagtest? Gestern abend?"

„Ich weiß es", antwortete sie.

„Ist es mir gelungen, mich selbst zu retten?"

„Ja, Allah hat es gewollt."

„Habe ich bezahlt?"

„Soeben tust du es. Du bist dein eigener Preis."

„So bin ich frei?"

„Frei bist du, frei!" antwortete sie. Das klang wie ein Schluchzen, und doch war es auch wie ein Jubel.

Da holte er tief Atem und rief mit lauter Stimme: „Allah sei Preis!" Und mit wieder leiser und immer leiser werdender Stimme fügte er hinzu:

„Und dir sei Dank, o Merhameh — — — o Mer — — ha — — — meh — —!"

Seine Brust hob und senkte sich noch zwei-, dreimal — — Da nahm Merhameh mich bei der Hand und bat:

„Komm, Effendi! Stören wir nicht den Tod, wenn er vom Himmel niedersteigt, die Lebenden zu versöhnen!"

Wir gingen hinaus. — —

Erst jetzt hörten wir, wie es den Manazah möglich gewesen war, uns zu überraschen.

Es war uns nicht erzählt worden, daß man Ali Ben Masuhl nicht allein gefangengenommen hatte. Zwei seiner Gefährten waren mit ergriffen worden, die man aber weniger streng bewacht hatte als ihn. Als sie das Todesurteil erfuhren, das schon vorgestern gesprochen wurde, gelang es ihnen zu entfliehen und heimzukommen. Sie waren überzeugt, daß der Gefangene nun schon erschossen worden sei, und meldeten das dem Scheik. Dieser rief sofort alle verfügbaren Krieger zusammen, um den Tod seines Bruders zu rächen, und zog mit ihnen voran. Er kam wegen des schlimmen Wetters nur bis an das Heiligengrab, wo übernachtet werden sollte, war aber so vorsichtig, Späher vorauszusenden, die uns begegneten. Sie entdeckten uns eher als wir sie, versteckten sich und ließen uns an sich vorüberziehen. Wir waren alle tief eingehüllt, aber als sie die bekannte isabellfarbene Stute sahen, waren sie überzeugt, daß der daraufsitzende Reiter der Scheik der Münazah sei. Als wir kurze Zeit darauf wieder einmal anhielten, um unsere Pferde ausruhen zu lassen, gelang es ihnen, die natürlich schnell umgekehrt waren, uns unbemerkt zu überholen, um dem Scheik Hassan Ben Masuhl unsere Ankunft zu melden. Denn es bestand für sie kein Zweifel, daß auch wir die Absicht hatten, bei dem Grab des Heiligen zu übernachten. So fand er Zeit, sich vorzubereiten und uns derart zu empfangen, wie ich erzählte.

Sein Charakter stimmte mit der Vorstellung überein, die ich mir von ihm gemacht hatte. Er war ein harter, rücksichtsloser und rachgieriger Mann, der aus seinem

Leben den Begriff der Verzeihung vollkommen gestrichen hatte. Er hatte den heutigen Ritt in der festen Absicht unternommen, den vermeintlichen Tod seines Bruders in blutigster Weise zu rächen. Und nun war er selbst der Mörder! Das wirkte so auf ihn, als ob die Kugel ihn persönlich getroffen habe. Jetzt kauerte er mit dem, den er hatte erschießen wollen, im Grab bei dem Toten; der eine rechts, der andere links von ihm. Was sprachen sie?

Es verging eine Viertelstunde nach der anderen, ohne daß sie sich hören oder blicken ließen. Wir bereiteten die Lager; die Münazah auf der einen und die Manazah auf der anderen Seite des Wäldchens. Der Abend kam. Er brachte andere Luft. Es erhob sich ein Wind, der in kräftigen Stößen den Dunstkreis reinigte. So kam es, daß der Himmel wieder sichtbar wurde. Der Mond erschien. Die weißgekalkten Mauern des Grabes sammelten seine Strahlen und warfen sie uns in zart bläulichem Widerschein zu. Da regte es sich im Innern. Das Leben erhob sich von der blutig feuchten Erde, um sich vom Tod zu trennen. Die beiden Feinde erschienen unter der Tür. Sie riefen nach Merhameh, die zu ihnen kommen sollte, um Zeugin ihres Schwurs an der Leiche des Erschossenen zu sein. Sie stieg die Stufen hinauf und ging mit ihnen hinein. Nach einiger Zeit kamen sie wieder heraus, alle drei. Vor dem Eingang blieben sie stehen, von allen gesehen. Omar Ben Amarah erhob seine Stimme:

„Ihr Krieger der Münazah, hört, was euch Merhameh, die Freundin unserer beiden Stämme, zu sagen hat!"

Und Hassan Ben Masuhl rief:

„Ihr Krieger der Manazah, schaut her zu uns, was Merhameh euch zeigt!"

Er öffnete seine Arme, zog den Scheik der Münazah an sich und küßte ihn. Sein Kuß wurde dreimal erwidert. Da deutete Merhameh auf diese vom Mond hell beschienene Gruppe und verkündete in tiefbewegtem Ton:

„Allah nur allein ist gerecht. Nimmt der Mensch die Rache in die Hand, so trifft er niemand als den eigenen Bruder. Von nun an sei Friede!"

„Es sei Friede! Es sei Friede!" riefen die beiden Anführer, indem sie die Hände beteuernd hoben.

„Es sei Friede! Es sei Friede!" wiederholten auch Halef und ich.

„Es sei Friede! Es sei Friede!" erklang es von den Lippen aller Münazah und Manazah; sie verließen ihre getrennten Lagerplätze und eilten aufeinander zu, um dem versöhnlichen Beispiel ihrer Scheiks zu folgen.

Seit jener Zeit ist Freundschaft zwischen ihnen gewesen. Wenn sich je einmal ein Zwiespalt erhob, der zum Kampf zu führen schien, so ritten die beiderseitigen Ältesten zum Grab des Heiligen, wo Ali Ben Masuhl unter den Sykomoren zur Ruhe bestattet worden war. Dort wurde beraten und dabei an Merhameh gedacht. Der eine Stamm hatte ihre Bitten, der andere ihre Warnungen zu wiederholen, und stets ergab sich, was sich an dem von mir geschilderten Tag ergab:

Es sei Friede! Es sei Friede!

Schamah

1. Der „Held der Blutrache"

Jeder Besucher meines Hauses sieht sich, sobald er den Flur betritt, mitten unter fremdartigen Reiseerinnerungen, von denen ihm zunächst ein arabischer Sattel auffällt, den ich als den eigentlichen Urheber der vorliegenden Erzählung zu bezeichnen habe. Er ist aus rotem, morgenländischem Samt gefertigt und mit reichen Goldstickereien verziert, ein sogenannter „Paschasattel", mit bequemen Bügelschuhen und jener fürchterlichen Art von Gebißstange, mit der man den Widerstand auch des stärksten Pferdes bezwingt.

Zu diesem Sattel kam ich durch meinen Freund, den reichen judarabischen Händler Mustafa Bustani in Jerusalem, dessen Geschäft im Suk el Bizâr liegt. Wenn man nach dem heutigen Haram esch Scherif geht, ist es rechter Hand, wo früher der Tempel des Salomo gestanden hat. Unter Judarabern sind diejenigen Araber des Heiligen Landes zu verstehen, die im Zusammenleben mit den Juden den überlieferten Haß gegen die Hebräer nach und nach aufgegeben haben und sich den streng alttestamentlichen Ansichten des „ausgewählten Volkes" mehr zuneigen als dem Christentum. Ein Christ zu werden, ist bei diesen Leuten keine geringere Schande als der Übertritt zum Judentum, aber dies betrifft nur die innere Anschauung. Auf den persönlichen oder gar geschäftlichen Umgang hat diese Ansicht keinen Einfluß gehabt. Trotz der religiösen Verschiedenheit war ich Mustafa Bustanis Freund. Ich kaufte, sooft ich in Jerusalem war, möglichst nur bei ihm, doch bevorzugte ich ihn nicht nur als Kaufmann, sondern noch viel mehr als Menschen. Er wußte das und vergalt es mir durch eine derartig freundschaftliche Zuneigung, daß ich mich im Besitz seines ganzen Vertrauens fühlte. Darum kehrte ich oft auch dann in seinem Laden ein, wenn ich nichts kaufen wollte. Dann saßen wir stundenlang auf einer großen, mit einem Teppich belegten Kiste nebeneinander, tranken unaufhörlich Kaffee, den Bem, der Neger, bereitete, und unterhielten uns in einer Weise, als ob wir Brüder wären und keine Spur von Geheimnis voreinander zu haben brauchten. In solchen Stunden ließ er sich nur durch vornehme Käufer stören; die gewöhnlichen fertigte der Gehilfe ab, auf den er sich ebenso wie auf sich selbst verlassen konnte. Dieser Gehilfe hieß Habakek, war ein höchst gutmütiger Mensch und einer jener Hexenmeister und Allerweltskünstler, die alles machen können, was ihre Augen sehen.

Mustafa Bustani war ein großer Märchenfreund. Am liebsten aber hörte oder erzählte er jene Art von Märchen, in denen der Wunderglaube oder die Verbindung zwischen Verstorbenen und Lebenden eine Rolle spielt. Doch war er keineswegs das, was man abergläubisch im gewöhnlichen Sinn nennt, sondern ein gebildeter Mann, der außer Arabisch auch noch Türkisch und Persisch sprach und sich mit Abendländern leidlich in Französisch und Englisch verständigen konnte. In Beziehung auf den Glauben zeigte er eine anerkennenswerte Duldsamkeit; früher aber schien das Gegenteil der Fall gewesen zu sein, denn er hatte einen Bruder gehabt, der von der Familie verstoßen worden war, weil er sich hatte taufen lassen, und Mustafa Bustani verheimlichte es nicht, daß er mit dieser Verstoßung damals einverstanden gewesen sei. Nun aber schien er hierüber doch anders zu denken. Ich erfuhr jedoch weiter nichts, als daß dieser Bruder sich nach dem Ostjordanland gewendet und dort eine Christin geheiratet habe. Deshalb seien dann alle seine Aussöhnungsversuche zurückgewiesen worden. Hierauf war er verschollen, aber man weiß ja nur zu gut, daß Familienbande niemals ganz zerrissen werden können. Dazu kam, daß der „Harem“[1] meines Freundes von weicheren Gesinnungen beseelt zu sein schien, denen er sich nicht ganz hatte verschließen können.

Harem? Gewiß! Unsere gegenseitige Vertraulichkeit war nämlich so hoch gestiegen, daß wir uns nicht scheuten, ganz offen von seinem und meinem „Harem“ zu sprechen, was unter Mohammedanern doch eigentlich verpönt ist. Unter meinem Harem war natürlich nur meine Frau zu verstehen. Kinder habe ich nicht. Der seinige bestand auch nur aus einer Frau, einem elfjährigen Söhnchen und einer schwarzen Köchin. Die andere Dienerschaft wurde nicht zum Harem gerechnet. Der Sohn, der den bedeutungsvollen Namen Thar hatte, war ein aufgeweckter Junge, und gar nicht so langsam und überernst, wie orientalische Kinder bei uns beschrieben werden. Er kam oft aus der Wohnung, die nicht in der inneren Stadt lag, herein in den Laden, und wenn er mich traf, so wurde er nicht müde, mir durch die unglaublichsten Fragen meine sämtlichen heimatlichen Verhältnisse rund über den Haufen zu werfen. Ich erfuhr von ihm jede Neuigkeit aus dem Harem seines Vaters, jeden zerbrochenen Topf und jede gefangene Maus; dafür hielt er mich für unbedingt verpflichtet, ihm nun auch aus dem meinigen alle Geheimnisse zu berichten, und weh mir, wenn er einmal glaubte annehmen zu müssen, daß es mir in dieser Beziehung an Vertrauen zu ihm fehle!

Dieses freundschaftliche Verhältnis zwischen Vater, Sohn und mir hatte zur Folge, daß ich als Gast geladen wurde und bei dieser Gelegenheit auch die Mutter zu sehen bekam. Das wiederholte sich. Ich brachte des öfteren ganze Abende im Hause Mustafa Bustanis zu und mußte, als ich mich nach meiner letzten Anwesenheit

[1] Eigentlich Frauenwohnung; hier Umschreibung für Frau

verabschiedete, versprechen, meine Frau mitzubringen, sobald ich wiederkäme.

Nomen est omen[1]. Es war in der Familie Mustafa Bustanis seit Menschengedenken Brauch gewesen, daß immer ein Angehöriger Thar geheißen hatte. Das stammte aus ihrer nun längst verflossenen Nomadenzeit. Der jetzige Träger dieses Namens nun war der Bub, und er war Tag und Nacht bemüht, ihm soviel wie möglich Ehre zu machen. Thar heißt Vergeltung, Wiedervergeltung, Rache, Blutrache. Es ist das alte, fürchterliche Gesetz, das die Forderung stellt: Blut um Blut, Auge um Auge, Zahn um Zahn! Das hatte im Altertum seine guten Gründe, mag sie bei gewissen wilden Völkern in der Gegenwart noch haben, ist aber unter zivilisierten Verhältnissen nicht nur verwerflich und sträflich, sondern einfach lächerlich. Der Bub aber befand sich, seit er auf die Bedeutung seines Namens aufmerksam geworden war, so ganz unter dem Einfluß der Vorstellung, die er sich davon machte, daß er immer auf eine Rache sann, und wenn es keine gab, so machte er sich eine. Alles, was er hörte und was er sah, mußte ihm zum Grund einer Wiedervergeltung dienen. Doch er fand leider niemals die Anerkennung, die er erwartete. Das Schicksal verstand ihn falsch. Die Rache nahm zwar stets ihren köstlichen Verlauf, machte aber zum Schluß meist eine dumme Wendung und fiel auf die falsche Stelle, nämlich auf ihn selbst, und zwar dorthin, wo die Vergeltung am deutlichsten empfunden wird, ohne daß sie dem übrigen Körper schadet. Das hinderte ihn aber nicht, seinem Namen und seiner Bestimmung treu zu bleiben und immer wieder von neuem zu beginnen.

Diesen notwendigen Bemerkungen füge ich hinzu, daß ich von Sumatra nach Ägypten gekommen war, um dort mit meiner Frau zusammenzutreffen. Ich hatte sie

1 Frei übersetzt: Der Name hat seine Vorbedeutung

durch das Land der Pharaonen und durch die arabische Wüste geführt, und nun befanden wir uns im Gelobten Land. Wir waren tags zuvor von Jaffa nach Jerusalem gereist, wollten einige Wochen bleiben, um Ausflüge in die Umgebung bis zum Toten Meer zu machen, und dann nach Damaskus gehen. Hierzu waren zwei Sättel nötig, ein Herren- und ein Damensattel, und da verstand es sich denn von selbst, daß ich meinen Freund Mustafa Bustani aufsuchte, um diesen Bedarf bei ihm zu decken. Meine Frau begleitete mich. Er und die Seinen waren ihr aus meinen Berichten fast ebensogut bekannt wie mir selbst, er, der nach orientalischen Begriffen hochgebildete, edle Mann, der nur in der Erziehung seines Söhnchens auf falschem Wege ging; seine Frau als ein überaus lebhaftes, liebes, gütiges Wesen, in der Vergötterung ihres Kindes mit dem Vater zusammentreffend; und endlich der Bub selbst, der die Eigenschaften der Eltern derart in sich vereinigte, daß er die heitere, scherzhafte Mutter sehr ernst und den ernsthaften Vater sehr spaßhaft nahm und darum fast immer in der Lage war, ihn und sie und alle Welt umzukehren.

Wir gingen durch das Jaffator nach dem Suk el Bizâr und fanden Mustafa Bustani anwesend. Er war damit beschäftigt, einen Kunden zu bedienen, der sich einen neuen Fes samt Turbantuch kaufen wollte, und sah und beachtete uns nicht sogleich. In der Mitte des Ladens stand ein Kamel, das aber eigentlich Habakek, der Gehilfe, war. Er hatte sich auf alle Viere niedergelassen und war genau wie ein zu einem Festzug hergerichtetes Kamel geschmückt. Die Kopfriemen waren mit Klingeln und Federbusch, die Vorderbeine mit Schellen behangen, die Seitenteile bestanden aus baumwollenen Netzen mit Glasperlentroddeln, und hinten herab hing ein ziegenlederner Wasserschlauch, damit man in der Wüste nicht zu verdursten brauche. Daneben stand Thar, der Bub, nur in das übliche blaue Hemd gekleidet, das gerade bis zum Knie und bis zum Ellbogen reichte, das Gesicht, die Arme und die Beine dunkelbraun angepinselt. Er rief soeben, als wir kamen, dem in der Kaffee-Ecke kauernden Neger Bem die Worte zu:

„Ich bin Beduinenscheik und füttere mein Kamel!"

Dabei schob er dem Gehilfen eine Handvoll Lattichsalatblätter, die von den Händlern draußen weggeworfen und von Thar aufgelesen worden waren, in den gehorsam geöffneten Mund. Dieser kaute und verschlang das „Futter" in so lauter und ergötzlicher Weise, daß man hätte glauben sollen, er sei wirklich nicht nur ein Dromedar, sondern sogar ein ganz ausgesprochenes baktrisches Kamel. Übrigens ergab sich nur aus dem Folgenden, daß er der Gehilfe Habakek war; erkennen konnte man es nicht, denn sein Gesicht war derart mit allerlei farbigen Kreuz- und Querstrichen bemalt, daß es vollständig unter ihnen verschwand. Deshalb fragte der Neger:

„Warum hast du ihn denn angestrichen?"

Da erklang die verwunderte Antwort:

„Das weißt du nicht? Das ist das Fell, was ich gemalt habe. Ein Kamel hat doch Haare im Gesicht!"

Es ist noch zu bemerken, daß vor dem Nachbarladen ein reich geschmückter Esel stand. Sein Herr, jedenfalls kein gewöhnlicher Mann, war abgestiegen und dort eingetreten, um irgend etwas zu kaufen.

Da erblickte mich der Neger. Er war damit beschäftigt, Kaffeebohnen in einem Mörser zu Mehl zu zerstoßen, warf vor Überraschung Kaffee und Mörser weg und erhob vor Freude ein Geheul, als ob er gepfählt werden solle. Hierdurch wurden die anderen auf mich aufmerksam. Mustafa Bustani war so verwundert, mich plötzlich vor sich zu sehen, daß er stillstand und nichts sagte. Um so mehr zeigte sich Thar der Sachlage gewachsen. Er tat einen Luftsprung, stieß einen Jubelruf aus, deutete auf meine Frau und fragte:

„Ist das die, die du uns versprochen hast?"

„Sie ist es", antwortete ich.

Da verneigte er sich dreimal vor ihr, winkte nach dem Kamel und bat sie:

„Setze dich darauf; es ist für dich geschmückt!"

Jetzt erhob sich das Dromedar auf die Hinterbeine, wischte sich mit den Händen das „Fell" aus dem Gesicht und sagte:

„Dazu habe ich keine Zeit, denn nun muß ich den Dienst des Ladens übernehmen."

Er warf den Kamelschmuck von sich und widmete sich dem Käufer, den Mustafa Bustani nun seinem Schicksal überließ, um sich mir und meiner Frau zuzuwenden.

Seine Freude war ebenso groß wie aufrichtig. Er begrüßte mich durch die üblichen Verneigungen und zog mich an sein Herz:

„Welch ein Heil widerfährt mir heute! Allah sei Dank! Laß dich bei mir nieder, du liebster meiner Freunde; du weißt, daß du mir hochwillkommen bist!"

Dann machte er meiner Frau dieselben drei Verbeugungen; aber als er zu ihr sprechen wollte, versagte ihm die Stimme, und es stürzten ihm Tränen aus den Augen. Er legte beide Hände aufs Gesicht und schluchzte leise. Da weinte auch Thar, griff in die Falten des weißen Reisekleides meiner Frau, wischte sich mit ihnen die Tränen ab, dann auch die braune Beduinenfarbe aus dem Gesicht und von den Armen, und erklärte ihr:

„Er weint darüber, daß du nun da bist und sie dich doch nicht sehen kann."

„Warum kann sie mich nicht sehen?" fragte meine Frau, die natürlich erriet, daß er seine Mutter meinte.

„Sie ist gestorben", antwortete er. „Weißt du das noch nicht?"

Wir erschraken beide und fanden nicht gleich Worte. Der Bub aber fuhr fort:

„Sie freute sich so sehr auf dich; denn dein Effendi, den wir alle so lieb haben, hatte stets nur Gutes über dich gesagt. Da kam die Krankheit und schloß ihr die Augen. Man trug sie fort. Nun weint der Vater stets, wenn er an sie denkt, und ich muß mir fast alle Tage eine neue Rache aussinnen, damit er wieder lacht. Aber er lacht nicht mehr und prügelt auch nicht mehr, und das ist beides falsch."

Er ließ bei diesen Worten sein Auge durch den Laden schweifen. Es fiel auf den Käufer, der sein rundes Turbanköppchen vom Kopf genommen und zur Seite gelegt hatte, um sich einen passenden Fes auszusuchen, was nach morgenländischer Weise immer lange dauert und mit vielen Reden und Gegenreden verbunden ist. Sein Kopf war kahl, glänzend blank und glatt. Da zuckte ein schelmischer Gedanke über das drei Viertel ausgewischte Gesicht des Knaben und er fügte hinzu:

„Da kommt mir gleich wieder eine Rache! Ich bitte euch, stört mich nicht, sondern schaut lieber dorthin, wo ich nicht bin!"

Er schlängelte sich behutsam nach der Ecke, wo der Kochherd für den Kaffee stand und verschiedene Geräte für allerlei Zwecke dabei. Dort war auch der Platz des Negers, der ihn aber verlassen hatte, um auf einen Wink seines Herrn aus einigen Warenballen und einem Teppichtuch einen Diwan für meine Frau herzurichten. Mustafa Bustani half ihm dabei, um seiner Trauer Meister zu werden, und hatte also auf das, was sein Sohn zu uns sagte, nicht geachtet. Als der Diwan fertig war, setzten wir uns. Ich bekam meinen von früher her gewohnten Platz auf der Kiste und einen Tschibuk dazu. Infolge der Trauerbotschaft wollte die Unterhaltung nicht in Gang kommen. Glücklicherweise bot uns das Geschäft, das uns herbeigeführt hatte, einen Notbehelf. Leider hatte Mustafa Bustani keine Sättel im Vorrat liegen, doch bat er uns, morgen wieder vorzusprechen, er werde inzwischen für die Befriedigung unserer Wünsche sorgen.

Hier störte uns der Käufer, ein Landbewohner aus Ain Karim. Er hatte sein altes Käppchen nebst Kopftuch wieder aufgesetzt und zeigte die gewählten neuen Sachen vor, einen Fes nebst buntem Turbantuch, deren Preis er wissen wollte. Im Orient geht selbst ein so unbedeutender Handel nicht schnell vonstatten; diesmal aber gab Mustafa Bustani, um den Mann nur loszuwerden, so schnell und so viel im Preis nach, daß der Käufer schleunigst zahlte und sich dann entfernte.

Diese Unterbrechung hatte aber doch die Wirkung, daß das Gespräch jetzt mehr Leben gewann. Bustani ergriff dabei fast jede Gelegenheit, auf Thar zurückzukommen und irgendein Lob über ihn zu sagen. Wir sprachen nicht etwa leise, und so mußte der Bub das also hören. Der hockte beim Neger in der Ecke und schien irgendeine Art von Verwandlung mit sich vorzunehmen, die uns aber zunächst noch verborgen war. An Stoffen zu solchen Verwandlungen fehlte es im Laden nicht, wo fast alles nur Denkbare, sowohl Altes wie auch Neues, zu kaufen war. Als er das große Werk mit Hilfe des Negers vollendet hatte, kam er aus der Ecke herbeigeschritten, langsam, stolz und würdevoll, um sich uns vorzustellen. Er hatte sich als Held gekleidet, um also wahrscheinlich wieder eine Blutrache auszuüben. Sein Helm bestand aus einem halben tönernen Wasserkrug. Den Brustpanzer bildete ein blecherner Lampenschirm von der Sorte, die man senkrecht vor das Licht zu stellen pflegt. An die nackten Waden hatte er sich zwei alte, riesige Rittersporen gebunden, die aus der Zeit der Kreuzzüge stammten. In einem Strick, der den Gürtel bildete, steckten die fürchterlichsten Waffen, die man sich denken kann, nämlich drei Messer, zwei Scheren, zwei Korkzieher und vier Lichtputzen, die rund um den Leib geordnet waren. Außerdem hatte er sich eine Mausefalle und einen Köcher mit Pfeilen und Bogen umgehängt. Die übrige Bewaffnung, die er in den Händen trug, bestand aus einer Sichel, einer Säbelscheide und einem Flintenlauf. Die hierzu gehörige Kriegsbemalung zeigte zwar nur zwei Farben, machte aber den Eindruck, auf den sie berechnet war. Der rechte Arm und das linke Bein waren grün bemalt, der linke Arm und das rechte Bein aber blau. Blau waren auch die beiden Backen und die Schnurrbartgegend, das Kinn aber grasgrün. Da konnte man unmöglich ernst bleiben. Wir lachten, und Mustafa Bustani lachte mit.

„Wer bist du denn?“ fragte er den Gewappneten.

„Ich bin Gideon, der Held“, antwortete dieser in grimmigem Ton und rasselte mit den Waffen.

„Er nimmt seine Helden stets aus dem Alten Testament“, erklärte uns sein Vater. Und zum Sohn gewendet, fuhr er fort:

„Was hast du als Gideon heute vor?“

„Ich habe die Baalspfaffen zu erschlagen und die Midianiter umzubringen.“

Neues, noch stärkeres Rasseln! Leider war es unmöglich, über diese kühnen Absichten etwas Weiteres zu erfahren, denn wir wurden von dem Mann aus Ain Karim unterbrochen, der in diesem Augenblick nach dem Laden zurückgelaufen kam, und zwar in einer Aufregung, wie sie nur eine Folge des höchsten Zorns ist. Er sprach so schnell und so empört, daß man ihn zunächst gar nicht verstand. Man unterschied nur die Worte Fes — Turban — Barbier — Kopf — blau — Seife — Wasser — Scham und Schande! Als wir aber baten, sich zu beruhigen und langsam zu erzählen, tat er es, und so erfuhren wir, daß er von uns aus zum Barbier gegangen war, um wie stets, wenn er sich in der Stadt befinde, nach Haupt und Bart sehen zu lassen, denn diese Reinlichkeit des Hauptes sei vom Propheten vorgeschrieben. Als er dabei sein Haupt entblößt habe, was eigentlich nur vor dem Barbier, vor keinem anderen Menschen geschehen dürfe, hätten alle Anwesenden vor Lachen laut aufgebrüllt, denn das Haupt seines Alters sei nicht mehr weiß wie immer, sondern blau wie der Himmel gewesen, und es habe sich herausgestellt, daß diese Bläue aus der Kopfbedeckung stamme, die er hier abgenommen habe und worein die Farbe von irgend jemand heimlich geschüttet worden sei. Der Barbier habe zwar versucht, sie ihm vom Kopf zu waschen, wodurch die Sache aber nur noch schlimmer geworden sei, denn das Blau des Himmels habe sich durch das Wasser aufgelöst und nur noch tiefer und fester in den Schädel eingefressen; Allah erbarme sich!

„Hier, seht mich an!" rief er zum Schluß und nahm Käppchen und Tuch vom Kopf. „Der Verbrecher trete vor, daß ich ihn bestrafen lasse!"

Ein vollständig haarloser Schädel, von glänzend himmelblauer Farbe! Dazu der Gedanke, daß der Mann nicht etwa den neuen Fes, sondern gerade die alte abfärbende Kappe wieder aufgesetzt hatte! Man brauchte den übrigen Anblick und das im Zorn unbehilfliche Gebaren gar nicht hinzuzufügen, um dem Lachreiz nicht widerstehen zu können. Meine Frau brach zuerst los. Es war ihr unmöglich, sich zu beherrschen. Der Neger folgte, dann Habakek, hierauf ich und schließlich auch Mustafa Bustani. Es gab ein schallendes aufrichtiges Gelächter, das aber die sonderbare Wirkung hatte, daß es den Mann aus Karim nicht zorniger, sondern kleinlaut zu machen schien, wahrscheinlich durch das Eigengefühl seiner Lächerlichkeit.

Nur einer lachte nicht: der Bub. In seinem Gesicht rührte sich kein Zug. Er trat auf ihn zu und sagte laut und ernst:

„Ich bin es gewesen, ich!"

„Du?" fragte der Mann erstaunt. „Wie kann ein Kind

es wagen, das entblößte Haupt eines Moslem zu beschimpfen?“

„So entblöße es nicht! Ich tat es aus Rache, denn ich hieße Thar; daß du es weißt.“

„Thar?“ fragte der andere verständnislos.

„Ja, Thar! Hast du nicht selbst gesagt, daß der Gläubige sein Haupt nur dem Barbier entblößen darf? Du hast es aber auch hier, auch uns gezeigt. Deshalb habe ich dich bestraft, indem ich dir die blaue Vergeltung in die abgenommene Hülle deines Kopfes schüttete.“

„Ist so etwas denn möglich?“ fragte der Blauköpfige erstaunt. „Dieser Knabe spricht davon, daß ich zu bestrafen sei, nicht er. Was sagt sein Vater dazu?“

Diese Frage wurde an Mustafa Bustani gerichtet, doch bevor dieser antworten konnte, tat es der Bub:

„Brauchst du hier einen Vater, so hole deinen; den meinen borge ich dir nicht. Ich bin Gideon, der Held aus Manasse. Leb wohl!“

Er nickte ihm würdevoll zu, ging stolzen Schrittes zum Laden hinaus, stieg, so wie er war, in seiner ganzen Waffenrüstung, auf den draußen stehenden fremden Esel und ritt im Trab davon. Man weiß ja, daß orientalische Knaben von frühester Jugend an den Rücken eines Esels als besten Spielplatz betrachten. Nur selten findet man einen, der den Mut zu reiten nicht besitzt.

Der Mann aus Karim wußte jetzt wirklich nicht, was er denken sollte. Sein Mund stand offen. Er schaute hinter dem Knaben drein, ohne ein Wort zu sagen.

„Das ist ja prächtig“, rief meine Frau, noch immer lachend.

Ich hatte keine Zeit, ihr zu antworten. Die Angelegenheit verwickelte sich. Der Besitzer des Esels war nämlich auf die Entfernung seines Tieres aufmerksam geworden. Er hatte sich erkundigt, wer der sonderbar ausgerüstete Knabe sei, und kam nun aus dem Nachbarladen heraus und zu uns herüber, um der Sache entweder zivilrechtlich oder strafrechtlich näherzutreten.

„Wer von euch ist Mustafa Bustani?" erkundigte er sich.

„Ich", antwortete mein Freund, rutschte von der Kiste herab und verneigte sich tief.

„Kennst du mich?"

„Ja. Wer sollte dich nicht kennen? Du bist Osman Achyr, der Ferik-Pascha des Großherrn. Allah segne ihn!"

„Dein Sohn hat meinen Esel gestohlen."

„Er hat ihn nicht gestohlen, sondern nur entliehen. Er bringt ihn sicher wieder."

„Bin ich etwa ein Eselverleiher? Und wäre ich einer, so hätte man mich erst zu fragen."

„So verzeih!"

Der Mann aus Karim war beim Nahen des Generals, dem man seine Vornehmheit ansah, obwohl er schlichte Bürgerkleidung trug, bescheiden zur Seite getreten. Jetzt, da es sich um einen zweiten Beschädigten handelte, bekam er Mut, seine Stimme von neuem zu erheben.

„Nein, verzeih es nicht!" sagte er. „Der Knabe hat dich bestohlen und mich geschändet. Ich fordere, daß er bestraft werde!"

Da drehte sich der Pascha zu ihm um und fragte:

„Wer bist du? Was hat er dir — — —"

Er sah den Mann, den blauen Schädel, hielt mitten im Satze inne, machte Augen, die immer größer und immer glänzender wurden. Das hielt der Blaue für den geeigneten Augenblick, loszubrechen und die Missetat nochmals zu berichten. Aber er kam nicht weit damit, denn die Himmelsbläue wirkte auf den General genauso, wie sie auf uns gewirkt hatte; er konnte sich nicht halten und begann zu lachen, und zwar so zu lachen, daß wir anderen alle wieder mit einstimmten. Und mitten in dieses Gelächter hinein, was geschah — —?

Da kam der Bub zurückgeritten, ein ganzes Schock von Kindern hinter ihm her. Die Erwachsenen kannten ihn schon; die kümmerten sich schon längst nicht mehr um seine sonderbaren Streiche. Er hielt den Esel genau an derselben Stelle an, auf der er vorher gestanden hatte, stieg ab und kehrte mit demselben Ernst und derselben hoheitsvollen Würde zu uns zurück, wie er uns vorhin verlassen hatte. Das machte einen so unwiderstehlichen Eindruck auf uns alle, daß das Lachen einen Augenblick schwieg, dann aber in doppelter Stärke wieder losbrach und gar nicht enden wollte. Auch der Blaue lachte mit: er war sogar der letzte, der zum Aufhören kam. Thar kannte den General auch. Er stellte sich gerade vor ihn hin, richtete sich stramm auf und machte genauso eine Ehrenbezeigung, wie er bei Soldaten gesehen hatte, die einem Offizier begegnen.

Da fragte ihn der Pascha:

„Du weißt, wer ich bin?"

„Ja", erwiderte der Knabe.

„Nun, wer?"

„Du bist Benaja, der Feldhauptmann des Königs Salomo!"

„Brav!" lachte der Offizier. „Du bleibst in deiner Rolle! Was aber sind das hier für Waffen?"

Er deutete dabei auf die Scheren, Korkzieher und Lichtputzen. Aber der Bub war nicht aus der Fassung zu bringen. Er hatte unzähligemal dem Mund der Geschichte, der Sage und des Märchens gelauscht und kannte die Vergangenheit Jerusalems besser als gar mancher deutscher Junge die Geschichte seiner Vaterstadt. Auch war er sich der sinnbildlichen Bedeutung seiner Waffen wohl bewußt. Er antwortete also schnell und ohne sich zu besinnen:

„Das sind die ‚Skorpione', mit denen der König von Juda seine Leute in die Ohren kniff, wenn sie nicht gehorchen wollten. Und ich bin Gideon, der Held aus dem Stamm Manasse. Ich habe mir dein Streitroß geborgt, weil ich eine Blutrache gegen die Midianiter habe; aber es ist zu dick und hat keinen Atem; darum bin ich wieder umgekehrt, um es dir zurückzubringen. Ich danke dir, aber es ist wirklich nicht zu gebrauchen."

Er wiederholte die Ehrenbezeigung. Da lachte der Pascha, daß ihm die Tränen in die Augen traten. Er schien überhaupt ein sehr leutseliger Herr zu sein.

Mustafa beeilte sich, diese gute Stimmung für die Straflosigkeit seines Knaben auszunützen. Er sprach die Bitte aus:

„Verzeih ihm, was er tat! Er ist klug und gut."

Er erreichte genau das Gegenteil von dem, was er beabsichtigt hatte. Das Gesicht des Pascha wurde im Nu wieder ernst. „Von Straflosigkeit kann keine Rede sein", sagte er; „dein Sohn hat doppelt gesündigt, an mir und an diesem da." Dabei deutete er auf den Mann von Ain Karim. Dann fuhr er fort: „Und damit er nicht etwa Lohn statt Strafe erntet, werde ich die Züchtigung in meine eigenen Hände nehmen. Ist ein Stock vorhanden, der sich für solche Zwecke eignet?"

Der Neger, der diese Frage hörte, brachte aus seiner Ecke ein dünnes, knotiges Spazierstöckchen herbei, das allerdings gut zu jenen erziehlichen Handlungen zu verwenden war, von denen die Jugend zu schweigen pflegt. Der General nahm das Rohr, schwippte es zur Probe einigemal hin und her und auf und ab, nickte befriedigt mit dem Kopf, blinzelte den Blauen verschmitzt von der Seite an und fragte ihn:

„Du bist doch damit einverstanden, daß der Sünder verurteilt wird?"

„Ja", nickte der Gefragte schnell.

„Soll ich das Urteil gleich in deinem Namen mitsprechen und ausführen?"

„Ja."

„Wohlan, so soll er zehn Streiche erhalten, fünf für mich und fünf für dich, und zwar von meiner Hand."

„Ist das nicht zu wenig?" fragte der Mann enttäuscht.

„Nein, es ist nicht zu wenig, sondern gerade genug", erwiderte der Bub.

„Du hast zu schweigen", fuhr ihn der Blaue an.

„Wer bekommt die Prügel? Ich oder du?"

„Du!"

„So kannst doch du nicht fühlen, ob es zuwenig ist oder zuviel!" Und sich an den Pascha wendend, fügte er die Frage hinzu: „Ist es dein Ernst, das mit den zehn Streichen?"

„Ja", bestätigte dieser. „Für einen Gideon ist es eigentlich keine große Ehre, mit dem Stock gezüchtigt zu werden."

„Das meine ich auch", stimmte der Knabe bei. „Aber ich habe nun einmal das Unglück, die Rache nicht bloß auszugeben, sondern auch wieder einzunehmen. So bitte ich dich wenigstens um die Erlaubnis, erst mein Heldentum ablegen zu dürfen."

Das wurde ihm gestattet. Er ging in die Kaffee-Ecke, entledigte sich dort seiner kriegerischen Ausrüstung und kehrte dann zurück, um sich der freihändigen Strafrechtspflege zur Verfügung zu stellen.

„Halte ihn!" befahl der Pascha dem Vater. Dieser gehorchte. Er bog sich nach vorn, schob das linke Knie vor und legte den Inhaber der Blutrache quer darüber, in jener uns allen wohlbekannten Weise, in der die Rückseite des Empfängers nach oben kommt. Thar ließ es mit sich geschehen, ohne sich zu sträuben und ohne ein Wort zu sagen. Der Pascha stellte sich quer dazu, holte aus und zählte die Hiebe, die er gab:

„Eins — — — zwei — — — —!"

Er kam nicht weiter, denn jetzt stand meine Frau von ihrem Sitz auf, stellte sich mitten zwischen die handelnden Personen, so daß der Strafvollzug unterbrochen wurde, und bat um Gnade. Der Pascha fragte, wer sie sei. Sie sagte es. Er besann sich einen Augenblick, verbeugte sich dann und antwortete, daß er ihre Bitte zwar mit Vernügen erfülle, aber unmöglich von der Zahl zehn, die er als Urteil ausgesprochen habe, abgehen könne, denn er pflege unter allen Umständen Wort zu halten. Die zwei bereits gegebenen Streiche freilich könne er nicht mildern, aber die noch ausstehenden acht möge nun sie so verabreichen, wie es ihr Herzensbedürfnis sei. Dabei reichte er ihr den Stock, trat zurück und winkte fortzufahren. Sie tat es so, daß wir alle, den Sträfling mit eingeschlossen, wohl zufrieden waren. Als sie sich dann nach dem Pascha umwendete, sah sie ihn nicht mehr. Er war inzwischen in den nebenanliegenden Laden zurückgekehrt. Der Mann aus Ain Karim schickte sich zwar an, Einspruch zu erheben, doch Mustafa Bustani forderte ihn auf, in einer Stunde wiederzukommen und sich ein Geschenk zu holen. Es fielen nur noch einige kurze Worte hin und her, dann ging der Landmann einstweilen befriedigt fort. Inzwischen flüsterte, da sein Vater es nicht hörte, der Bub uns beiden zu:

„Er hat gelacht! Habt ihr es gesehen? Wie mich das freut!"

Seine lieben, guten Augen leuchteten. Nun küßte er meiner Frau die Hand und sagte:

„Ich danke dir für die acht, die du mir gegeben hast! Sie waren zart und mild wie Zuckergebackenes, in dem kein Pfeffer ist. Ich werde dir das nie vergessen. Du weißt, ich bin ein Held. Ich bitte dich, in jeder Not auf mich zu rechnen."

Hierauf zog er sich wieder in die Kaffee-Ecke zurück, um unter Beihilfe des Negers irgendeine neue Veränderung mit sich auszuführen. Sein Vater setzte sich wieder zu uns, und wir nahmen unsere unterbrochene Unterhaltung von neuem auf. Den Schelmenstreich seines Lieblings tat er lächelnd mit den Worten ab:

„Er war der ‚Auserwählte‘ seiner Mutter. Die sah ihm alles nach.“

„Wie ist er nur zu dieser sonderbaren Liebe zur Farbe gekommen?“ erkundigte ich mich. „Oder war das früher schon?“

„Nein“, antwortete er. „Mein Kaffeeneger und meine schwarze Köchin sind Eheleute. Die haben einen Jungen, der seit einiger Zeit zu einem Tüncher in die Lehre geht. Daher die lebhafte Zuneigung meines Knaben für das bunte Reich der Farben. Mir scheint, er ist zum Künstler geboren. Natürlich sind vorerst nur die Anfänge zu sehen, aber die verraten schon so viel, daß ich denke, mein schönes einträgliches Geschäft wird einst in fremde Hände übergehen müssen. Der Islam ist zwar der Ab- oder Nachbildung des menschlichen Körpers nicht zugeneigt, doch bietet die übrige Schöpfung soviel des Großen und Schönen, daß für Thar und seine Kunst genug vorhanden ist, berühmt zu werden. Alle meine Bekannten sind der Meinung, daß Bedeutendes in ihm steckt. Ist es da nicht meine Pflicht, ihn zum großen Mann zu machen?“

Er sprach nicht etwa leise; der Knabe hörte jedes Wort. Infolgedessen kam er aus der Ecke zu uns hervor und sagte zu mir:

„Du mußt das richtig erfahren, Effendi; der Vater teilt es dir nicht vollständig mit. Es ist nämlich so: der Vater sagt: er war der ‚Auserwählte‘ der Mutter; die sah ihm alles nach; aber er hat Talent zum Künstler und wird ein großer Mann. Die Mutter sagte immer: er ist der ‚Auserwählte‘ des Vaters; der sieht ihm alles nach; aber er hat Talent zum tapferen Helden und wird ein großer Mann. Und der Lehrer, zu dem ich in den Unterricht gehe, der sagt stets: er ist der ‚Auserwählte‘ seines Vaters, seiner Mutter und seiner ganzen Verwandtschaft; die sehen ihm alles nach; aber er hat nicht die geringste Begabung zu irgend etwas Großem und ist nur zum Handel und Schacher und zum Schwindel bestimmt. So, nun weißt du es, Effendi!"

Er sagte das ernst, und es war auch ernst, und nicht nur das, sondern sogar wichtig. Sein Vater ahnte nicht den tiefen Sinn, der in den ehrlichen Worten des Kindes lag. Meine Frau aber verstand ihn, denn sie sah mich an und nickte mir bedeutungsvoll zu. Der Bub hatte sich inzwischen äußerlich verändert, wenn auch nicht in den Farben, so doch in Beziehung auf ihre Anordnung. Was nämlich vorher grün gewesen war, das war nun blau, und was erst blau gewesen war, das war nun grün. Also grün waren jetzt das rechte Bein, der linke Arm und die beiden Backen, und blau waren das linke Bein, der rechte Arm, die Schnurrbartgegend und das Kinn. Darum erkundigte ich mich zunächst:

„Wer bist du denn jetzt?"

Er antwortete sofort:

„Ich bin Judas Makkabäus und habe eine Blutrache gegen die Syrer. Aber das lasse ich einstweilen noch ruhen, weil ich gehört habe, was der Vater über mich sagte. Ich habe dir mitgeteilt, wie er über mich denkt, wie die Mutter über mich dachte und wie der Lehrer über mich denkt. Nun möchte ich gern auch wissen, wie du über mich denkst, Effendi?"

„Sag mir vorerst deine Meinung darüber, wer recht hat, der Vater, die Mutter oder der Lehrer!"

Er errötete, warf dem Vater einen um Verzeihung bittenden Blick zu und erwiderte:

„Den Vater habe ich lieb, die Mutter habe ich lieb; aber sie haben beide unrecht. Den Lehrer habe ich nicht lieb, aber er hat recht."

Da konnte ich nicht anders: ich zog den Jungen an mich und küßte ihn auf die frei von Farbe gebliebene Stirn. Das Herz wollte mir überquellen, und ich sah, daß auch meine Frau innerlich ergriffen war.

„So gib mir eine Frist", bat ich Thar. „Wir sehen uns

zum erstenmal wieder, und du bist anders geworden, als du früher warst. Ich treffe dich jetzt oft. Da mache ich mir meine Meinung über dich, und die sage ich dir, bevor ich Jerusalem verlasse."

„Wirklich?" fragte er bittend.

„Ja, wirklich", antwortete ich.

Da strich er mir mit der Hand leise und zärtlich über die Wange und beteuerte:

„Ich liebe auch dich; aber du wirst nicht unrecht haben, das weiß ich bestimmt. Willst du dir einmal anschauen, was ich gemalt habe?"

„Ja."

„Wann kommst du wieder?"

„Morgen um dieselbe Zeit."

„Also schon am Vormittag. Da muß ich die Bilder heute nachmittag beginnen und vollenden."

Er sann einige Augenblicke nach. Ein schalkhaftes Lächeln zuckte über die grünen Backen und über die blaue Schnurrbartgegend. Dann fragte er seinen Vater:

„Darf ich dich bitten, mir für heute unser Gartenhaus zu überlassen?"

„Was willst du drin?" erkundigte sich der Gefragte

„Zwei Bilder malen und sie morgen dem Effendi zeigen."

„Gut, ich bin einverstanden."

„Aber es darf mich niemand stören. Es ist keinem Menschen erlaubt, zu mir hereinzukommen, wenn ich nicht will."

„Auch mir nicht?"

„Auch dir nicht."

„Das ist ja prächtig! Aber ich hoffe, daß es dir gelingen wird, dem Effendi etwas wirklich Gutes zu zeigen, und so habe ich nichts dagegen."

„Allah sei Dank!" rief der Bub. „Gleich geht es los."

Er schlug vor Entzücken einen Purzelbaum und schoß dann zum Laden hinaus.

„Nun, was sagst du zu ihm?" fragte Mustafa Bustani nach einer Minute des Schweigens. „Was für ein Knabe! Nicht wahr, ein Künstler?"

„Warten!" antwortete ich. „Erst sehen! Solche Urteile wollen überlegt und wohl betrachtet sein. Ich habe um Frist gebeten. Morgen treffen wir uns ja schon wieder."

2. *Kunstmalerei*

Wir gingen. Es war gegen Mittag, wo die heißeste Zeit des Tages beginnt, die man am liebsten im kühlen Zimmer verbringt. Als die Mittagshitze vorüber war, wanderten wir nach dem Ölberg, um nach Bethanien hinauf zu spazieren und dann über die Stätte Betphage und Kafr et Tur nach der Stadt zurückzukehren. Wir nahmen das photographische Gerät mit, ohne das meine Frau nie verreist. Was mich betrifft, so befasse ich mich auf Reisen nicht mit solchen Dingen, weil sie viel Zeit und Mühe in Anspruch nehmen und die persönliche Selbständigkeit und Beweglichkeit in hohem Grade beeinträchtigen. Meine Frau aber liebt es, Erinnerungsbilder mit nach Hause zu bringen und sich und andere später damit zu erfreuen. So machte sie auch heute in Bethanien einige Aufnahmen, die die Eigenartigkeit der dortigen Stein- und Mauerreste zeigen. Dann stiegen wir zur vollen Höhe des Ölbergs hinauf. Da gibt es Stellen, von denen man nicht nur die ostjordanischen Berge, sondern sogar einen Teil des Toten Meeres sehen kann. Während wir diese reiche Fernsicht genossen, sprachen wir über unseren heutigen Besuch bei Mustafa Bustani. Ich hob hervor, daß er gegen früher leidend aussehe und mehr gealtert sei, als die Jahre eigentlich mit sich brachten. Der Tod seiner Frau hatte ihn viel tiefer ergriffen, als man einem Mohammedaner sonst zuzutrauen pflegt. Oder sollte ihn noch etwas anderes bedrücken?

Nachdem wir unsere Aufmerksamkeit bisher ausschließlich nach Osten gerichtet hatten, wendeten wir uns nun dem Westen, also der Stadt zu. Da gewahrten wir in abgeschiedener Gegend einen einsamen Mann, der in der Nähe eines Johannisbrotstrauchs saß und, die Hände wie zum Gebet gefaltet, unbeweglich gegen Morgen starrte. Das war einige Zeit vor der Abenddämmerung. Wir mußten an ihm vorüber. Als wir näherkamen, erhob er sich. Es war Mustafa Bustani, unser Freund, von dem wir soeben erst gesprochen hatten. Wir sagten ihm das. Er aber schien über dies unbeabsichtigte Zusammentreffen verlegen zu sein.

Es war, als ob er sich über etwas ertappt fühle, was niemand wissen solle. Seine Worte, die sich an die Begrüßung schlossen, klangen wie eine Verpflichtung, sich entschuldigen zu müssen.

Er teilte uns mit, daß die Stelle, an der wir uns befanden, seit einiger Zeit sein Lieblingsplatz sei, den er fast täglich aufsuche, um gegen Osten hinzuschauen. Ich mußte dabei unwillkürlich an seinen verstoßenen Bruder denken, der ja gegen Osten hin verschwunden und verschollen war. Wir setzten uns bei ihm nieder und erkannten bald, daß er sich in einer eigenartigen Stimmung befand, deren Grundton als eine weiche Hilflosigkeit herauszufühlen war. Er leitete das Gespräch bald auf seinen schon erwähnten Lieblingsgegenstand, nämlich auf den Zusammenhang der sichtbaren mit der unsichtbaren Welt und auf die biblische Behauptung, daß es Wunder gebe. Hierauf gestand er uns, daß ihn ein Traum herauf an diese Stelle treibe, ein Traum, der so bestimmt und deutlich gewesen sei, als ob er im Wachen stattgefunden habe. Diese Deutlichkeit sei so überzeugend gewesen, daß er sich den Tag des Traumes aufgeschrieben habe, den fünfzehnten Tag des Monats Adar[1]. Halb sich entschuldigend und halb fragend fügte er hinzu, daß er uns wohl nicht zumuten dürfe, uns mit seinen Träumen zu beschäftigen. Wir ver-

1 März

sicherten ihm, daß alles, was sein Seelenleben betreffe, unsere Teilnahme habe, und so erzählte er:

„Du weißt, Effendi, daß mein Bruder verstoßen wurde, weil er Christ geworden ist, und daß wir alle seine Aussöhnungsversuche zurückwiesen, weil er sodann noch eine Christin zur Frau genommen hatte. Hierauf ist er verschollen. Niemand konnte erfahren, wohin er sich später gewendet hat. Aber du weißt nicht, daß die Verstoßung die vollständige Enterbung zur Folge hatte und daß er alles verlor, worauf zu rechnen er ein ebenso großes Recht besaß wie ich selbst. Ich wurde der einzige Erbe; er aber war arm wie ein Bettler!"

„Eine Folge eurer Gesetze und der herrschenden Familienrechte", versuchte ich zu entschuldigen.

„Du bist Christ und denkst also anders, als du mir zuliebe sprichst!" wies er mich zurück. „Ich fühlte jahrelang keine Spur der Ungerechtigkeit, die wir gegen ihn begangen hatten. Aber Besitz und Religion sind doch ganz verschiedene Dinge. Darf ich etwa aus der Reihe der Gläubigen gestoßen werden, wenn sich mein Reichtum in Armut verwandelt? Nein! Ebensowenig darf man mich aus dem Kreise der Besitzenden stoßen, weil ich nicht Moslem bleiben, sondern Christ werden will. Die ser Gedanke aber ist nicht von mir, sondern er kam von meinem Weibe. In ihrem Herzen wohnte eine Liebe und eine Güte, die es in dem meinigen nicht gab. Diese Güte begann eine schwere Arbeit an mir, doch sie gelang. Meine Härte wurde immer weicher, und als sie, die Mutter meines Sohnes, starb, da starb sie als Siegerin. Ich versprach ihr, meinen Bruder aufzusuchen und alles, was ich besitze, mit ihm zu teilen. Sie dankte mir, segnete mich, schloß die Augen und — verschied."

Er verhüllte das Gesicht mit den Händen und schwieg eine Weile, um seine Bewegung zu meistern; dann fuhr er fort:

„Ich suchte und ließ suchen, doch vergebens. Der Bruder war verschwunden. Ich dachte stets an ihn, fast ebenso oft wie an sie, deren Tod mir mehr genommen hat, als du, Effendi, wahrscheinlich denkst. Mir kam die Frage, ob mein Bruder wohl gar gestorben sei und ob er und sie sich jenseits dieses unseres Lebens finden, sehen und sprechen. In solche Gedanken vertiefte ich mich. Mit ihnen wachte ich und mit ihnen schlief ich ein. Da, am fünfzehnten Tag des Monats Adar, träumte mir, daß ich in der Moschee knie und bete. Plötzlich öffnete sich die Wand in der Kiblah[1], und mein Bruder erschien und forderte mich auf, mir zu merken, was er mir sage. Und das lautete: ‚Ich bin gestorben, aber ich lebe. Nicht ihr habt mir, sondern ich habe euch zu verzeihen. Ich werde dir diese meine Verzeihung senden. Sie naht von Osten her. Schau täglich nach ihr aus und mach an ihr wieder gut, was ihr an mir verbrochen habt!‘ So lauteten seine Worte. Dann verschwand er. Die Wand schloß sich wieder, und ich erwachte aus dem Traum. Der erschien mir so deutlich und so wahr, daß ich mein Lager verließ, um mir den Tag anzumerken. Seitdem treibt es mich täglich hier herauf, um gegen Osten auszuschauen, ob der Traum in Erfüllung geht. In Bethanien aber verweile ich stets für kurze Zeit, um das Grab des Lazarus zu besuchen; warum, das weiß ich nicht; aber es ist mir, als ob ich mit dem Boten meines Bruders gerade dort zusammentreffen werde. Was sagst du zu diesem Traum, Effendi?“

„Er ist sonderbar“, erwiderte ich. „Doch dein eigenes Gefühl leitet dich da richtiger als jede noch so klug erscheinende Auskunft, die ein anderer dir geben kann.“

„So meinst du, daß ich meine täglichen Spaziergänge nach dieser Stelle hier herauf fortsetzen soll?“

„Werden sie dir durch irgend jemand oder durch irgend etwas verboten?“

„Nein.“

1 Gebetsrichtung nach Mekka

„So ist auch kein Grund vorhanden, sie zu unterlassen."

„Ich danke dir! Erst wurde es mir schwer, zu euch von dieser Angelegenheit zu sprechen; nun ich es aber getan habe, fühle ich, daß mir das Herz davon leicht geworden ist. Doch kommt! Es beginnt bereits zu dämmern. Wir müssen gehen, sonst überrascht uns die Dunkelheit noch unterwegs."

Er hatte recht; der Abend senkte sich hernieder, und so beeilten wir uns heimzukommen.

Unterwegs teilte er uns mit, daß er inzwischen geschäftlich für uns besorgt gewesen sei. Er wisse in El Chalil[1] einen köstlichen Paschasattel, der aus Arabien stamme und verkauft werden solle. Er werde einen Boten senden, ihn holen zu lassen, und ihn mir dann zeigen.

„Ich muß ja selbst nach El Chalil", fiel ich da ein. „Ich will meiner Frau das Grab Abrahams und den berühmten Hain Mamre zeigen, wo die drei Engel dem Patriarchen erschienen sind."

Da rief er fröhlich aus:

„So begleite ich euch, wenn ihr es erlaubt! Ich habe dort so viel Wichtiges zu erledigen, daß ich, nun der Gedanke einmal da ist, am liebsten gleich morgen reisen möchte."

„Das können wir! Uns ist jede Zeit recht, die dir paßt!"

„Wirklich? Auch morgen schon?"

„Ja."

„Und darf ich Thar mitnehmen, meinen Sohn, für den es die größte aller Wonnen sein wird, mit euch und mir in einem schönen Wagen zu sitzen und in die unbekannte Welt hinauszufahren? Er ist nach dieser Richtung hin nicht weiter als nur bis Bethlehem gekommen."

„Wir freuen uns, daß du ihn mitnimmst."

„Gut, es sei beschlossen, wir fahren; den Wagen be-

1 Hebron

sorge ich. Und da euch euer Weg jetzt an meinem Haus vorüberführt, so ersuche ich euch, für einige Augenblicke bei mir einzukehren. Ihr sollt die Freude sehen, die ihr dem Knaben durch eure Erlaubnis bereitet."

Es wurde dunkel, ehe wir ans Ziel gelangten. Mustafa Bustani klopfte an das von innen verriegelte Tor. Schlürfende Schritte nahten; die schwarze Köchin kam uns zu öffnen. Sie hatte eine orientalische Windlaterne in der Hand, bei deren Schein wir sahen, daß sie ihre ganze Gestalt in ein ursprünglich weißes Laken gehüllt hatte, das jetzt aber so voll blauer, grüner, roter und gelber Wischflecke war, daß man den ursprünglichen Untergrund fast gar nicht mehr erkennen konnte.

„Maschallah! Wie siehst du aus?" rief der Hausherr, als er das sah.

„Das ist die Kunst!" entgegnete sie stolz, und ein höchst befriedigtes Grinsen verbreiterte ihr Gesicht fast um das Doppelte.

„Die Kunst? Wieso?"

„Wir malen das Rote Meer. Gleich nach dem Mittagessen haben wir angefangen und sind noch nicht fertig."

„Du — — — du malst mit?" fragte er, indem gewisse, nicht ganz frohe Ahnungen in ihm wach wurden.

„Ja, ich!" versicherte sie im Ton sehr hochgestiegener Selbstzufriedenheit. „Der ‚Auserwählte' malt nur das Wasser, die Luft und die Sonne; ich aber male das grüne Land; das bringt er nicht fertig."

„Das grüne Land? Worauf malt er denn? Hoffentlich doch nur auf Papier?"

„Auf Papier: o nein! Das wäre doch viel zu klein. Wir malen auf die Wand."

„Auf die Wand? Wo denn?"

„Im Gartenhaus!"

„Allah, Allah! Im Gartenhaus! An die Wand! Das ist ja fürchterlich. Was werde ich da erblicken! Ich muß gleich hin, sofort!"

Er eilte vom Tor weg, unter dem er bisher gestanden hatte. Daher bemerkte uns die Köchin erst jetzt. Sie leuchtete uns an und erkannte mich.

„Der Effendi!" rief sie aus. „Schon heute! Der ‚Auserwählte' sagte doch, daß du erst morgen kommen werdest. Eile und folge mir! Du darfst es sehen; das hat der ‚Auserwählte' gesagt. Aber dem Herrn ist es noch verboten. Wir müssen ihm schnell nach. Er darf nicht hinein."

Sie trabte mit ihrer Laterne von dannen. Wir folgten langsamer. Es war nicht weit, kaum zwanzig Schritte. Das Wohnhaus lag in der Mitte des Gartens, das Gartenhaus aber an der Gartenmauer. Mustafa Bustani war nicht mehr einzuholen. Er hätte sich auch nicht abhalten lassen, die Stätte, in der die „Kunst" jetzt weilte, zu betreten. Ich kannte sie. Oft war ich in dem Häuschen gewesen. Es bildete ein Geviert, die Türseite nach dem Garten, die anderen drei Seiten ohne Fenster, also mit keinem Blick in die Außenwelt, elfenbeingelblichweiß gestrichen und mit goldenen Koransprüchen verziert. In dieser Abgeschlossenheit, Sauberkeit und künstlerischen Bescheidenheit hatte es stets einen wohltuenden Eindruck auf mich gemacht. Und jetzt?

Jetzt war die Tür weit aufgerissen. Vor ihr stand Mustafa Bustani. Er war noch nicht eingetreten, weil sein Sohn sich dagegen sträubte. Von der Decke hing eine Ampel, deren Lampe mit heller Flamme brannte. Im Innern sah man den Künstler, dessen Gestalt und Hemd nicht mehr wie am Vormittag in zwei, sondern in vier Farben getaucht erschien, nämlich in azurnes Blau, in giftiges Grün, in leuchtendes Gelb und in glühendes Rot. So schreiende Farben regen auf, zumal wenn man künstlerisch zartbesaitet ist. Was Wunder, daß da der Junge nicht gerade bei guter Laune war. Noch ehe wir das Gartenhaus erreicht hatten, hörten wir seine zornige Stimme, mit der er dem Vater zurief:

„Nein! Du hast es mir versprochen! Du darfst nicht herein! Ich bin auch noch nicht fertig! Der Effendi ist der erste, der es sehen darf, nicht du!"

„Aber er ist ja da, der Effendi!" antwortete Mustafa Bustani.

„Wo?"

„Hier!" meldete ich mich und schob den Vater zur Seite, um mich dem Sohn zu zeigen.

„Schon heute?" wunderte sich dieser. „Du wolltest doch erst morgen kommen! Aber es ist trotzdem schön, daß du schon jetzt da bist. Tretet also ein, ihr beiden und — —"

„Nun, und ich?" unterbrach ihn sein Vater.

„Ich will so gütig sein und auch dir es erlauben, weil die beiden Hauptpersonen doch zugegen sind. Das tu ich aber nur, weil auch du zuweilen nachsichtig mit mir bist."

„Leider! Allah weiß, daß ich das bin!"

So schickten wir uns denn an, das Kunstwerk zu genießen, und ich muß der Wahrheit gemäß feststellen, daß mir weder vorher noch nachher wieder so etwas so hoch in der Tiefe Aufgefaßtes und so tief in der Höhe Ausgeführtes vor die Augen gekommen ist. Wir standen vor einer so erstaunlichen und in ihrer Wirkung so beispiellosen Leistung, daß ich wenigstens einige Erklärungen geben muß. Denn eine Beschreibung ist, genauso wie bei einem Raffael Santi oder einem Rembrandt van Rijn, unmöglich.

Das Gartenhaus konnte also nur nach dem Garten hin geöffnet werden, dem morgenländischen Gebrauch entsprechend, sich von der Außenwelt abzuschließen. Trat man durch die geöffnete Tür, so stand man vor drei geschlossenen Wänden, vor sich eine und je rechts und links eine. Diese Wände waren früher, wie bereits erwähnt, weißgelb gewesen, mit goldenen Koransprüchen verziert. Das gab es jetzt nicht mehr. Denn die Wände waren mit grüner, blauer und roter Farbe angestrichen. Und hoch oben an der Decke, da, wo die Ampelschnur befestigt war, saß ein großer, gelber Fleck, der erst wahrscheinlich rund gewesen, dieser Form aber nicht treu geblieben, sondern mit dem Blau zusammengelaufen war. Außerdem konnte man mit einiger Einbildungskraft zur rechten und zur linken Seite zwei Häuser in den grünen Flächen erkennen.

„Da steht ihr nun alle und staunt!" sagte Thar und ließ seinen Blick in überlegener Weise über uns gleiten. „Wißt ihr, was das bedeutet? Weißt du, Effendi, was es ist?"

Da er sich gerade an mich wendete, sah ich mich gezwungen, der Sache auf die verwischte Spur zu kommen. Ich war aber so diplomatisch, keinen Gegenstand zu nennen, den das Bild hätte vorstellen können, denn ich wollte mir die Hochachtung des Künstlers auf alle Fälle erhalten. Darum antwortete ich nur so im allgemeinen, aber möglichst kunstbegeistert:

„Es ist das reine blaugrünrotgelbe Wunder!"

„Richtig!" stimmte er mir bei. „Du sagst nie etwas falsch! Es hat uns auch Mühe und Farbe genug gekostet. Schau nur her!"

Er deutete auf den Boden nieder, wo halb- und ganz leere Farbentöpfe standen und Pinsel bis zur äußersten Größe lagen, die Abreibe-, Wisch- und Scheuerlappen gar nicht gerechnet.

„Das haben wir vom Tüncher geholt", fuhr er fort. „Und weil die Zeit zu kurz war und ich nicht allein fertig werden konnte, hat mir die Köchin helfen müssen. Sie hat aber nur das Land gemalt; das ist leicht. Das übrige mußte ich selber machen; dazu hat sie keine Begabung!"

Sein Vater fragte mit mühsam beherrschter Stimme:

„Wer hat dir denn erlaubt, diese Wände und die köstlichen Sprüche zu übermalen?"

„Doch du! Ich fragte dich, ob ich im Gartenhaus zwei Bilder malen dürfe, und du hast es mir erlaubt."

„Habe ich da etwa annehmen können, daß du sie an die Wände malst, anstatt auf Papier? Wir sprechen noch hierüber, mein Sohn." Er machte die Gebärde, als habe er einen Stock in der Hand, und fügte hinzu: „Übrigens sehe ich nur ein Bild, nicht zwei."

„Ich habe mich anders besonnen. Es gibt noch mehr als zwei. Das hier ist das erste. Die anderen kommen nach. Der Effendi will doch sehen, was ich kann, und da muß ich ihm soviel wie möglich zeigen."

„Noch mehr Bilder? Derartige Bilder? Bist du toll? Welche denn?"

„Morgen malen wir im Harem."

„Was?"

„Die Posaunen von Jericho und wie die Mauern einstürzen."

„Allah erbarme sich? Und übermorgen?"

„Übermorgen malen wir im Schlafzimmer!"

„Aber was?"

„Den Untergang von Sodom und Gomorra, mit lauter Rauch und Feuer, Blitz und Donner. Die Farben sind schon bestellt."

„Schon bestellt! Auch das noch! Im Schlafzimmer Blitz und Donner, Rauch und Feuer! Für deine Kunst scheint es nichts Unmögliches zu geben. Ich sehe ein, daß ich ihr Grenzen ziehen muß. Was stellt denn dies hier vor? Da ist keine Spur von Gedanken drin."

Er hatte bei dem Worte „Grenzen" eine Bewegung gemacht, als ob er ihn wieder, wie heute am Vormittag, über das Knie nehmen wolle. Trotz dieser Drohung mußte der Knabe lachen, als er jetzt entgegnete:

„Keine Gedanken? Da steckt das ganze Volk Israel und der König Pharao mit allen seinen Ägyptern drin!"

„Wieso?" erkundigte sich der Vater. „Man kann doch nichts von ihnen sehen!"

„Weil sie eben im Wasser sind! Dieses Bild ist der Durchgang der Kinder Israels durch das Rote Meer. Erkennst du denn nicht das Rote Meer, da gerade vor dir? Und darüber ist die blaue Luft und ganz oben, gerade-über dem Kopf, die gelbe Sonne, denn es ist genau Mittagszeit. Hier links, das grüne Land, das ist Ägypten, und das Haus, das ist der Palast des Pharao. Und hier rechts, das grüne Land, das ist Palästina, und in dem Haus, das darinsteht, wohnt der König der Jebusiter. Dazwischen liegt das Rote Meer. Die Kinder Israels waren Sklaven in Ägypten. Moses hat ihnen losgeholfen. Er floh mit ihnen in das Rote Meer. Jetzt eben stecken sie alle drin. Pharao eilte ihnen nach mit seinem ganzen Heer. Schau her! Soeben ist der letzte von ihnen verschwunden. Man sieht nur noch seine Ferse, die noch nicht im Wasser ist. Und drüben, auf der anderen Seite, da kommen die Kinder Israels soeben wieder aus dem Wasser heraus. Man sieht schon die Fußzehen des ersten von ihnen, die außerhalb des Wassers sind. Sind das etwa keine Gedanken?"

Er stellte sich breit vor seinen Vater hin und sah ihm überlegen in das Gesicht. Und da erklang hinter uns die vorwurfsvolle Stimme der Negerköchin, die mit ihrer Wandlaterne noch an der Tür stand und alles gehört hatte: „Und das ganze, grüne Ägypten und das ganze, grüne Palästina, das stammt von mir. Morgen male ich Jericho."

Da konnte sich der gute Mustafa Bustani nicht länger beherrschen. Sein Zorn brach los.

„Was du morgen malst, das wird sich finden", donnerte er sie an: „Marsch! Fort mit dir! Ins Haus!"

Ihr fuhr der Schreck in die Glieder. Sie ließ die Laterne fallen, daß sie verlöschte, und rannte davon, so schnell ihre Füße sie trugen. Aber diese Wirkung seines Grimms gab dem Händler sofort seine Selbstbeherrschung zurück, und er entschuldigte sich bei uns:

„Verzeiht! Der Zorn tut nie das Richtige. Erlaubt, daß ich euch begleite!"

Wir verstanden und begriffen ihn sehr wohl. Er führte uns bis ans Tor, durch das wir gekommen waren. Es stand noch offen. Dort sagte er:

„Es bleibt bei unserer Fahrt, morgen früh. Ich hole euch ab, um sieben Uhr nach europäischer Zeit. Ob ich den Knaben mitnehme, weiß ich noch nicht."

„Wirst du ihn strafen?" erkundigte sich meine Frau, die den Jungen auch liebgewonnen hatte.

„Wer hier, in diesem Fall, die Strafe verdient, darüber werde ich nachdenken", antwortete er in ungewöhnlich ernstem Ton: „Es ist, als ob mir mit euch ein Licht gekommen sei. Mir scheint, ich habe seit heute vormittag andere Augen und Ohren. Wie kam es, daß ihr, ohne allen sichtbaren Grund, denselben Weg nach der Höhe des Ölbergs gegangen seid, den ich täglich einzuschlagen pflege? Und genau zur selben Zeit?"

„Zufall!" warf ich leicht hin.

„Das sagst du, ohne es selbst zu glauben! Ich weiß recht gut, daß du das Wort Zufall für eine Verlegenheitserfindung hältst. Doch das ist für jetzt nebensächlich. Hauptsache für heute abend ist mein Sohn. Ich habe nachzudenken. Ich habe allein zu sein. Und — — euch beiden kann ich das sagen, ohne mich schämen zu müssen — — ich habe zu beten! Mir ist der Gedanke gekommen, daß ich mich mit der Seele meines Kindes auf falschem Wege befinde. Nur Allah allein kennt die verborgenen Tiefen unseres Innern. Er wird mir zeigen, was recht ist und was falsch. Ich bitte, sorgt euch nicht um den Knaben! Er erhält keine Strafe, die er nicht verdient. Gute Nacht!"

„Gute Nacht!" sagten auch wir, reichten ihm die Hände und gingen, gespannt darauf, wie sich die Angelegenheit morgen entwickeln werde.

3. Ins Land der Kananiter!

Nach Hebron!

Welche Erinnerungen knüpfen sich an den Namen dieser alten berühmten Königs- und Levitenstadt! Man sagt, sie sei die älteste der Städte des Gelobten Landes. Laut 4. Mose 13, 23 bestand sie schon dreitausend Jahre vor Christi Geburt. Zufolge der Überlieferung des Mittelalters lag in ihrer Nähe die Stelle, wo Gott den Adam schuf. Sie hieß früher Kiriath Arba, wo sagenhafte Riesen wohnten, und war später die Hauptstadt der Hethiter, deren Fürsten da herrschten. Nach der Eroberung von Kanaan durch die Kinder Israels fiel sie der Familie Kaleb zu. Später verlebte König David hier die ersten sieben Jahre seiner Regierungszeit. An ihren Toren wurde Abner von Joab ermordet, und die Männer, die Isboseth, den Sohn Sauls, getötet hatten, wurden auf Davids Befehl hier aufgehängt. Von Hebron ging die Auflehnung Absaloms gegen seinen Vater aus. Die Stadt fiel während der babylonischen Gefangenschaft den Edomitern in die Hände, die aber von Judas Makkabäus wieder vertrieben wurden. Die Römer zerstörten sie und verkauften ihre Bewohner in die Sklaverei. Die Kreuzfahrer machten Hebron zur Bischofstadt, die auch den Mohammedanern immer heilig gewesen ist, weil sie der Wohnsitz der Patriarchen war. Schon Abraham wohnte da, und Jakobs Zug nach Ägypten begann von Hebron aus. Die Moslemin nennen Abraham Chalîl er Ramân, Freund des Barmherzigen, wovon Hebron seinen jetzigen arabischen Namen El Chalîl bekommen hat.

Hebron ist also in hohem Grade ehrwürdig, leider

aber nicht freundlich gegen Fremde, zumal gegen Christen. Die Bevölkerung ist die unduldsamste des ganzen Landes, ungefähr neuntausend Mohammedaner und fünfhundert Juden, die sich zwar nicht scheuen, vom Christen recht viel Geld zu verdienen, ihn aber sonst als einen minderwertigen, wohl gar unreinen Feind betrachten, durch dessen Berührung man sich beschmutzt. Ein durch die Gassen Hebrons gehender Christ tut wohl daran, wenn er sich bemüht, die Augen der „wahren Gläubigen" so wenig wie möglich auf sich zu ziehen, sonst kann es leicht kommen, daß wenigstens die Jugend hinter ihm herläuft, um ihn nicht nur mit Schimpfworten, sondern auch mit noch handgreiflicheren Dingen zu bewerfen. Dieses feindselige Verhältnis spricht sich wohl am deutlichsten durch den Umstand aus, daß es in Hebron kein Gasthaus zur Aufnahme von Christen gibt, obgleich die Stadt durch eine recht gut befahrbare Straße mit Jerusalem verbunden ist. Es müßte denn jetzt anders sein; ich bin im Jahr 1900 zum letztenmal dort gewesen.

Wenn die Stadt mit dem freundlichen Namen und der unfreundlichen Bevölkerung trotzdem von Europäern besucht wird, so hat sie das nur der christlichen Verehrung der Erzväter, besonders Abrahams zu verdanken. Als Sara starb, kaufte Abraham die Doppelhöhle Machpela von Ephron, dem Hethiter, und verwandelte sie in eine Begräbnisstelle. Man sagt, daß dort alle sechs begraben liegen, nämlich Abraham, Isaak und Jakob, Sara, Rebekka und Lea. Die von der heiligen Helena — andere sagen: vom Kaiser Justinian — über dieser Stelle gegründete Kirche wurde von den Moslemin in eine Moschee verwandelt, die von Christen leider nicht besucht werden darf. Sie können sich höchstens das Heiligtum von außen betrachten. Um eintreten zu dürfen, muß man eine hohe, fürstliche Person sein oder einen besonderen Ferman des Großherrn besitzen. In der Nähe, auf Dêr el Arba'in, findet sich das Grab von Isai, König Davids Vater. Eine halbe Stunde von der Stadt steht die Eiche Abrahams, und man behauptet, daß dies die Stätte sei, wo einst der Hain Mamre gelegen habe. Fast jede besondere Stelle der Umgegend ist mit dem Gedächtnis des Patriarchen verknüpft.

Am nächsten Morgen, genau sieben Uhr, hielt ein wohlbespannter, bequemer, viersitziger Kutschwagen vor unserer Wohnung. Mustafa Bustani und Thar saßen darin.

„Also doch!“ sagte meine Frau, als sie das sah. „Der Junge darf mit!“

Auch ich freute mich darüber. Der Knabe sprang aus dem Wagen und kam, uns abzuholen. Er war festlich gekleidet. Gelbe Schuhe, weiße Strümpfe, eine weiße Hose, darüber ein weißes Beduinenhemd und eine rote Weste mit gelben Husarenschnüren. Auf dem Kopf ein roter Fes, um den ein weißseidenes Nackentuch gebunden war.

„Wir sind da“, begrüßte er uns. „Der Vater läßt bitten, zu kommen.“

Das klang kräftig und wie eine Meldung. Leiser aber und in vertraulichem Ton fügte er die Frage hinzu: „Habt auch ihr gestern abend gedacht, daß ich Schläge bekommen werde?“

„Nein“, antwortete ich.

„Nicht? Ich habe es sehr gedacht, sehr! Und ich wollte, er hätte mich geschlagen.“ Er sann einen Augenblick nach und wiederholte dann: „Ja, ich wollte es! Wenn die Strafe vorüber ist, dann ist er nicht mehr zornig und nicht mehr traurig, und es tut auch mir nicht mehr weh. Wenn ich sie aber noch zu erwarten habe, wie wahrscheinlich jetzt, so hat er immer so traurige Augen, und das verursacht mir doppelten Schmerz.“

„Wieso doppelten?“

„Nun, erstens über diese seine Augen und zweitens über die Hiebe, die noch kommen werden. Die fühle ich unaufhörlich voraus, aber ganz unnützerweise, denn gewöhnlich stellen sie sich dann nicht ein. So wird es auch heute sein. Trotzdem aber tun sie mir schon seit gestern abend weh. Er hat nämlich kein Wort gesagt, kein einziges. Und heute früh hat er mich selbst geweckt und auch selbst angekleidet, und als er so still dabei war, da konnte ich es nicht länger aushalten, sondern ich bin ihm um den Hals gefallen, um ihn zu küssen, und habe ihn gebeten, mich zu schlagen. Da hat er leise gelächelt und nur den Kopf geschüttelt. Ich halte das für falsch. Oder meint ihr, daß es richtig ist?"

„Was der Vater tut, ist stets richtig. Das mußt du dir merken!" belehrte ich ihn.

„Auch dann, wenn ich es für falsch halte?"

„Auch dann! Denn wenn du so alt sein wirst, wie er jetzt ist, wird dir die Erfahrung gekommen sein, daß er recht gehabt hat. Doch jetzt wollen wir aufbrechen. Er ist so pünktlich gewesen; so dürfen wir ihn nicht warten lassen."

„Nur noch einen Augenblick!" bat er. „Ich habe euch noch zu sagen, daß heute Freitag ist, also Feiertag. Da ist es mir verboten, mich schmutzig zu machen. Deshalb habe ich keine Farben mit. Aber ein Held bin ich trotzdem. Es ist nämlich nicht allemal notwendig, daß man sich anmalt, wenn man seine Feinde besiegen will. Es gibt auch Fälle, in denen — —"

„— — der Sieg ein wirklicher, kein angemalter ist", fiel meine Frau lachend ein. „Du meintest aber doch gestern, daß du heute die Erstürmung von Jericho malen wollest. Hast du da nicht an den heutigen Freitag gedacht?"

„Nein. Aber es wird überhaupt aus Jericho nichts."

„Warum?"

„Es fehlt mir der nötige Lärm dazu. Die Posaunen kann man malen, die Mauern auch; aber woher soll man den Lärm nehmen, wenn man keinen machen darf? Es ist wirklich jammerschade. So, nun bin ich fertig. Wir können gehen."

Wir brachen also auf und gingen zum Wagen. Eben, als wir einstiegen, ritt Osman Achyr, der Ferik-Pascha, auf seinem dicken Esel vorüber, um einen Morgenausflug zu unternehmen. Als er uns sah, zügelte er sein Tier für einen Augenblick, grüßte freundlich nickend und fragte den Knaben: „Was für ein Held bist du denn heute?"

Der erwiderte in gewohnter Geistesgegenwart sofort: „Ich bin Josua, der Eroberer."

„Wohin willst du?"

„Ins Land der Kananiter, um ihnen zu zeigen, daß wir uns nicht vor ihnen fürchten."

„Wo liegt dieses Land?"

„In Chalîl."

„So nimm dich wohl in acht, mein Junge! Die Leute dort hauen zu, ohne erst um Erlaubnis zu fragen."

Hierauf ritt er weiter. Mustafa Bustani versicherte uns, daß er für alles, was unterwegs nötig sei, gesorgt habe. Thar schwang sich neben den Kutscher auf den Bock, wo er sich jedenfalls freier fühlte als bei uns im Wagen. Dann zogen die Pferde an.

Der Weg führt vom Jaffator ziemlich steil in das Hinnontal hinab, am Birket es Sultan[1] vorüber und drüben wieder hinauf, zur Hochebene El Buckei'a, an deren Ende das Kloster Mar Eljâs liegt, von dem aus sich eine weite Fernsicht bietet. Man bringt den Namen dieses Klosters mit dem Propheten Elias in Verbindung und behauptet, daß aus dem Brunnen, der in der Nähe liegt, die heilige Familie getrunken habe. Jenseits des Klosters kommt man an das Kubbet Rachil[2], wo Rahel, die Frau des Patriarchen Jakob, begraben wurde. Von diesem Ort steht 1. Mos. 35, 19—20 geschrieben: „Also starb Rahel und ward begraben am Weg gen Ephrat, das nun Bethlehem ist. Und Jakob richtete ein Denkmal

1 Sultansteich 2 Grabmal der Rahel

auf über ihrem Grab; das ist das Grabmal der Rahel bis auf diesen Tag."

Hier teilt sich der Weg. Links führt er nach Bethlehem und geradeaus nach Hebron. Wir behielten die bisherige Richtung bei und kamen nach drei Viertelstunden zu den drei „Salomonischen Teichen", die in weit vorchristlicher Zeit angelegt wurden, um Jerusalem mit Wasser zu versorgen. So seltsam diese Teiche und das in ihrer Nähe liegende Kastell in geschichtlicher und baulicher Hinsicht sind, auf unsere Erzählung haben sie keinen Einfluß, und so fahren wir für jetzt an ihnen vorüber. Wichtiger ist mir das breite Wadi el' Arrûb, wo auf halbem Weg zwischen Jerusalem und Hebron ein „Kaffee" errichtet ist, damit Menschen und Tiere einen Platz finden, sich auszuruhen. Man hat sich da nicht ein europäisches Kaffeehaus vorzustellen, sondern ein enges, niedriges, steinernes Mauerwerk, in dem ein schmutziger Kerl in einem schmutzigen Topf aus schmutzigem Wasser eine schmutzige Brühe kocht, die er Kaffee nennt und an vorübergehende Europäer zu sündhaften Preisen verkauft. Aber die Sünde besteht nicht etwa darin, daß er diese Preise fordert — o nein, dazu ist er zu pfiffig. Es könnte ihm dann infolge von Beschwerden die Erlaubnis, Kaffee zu schenken, entzogen werden. Er fängt das klüger an. Von Einheimischen fordert er den denkbar niedrigsten Preis; zu Fremden aber sagt er stets: „Ich nehme, was du mir gibst!" Hiervon ist er durch keine Bitte und durch keinen Vorhalt abzubringen, und da der hier vorüberkommende Europäer fast stets wohlhabend und dabei noch nebenbei in gehobener Stimmung ist und der Kaffeewirt einen hilfsbedürftigen Eindruck macht, so werden ihm Preise bezahlt, die nicht mehr Preise, sondern Erpressungen sind. Es kam vor, daß er für ein kleines, orientalisches Täßchen Kaffee, das einen Inhalt von zwei bis drei Fingerhüten hat, die Hand so lange hinhielt, bis er nach deutschem Geld eine

Mark und noch mehr bekam, wo fünf Pfennige vollständig genügt hätten. Auch ich war immer freigebig gegen ihn gewesen, hatte aber, als ich das letztemal bei ihm war, gesehen, daß er, als ich dann weiterritt, hinter mir herlachte, und das sollte er mir heute büßen.

Wir hielten, als wir das „Kaffee" erreichten, bei ihm an und stiegen aus. Er kam herausgeeilt und fragte nach unseren „Befehlen", indem er sich demütig verneigte. Mustafa Bustani „befahl" fünf Tassen Kaffee, dann nochmals fünf und hierauf sogar zum drittenmal fünf. Also fünfzehn Tassen! Das zog. Der Mann zerfloß in Unterwürfigkeit; aber er wußte, daß Mustafa Bustani, der geschäftlich oft nach Hebron reiste und hier einkehrte, kein Fremder war. Den konnte er also nicht als Europäer behandeln. Als wir uns jedoch anschickten wieder einzusteigen, zog ich den Beutel. Da strahlte sein ganzes Gesicht. Ich fragte, was die fünfzehn Tassen kosteten.

„Gib, was du willst!" sagte er.

„Ich gebe nur, was du verlangst!" erklärte ich.

Das half mir aber nichts. Er stellte durchaus keinen Preis. Und als ich ihm drohte, gar nichts zu zahlen, wenn er nichts verlange, antwortete er einfach: „So schenke ich es dir!" Dies war der Kniff, der ihm stets gelang. Er nahm an, daß kein Europäer sich von ihm etwas „schenken" lassen werde. Da tat ich, als sei ich überwunden, und gab ihm einen Franken. Der Frank ist nämlich in Palästina die beliebteste Silbermünze. Er sah ihn an, hielt ihn mir wieder hin und sagte: „Den schenk ich dir!" Ich nahm das Geld zurück, gab ihm dafür erst zwei Frank, dann drei Frank. Er gab mir auch dies beides mit den Worten wieder: „Dies schenk ich dir!" Ich kannte den Mann und wußte, wie weit ich gehen durfte. Seine Geldgier wuchs mit der Höhe der Gabe. Ich gab ihm vier und dann sogar fünf Franken. Bei der letzteren Summe schloß er allerdings die Hand und machte eine Bewegung, als ob er das Geld einstecken wolle. Dabei sah er mich forschend an. Ich machte mein gutmütigstes Gesicht und hob die Hand, als ob ich noch weiter in den Beutel greifen wolle. Das war zuviel für ihn; er konnte nicht widerstehen. Er hielt mir auch die fünf Franken wieder hin und sagte in einem Ton, als ob dies für ihn gar nichts sei: „Ich schenke dir auch das!"

Nun nahm ich es zurück, tat es in den Beutel, aber recht hübsch langsam, um ihn nicht um den kleinsten Teil des Genusses zu bringen, steckte den Beutel ein und erklärte:

„So weiche ich deiner Güte und nehme dein Geschenk an. Ich danke dir! Leb wohl! Allah segne dich und dein großmütiges Haus für alle ferneren Gäste!"

Hierauf stiegen wir ein, doch ohne uns zu beeilen, denn sein Gesicht war des größten Zögerns wert. Er hielt die Arme weit ausgestreckt, als ob er uns festhalten wolle. Der Mund stand ihm offen. Und auf dem Gesicht lag der Ausdruck einer Bestürzung, die fast an Entsetzen grenzte. Er war sprachlos, brachte keinen Laut hervor. Die Pferde zogen an und fielen, um die verlorene Zeit einzubringen, sogleich in Trab. Als wir an der nächsten Biegung des Wegs zurückschauten, stand der Mann noch immer starr auf demselben Fleck. Ein allgemeines, herzliches Lachen, in das sogar der arabische Kutscher einstimmte, war die Folge.

Der weitere Weg bietet viel geschichtlich Wichtiges aus dem Alten und Neuen Testament. In Aïn ed Dirwe gibt es eine schön mit Quadern gefaßte Quelle, wo nach Apostelgeschichte 8 der Apostel Philippus den Schatzkämmerer der Königin Candace von Äthiopien taufte. Später fährt man an den Ruinen von Beth Zur vorüber, das Josua 15, 58 und Nehemia 3, 16 erwähnt wird und zur Zeit der Makkabäer von Bedeutung war. Nach etwa einer halben Stunde liegt links von der

Straße, vielleicht 400 Schritte von ihr entfernt, ein großes Mauerwerk, Haram Ramel el Chalîl[1] genannt, wo sich eine Zisterne, der sogenannte „Brunnen Abrahams", befindet. Mit diesem Platz haben wir uns noch eingehend zu beschäftigen.

Schon längst, ehe man an dieser Stelle vorüberkommt, kündigt sich die Nähe der Stadt durch Weinberge und Gärten an, deren Früchte bereits im Altertum einen guten Ruf besaßen. So sagt man z. B., daß die Riesentraube, die die Kundschafter dem Moses brachten, bei Hebron am Bach Eskol geschnitten worden sei. Zu fahren hat man von hier aus nach der Stadt nicht ganz eine halbe Stunde. Früher war ich in El Chalîl bei dem ehrwürdigen und überaus gefälligen Juden Eppstein eingekehrt. Er stammte von Deutschen ab, war der deutschen Sprache mächtig und nahm sich jedes Deutschen an, soviel es seinen, bei dem hiesigen Christenhaß allerdings nur schwachen Kräften möglich war. Heute konnte ich das nicht, und zwar um Mustafa Bustanis willen, mit dem wir kamen. Er hätte sich durch die Einkehr bei einem Juden für immer um seinen guten Ruf gebracht. So fuhren wir denn zu einem Geschäftsfreund, der Platz genug besaß, Pferde und Wagen unterzubringen. Ob aber auch uns, nämlich meine Frau und mich? Glücklicherweise war der Mann einer der wenigen Duldsamen, die es hier in Hebron gab. Wir wurden nach einigem Zögern aufgenommen, aber von Mustafa und seinem Sohn getrennt und in einem kleinen viereckigen Raum untergebracht, der keine Fenster hatte. Um Licht zu haben, mußte man die Tür offenlassen, die nach einem stinkend schmutzigen Hof führte. Als einziges Möbel gab es eine Strohmatte, auf die man sich setzen konnte, wenn man so kühn war, dies zu wagen. Als wir hier eine halbe Stunde zugebracht hatten, brachte man uns einen alten Krug voll abgestandenen

1 Heiligtum Abrahams

Wassers, das nicht zu trinken war. Auf unsere Fragen konnten wir weiter nichts erfahren, als daß dieses Wasser alles sei, was man uns bieten könne, denn wir seien ja Christen und keine Moslemin. Aus diesem Krug werde nun niemand mehr trinken, weil er von uns verunreinigt worden sei. Das war die Gastfreundschaft eines „duldsamen" Moslems. Wie mochte es um diejenige eines unduldsamen beschaffen sein?! Ich ließ Mustafa Bustani zu mir bitten. Er kam und brachte Thar mit. Er entschuldigte sich. Man hatte ihm mitgeteilt, daß man uns ganz standesgemäß untergebracht und für uns gesorgt habe. Wir teilten ihm mit, daß wir nun doch zum Juden Eppstein gehen würden, und Thar war sofort entschlossen, uns zu begleiten. Sein Vater hatte nichts dagegen. Er konnte sich uns nicht so, wie er wünschte, widmen. Nun er einmal da war, hatte sich die Notwendigkeit geschäftlicher Besprechungen und Besuche herausgestellt, die ihn ganz in Anspruch nahmen und bei denen der lebhafte Knabe nur stören konnte. Er war uns also dankbar dafür, daß uns sein Sohn begleiten durfte. Zunächst aber schlug er vor, zu dem Araber zu gehen, der den Sattel zu verkaufen hatte. Die Reise sei dieses Sattels wegen unternommen worden, und darum verstehe es sich von selbst, daß diese Angelegenheit zuerst erledigt werde. Da fragte meine Frau:

„Ist es denn heute, am Freitag, erlaubt zu kaufen und zu verkaufen?"

„In diesem Fall ja", erwiderte er. „Wir wohnen nicht hier, sondern wir sind Reisende und können nicht warten."

„Aber wir sind doch auch in bezug auf die Gastlichkeit Reisende, die nicht warten können! Warum ist der Islam nachgiebig, wenn es sich um Geldverdienst handelt, aber rücksichtslos und hart, wenn es darauf ankommt, dem Nächsten Liebe und Güte zu erweisen?"

„Ich bitte, meinen Geschäftsfreund nicht mit dem Islam zu verwechseln", bat Mustafa Bustani. „Für den Islam gehört die Gastfreundschaft zu den Tugenden, die keinem Menschen erlassen sind."

„Auch gegen Andersgläubige?"

„Auch gegen Christen, Juden und Heiden."

„Wie es nur kommen mag, daß die Bewohner von Hebron die vom Islam vorgeschriebenen Tugenden nicht üben und sich trotzdem oder vielmehr gerade darum für tadellose Bekenner des Propheten halten?"

„Diese Frage kann wohl niemand beantworten."

„O doch!" fiel ich ein.

„Wer?" erkundigte er sich.

„Unser Thar hat sie beantwortet."

„Wann?"

„Heute früh, als er mit dem Ferik-Pascha sprach."

Der Junge hatte uns zugehört. Als er jetzt erfuhr, daß er eine Frage gelöst habe, von der sein Vater meinte, daß es niemand könne, fühlte er sich überaus wichtig und rief bestätigend aus:

„Ja, das ist richtig! Ich weiß immer mehr als andere Leute! Deshalb werde ich von unserer Köchin und von ihrem Mann stets nur der ‚Auserwählte' genannt. Was habe ich denn gesagt, Effendi?"

„Du hast die Bewohner von Hebron als Kananiter bezeichnet, zwar nur bildlich, aber doch nicht ohne wirklichen Grund."

„O ja! Gründe habe ich stets!"

„Sie sind nämlich nur äußerlich Moslemin, innerlich aber noch immer Kananiter. Die Feinheiten des Mosaismus und des Islam sind an ihnen vorübergegangen, und nur der Bodensatz blieb haften."

„Das muß ich mir merken, Effendi, weil ich der erste bin, der es gesagt hat. Den Mosaismus, den vergesse ich nicht, und den Islam auch nicht. Aber von den Kananitern weiß ich nur wenig."

„Man versteht unter ihnen die Hethiter, die Jebusiter, die Girgasiter, die Heviter, die Amoniter, die Siniter, die Arkiter, die Zemariter, die Arvaditer, die Hamathiter und die Bewohner von Sidon. Diese Namen aber wirst du wohl nicht lange behalten."

„So hast du hier mein Merkbuch. Bitte, schreib sie mir ein!"

Er zog ein kleines Buch aus der Innentasche seiner Weste und gab es mir. Ich blickte hinein. Was da stand, machte mir Freude. Ich sah, daß er ziemlich richtig schrieb und sich bisher nur ernste Dinge aufgezeichnet hatte. Ich fügte die elf Namen hinzu und reichte es ihm zurück. Er begann sofort sie durchzulesen, um sie sich einzuprägen. Der Vater ging mittlerweile zum Wirt, seinen Dank für die uns erwiesene Gastfreundschaft abzustatten, und kehrte dann zurück, um mit uns den Besitzer des Sattels aufzusuchen. Der Händler holte ihn und zeigte ihn. Er erklärte auch, daß er ihn verkaufen wolle, und nannte unaufgefordert den Preis, den ich wohl ansehnlich, aber nicht übertrieben fand. Der arabische Sattel war wirklich ein Prachtstück und das, was für ihn gefordert wurde, wert. Da beging Mustafa Bustani den Fehler zu sagen, daß nicht er, sondern ich der Käufer sei, und sofort erklärte der Araber, daß er mit mir nichts zu tun haben wolle; er halte es für eine Sünde, einen Sattel, auf dem ein mohammedanischer Pascha gesessen habe, an einen Christen zu verkaufen. Dabei blieb er, und wir mußten uns unverrichteterdinge entfernen.

Mustafa Bustani war über diese Behandlung in hohem Grad aufgebracht, doch sahen wir uns gezwungen, sie ruhig hinzunehmen. Er begleitete uns nach dem Begräbnisort Abrahams, hatte aber damit auch kein Glück, denn überall in den engen und schmutzigen Gassen, durch die wir kamen, sah man uns mit feindseligen Augen an, und an Ort und Stelle selbst wurde uns einfach bedeutet, sofort wieder umzukehren, wenn wir nicht Gefahr laufen wollten, vom Volk mißhandelt zu werden. Mustafa Bustani aber solle sich als Moslem schämen, an einem so großen Tag wie der heutige, christliche Personen an das Heiligtum zu führen. Mustafa Bustani fragte, was für einen großen Tag man denn meine, und jetzt erfuhren wir, daß heute der Geburtstag und zugleich der Verstoßungstag Ismaels sei, denn Hagar sei gerade am Geburtstag ihres Sohnes von Sara in die Wüste getrieben worden. Nun war uns das Verhalten des ungastlichen Geschäftsfreundes, des unduldsamen Sattelbesitzers und der starrsinnigen Moscheebeamten erklärlich. Die Erinnerung an die Verstoßung des angestammten Ahnherrn verdoppelte die überhaupt vorhandene Schärfe. Für Juden war es da angezeigt, sich heute ja nicht sehen zu lassen, und für mich desgleichen. Daß ich meine Frau mit hatte, konnte sehr leicht als Mißachtung aufgenommen werden und die Erbitterung nur vergrößern. Darum mußte ich Mustafa Bustani mein Wort geben, jetzt geradewegs zu Eppstein zu gehen, um bei ihm zu essen, die Straßen der Stadt zu vermeiden und nur auswärts liegende Punkte zu besuchen. Davon kamen für heute nur zwei in Betracht, nämlich die Eiche von Mamre und der Haram Ramet el Chalïl. Dieser liegt, wie bereits erwähnt, ungefähr vierhundert Schritte von der Straße nach Jerusalem, und so setzten wir eine geraume Zeit fest, in der Mustafa Hebron verlassen und dort an der Straße den Wagen halten lassen werde, um uns zur Heimfahrt aufzunehmen. Darauf trennten wir uns. Thar freute sich, daß er mit uns gehen durfte, und auch ich war nicht gleichgültig über diesen Beweis des Vertrauens, den sein Vater mir gab.

Der alte, brave Eppstein nahm uns gastlich auf. Er gab uns sein „bestes Zimmer", das verhältnismäßig luftig auf dem platten Dach lag. In dem Tagebuch meiner Frau, die sich derartige Dinge gern aufschreibt, sind hierüber folgende Zeilen zu lesen: „Es war ein heißer Tag. Wir bekamen ein schönes kühles gewölbtes Zimmer, das zwei weitgeschweifte Bogen hatte, an drei Seiten Fensteröffnungen und an der vierten Seite die Tür. Der Raum war nach dortigen Verhältnissen vornehm zu nennen. Die Ausstattung bestand aus zwei Betten, einem auf drei alten Kisten aufgebauten Diwan und einem Tisch nebst vier Stühlen mit Holzsitzen, die aber mit weißen Kappen, die auch noch eine Falbel hatten, belegt waren. Ein schöner Wasserkrug, wie er schon zu Christi Zeiten in Gebrauch war, stand in einer Ecke. Die Wände waren blau getüncht. Auf einen Stuhl war ein Waschgeschirr aus Messing gesetzt. Über die Bilder, die an den Wänden hingen, schweige ich. Bewirtet wurden wir mit vorzüglichem Hebronwein, die ganze Flasche für einen Frank. Das Essen bezeugte, daß man sich große Mühe gegeben hatte, doch wäre diese einer besseren Sache wert gewesen."

Leider wurden wir durch die Verhältnisse verhindert, nach den Speisen zu schicken, die Mustafa Bustani aus Jerusalem mitgenommen hatte. Sie waren im Wagen gut verpackt und kamen uns dann später, während der Heimfahrt, wohl zustatten.

Während des Essens berichtete uns Eppstein, daß heute großes, muselmännisches Kinderfest sei, zur Feier der Geburt des Knaben Ismael. Da ziehen die Kinder hinaus ins Freie, um allerlei friedliche und kriegerische Spiele zu unternehmen, begleitet von Erwachsenen, denen es ansteht, die Aufsicht zu führen. Dabei wird so viel von der Verstoßung und von anderen erlittenen Ungerechtigkeiten erzählt, daß es keinem Andersgläubigen zu raten ist, etwa den Zuschauer spielen zu wollen. Als Eppstein hörte, daß wir die Absicht hätten, nach der Eiche und nach dem Brunnen Abrahams zu reiten, gab er uns den Rat, uns sofort zu entfernen, falls ein solcher Kinderzug sich einem dieser Orte nahen sollte. Da rief Thar entrüstet aus. „Entfernen? Also fliehen? Das fällt uns gar nicht ein! Ich und der Effendi, wir fürchten uns nicht, und unsere Gattin fürchtet sich auch nicht, denn ich habe ihr ganz besonders gesagt, daß ich ein Held bin und daß sie sich in jeder Not auf mich verlassen kann!"

„Ein Held?" fragte Eppstein lächelnd, indem er ihn so ansah, wie vielleicht einst Goliath den David.

Damit kam er aber bei dem Jungen an den Unrechten. Der stand vom Tisch auf, trat auf ihn zu und antwortete:

„Du lächelst über mich? Das dulde ich nicht! Ich heiße Thar, und wehe dir, wenn ich eine Rache gegen dich habe!"

„Das würde wohl schlimm für mich?" scherzte der Jude.

„Du lächelst immer noch? Hüte dich! Ich zähle zwar erst elf Jahre, aber es gibt in ganz Jerusalem nicht einen einzigen Vierzehnjährigen, den ich nicht schon niedergerungen habe!"

„Woher hast du denn eigentlich diese Geschicklichkeit und Kraft?"

„Vom Klub der Löwen", erwiderte der Bub.

„Was ist das? Und wie und wo?"

„In Jerusalem. Wir Knaben haben da vier Klubs, um uns zu üben. Den Klub der Löwen; der spielt vor dem Jaffator. Den Klub der Elefanten; der spielt vor dem Damaskustor. Den Klub der Nilpferde; der spielt vor dem Stephanstor. Und den Klub der Walfische; der spielt am Siloahteich. Ihr hört, daß dies lauter starke Tiere sind. Die Löwen siegen durch Schnelligkeit und Kraft des Sprunges. Dic Elefanten treten einander nieder. Die Nilpferde rennen mit den Köpfen aneinander, wobei das stärkere stehenbleibt, das andere aber stürzt. Und die Walfische kämpfen nur im Ozean. Wer den anderen untergetaucht hat, nimmt den Mund voll Wasser und bläst es in die Luft. Das ist der Sieg! Ich bin bei allen vier Klubs, und noch niemand hat mich überwältigt. Wollen wir einmal Nilpferd machen?"

Er senkte den Kopf, um Eppstein anzurammen. Der aber trat schleunigst zur Seite und rief:

„Laß mich in Ruh! Ich bin keines von diesen Untieren! Ich wollte nur warnen, aber nicht meuchlings überfallen werden! Soll ich für den beabsichtigten Ritt einen zuverlässigen Eselsverleiher bestellen?"

„Ja", stimmte ich zu. „Doch möglichst einen, der kein Christenfresser ist."

„Da gibt es nur einen, und den werde ich kommen lassen. Es tut mir leid, daß gerade heute ein solcher Tag des Hasses ist und daß man der Dame nicht einmal gestattet hat, sich auch nur das Äußere der Moschee anzusehen."

Er entfernte sich, um nach dem Eselstreiber zu senden. Der Hammahr[1] stellte sich in kurzem ein. Er sah mürrisch aus, war aber ein gutmütiger und gar nicht ungefälliger Mensch. Pferde hatte er überhaupt nicht, Esel waren nicht mehr zu haben; man hatte sie des Festes wegen schon Tage vorher bestellt. Aber es gab drei Maulesel, die er uns bringen konnte. Er war ehrlich genug, uns zu sagen, daß sie nicht zum Reiten, sondern nur zum Karrenziehen berufen seien, und daß besonders einer von ihnen sehr störrisch sei. Aber wir mußten froh sein, daß diese lieben Tiere gerade noch zu haben waren, schlossen mit dem Mann ab und forderten ihn auf, sie ohne Verzug zu holen.

1 Eseltreiber

4. *Die „Verzeihung"*

Wenn der Orientale und zumal der Hammahr verspricht, ohne Verzug zu erscheinen, so meint er damit, daß er in einer oder zwei Stunden kommen werde. Dieser aber war brav; er stellte sich schon nach einer halben ein, und er wäre sogar schon eher eingetroffen, wenn er es nicht für notwendig befunden hätte, seine Maulesel vorher etwas herauszuputzen. Ich will sie nicht beschreiben, sondern nur eingestehen, daß ich bei ihrem Anblick einen nicht geringen Schreck bekam. Sie bestanden aus Haut und Knochen, waren wohl monatelang weder gewaschen noch gestriegelt worden, und das, was wir als Sattel- und Riemenwerk betrachten sollten, war lauter zusammengesuchtes Zeug, das nicht zusammenpaßte. Besonders war der Damensattel das Erzeugnis eines so kühnen und gedankenvollen Notbehelfs, daß ich dem Hammahr für diese Leistung der freien, künstlerischen Erfindung gleich im voraus ein Bakschisch in die Hand drückte, eine Tat, für die er mich seiner ewigen Treue und Ergebenheit versicherte.

Selbstverständlich ließen wir die armen Tiere schleunigst füttern. Sie fraßen alles Genießbare, das sich in Eppsteins Haus befand, und waren dann noch immer nicht satt. Das Schönste an ihnen waren ihre Namen. Das meinige hieß Güwerdschina; das bedeutet zu deutsch „die Taube". Natürlich hatte ich mir gerade dasjenige gewählt, das als störrisch bezeichnet worden war. Und es traf ein: wir sollten unsere Freude an ihm haben, und zwar in bösem wie dann auch in gutem Sinn. Als wir nämlich bezahlt hatten und aufstiegen, um fortzureiten, stellte sich heraus, daß Güwerdschina nicht mitmachen wollte. Sie war nicht von der Stelle zu bringen. Ich wendete alle meine Reitkünste an; auch der Hammahr machte den Versuch. Sogar die Bediensteten Eppsteins bemühten sich, doch vergebens. Sie kannten übrigens das Vieh und versicherten, daß es sich lieber totschlagen lasse, als auch nur zwei Schritte von der Stelle gehen werde. Was sollte ich tun? Zu Fuß wandern wie der Hammahr? Nein! Ich stieg wieder auf und befahl ihm, Güwerdschina zu führen. Da ging sie nämlich mit. Ich hoffte sie draußen, wenn wir die Stadt hinter uns hatten und uns auf freiem Feld befanden, zu Verstand bringen zu können — und das gelang mir auch, aber nicht ganz. Gute Worte und Liebkosungen halfen nichts, Schläge noch weniger. Nun versuchte ich es mit dem Daumen, den ich der „Taube“ von der Seite her zwischen die ersten Rückenwirbel grub. Da schoß sie vorwärts und gehorchte einige Zeit, aber nicht allzu lange; dann war ich gezwungen, das Mittel von neuem anzuwenden. So quälte ich mich mit dem bockbeinigen Tier während des ganzen Weges, der eine halbe Stunde lang zwischen Gärten nach der Eiche führt, von der man behauptet, daß sie aus der Zeit des ersten Patriarchen stamme. Dies ist eine Übertreibung. Sie gehört zur Gattung Quercus ilex pseudo-coccifera, hat unten einen Umfang von ungefähr zehn Metern und teilt sich vier Meter hoch in mehrere ungeheuere Äste, die zum großen Teil bereits abgestorben sind. Der Baum, der schon im sechzehnten Jahrhundert verehrt wurde, hat jedenfalls ein bedeutendes Alter und wird wohl nicht mehr so lange stehen, wie er gestanden hat. Er gehört den Russen, die hier ein Hospiz und einen Aussichtsturm erbaut haben, von dessen Höhe aus man bis zum Toten Meer sieht. Der Schlüssel zu diesem Turm ist im Hospiz zu holen; man hat hierfür eine Kleinigkeit zu entrichten. Ich schickte Thar, um ihn zu bringen und dann wieder abzugeben. Als er das letztere getan hatte, brachte er eine Schnur mit, die er sich hatte geben lassen.

„Die ist für deine liebe Güwerdschina!"

„Wieso?" erkundigte ich mich.

„Ich werde dich bitten, sie an deiner Stelle reiten zu dürfen."

„Glaubst du, sie von der Stelle zu bringen?"

„Mit Leichtigkeit."

„So, weißt du ein Mittel?"

„Ja, es hilft auf jeden Fall."

„Warum hast du es mir nicht gleich mitgeteilt?"

Da zwinkerte er mich listig mit den Augen an, lachte, daß seine prachtvollen weißen Zähne glänzten, und antwortete:

„Weil ich dir eine doppelte Freude bereiten wollte; doppelt aber erfreut das Mittel nur dann, wenn man sich vorher geschunden hat. Paß auf!"

Er band die Mitte der Schnur in einem Knoten um den Schwanz der „Taube", so daß die beiden Enden herunterhingen, und stieg in den Sattel. Wir wollten aufbrechen, um jetzt nach dem Haram Ramet el Chalïl zu reiten. Meine Frau saß schon auf ihrem Tier, und ich stieg auf dasjenige, das bisher Thar geritten hatte. Wir warteten also nur, was der Bub tun werde. Dieser ließ sich von dem Hammahr die beiden Schnurenden reichen, behielt sie aber einstweilen nur locker in den Händen.

„Nun paßt auf, wie schnell das hilft!" sagte er. „Laßt mich voranreiten; macht Platz!"

Wir wichen zur Seite. Da trieb er die liebe Güwerdschina an. Sie wedelte mit den Ohren und mit dem Schwanz, tat aber keinen Schritt. Er schlug sie; es half nichts. Er brüllte sie an; er stemmte ihr die Füße in den Leib — — vergeblich. Da zog er die beiden Schnüre an. Dadurch wurde der Schwanz emporgehoben und über den Rücken des Maulesels nach vorn gestülpt. Der Bub legte sich die Schnüre um den Leib und machte einen Knoten. So waren sie also fest angespannt und konnten nicht zurück. Die Güwerdschina erschrak. So etwas war ihr im Leben noch nicht vorgekommen! Sie bewegte die Ohren wie Windmühlenflügel. Sie wollte auch mit dem Schwanz wedeln; das ging aber nicht. Da wendete die „Taube" den Kopf nach der rechten Seite, um nach hinten zu sehen, sah aber nichts. Und sie wendete ihn nach der linken, um nach hinten zu blicken, konnte aber auch hier den Schwanz nicht entdecken.

„Jetzt wird ihr himmelangst!" lachte Thar. „Sie glaubt, da hinten gehe etwas Fürchterliches vor, und wird laufen, was sie laufen kann!"

Kaum hatte er das gesagt, so ließ die Güwerdschina ein markerschütterndes Wiehern hören, machte einen krummen Katzenbuckel, tat einige Seitensprünge nach rechts und nach links und schoß dann mit einer Schnelligkeit geradeaus, als ob sie sich den Kopf einrennen wollte. Es gehörte ein fester Sitz dazu, dabei nicht herunterzufallen, doch Thar behauptete sich mühelos im Sattel. Wir folgten ihm so schnell wie möglich und herzlich lachend, denn bei dem angstvoll-drolligen Gebaren des Maulesels war es einfach unmöglich, ernst zu bleiben.

Der neue Weg führte über die Ruinen des Dorfes Chirbet en Nasara nach der Straße von Jerusalem. Da holten wir den Buben ein, der stolz auf seinem Tier saß, das ihm nun leidlich gehorchte. Von der Straße aus ging es dann die erwähnten vierhundert Schritte nach dem „Brunnen Abrahams", der in der Ecke eines quadratischen, großen Mauerwerks liegt. Wozu diese Mauern bestimmt gewesen und ob sie überhaupt jemals ausgebaut worden sind, das weiß man nicht. Jetzt liegen sie in Trümmern. Die Blöcke sind ohne Mörtel auf- und aneinandergefügt und oft bis fünf Meter lang.

In Baalbek habe ich zwar derartige Steine von über neunzehn Meter Länge gesehen, aber fünf Meter beweisen doch auch schon zur Genüge, daß man zur Zeit, als diese Mauern entstanden, bedeutende Lasten zu bewegen wußte. In der Nähe liegt noch eine andere Zisterne, die man „das Bad der Sara" nennt. Es gibt auch zwei in dem Felsen angebrachte Ölkeltern und unweit davon die Ruinen einer großen Kirche, möglicherweise der Basilika, die Konstantin der Große bei der „Terebinthe von Mamre" erbaute. Man nennt diese Stelle noch heute das „Terebinthental", und es ist Grund zu der Annahme vorhanden, daß hier die Gegend des einstigen Hains Mamre zu suchen ist.

Als wir das Mauerviereck erreichten, sahen wir eine ärmlich gekleidete Araberin, die mit einem kleinen Mädchen in der Brunnenecke saß. Sie zog sich bei unserem Anblick sofort vom Wasser zurück. Wir schöpften für unsere Tiere, und dann, als sie getrunken hatten, wollte ich den Hammahr zurückschicken, da wir ihn und seine Maulesel nicht mehr brauchten. Denn wir befanden uns an Ort und Stelle und konnten die paar hundert Schritte nach der Straße, wo wir auf Mustafa Bustani warten sollten, auch zu Fuß zurücklegen. Das sagte ich ihm und lohnte ihn ab. Es ist niemals meine Art und Weise gewesen, zu knickern und zu feilschen. Man kommt mit offener Hand bedeutend weiter als auf dem Weg des Geizes. So auch hier. Der Hammahr zählte, was ich ihm gegeben hatte, und sagte dann:

„Das ist zuviel, Effendi."

„Nein", antwortete ich. „Du bist freundlich und höflich gewesen und hast dieses Bakschisch also verdient."

„Auch als Bakschisch ist es zuviel. Aber vielleicht verdiene ich es mir noch besser. Ich werde also diesen Ort nicht eher verlassen, als bis auch du ihn verläßt. Ich habe nichts weiter zu tun, und es ist ja doch nicht ausgeschlossen, daß ich dir noch dienen kann."

Auf Thar übten die fremde Araberin und ihr Töchterchen eine große Anziehungskraft aus. Er schlängelte sich nach Knabenart erst von weitem um sie herum, kam ihnen immer näher, saß dann plötzlich zwischen ihnen und redete mit einer Vertraulichkeit auf sie ein, als ob er ein längst Bekannter oder gar Verwandter von ihnen wäre. Nach kurzer Zeit schon brachte er uns das kleine Mädchen zugeführt. Ihre Mutter blieb sitzen. Das Kind hatte ein gar liebes, zartes Gesichtchen, leise gerötete Pfirsichwangen und große, blaugraue Samtaugen, deren Blick so tief aus dem Innern zu kommen schien, daß er wie ein holdes Rätsel wirkte. Eine Fülle lichtbraun gewellten Haares quoll unter einem roten Käppchen hervor. Das eine kleine, sonnverbrannte Händchen hielt einige lange, große Glockenblumen gefaßt. Das andere versteckte sich in die alten des fleckenlosen Kleidchens, und die niedlichen, dunkelgebrannten Füßchen mit den winzigen, elfenbeinernen Nägeln an den feinen Zehen machten einen so eigentümlichen Eindruck auf mich, daß ein unendliches Erbarmen und der Wunsch in mir aufstieg, diesem so schönen, armen Kind irgendeinen recht großen Dienst erweisen zu können. Genau dasselbe fühlte auch meine Frau.

„Hier bringe ich euch meine neue Freundin“, sagte der Bub, indem er sie uns hinschob.

„Wie heißt sie denn?“ erkundigte sich meine Frau.

„Das weiß ich nicht. Frage sie selbst! Ich habe noch weiter gar nichts mit ihr reden können als dreierlei: nämlich daß sie mir gefällt, daß ich ein Held bin und daß ich für sie kämpfen werde.“

„Ich bin Schamah“, sagte das Kind, den Ton auf die zweite Silbe des Wortes legend; „und dort ist meine Mutter!“ Das andere Händchen kam aus den Falten hervorgekrochen und richtete den ausgestreckten Zeigefinger auf die Araberin. Die Stimme klang weich, aber eindringlich; sie hatte einen Ton, der nicht leicht zurückzuweisen ist.

„Was heißt Schamah?“ fragte mich meine Frau, indem sie das Kind an sich zog und liebkoste.

„Es ist die ostjordanländische Aussprache von Samah, Verzeihung“, antwortete ich.

„Du kleines, reines Seelchen“, lächelte meine Frau auf das Kind herab; „dir wird man wohl noch nichts zu verzeihen haben!“

„Ich bringe euch Glocken“, lächelte Schamah zurück. Und die Blumen an das Ohr meiner Frau emporhaltend und dort bewegend, fuhr sie fort: „Jetzt läute ich sie. Kannst du es hören?“

„Ja, ich höre es.“

„Nicht wahr? Ganz leise, leise, wie aus dem Himmel herunter! Aber wenn sie großgewachsen sind, so groß, wie sie in der Kirche hängen, dann wird die ganze Welt das Läuten hören.“

„Du sprichst von der Kirche?“ fragte Thar. „Bist du vielleicht Christin?“

„Ja, eine Christin“, nickte sie.

„Und deine Mutter auch?“

„Sie auch.“

Da klatschte er in die Hände und rief: „Das ist schön! Das ist gut! Das freut mich!“

„Warum?“

„Weil ich eben ein Held bin und weil ich für dich kämpfen will. Für eine Mohammedanerin kann man keine Heldentaten verrichten. Die wickelt sich in Tücher ein, und man kann sie nicht sehen. Die Christin aber kann man sehen, und das ist notwendig, wenn man begeistert werden soll, das Leben für sie in die Schanze zu schlagen. Unsereiner muß sich doch auch sehen lassen! Weißt du, wie ich ausschauen werde, wenn ich für dich kämpfe?“

„Doch so wie jetzt! Oder nicht?“

„Nein. Mein jetziges Aussehen ist nicht tapfer genug. Weißt du, schon die Farbe hat den Feind zu erschrecken! Deshalb male ich mich an, sobald es zum Kampf geht. Im Gesicht bin ich auf der einen Seite blau und auf der anderen grün — —"

„Pfui!" unterbrach sie ihn.

„Die Beine streiche ich rot an und die Arme gelb —"

„Pfui, pfui!"

„Auf dem Rücken habe ich weiße und schwarze Striche von oben nach unten, und vorn habe ich schwarze und weiße Striche von hüben nach drüben."

„Pfui, pfui, pfui!"

„Das gefällt dir nicht?" fragte er, halb verwundert, halb enttäuscht.

„Nein, gar nicht! Ich will dich so haben, wie du bist, nicht aber angemalt!"

„Gut, so bleibe ich, wie ich bin! Und wenn ich mir die Sache richtig überlege, so hast du recht, sehr recht. Nämlich wenn ich mich mit meinen Feinden herumschlage, so haben doch sie blau, gelb und grün auszusehen, nicht aber ich. Das werde ich mir merken. Unsere vier Klubs müssen neue und bessere Gesetze haben. Nämlich der, an dem man Farben entdeckt, hat als besiegt zu gelten! Dir zulieb bin ich bereit, über alle Regeln, die nichts mehr taugen, hinwegzuspringen."

Er richtete sich so hoch wie möglich auf und bewegte seine beiden Arme so überzeugend, daß sie ihre großen Augen bewundernd auf ihn richtete und ihn fragte:

„Ja, ich glaube es schon, daß du ein Held bist; aber wo gibt es denn einen Grund, gerade meinetwegen andere totzuschlagen?"

„So ein Grund läßt sich immer finden, zumal wenn man nach ihm sucht. Vielleicht kommt er dort. Schaut hin!"

Er deutete nach der Gegend der Kirchenruine, hinter der Leute hervorkamen, die von uns bisher unbemerkt geblieben waren. Es waren zehn bis zwölf Männer, die auf Eseln ritten, und hinter ihnen ein Zug von vielleicht vierzig bis fünfzig Knaben, die Fahnen und allerlei Kinderwaffen trugen. Einige waren mit Lärminstrumenten versehen, die sie jetzt, da sie uns erblickten, in Bewegung setzten. Das war einer jener Kinder-Festzüge, die am heutigen Tag die Umgebung der Stadt belebten.

„Kann das nicht gefährlich werden?" fragte meine Frau. „Wir wollen uns schnell entfernen!"

„Keinesfalls", meinte ich; „am allerwenigsten schnell! Wir haben allen Schein, daß wir uns etwa fürchten, zu vermeiden. Wir werden ihnen das Wasser freigeben, aber nicht sofort. Ich hoffe, sie werden uns grüßen."

Der Zug hatte jetzt den Platz erreicht. Die Männer hielten bei unserem Hammahr an und fragten ihn nach uns. Da erfuhren sie zwar, daß wir Christen seien, aber gefährlich war das jedenfalls nicht. Schamahs Mutter verließ ihren Platz und kam zu uns. Sie fürchtete sich vor den fanatischen Leuten aus El Chalîl und bat, sich uns anschließen und den Ort mit uns verlassen zu dürfen. Sie sei eine Witwe aus der Gegend von El Kerak jenseits des Toten Meeres und mit ihrem Töchterchen auf einer Pilgerreise nach den heiligen Stätten von Bethlehem und Jerusalem. Sie war zwar arm und einfach, aber arabisch hübsch gekleidet, und in der Art und Weise, wie sie sich ausdrückte, pflegt eine gewöhnliche Araberin oder gar Beduinin nicht zu sprechen. Auch sie war schön, aber von jener schwermütigen Schönheit, die eine Tochter des Leids, nicht aber des Glücks ist. Meine Frau reichte ihr die Hand und zog sie an ihre Seite heran, und ich empfahl ihr, ja keine Sorge zu haben; es werde ihr nichts geschehen.

Jetzt kamen die Reiter auf uns zu. Sie hielten einige Schritte vor uns an und stiegen ab. Man sah, daß sie nicht die Absicht hatten, uns zu grüßen. Das durfte ich nicht dulden, denn das hätte die Unverschämtheiten, die ich vermeiden wollte, gerade herbeigeführt. Es gibt da einen gewissen Blick, der immer wirksam ist. Den richtete ich auf denjenigen von ihnen, der der Vornehmste zu sein schien. Er wurde verlegen, hob die Hand an die Brust, verbeugte sich leicht und sagte:

„Sallam!"

Das klang kurz.

„Sallam!" antwortete ich darum ebenso, ohne daß ich aufstand.

„Sallam!" erwiderte auch der Bub.

„Ich bin Abdullah, der Schreiber des Schech el Belad[1]!" rühmte sich der Hebronit.

Noch bevor ich antworten konnte, antwortete der Bub:

„Und dieser mein Effendi ist der oberste Schreiber des Bürgermeisters von Deutschland! In seine Tasche fließen sämtliche Steuern. Er setzt ein oder ab, wen er will. Er ist nach Chalîl gekommen, um von den Russen die Eiche Abrahams zu kaufen und nach Hause schaffen zu lassen. Heil sei ihm!"

Als er das gesagt hatte, nahm er seine „neue Freundin" bei der Hand und ging mit ihr den Knaben von Hebron entgegen. Ich vergaß ihn zu warnen, so entsetzt war ich über die Unverfrorenheit, mit der er seine tollen Behauptungen vorgebracht hatte. Aber das Unerwartete geschah. Die Männer nahmen sie ernst. Sie hielten eine leise Beratung; dann machten sie alle eine tiefe Verneigung, und Abdullah sagte:

„Effendi, du bist ein mächtiger Herr, aber leider ein Christ. Wir dürfen dich darum nicht einladen, unser Gast zu sein, und werden die Spiele der Jugend erst dann beginnen, wenn ihr diesen Ort verlassen habt."

1 Bürgermeister

Das war eine verschleierte Aufforderung, uns aus dem Staub zu machen. Dann gingen sie mit ihren Eseln fort nach einer entfernteren Stelle. Eine weniger friedfertige Szene spielte sich da ab, wo Thar und Schamah mit den Knaben aus Hebron zusammengetroffen waren. Diese waren in Aufregung. Sie brüllten etwas, was wir nicht verstanden, weil zu viele es riefen. Der Bub stand furchtlos vor ihnen, hatte den linken Arm schützend auf das Mädchen gelegt, fuhr mit dem rechten drohend in der Luft herum und hielt eine Rede, die wir auch nicht verstanden. Der Mutter wurde angst um ihr Kind. Ich beruhigte sie. Wir näherten uns der lebhaft bewegten, schreienden Gruppe. Als der Junge uns kommen sah, rief er uns zu:

„Es ist weiter nichts! Sie wollen Schamah ersäufen — im Wasser dort, wo ihr gesessen habt! Weil sie eine Christin ist und das heutige Fest besudelt. Da habe ich gesagt, daß ich das nicht dulde, sondern für sie kämpfen werde. Nun wählen sie einen Anführer, mit dem ich verhandeln soll. Da ist er schon!"

Er deutete auf einen großen, stämmigen Burschen, der jetzt aus der Menge trat, um, wie die Erwachsenen zu tun pflegen, vor dem Kampf eine Rede zu halten. Er stellte sich auf und schrie zu Thar und uns herüber:

„Du bist ein Christenhund, und sie ist ein Christenmädchen, also noch schlimmer als ein Hund. Wir werden sie ertränken da, wo die Zisterne so tief ist, daß sie gar keinen Boden hat. Wir sind strenge und gehorsame Gläubige des Propheten. Wir können nicht dulden, daß heute, am Geburtstag Ismaels, die Füße einer Christin diesen Boden berühren. Sie muß also sterben. Aber du willst um sie kämpfen, weil du sagst, du seist ein Held. Wir sind bereit dazu, denn auch wir sind Helden. Ich fordere dich auf, mir deine Bedingungen zu sagen."

Als die Mutter von Schamah das hörte, stieg ihre

Angst aufs höchste. Ich suchte ihr zu erklären, daß es sich zwar wohl um einen wirklichen Zorn, in seiner Auswirkung aber nur um ein Spiel handle; es sei ja heute der „Tag der Jugendspiele". Sie könne sich darauf verlassen, daß ihrem Kind nichts geschehen werde, und brauche Schamah nicht von unserem Knaben wegzuholen.

Dieser erklärte jetzt dem Kind:

„Du bist die Königin des Spiels, das vor deinen Augen stattzufinden hat. Komm, setze dich!"

Sie nahm auf einem Stein Platz, neben den er sich stellte. Dann zog er sein Merkbuch aus der Westentasche, schlug es auf und begann die Gegenrede:

„Ihr nennt mich einen Christenhund, doch bin ich ein Moslem aus Jerusalem, das größer ist als euer El Chalïl. Wer aber seid denn ihr?" Das Folgende las er vor: „Ihr seid Kananiter, Hethiter, Jebusiter, Girgasiter, Heviter, Amoriter, Siniter, Arkiter, Zemariter, Arvaditer, Hamathiter und Sidoniter! Die Feinheiten des Islam sind an euch vorübergegangen, und nur der Bodensatz ist sitzengeblieben!"

Jetzt steckte er das Notizbuch wieder ein und fuhr dann fort:

„Ihr nennt meine kleine Freundin hier noch schlimmer als einen Hund. So etwas sagt kein Held. Ich aber bin einer, und darum bin ich höflich, auch gegen euch. Ich werde mit euch kämpfen, aber nicht so, wie es hier bei euch: viele gegen einen, sondern wie es in Jerusalem Sitte ist: Mann gegen Mann. Ihr werdet euch in Löwen, in Elefanten, in Nilpferde und in Walfische verwandeln. Ihr wählt den kühnsten Löwen, den mächtigsten Elefanten, das stärkste Nilpferd und den größten Walfisch unter euch aus. Mit diesen vier Bestien werde ich kämpfen. Wenn einer von euch mich besiegt, so dürft ihr mich ersäufen, nicht aber sie, um die ich kämpfe. Wenn aber ich alle vier besiege, so bekomme ich — —"

„Hier meine Glockenblumen!" rief Schamah, indem sie das kleine Händchen mit den Blumen hoch emporstreckte.

„Ja, diese deine Glockenblumen", stimmte Thar bei. „Ihr Hebroniter aber setzt euch jetzt um sie und mich herum, damit ich euch erkläre, was es mit den Löwen, Elefanten, Nilpferden und Walfischen für eine Bewandtnis hat!"

Sie gehorchten sofort mit Freuden. Es gab für einige Augenblicke ein wirres Kribbeln und Krabbeln in- und durcheinander; dann aber trat tiefe Stille ein, in der nur die erklärende Stimme des Knaben zu hören war. Als sie alle begriffen, um was es sich handelte, erhob sich großer Jubel. So etwas war noch niemals dagewesen! Ein jeder drängte sich dazu, zu einem der Tiere zu werden, und inmitten all dieser Ungetüme, die nach Rache strebten, saß Schamah, die Verzeihung, ein friedliches Lächeln im lieben Angesicht und ohne alle Furcht, verletzt zu werden. Und sonderbar, nicht nur die Jungen, sondern auch die Alten fühlten sich begeistert und gesellten sich hinzu. Sie wählten mit, und sie bestimmten mit. Sie steckten den Kampfplatz ab, und Abdullah, der Schreiber des Schech el Belad, hatte sogar die Güte, die Ordnungs- und Sicherheitspolizei in die eigene Hand zu nehmen. Von Glaubenszwist und Glaubenshaß war keine Rede mehr.

Der Kampfplatz bildete ein Viereck, das nördlich von den Löwen, südlich von den Nilpferden, östlich von den Elefanten und westlich von den Walfischen eingeschlossen wurde. Schamah saß an der Südseite auf ihrem Thron, um alles leicht überschauen zu können. Dieser Thron war Güwerdschina, der ruhigste Sitz, den es geben konnte. In den Ecken saßen die Musikanten, eine Tarabukka[1], eine Nakara[2], ein Nefir[3] und eine Suffara[4]. Die waren verpflichtet, den größtmöglichen

[1] Topftrommel [2] Tamburin [3] Trompete [4] Querpfeife

Lärm zu machen, sooft unser Bub zu Boden gegangen wäre. Denn daß der Sieg sich auf seine Seite neigen könnte, das hielten die Hebroniter für unmöglich. Sie hatten ihre stärksten Burschen ausgesucht. Die Bedingungen waren einfach: wer von den drei ersten Tiergattungen auf die Erde zu liegen kam, der hatte verloren. Der Kampf der Walfische aber hatte in der Zisterne stattzufinden. Der Sieger mußte seinen Gegner untergetaucht haben und durfte ihm dann noch öffentlich einen ganzen Mund voll Wasser ins Gesicht blasen. Vor Beginn des Kampfes wurden die vier Helden aus Chalîl gefragt, ob sie gesonnen seien, von der Wahl zurückzutreten. „Um keinen Preis!" antworteten sie. Da gab Abdullah, der Schreiber, das Zeichen, daß die Zeit des Löwenkampfes gekommen sei. Der Leu aus Hebron trat vor. Es war derselbe große Junge, der die Rede gehalten hatte. Er machte, als er sämtliche Augen auf sich gerichtet sah, eine zuversichtliche Miene. Thar stand bei uns.

„Paßt auf, wie schnell es geht!" sagte er. „Die Hauptsache ist, daß man dem Feind keine Zeit läßt, sich zu besinnen."

Dann betrat er den Platz, ging zu Schamah, verbeugte sich vor ihr und stellte sich hierauf dem Feind gegenüber. Dieses ritterliche Benehmen kannte er jedenfalls aus irgendeinem Sagen- oder Märchenbuch. Nun schlug Abdullah die Hände dreimal zusammen. Der Augenblick war da.

Der Gegner zögerte nicht. Er nahm einen Anlauf. Thar ließ ihn fast heran, sprang dann zur Seite, packte ihn von hinten, knickte ihn auf die Erde nieder, hielt ihn dort fest und rief den Musikanten zu:

„Nun spielt und jubelt doch!"

Sie blieben still.

Der Besiegte stand langsam auf und schlich sich gesenkten Hauptes von dannen.

Hierauf folgte der Kampf der Elefanten. Der feindliche war ein ungefüger Bursche, der zweimal mehr Kraft als unser Bub zu besitzen schien. Dieser letztere aber nickte lächelnd zu uns herüber. Das war ein gutes Zeichen. Er hatte gesagt, daß die Elefanten im Klub einander niedertreten müssen. Er ging noch hierüber hinaus und nahm sich vor, diesen hier nicht nur niederzutreten, sondern niederzuspringen. Er nahm, als das Zeichen gegeben wurde, einen kräftigen Anlauf, schwang sich empor und sprang den Gegner einfach über den Haufen. Im nächsten Augenblick kniete er auf ihm und rief den Musikanten zu:

„Den Siegesmarsch für ihn, laut, laut!"

Allgemeine Stille ringsum. Nur Abdullah, der Schreiber, rief zornig aus:

„O weh! Schon zwei! Das darf nicht geduldet werden! Heraus mit dem Nilpferd! Das muß ihn niederstampfen!"

Das Nilpferd erschien. Es war ein kurzer, dicker Kerl, mit sehr viel Fett, aber wenig Muskeln ausgestattet. Der verdrehte kühn die Augen und hatte guten Mut. Er senkte den Kopf wie ein Rassepferd, noch ehe das Zeichen gegeben wurde. Dann rannten sie aufeinander los. Es gab einen gewaltigen Krach; dann lag das Hebroner Ungeheuer am Boden, streckte die Beine in die Luft, hielt sich mit beiden Händen den Kopf und brüllte, als ob man im Begriff stehe, es auf dem Rost zu braten.

Der Bub aber stand aufrecht da und lachte den Musikanten zu:

„Da braucht ihr nicht zu trommeln und zu blasen: der tut es selbst."

Nun sollten die Riesen des Ozeans zeigen, was sie konnten. Das Viereck löste sich auf. Man ging zur Zisterne, in deren Tiefe die letzte Entscheidung stattfinden sollte. Thar war der erste, der dort eintraf; er stand bereit, hinabzusteigen. Die Hebroniter waren weniger schnell. Am langsamsten bewegten sich die Walfische. Der allerletzte von ihnen, der ankam, war der, der mit Thar kämpfen sollte. Er machte ein verlegenes Gesicht, stellte sich an den Rand, schaute hinab und brummte:

„Ich nehme die Wahl nicht mehr an."

„Du hast sie angenommen und mußt hinab", erklärte Abdullah, der Schreiber.

„Um keinen Preis! Ich gehe."

Er drehte sich um und eilte davon.

„So müssen wir neu wählen", sagte Abdullah.

Da erscholl es aus so viel Kehlen, als noch Walfische vorhanden waren:

„Um keinen Preis! Um keinen Preis! Ich gehe — — ich gehe — — — ich gehe!"

Sie verschwanden — — einer nach dem anderen — — bis kein Walfisch mehr in der Nähe zu sehen war. Die Löwen folgten, ohne Lebewohl zu sagen. Die Nilpferde verkrümelten sich mitsamt den Musikanten in derselben Weise. Die Elefanten zottelten meist einzeln, aber auch zu zweien und dreien hinterdrein. Zuallerletzt ritten auch die Erwachsenen fort, ohne uns einen Wink des Abschieds zu gönnen. Da wendete sich der Bub an Schamah:

„Glaubst du nun, daß ich ein Held bin?"

„Ich glaubte es gleich", antwortete sie. „Du hast gesiegt. Hier sind die Blumen."

Sie reichte sie ihm. Er nahm sie, gab sie meiner Frau und bat, sie für ihn aufzubewahren; sie könne das besser als er. Und nun sahen wir in der Ferne einen anderen, bedeutend größeren Festzug kommen, der augenscheinlich auch hierher wollte. Den hatten unsere Gegner mit ihren geübten Augen schon längst erspäht. Darum ihre Eile, von hier fortzukommen. Sie wollten sich von den Ankömmlingen nicht als Bloßgestellte überraschen lassen. Doch auch wir hatten keinen Grund, hier länger zu verweilen, zumal die Zeit nicht mehr fern war, die wir mit Mustafa Bustani verabredet hatten, uns zu treffen. Auf unser Befragen erfuhren wir von der arabischen Witwe, daß sie heute nur noch bis zur Eiche Abrahams gehen und dort die Nacht über im russischen Hospiz bleiben wolle. Sie habe gehört, daß man dort auch Mittellose beherberge. Da erklärte unser freundlicher Hammahr, daß sie mit ihrem Töchterchen nicht zu laufen brauche, sondern reiten könne, denn er kehre auf demselben Weg zur Stadt zurück. Sie nahm es dankbar an. Als der Bub das hörte, fragte er mich leise:

„Hast du ein Zwanzigfrankstück bei dir, Effendi?"

„Ja", erwiderte ich.

„Bitte, leihe es mir, aber laß es niemanden sehen!"

Ich ahnte, was er wollte, und gab ihm heimlich das Verlangte. Jetzt stieg die Mutter mit dem Kind auf einen der Maulesel, und der Hammahr nahm den zweiten. Thar schwang sich auf die Güwerdschina und sagte: „Ich reite mit bis zur Eiche, dann kehre ich zu Fuß nach der Straße zurück. Ehe Vater kommt, bin ich dort."

Er zog der „Taube" den Schwanz in die Höhe, worauf sie mit lautem Wiehern davonschoß. Meine Frau nannte der Witwe unseren Namen und unsere Wohnung in Jerusalem und bat sie, uns dort auf alle Fälle aufzusuchen; wir würden uns herzlich freuen, sie und ihr Töchterchen wiederzusehen. Sie versprach, es zu tun, und die Art und Weise, in der sie dies versicherte und sich von uns verabschiedete, gab uns gute Gewähr, daß sie Wort halten werde. Dann ritten sie davon, Thar einzuholen. Wir beide aber machten einen kurzen Spaziergang durch die Umgegend, doch so, daß wir jede Begegnung vermieden. Als wir dann das Stelldichein erreichten, wartete Thar schon auf uns.

„Sie sind sehr arm", sagte er. „Darum bin ich zum Hospiz geritten, um für sie zu sorgen, doch ohne daß sie es erfahren."

„Wissen sie deinen Namen?" fragte ich.

„Ja."

„Und wie dein Vater heißt?"

„Nein. Du weißt doch, daß der Prophet sagt: Wer der Armut gibt, der gebe alles, nur nicht seines Vaters Namen. Ich finde sie auch ohnedies in Jerusalem wieder."

Bald darauf stellte Mustafa Bustani sich mit dem Wagen ein. Er freute sich, als er hörte, daß uns und seinem Sohn von seiten der Bevölkerung nichts geschehen sei, und teilte uns mit, daß es verschiedene Zusammenstöße zwischen Muselmännern und Juden gegeben habe. Er selbst war so ärgerlich über die Ungastlichkeit seines Geschäftsfreundes gewesen, daß er ausgeschlagen hatte, mit ihm zu essen. Nun hatte er Hunger. Darum suchten wir, sobald wir eingestiegen waren und der Wagen sich wieder in Bewegung setzte, alles Eßbare zusammen, was wir früh mitgenommen hatten, und hielten ein sogenanntes Abendessen „auf vier rollenden Rädern."

Während der Heimfahrt ereignete sich nichts, was wichtig genug wäre, erzählt zu werden. Höchstens könnte ich sagen, daß wir, als wir das Wadi el' Arrub erreichten, wieder halten ließen, um in dem dort liegenden Kaffee einzukehren. Der Wirt kam heraus und fragte nach unseren Wünschen, aber in sehr gemessener Weise.

„Fünf Tassen!" befahl Mustafa Bustani. Sie wurden gebracht und getrunken. Dann zog ich den Beutel.

„Wieviel kosten die fünf?" fragte ich.

„Gerade einen halben Franken", antwortete jener.

„Und die fünfzehn am Vormittag?"

„Anderthalb Franken."

„Die zwanzig also zusammen?"

„Zwei Franken."

Ich gab ihm nur die zwei Franken, keinen einzigen Para mehr.

„Hier! Fertig!"

Da griff er rasch zu, steckte das Geld ebenso schnell in die Tasche und machte eine tiefe, wie ich glaube, diesmal wirklich aufrichtige Verbeugung und sagte: „Ich danke dir, Effendi! Du bist gerecht und klug. Eure Heimfahrt sei gesegnet!"

Und sie war auch gesegnet. Mustafa zürnte der Unduldsamkeit seiner Glaubensgenossen und hatte nichts dagegen, daß sein Sohn während der ganzen Fahrt von der kleinen Christin schwärmte. Als Bethlehem vor uns auftauchte, holte er tief Atem und sprach:

„Es ist viel Liebe und viel Güte von diesem kleinen Städtchen ausgegangen, mehr als von all unseren großen, hochberühmten Wallfahrtsorten. Heute wurde ich einmal recht schonungslos und aufrichtig an meinen eigenen Glaubenseifer erinnert. Was hast du den Hebronitern getan? Nichts. Und doch verstoßen sie dich. Welch eine Lieblosigkeit und Ungerechtigkeit! Und was hatte mein Bruder mir getan? Nichts. Und doch verstieß ich ihn, ihn, meinen leiblichen Bruder! Ich war also noch viel liebloser und noch viel ungerechter als die Kananiter von El Chalïl. Er ist mir nicht aus dem Sinn gekommen — während des ganzen Nachmittags — bis jetzt, da es Abend wird."

„Wie hieß er?" fragte meine Frau.

„Achmed Bustani. Ihr hört, daß wir es fast auch schon zu Familiennamen gebracht haben. Ich habe keinen größeren Wunsch, als daß er noch lebt und sich von mir finden läßt."

„Würdest du dein Vermögen wirklich mit ihm teilen?"

„Natürlich, sofort! Nicht allein deshalb, weil ich es der Sterbenden versprochen habe, sondern weil es auch mir selber Bedürfnis ist. Es ist, als ob da draußen am „Brunnen Abrahams“ etwas Unsichtbares mit euch zu mir in den Wagen gestiegen sei, was mich ergriffen hat und mich nicht wieder loslassen will. Vielleicht ist es weiter nichts als die Erinnerung an gutzumachendes Unrecht. Aber sonderbar, es quält mich nicht, es tut mir vielmehr wohl; es befriedigt mich.“

Nun rollten wir an Rahels Grab und an Mar Eljas vorüber und kamen in Jerusalem an, gerade als die Nacht mit weichem Schritt die heilige Stadt betrat. Was ich mir in El Chalîl hatte holen wollen, das hatte ich nicht bekommen; es wurde uns dafür anderes und Besseres geboten; das sollten wir erst am anderen Tag erfahren. So pflegt es im Leben stets zu sein. Wird uns irgendein äußerlicher Wunsch versagt, oder stellt sich ein unerwarteter Schmerz an Stelle einer erhofften Freude bei uns ein, so hadert unser Unverstand mit dem Geschick, ohne abzuwarten, was sich aus diesem äußerlichen Verlust für ein innerlicher Gewinn ergeben werde. Dieser wird zwar nicht von uns unmittelbar erzielt, klopft aber, falls wir nicht feindlich widerstreben, sicher an unsere Tür, und ist er da, so kommt dann gewöhnlich hinterher auch die arme, ganz nebensächliche Gabe, nach der uns so sehr verlangte. So auch mit dem Sattel. Ich sollte ihn dennoch erhalten; aber der Wunsch, ihn zu besitzen, mußte vorher den Absichten einer allweisen Führung dienen, die zu begreifen wir meist zu kurzsichtig und zu ungeduldig sind.

5. *Eine Wiedererweckung*

Wir waren am nächsten Morgen kaum aufgestanden und saßen noch beim Kaffee, so klopfte es an unsere Tür und — wer trat ein? Thar.

„Guten Morgen!" grüßte er europäisch, indem er uns die Hand gab.

Wir dankten und sahen ihn beifällig an, denn er war frisch in Weiß gekleidet, rein und fleckenlos.

„Ja, da wundert ihr euch wohl?" sagte er. „Mit den Farben ist es aus! Denn erstens hat unsere Gattin hier von einem Heldentum gesprochen, das nicht angemalt, sondern wirklich ist, und seitdem will ich ein wirklicher Held sein, kein falscher. Und zweitens habt auch ihr gehört, daß Schamah, meine neue Freundin, gleich sechsmal ‚Pfui!' ausrief, als ich mich durch blaue, grüne, rote und gelbe Farbe tapfer machen wollte. Was die sagt, das gilt bei mir mehr, als was ihr alle miteinander meint, und so bin ich fest entschlossen, die Kunst in Zukunft beiseitezulegen und nur Dinge zu treiben, zu denen man sich nicht anzustreichen braucht. Übrigens bin ich nur wegen Schamah zu euch gekommen. Wenn ich mit Kaffee trinken darf, so sage ich euch, warum. Bei euch sind die Tassen größer als bei uns."

Er bekam, was er wünschte, setzte sich zu uns und fuhr fort:

„Zunächst habe ich euch zu sagen, daß ich aus sämtlichen Klubs der Löwen, der Elefanten, der Nilpferde und der Walfische austrete, solange sich Schamah in Jerusalem befindet. Darum bin ich jetzt weiß angezogen, um von Klub zu Klub zu gehen und zu melden, daß ich mit wilden Tieren nicht mehr verkehren darf. Schamah ist fein, und wenn ich nicht auch fein bin, muß ich mich schämen. Sie sagt gar zu leicht ‚Pfui!'. Und sodann müßt ihr erfahren, daß sie schon heute nach Jerusalem kommt."

„Woher weißt du das?" fragte ich.

„Das weiß ich von der Verschwörung."

„So gibt es eine Verschwörung?"

„Ja", nickte er wichtig.

„Wer hat sich verschworen?"

„Ich und der Hammahr."

„Ah, gestern?"

„Ja. Und darum borgte ich mir von dir die zwanzig Franken. Hier sind sie wieder. Ich danke dir."

Er zog zwei goldene Zehnfrankstücke aus der Tasche und legte sie auf den Tisch. Ich aber nahm sie nicht weg, sondern sagte:

„Bevor ich sie zurücknehme, muß ich wissen, worum es sich handelt. Ich habe sie dir geschenkt."

„Du irrst!" sagte er ernst. „Ich bettle nicht, sondern ich borge. Schamah und ihre Mutter sind sehr arm. Sie haben zuweilen nicht genug zu essen; das habe ich herausgehört, ohne zu fragen. Ich aber bin reich, und ich bin ihr Freund. Darum habe ich im Hospiz für sie bezahlt, ohne daß sie es wissen, und darum bringt der Hammahr sie heute nach Jerusalem, natürlich auf besseren Eseln als den gestrigen; sie aber erfahren nicht, daß ich es bin, der es bezahlt. Sie glauben, das werde ihnen vom Hospiz aus geschenkt. Sie reiten, wenn sie hier ankommen, gar nicht in die Stadt herein, sondern sie biegen nach rechts in das Tal Hinnon ein und an dem Ölberg hinauf nach Bethanien, zu meinem Freund Abd en Nom."

„Wer ist Abd en Nom?"

„Der Vater des größten Walfisches, den wir haben, und des schwersten Nilpferdes, das es gibt. Er beherbergt Pilger. Jetzt steht sein Haus leer, und Schamah hat mit ihrer Mutter mehr Platz, als sie braucht. Sie wird auch dort essen. Sie glaubt, sie sei vom Hospiz dorthin empfohlen. Abd en Nom hat mich gern. Ich gehe auch zu ihm, um alles vorzubereiten."

„Und zu bezahlen?"

„Ja. Aber ich bitte euch, das ja nicht zu verraten. Schamah und ihre Mutter dürfen es niemals erfahren!"

„Weiß es dein Vater?"

„Nein."

„Aber, mein Junge, das kostet Geld."

„Das habe ich!" lachte er fröhlich auf.

„Von wem?"

Da wurde er schnell wieder ernst und antwortete:

„Von Mutter, ehe sie starb. Sie hat das Geld verborgt, und ich bekomme monatlich die Zinsen. Vater zahlt sie mir aus, denn er ist der Verwalter. Ich darf das Geld nicht behalten; ich bin gezwungen, es auszugeben, aber nicht für mich, sondern für arme, alte und kranke Leute, die sich in Not befinden. So hat es Mutter gewollt, und Vater muß mich machen lassen, was ich will. Er darf nur dann dreinreden, wenn er erfährt, daß ich das Geld anders verwende, als sie es mir befohlen hat. Aber das ist noch nie geschehen, denn ich habe Mutter lieb und denke bei jedem Piaster, den ich ausgebe, ob sie es wohl auch wie ich oder anders machen würde. Zwar habe ich mir gestern die zwanzig Franken von dir geborgt, ohne die Mutter vorher in meinem Innern zu fragen; aber das habe ich gestern abend, bevor ich einschlief, und heute früh, als ich erwachte, nachgeholt, und nun weiß ich, daß sie mit mir einverstanden ist und sich über Schamah und ihre Mutter freut. Wirst du nun das Geld zurücknehmen, Effendi?"

„Ja", erwiderte ich und steckte es ein.

„Darf ich nun wieder gehen? Ich habe es nämlich sehr eilig. Denkt doch nur: zu den Löwen, zu den Elefanten, zu den Nilpferden, zu den Walfischen und zu Abd en Nom! Und von diesem allem darf Vater nichts wissen."

„Weiß er, daß du zu uns gegangen bist?"

„Fällt mir nicht ein. Wenn er erführe, daß man zu euch kommen darf, wie es einem beliebt, so würdet ihr ihn den ganzen Tag nicht los, denn er hat euch außerordentlich gern! Allah schütze euch; ich verschwinde!"

Er trank seine Tasse aus, reichte uns die Hand, öffnete die Tür, ging hinaus, blieb stehen, sann einen Augenblick nach, trat wieder herein, zog die Tür fest hinter sich zu, als ob er uns etwas sehr Heimliches anzuvertrauen habe, und sagte:

„Etwas muß ich euch noch fragen: ist es nicht ein Unsinn, daß man mich daheim den ‚Auserwählten' nennt?"

„Wie kommst du zu dieser Frage?" versuchte ich die Antwort zu umgehen.

„Weil ich mich nur in meinen eitlen Stunden über diese Bezeichnung freue; bin ich aber ernst, so ärgere ich mich darüber."

„So ärgere dich!" riet meine Frau. „Der Ärger ist hier richtiger als die Freude."

„Meinst du?" Er sah sie nachdenklich an. Dann richtete er das Auge auf mich und nickte mir bedeutsam zu: „Ich gebe viel auf das, was unsere Gattin sagt. Bisher hat sie stets das Richtige getroffen. Nun verschwinde ich wirklich. Allah behüte euch!"

Als er fort war, dauerte es kaum zehn Minuten, so klopfte es wieder, und wer kam? Sein Vater. Er bat um Verzeihung, daß er uns zu so ungelegener Zeit störe:

„Ich muß euch etwas Wichtiges mitteilen! Mir träumte, ich stand des Morgens auf und kam in die Stube, wo ich wohne. Da saß mein Bruder genauso, wie gewöhnlich ich. Er lächelte mich an und sagte: ‚Ich bin gekommen und will sehen, ob ich bleibe.' Vor Freude wachte ich auf. Weißt du noch, was mein Bruder im vorigen Traum zu mir sagte?"

„Daß er dir seine Verzeihung senden werde."

„Nun, und wie hieß das Kind, das ihr gestern getroffen habt, und von dem mein Sohn so unaufhörlich sprach?"

„Schamah, die Verzeihung!"

„Das ist ja wahr! Das ist ja richtig!" fiel da meine Frau rasch ein. Sollte es wohl —"

„Pst — —! Still — —!" unterbrach ich sie schnell. „Laß dich von keiner Geheimnissucherei überwinden! Schamah bedeutet allerdings Verzeihung, ist aber auch zugleich ein Mädchenname."

„Doch die Mutter des Mädchens kommt, wie Thar mir sagte, aus der Gegend von El Kerak, und das liegt im Ostjordanland, wohin mein Bruder sich gewendet hatte", warf Mustafa Bustani ein.

„So hast du mit Thar heute über sie gesprochen?" fragte ich, um ihn davon abzubringen.

„Noch gestern abend", antwortete er. „Heute war er zwar schon zeitig wach, ließ aber gar nicht mit sich reden. Das hat er an sich, wenn er seine Gedanken an die Mutter richtet. Es beschäftigt ihn dann immer irgendeine Gabe oder irgendeine Tat, mit der er jemand zu erfreuen hofft. Dann ging er fort, ohne etwas gegessen oder getrunken zu haben."

„Weiß er, daß du hier bei uns bist?"

„Fällt mir nicht ein. Wenn er erführe, daß man zu euch kommen darf, sooft es einem beliebt, dann würdet ihr ihn den ganzen Tag nicht los, denn ich will euch nicht verschweigen, daß er euch beide in sein Herz geschlossen hat. Er ist seit gestern wie verändert. Und das kleine Mädchen schcint einen Eindruck auf ihn gemacht zu haben, der mir ein Rätsel ist."

„Aber doch kein schlimmes Rätsel?"

„O nein, sondern ein sehr erfreuliches! Auch ich bin anders gestimmt als zu gewöhnlicher Zeit. Gestern war Feiertag, aber mir ist, als ob er erst heute sei. Ich komme mir vor wie in der glücklichen Knabenzeit, wenn etwas Langersehntes endlich einzutreffen verspricht. Ist das nicht sonderbar? Ist das nicht lächerlich?"

„Sonderbar wohl kaum, lächerlich aber keinesfalls. Unsere Seele steht mit ganz anderen Welten in Verbindung als unser Körper. Und diese Verbindung ist eine so innige, daß ein vernünftiger Mensch über das, was wir ‚innere Stimmen' nennen, wohl niemals lächeln wird. Hat dir der Traum den Bruder deutlich gezeigt?"

„Er war es so bestimmt und deutlich, daß ich mich sogar im Traum darüber wunderte und freute, daß er mir noch so ähnlich sieht wie früher. Wir waren einander nämlich so überaus ähnlich, daß wir oft miteinander verwechselt wurden. Das machte uns Spaß, und darum trug er sich auch in Beziehung auf Bart und Kleidung genau wie ich. Um so verschiedener waren wir innerlich. Er immer weich, nachgiebig und zum Frieden geneigt, ich aber unzart, rauh und stets bereit, als Gebieter aufzutreten. Das trennte uns dann schließlich. Heute aber — — —"

Er hielt inne, trat an das Fenster, schaute hinaus und fügte dann hinzu:

„Da geht der Weg zum Bab en Nebi Daud und da zum Bab el Amud. Für mich ist es gleich, welchen von diesen Wegen ich benutze. Sie führen mich beide doch nur um die Stadt herum und nach dem Ölberg, wo ich warte, wann und wie mir die Verzeihung kommen werde. Heute liegt eine Spannung in mir, die mich nicht ruhen läßt. Ich gehe."

Er entfernte sich, und ich gestehe offen, daß er einen Teil der Spannung, in der er sich befand, bei uns zurückließ.

Wir verwendeten den Vormittag dazu, die „Gräber der Könige" und einige andere naheliegende Orte zu besuchen. Am Nachmittag wollten wir nach Ain Karim, einem meiner Lieblingsplätze, den man für den Geburtsort Johannis des Täufers hält. Wir kamen aber nicht dazu, diesen Ausflug zu unternehmen, denn eben als wir zu Mittag speisen wollten, klopfte es zum drittenmal bei uns an, und wer erschien? Schamah mit ihrer Mutter! Wir freuten uns herzlich über diesen unerwarteten Besuch, und es verstand sich von selbst, daß sie mit uns aßen. Die Mutter war eine sanfte, edle und nur innerlich stolze Frau von ernster Herzensbildung. Sie sprach trotz ihrer Bescheidenheit mit großer Genugtuung davon, daß sie aus dem Kaukasus stamme und ihre Vorfahren, soweit die Überlieferung zurückreiche, immer Christen gewesen seien. Ihr Vater war, wegen seines Glaubens unterdrückt, als armer Offizier in El Kerak gestorben. Auch ihr Mann sei arm gewesen, aber mit allen Tugenden geschmückt, die nötig sind, sich die Achtung und die Liebe der Menschen zu erwerben. Er habe Achmed Bustani geheißen und sei an einer Krankheit des Herzens gestorben, an einer Sehnsucht, die ohne Unterlaß an ihm genagt habe, bis ihn der Tod von ihr erlöste.

Achmed Bustani! Man kann sich wohl denken, welchen Eindruck dieser Name auf uns machte. Der Bruder unseres Freundes, also doch! Mir hätte die Witwe diese Mitteilungen wohl nicht so bald gemacht, aber die beiden Frauen waren einander schon gestern innerlich begegnet und fühlten sich nun heute in der Weise zueinander hingezogen, daß sich die Vertraulichkeit von selbst einfand. Natürlich nicht sofort, sondern es währte Stunden, bis wir so nach und nach erfuhren, was ich in wenigen, kurzen Worten berichte. Während sie sprach, schaute uns die zurückgehaltene Herzensqual aus ihren feuchten, tiefen Augen an, und so wäre es von uns im höchsten Gerade hart, ja grausam gewesen, wenn wir die Qual durch Fragen vergrößert hätten, nur um eine gewöhnliche Neugier zu stillen. Achmed Bustani war, um es mit einem bekannten Wort auszudrücken, am Heimweh gestorben. Die Liebe zu Weib und Kind hatte den

Tod höchstens verzögern, nicht aber verhindern können. Der Gedanke, vom Vater und von der ganzen Familie verstoßen zu sein und niemals wieder Aufnahme finden zu dürfen, hatte ihn, den aus der Verwandtschaft unlösbaren Semiten, das Leben gekostet. Und bereits im Sterben liegend, hatte er seiner Gattin das Versprechen abgenommen, sie werde nach Jerusalem pilgern und mit dem Kind seinen Bruder aufsuchen, um ihn, wenn möglich, doch noch zu versöhnen.

Sie hatten eigentlich von der Eiche Abrahams nur bis nach Bethlehem wandern wollen, aber vom Hospiz aus einen Zettel an einen gewissen Abd en Nom in Bethanien erhalten, der ihnen freie Aufnahme und Verpflegung in dessen Haus sicherte. Und zugleich hatte es sich gefügt, daß der uns bekannte Hammahr mit seinen Eseln nach Jerusalem mußte, um jemand von dort abzuholen, und sie also mitnehmen konnte, ohne daß sie zu bezahlen brauchten. Sie freuten sich über die Gefälligkeit dieses Mannes und über die im russischen Hospiz an der Abrahamseiche herrschende Menschenfreundlichkeit, ohne zu ahnen, daß es in Wahrheit unser „Held der Blutrache“ war, dem sie alles das verdankten. Sie waren aber nicht in das Tal Hinnon hinab und geradewegs zu Abd en Nom, sondern hierher zu uns geritten, um sich bei uns zu erkundigen, ob es für eine einsame, christliche Pilgerin möglich sei, bei diesem Mann zu wohnen. Wir gaben die möglichst beste Auskunft und boten ihnen an, sie zu ihm zu begleiten, um zu sehen, was für ein Mann er sei. Sie nahmen dies dankbar an, und eben wollten wir aufbrechen, da klopfte es zum viertenmal an unsere Tür, und der Bub trat wieder herein.

Er war außer Atem und rief, als er Schamah und ihre Mutter erblickte:

„Es ist richtig, was der Hammahr sagte! Ihr seid erst hier eingekehrt, anstatt zu Abd en Nom zu reiten! Aber warum bleibt ihr so lange hier? Warum geht ihr nicht nach Bethanien, das Hinnontal entlang und genauso, wie ich es dem Hammahr gesagt habe?"

Er stand im Begriff, sich zu verraten. Da nahm ich ihn beim Kragen und brachte ihn in das Nebenzimmer. Dort sagte ich:

„Ich denke, Schamah und ihre Mutter sollen nicht wissen, daß du mit dem Hammahr eine Verschwörung angezettelt hast. Und da kommst du und sprichst selbst davon?"

„Allah, Allah!" erschrak er. „Du hast recht. Das ist dumm von mir. Aber denke dich doch in meine Lage, Effendi! Ich stehe mit allen meinen Löwen und Elefanten und Nilpferden und Walfischen unten am Siloahteich, um Schamah vorüberkommen zu sehen und sie in einem großen, festlichen Wandelzug nach Bethanien zu begleiten — — —"

„Mit den Nilpferden und Elefanten?" fiel ich ihm in die Rede.

„Ja, natürlich!" nickte er. „Ich habe sie zusammengeholt, um meine neue Freundin mit ihrer Hilfe festlich zu empfangen. Sie haben ihre besten Kleider angezogen. Wir haben die ganze Umgegend nach Blumen und Sträuchern abgesucht, um sie ihr voran- und hinterherzutragen. Wenn sie kommt, halten wir sie an und machen unsere Verbeugungen. Dann wird ein Gedicht von Firdusi hergesagt. Hierauf halte ich die Festrede. Wenn die vorüber ist, folgen neue Verbeugungen mit einem Lied, das wir teils singen und teils blasen. Sodann folgt ein zweites Gedicht; das ist von Busiri. Und endlich ein Siegesgeschrei, so laut wir brüllen können. Nun teilen wir uns, und der Wandelzug setzt sich in Bewegung — — die Hälfte von uns vorn, die Hälfte hinten, ich aber in der Mitte zwischen Mutter und Tochter als Führer der beiden Esel."

„Das ist ja reizend ausgedacht", lachte ich.

„Nicht wahr? Und nun stell dir vor, daß wir stundenlang gewartet haben, aber niemand kam! Als die Mutter von Schamah sich hier an deiner Tür von dem Hammahr trennte, ist dieser mit seinen Eseln in der Stadt spazierengelaufen, anstatt den Weg, den ich mit ihm verabredet hatte, fortzusetzen. Erst später hat er daran gedacht, dies zu tun, und so habe ich gerade vor einigen Minuten erfahren, daß die so sehnlich Erwarteten sich hier bei euch befinden. Ich bin sofort herbeigeeilt, um euch zu sagen, daß ihr schleunigst kommen müßt, wenn meine Löwen und Walfische nicht die Geduld verlieren sollen."

Es tat mir leid, ihm seine Begeisterung nehmen zu müssen, aber ich konnte nicht anders. Ich erklärte ihm, daß und warum ein solcher Empfang unmöglich sei. Einer christlichen Pilgerin gezieme Bescheidenheit und innere Sammlung, nicht aber so etwas, am allerwenigsten aber mohammedanische Gedichte und brüllendes Siegesgeheul. Er war verständig genug, dies einzusehen und meinte:

„Gut, Effendi, so unterlassen wir es; aber etwas tue ich doch. Kennst du das Lied von Bethanien, wo Jesus kommt, die Geschwister zu besuchen?"

„Nein."

„So wirst du es hören. Ihr geht jetzt nach dem Hinnontal und am Siloahteich vorüber?"

„Ja."

„Gut, das paßt! Bitte, geht langsam! Ich aber eile voraus."

Ich wollte ihn ermahnen, ja nicht noch Unpassenderes zu tun, aber er wehrte ab und machte sich schleunigst aus dem Staub.

Wir folgten ihm.

Als wir hinkamen, war kein Mensch außer uns zu sehen. Ich freute mich darüber. Diese Einsamkeit und Ruhe paßte zu der Stimmung, in der wir uns befanden.

Wir hatten uns den Weg mit ernstem Gespräch gekürzt. Die kleine Schamah aber wirkte wie ein inniger Sonnenstrahl, der diesen Ernst milderte. Die Witwe sah sich am Ziel ihrer Reise. In ihr bebte die wichtige Frage, ob ihre Pilgerschaft Erhörung finden werde oder nicht. Wir aber, die wir hiervon mehr wußten als sie, wir sahen die Entscheidung nahen und fühlten uns in hohem Gerade gespannt.

Plötzlich erklang von rechts und von links, von oben und von unten, kurz von allen Seiten und von allen Höhen, wo die Knaben sich hinter den Steinen versteckt hatten, ein eigentümlich getragenes, zweistimmiges Lied in arabischer Sprache. Das war das Lied von Bethanien, wo Christus die Geschwister besucht und unterwegs am Siloahteich Kranke heilt. Unsere innere Stimmung und die Umgebung, das, was hinter uns lag, und das, was wir vor uns zu erwarten hatten, und hierzu dieses uns vollständig überraschende, tiefergreifende Christuslied: das alles wirkte derart auf uns ein, daß es uns fast niedergezogen hätte, um kniend zuzuhören. Und als es vorüber war, regte sich kein Hauch. Die Sänger blieben in ihren Verstecken liegen; sie waren gut unterwiesen. Von diesem Augenblick an begann ich zu zweifeln, daß unser Bub so ganz ohne allen Kunstverstand geboren sei.

Von hier aus gingen wir nach dem Kidrontal und bis zur sogenannten oberen Brücke, um Gethsemane zu sehen. Dann über den jüdischen Begräbnisplatz nach Bethanien hinauf.

Da stand vor dem Dorf der Junge. Er wartete auf uns und grüßte. Dann fragte er mich leise:

„Hast du sie gesehen?"

„Wen?" fragte ich wieder.

„Die Sänger. Sie sind euch, während ihr nach Gethsemane wandertet, zuvorgekommen, denn sie haben hier noch einmal zu singen. Kommt! Ich führe euch zu Abd en Nom, damit ihr die Wohnung seht, die wir für Schamah bereitet haben. Dann gehen wir zum Grab des Lazarus, um zu photographieren."

Er nahm Schamah bei der Hand und eilte mit ihr voran. Das Haus Abd en Noms lag in der Nähe des Grabes. Der Besitzer kam heraus, sich achtungsvoll zu verbeugen, mit ihm seine beiden Söhne, nach Thars Beschreibung bekanntlich „der größte Walfisch, den wir haben, und das schwerste Nilpferd, das es gibt". Sie machten aber beide einen Zutrauen erweckenden Eindruck. Auch das Häuschen sah recht sauber und wohnlich aus. Es schien, als ob die Gäste hier eine zufriedenstellende Unterkunft finden würden. Und als wir das Innere betraten, sahen wir, daß diese Vermutung zur Wahrheit wurde. Denn die Einrichtung der beiden Räume, die es da für Schamah und ihre Mutter gab, ließ nach dortigen Verhältnissen nichts zu wünschen übrig. Sie waren außerdem mit all den Ästen, Zweigen und Blumen geschmückt, die für den „festlichen Wandelzug" bestimmt gewesen waren.

„Drum hatte ich solche Eile", erklärte mir Thar verstohlen. „Das mußte alles nun sehr schnell hierher geschafft werden."

„Und wo befinden sich jetzt alle die Helden?" fragte ich.

„Das sollst du gleich hören!"

Er ging bei diesen Worten nach der Tür und gab einen Wink hinaus. Sofort erhob sich ein wenigstens fünfzig- bis sechzigstimmiges „Siegesgeheul", das von wirklichen Löwen, Elefanten, Nilpferden und Walfischen gewiß nicht natürlicher und schrecklicher hätte zu Gehör gebracht werden können.

„Allah erbarme sich!" rief ich ihm zu. „Laß es genug sein! Halt auf!"

Er winkte wieder; da war es still. Aber sehen konnte man nicht, wo die Untiere steckten.

„Das war ausgemacht", sagte er. „Einmal mußte ich

sie brüllen lassen, nur ein allereinziges Mal! Jetzt haben sie ihren Willen gehabt und werden es nicht wieder tun."

Wir wanderten nun zum Grab. Thar ging mit Schamah voran; deren Mutter aber bat, für diesmal bleiben zu dürfen; sie müsse sich, bevor es dunkel werde, die Zimmer wohnlich machen. Dieser Wunsch war ein so natürlicher, daß er sich von selbst verstand. Wir folgten also, ohne sie mitzunehmen, den beiden Kindern nach. Gerade als wir beim Grab eintrafen, kam Mustafa Bustani, unser Freund, heraus.

„Wie recht, daß auch ihr euch hier befindet!" sagte er. So gehen wir zusammen wieder über Kafr et Tur nach Haus, genauso wie gestern. Und auch du?" fragte er seinen Sohn. „Und wer ist dieses kleine, liebe Kind?"

Er bog sich zu Schamah nieder. Sie stand mit weit geöffneten, glänzenden Augen da. Ihr Gesichtchen strahlte vor Wonne. Sie hob die kleinen Arme, um von ihm emporgenommen zu werden, und jubelte laut:

„Mein Vater! Mein Vater!" Hierauf schlug sie die Händchen entzückt zusammen und fuhr fort: „Die Mutter hat es gesagt! Die Mutter hat es gesagt!"

„Welche Mutter? Was hat sie gesagt?" fragte Mustafa Bustani, der nicht ahnte, daß dieses Kind die gestern gefundene „neue Freundin" seines Sohnes war.

„Daß wir zum Grab des Lazarus gehen, hat Mutter gesagt", antwortete Schamah, „und daß der Heiland dich dort vom Tod auferwecken werde, gerade so wie einst den Lazarus."

„Mich — —?"

„Ja, dich, meinen Vater."

Da wendete er sich an uns. „Sie hält mich für ihren Vater. Sonderbar! Wer ist das Kind?"

„Ich bin Schamah, die Verzeihung, und dort im Haus befindet sich die Mutter. Nimm mich doch auf den Arm wie immer und trage mich zu ihr!" bat das Mädchen, die Arme wieder zu ihm hebend.

Da entfärbte er sich. Er wurde leichenblaß, wich einige Schritte zurück und fragte, indem seine Stimme stockte:

„Schamah — — die Verzeihung — —! Wohl das kleine Mädchen von gestern?"

Diese Frage war an seinen Sohn gerichtet.

„Ja, sie ist es", nickte dieser.

„Meine Ahnung — — —! Weißt du, wie ihr Vater heißt?"

Da entgegnete das kleine Mädchen an des Knaben Stelle:

„Mein Vater bist du doch! Du heißt Achmed Bustani. Kennst du mich nicht mehr? Da muß ich weinen! Nimm mich und trage mich zur Mutter!"

Was nun folgte, kann nicht beschrieben werden. Mustafa Bustani schrie laut auf und brach in die Knie zusammen. Er streckte die Arme nach dem Kind aus, zog es an sich, küßte es unaufhörlich und rief dabei:

„Schamah — — Schamah — — die Verzeihung! Wie hat er gesagt — als er mir im Traum erschien — —? Ich werde dir meine Verzeihung senden — — sie naht von Osten her — — schau täglich nach ihr aus! Das habe ich getan, und sie ist gekommen — sie ist nun da!"

Da plötzlich sträubte sich Schamah gegen seine Liebkosungen. Sie hielt sich mit beiden Armen von ihm ab, schaute ihm prüfend in das Gesicht und sagte dann:

„Es ist nicht wahr, es ist nicht wahr! Ich habe dich auch lieb; aber mein Vater bist du doch nicht."

„Du hast recht. Ich bin der Bruder deines Vaters, mein liebes, liebes Herzenskind. Du darfst mich aber ganz so lieb haben, als ob ich dein Vater wäre!"

„Wenn du das willst, so tue ich es", lächelte sie. „Nun aber trag mich zur Mutter!"

„Sag mir erst noch etwas!"

„Was?"

„Weißt du den Tag, an dem dein Vater gestorben ist?"

„Ja. Mutter wiederholt ihn so oft, daß man ihn gar nie vergessen kann. Es war der fünfzehnte Tag des Monats Adar, an dem er starb."

Da sprang er auf. Sein Gesicht nahm einen gar nicht zu bestimmenden Ausdruck an. „Hört ihr es — — hört ihr es?" fragte er uns. „Der fünfzehnte Adar! Derselbe Tag, an dem mir träumte, daß er gestorben sei und mir Schamah, seine Verzeihung, senden werde. Allah! Wie wunderbar ist alles, was geschieht! Ich ehre dich! Ich preise dich! Ich bete dich an!"

„Zur Mutter, zur Mutter", bat das Kind, über dessen Verständnis das, was es jetzt sah und hörte, zu weit hinausging.

„Ja, ich trage dich zur Mutter", sagte er, indem er Schamah vom Boden aufhob und in seine Arme nahm. „Wo finde ich sie?"

„Bei Abd en Nom", antwortete Thar, indem er sich anschickte, mitzugehen, von mir aber festgehalten wurde.

Sein Vater eilte mit vor Erregung schwankenden Schritten nach dem angegebenen Haus, in dessen Innern er verschwand. Der Knabe aber erklärte:

„Wenn ich nicht mitgehen darf, um zu hören, was gesprochen wird, so muß ich allein sein, um über das, was sich ereignet, nachzudenken. Vater hat recht: Es geschehen noch Wunder. Das allergrößte Wunder des heutigen Tages aber bin ich. Denn ich habe hinter seinem Rücken die Verschwörung mit dem Hammahr angezettelt und die Verzeihung gerade hierher an das Grab des Lazarus geleitet, ohne daß ich dabei gescheiter gewesen bin als alle anderen, dich, Effendi, und unsere Gattin mit eingeschlossen. Wartet hier auf mich! Sobald ich den Verstand beisammen habe, werde ich mich hören lassen."

Er entfernte sich. Wir nahmen auf dem Gemäuer Platz und teilten uns unsere Gedanken mit — leise wie in einer Kirche. Wir waren ganz allein. Der Tag begann sich zu neigen. Ein reiner, heiliger Odem wehte von der Höhe des Ölbergs zu uns her.

Da klang leise und wie aus hoch über uns erhabenen Lüften das zweistimmige Lied von Bethanien, wo der Heiland zu den Geschwistern kommt, zum Grab hernieder. Die Knaben hatten auf Thars Anweisung das Gemäuer erstiegen und wiederholten, was sie am Teich Siloah gesungen hatten, das Lied von Christus, der Blinde sehend und Tote wieder lebend macht.

Als das Lied wie ein aus Christi Zeit herübergetragenes Gebet verklungen war, kehrte Thar zurück. Er hatte seine Gespielen nun verabschiedet und heimgeschickt. Und gleich darauf trat sein Vater wieder aus dem Haus. Seine Schwägerin und Schamah begleiteten ihn. Das Bibelwort: „Und ihre Angesichter glänzten", war auf sie anzuwenden.

„Welch eine Stunde, welch eine heilige Stunde", sagte er. „Und dazu dieses Lied! Wer hat das angeordnet?"

„Ich", antwortete der Bub, und zeigte mit beiden Händen auf sich.

„Bist du es wirklich gewesen? Mir war es, als ob es ein Gruß von deiner Mutter sei —"

„Und auch meines Verstorbenen", fiel da die Witwe ein, „der aber nicht tot, sondern lebend ist, und dessen letzter Wunsch nun in Erfüllung geht."

„Und wenn es wirklich von diesen beiden käme, nicht aber von dir, mein Sohn", fuhr Mustafa Bustani fort, „so hast du doch schon außerdem mehr als genug getan und dir unseren Dank verdient. Abd en Nom hat uns gesagt, wer der eigentliche Urheber des heutigen Zusammentreffens ist. Das Mitleid, das die Mutter dir in die junge Seele legte, hat Frucht und Segen gebracht. Schamah, die Verzeihung, wird bei uns wohnen und —"

„In unserem Haus? Mit ihrer Mutter?" fiel da der Bub schnell ein.

„Ja."

„Wie lang?“

„Für alle Zeit, so hoffe ich.“

Da tat der Knabe einen kräftigen Luftsprung, und rief aus:

„So muß ich schleunigst fort, um ihnen zu sagen, daß sie kommen!“

„Wem?“

„Unserem Habakek, dem Gehilfen, unserem Bem, dem Kaffeeneger, und unserer Köchin, seiner Frau.“

„Das hat noch Zeit, denn die Schwägerin bleibt heute noch hier bei Abd en Nom. Wir holen sie erst morgen ab, wenn alles vorbereitet ist, sie festlich zu empfangen.“

„Festlich empfangen!“ jubelte Thar, indem er einen zweiten Luftsprung machte. „Dazu gehören meine Löwen und meine Elefanten! Erlaubst du mir, sie einzuladen?“

Der Vater zog ein ganz und gar nicht zustimmendes Gesicht, aber meine Frau winkte ihm bittend zu, und so antwortete er:

„So lade sie!“

„Auch die Nilpferde?“

„Ja.“

„Und die Walfische?“

„Auch sie. Sie sollen im Garten sitzen und bewirtet werden, aber ruhig sein. Dafür haben sie, bevor sie abends scheiden, das Lied von Bethanien zu singen.“

„Hamdulillah! Ich danke dir, mein lieber, guter Vater! Ich eile, es ihnen gleich zu sagen.“

„Warum denn gleich?“ widersprach Mustafa Bustani und wollte ihn festhalten.

„Weil ich sie jetzt noch einholen kann. Sie sind ja soeben erst fort.“

Er riß sich los, schüttelte der kleinen Schamah noch schnell die Hand und sprang zu gleichen Beinen davon.

„Ich werde bei ihm wohnen?“ fragte das Kind, indem es ihm bewundernd nachschaute.

„Ja, das wirst du", antwortete die Mutter. „Ihr werdet immer beisammen sein."

„Das will ich auch, und darüber freue ich mich, denn ich habe ihn lieb, und über solche Helden muß man wachen. Nun aber bin ich müde vom weiten Weg. Darf ich schlafen?"

Dieser Wunsch gab Veranlassung, uns von Mutter und Kind zu verabschieden. Dann stiegen wir drei anderen den schon bekannten Weg über Betphage nach Kafr et Tur hinauf und blieben, als wir den Johannisbrotstrauch erreichten, halten. Die Sonne stand soeben im Begriff, hinter dem Himmelsrand zu verschwinden. Mit ihren letzten Strahlen umarmte sie die heiligste der Städte, die es auf Erden gibt. Welchen Anblick Jerusalem während eines solchen Sonnenunterganges vom Ölberg aus bietet, muß man empfunden haben; es zu beschreiben, ist nicht möglich. Wir standen lange Zeit in diesen Blick versunken. Dann sagte Mustafa Bustani, indem er tief Atem holte:

„Noch schöner, noch tausendmal schöner als gestern zur selben Zeit! Es liegt eine Welt zwischen gestern und heute. Ich weiß, ihr verlangt nicht, daß ich jetzt, nach so einer Stunde, reden und berichten soll. Ihr erlaubt mir zu schweigen. Ich bitte euch, geht heim! Laßt mich hier, allein mit mir und allein mit dem, der mir heute verzieh, obgleich ich ihn einst verstieß!"

Wir gingen. Noch ehe wir die nächste Biegung des Weges erreichten, begannen die Abendglocken der Gottesstadt zu läuten. Ein Meer von heilig wallenden Tönen stieg zu uns auf und faßte uns, als ob es uns gen Himmel tragen wolle. Zurückschauend sahen wir, daß Mustafa Bustani betete — — ein Mohammedaner, beim Klang der Kirchenglocken! Kann ich mehr erzählen? Nein! —

*

Und der Paschasattel?

Ich erhielt ihn doch noch. Mustafa Bustani ermöglichte es, wenn auch nur unter Schwierigkeiten. In der Heimat ist ein solches Prunkstück zwar unbrauchbar, aber trotzdem halte ich ihn lieb und wert, da seine Erwerbung mit der denkwürdigen Fahrt von Jerusalem nach Hebron, wenn auch nur mittelbar, verknüpft ist.

KARL MAY

GESAMMELTE WERKE

1 Durch die Wüste
2 Durchs wilde Kurdistan
3 Von Bagdad nach Stambul
4 In den Schluchten des Balkan
5 Durch das Land der Skipetaren
6 Der Schut

7 Winnetou I
8 Winnetou II
9 Winnetou III

10 Sand des Verderbens

11 Am Stillen Ozean

12 Am Rio de la Plata
13 In den Kordilleren

14 Old Surehand I
15 Old Surehand II

16 Menschenjäger
17 Der Mahdi
18 Im Sudan

19 Kapitän Kaiman

20 Die Felsenburg
21 Krüger Bei
22 Satan und Ischariot

23 Auf fremden Pfaden

24 Weihnacht

25 Am Jenseits

26 Der Löwe der Blutrache

27 Bei den Trümmern von Babylon

28 Im Reiche des silbernen Löwen
29 Das versteinerte Gebet

30 Und Friede auf Erden

31 Ardistan
32 Der Mir von Dschinnistan

33 Winnetous Erben

34 „ICH"

35 Unter Geiern

36 Der Schatz im Silbersee

37 Der Ölprinz

38 Halbblut

39 Das Vermächtnis des Inka

40 Der blaurote Methusalem

41 Die Sklavenkarawane

42 Der alte Dessauer

43 Aus dunklem Tann

44 Der Waldschwarze

45 Zepter und Hammer
46 Die Juweleninsel

47 Professor Vitzliputzli

48 Das Zauberwasser

49 Lichte Höhen

50 In Mekka

51 Schloß Rodriganda
52 Die Pyramide des Sonnengottes
53 Benito Juarez
54 Trapper Geierschnabel
55 Der sterbende Kaiser

56 Der Weg nach Waterloo
57 Das Geheimnis des Marabut
58 Der Spion von Ortry
59 Die Herren von Greifenklau

60 Allah il Allah!

61 Der Derwisch
62 Im Tal des Todes
63 Zobeljäger und Kosak

64 Das Buschgespenst

65 Der Fremde aus Indien

66 Der Peitschenmüller
67 Der Silberbauer

68 Der Wurzelsepp

69 Ritter und Rebellen

70 Der Waldläufer

71 Old Firehand

72 Schacht und Hütte

73 Der Habicht

K A R L - M A Y - V E R L A G   B A M B E R G